# अमृत कुम्भ

अभिजीत सिंह, मुज़फ्फरपुर (बिहार) के निवासी हैं और अपने व्यावसायिक जीवन से इतर वे धर्म, संस्कृति और सभ्यतागत प्रश्नों के सजग एवं गंभीर अध्येता के रूप में पहचाने जाते हैं। वे जटिल अवधारणाओं को सहज भाषा में और आवश्यक होने पर विनोद तथा व्यंग्य के स्पर्श के साथ समझाने की विशिष्ट क्षमता रखते हैं। इसी कारण सोशल मीडिया पर विचारशील युवाओं के बीच उन्होंने एक स्वाभाविक स्थान बनाया है।

उनकी पूर्व-प्रकाशित पुस्तक *इनसाइड द हिन्दू मॉल* को विशेष रूप से युवाओं ने सराहा, जहाँ हिन्दू परंपरा की आधारभूत अवधारणाओं को आधुनिक जीवन-धारणा के संदर्भ में सरलता से प्रस्तुत किया गया है।

हिन्दू दर्शन के साथ-साथ इस्लाम, ईसाई मत और अन्य वैश्विक सभ्यताओं के तुलनात्मक अध्ययन ने उनकी दृष्टि को संतुलन, संवेदनशीलता और दूरदर्शिता प्रदान की है। उनकी लेखन-शैली कई पाठकों को अंतर्दृष्टि- प्रधान और पूर्वानुमानशील प्रतीत होती है।

*अमृत कुम्भ* अभिजीत की इन्हीं वैचारिक यात्राओं का विस्तार है।

# अमृत कुम्भ

## हिन्दू भाव का मंगल कलश

अभिजीत सिंह

MANJUL
मंजुल कथाकार
मंजुल पब्लिशिंग हाउस का इम्प्रिंट

MANJUL

**मंजुल कथाकार**

मंजुल कथाकार, मंजुल पब्लिशिंग हाउस का इम्प्रिंट है

*विक्रय एवं विपणन कार्यालय*

• सी–16, सेक्टर 3, नोएडा, उत्तर प्रदेश, 201301

*कॉरपोरेट एवं संपादकीय कार्यालय*

• द्वितीय तल, उषा प्रीत कॉम्प्लेक्स, 42 मालवीय नगर, भोपाल-462 003

वेबसाइट : www.manjulindia.com

*वितरण केन्द्र*

अहमदाबाद, बेंगलुरू, कोच्चि, कोलकाता, चेन्नई,
हैदराबाद, मुम्बई, नई दिल्ली, पुणे

यह संस्करण मंजुल कथाकार में मंजुल पब्लिशिंग हाउस प्रा. लि.
द्वारा 2026 में प्रकाशित

*अमृत कुम्भ*



**ISBN 978-93-7317-102-9**

आवरण चित्र : श्वेतपद्मा मिश्र

टाइपसेटिंग : डीजीअल्ट्राबुक्स प्रा. लि., नई दिल्ली

मुद्रण व जिल्दसाज़ी : रेप्रो इंडिया लिमिटेड

*स्वर्गीय नाना जी को—जिन्होंने कलम पकड़ाया और ज्ञान के मार्ग पर चलने की प्रेरणा दी।*

*स्वर्गीय दादी और नानी माँ को—जिनमें हिन्दू धर्म जीवंत रूप में प्रकट है।*

*पिताजी को—जिन्होंने मुझे केवल पाठ्यपुस्तकों तक सीमित नहीं रखा, बल्कि स्वतन्त्र अध्ययन और खोज की स्वतंत्रता दी।*

*माँ को—जिन्होंने हिन्दू जीवन मूल्यों की शिक्षा देकर मुझे मनुष्य बनाया।*

*पत्नी को—वस्तुत: यह पुस्तक उनके "समय दान" का प्रतिफल है, मेरा वो समय जो उनके हिस्से का था, पर उन्होंने पुस्तक की रचना में लगने दिया।*

*दोनों बच्चों को—जिनसे मुझे अनंत सौभाग्य मिला है।*

# विषय सूची

समीर ने अपने फ़्लैट का दरवाज़ा लॉक किया और लिफ़्ट की ओर बढ़ा। कुछ सेकंड तक लिफ़्ट का इंतज़ार करने के बाद, कुछ सोचते हुए वह सीढ़ियों की ओर बढ़ गया। उसका फ़्लैट आठवें फ्लोर पर था—यह बात वो जानता था पर चूँकि वो वर्क आउट करने ही निकला था तो उसने सोचा कि चलो, शुरुआत सीढ़ियों से करना ही अच्छा रहेगा। नीचे उतरकर उसने पहले अपनी कॉलोनी के पार्क में दो धीमे राउंड लगाए, फिर कॉलोनी के गेट से बाहर निकलकर सड़क पर आ गया।

हालाँकि सुबह के साढ़े नौ बज चुके थे, पर सर्दियों के हिसाब से रनिंग का यह समय बिल्कुल ठीक था। वह कुछ वर्षों से बेंगलुरु में है तो उसे वहाँ की यह बात अच्छी लगती है कि साल में हमेशा मौसम सही ही मिलता है, और अगर आप दोपहर या आधी रात को भी रनिंग करने निकलते हो तो कोई पलट कर नहीं देखता कि कुछ अजूबा हो रहा है। लेकिन बाकी शहरों में इन कामों के लिए मौसम और समय का ध्यान रखना पड़ता है। खैर, यह नोएडा है और दिल्ली से तो बहुत ही बेहतर है। वह पूरे सेक्टर का एक राउंड लगाता है तो उसकी रनिंग ठीक-ठाक हो जाती है। इस जगह की यह बात उसे बड़ी अच्छी लगी कि फुटपाथ होने के कारण कहीं भी ट्रैफिक उसके राउंड में बाधा नहीं बनता।

लेकिन वह थका हुआ था। कल ही उसे अचानक फ्लाइट पकड़ कर बेंगलुरु से दिल्ली आना पड़ा था और फिर पूरी रात अस्पताल में बितानी पड़ी थी। वजह थी, उसके पिता की अचानक खराब हुई तबियत जो इस समय बेहोश थे। नर्स हर घंटे उनका ब्लड प्रेशर चेक करके चली जाती थी। वह आधी रात तक अपने पिता का हाथ पकड़े कुर्सी पर बैठा रहा पर जब और जागना बोझिल हो गया तो वहीं फर्श पर एक तौलिया बिछाकर वार्ड में ही बेड के बगल में सो गया। सुबह नर्स के जगाने से उसकी नींद खुली तो उसे पहले समझ ही नहीं आया कि वह इस समय कहाँ है। फिर जब वो थोड़ा सहज हुआ तो उसने देखा कि वहाँ अब जूनियर डॉक्टर्स की वार्ड राउंड शुरू हो रही है। उसने धैर्यपूर्वक तब तक डॉक्टर की प्रतीक्षा की जबतक कि

उसने उसके पिता की जाँच पूर्ण न कर ली जाये, और फिर बहुत धीरे से डॉक्टर से पूछा, "कोई अपडेट डॉक्टर?"

आज रविवार है, आज सीनियर डॉक्टर शायद ही आएँ। डॉक्टर उसकी ओर मुड़ा और समझाने के अंदाज़ में बड़ी स्पष्टता से बोला, "देखिए, आपके पिता को स्ट्रोक है। हेमरेजिक स्ट्रोक है और यह संभवतः हाइपरटेंशन के कारण है। दाईं ओर का हिस्सा पैरालाइज्ड है, क्योंकि ब्रेन में बाईं ओर ब्लीडिंग है। अब ब्लड प्रेशर कंट्रोल में है, आगे कितना डैमेज हुआ है, यह इनके थोड़ा होश में आने पर पता चलेगा। स्पीच जा सकती है, विजन जा सकता है पर फर्स्ट थिंग फर्स्ट अभी हमें इनको स्टेबलाइज़ करना है। थोड़ी रिकवरी हो सकती है पर समय लगेगा। आपको पेशेंस रखना होगा।"

जूनियर डॉक्टर ने उसे मुश्किल से डेढ़ मिनट समय दिया, लेकिन उसका मैनर, समझाने का तरीका उसे प्रभावशाली और आश्वस्त करने वाला लगा। आखिर एम्स का डॉक्टर है, यहाँ यूँ ही नहीं पहुँचा होगा। वार्ड व्यस्त है, इसलिए उससे अधिक समय लेना और वही बात सीनियर डॉक्टर से पूछना, जबकि वह खुद ही बता चुका है, उसे अनावश्यक लगा। अब जो होना है, उसके लिए दिल कड़ा करना होगा और सामना करना होगा। इस अवस्था में वह सिर्फ़ यही सोच रहा था कि पिताजी उसकी जगह होते तो कैसे सोचते।

अपने पिता के जूते में खुद को खड़ा करके सोचना संकट के समय, तनाव के क्षणों में समीर के लिए डिफ़ॉल्ट सेटिंग होती जा रही है। वह अक्सर अपने आपको अपने पिता की परछाईं के साथ खड़ा पाता है। प्रतिदिन पहले से अधिक। शायद इसी को संस्कार कहते हैं। पीढ़ियों का संचित ज्ञान, आदतें, दृष्टिकोण अनायास ही एक पीढ़ी से दूसरी पीढ़ी में रिसते चले जाते हैं।

समीर के पिता रिटायर्ड हैं, उम्र लगभग सत्तर वर्ष हो गई है। उसकी माँ के जाने के बाद, वह अकेले ही रहते हैं। उन्हें अपनी स्वतंत्रता पसंद है। लंबी वॉक पर जाते हैं, खुद खाना बनाते हैं, इस उम्र में भी शॉपिंग का थैला लेकर दो-तीन किलोमीटर चल लेते हैं। मोहल्ले में अक्सर अपने से आधी उम्र के लोगों के साथ उठते-बैठते हैं, पर किसी को अपने से बहुत घनिष्ठ नहीं होने देते। उनका कहना है, मेरी उम्र के लोग बहुत अधिक ही बुड्ढे हैं जो हमेशा अतीत में ही जीते हैं। उनकी सोच थी कि युवाओं के साथ संपर्क रखना चाहिए, आस-पास की हवा ताज़ा रहती है। इन बुड्ढों का एक ही रोना है, पचास साल पहले सब कितना अच्छा था। जिंदगी कभी राशन

की लाइन में निकल गई, कभी गैस की लाइन में। लेकिन सब कितना अच्छा था। आज सब 4G से व्हाट्सएप पर मैसेज फॉरवर्ड करते रहते हैं कि दुनिया कितनी खराब हो गई है।

पिताजी को टीवी पर न्यूज चैनल की अंतहीन बहस देखने और फिर पार्क में समय काटने आए बुड्ढों से राजनीति पर चर्चा करने में समय खपाने की आदत नहीं है। किताबें पढ़ना उनकी प्रमुख रुचियों में है। बंकिमचंद्र चटर्जी, तुलसीदास, श्री अरविंदो घोष, स्वामी विवेकानंद से लेकर सर वी.एस. नायपॉल तक और सुब्रमण्यम भारती से लेकर आर्थर हेली तक, कोई भी ऐसा नहीं है, जिसको उन्होंने नहीं पढ़ा हो। अंग्रेजी, हिंदी, संस्कृत, तमिल और बांग्ला इतनी भाषाओं पर उनकी पकड़ है; क्योंकि उनका मानना है कि आप जितनी अधिक भाषाएँ जानेंगे अपनी समझ को उतना बेहतर कर सकेंगे। समीर अपने पिता के बारे में सबको बड़े गर्व से बताता था कि मेरे पापा से कुछ पुराना छूटा नहीं और कुछ नया आज़माए बिना उन्होंने रिजेक्ट नहीं किया।

समीर को उसके पापा कहते हैं कि उन्हें अपने साथ होना पसंद है, पर समीर को लगता है कि पापा अब अकेले नहीं होते हैं। उनके रूटीन में जैसे माँ के लिए एक प्रॉक्सी जगह होती है। कभी अकेले बैठे भी कॉफ़ी पी रहे होते हैं, तो लगता है कि सामने की कुर्सी पर माँ अब भी बैठी होती है।

पिताजी परसों रात खाने के बाद नीचे उतरे, गार्ड से हाय-हेलो कर ही रहे थे कि स्ट्रोक आ गया। ज़बान लड़खड़ाने लगी और दीवार पकड़ते-पकड़ते गिर पड़े। मोहल्ले के लोगों ने पास के अस्पताल पहुँचाया, वहाँ सीटी स्कैन हुआ। फिर डॉक्टरों ने उन्हें एम्स रेफर कर दिया। पिताजी की जान-पहचान के कई लोग, उनके जूनियर्स सेंट्रल गवर्नमेंट सेक्रेटेरिएट में चीफ़ सेक्रेटरी पोजिशन पर हैं। सबने पता नहीं कुछ ही मिनटों के अन्दर जाने कहाँ-कहाँ से पैरवी लगाई कि उन्हें एम्स जैसे बड़े अस्पताल के जनरल वार्ड में जगह मिल गई। उसे पिता के स्ट्रोक की खबर मिली तो उसने दिल्ली की अगली फ़्लाइट पकड़ ली और कल शाम दिल्ली आ पहुँचा।

समीर थकान से चूर था, पर फ्लेट में अकेले जाना उसे कठिन लग रहा था; क्योंकि वहाँ उसके पिता नहीं थे। वो तो अभी मौत और ज़िंदगी से जूझ रहे थे। उसने सोचा, एक राउंड दौड़ लेता हूँ, फिर शॉवर लेकर फ्रेश होऊँगा तो शायद सो पाऊँगा। दौड़ना उसके लिए स्ट्रेस सँभालने का सबसे अच्छा तरीका है। लगभग तीन किलोमीटर पूरे हुए तो सिटी सेंटर आ गया जहाँ मॉल्स, दुकानें और खाने-पीने की कुछ अच्छी जगहें

थीं। उसने सुबह कुछ खाया नहीं था। खाने का मन अब भी नहीं था, लेकिन एक अच्छी चाय या कॉफ़ी मिल जाती तो बेहतर था। वो जानता है कि यह बेंगलुरु नहीं है, इसलिए अच्छी कॉफ़ी की उम्मीद भी नहीं है। लेकिन चाय तो मिल जाएगी, यह सोचकर वो चाय पीने की कोई ठीक-ठाक सी जगह खोजने लगा। चाय और कॉफ़ी की तलब ने उसके दौड़ने की रफ़्तार को तेज़ कर दिया था।

तभी उसकी नज़र एक कैफ़े पर पड़ी। बल्कि, पहले उसकी नज़र उसके दरवाज़े पर लगे एक आदमकद पोस्टर पर पड़ी। एक कॉफ़ी का कप, उसमें से उठती हुई गर्म कॉफ़ी की भाप जो फैलकर मर्लिन मुनरो की उड़ती हुई स्कर्ट में बदल जाती है। क्रिएटिव... खूबसूरत हॉलीवुड रेफ़रेंस।

इस पोस्टर ने कॉफ़ी के साथ ही कैफ़े को लेकर उसकी जिज्ञासा को बढ़ा दिया। जितना आकर्षक दुकान का विंडो है क्या अंदर की कॉफ़ी भी उतनी अच्छी होगी? वह दिल्ली में प्रॉपर कॉफ़ी की उम्मीद नहीं करता। यहाँ तो उसे टपरी वाली चाय ही आकर्षक लगती है। फिर भी अनायास ही उसके कदम कैफ़े के दरवाज़े की ओर बढ़ गए।

कैफ़े के अंदर की सजावट भी बाहर के पोस्टर की तरह ही आकर्षक थी। सामने की दीवार पर *कैसाब्लैंका* फ़िल्म के रेफ़रेंस के साथ उसी डिज़ाइन में लिखा था— "रिक्स कैफ़े अमेरिकेन"। साइनबोर्ड के नीचे हम्फ्री बोगार्ट और इंग्रिड बर्गमैन का एक बड़ा सा पोस्टर था। बगल की एक दीवार पर "ब्रेकफ़ास्ट ऐट टिफ़नी" की ब्लैक ड्रेस में ऑड्रे हेपबर्न का एक और विशाल पोस्टर सजा था। उसके नीचे कुछ ऊँची कुर्सियाँ रखी थीं, ऊँचे गोल छोटे टेबल्स के साथ। कुछ गहरे धँसे सोफ़े भी रखे थे। जिसने भी यह कैफ़े खोला है, यक़ीनन वह हॉलीवुड क्लासिक्स का फ़ैन होगा।

कैफे के अन्दर मुआयना करते हुए उसकी नज़र, दो सेकंड के लिए एक महिला के चेहरे पर ठहर गई जो सोफ़े पर बैठी थी। लंबा पतला चेहरा, ऑड्रे हेपबर्न की ही तरह गहरी आँखें, हल्के नीले और सफ़ेद रंग के सलवार-सूट में अभी तक थोड़े गीले उलझे से बाल। जैसे स्नान करके सीधे चली आई हों। खिड़की से छनकर आ रही सर्दियों की नर्म धूप उनके कंधे और चेहरे के एक ओर पड़ रही थी। उम्र का अंदाज़ा लगाना मुश्किल था। देखने से तीस से पैंतीस के बीच की लग रही थीं पर चेहरे पर एक गंभीर सौम्य भाव थे जो उनकी उम्र अधिक दर्शा रहे थे। सामने आधी पी हुई कॉफ़ी थी और उनके हाथ में एक किताब थी।

उस महिला के हाथ में किताब का होना समीर के लिए सबसे अधिक कौतूहल का सबब था; क्योंकि आज के समय लोगों के हाथ में अक्सर एक स्मार्ट फोन ही होता है,

जिसके साथ वे खेलते रहते हैं। उस महिला के हाथ में किताब ने उसकी रुचि बढ़ा दी। उसने किताब की स्पाइन पर किताब का नाम पढ़ा, द *सेक्रेड एंड द प्रॉफ़ेन्।*

ओह, ये कौन महिला हैं? उसने अपने जीवन में सचमुच की गंभीर किताबें पढ़ने वाली कम ही लड़कियाँ या महिलाएँ देखी थीं। उसकी रुचि एक सौम्य चेहरे और सुघड़ काया से हटकर उस व्यक्ति पर केंद्रित हो गई जो एक कैफ़े में बैठ कर 'मिर्सिया इलियाडे' को पढ़ रहा था।

उसकी दृष्टि उस चेहरे पर सौजन्यता की सीमा से दो क्षण अधिक ठहर गई। कैफ़े में और कोई नहीं था। वह कब चलता-चलता काउंटर तक पहुँच गया, उसे पता नहीं चला। सामने नज़र गई तो देखा कि काउंटर पर खड़ी सेल्सगर्ल उसे बड़े ध्यान से देख रही थी। उसे लगा मानो वो उस महिला को घूरकर देखता हुआ पकड़ा गया हो तो मुस्कुराकर उसने अपनी झेंप को छुपाया। लड़की ने भी जैसे षड्यंत्रकारी मुस्कान दी।

"नाइस कैफ़े, नया खुला है?" उसकी आँखें एक बार कैफ़े के अंदर चक्कर लगाती हुई सेल्स-गर्ल के चेहरे पर आकर ठहर गईं।

"एक वर्ष हुआ है सर, क्या लेंगे?" उसे लगा जैसे लड़की को ऑर्डर लेने में अधिक दिलचस्पी है।

"फ़्लैट व्हाइट, मिलेगी?"

"मिल जाएगी सर, लेकिन थोड़ा वेट करना पड़ेगा। मशीन ऑन करती हूँ, बस पाँच मिनट।"

"ओके, कोई नहीं। नो हरी।"

लड़की ने मशीन ऑन की। वह लगभग तेईस वर्ष की होगी। उसके बाजू में एक लैपटॉप रखा था। वहाँ एक पॉवरप्वाइंट प्रेजेंटेशन खुला था।

"पढ़ाई करती हो?" उसने अपनी ओर से बातचीत आगे बढ़ाई।

"हाँ जी सर, मैं पुणे से एम.बी.ए. कर रही हूँ।"

"और यह जॉब?"

"पार्ट टाइम। यहाँ छुट्टी पर आई हूँ। यह हमारी एक आंटी की शॉप है तो जब भी छुट्टी में आती हूँ तो पॉकेट मनी के लिए यहाँ थोड़ा काम कर लेती हूँ। आंटी को थोड़ा फ्री टाइम मिल जाता है।"

कुछ सेकंड रुककर उसने पूछा, "यह लेडी कौन हैं?"

"ओह, मैडम एक स्कूल प्रिंसिपल हैं, विवेकानंद एकेडमी नाम से स्कूल है

इनका। रेगुलर आती हैं, संडे को। एक बजे तक बैठती हैं, कोई एक बुक पढ़ती हैं। दो कप कॉफ़ी पीती हैं।"

लड़की के 'ओह' से लगा जैसे उसे इस सवाल का ही इंतजार था।

"रेयर है न आज के समय में किसी के हाथ में स्मार्टफोन की जगह किताब देखना? और वो भी फ़िलॉसफ़ी की।"

कॉफी मशीन गर्म हो गई थी। उस लड़की ने कॉफ़ी के ऊपर दूध की झाग से एक पत्ते की डिजाइन बनाते हुए पूछा, "एनीथिंग एल्स, सर?" उसे कॉफ़ी बेचने में अधिक दिलचस्पी थी।

इस पर सैम ने पूछा, "मैडम की कॉफी चॉइस क्या है?"

"मीडियम कैपुचिनो विद सोया मिल्क।" लड़की ने एक नटखट मुस्कान के साथ कहा।

उस खाली पड़े कैफ़े में कुछ अलग ही माहौल था। वह इंतजार कर रही थी— क्या यह बंदा मैडम को सँभाल पाएगा?

तो एक मीडियम कैपुचिनो विद सोया मिल्क। मुझे मैडम से कुछ बात करनी है। कैसी हैं मैडम? नाराज तो नहीं होंगी?

"डिपेंड्स, वैसे स्वीट ही हैं, मैं कभी इनकी स्टूडेंट रही हूँ।"

समीर ने कॉफी ली, फोन से पेमेंट किया और सौ रुपए का नोट अलग से टिप छोड़ दिया, "फॉर योर पॉकेट मनी। बिग थैंक्स।"

दो कप कॉफ़ी लेकर वह मैडम की टेबल की और बढ़ा। एक कॉफ़ी उस महिला के सामने रख कर बोला "गुड मॉर्निंग मैडम, आपकी मीडियम कैपुचिनो विद सोया मिल्क।"

अपनी कॉफ़ी हाथ में लिए वह उनकी प्रतिक्रिया की प्रतीक्षा कर रहा था। मैडम उसे ऐसी नज़र से देख रही थीं जैसे नवीं क्लास के बच्चे की यूनिफॉर्म इंस्पेक्ट कर रही हों। ब्लू ट्रैक बॉटम, एसिक्स के रनिंग शूज, नाईकी की लोगो वाली ढीली सी टी शर्ट जिस पर सूखते पसीने के दाग। आँखों पर पतले वायर फ्रेम का चश्मा, चेहरे पर शिक्षित सभ्य भाव। मैडम की दृष्टि में जब अविश्वास और तनाव थोड़ा कम हुआ तो उसने कुर्सी धीरे से खींचते हुए पूछा, "सॉरी टू डिस्टर्ब, मै आपका कुछ मिनट ले सकता हूँ?"

फिर कोई विपरीत प्रतिक्रिया ना देख कर वह कुर्सी खींच कर बैठ गया।

"मैं सैम, समीर राघवन, फ्रॉम बेंगलुरु, इसरो में साइंटिस्ट हूँ।"

"ओके... किस क्लास में है आपका बच्चा? एडमिशन लेना है? ऑफिस में आ जाते।" मैडम को इस लड़के के द्वारा यूँ संपर्क किए जाने की और कोई दूसरी वजह

इसके सिवा समझ नहीं आई।

"नहीं मैडम, मेरी बेटी है क्लास 6th में, पर वह बेंगलुरु में पढ़ रही है। एडमिशन की बात नहीं है।"

"फिर?"

"बस, यूँ ही। क्यूरियोसिटी, आपकी बुक *सैक्रेड एंड द प्रोफेन . . .*" उसने किताब की ओर इशारा करते हुए कहा-वन ऑफ माई फेवरेट।

"यह आपकी पिक अप लाइन है?"

सैम, थोड़ा सा ऑफेंड हुआ। वह धीरे से आधा उठ खड़ा हुआ।

"मैडम, क्यूरियस हूँ, स्टूपिड नहीं कि इलियाडे और सिडनी शेल्डन पढ़ने वालों में फ़र्क न कर सकूँ। आजकल कोई मुश्किल से दिखता है जो सोशल मीडिया स्क्रॉल करने के बजाय एक सीरियस फ़िलॉसफ़ी की किताब पढ़ रहा हो। सॉरी, डिस्टर्ब किया।"

"बैठ जाओ, सॉरी, डिडन्ट मीन टु . . ."

समीर बिना किसी विशेष आग्रह के वापस बैठ गया। कुछ सेकंड के असहज अंतराल के बाद बातचीत शुरू हो गई। पहले किताबों पर बातें हुई, फिर प्रोफ़ेशन पर और लास्ट में फिर फैमिली पर। मैडम पहले सिर्फ़ प्रश्नों के उत्तर देती रहीं, फिर ओपिनियंस और ऑब्जर्वेशंस शेयर करने लगीं।

समीर ने उन्हें अपने बारे में बताया, वह दिल्ली में बड़ा हुआ। पापा सिविल सर्विस में थे। उसने आईआईटी चेन्नई से बी. टेक किया, फिर यूएस में एमआईटी से मास्टर्स किया। कुछ साल एमएनसी की दुनिया में नौकरी की और फिर भारत लौट आया, इसरो जॉइन कर ली। एक भाई नेवी में है, पोर्ट ब्लेयर में। पिताजी अकेले थे इसलिए भारत लौट आया। लेकिन पिताजी को अकेले रहना ही पसंद है, इसलिए वह दिल्ली नहीं आया। बस इतना ही दूर रहना है, कि एक फोन कॉल पर उड़कर आ सके।

मैडम ने बताया, वे एक आर्मी ऑफिसर की पत्नी हैं। पिता भी डिफेंस में थे। उनके पति ब्रिगेडियर हैं और इस समय उधगपुर में हैं। मैडम ने आर्कियोलॉजी और हिस्ट्री पढ़ी थी, साथ ही संगीत में भी रुचि रखती हैं। उन्होंने दस वर्ष पहले यह स्कूल खोला था-विवेकानंद एकेडमी नाम से। जो अब लगभग स्थापित हो चुका है। जब से स्कूल खोला है, उन्होंने हस्बैंड की पोस्टिंग्स के साथ साथ पूरा देश घूमना छोड़ दिया। अब स्कूल ही उनकी लाइफ है, उनका मिशन है।

"और बच्चे?"

"एक बेटी है, इंजीनियर है। वह इन्फोसिस में काम करती है। अभी हैदराबाद में है।"

बेटी इंजीनियर है, जॉब करती है। यानि मैडम की उम्र कम से कम पचास तो होगी। आश्चर्य नहीं है कि वे इतनी सहजता से उसे तुम कहकर बुला रही हैं, बच्चे की तरह ट्रीट कर रही हैं। एकाएक उनकी तरुण काया और बिना लकीरों का आकर्षक चेहरा, जो उनके तीस पैंतीस होने का भ्रम देता है, गहरी गंभीर आँखों के प्रौढ़ भाव के सामने सिमट जाता है।

"मैडम, मुझे एक बात समझ नहीं आई, कि यह स्कूल आपके लिए लाइफटाइम वर्क है, ये तो ठीक है पर ये इतना ख़ास कैसे है कि इसके लिए आप अपनी फैमिली से अलग अकेले रहती हैं। क्यूँ?" समीर को हैरत थी।

मैडम थोड़ी देर अपनी कॉफ़ी के कप की तली में देखती रहीं। फिर कहा, "सही कहा, यह मेरे लिए लाइफ़टाइम वर्क है। इस स्कूल को चलाना मेरे लिए एक जॉब या एक बिज़नेस नहीं है। शिक्षा को लेकर मेरा एक विज़न था कि अगली जेनरेशन को अपनी जड़ों से जोड़ सकूं। उनका हिन्दू धर्म से, हिन्दू दर्शन या फ़िलॉसफ़ी से परिचय करा सकूँ , अपने कंट्री से परिचित करा सकूँ।"

"तो? कुछ सफलता मिली?"

"पता नहीं.... लेकिन कोशिश जारी है। दरअसल यहाँ हर स्कूल मिशनरी स्कूलों की नकल पर ही चलता है। जो कुछ अमेरिका में होता है, जो हॉलीवुड में दिखता है, वह स्कूलों में कल्चर के नाम पर परोस दिया जाता है। पैरेंट्स भी जब पैसे ख़र्च करते हैं तो स्कूलों से वही उम्मीद करते हैं। वैसे में उन्हें उनकी अपेक्षा से अलग कुछ देना कठिन है। मैं प्रयास तो करती हूँ, लेकिन बच्चे उससे जुड़ नहीं पाते।"

"अच्छा, आप कैसे प्रयास करती हैं? अभी तक क्या-क्या किया?"

"मैंने अपने स्कूल में कुछ हिन्दू त्योहारों को मनाना शुरू करवाए। जैसे बाकी स्कूलों में 'क्रिसमस' और 'न्यू ईयर' मनाया जाता है, हमने वैसे ही रामनवमी, जन्माष्टमी मनाना शुरू किया। एक आफ़्टर स्कूल भगवदगीता क्लब शुरू किया। स्वामी विवेकानंद का जन्मदिवस सेलिब्रेट करते हैं। अब कुछ पैरेंट्स ने इन बातों को पसंद किया पर कुछ पैरेंट्स ऐसे भी मिले जिन्होंने इस पर आपत्ति की कि ये सब कराने के लिए हमने अपने बच्चे आपको थोड़े सौंपें हैं। लेकिन समीर जानते हो मैं उनकी चिन्ता नहीं करती। मुझे चिन्ता इस बात की है कि हमारे बच्चे ही इसमें बहुत रुचि नहीं लेते। उन्हें यह सब दकियानूसी लगता है। अब मुझे समझ नहीं आता कि

उनको अपने धर्म की, संस्कृति की, राष्ट्र की और अपने महान विरासत की शिक्षा कैसे दूं? कैसे उनको इन बातों से जोड़ूँ।"

"आप कहें तो मैं कुछ ट्राई करूं?"

"कहाँ ट्राई करोगे? मेरे स्कूल में?"

"जी, अगर आपकी परमिशन हो। मुझे एक क्लास दें, पसंद आए तो आगे एलाऊ करें।"

"क्या पढ़ाओगे? कोई नया अप्रोच? पहले कभी पढ़ाया है कहीं?" मैडम के स्वर में जिज्ञासा, कौतूहल और शंका तीनों थी।

"जी, मैंने ऐसे कभी पढ़ाया तो नहीं है, पर मुझे लगता है कि मेरे पास एक नया एप्रोच है, जो बच्चों से रिज़ोनेट करे। एक ऐसी हिन्दू दर्शनशास्त्र की समझ फ़िलॉसफ़ी मैं उनको समझा सकता हूँ जो सार्वभौमिक है और जो किसी एक देश, जाति या भाषा तक सीमित नहीं है।"

"जैसे?"

सैम ने मैडम के सामने पड़ी किताब उठा ली।

"जैसे कि यह-मिर्सिया इलियाडे। क्या यह हिन्दू हैं?"

"नहीं, ये तो हिन्दू नहीं हैं।"

"प्रिसाइजली, इलियाडे क्रिस्चियन ट्रेडिशन में पैदा हुए थे और एक रोमानियन के रूप में पले-बढ़े। वो फ्रेंच भाषा के विद्वान थे जिनकी फ़िलॉसफ़ी हिन्दू धर्म से प्रभावित थी तो क्या आप कह सकती हैं कि वो एक हिन्दू थे? आप उन्हें कैसे एक्सक्लूड कर सकती हैं? कोई भी, जिसकी फ़िलॉसफ़ी, जिसका जीवन-दर्शन हिन्दुत्व की मूल आत्मा से प्रेरित है, वह हिन्दू है।"

"क्या सचमुच? फिर हमारे ट्रेडिशन, हमारे रिचुअल्स, हमारा अतीत गौरव? क्या है, जो हमें हिन्दू बनाता है? हम जो पीढ़ियों से हिन्दू हैं, भारत के साथ हमारी जड़ें हैं और एक विदेशी। क्या दोनों हिन्दू हो सकते हैं?"

"मैडम, यही बात तो मैं बच्चों को बताना चाहता हूँ। मनुष्य अपनी जेनेटिक्स से नहीं बना, वह अपनी सांस्कृतिक प्रोग्रामिंग से बना है, अपनी फ़िलॉसफ़ी से बना है। जिसकी फ़िलॉसफ़ी हिन्दुत्व है, वही हिन्दू है। जिसने भी सभी मनुष्यों को, सभी जीवों को, प्रकृति को, चर और अचर सभी को परमात्मा का अंश देखा वह हिन्दू है। हिन्दू कोई नस्ल नहीं है। हिन्दू एक वैल्यू सिस्टम है, मानव मूल्य है, जीवन मूल्य है।

इसलिए हिन्दू होना एक रैशनल चॉइस है। हिन्दू मानव मूल्यों की सजग स्वीकृति है। सभ्यता के अस्तित्व के लिए एक आवश्यक शर्त है। आपको वह शर्त स्वीकार करनी चाहिए। अगर आप सिर्फ़ गलती से हिन्दू पैदा हो गए तो आपके लिए हिन्दू होने का कोई अर्थ नहीं है।"

मैडम कुछ समय सोचती रही फिर पूछा, "कितने दिनों के लिए तुम यहाँ हो? समय होगा तुम्हारे पास?"

"कह नहीं सकता कितना समय दे पाऊँगा; क्योंकि यहाँ मैं अपने बीमार पिता की देखभाल के लिए हूँ तो फिलहाल तो हूँ और जब तक हूँ समय निकाल ही लूँगा। वैसे भी जो बात जरूरी होती है, उसके लिए समय निकल आता है।"

बीमार पिता का सुनकर मैडम ने उनकी वर्तमान स्थिति के बारे में पूछा। फिर अपने बैग से एक छोटी सी डायरी निकाली। स्मार्टफोन के ज़माने में डायरी थोड़ी अलग -सी बात थी। लेकिन मैडम रविवार को फोन नहीं छूती। एक तरह का डिजिटल उपवास। उन्होंने डायरी में कुछ देखते हुए कहा, "एक टीचर है-प्रियंका जो संयोग से कल से ही मैटरनिटी लीव पर जा रही हैं। तुम उनकी क्लास ले सकते हो? कल सुबह यानि सोमवार दस बजे, दसवीं क्लास के बच्चों की क्लास में . . ." उन्होंने अपना विजिटिंग कार्ड उसकी और बढ़ा दिया, जहाँ स्कूल का पता भी था।

कार्ड पर लिखा था—निवेदिता आनंद. प्रिंसिपल, विवेकानंद एकेडमी, ग्रेटर नोयडा, सेक्टर-16

卐卐卐

और कुछ देर बैठने के बाद मैडम ने घड़ी देखी। साढ़े बारह बज चुके थे। दो घंटे से अधिक समय बीत चुका था। आज किताब तो पढ़ी नहीं, लेकिन जैसे बहुत से पन्ने पलट गए। समीर भी उठने लगा। दो तीन घंटे की नींद लेकर उसे वापस अस्पताल जाना था। उसने मैडम को 'थैंक्यू' बोला तो मैडम ने कहा, "अगले सन्डे की कॉफी मेरी तरफ से। फ्लैट व्हाइट, राइट?"

समीर ने मुस्कुरा कर इस निमंत्रण को स्वीकार किया और दरवाजे की ओर चल पड़ा। बाहर निकलते समय उसने देखा, काउंटर पर बैठी लड़की उसकी ओर देख कर मुस्कुरा रही थी। मैडम एक टोटल स्ट्रेंजर को इतनी देर एंटरटेन करेंगी। इंप्रेसिव—ये लड़की के अनुमान से परे था।

# हिन्दू कौन हैं और हिन्दू धर्म किनका धर्म है?

(पहला दिन/ सोमवार)

समीर अगली सुबह अस्पताल से लौट कर फ्रेश होकर सोफ़े पर आँखें बंद कर के लेटा था। उसका छोटा भाई पोर्ट ब्लेयर से आ रहा था, जो शाम तक पहुँच जाएगा। अभी वह पंद्रह मिनट में तैयार होकर मैडम के स्कूल के लिए निकलेगा। स्कूल यहाँ से बीस मिनट की पैदल दूरी पर है। उसके दिमाग में कोई स्ट्रक्चर नहीं है कि वह बच्चों से क्या बात करेगा। उसके पास कोई रेडी मेड कंटेंट नहीं है, कोई पावर पॉइंट प्रेजेंटेशन या स्लाइड्स नहीं है, कोई स्क्रिप्ट नहीं है बल्कि ऐसा कुछ भी नहीं है, जिसके सहारे वो क्लास में बच्चों को पढ़ाने जा सके। लेकिन उसे इस बात की चिंता नहीं है; क्योंकि इस विषय पर बात करना उसकी प्राकृतिक अवस्था है। उसकी फॉर्मल एजुकेशन, मैथमेटिक्स, इंजीनियरिंग, स्पेस टेक्नोलॉजी में ऐसा कुछ भी नहीं था, जो उसे हिन्दू धर्म के बारे में कुछ विशेष जानकारी देता। उसने जो भी पढ़ा, जो भी जीवन-दर्शन फ़िलॉसफ़ी विकसित किया, वह सहज भाव से एक-दूसरे से जुड़ता चला गया। स्पेस रिसर्च और भगवदगीता उसे अलग-अलग विषय कभी दिखाई ही नहीं दिए। उसने अपने घर में, कभी छुट्टियों में गाँव जाकर, अपनी दादी-नानी से, अपनी माँ से या स्वामी विवेकानंद को आत्मसात कर चुके अपने पिता जो सुना-सीखा था, वही उसके लिए हिन्दुत्व की प्राथमिक पाठशालाएँ थी, जिसके बाद अपनी समझ से वो हिन्दू धर्म को एकदम अलग तरह से समझता चला जा रहा था।

उसने इस धर्म को एक बेहद तार्किक और खुले दृष्टिकोण में समझा था और इसलिए उसे लगता था कि आज के समय में हिन्दू धर्म को केवल सिर्फ़ रिटुअल्स या ट्रडिशन्स के तौर पर नहीं, बल्कि एक विचार-प्रक्रिया के रूप में समझाने की ज़रूरत

है। एक ऐसा सिस्टम, जो साइंस से भी जुड़ता है और आध्यात्मिकता से भी। उसे समय के हिसाब से हिन्दू धर्म को परिभाषित करने और उसकी सार्थक अभिव्यक्ति करना बहुत रोचक लगता था। संयोग से उसे पत्नी भी ऐसी ही मिली थी, जिसका हिन्दू धर्म से वैसा ही गहरा भावनात्मक लगाव था—जैसा कभी भगिनी निवेदिता का रहा होगा। भगिनी निवेदिता की तरह ही समीर की पत्नी भी जन्म से भारतीय नहीं, हिन्दू नहीं थी।

अब दोनों मिलकर अपनी बेटी को रामायण, महाभारत, हिन्दू पुराणों की कथाएँ सुनाते हैं, लेकिन एक नए, मॉडर्न ट्विस्ट के साथ। पौराणिक वृतांतों को वे इस तरह प्रस्तुत करते हैं जैसे *नेटफ्लिक्स* की कोई एपिक सीरीज़ हो। जिसमें एडवेंचर है, इमोशन है, और साथ में आज के बच्चों के मन में उठने वाले सवालों के जवाब भी हैं। बेसिकली, पति-पत्नी दोनों हिन्दू धर्म को 'आउटडेटेड' नहीं, बल्कि इवॉल्विंग मानते हैं। शायद इसी वजह से उनके लिए गीता और स्पेस रिसर्च, दोनों एक ही कंवरसेसन का हिस्सा हैं, रामायण की कथाएँ उनके लिए अपनी बेटी की परवरिश का एक महत्त्वपूर्ण अंग है।

सुबह के करीब दस बजने वाले थे। समीर स्कूल पहुँचा और सीधा प्रिंसिपल मैडम के ऑफिस में गया, लेकिन मैडम किसी मीटिंग में थीं। ज्यादा फॉर्मेलिटी में न पड़ते हुए, उसने वहीं से एक बच्चे से पूछ लिया और सीधे दसवीं कक्षा की तरफ निकल गया। जैसे ही समीर कक्षा में पहुँचा, वहाँ बैठे करीब चालीस बच्चे उसे कुछ इस तरह, देखने लगे जैसे किसी नए कैरेक्टर की एंट्री हो गई हो। समीर ने एक नज़र पूरे क्लास पर डाली और फिर मुस्कराते हुए पूछा, "ये प्रियंका मैम की क्लास है?"

सामने वाली लाइन में बैठी एक लड़की ने हल्का-सा सिर हिलाकर 'हाँ' कहा।

उसने कहा, "आपकी टीचर आज से छुट्टी पर हैं, तो आज से अगले कुछ दिनों तक मैं आपके प्रियंका मैम की जगह टीचर हूँ।"

उसकी बातें सुनकर कुछ लड़कियां खिलखिला कर हँसने लगीं और लड़के चुपचाप उसकी अथॉरिटी को तौलने लगे। उसे पता था, क्लास में उसके पहले कुछ क्षण बहुत महत्त्वपूर्ण थे।

तभी पीछे से एक लड़का पूछ बैठा, "आप किस सब्जेक्ट के टीचर हैं?"

समीर ने काउंटर किया, "पहले ये बताओ, प्रियंका मैम आपको क्या पढ़ाती थीं?"

एक लड़की ने जवाब दिया, "सोशल स्टडीज़।"

"कूल, अब ये बताओ... इस क्लास में किस-किस को सोशल स्टडीज़ इंटरेस्टिंग लगता है?"

पीछे से एक साथ आवाज़ आई, "बू"

कुछ लड़कों ने बोरियत में लंबी साँस छोड़ी, जैसे किसी हॉरर मूवी की शुरुआत हो रही हो।

वह हँस पड़ा, "तो आपको सोशल स्टडीज़ अच्छा नहीं लगता? थैंक गॉड, मुझे तो डर लगने लगा था कि कहीं मुझे ऐसी क्लास न मिल गई हो जिसे सोशल स्टडीज़ मज़ेदार लगती है... दैड वुड वी ए टोटल डिस्टोपियन वर्ल्ड, ट्रस्ट मी।"

क्लास अब थोड़ी रिलैक्स हो गई। चेहरों पर हल्की स्माइल, थोड़ा कन्फ्यूज़न भी, 'ये बंदा है कौन?'

समीर ने कहा, "बाई द वे, लेट मी इंट्रोड्यूश माईसेल्फ। मेरा नाम समीर राघवन है, बट यू गाइज़ कैन जस्ट कॉल मी सैम। जैसे मेरे दोस्त मुझे बुलाते हैं।"

तभी एक लड़का बोला, "अंकल सैम?"

समीर बिना रुके बोला, " इक्जैक्टली, जब मैं MIT में था, मेरे कुछ दोस्त मुझे 'अंकल सैम' ही कहते थे।"

"MIT मेसाचूसेट्स? यूएस? आप वहाँ  क्या करते थे?" एक लड़की इस बारे में अपडेट थी।

"हाँ," समीर ने कहा, "आई एम एन इंजीनियर। अभी ISRO में काम करता हूँ। MIT से मास्टर्स किया है।"

अब बच्चों की अटेंशन पूरी तरह समीर पर थी।

एक और लड़की ने पूछा, "बट देन ... आप टीचर नहीं हो? तो यहाँ सोशल स्टडीज़ पढ़ाने क्यों आ गए?"

समीर मुस्कराया, "दैट इन ए फेयर क्वेश्चन पर इसका एनसर मैं बाद में दूँगा। लेकिन पहले आप ये बताओ कि आप लोग क्या पढ़ना चाहते हो? लाइक सीरियसली, अगर कोई आपको बोले कि आज जो मन करे, वो पढ़ लो, तो आप क्या चूज़ करोगे?"

एक लड़के ने कहा, "आप इंजीनियर हो, मैथ्स पढ़ाइए। किसी ने कहा फिजिक्स पढ़ाइए। किसी ने कहा 'स्पेस' के बारे में बताइये। एक ने कहा, अमेरिका के बारे में बताइये। वहाँ के अपने एक्स्पेरियंस शेयर कीजिए।

इस पर समीर ने कहा कि दिस इज नॉट अबाउट मी कि मैं क्या पढ़ा सकता हूँ, "दिस इज अबाउट यू कि आपको क्या पढ़ना पसंद है?"

थोड़ी देर की चुप्पी के बाद, एक लड़का बोल पड़ा, "मुझे तो सिनेमा पसंद है, मूवीज़।"

"परफेक्ट, लेट्स स्टार्ट विद सिनेमा। और किस-किस को मूवीज़ पसंद हैं?" समीर ने पूछा।

एक लड़की ने कहा, "मुझे सलमान ख़ान की फ़िल्में बहुत पसंद हैं।"

"ग्रेट, तो चलो, सलमान ख़ान के फिल्म की ही बात करते हैं।" उसने अपनी जेब से फोन निकाला और गूगल में जाकर एक तस्वीर सर्च की और फिर उस तस्वीर को क्लास की ओर दिखाते हुए पूछा, "यह कौन है?"

"सलमान ख़ान है"—कई बच्चों ने एक साथ उत्तर दिया।

"नाइस, और ये किस मूवी का सीन है?"

"*हम दिल दे चुके सनम*..." पहले से कुछ कम लोगों ने इसका जवाब दिया।

"अच्छा, इस फ़िल्म की कहानी किसने लिखी है?"

इस बार थोड़ा साइलेंस रहा... फिर खिड़की के पास बैठी एक शांत और प्यारी सी लड़की ने धीरे से कहा,"यह मैत्रेई देवी के नॉवेल *न हन्यते* पर लूजली बेस्ड है।"

समीर ने थोड़ा हैरान होते हुए कहा,"ब्रिलियंट, ह्वाट इज योर नेम?"

"सुष्मिता हालदार।"

"सुष्मिता, यू आर इनटू लिटरेचर?"

"जी, मेरी मदर टंग बांग्ला है, और मुझे बांग्ला लिटरेचर बहुत पसंद है।"

"बहुत सुंदर। देखा आपने, दुनिया में कोई भी दो सब्जेक्ट अनरिलेटेड नहीं हैं। आप एक सब्जेक्ट पढ़ते हुए दूसरा पढ़ सकते हो। सलमान ख़ान के फ़िल्म ने आपको बांग्ला लिटरेचर पर ला दिया। हमारी यह क्लास ऐसी ही फ्री फ्लोइंग होगी। कन्वर्सेशन हमें जहाँ ले जाएगी, हम वहीं जाएँगे वहाँ पर सीखते चलेंगे।

वैसे, एक फन फैक्ट—क्या आपको पता है, कि *ना हन्यते* एक रियल स्टोरी पर बेस्ड है?" ये कहते हुए समीर ने सुष्मिता की ओर देखा।

सुष्मिता ने धीरे से 'ना' में सिर हिलाया।

"इस फ़िल्म में सलमान ख़ान ने जो कैरेक्टर प्ले किया है, ओरिजनल प्लॉट में उस कैरेक्टर का नाम है 'मिर्सिया इलियाडे'। आप यह नाम गूगल कर सकते हो। वो रोमानिया के थे—एक बेहद बड़े फ़िलॉसफ़र और फ्रेंच लैंग्वेज स्कॉलर। फ़िल्म

में नाचते-कूदते और गाना गाते हुए सलमान ख़ान को देखकर यह समझना मुश्किल है कि यह पिछली सेंचुरी के महानतम फिलोसॉफर का कैरीकेचर है।"

बच्चे बड़े ध्यान से उसकी बातें सुन रहे थे।

"इलियाडे इक्कीस वर्ष की उम्र में भारत आए थे। उन्होंने कलकत्ता यूनिवर्सिटी के प्रोफेसर सुरेंद्रनाथ दासगुप्ता के पास रहकर हिन्दू फ़िलॉसफ़ी पढ़ी थी। मैत्रेई देवी उन्हीं प्रोफेसर दासगुप्ता की बेटी थी। उनका नॉवेल *न हन्यते* उन्हीं दोनों की लव स्टोरी है। इलियाडे ने बिल्कुल यही स्टोरी रोमानियन में लिखी—मैत्रेई। इट इज कंसिडर्ड ए क्लासिक इन रोमानियन लिटरेचर।"

सुष्मिता ने पूछा, "आपने कहा कि इलियाडे पिछली सेंचुरी के ग्रेट फिलॉसफर गिने जाते हैं। राईट? तो फ़िलॉसफ़ी में उनका क्या कंट्रीब्यूशन है?"

"बहुत अच्छा सवाल," समीर क्लास के रेस्पॉन्स से उत्साहित था।

"इलियाडे उन गिने-चुने पश्चिमी चिंतकों में से थे, जिन्होंने हिन्दू फिलॉसॉफी को सीरियसली स्टडी किया। वो यहाँ रहते हुए संस्कृत, पाली और बांग्ला सीख गए थे। उन्होंने भारतीय परंपरा, योग, उपनिषद—सब एक्सप्लोर किया। उन्होंने वेस्टर्न वर्ल्ड को इंडियन दार्शनिक परंपरा से पहली बार प्रोपरली इंट्रोड्यूश किया। काफ़ी टाइम तक वो हिमालय में एक आश्रम में भी रहे, साधुओं की तरह।"

इतने में एक और लड़का बोल पड़ा, "तो क्या उन्होंने हिन्दू धर्म अपना लिया था? मतलब, डिड ही कनवर्ट?"

समीर को अच्छा लगा कि क्लास में और बच्चे इसमें इन्वॉल्व हो रहे थे।

"ग्रेट क्वेश्चन, व्हाट इज योर नेम?"

"पार्थो," उसने कहा, थोड़ा बंगाली ऐक्सेंट के साथ।

पार्थो—स्वाभाविक बांग्ला टोन में उस बच्चे पार्थ ने अपना नाम ओकारांत लगाते हुए बताया।

"तो आप भी बंगाल से हो?"

उसने 'हाँ' में सिर हिलाया।

"ओके सब्यसाची, तो अब तुम बताओ, क्या हिन्दू बनने के लिए हिन्दू धर्म में फॉर्मली कनवर्ट होना ज़रूरी होता है? इलियाडे जन्म से क्रिश्चियन थे, तो क्या हिन्दू होने के लिए उनको क्रिश्चियनिटी को छोड़ना होगा?" सैम ने जानबूझकर पार्थ को सब्यसाची कहकर पुकारा।

"सर... मेरा नाम पार्थो है... सब्यसाची नहीं।", उसने थोड़ा झेंपते हुए कहा।

"मुझे पता है," समीर मुस्कराया। "पर दोस्त, तुम जिस इलाके से हो वहाँ अर्जुन के कई ऐसे नाम बच्चों को दिए जाते हैं जो कहीं और रेयर हैं—जैसे पार्थ, सव्यसाची, जिष्णु... यू नो, दैट इज। भारत के अलग-अलग हिस्सों की अपनी कल्चरल डेप्थ है और मेरे हिसाब से ये हम सबको जानना चाहिए।"

समीर को भी अपने पिता की तरह उनसे भारत के लिए प्रेम विरासत में मिला था, इसलिए वो न केवल अपने राज्य के बल्कि भारत के अधिकतर राज्यों के इतिहास, अतीत गौरव और वर्तमान समस्याओं को समझता था।

पार्थो ने पूछा, "तो सर, क्या आप भी बंगाल से हैं?"

"नहीं, मैं बंगाल से नहीं हूँ। बट डू यू रियली नीड टु बिलौंग टु ए प्लेस टु अंडरस्टैंड इट?" समीर ने उसकी आँखों में देखकर पूछा।

नहीं, ऐसा तो नहीं है, फिर भी . . . पार्थ अपनी बात पूरी करते-करते रुक गया।

"चलो छोड़ो, एक बात बताओ तुम में से किसी ने आदि शंकराचार्य का नाम सुना है?" अचानक समीर ने पूछा।

"मैंने सुना है," पिछले बेंच से आवाज़ आई।

"द बेस्ट ब्रेन्स ऑफ द नेशन मे बी फाउंड ऑन द लास्ट बेंचेज़ ऑफ द क्लासरूम।" एक लड़की की आवाज़ आई जिसे अनसुना कहते हुए समीर ने कहना शुरू किया-चलो मैं उनके बारे में थोड़ा कुछ बताता हूँ।

卐卐卐

"शंकराचार्य का जन्म केरल में हुआ था। लेकिन उन्होंने नर्मदा नदी के लिए *नर्मदाष्टकम्* लिखा, जबकि नर्मदा तो मध्य प्रदेश से निकलती है और गुजरात में जा मिलती है। उनका उस नदी से कोई डायरेक्ट कनेक्शन नहीं था। इसी तरह, उन्होंने यमुना और गंगा जी के लिए भी बहुत सुंदर स्तुतियाँ लिखीं—जबकि ये नदियाँ उत्तर भारत में बहती हैं। क्यों? क्योंकि जब आप किसी जगह या किसी चीज़ की स्प्रिचुअल या कल्चरल वैल्यू को समझ लेते हो, तो आप उसे केवल जियोग्राफिकल बाउंड्रीज़ से नहीं जोड़ते। फिर वो आपके दिल से जुड़ जाती है।

जैसे आपके बंगाल से विपिन चंद्र पाल और स्वामी विवेकानंद निकले, लेकिन उन्हें सुनने के लिए लाहौर से लेकर चेन्नई तक में लोग जुटते थे या फिर दयानंद

सरस्वती, जो गुजरात में जन्में थे, पर उन्हें सबसे ज़्यादा स्वीकार्यता गुजरात के बाहर के क्षेत्रों में मिली।

इसका अर्थ ये है, पार्थ कि अगर आप अपने देश के किसी भी हिस्से की हिस्ट्री, जियोग्राफी या ट्रैडिशन को जेनुइनली समझते हो, तो वो हिस्सा आपको अपना लगने लगता है। और जब पूरा देश अपना लगने लगे... तो फिर सोचो देशवासियों में कितनी पॉवरफुल बॉन्डिंग बनती है।"

समीर ने मुस्कराकर पार्थो की ओर देखा और कहा—"ठीक है पार्थो?"

पार्थो थोड़ी देर चुप रहा, फिर हल्का-सा मुस्कराया और सिर हिला दिया।

"अब वापस आते हैं, अपने सवाल पर..." समीर ने कहा, "डिड मिर्सिया इलियाडे एक्चुअली बिकम ए हिन्दू?"

"इक्जैक्टली समीर सर, मेरा क्वेश्चन भी यही है—कोई हिन्दू कैसे बनता है? क्या कोई भी हिन्दू हो सकता है? आपके हिसाब से हिन्दू होने का मतलब क्या है?"—पार्थो ने एक ही साथ कई सवाल पूछ दिए।

मिर्सिया इलियाडे पर हो रही चर्चाओं ने उसके दिमाग में ये सवाल गहराई से बैठा दिया था।

समीर मुस्कराया, फिर बोला—"चलो पार्थो, मैं कोशिश करता हूँ, कि इस सवाल का जवाब अपनी समझ से दूँ और बिल्कुल सिम्पल भाषा में दूँ , ताकि आप सब इससे कनेक्ट कर सको।"

अब तक पूरी क्लास समीर के साथ काफ़ी कमफर्टेबल हो चुकी थी, सब बड़े ध्यान से उसकी बातें सुन रहे थे।

"आपमें से 'डिस्कवरी' या नेशनल 'जियोग्राफिक चैनल' कौन-कौन देखता है?" सैम का सवाल था।

卐卐卐

कुछ हाथ उठे।

"गुड, आप सब अपने हाथ नीचे कर लो... मुझे इक्जैक्ट याद नहीं, पर शायद डिसकवरी या नेशनल जियोग्राफिक पर एक शो आता था। थोड़ा-बहुत 'मैन वर्सेज वाइल्ड' जैसा। उस शो में जो एक शख्स थे, वो गले में क्रॉस पहनते थे—सो मॉस्ट लाइकली ही वाज ए क्रिश्चियन, राइट?"

बच्चों ने सिर हिलाया, "यह सर।"

"अब आप में से कई लोग शायद सोच रहे होंगे कि मैं हिन्दू को डिफाइन करते वक्त एक क्रिश्चियन की बात क्यों कर रहा हूँ?" समीर ने मुस्कराकर कहा।

"इक्जैक्टली," क्लास से एक आवाज़ आई।

क्लास पूरी तरह अटेंटिव थी। सब समीर की बातों में गहरी दिलचस्पी ले रहे थे।

"देखो, रीजन सिम्पल है—इस इक्जैम्पल का आपके क्वेश्चन से सीधा कनेक्शन है। हिन्दू शब्द को लेकर हमेशा थोड़ा कंफ्यूजन रहा है। कुछ लोग कहते हैं कि हिन्दू को प्रॉपर्ली डिफ़ाइन ही नहीं किया जा सकता... क्योंकि इसमें कोई फिक्स्ड रूलबुक या वन-लाइन डिफनिशन नहीं है।"

"तो सर, क्या आज तक किसी ने हिन्दू को डिफाइन किया ही नहीं?" किसी बच्चे ने पूछा।

"नहीं, ऐसा भी नहीं है," समीर ने जवाब दिया, "कई बड़े थिंकर्स और स्कॉलर्स हुए हैं, जिन्होंने हिन्दू को डिफ़ाइन किया है, और उनकी डेफ़िनिशन्स काफ़ी वाइडली रिस्पेक्टेड भी हैं।"

"जैसे?" पार्थो ने पूछा। वो समीर के जवाबों में सबसे ज्यादा इंटरेस्टेड लग रहा था।

समीर ने थोड़ी देर सोचा और फिर पूछा, "क्या कोई बता सकता है: किसी ने हिन्दू की कोई डेफ़िनिशन दी है?"

एक लड़की ने हाथ उठाया और कहा, "सर, एक बार मैंने सुना था कि हिमालय और इंडियन ओशन के बीच रहने वाले लोग हिन्दू कहलाते हैं—यानि यह एक जियोग्राफ़िकल आइडेंटिटी है।"

"वेरी गुड," समीर ने तारीफ की, "और ये किसने कहा था?"

"रणदीप हुड्डा की *सावरकर* फिल्म में सुना था," लड़की ने कहा।

"ग्रेट , आपने बिल्कुल सही सुना। यह डेफ़िनिशन वीर सावरकर ने दी थी। ये इंटरेस्टिंग है कि आप लोग फ़िल्मों में इतना इंटरेस्टेड हैं और ऐसे डिटेल्स भी पिक करते हैं। खैर, कोई और भी डेफ़िनिशन जो किसी ने दी हो, किसी को पता है?"

एक लड़के ने कहा, "सर, कुछ लोग रिलिजियस टेक्स्ट्स के आधार पर कहते हैं कि हिन्दू वो है जो दुष्टों का नाश करे।"

एक और बच्चे ने कहा, "जो ओंकार को मूल मंत्र माने, गंगा-गाय में श्रद्धा रखे, और पुनर्जन्म में विश्वास करे–वो हिन्दू कहलाता है।"

फिर एक दूसरे बच्चे ने कहा—"विनोबा भावे ने कहा था:'हिंसा से जिसे दुख होता है, वो हिन्दू है।"

समीर बेहद खुश था—क्लास एकदम एक्टिवली पार्टिसिपेट कर रही थी। समीर अपने पिता की शैली फॉलो कर रहा था—वो भी ऐसे ही संवाद करते थे, सवाल-जवाब के रूप में।

पार्थो ने फिर पूछा—"तो सर, अगर आप इन सब डेफ़िनिशन्स से एग्री करते हैं, तो फिर अलग क्या बताएँगे?"

"नहीं, ऐसा नहीं है। हिन्दू धर्म को डिफाइन करने वाले ये सब विद्वान बड़े स्कॉलर्स थे और उनकी इंटेलेक्चुअल एबिलिटी भी ऐसी थी कि वो हिन्दू धर्म को डिफाइन कर सकते थे। मैं तो बल्कि ये कहूँगा कि हिन्दू धर्म को समझने के लिए इन सबको पढ़ना बेहद जरूरी है।"

"समीर सर, अगर आप उनसे डिसएग्री भी नहीं हो तो फिर आप हमें उनके दिए डेफिनेशन से अलग क्या बताओगे?" पार्थ ने पूछा

"उन सबकी डेफिनेशंस से सहमत होते हुए भी तो मैं कहूँगा कि मेरे अनुसार 'हिन्दू' होना केवल किसी आस्था या विश्वास का फ़ॉलोअर होना मात्र ही नहीं है: क्योंकि 'हिन्दू' होना 'आस्था' नहीं बल्कि रियलाइज़ेशन (साक्षात्कार/बोध) और अनुभूति का विषय है। हिन्दू होना किसी जियोग्राफ़िकल बाउंड्री के अंदर जन्म लेना मात्र भी नहीं है, क्योंकि मेरे अनुसार हिन्दू दुनिया में कोई भी हो सकता है। केवल भारत में किसी के जन्म लेने को उसके हिन्दू होने से जोड़ना हिन्दू शब्द की विराटता को सीमित करता है।

आई थिंक हममे से कोई कुछ नहीं समझा?" सुष्मिता ने चारों ओर देखते हुए कहा।

"एक्ज़ैक्टली . . ." कुछ आवाज़ें आई।

"मान लो मिस्त्र या इजरायल का रहने वाला कोई इजिप्शियन या यहूदी अपने यहाँ की नील या जॉर्डन नदी या फिर माउंट सिय्योन के लिए उतनी ही श्रद्धा रखता है जितनी हम गंगा और हिमालय के लिए रखते हैं तो क्या उसके अंदर भी हिन्दू भाव ही जीवित नहीं है; क्योंकि वो किसी न किसी रूप में प्रकृति का ही वंदन कर रहा है? सोचो, वो किसी ऐसे रिलिजन में जन्मा है, जहाँ नेचर को जड़ माना जाता है, लेकिन फिर भी वो अपनी नदियों, पेड़ों, पहाड़ों के लिए रिस्पेक्ट और ग्रैटिट्यूड दिखाता है, तो क्या वो असल में किसी हिन्दू जैसी माइंड सेट ही नहीं रखता?"

क्लास में एकदम शांति थी, सब ध्यान से सुन रहे थे।

थोड़ी देर रुकने के बाद फिर समीर ने कहना शुरू किया—"अगर कोई महिलाओं के लिए सम्मान का भाव रखता है तो वो हिन्दू भाव को ही जी रहा है,

क्योंकि नारी की समानता से लेकर श्रेष्ठता तक की और उससे भी आगे जाकर उसको डिवाइन मानने का संस्कार केवल हिन्दू धर्म में ही है। इसी तरह कोई अगर ये मानता है कि ईश्वर तक पहुँचने के लिए पवित्र भाव से तलाशा गया हर रास्ता उस मनुष्य को ईश्वर तक ले जा सकता है तो वो अपनी इस उदार दृष्टि के कारण उपासना स्वतंत्रता के हिन्दू भाव को ही फॉलो कर रहा है। अगर कोई अपने जीवन में अच्छा इन्सान है, शिष्ट है, बौद्धिक स्वतंत्रता का समर्थक है, नैतिक और चारित्रिक रूप से अच्छा है तो उसको मैं हिन्दू ही मानता हूँ चाहे उसका नाम, उसकी रिलीजियस आइडेंटिटी या नेशनलिटी कुछ भी हो।"

"यानि आप कह रहे हैं कि किसी में अगर सिर्फ़ 'हिन्दू भाव' भी है तो इस आधार पर वो 'हिन्दू' हो सकता है?" पार्थ ने अपने प्रश्न को आगे बढ़ाया।

"एक्ज़ैक्टली, मेरे कहने का अर्थ यही है। और अभी 'डिस्कवरी चैनल' के शो में आने वाले जिस शख्स का उल्लेख मैंने किया है, उसके उल्लेख का कारण 'हिन्दू' होने की व्यापकता को समझाना है। मैं उस शो को इसलिए देखता था; क्योंकि मुझे उस शख्स की भावना और उसका बोध गहराई से प्रभावित करता था। वो चप्पल नहीं पहनता था ताकि माटी और धरती के प्रति अपनी कृतज्ञता दिखाये, वो अकारण वृक्षों को नहीं काटता था, ताकि 'पर्यावरण संकट' न आये, वो मांसाहार नहीं करता था, ताकि 'जैव-विविधता' और प्रकृति का संतुलन कायम रहे और इसमें वो अपनी भूमिका का निर्वहन कर सके। मेरी दृष्टि में एक आस्थावान 'ईसाई' होते हुए भी वो एक 'हिन्दू' ही था; क्योंकि उसका मन 'हिन्दू' था, क्योंकि उनकी दृष्टि हिन्दू दृष्टि थी, क्योंकि वो नहीं चाहता था कि उनके द्वारा किसी भी प्राणी कोई भी कष्ट हो, वो ये मानता था कि ईश्वर ने इस जगत की चीजों को केवल हमारे सुख और हमारे उपभोग या एंजोयमेंट के लिए नहीं बनाया है; बल्कि उसकी बनाई हर रचना इस प्रकृति में अपना स्वतंत्र और सम्माननीय अस्तित्व रखती है और इसलिए उन सबको भी जीने का उतना ही अधिकार है, जितना हमारा है।

"इस बात को ऐसे सोचो—वो बंदा जंगल में रहता था-प्रकृति के बीच, वहाँ वो कभी नदियों में तैरता, गर्मी, ठंड, बारिश, तूफान -सब झेलता... और हर बार नेचर के साथ बैलेंस बनाकर सर्वाइव करता। कभी धरती से सीखता, कभी नदी से, कभी जानवरों से। वो कभी भी किसी जंगली जीव को नुकसान नहीं पहुँचा रहा था, प्रकृति से अनावश्यक या आवश्यकता से अधिक कुछ लेता था नहीं था, धरती के प्रति अपना आभार प्रकट करने के लिए जूते या चप्पल नहीं पहनता था। तो अब

इमैजिन करो—ऐसा इंसान, जो किसी अलग रिलीजन को फ़ॉलो करता है, लेकिन नेचर से कनेक्ट है ...तो क्या वो भी हिन्दू नहीं हो सकता है?"

"हो सकता है न क्योंकि उसकी थिंकिंग, उसकी सेंस्टिविटी, उसका कम्पैशन—सब हिन्दू थॉट की तरह हैं।" समीर ने खुद ही अपनी बात का जवाब दिया।

"ट्रू ..." एक लड़की की आवाज़ आई।

卐卐卐

"सुष्मिता, इसी तरह आप सबको लेकर भी है। हम यह मानते हैं कि यदि किसी व्यक्ति के मन में स्त्रियों के लिए सम्मान का भाव है, तो उसके इस भाव में तुम हिन्दू भाव देख सकती हो। क्योंकि नारी का सम्मान और उसकी प्रतिष्ठा हिन्दू धर्म का सेंट्रल थीम है। हमारे यहाँ राम, कृष्ण और बुद्ध जैसे ईश्वरीय अवतारों की कथाओं में कई ऐसे उदाहरण मिलते हैं। अथवा यदि हम कहें कि श्रीराम, श्रीकृष्ण और बुद्ध का अवतार ही नारियों के सम्मान रक्षण के लिए हुआ था तो ऐसा कहना गलत नहीं होगा।" समीर ने कहा।

"कैसे सर?"—एक लड़की की आवाज़ आई।

"आपका नाम?"

"रूपाली...रुपाली जैन।"

"हाँ सर, आप ऐसी कुछ और बातें बता सकते हैं?"—सुष्मिता ने अनुरोध के स्वर में कहा।

"ओके, क्या आप में से किसी ने बिहार के प्रसिद्ध लिच्छवी साम्राज्य की राजनर्तकी 'आम्रपाली' के बारे में सुना है? अगर आपमें से कोई बिहार से है, तो उसने जरूर सुना होगा।"

"हाँ सर, हम बिहार से हैं और आम्रपाली के बारे में हम जानते हैं, उनके नाम से एक ट्रेन भी चलती है।" एक लड़के ने चहकते हुए कहा।

"वेरी गुड...क्या नाम है आपका?"

"मेरा नाम अविनाश कुमार है।"

"ओके अविनाश",—समीर ने टेबल पर अपने हाथ टिकाते हुए कहा, "जब भगवान बुद्ध वैशाली आए थे तो उस दौरान वो आम्रपाली के घर भोजन करने गए, जबकि बाकी समाज इसके लिए उनका उपहास करता रहा, लेकिन बुद्ध ने इसकी परवाह न की।"

"लेकिन समाज बुद्ध के उनके यहाँ जाने के कारण उनका उपहास क्यों कर रहा था"–सुष्मिता ने पूछा।

"वो इसलिए क्योंकि आम्रपाली के प्रोफेशन को समाज में अच्छा नहीं माना जाता था। लेकिन समाज ने चाहे आम्रपाली के बारे में कुछ भी कहा हो, बुद्ध ने हमेशा उन्हें 'आर्या अंबा' कहकर सम्मान दिया और बाद में उन्होंने नियम तोड़कर उन्हें धम्मसंघ में भी शामिल किया। बुद्ध के इस आत्मीय व्यवहार के कारण आम्रपाली ने अपना विलासी जीवन त्याग दिया और भिक्षुणी बन गई। बुद्ध ने आम्रपाली को सम्मान दिया था, उसके कारण परवर्ती रचे तमाम बौद्ध साहित्यों में आम्रपाली को आदरणीय माना गया और तुम सही कह रहे थे अविनाश, आज आम्रपाली के सम्मान में उनके नाम पर ट्रेन से लेकर होटल तक है।"

"आप में से किसी ने जबाला या सत्यकाम का नाम सुना है?"–समीर ने पूछा।

कोई उत्तर न पाकर उसने कहना शुरू किया–"हमारे एक उपनिषद में 'जबाला' नाम की एक स्त्री का वर्णन है, जिसमें वह सबके सामने स्वीकार करती है कि अपना भरण-पोषण करने के लिए उसने कई-कई घरों में काम किया है; वह कई पुरुषों की सेवा में रही है, इसलिये वो निश्चित रूप से अपने पुत्र के बारे में यह नहीं बता सकती कि उसका पिता कौन है। अब सोचो, आज के ज़माने में ऐसा कोई सच बोले तो लोग जजमेंटल हो जाते हैं–लेकिन उस समय के हिन्दू समाज ने जबाला को जज नहीं किया, उसे अपमानित नहीं किया, उसे पत्थर नहीं मारा, बल्कि उसकी सत्य-वादिता के कारण उसका सम्मान किया गया। 'धन्य हो देवी' कहकर उसका अभिनंदन किया गया और उसके पुत्र को एक ऋषि के रूप में सम्मान दिया गया'। यही हिन्दू चिंतन का एसेंस है, नारी को लेकर उसकी दृष्टि है।"

"इज़ देर एनीवन फ्रॉम द नॉर्थ-ईस्ट इन द क्लास?"–समीर ने अचानक पूछा।

एक हाथ उठा।

"योर नेम, प्लीज़?"

"उदिप्ती बेजबरुआ"–लड़की ने धीरे से जवाब दिया।

"असम से हो?"–समीर ने उसके सरनेम से पहचान लिया।

"उदिप्ती, डू यू नो कुछ महीने पहले आपके यहाँ एक बहुत फेमस ब्राज़ीलियन वॉलीबॉल प्लेयर आए थे–गिबा ?"

उदिप्ती ने थोड़ा कन्फ्यूज़ होकर सिर हिलाया, "नो, सर ..."

"कोई बात नहीं, आइ'ल टेल यू," सैम ने मुस्कुराते हुए कहा।

"2023 के अंत में, ब्राजील के ओलंपिक मेडल विनर और वर्ल्ड फेमस वॉलीबॉल प्लेयर गिबा, असम आये हुए थे। यहाँ वो अपने दोस्त और पूर्व भारतीय वॉलीबॉल कप्तान अभिजीत भट्टाचार्य के निमंत्रण पर यहाँ आये थे।"

बच्चे थोड़े से उत्सुक हो गये।

"वहाँ असम के एक गांव में गिबा वहाँ के बच्चों से मिले, उनसे बातें की, और अपने अनुभव साझा किए। उसी दौरान, उन्होंने एक छोटी बच्ची के पैर छुए।"

"सर, ये तो मैंने भी पेपर में देखा था," एक लड़की बोली, "बट गिबा तो हिन्दू नहीं हैं, ना ही उन्हें नवरात्रि और कन्या पूजन के रिचुअल्स के बारे में पता होगा... फिर उन्होंने ऐसा क्यों किया?"

"एक्ज़ैक्टली", सैम बोले, "यही तो मैं कह रहा हूँ। गिबा ना तो हिन्दू हैं और न ही उन्होंने कभी कन्या पूजन किया होगा, फिर भी उनके अंदर ये फीलिंग कहाँ से आई कि कोई बच्ची है तो वो सम्मान की प्रतीक है? इतनी कि उसके पैर छूने चाहिए?"

सैम ने थोड़ी देर रुककर क्लास की तरफ देखा फिर कहना शुरू किया—"देखो, मेरे हिसाब से हिन्दू होना ऐसा नहीं है कि आपने हिन्दू परिवार में जन्म ले लिया या कुछ सिद्धांतों को मान लिया, तो आप हिन्दू हो गए। अगर आपके कर्म में, आपके व्यवहार में हिन्दू होना रिफ्लेक्ट नहीं हो रहा है, तो आप हिन्दू कहाँ हुए? आस्था ठीक है पर हिन्दू होने का अर्थ इसके कहीं आगे जाकर नैसर्गिक सत्यों की अनुभूति करना है, उन्हें महसूस करना है।"

"तो क्या यह जरूरी नहीं कि कोई जन्म से ही हिन्दू हो?"–पार्थो ने पूछा।

"बिलकुल, यह जरूरी नहीं है कि कोई जन्म से ही हिन्दू हो और ऐसा इसलिए है क्योंकि अनुभूति कॉग्निटिव अवस्था है, लेकिन इसका दिखना इस बात पर निर्भर करता है कि वो कितना संवेदनशील है।"

कुछ लम्हों के विराम के बाद समीर ने कहा—"अगर 'हिन्दू' होने की कोई शर्त है, तो वह यह है कि वह 'सभ्य' और 'सु-संस्कृत' समाज के निर्माण में सहायक हो, विचारों में 'सात्विक' और भावों में 'सकारात्मक' हो। इसलिए, मेरी नज़र में पशु मांस खाने की वकालत करने वाले किसी बॉर्न हिन्दू से कहीं अधिक पक्के हिन्दू वे ईसाई सज्जन हैं, जो डिस्कवरी शो में दिखाई देते हैं और जिनमें पशुओं के प्रति करुणा और संवेदना रखते हैं। स्त्री को उपभोग की वस्तु समझने वाले किसी बॉर्न हिन्दू से लाख गुणा बेहतर हिन्दू गिबा जैसे लोग हैं जो जन्म से

तो हिन्दू नहीं हैं, लेकिन अपने सद्विचार, अपने भाव और अपने सात्विक मन के कारण से हिन्दू हैं।"

ये कहते हुए समीर गंभीर हो गया और उसने फिर कहना शुरू किया कि कोई इंसान जो जन्म से 'हिन्दू' तो नहीं है पर बौद्धिक रूप से अपनी पांथिक आस्थाओं से परे सोचने का साहस रखता है, तर्क और विचारों की स्वाधीनता का समर्थक है, चेतना-हीन नहीं है, करुणावान है, स्त्री जाति का सम्मान करता है, वह भी उसकी दृष्टि में 'हिन्दू' ही है। उसकी दृष्टि में, उसकी समझ से 'हिन्दू ' होने की यही परिभाषा है। इलियाडे उन कुछ पश्चिमी स्कॉलर्स में से एक थे जिन्होंने 'हिन्दू फ़िलॉसफ़ी' को स्टडी ही नहीं किया था बल्कि उसे असिमिलेट कर लिया था। वे काफ़ी समय तक हिमालय में एक आश्रम में रहे थे और उन तमाम मूल्यों को अपनाया था, जिनको हम हिन्दू जीवन मूल्य कहते हैं अथवा इसे ऐसे भी कह सकते हो कि ये सारे भाव उनके अन्दर संचारित थे, जिनको हम हिन्दू जीवन मूल्य कहते हैं।

"तो पार्थ, अब कह सकते हो न कि वो हिन्दू थे?"–समीर ने एक लंबी साँस छोड़ते हुए अपनी बात समाप्त की।

क्लास पूरी तरह शांत थी, लेकिन सब कुछ सोच रहे थे। सैम ने जिस तरह से बात की थी, वो सिर्फ़ एक लेक्चर नहीं था–वो एक पर्सपेक्टिव शिफ्ट था।

"वाह...। सर मुझे पढ़ने-लिखने में इंटरेस्ट है, और मैंने अपनी समझ से हिन्दू धर्म पर दर्जनों लोगों को पढ़ा है, लेकिन हिन्दू होने की ये परिभाषा मुझे कहीं नहीं मिली और मैं आपकी इस व्याख्या से पूरी तरह सहमत हूँ। हिन्दू कौन है, इस प्रश्न को अब तक मैं अनआंसर्ड समझता था, पर अब मुझे लगता है कि इसे इस तरह सोचने का नया आधार मुझे मिला है-थैंक यू' सैम सर . . .थैंक यू वेरी मच।" ये कहते हुए पार्थ काफ़ी उत्साहित लग रहा था।

"सर, मैं आकांक्षा अरोड़ा हूँ और एक प्रश्न मेरा भी है, कि हिन्दू धर्म किनका धर्म है?"—उत्साहित आकांक्षा बोल पड़ी, उसे लगा कि शायद उसके प्रश्नों का सबसे बेहतर उत्तर ये इन्सान दे सकता है जो आज क्लास में आया है।

"अरोड़ा माने शायद आप पंजाब से हो?"

"यस सर।"

"आकांक्षा, क्या तुम अपने सवाल को थोड़ा और क्लियर कर सकोगी?" समीर को तो उसका सवाल समझ आ गया था, लेकिन उसने बाकी बच्चों के लिए ऐसा पूछा ताकि सब अच्छे से समझ सकें।

“मेरे पूछने का अर्थ है कि हम रील्स में या यूट्यूब वगैरह पर जो देखते हैं, उसमें बताया जाता है कि हिन्दू धर्म संन्यासियों का, नागा साधुओं का, अजीब-अजीब तरह के रिचुअल्स को फॉलो करने वाले लोगों का धर्म है, जो नदियों, पहाड़ों और जानवरों को पूजते हैं, स्त्रियों को लेकर उदार नहीं हैं, जहाँ सती प्रथा वगैरह रही है...तो बस इसलिए मैंने ये सवाल पूछा,” आकांक्षा ने कहा।

“आकांक्षा, आपके इस प्रश्न का उत्तर तो बहुत लंबा हो सकता है, लेकिन मैं संक्षेप में बता रहा हूँ। मुझे लगता है कि मेरा यह छोटा सा उत्तर आपके प्रश्न का कॉम्प्रिहेंसिव आंसर होगा। भगवान कृष्ण ने गीता में इस प्रश्न का सबसे सुंदर उत्तर दिया है।”

“गीता में इस प्रश्न का उत्त्तर है? हमने तो टीवी सीरियल में महाभारत देखा है, वहाँ तो ऐसा कुछ नहीं था”—समीर की बात सुनकर एक लड़के को हैरानी हुई।

“गीता में किधर है?” सुष्मिता को भी हैरानी हुई।

“भगवद्गीता का 10वाँ अध्याय पढ़ोगी तो वहाँ इसका उत्तर मिलेगा”, समीर ने कहा।

“श्रीकृष्ण गीता में जब कहते हैं कि ‘मैं वेदों में सामवेद हूँ ’ तो वे यह कहते हैं कि हिन्दू धर्म ‘गायन विधा’, ‘गीत-संगीत’ और राग-रागिनी की साधना करने वालों का धर्म है। तो आप में से जिसकी भी रूचि गीत-संगीत-नृत्य आदि में है, हिन्दू धर्म उनका है।” क्लास में सबकी नज़रें उस लड़के पर चली गई जो अच्छा गिटार बजाता था।

“ओह्ह...तो ये हमारे क्लास के एक स्टार हैं”, समीर ने उस लड़के के करीब जाकर उसकी पीठ थपथपाई।

“हाँ सर, ये हमारे क्लास का सिंगिंग स्टार है और किसी हीरो की तरह से गिटार बजाता है,” एक लड़के ने कहा।

“क्या नाम है आपका?”

“सर, उज्जवल प्रकाश।”

“गुड...तो अब हमारे पास इस रविवार को एन्जॉय करने की एक बेहतर वजह मौजूद है,”—ये कहते हुए समीर वापस अपनी जगह पर आ गया और कहना शुरू किया, “जब कृष्ण कहते हैं कि ‘मैं धन का स्वामी कुबेर हूँ ’ तो वे यह कहते हैं कि हिन्दू धर्म “ऐश्वर्य और समृद्धि” प्राप्त कर स्वयं भी अच्छा जीवन जीते हुए दान और अतिथि-सत्कार से मानवता की सेवा करने वालों का धर्म है। जब वे कहते हैं कि ‘कवियों में शुक्राचार्य कवि मैं ही हूँ’ तो वो ये कहते हैं कि हिन्दू धर्म “काव्य” और

'साहित्य' की साधना करने वालों का धर्म है, यानि आपमें से जो कोई भी कविता या कहानी लिखते हैं, हिन्दू धर्म उनका धर्म भी है।"

"सर, हमारे क्लास में एक पोएटेस भी है," एक आवाज़ आई।

यही सुष्मिता – एक लड़के ने सुष्मिता की ओर इशारा करते हुए कहा।

"कैसी कवितायें लिखती हो सुष्मिता?"– समीर ने सुष्मिता के पास जाकर पूछा।

"मैं बांग्ला में लिखती हूँ सर....नेचर पर," सुष्मिता ने हल्की आवाज़ में कहा।

"इंटरेस्टिंग ....जरूर सुनूंगा कभी।"

"जब कृष्ण गीता में कहते हैं कि "मैं ऋतुओं में बसंत हूँ", तो वो ये कहते हैं कि हिन्दू धर्म आनंद, उत्सव और उल्लास के साथ सुख और दुःख को समान भाव से जीने वालों का धर्म है। यह खुशियाँ तलाशने का धर्म है। इसलिए कभी आप हिन्दू धर्म के त्योहारों को देखें, जहाँ आनंद और उत्सवों की मनोरम परंपरा है।

जब वो गीता में जब कहते हैं कि "मैं सात्विक पुरुषों का सात्विक भाव हूँ " तो वे यह भी कहते हैं कि हिन्दू धर्म कुत्सित भाव वालों का धर्म नहीं है। जब वह कहते हैं कि 'मैं नक्षत्रों का अधिपति चंद्रमा हूँ ' तो वे यह भी कहते हैं कि हिन्दू धर्म विश्व को करुणा, स्नेह, सेवा और सद्भाव की शीतलता देने वालों का धर्म है। भगवान जब गीता में कहते हैं कि 'मैं वृक्षों में पीपल का वृक्ष हूँ' तो वे यह कहते हैं कि हिन्दू धर्म पर्यावरण की चिंता करने वालों का धर्म है।

"वो जब गीता में कहते हैं कि 'मैं घोड़े में उच्चैः श्रवा नाम का घोड़ा, हाथियों में ऐरावत, पशुओं में मृगराज सिंह, पक्षियों में गरुड़, गौओं में कामधेनु, मछलियों में मगर और सर्पों में सर्पराज वासुकि हूँ तो वे यह भी कहते हैं कि हिन्दू धर्म विश्व के समस्त जीव -जंतुओं के संरक्षण और संवर्धन करने वालों और उनके अस्तित्व को आदर देने वालों का धर्म है।

"क्या मेरा उत्तर ठीक है, आकांक्षा?" समीर ने घड़ी की ओर देखते हुए पूछा।

"बिलकुल सर, मज़ा आ गया! ऐसी बढ़िया एक्सप्लेनेशन सुनकर, मैंने कभी नहीं सोचा था कि भगवान श्रीकृष्ण का विराट रूप दरअसल हिन्दू धर्म के विराट स्वरूप का ही दर्शन था। थैंक यू वेरी मच सर..."

क्लास खत्म होने की घंटी बज चुकी थी लेकिन किसी का भी क्लास से उठकर जाने का मन नहीं था। यह पहली बार था, जब 'सोशल स्टडीज' की क्लास में किसी को बोरियत नहीं हुई थी।

"सर कल आप फिर से क्लास लोगे?"—एक साथ दो-तीन बच्चों ने पूछा।

"बिलकुल...अगर आप लोग मेरी पढ़ाई से संतुष्ट हो और आपकी प्रिंसिपल मैडम को लगेगा कि ये मैंने उनके बच्चों के समय ख़राब नहीं किये तो जरूर..." समीर ने मुस्कुराते हुए टेबल पर रखा हुआ अपना चश्मा उठाया और बाहर की ओर जाने के लिए मुड़ा।

"बिलकुल—बिलकुल समीर, मैं तुम्हारे समझाने के तरीके से और तुम्हारे आर्ग्युमेंट्स से बेहद सैटिस्फाइड हूँ...मैं आपके क्लास रूम के बाहर खड़ी थी और एक तरह से समझिये तो इन बच्चों की तरह ही आपकी क्लास भी अटेंड कर रही थी...इट वाज वेरी इम्प्रेसिव...क्यों बच्चों, आपको आज की क्लास कैसी लगी?"—निवेदिता मैडम ने बच्चों की ओर मुड़कर पूछा।

"बस मज़ा आ गया मैडम..." ये बात उस बच्चे ने कही, जिसे स्कूल का सबसे शरारती और लापरवाह बच्चा माना जाता था।

"मैडम, तो अब सर रेगुलर तो आयेंगे न?"—शांत बैठे रहने वाली सुष्मिता ने अनुनय के स्वर में प्रिंसिपल मैडम से पूछा।

"बिलकुल आयेंगे...क्यों समीर सर?"—निवेदिता मैडम से समीर से पूछा।

"जी..." समीर ने मुस्कुराते हुए जवाब दिया।

"समीर, तुम्हारी आज की क्लास तो अच्छी रही और बच्चे भी खुश हैं, इसलिए हमें लगता है कि यह प्रयोग हमारे लिए सफल रहा। मुझे अंदाज़ा नहीं था कि मेरे स्कूल के बच्चों को हिन्दू धर्म में इतनी दिलचस्पी हो सकती है। थैंक्स कि तुमने इसे उभार दिया।"

प्रिंसिपल केबिन की ओर समीर के साथ चलते हुए मैडम ने कहा और ऐसा कहते हुए उनके अंदर संतुष्टि का भाव था।

स्कूल के टीचरों में कानाफूसी चल रही थी कि आज क्लास 10वीं में पढ़ाने वालाये शख्स कौन है और अचानक इसने कैसे स्कूल ज्वाइन कर लिए।

प्रिंसिपल मैडम ने समीर से उसके पिता की तबियत के बारे में पूछा और फिर कल फिर आने का अनुरोध किया। दिन के साढ़े ग्यारह बजने वाले थे, समीर ने वापस फ्लैट न जाकर एम्स की टैक्सी ले ली।

उसके पिता की तबियत में कोई विशेष सुधार नहीं था और उनकी हालत पहले जैसी ही स्टेबल था। इस दिन की दूसरी अच्छी बात यह रही कि शाम को उसका छोटा भाई भी पोर्ट ब्लेयर से दिल्ली आ गया। भाई का आना इस समय समीर के लिए बहुत बड़ा सहारा था।

# हिन्दू इतिहास

**(दूसरा दिन/ मंगलवार)**

अगले दिन जब समीर क्लास पहुँचा, तो सब कुछ उसे जाना-पहचाना लगा। बच्चे उसका इंतज़ार कर रहे थे। जैसे ही समीर क्लास में दाख़िल हुआ, एक शरारती सी लड़की ने कहा, "वेलकम, सैम सर।"

समीर ने मुस्कराते हुए उसे 'हलो' किया।

वो क्लास की औपचारिक शुरुआत करता, उसके पहले ही आकांक्षा ने पूछ लिया—"सर, मेरे दादाजी कहते हैं कि हिन्दू धर्म अनादि और अनंत है। इज़ दैट राइट?"

समीर ने हल्के से "हम्म..." करते हुए उसे एनकरेज किया कि वह अपना सवाल थोड़ा और क्लियरली बताए। समीर बच्चों के इस उत्साह से खुश था।

आकांक्षा ने कहा—"मतलब, अगर इसकी कोई बिगिनिंग ही नहीं है, तो फिर इसकी शुरुआत कहाँ से मानी जाए? हिन्दू धर्म और हमारे इतिहास की शुरुआत कैसे हुई? हमारे पूर्वज कैसे थे?"

समीर ने कहा—"हमारे अलावा बाकी सब मज़हब, मत या पंथों की शुरुआत के बारे में कुछ न कुछ मिलता है, पर हम एक धर्म के रूप में कब से हैं, इसका कोई निश्चित इतिहास नहीं है। माने मत, मज़हब और पंथों का सिलसिला जब से शुरू होता हैं उसके काफ़ी पहले से हम अस्तित्व में हैं, हमारे ग्रंथ अस्तित्व में है, पर जहाँ तक हिन्दू धर्म को अनादि मानने की बात है, तो मैं इसे इस रूप में समझता हूँ कि इस धर्म का कोई शुरुआतकर्ता नहीं है, किसी एक व्यक्ति ने इसे नहीं गढ़ा और न ही यह किसी घटना के नतीजे में अस्तित्व में आया।"

उसने कहा कि जहाँ तक हिन्दू इतिहास की बात है तो यह आपको हमारे वेदों, पुराणों, उपनिषदों और महाकाव्यों में मिलेगा, हमारे वैल्यूज़, लाइफ़स्टाइल,

बिलीफ़्स और कल्चर सब कुछ इन्हीं में डॉक्युमेंटेड है। यही हमारे पूर्वजों की मेधा और उनके ज्ञान को कैरी करते हैं।

"इन ग्रंथों में और क्या है?" – आकांक्षा को सब्र नहीं था।

"जब हम अपने हिन्दू इतिहास के पन्नों को पढ़ते हैं, तो हमें महसूस होता है कि ये सिर्फ़ बीते समय की बातें नहीं हैं, बल्कि आज भी हमें गौरवान्वित और प्रेरित करने वाले कालखंड हैं। हमारे इतिहास में आपको कभी भी भूखे-नंगे, डरे हुए या गिड़गिड़ाते हुए लोग नहीं मिलेंगे। वेदों और पुराणों में जिस समाज का वर्णन है, वह ऐसा समाज था जो शिक्षा के महत्त्व को समझता था, जो वीरता की बात करता था, जो अपने स्वार्थ से ऊपर उठकर पीड़ित लोगों को न्याय दिलाने को खड़ा होता था। यह वह समाज था जो नए और प्रेरक विचारों की बात करता था, वैज्ञानिकता और तार्किकता को स्वीकारता था, न्याय तथा सह-अस्तित्व की बात करता था। प्रकृति में सभी के अस्तित्व का सम्मान हो और मनुष्यों के बीच समानता हो, यह उनके चिंतन में था। मनुष्य बौद्धिक रूप से स्वतंत्र हो, स्त्री अपने अधिकारों के प्रति सजग हो, ये सब उस समाज के चिंतन की उत्कृष्टता थी। विश्व के मंगल की कामना करना, दान और अतिथि सत्कार को महत्त्व देता उनका स्वभाव था। विश्व हिंसा, विस्तारवाद और अत्याचार रहित हो, ऐसी उनकी कोशिश रहती थी।"

"हमारे ऋषि लोग कैसे थे सर?"—पार्थ मानो समीर की बात खत्म होने का इंतज़ार ही कर रहा था।

समीर ने कहा कि आमतौर पर हम यह माना जाता है कि हमारे ऋषि बस मन्त्रों को रचते थे और यज्ञ करते थे; लेकिन ये सच नहीं है। हमारे ऋषि हमारे लिए फ्रेंड, फिलॉसफर और गाइड की तरह भी थे। जो अपने असीमित ज्ञान और अनुभव से हमारा मार्गदर्शन करते थे। वे हममें प्रेरणा और उत्साह भरते थे, सकारात्मकता का संचार करते थे। जब हम अपने प्राचीन ग्रंथों को पढ़ते हैं, तो हमें एक ऐसा समाज दिखाई देता है, जो कभी भी निराश नहीं था। वहाँ के लोग रोते-कलपते या जीवन से परेशान नहीं रहते थे। कोई यह नहीं कहता था कि "भगवान, मुझे इस जीवन से छुटकारा दो।" उनके लिए जीवन एक बोझ नहीं, बल्कि एक अवसर था – कुछ अच्छा करने का, आगे बढ़ने का, और समाज के लिए कुछ करने का। हमारे ऋषि-मुनियों ने लोगों को ऐसा मार्ग दिखाया था कि उनमें कभी भी निराश होने या जीवन से भागने की भावना नहीं आई। वे मानते थे कि जीवन को पूरे उत्साह के साथ जीना चाहिए। वेद का हर मंत्र पुरुषार्थ, निर्भयता और सबलता की बात करता है। हमारे

वेदकालीन समाज में आप देखेंगे कि सौ वर्ष जीने की कामना की जाती थी, क्योंकि जब काया निरोगी हो, आर्थिक संपन्नता हो और मन में शुभ संकल्प हों, तो मृत्यु की कामना क्यों की जाए? अथर्ववेद (5/30/7) में ऋषि कहते हैं: 'ऊपर उठना और आगे बढ़ना प्रत्येक जीव का लक्ष्य है।'

"वाओ …कितनी मोटिवेटिंग लाइन्स हैं" – सुष्मिता की आवाज आई।

समीर ने कहा कि उस समय कामचोर लोगों को हेय दृष्टि से देखा जाता था। हमारे पूर्वज "सादा जीवन, सादा आचार और उच्च विचार" के सिद्धांत पर आधारित जीवन जीते थे। यहाँ त्याग को भोग से अधिक अहमियत दी जाती थी और ज्ञान और तप को धन से ऊपर रखा जाता था। लोगों को पाप से कमाए धन से दूर रहने और अपनी मेहनत से धन कमाने की शिक्षा दी जाती थी। यह सोच उनके विचारों के केंद्र में थी कि त्याग करो, अपनी आवश्यकताओं को कम करो, भौतिक सुखों के साथ-साथ आध्यात्मिक आनंद को भी महत्त्व दो, और आरोग्य तथा संतोष को धन समझो।

"हाँ, तभी हमारे यहाँ राजा और महाराजाओं से अधिक श्रेष्ठ उन लोगों को माना गया जो जंगलों में रहने वाले तपस्वी थे, है न सर?" पार्थ समीर की बात खत्म होने से पहले ही बोल पड़ा।

समीर ने पार्थ की ओर मुड़कर कहा, "बिलकुल ऐसा ही है, पार्थ। हमारे यहाँ समाज के हित के लिए सत्ता का त्याग करने वाले को सत्ता पर बैठने वालों से श्रेष्ठ माना गया है, यहाँ पर उन राजाओं को हमारे लिए आइडियल माना गया है जो अपने प्रज्ञा का अच्छे से ध्यान रखते थे। भगीरथ इसलिए आदरणीय हैं क्योंकि एक बड़े राज्य के राजा होने के बावजूद उन्होंने गंगा जी के धरती पर अवतरण के लिए राजा होने के सारे सुख त्याग कर तपस्या की थी। एक बात और कहूँगा कि हमारे पूर्वज केवल पेट भरकर ही संतुष्ट नहीं होते थे, बल्कि वे अंतिम सत्य की निरंतर खोज को अपने जीवन का ध्येय मानते थे। हमारा हिन्दू समाज आत्मग्लानि से भरा समाज नहीं था, बल्कि वह प्रबल आत्मविश्वासी समाज था जो अपने सुधार में, अपने व्यक्तित्व को उत्कृष्ट करने में हमेशा लगा रहता था। उनका हर प्रयत्न नर से नरोत्तम बनने की ओर था। केवल मेरा ही विकास हो और बाकी लोग पिछड़े रहें, ऐसी सोच उनकी नहीं थी। यानि उनकी भावना सबको साथ लेकर चलने की थी।"

"सर हमारे लिए हमारे ग्रंथों से कुछ मोटिवेटिंग बातें हो तो प्लीज बताइए," सुष्मिता ने कहा।

"तुम बंगाल से हो, तो तुम्हारे लिए मैं दुर्गा सप्तशती का एक मन्त्र बताता हूँ। इसमें दुर्गा जी से हम कहते हैं—*विद्यावन्तंयशवन्तं लक्ष्मीवन्तं जनं कुरु / रूपम् देहि, जयं देहि, यशो देहि, द्विषो जहि ॥* यानि, 'हे देवी, तुम अपने भक्तों को विद्वान, यशस्वी तथा लक्ष्मीवान बनाओ। मुझे रूप दो, जय दो, यश दो तथा हमारे शत्रुओं का विनाश करो'।"

"यस सर, हमने दुर्गा पूजा के समय में इन मंत्रों को खूब सुना है," सुष्मिता, जो बंगाल से थी, यह कहने से स्वयं को रोक नहीं पाई।

"सुष्मिता, कभी दुनिया के बाकी लोगों के आरंभिक जीवन की प्रार्थनाओं को सुनो—वहाँ की संस्कृति का पहला पन्ना भूख और रोटी से आगे नहीं बढ़ता, जबकि हमारे पूर्वजों की प्रार्थनाओं में प्रबल पुरुषार्थ, कामना और उत्साह दिखाई देता है। ऋग्वेद में एक जगह कहा गया है: 'मुझे यश और वैभव मिले।' दुनिया की बाकी संस्कृतियों में लोग ईश्वर से अपने लिए केवल भौतिक सुखों की कामना करते थे, जबकि हमारे यहाँ पूर्वज ईश्वर से कहते थे कि मुझे शुभ संस्कार दो और यह सामर्थ्य दो कि मैं दुनिया के लोगों को भद्र बना सकूँ, शिक्षित कर सकूँ, संस्कारित कर सकूँ, और अपने समाज को एकजुट रख सकूँ।"

"यू मीन 'कृण्वन्तो विश्वमार्यम्…वाला मन्त्र न?"—पार्थ ने कहा।

"बिलकुल, पार्थ। उनकी प्रार्थनाओं के शब्दों पर कभी गौर करना, तो पता चलेगा कि ईश्वर से उनकी प्रार्थना स्वस्थ और दीर्घायु जीवन के लिए होती थी। जब कोई समाज ऐसा पुरुषार्थी, अदम्य साहस और आत्मविश्वास से भरा होता है, तभी उसमें विश्व के कल्याण की भावना जन्म लेती है। इसी भावना ने हमारे पूर्वजों को संसार भर में जाने, वहाँ के लोगों को शिक्षित करने और संस्कारित करने का संस्कार और साहस दिया। वे विश्व के कल्याण का भाव लिए अपने घरों से बाहर निकल गए और दुनिया के लगभग हर भाग में पहुँचे"—समीर ने अपनी बात पूरी की।

"पर यदि मैं गलत नहीं हूँ, तो असभ्य जातियों को सभ्य और सुशिक्षित बनाने की बात तो अन्य लोगों ने भी की और वे भी अपनी सीमाओं से बाहर निकले। फिर इसमें ऐसा अलग क्या है?" यह प्रश्न रजत का था, जो बहुत जिज्ञासु था।

"रजत, इस बात को समझने के लिए आपको भारतीय संस्कृति और अन्य संस्कृतियों के अंतर को जानना होगा। हमारी और उनकी जीवन-दृष्टि में अंतर को समझना होगा। अन्य सभ्यताओं में जो लोग बाहर निकले, उसका कारण उनका स्वयं को श्रेष्ठ और दूसरों को निकृष्ट साबित करने के लिए था। अपनी इस सोच के

साथ वे जहाँ भी गए, उन्होंने उन लोगों को गुलाम बना लिया, उनकी संस्कृतियों को नष्ट कर दिया, उनके पारंपरिक रोजगार और कला को समाप्त कर दिया, और उनके संसाधनों को लूटकर अपने देश में ले गए। ग्रीक, रोमन, इंका, माया, मिस्र की सभ्यताएँ इसी तरह नष्ट कर दी गईं। हम यह मानते हुए बाहर गए कि हमें उन्हें भद्र बनाना है, सभ्य बनाना है, हर प्रकार से समृद्ध बनाना है, और उन्हें भी अपने जैसी मानवतावादी सभ्यता सिखानी है। जबकि दूसरी तरफ, हमने यह माना कि मानवता का कल्याण केवल अपने हित में नहीं, बल्कि संपूर्ण विश्व के हित में है। जैसा अभी पार्थ ने कहा कि हमारे ऋषियों ने हमसे कहा, 'कृण्वन्तो विश्वमार्यम्,' अर्थात समस्त विश्व को भद्र बनाओ। इसी भावना के साथ हम निकले और हम दुनिया के लगभग हर भाग में पहुँचे। यूरोप की यूनानी और रोमन सभ्यताओं में, अफ्रीका के मिस्र की सभ्यता में, चीन, मंगोलिया, कोरिया आदि पूर्वी देशों में, माया, इंका, सभ्यताओं में हमारी संस्कृति के चिन्ह आज भी दिखाई देते हैं।"

"आप सबको एक और रोचक बात बताऊँ?"—समीर ने थोड़ी देर तक सबकी प्रतिक्रिया का इंतजार किया फिर कहा—"रोचक यह है कि हमारे इतिहास या पुराणों में एक भी ऐसी घटना का जिक्र नहीं मिलता जब हमने किसी पर आक्रमण किया हो, किसी को गुलाम बनाया हो, कहीं रक्तपात और हिंसा की हो, या कहीं स्त्रियों के प्रति दुर्व्यवहार किया हो। सम्राट अशोक जब शरीर छोड़ रहे थे, तब उन्होंने कहा था कि मेरे बाद मेरा कोई भी उत्तराधिकारी किसी भी राष्ट्र पर सैनिक आक्रमण न करे। बुद्ध के संदेश आज भी दुनिया के दर्जनों देशों में हैं, और यह सब बिना एक भी सैनिक भेजे संभव हुआ। इसलिए मैं कहता हूँ कि दूसरों को सभ्य और संस्कारित वही कर सकता है, जिसने स्वयं में सभ्यता और संस्कार विकसित किए हों। दूसरों के हित के लिए वही सोच सकता है, जो सबको एक समान मानता हो। यह सब हमारे पूर्वजों ने स्वयं में विकसित किया था। वे अपनी दैनिक प्रार्थनाओं में गाया करते थे: 'ॐ विश्वानि देव सवितर्दुरितानि परासुव। यद् भद्रं तन्न आ सुव॥' यानि, हे ईश्वर, आप हमारे सभी दुर्गुणों, दुर्व्यसनों और दुःखों को दूर कर दीजिए और जो कल्याणकारी गुण, कर्म, स्वभाव, सुख और पदार्थ हैं, वो हमें आपसे मिले। वे 'सर्व खल्विदं ब्रह्म,' अर्थात एक ही ब्रह्म सब स्थानों पर व्याप्त है, की अवधारणा में विश्वास करते थे।

"जबकि दुनिया के अन्य भागों के लोग जब अपने भौगोलिक क्षेत्र से बाहर निकले, तो वे अपने श्रेष्ठता बोध के साथ कपट, लालच, हथियार, डर, या श्रेष्ठता बोध लेकर दुनिया में गए। उन्होंने वहाँ जाकर नरसंहार किया। लेकिन जब हिन्दू

बाहर निकले तो वे अपने हाथों में ये सब लेकर नहीं निकले। वे अपने साथ स्थापत्य, सभ्यता, दर्शन, नीतिशास्त्र, रामचरितमानस, रामायण, पंचतंत्र, कालगणना, हितोपदेश, चिकित्सा शास्त्र, ज्ञान-विज्ञान, खगोल विज्ञान, ज्योतिष और नाट्य शास्त्र लेकर गए। वे सबके प्रति करुणा लेकर गए और इसलिए उन्होंने उन जातियों को सुसंस्कृत और परिष्कृत किया, जो अनपढ़ और असभ्य थीं। हमने उन स्थानों को मानवों के रहने योग्य बनाया, जो पहले उनके लिए उपयुक्त नहीं थे। उन्होंने उन स्थानों को खोजा, जहाँ पहले कोई नहीं पहुँचा था।"

"इसके प्रमाण भी हैं, या ये सब कहीं *पांचजन्य* में आता है?" एक लड़की ने व्यंग्यात्मक स्वर में कहा।

"इसी की प्रतीक्षा थी कि क्लास में अब तक ऐसा कुछ क्यों नहीं आया...समीर के होंठों पर मुस्कान तैर गई।

आपका नाम क्या है?" समीर ने उस लड़की से पूछा।

"हरमन... हरमनप्रीत... हरमनप्रीत बावेजा..." लड़की को उम्मीद नहीं थी कि समीर उसे यूँ टोक देगा, तो उसने घबराहट में तीन बार अटकते हुए अपना नाम पूरा किया।

"हरमन, तुमने डॉ. ए. पी. जे. अब्दुल कलाम का नाम सुना है?" समीर ने सवाल पूछते हुए उसके बेंच के पास पहुँचकर कहा।

"हाँ... उनका नाम किसने नहीं सुना... बिल्कुल सुना है।"

"तो क्या आपको पता है कि डॉ. कलाम ने अपने एक मित्र वाय. एस. राजन के साथ मिलकर एक पुस्तक लिखी थी, *इंडिया 2020: ए विज़न फॉर न्यू मिलेनियम*?"

"हाँ... यह किताब मैंने पढ़ी तो नहीं है, पर नाम सुना है," एक उत्तर आया।

"ठीक है। चलो, मैं थोड़ी-सी बातें बताता हूँ। इस पुस्तक में उन्होंने एक ओर हमारे देश की अपार खनिज, जल और वन संपदा, प्रतिभा, और जनशक्ति की चर्चा की है, और दूसरी ओर यह भी बताया है कि इन सबके होते हुए भी हम विश्व में एक महाशक्ति या विकसित राष्ट्र के रूप में क्यों नहीं गिने जाते। अपने जीवन के कुछ उदाहरण देने के बाद डॉ. कलाम कहते हैं, 'भारत में सब कुछ हो सकता है, लेकिन विदेशियों की श्रेष्ठता और अपने बारे में हीनताबोध की जो मानसिकता है, यह मानसिकता भारत के महान बनने में सबसे बड़ी बाधा है। इसलिए यदि कुछ करना है तो सबसे पहले इस मानसिकता को बदलने की आवश्यकता है। एक बार यह मानसिकता बदल गई तो भारत फिर से सर्वोच्च स्थान पर होगा।'"

"हरमन, जानती हो, हमारी ऐसी मानसिकता क्यों हो गई है कि अपने गौरव का स्मरण करते हुए हमें इस पर गर्व करना तो दूर, विश्वास भी नहीं होता कि अतीत में या वर्तमान में हमारा कोई गौरव है या हममें कुछ अच्छा है?" समीर ने हरमन से पूछा।

हरमन ने कुछ बोला नही।

"आपमें से कोई गाँव में पला-बढ़ा है?" उत्तर में एक-दो हाथ उठे, तो समीर ने कहा:

> *"सम्भवत: आपको देखने का अवसर न मिला हो, लेकिन मुझे याद है कि जब मैं छोटा था, मेरी माँ मुझे छुट्टियों में नानी के गाँव ले जाती थीं। वहाँ मैं देखता था कि मेरी नानी चूहों को पकड़ने के लिए चूहेदानी का प्रयोग करती थीं। रात में वह घी लगी रोटी का एक टुकड़ा चूहेदानी में रखकर छोड़ देती थीं। आधी रात को 'खट' की आवाज़ आती, और हम समझ जाते थे कि कोई चूहा फँस गया है। चूँकि उस समय बिजली नहीं होती थी, हम सुबह तक प्रतीक्षा करते। सुबह जब हम चूहेदानी देखते, तो उसमें एक चूहा कोने में दुबका हुआ मिलता था। हम हिन्दू जीव-हत्या से बचते हैं, तो हमारे नानाजी चूहेदानी को उठाकर घर से दूर किसी नाले के पास ले जाते थे और वहाँ उसका दरवाज़ा खोल देते थे ताकि चूहा भाग जाए। पर हमें यह देखकर बड़ा आश्चर्य होता कि दरवाज़ा खुलने के बावजूद चूहा वहीं दुबका रहता था। तब नानाजी एक लकड़ी से उसे धीरे-धीरे मारते थे और 'भागो-भागो' की आवाज़ लगाते थे। फिर भी वह अपनी जगह से नहीं हिलता था। बार-बार लकड़ी से मारने और शोर मचाने के बाद ही वह चूहा निकलकर भागता था।*

"जब तक मेरी समझ कम थी, मैं हमेशा सोचता था कि गेट खुला होने के बाद भी यह चूहा क्यों नहीं भागता है। लेकिन बाद में, जब बड़ा हुआ, तो मुझे यह समझ में आया कि रातभर चूहेदानी में कैद हुए चूहे ने सारी रात उस कैद से बाहर निकलने की हर संभव कोशिश की होगी। उसने हर दिशा में जाकर प्रयास किया होगा, पर जब उसे यह एहसास हो गया कि अब इस कैद से मुक्ति का कोई रास्ता नहीं है, तो थक-हार कर उसने अपने दिलो और दिमाग को यह समझा दिया कि अब उसका भविष्य इसी पिंजरे में है। इसी कैद में उसे जीना और मरना है। इसलिए सुबह जब

चूहेदानी का गेट खोल भी दिया गया, तब भी उस चूहे का मानसिक ढांचा ऐसा बन गया था कि वह सोचने लगा, 'मैं तो कैद में हूँ, मैं तो गुलाम हूँ, मैं बाहर निकल ही नहीं सकता।' इस मानसिकता ने उसे ऐसा बना दिया कि खुले गेट और मुक्ति का रास्ता सामने होते हुए भी उसे वह नहीं दिखता था।

"हमारा समाज भी कुछ-कुछ ऐसा ही बन गया है। हज़ारों वर्षों की गुलामी के दौरान हमने कई बार स्वतंत्र होने का प्रयास किया, लेकिन जब सफलता नहीं मिली, तो धीरे-धीरे हमारी मानसिकता ही बदलने लगी। हमने मान लिया कि शायद हम तो गुलामी के लिए ही बने हैं, और स्वतंत्र होना या स्वाभिमान के साथ जीना हमारे लिए संभव ही नहीं है। यही सोच हमें अंदर से तोड़ती चली गई। एक के बाद एक शासक आता गया, और हम उसे अपना मालिक मानकर उसकी गुलामी करते गए। हालत यहाँ तक पहुँच गई कि हम आपस में ही प्रतिस्पर्धा करने लगे कि कौन सबसे बेहतर गुलाम बन सकता है। जब समाज इस स्तर तक गिर जाता है, तो उसमें स्वाभिमान नहीं बचता, और गौरव की भावना भी धीरे-धीरे खत्म होने लगती है। यही वजह है कि हमें अपने इतिहास में या वर्तमान में कुछ भी गर्व करने लायक नहीं लगता और जब कोई हमें यह याद दिलाने की कोशिश करता है कि हमारा अतीत गौरवशाली था, तो हम उसका मजाक उड़ाते हुए कह देते हैं—'अच्छा? ये सब कहाँ पढ़ा? *पांचजन्य* में या 'व्हाट्सएप यूनिवर्सिटी' में?'"

कक्षा में सभी हरमन की ओर देख रहे थे।

समीर को लगा कि इससे हरमन बुरा फील करेगी, तो उसने कहा-बात केवल हरमन की नहीं हैं, ये सब कहीं न कहीं हम सब में भी है। खैर, अब मुख्य विषय पर आते हैं—क्या मैंने अपने इतिहास और पूर्वजों से जुड़ी जो बातें बताई हैं, वे वास्तव में सच हैं या 'व्हाट्सएप यूनिवर्सिटी' के पाठ्यक्रम का हिस्सा हैं? समीर ने हरमन की ओर देखा, जो बिना किसी प्रतिक्रिया के बैठी थी।

"हरमन, आपने पूछा कि मेरी बातों के प्रमाण क्या हैं, सही है?"

हरमन खामोश रही।

समीर ने कहा कि भारतीय इतिहास एवं साहित्य में ऐसे कई प्रमाण उपलब्ध हैं जो यह दर्शाते हैं कि हमारे पूर्वज प्राचीन काल में विश्व के विभिन्न भागों में गए और उन्होंने वहाँ के सामाजिक, सांस्कृतिक व आर्थिक जीवन को प्रभावित किया। 'भविष्य पुराण' में उल्लेख है कि महर्षि कण्व ज्ञान के प्रचार हेतु इजिप्ट गए थे। इसी प्रकार, शैलराज कौण्डिल्य नाविक के रूप में दक्षिण-पूर्व एशिया की ओर

कंबोडिया पहुँचे। वहाँ जाकर उन्होंने देखा कि स्थानीय समाज नग्न जीवन शैली में रह रहा था, यहाँ तक कि उनके यहाँ की राजकुमारी सोमा, भी वस्त्र विहीन थीं। कौण्डिल्य ने उन लोगों को वस्त्र पहनने, शुचिता (स्वच्छता एवं नियमित स्नान), और सांस्कृतिक शिष्टाचार की शिक्षा दी। यह उल्लेखनीय है कि कौण्डिल्य ने न तो स्थानीय जनजीवन का उपहास किया, न ही उसे "असभ्य" करार दिया। इसके विपरीत, उन्होंने संवेदनशील और समावेशी दृष्टिकोण अपनाया। उन्होंने सोमा से विवाह किया और वहीं स्थायी रूप से बस गए। उनके माध्यम से वहाँ संस्कृत भाषा, स्नान और स्वच्छता की परंपरा, सिंचाई तकनीक, कृषि ज्ञान, व्यापारिक व्यवस्था और स्थापत्य कला का प्रसार हुआ। इसका प्रत्यक्ष प्रमाण हमें 12वीं शताब्दी में निर्मित अंकोरवाट जैसे भव्य मंदिरों में मिलता है, जो आज भी वैश्विक वास्तुकला के चमत्कारों में गिने जाते हैं।

समीर ने कहा, "इसी प्रकार, अश्ववर्मन नामक एक अन्य भारतीय युवक बोर्नियो द्वीप समूह की ओर गया। सम्राट अशोक के शासनकाल में, उनके धम्म-दूतों ने भारत से बाहर अनेक देशों की यात्रा की और धर्म, नैतिकता और सभ्यता के प्रसार में योगदान दिया। इतना ही नहीं, हम भारतीयों की उपस्थिति के प्रमाण अफ्रीका, मैक्सिको, और अन्य महाद्वीपों में भी पाए जाते हैं। जैसे, मैक्सिकन सरकार द्वारा प्रकाशित ऐतिहासिक अभिलेखों में यह उल्लेख मिलता है कि अमेरिका महाद्वीप में जो सबसे पहले मानव समुदाय पहुँचे, वे भारत के पूर्वी तट से निकले समूह थे, जो अपने साथ संस्कृति और ज्ञान परंपरा भी ले गए थे।

इन बातों से यह पता लगता है कि भारत का सांस्कृतिक प्रभाव मात्र वैचारिक नहीं था, बल्कि व्यवहारिक, सामाजिक और भौगोलिक स्तर पर भी वैश्विक था। हमारे पूर्वजों की यात्राएँ विजय या उपनिवेशवाद के लिए नहीं थीं, बल्कि उनका उद्देश्य था –"कृण्वन्तो विश्वमार्यम्" का।

सोचो, बिना तीर चलाए, बिना तलवार निकाले, बिना किसी को अपमानित किए यह सब संभव हुआ। जहाँ भी हम गए, हमारे आगमन को किसी ने दुर्भाग्य का दिन नहीं माना। इसलिए हमें किसी और की तरह अपने कृत्यों के लिए सार्वजनिक क्षमायाचना की आवश्यकता कभी नहीं पड़ी। हमने सबको अपना बनाने के लिए प्रयास किए, इसलिए हिन्दू इतिहास आत्मसात करने का भी इतिहास है।"

"क्या आज भी ये सब हिन्दू समाज के व्यवहार में है?", कक्षा में से किसी ने एक प्रश्न किया।

"बिलकुल है, और लगभग उसी रूप में जैसा पहले था। आज, जब कोई बहुराष्ट्रीय कंपनी किसी अविकसित या विकासशील देश में जाती है, तो वहाँ उसके आगमन को संस्कृति को क्षय करने के प्रयास के रूप में देखा जाता है। उसे वहाँ के संसाधनों को लूटने वाले, प्रकृति का दोहन करने वाले, और मानव मन को विषय-व्यसनी, खर्चीला, भोगवादी बनाने वाले के रूप में समझा जाता है। जबकि जब हमारे यहाँ से कोई बाहर जाता है, तो वह श्री श्री रविशंकर की तरह 'आर्ट ऑफ लिविंग' लेकर जाता है। ऐसे ही बाबा रामदेव योग लेकर गए। कोई अध्यात्म लेकर जाता है, कोई सरल चिकित्सा पद्धति लेकर जाता है, जो मानव मन को विकृति से दूर लाने, शांति प्रदान करने और स्वास्थ्य के लिए होती है। विश्व के अन्य नेता जब कहीं जाते हैं, तो यह सोचते हैं कि दुनिया से क्या छीनना है। जबकि हमारे नेता 'वसुधैव कुटुंबकम' की बात करते हैं और विश्व को क्या देना है, यह सोचते हैं। कोरोना काल में हमने दुनिया भर को वैक्सीन देकर उनका सहयोग प्रदान किया। विश्व में कहीं भी तनाव हो, सभी भारत की ओर देखते हैं कि समाधान यहीं से मिलेगा।"

"और भी कुछ बताइए, सर, मज़ा आ रहा है सुनके" आकांक्षा ने विषय को पूरी तरह समझने की इच्छा से कहा।

"हमारा इतिहास 'उपासना स्वतंत्रता' और 'बौद्धिक स्वतंत्रता' का है, जो कहता है: 'साधनानां अनेकता' और 'जितनी राहें, उतने दर्शन।' यह सहअस्तित्व और समादर भाव को जीने का इतिहास है, जिसमें हर किसी की पूजा पद्धति का सम्मान किया गया है और हर किसी की ईश्वर और जगत की संकल्पना को स्वीकार्यता मिली है।"

समीर आगे बात करना चाहता था, तभी घंटी बज गई। उसने हरमन की ओर मुड़कर कहा, "हरमन, ठीक रहा?"

हरमन ने बिना विशेष उत्साह के बस 'हम्म' कर दिया।

समीर ने कल फिर मिलने की बात कही और क्लास से निकलकर प्रिंसिपल मैडम के केबिन की ओर बढ़ गया।

अगली कक्षा के बीच के कुछ मिनटों के ब्रेक में उसकी बातों पर चर्चा शुरू हो गई। यह शायद उन रेयर अवसरों में से था जब किसी कक्षा के खत्म होने के बाद भी उस विषय पर चर्चा हो रही थी। सब हरमन की ओर देख रहे थे...

"क्या... मेरी तरफ क्या देख रहे हो? मैंने तो बस वही कहा, जो मुझे लगा।"

"नहीं... नहीं, हरमन। तू बस ऐसे ही पूछती रह। हमें यह भी देखना है कि वे तेरे सवालों का जवाब दे पाते हैं या नहीं," एक लड़के ने, जो हरमन को पसंद करता था, उसे उत्साहित करते हुए कहा। उसे यह अवसर इसी बहाने खुद को हरमन के करीब लाने का लगा।

"हाँ तो पूछूंगी ही... देखना तुम लोग," हरमन ने आत्मविश्वास से कहा।

इन्हीं बातों के बीच अगले क्लास के शिक्षक आ गए।

"क्या बात है, आजकल तुम लोग पहले पीरियड में क्या पढ़ते हो?"

"कुछ नहीं, सर। हम बस निवेदिता मैडम के सपनों को पूरा कर रहे हैं," हरमन ने व्यंग्य करते हुए कहा।

"समझा नहीं..." शिक्षक ने जानना चाहा।

"अरे यही हिन्दू ... मुस्लिम... देश, धर्म..." हरमन को चाहने वाले उस लड़के ने जवाब दिया।

"कुछ भी चल रहा है यहाँ..." शिक्षक ने नाखुश होकर कहा।

"लेकिन सर, हमें तो समीर सर की कक्षा में मज़ा आ रहा है। और वैसे भी, कोई हिन्दू – मुस्लिम की बात नहीं हो रही है। वे तो हमें हमारी संस्कृति, हमारी पहचान, हमारे इतिहास के बारे में बता रहे हैं। हमें तो यह भी चाहिए कि हमारे सिलेबस में ये सब बातें शामिल हों। मैं कब से यही चाहता था। शुक्र है, कम से कम यह शुरू हुआ," पार्थो ने कहा।

"एग्जाम में भी यही सब लिखना तुम... गधे कहीं के," शिक्षक ने उसे डांटते हुए कहा।

"कैसे हो, समीर? फादर कैसे हैं?" अपने केबिन में बैठने का इशारा करते हुए निवेदिता मैडम ने पूछा।

"उनकी हालत स्थिर ही है। छोटा भाई आ गया है, तो थोड़ा राहत महसूस कर रहा हूँ। क्योंकि मेडिकल मामलों की समझ उसे मुझसे कहीं बेहतर है, और वह चीज़ों को मुझसे बेहतर तरीके से संभाल सकता है।"

"ठीक हो जाएँगे वे। चिंता मत करो," निवेदिता मैडम ने समीर को सांत्वना दी।

"और क्लासेज़ कैसी चल रही हैं? बच्चों में इन विषयों को लेकर कुछ उत्साह है या..."

"नहीं... नहीं, वे बहुत रुचि ले रहे हैं। सबसे अच्छी बात यह है कि आपकी कक्षा

में सारे भारत का प्रतिनिधित्व है। मतलब, असम से लेकर पंजाब और गुजरात तक के बच्चे हैं। इससे मेरे लिए संवाद करना आसान हो रहा है। जब मैं उन्हें उनके अपने राज्य या स्थानीय संस्कृति से जोड़कर कुछ समझाता हूँ, तो उन्हें यह बात बेहद पसंद आती है।"

"किसी बच्चे से कुछ असहजता?"

"नहीं, नहीं... बस एक हरमनप्रीत है। मुझे लगता है कि उसे समझा लिया तो सबको समझा सकता हूँ," समीर ने मुस्कुराते हुए कहा।

"क्यों?"

"बस वही... जिस सोच को लेकर आपने यह अकादमी खोली है, उसके केंद्र में हरमन जैसी बच्चियाँ ही हैं," समीर ने कहा।

"ओके... ओके... मैं समझ गई। तो फिर कल आ रहे हो?"

"हाँ... बिलकुल।"

"ओके... धन्यवाद, और अपने पिता का ध्यान रखना," मैडम ने समीर का आभार व्यक्त करते हुए उसके पिता के स्वास्थ्य के लिए शुभकामनाएँ दीं।

# मानव जाति की मूल चेतना

**(तीसरा दिन/ बुधवार)**

"सैम सर, आपकी बातों से मुझे अगले कुछ प्रश्न मिल गए हैं। 'उपासना स्वतंत्रता' और 'बौद्धिक स्वतंत्रता', 'सहअस्तित्व और समादर' की बात मुझे आपसे विस्तार से समझनी है। क्योंकि ये भारी-भारी शब्द तो मेरी समझ में में नहीं आए", अगली कक्षा में समीर के आते ही आकांक्षा ने मुँह बनाकर कहा।

"बस तुम ही पूछती रहो... आकांक्षा, क्या तुम्हारे बाद हम लोग भी कुछ पूछ सकते हैं?", प्रज्ञा ने मुँह बनाकर कहा।

"अरे नहीं, बिल्कुल पूछो...", समीर ने विवाद टालने की कोशिश की।

"आपके अनुसार मानव जाति की मूल चेतना क्या है?", यह प्रज्ञा नाम की उस छात्रा का प्रश्न था।

"इसका उत्तर देने से पहले मेरा आपसे एक प्रश्न है।"

"मुझसे?" – प्रज्ञा को थोड़ा आश्चर्य हुआ।

"जी हाँ, आपसे। पूछूँ?"

"जी, सर,"

"क्या आप नॉनवेजिटेरियन हैं?"

"जी...", प्रज्ञा ने संकोच के साथ उत्तर दिया।

"अच्छा, तो फिर मुझे आपको समझाने में आसानी होगी।", समीर ने उसके उत्तर से प्रसन्न होकर कहा।

"प्रज्ञा, कल्पना करो कि किसी सुबह आप सोकर जागती हैं, और आपके घर की खिड़की के पास या बगीचे से चिड़ियों के चहचहाहट की आवाज़ आती है, 'माँ' कहता हुआ गाय का बछड़ा रंभाता हुआ सुनाई देता है, या आपके पैरों के पास प्यार जताने के लिए आपका कुत्ता लोट रहा है। क्या यह सब आपको सुख देता

है, या किसी बूचड़खाने से आती हुई पक्षियों और जानवरों की चीखें आपको प्रसन्न करती हैं?

"जब आप घूमने जाती हैं, तो फलों और सब्जियों की दुकानों का दृश्य आपको आकर्षित करता है, या मांस के टुकड़ों और खून से सनी जानवरों की लाशें देखना आपको अच्छा लगता है? अपने चारागाहों में स्वतंत्र घूमते पशु आपको प्रिय लगते हैं, या बलि के लिए बंधे हुए भयभीत जानवर? नदियों या तालाबों में मछलियों को आटा खिलाना अच्छा लगता है, या उन्हें तवे पर तलते देखना?"

"सर, मैं समझ रही हूँ आपकी बात। एक मांसाहारी होने पर भी वह माहौल मुझे अच्छा नहीं लगता।"

"जी, यानि आप इस बात से सहमत हैं कि मानव जाति की मूल चेतना सभी प्राणियों के प्रति करुणा, स्नेह, और वात्सल्य से युक्त होती है। यह मानसिक शांति और चित्त की प्रसन्नता वाली चेतना है, जो किसी को पीड़ा में देखकर अच्छा अनुभव नहीं करती है। मानव मन को हिंसा से तो शांति नहीं मिल सकती। उसे प्रकृति और अन्य जीव-जंतुओं के साथ सामंजस्य और उनके प्रति कृतज्ञता का भाव प्रिय है।"

"जी, ऐसा ही है।"

"इसी मानसिकता को मैं 'हिन्दू मानसिकता' कहता हूँ, और इस चेतना को 'हिन्दू चेतना' और आश्चर्यजनक रूप से यह चेतना पूरी दुनिया में एक समान है। अर्थात मानव जाति की मूल चेतना 'हिन्दू चेतना' है।"

"अरे, पूरी दुनिया में समान है? लेकिन कैसे?", प्रज्ञा ने आश्चर्य से पूछा।

"अभी कुछ दिन पहले केन्या से एक ख़बर आई थी। वहाँ की 'संबुरु' जनजाति की बस्ती में एक दिन 'ब्लैक राइनो', लुप्त घोषित की जा चुकी प्रजाति का एक बच्चा दिखा। उसकी माँ को शिकारियों ने मार डाला था। यह जानकर उस जनजाति के लोग भावविह्वल हो गए। उन्होंने उस बच्चे को माँ की तरह स्नेह से पाला। आप कहोगी कि अफ्रीका की ये जनजाति तो हिन्दू नहीं है, पर जब मैंने ये समाचार पढ़ा तो मुझे अपने यहाँ कभी प्रभु राम की गोद में दम तोड़ते "जटायु" और उनकी अंगुलियों से गिलहरी के पीठ पर बने निशान वाली घटना याद आ गई।

"तो प्रज्ञा, क्या हम कह सकते हैं कि दोनों जगहों पर पशुओं और पक्षियों के प्रति करुणा का स्तर समान था?"

"जी...", प्रज्ञा के मुँह से अनायास ही निकल गया।

"इथियोपिया में 'बोदी' नाम की एक जनजाति है। वे अपनी गायों के प्रति कृतज्ञता जताने के लिए उन्हें समर्पित सुंदर कविताएँ गाते हैं। अब सोचो, यहाँ हमारे ऋषि भी गौ के लिए स्तुतियाँ रचते थे। प्रज्ञा, क्या तुम बता सकती हो कि यह भावना, जो दोनों जगहों पर समान है, यहाँ से वहाँ कैसे स्थानांतरित हुई?", समीर ने प्रज्ञा की ओर देखा।

प्रज्ञा चुप रही।

"डच भाषा में गाय को 'ONSMOM' कहते हैं, जिसका अर्थ है 'सबकी माँ'। और हमारे यहाँ धर्मग्रंथों में लिखा है, 'गावो विश्वस्य मातरः', अर्थात गाय विश्व की माता है। बताओ, गाय के प्रति यह भाव, जो दोनों जगह समान है, यहाँ से वहाँ कैसे पहुँचा?" समीर की एक बात पर क्लास में सन्नाटा छा गया।

"आप सबको एक रोचक बात और बताता हूँ। जैसे हमारे यहाँ वृक्ष को काटना अपराध माना गया है, उसी तरह इंडोनेशिया की एक जनजाति 'ओरंग रिम्बा' में यह प्रथा है कि जब किसी बच्चे का जन्म होता है, तो उसके गर्भनाल को एक वृक्ष में बाँध दिया जाता है। यह उस बच्चे और उस वृक्ष के बीच रक्षा-बंधन का प्रतीक होता है। इसका अर्थ यह है कि उस बच्चे का दायित्व होता है कि वह अपने जन्म-वृक्ष को कभी न काटे और आजीवन उसकी देखभाल करे।

"यदि आप लोगों को यह सब और विस्तार से समझना हो, तो मैं अलग-अलग विषयों पर ऐसे कई उदाहरण दे सकता हूँ", समीर ने कहा, क्योंकि उसे लगा कि शायद कक्षा के बाकी विद्यार्थियों को इसमें रुचि न हो।

"बिल्कुल, सर," प्रज्ञा ने उत्साहपूर्वक सबकी ओर से कहा। स्पष्ट था, प्रश्न उसका था, तो वह चाहती थी कि उसके प्रश्न को अधिक महत्त्व मिले।

"हमारे धर्म का चिंतन कहता है,

'ईशावास्यमिदं सर्वं यत्किंच जगत्यां जगत्।

तेन त्यक्तेन भुञ्जीथा मा गृधः कस्यस्विद्धनम्॥'

अर्थात, 'जो कुछ भी इस संसार में है, वह सब ईश्वर का है। तुम उसका त्यागपूर्वक उपभोग करो। किसी का धन मत लो।'

"वेनेजुएला की एक जनजाति 'पियारोआ' मानती है कि विश्व में शांति और सह-अस्तित्व तभी संभव होगा, जब आपसी प्रतिस्पर्धा, हिंसा और मनुष्यों की अंतहीन लालसा समाप्त होगी। तंजानिया की 'हद्ज़ा' जनजाति के लोग मानते हैं कि यदि आपके पास आवश्यकता से अधिक सामग्री है, तो उसे आपस में बाँट दो।

"कहीं पढ़ा था कि एक यात्री अफ्रीका के ऐसे ही एक जनजातीय समाज में पहुँचा, जो आधुनिकता से कोसों दूर था। वहाँ कुछ बच्चे खेल रहे थे। उसने एक टोकरी में कुछ फल रखे और सौ मीटर दूर बच्चों को खड़ा करके कहा कि, 'जो भी बच्चा पहले टोकरी तक पहुँचेगा, उसे सारे फल मिलेंगे।'

"लेकिन उन बच्चों ने एक-दूसरे का हाथ पकड़ा और सभी एक साथ दौड़ने लगे। यात्री ने उन्हें रोका और समझाया कि नियम यह है कि जो बच्चा सबसे पहले पहुँचेगा, उसे ही फल मिलेंगे। उनकी बात सुनकर बच्चे हँसने लगे और बोले, 'अरे बुद्धू, यदि कोई एक बच्चा ही फल खाएगा, तो बाकी बच्चे क्या करेंगे? हमारे यहाँ ऐसा नहीं होता। हम सब कुछ मिल-बाँटकर खाते हैं।'

"उस यात्री को यह देखकर आश्चर्य हुआ कि इन बच्चों में यह व्यवहार कैसे विकसित हुआ। बताओ, इन्हें यह सभ्यता, यह एकत्व बोध किसने सिखाया? त्यागपूर्वक उपभोग का उपनिषद दर्शन वहाँ कैसे पहुँचा?"

पूरी कक्षा ध्यान से सुन रही थी, पर हरमन समीर की बातों को चुनौती देने का कोई अवसर खोज रही थी।

"मैंने कहीं केन्या के प्रसिद्ध धावक अबेल मुताई के जीवन का एक प्रसंग पढ़ा था। 2012 में स्पेन में हुई एक क्रॉस-कंट्री दौड़ के अंतिम राउंड में मुताई विजयी रेखा से कुछ ही मीटर की दूरी पर थे और दौड़ में सबसे आगे थे। लेकिन उन्हें भ्रम हो गया और लगा कि वह अंतिम सीमा पार कर ली है। वह विजयी रेखा से पहले ही रुक गए। उनके ठीक पीछे स्पेन के धावक इवान फर्नांडिस थे। इवान ने मुताई को रुकते देखा, तो समझ गए कि वह किसी भ्रम के कारण रुक गए हैं। उन्होंने मुताई को समझाने का प्रयास किया कि वे अभी अंतिम सीमा पार नहीं कर पाए हैं। लेकिन मुताई स्पेनिश भाषा समझते नहीं थे इसलिए वे वहीं रुके रहे।

"इसके बाद इवान ने मुताई को धकेलते हुए विजयी रेखा पार करवा दी। वह स्वयं दूसरे स्थान पर रहे।

"पत्रकारों ने इवान से पूछा, 'आप तो आसानी से प्रथम स्थान प्राप्त कर सकते थे। आपने क्यों अबेल को धक्का दे कर उन्हें जीतने दिया?'

"इस पर इवान ने उत्तर दिया, 'मेरा सपना है कि हम ऐसी मानव जाति बनाएँ, जो एक-दूसरे की सहायता करे, न कि उनकी भूलों का लाभ उठाए। मैं पहले स्थान पर नहीं था। वह (मुताई) पहले स्थान पर था और स्वर्ण पदक उसी का होना चाहिए।'

"एक पत्रकार ने उनसे पूछा, 'लेकिन आपको नहीं लगता कि आप चाहते तो यह स्वर्ण पदक जीत सकते थे?' इवान ने उत्तर दिया, 'तुम सोच सकते हो, पर उस जीत का क्या अर्थ होता। मुझे पदक का सम्मान मिलता, पर मेरी माँ से मैं क्या कहता? संस्कार एक पीढ़ी से अगली पीढ़ी तक जाते हैं। इस स्वर्ण पदक को इस तरह से जीतकर मैं अगली पीढ़ी को क्या संदेश देता? दूसरों की दुर्बलता या अज्ञानता का लाभ उठाए बिना उनकी सहायता करने की सीख मेरी माँ ने मुझे दी है।'

"यदि आपने एक पुस्तक *इनसाइड द हिन्दू मॉल* पढ़ी होगी, तो उसमें लेखक ने हिन्दू धर्म को 'जीवन मूल्यों की पाठशाला' कहा है; अर्थात लेखक के अनुसार, हिन्दू होना जीवन मूल्यों को जीना है, नैतिक आदर्शों का पालन करना है। इसलिए, इवान जो कर रहे थे, वह मानव जाति की मूल चेतना है... हिन्दू चेतना है।

"हिन्दू चिंतन यह मानता है कि हममें से केवल कुछ लोग ही सुखी हों और शेष लोग दुखी रहें, यह एक अनैतिक अवधारणा है। अब सोचिए, भारत, अफ्रीका, या स्पेन-हर जगह यह मूल चेतना समान है। एक ही भावना हर जगह व्याप्त है।

"प्रज्ञा, मुझे बताओ, क्या अफ्रीका में वेदों की शिक्षा दी गई थी? क्या वहाँ किसी ने पुराणों का वाचन किया था? क्या स्पेन में उपनिषद् का संदेश सुनाया गया था?"

प्रज्ञा ने 'न' में सिर हिलाया।

समीर ने कहा कि इसका अर्थ यह है कि दुनिया में जड़-चेतन, सजीव-निर्जीव सभी के लिए समान भाव और अपने परिवार की सीमाओं से आगे बढ़कर समाज को एक मानने की भावना, संतोष को ही सुख मानना, आवश्यकता से अधिक संग्रह प्रवृत्ति की निंदा, और किसी को गिराकर आगे न बढ़ने की शिक्षा ये सभी हिन्दू चिंतन के मुख्य बिंदु हैं। ये स्वाभाविक रूप से संसार के हर कोने में विद्यमान हैं।

उसने आगे कहा, "हाँ, यदि किसी मत, विचारधारा, या कट्टर मान्यताओं के कारण कोई इसे त्याग दे, तो वह अलग बात है, पर इन विचारों के आधार पर मैं यह कह सकता हूँ कि मानव जाति की मूल चेतना हिन्दू चेतना है।

"हिन्दू रीति-रिवाज, तीर्थ, और परंपराओं से आबद्ध हिन्दू धर्म भले ही भारत तक सीमित हो, लेकिन 'हिन्दू मूल्य' और 'हिन्दू भाव' पूरे संसार में हैं; हर निश्चल हृदय में हैं। इसलिए, ऐसे लोग जो जन्म से हिन्दू नहीं हैं, लेकिन इन मूल्यों का पालन करते हैं, वे भी हिन्दू ही हैं।

"मैं तो इससे भी आगे बढ़कर कहता हूँ कि केवल मानव जाति ही क्यों, हर सजीव और निर्जीव की मूल चेतना भी हिन्दू ही है।"

"यह मैं समझी नहीं। मनुष्यों तक तो ठीक है, लेकिन उसके आगे आप इसे हर सजीव और निर्जीव की चेतना क्यों बता रहे हैं?", प्रज्ञा ने पूछा।

"क्योंकि एक हिन्दू होने के नाते मेरा चिंतन, मेरी मान्यताएँ और मेरा बोध यह कहता है कि किसी पर अनावश्यक हिंसा नहीं करनी चाहिए। भगवान शिव की तरह जगत के कल्याण को सर्वोपरि मानना चाहिए। प्रकृति का संतुलन बनाए रखने का दायित्व उठाना चाहिए। लेना नहीं, बल्कि देने के भाव को आत्मसात करना चाहिए। और यही सबकुछ आपको प्रकृति के हर सजीव और निर्जीव तत्त्व में मिलेगा।"

"समझी नहीं।", प्रज्ञा ने कहा।

"अच्छा बताओ, नदियों के जल में या समुद्र में कितने सारे जीव-जंतु, कवक-शैवाल पलते हैं?"

"करोड़ों-अरबों होंगे?", एक उत्तर आया।

"तो क्या नदियाँ या समुद्र उनसे कभी किराया माँगते हैं? क्या नदी कभी किसी जीव को पानी पीने से रोकती है? क्या सूर्य अपनी रोशनी के बदले या चंद्रमा अपनी शीतलता के बदले कोई शुल्क वसूलता है? क्या बादल बरसने के बाद धरती से जल का शुल्क माँगते हैं? क्या धरती अपने अकूत संसाधनों का मूल्य हमसे माँगती है?

क्या तुमने कभी किसी जीव को पेट भरने की अपनी आवश्यकता से अधिक प्रकृति का शोषण करते देखा है? क्या तुमने कभी बाघ या शेर जैसे हिंसक जीवों को केवल अपने मनोरंजन या संग्रह की सनक में हत्या करते देखा है?"

सबने 'ना' में सिर हिलाया।

"यानि आप सब सहमत हैं कि यह मूल चेतना मानव जाति से आगे जाकर सभी सजीव-निर्जीव की भी चेतना है?"

"हाँ।"

"तो प्रकृति का धर्म कौन सा हुआ?"

"हिन्दू धर्म।" रजत ने तुरंत उत्तर दिया।

"और मानव जाति की मूल चेतना?"

"हिन्दू।" प्रज्ञा ने कहा।

क्लास समाप्त होने में कुछ समय शेष था। हरमन को लगा कि यदि उसने प्रश्न नहीं किया, तो बाद में उसका मज़ाक उड़ाया जाएगा। उसने पूछा, "सर, आपने प्रज्ञा से पूछा था कि क्या वह नॉनवेजिटेरियन है, तो इसका अर्थ है कि आप पक्का वेजिटेरियन होंगे?"

समीर ने 'हाँ' में सिर हिलाया।

"फिर यह बताइए, जो पेड़-पौधे, फल-फूल आप खाते हैं, उनमें भी तो जीवन होता है... तो आप क्या हुए?"

"हमारे यहाँ जैन पंथ है। किसी ने इसके बारे में सुना है?" समीर की बात पर कक्षा को लगा कि उन्होंने हरमन के प्रश्न को टाल दिया।

"सर, मैं जैन हूँ।" रूपाली नाम की एक लड़की ने हाथ उठाया।

"गुड, यह अच्छा है...।" समीर ने कहा।

"तो हरमन, हिन्दू धर्म का एक सुंदर दर्शन जैन मत में मिलता है, जिसका उद्भव सबके प्रति दया, करुणा, अहिंसा और ममता का संदेश देने के लिए हुआ। जब आप जैन दर्शन को पढ़ेंगे, तो वहाँ दो शब्द प्रमुखता से आते हैं—'आवश्यक हिंसा' और 'अनावश्यक हिंसा'।

उसने इस विषय को थोड़ा विस्तार से समझाया।

"अब देखो, हम सब मनुष्य हैं, तो हमारे शरीर को ऊर्जा के लिए भोजन चाहिए। इसी तरह, जीवनयापन के लिए भी हमें कुछ न कुछ करना पड़ता है। यह सब हमारे शरीर और लौकिक जीवन की अनिवार्यताएँ हैं। तो ऐसे में हमारे भोजन करने या दैनिक कार्यों के दौरान स्थावर जीवों की कुछ हिंसा स्वाभाविक रूप से होती ही है। लेकिन इस हिंसा को करते समय हम सचेत रूप से यह ध्यान रखते हैं कि वृक्षों से केवल उनके फल तोड़े जाएँ, उन्हें पूरा उखाड़ा न जाए। कुछ शाक-सब्जियों के केवल आवश्यक हिस्सों का उपयोग किया जाता है, न कि पूरे पौधे को नष्ट किया जाता है। उदाहरण के लिए, यदि हम वृक्ष से फल नहीं तोड़ें, तो वह पकने पर स्वयं गिर जाता है। जब हम उसे खाते हैं, तो बीज हमारे माध्यम से फैलकर नए पौधों के रूप में पुनः अंकुरित होते हैं। यह प्रकृति के संतुलन को बनाए रखता है। यदि पेड़ से पत्तियाँ तोड़ी जाती हैं, तब भी वह पेड़ मरता नहीं है। कुछ समय बाद नई पत्तियाँ आ जाती हैं। हालाँकि, यह भी थोड़ी-सी हिंसा है, परंतु चूँकि यह अनिवार्यता है, इसलिए इसे स्वीकार्य माना जाता है।

"हरमन, तुम बताओ, यदि कोई किसी जानवर की उँगलियाँ या उसका कोई अंग काटकर खा लें, तो वह कभी वापस आएँगी। अब अंतर स्पष्ट है, है न?"

हरमन से कोई उत्तर नहीं मिला, तो समीर ने फिर पूछा, "हरमन, क्या तुम बिना अन्न, जल या फल के जीवित रह सकती हो?"

हरमन के मुँह से 'न' निकल गया।

"लेकिन यदि मैं पूछूँ कि क्या तुम बिना मांस, मछली, या अंडे के जीवित रह सकती हो?"

"हाँ।"

"तो इसका अर्थ यह हुआ कि हमारी आहार-शैली में ऐसा कुछ भी नहीं है, जो त्रस जीवों की हिंसा को अनिवार्य बनाता हो। सही?"

"हम्म..."

"हरमन, मान लो तुम्हें न्यायाधीश बना दिया जाए और तुम्हारे सामने दो व्यक्ति लाए जाएँ। एक ने चार मूली उखाड़कर खाई है, और दूसरे ने किसी जीव की हत्या करके उसे खाया है। एक न्यायाधीश के रूप में तुम किसे अपराधी मानोगे?"

हरमन चुप रही।

"अब, यदि किसी को गाजर, मूली और एक बकरे में कोई अंतर नहीं दिखता, तो मैं कुछ नहीं कह सकता।"

समीर की इस बात पर पूरी कक्षा हँस पड़ी।

"और यदि कोई कहे कि गाजर-मूली खाना और बकरे को खाना समान है, तो फिर इसी तर्क से यह भी माना जाएगा कि जानवर और इंसान को खाना भी एक जैसा है।"

समीर ने निष्कर्ष दिया, "कुल मिलाकर हमें अनावश्यक हिंसा से बचना चाहिए और आवश्यक हिंसा में भी अतिरेक से बचना चाहिए। क्योंकि एक प्रसिद्ध कथन है कि "प्रकृति हमारी आवश्यकताओं को पूरा कर सकती है, हमारे लालच को नहीं"। जानवरों की अपनी दुनिया है, पक्षियों का अपना अस्तित्व है। उन्हें जीने दो, उनके अधिकार मत छीनो। यदि हम उन्हें खाने लगें, तो कल्पना करो कि बिना पक्षियों के यह संसार कितना नीरस और सूना लगेगा। हम अपने जीभ के क्षणिक स्वाद के स्वाद के लिए किसी का पूरा जीवन छीन लेते हैं।

"ओशो रजनीश ने मांसाहार और शाकाहार पर कितनी सुंदर बात कही थी, 'फल और सब्जियाँ रंगीन और सुगंधित होती हैं। वे आपको मोहक लगती हैं। जबकि मांस देखने में कुरूप और दुर्गंधयुक्त होता है।' यदि आप किसी फल के बगीचे में जाएँ, तो मन प्रसन्न हो जाता है। फल तोड़कर खाने का मन करता है। लेकिन यदि आप किसी कत्लगाह में जाएँ, तो मन खराब हो जाता है। फल या सब्जी काटने पर आपको कोई ग्लानि नहीं होती। उनकी पीड़ा या चीख आपको सुनाई या दिखाई नहीं देती। लेकिन किसी जानवर की हत्या करना हर किसी के लिए सहज

नहीं होता। मैंने किसी को सुना था, जो कह रहे थे कि प्रकृति ने हमारी इंद्रियों को ऐसा बनाया है कि जिह्वाको छोड़कर हमारी सभी इंद्रियाँ मांसाहार के विरोध में हैं। इससे स्पष्ट है कि प्रकृति हमें क्या संकेत देती है। इस संकेत को समझकर अपना भोजन चुनें। निर्णय आपका है।"

हरमन ने अंतिम तर्क दिया, "यदि मांस हमारा स्वाभाविक भोजन नहीं है, तो फिर भगवान ने हमें लंबे और नुकीले कैनाइन दाँत क्यों दिए हैं?"

"गन्ना खाने के लिए।"

समीर की इस बात पर पूरी कक्षा ठहाके लगाने लगी।

"अब दूसरी बात यह है कि कैनाइन दाँत का एक कार्य हमारे जबड़े की साइड मूवमेंट को नियंत्रित करना भी है। ये दाँत खाने, चबाने, साँस लेने और सोते समय जबड़े को सही स्थिति में बनाए रखने में सहायक होते हैं। ये हमारे होंठों के आकार को बनाए रखने में भी मदद करते हैं। इसका अर्थ यह नहीं है कि हमें मांसाहारी बनने के लिए बनाया गया है। समझीं?

"इससे अलग, मैं भावनात्मक स्तर पर कुछ कहूँ तो यह कहूँगा कि मनुष्य जाति जब विकासशील अवस्था में थी, तब उसने जिनको अपना साथी बनाया था, वे पशु और पक्षी थे जो उसे दूध देते थे, ऊन देते थे, उसने खेतों में हल में जुतते थे, उसके लिए संदेश पहुँचाने का काम करते थे, उनसे से ही वो सवारी का काम लेता था। सभी धर्मों के ग्रंथों में पशुओं और मनुष्यों का ये संबंध बहुत विस्तार से आया है।

"लेकिन अपने इन मित्रों और सहयोगियों को प्रतिदान में हम मनुष्यों ने क्या दिया? उनके साथ क्या किया? अपने उन मित्रों को, सहयोगियों को अपने स्वाद की भेंट चढ़ाना शुरू कर दिया। कुछ ने इससे भी आगे जाकर कह दिया कि यदि उनका वध करोगे तो ऊपर वाला आनंदित होगा? क्या ये पाप नहीं था? विश्वासघात नहीं था? छल नहीं था? अगर कोई ये तर्क देता है कि ईश्वर ने उनको हमारे भोजन के लिए ही बनाया है तो किसी मुर्गी या बकरे के सामने उसके बच्चे को सताकर देखना, देखना कैसे उसकी माँ तड़प उठती है। मैं एक ऐसे मनुष्य से मिला था जो पहले मांसाहारी थे, बाद में शाकाहारी हो गए। मैंने पूछा, ऐसा कैसे हुआ? उन्होंने कहा, एक बकरी ने अपने बच्चे का कटा पैर देख लिया, जिसे मार दिया गया था और उसे देखने के बाद वो वेदना में पागलों की तरह बेचैन थी, उसकी पीड़ा देखकर मेरा मन मांसाहार से हट गया।"

पूरी क्लास नि:शब्द थी। इसके आगे किसी के पास कोई सवाल नहीं था।

क्लास खत्म होने की घंटी बज गई थी... समीर सबको स्तंभित छोड़कर क्लास से निकल गया और प्रिंसिपल के केबिन की ओर बढ़ गया।

"हेलो समीर, तुम्हारे पापा की तबियत कैसी है?"

"स्टेबल हैं, पहले की तरह ही," समीर के स्वर में थोड़ी चिंता थी।

"मैं सोच रही थी कि आज तुम्हारे साथ तुम्हारे पापा को देखने चलती हूँ... सॉरी, पर कई दिनों से सोच रही थी लेकिन स्कूल के चक्कर में निकल नहीं पा रही थी। पर आज चलना ही है, तो अगर तुम बुरा न मानो तो साथ चलो।"

"श्योर," समीर इतना ही कह पाया।

मैम ने गाड़ी निकाली। समीर और मैम पीछे वाली सीट पर बैठ गए। ड्राइवर ने गाड़ी आगे बढ़ा दी।

"क्लास क्या शाकाहार और मांसाहार पर चली गई थी?" निवेदिता मैम ने मुस्कुराते हुए पूछा।

"जी हाँ... पर आपको किसने बताया?"

"कुछ नहीं, बस उधर से गुजर रही थी तो थोड़ा सुना। लेकिन अगर तुम बुरा न मानो, तो एक बात पूछ सकती हूँ?"

"जी... बिलकुल।"

"कहीं तुम 'वीगन मूवमेंट' से तो नहीं जुड़े हो?"

"हा हा हा...," उनकी बात पर समीर हँस पड़ा। "नहीं... नहीं, मैं वीगनवाद से नहीं जुड़ा हूँ, लेकिन उनके आंदोलन के अतिवाद को छोड़ दिया जाए तो मुझे एक रूप में उसमें हिन्दू चिंतन की ही स्वीकृति दिखती है, जैन मत के सिद्धांतों की ही स्वीकार्यता दिखती है।"

निवेदिता मैम की आँखों की पुतलियाँ हैरान होकर फैल गईं। उन्होंने अपना चश्मा उतारते हुए कहा, "कैसे? समझाओगे?"

"देखिए, वीगनवाद को मानने वालों का लक्ष्य होता है कि पशुओं के साथ किसी भी प्रकार का उत्पीड़न न हो... सही?"

"सही," मैम ने सहमति में सिर हिलाया।

"वीगनवाद पर बाद में आएंगे, पहले आपको कुछ रोचक बताता हूँ। हमारे यहाँ पुराणों और उपपुराणों की श्रृंखला में एक देवी पुराण है। उसमें एक जगह लिखा है कि गाय को दुहने में बड़ी सावधानी रखनी चाहिए। पहले दो माह केवल उसके बछड़े को ही दूध देना चाहिए। तीसरे माह में गाय के केवल दो थन और चौथे माह में केवल

तीन थन से दूहना चाहिए ताकि बछड़ा या बछिया तृप्त रहे। यदि कोई मृतवत्सला गाय हो (अर्थात जिस गाय का बच्चा जन्म लेते ही मर गया हो) तो कई लोग उसके मृत बच्चे की खाल में भूसा भरकर या फिर गाय को पीटकर दूध निकालने का प्रयास करते हैं। ऐसा करने वालों को महापापी बताया गया है। इसी पुराण में यह भी कहा गया है कि वर्षा, शरद तथा हेमंत ऋतु में गाय को दोनों समय और शिशिर, बसंत व ग्रीष्म में केवल एक समय दूहा जाए। यदि कोई इसका उल्लंघन करता है तो उसका अंगूठा काट देना चाहिए। अगर कोई दुहने वाला नियत समय पर दुग्ध न दूहे तो उसे उस दिन का वेतन न दिया जाए। गाय को स्वयं मारने वाला अथवा किसी से मरवाने वाले को मृत्युदंड मिलना चाहिए, यह भी वर्णित है। गोशाला निर्माण के लिए जो बातें बताई गई हैं, उनमें यह आता है कि यहाँ पर अधिकतर उन गायों को रखा जाए जो अनाथ हैं और यदि कोई रोगी या वृद्ध गाय है, तो उसका पालन वैसे ही करना चाहिए जैसे अपने बूढ़े माता-पिता का किया जाता है। यह भी है कि गोशाला के कर्मचारियों को पर्याप्त वेतन मिलना चाहिए, नहीं तो अभाववश वे गाय का दूध, जिस पर उसके बछड़े का अधिकार है, चुराएंगे या फिर चमड़े आदि के लिए गाय के बच्चे को मार डालेंगे। इसी पुराण में गाय को मच्छर, सर्प तथा अन्य हिंसक जीवों से बचाने के लिए निर्देश हैं। यह भी कहा गया है कि गाय को जल पिलाने और चारा खिलाने के बाद ही स्वयं जल पीना या खाना खाना चाहिए।"

"यह तो है हिन्दू चिंतन। अब आते हैं वीगनवाद पर... आपको पता है कि एक वीगन व्यक्ति की प्लेट में मांस जैसा कुछ नहीं होता। यहाँ तक कि डेयरी उत्पाद, अंडे और शहद भी नहीं होते। उनका वीगन होना सिर्फ़ भोजन से ही जुड़ा नहीं है। इसका दायरा आगे बढ़कर गहनों और कपड़ों तक पहुँच चुका है। वीगन लोग लेदर, ऊन और मोती भी नहीं पहनते। अगर इसे एक तरह से समझें तो मुझे देवीपुराण ही एक रूप में वहाँ विस्तृत होता दिख रहा है या फिर ऐसे समझिए कि जैसे जैन मुनि पानी भी छानकर पीते हैं ताकि कुछ जीवाणु-विषाणु बच जाएं, तो वीगनवाद भी ऐसा ही है, यह हर उस कार्य से रोकता है जो जीवों के प्रति क्रूरता के रूप में दिखे।"

"अच्छा, मान लो वीगनवाद आंदोलन का विस्तार होता है तो तुम इसे किस रूप में देखोगे?"

"मैं कुछ वर्ष पहले दक्षिण भारत के एक नाड़ी ज्योतिष केंद्र पर गया था। अपने लिए वहाँ क्या ही पूछना था, मैंने वहाँ के नाड़ी वाचक से हिन्दू धर्म के भविष्य के

बारे में सवाल किया थे, तो उन्होंने मेरे सवाल का उत्तर देते हुए कहा था, कि भविष्य में हिन्दू धर्म का रूप पूरी तरह बदल जाएगा..."

"जैसे?" मैम ने उसकी बात खत्म होने से पहले ही यह सवाल पूछ लिया।

"उन्होंने तो पूरे विस्तार से इसका उत्तर नहीं दिया, पर इस बारे में मेरी अपनी जो समझ है, उसके अनुसार मुझे लगता है कि भविष्य में इस धर्म के मूल तत्त्वों को वो लोग आगे लेकर जाएँगे जो जन्म से तो हिन्दू नहीं हैं पर अपनी भावना और चिंतन में हिन्दू हैं। आज वीगनवाद के प्रभाव के चलते ईसाई देशों में मांसाहार त्यागने वालों की संख्या में भारी वृद्धि हुई है, वहीं भारत में मांसाहार करने वालों की संख्या रोज बढ़ रही है। अमेरिका में वीगन लोगों के आंकड़ों में अप्रत्याशित वृद्धि हुई, जबकि ब्रिटेन में बीते दस-बारह सालों में यह आंकड़ा 400 प्रतिशत है। मुझे तो यह भी लगता है कि गोहत्या पर रोक भी तभी संभव होगी जब वीगनवाद और अधिक फैलेगा। ब्रिटेन में हाल ही में हुए एक सर्वे में आया है कि लगभग 50 प्रतिशत लोगों ने स्वास्थ्य कारणों से मीट खाना बंद कर दिया, और रोचक यह है कि इसमें रेड मीट (बीफ और भेड़) और प्रोसेस्ड मीट (सॉसेज़) छोड़ने वाले अधिक हैं। इनका प्रभाव यह है कि अब कई कंपनियां जो नॉन-वेज फूड के लिए फेमस हैं, वे भी वीगन स्पेशल खाना ऑफर करने लगी हैं। जैसे मैकडॉनल्ड्स ने मैकवीगन बर्गर ऑफर किया है। एक रिपोर्ट बताती है कि अमेरिका में मीट-फ्री खाने की मांग दस गुना बढ़ गई है। सोशल मीडिया पर इससे संबंधित कई पेज और ग्रुप हैं और सोशल मीडिया साइट इंस्टाग्राम पर लगभग बारह से तेरह करोड़ पोस्ट वीगनवाद के समर्थन में हैं। अब तो हर साल 1 नवंबर को वर्ल्ड वीगन डे मनाया जाना भी शुरू हो गया है।"

"ओह, ग्रेट... लेकिन तुमने शुरू में एक बात कही कि तुम उनके आंदोलन के अतिवाद से सहमत नहीं हो, तो ऐसा क्यों कह रहे हो तुम?"

"हमारे यहाँ अतिवाद को किसी भी रूप में अच्छा नहीं माना गया है। यूरोप के देशों में वीगन समर्थक कई बार मांस बेचने वालों या खाने वालों के प्रति हिंसक हो जाते हैं या उन्हें राक्षस या हत्यारों की संज्ञा देने लगते हैं, या फिर दूसरों के जीवन को अपने सोच से नियंत्रित करना चाहते हैं... बस यह चीज़ न हो, तो वीगनिज़्म एक तरह से हिन्दू चिंतन का ही विस्तार है। मुझसे किसी ने कहा था कि इस्कॉन से जुड़ने वाले वो लोग ज्यादा हैं जो वीगनिज़्म से प्रभावित हैं।"

एम्स के परिसर में कार धीरे-धीरे आकर रुकी। मैडम ने गाड़ी बंद की और दोनों अस्पताल के भीतर पहुँचे। समीर के पिता अब भी आईसीयू में ही थे। कमरे

के बाहर उसका छोटा भाई खड़ा था। निवेदिता ने समीर के छोटे भाई से बात की -जो उम्र में समीर छोटा ज़रूर था, पर पर इमोशनल स्ट्रेंथ के मामले में वो निवेदिता मैडम को समीर से बेहतर लगा।

"भैया," छोटे भाई ने समीर के कंधे पर हाथ रखते हुए कहा, "आप घर जाइए... थोड़ा आराम कीजिए। मैं पापा के पास रहूँगा।"

समीर ने एक बार पिता की ओर नज़र डाली, फिर सिर हिलाया और बाहर निकल आया।

रास्ते में उसने निवेदिता मैडम को उनके घर के सामने छोड़ा। मैडम ने हल्की मुस्कान के साथ उसका कंधा दबाया, "सब ठीक होगा, समीर... विश्वास बनाए रखो।"

शहर की सड़कों पर कोलाहल था, पर समीर के लिए वहाँ खामोशी पसरी थी। समीर का फ्लैट जैसे उसका इंतज़ार कर रहा था। वह अंदर घुसा, दरवाज़ा बंद किया, जूते उतारे और सीधे बिस्तर पर जा लेटा। थकान ने उसकी हड्डियों तक को बोझिल कर दिया था। लेकिन जिस चीज़ ने उसे हाल-हिलहाल सबसे ज़्यादा तोड़ा था-वह थी चिंता और इधर के कुछ दिनों का अकेलापन।

तभी मोबाइल की स्क्रीन रोशन हुई। विडियो कॉल पर उसकी बिटिया थी। कुछ ही क्षणों में वह चेहरा सामने था, जिसमें उसकी दुनिया बसती थी।

"पापा," बेटी की आवाज़ आई, मासूम, चंचल, और आश्वस्त करने वाली।

फिर उसने बिना रुके बोलना शुरू किया, "आप धैर्य क्यों खो रहे हो पापा? आपने ही तो सिखाया था, कि मुश्किल वक्त में डरते नहीं, डटते हैं... तो आपको अभी मज़बूत बने रहना है पापा... नानी कहती हैं कि जब कोई बीमार होता है, तो हमें और अधिक प्यार और हिम्मत देनी चाहिए..."

समीर चुपचाप से उसे सुनता रहा। बेटी की बातें किसी माँ-सी परिपक्वता लिए हुए थीं—जैसे कोई छोटा सा दीपक अंधेरे में राह दिखा रहा हो। धीरे-धीरे उसके होंठों पर मुस्कान उभरी। एक थकी हुई, लेकिन संतुष्ट मुस्कान।

उसको मोबाइल के स्क्रीन पर अपनी बेटी के बचपन की तस्वीरें दिखने लगी। वही मासूम चेहरा... छोटी-सी उंगली थामे चलना सीखती हुई... माँ की गोद में खिलखिलाती हुई..."सच में, बेटी होना सौभाग्य है।"

वह अब थोड़ा खुश था। बेटी की बातों ने उसे थोड़ा ठीक कर दिया था।

बेटी काफी पहले फोन काट चुकी थी, लेकिन मोबाइल अभी भी उसके हाथ में ही था। बेटी की मीठी बातों की गूँज उसके मन में बसी रही...

# स्वर्ग-नरक का प्रश्न

**(चौथा दिन/ गुरुवार)**

“गुड मॉर्निंग समीर. . . कैसे हो?”

“बढ़िया . . .आप?”

“मैं भी ठीक हूँ . . . आज की क्लास के लिए कुछ स्पेसिफिक?”

“नहीं... कल के टॉपिक्स ख़त्म हो चुके थे। मुझे नहीं लगता शायद उस पर कोई और सवाल करेगा... मे बी आज किसी और विषय पर कुछ सवाल आएँगे . . . देखते हैं।”

“ओके...ओके . . . मैंने सोचा कि कभी-कभार समय निकालकर मैं भी क्लास में तुम्हारी स्टूडेंट बनकर बैठ जाऊँ,” मैडम ने मुस्कुराते हुए कहा।

“क्या है कि कल वीगनवाद पर हुई चर्चा के बाद लगता है कि कई बार बड़ा अतरंगी टाइप का व्यू पॉइंट होता है तुम्हारा,” अपनी बात खत्म करते ही मैडम खिलखिलाकर हँस पड़ीं।

“आप वेब सीरीज देखतीं हैं?” समीर को हैरानी हुई।

“नहीं . . . नहीं बस कभी-कभी कुछ रील्स देख लेती हूँ ...लेकिन सीरियसली कल मैं बहुत देर तक तुम्हारी बातों पर सोचती रही . . . वीगनवाद हिन्दू धर्म के कुछ चिंतन का विस्तार का है—यह बात पहले मुझे क्यों समझ नहीं आई, यही सोचकर परेशान हूँ।”

“मैं तो हमेशा यही कहता हूँ कि हमें हिन्दू धर्म को एक ग्लोबल थॉट सिस्टम के तौर पर समझने और समझाने की जरूरत है। मैं क्लास में भी बच्चों से यही बातें शेयर कर रहा हूँ।”

“चलो...ओके बेस्ट ऑफ़ लक...शायद कुछ बच्चे समझें ...खैर तुम क्लास लो...मैं भी ट्राय करती हूँ समय निकाल के तुम्हारी क्लास अटेंड करने की।”

कुछ ही मिनटों में समीर क्लासरूम में था। क्लास के बच्चे अब इस बात के अभ्यस्त हो चुके थे कि समीर से उन्हें कुछ पूछना है, कुछ सीखना है। क्लास में एंटर करते ही एक सवाल उसकी प्रतीक्षा में था। प्रज्ञा ने समीर के आते ही पूछा,

*"सैम सर, स्वर्ग और नरक का कांसेप्ट दुनिया के लगभग सभी धर्मों में है, तो मेरा प्रश्न ये है कि हिन्दू धर्म में स्वर्ग और नरक के विषय का क्या कांसेप्ट है? इसे यहाँ कितनी इम्पोर्टेंस दी गई है?"*

"प्रज्ञा, तुमने आज बड़ा इंटरेस्टिंग टॉपिक छेड़ दिया है। मैं तुम्हें बताना चाहूँगा कि हमारे यहाँ पुराणों में और यहाँ तक की गीता में स्वर्ग की बात अवश्य आई है, बल्कि सैकड़ों अन्य स्थानों पर अलग-अलग ग्रंथों में भी इसका उल्लेख मिलता है पर रोचक बात ये है प्रज्ञा, कि मुझे अपनी अब तक की ज़िंदगी में कोई ऐसा हिन्दू नहीं मिला, जिसने स्वर्ग या नरक को कोई बहुत बड़ा मुद्दा या आपने लाइफ का अल्टीमेट गोल माना हो। हिन्दू सोच के अनुसार, अगर इंसान बुरे कर्म करता है, तो उसे उसके फल भुगतने के लिए बार-बार विभिन्न योनियों (जैसे जानवर, कीट, या तकलीफ भरे जीवन) में जन्म लेना पड़ता है। यही उनके लिए नरक है। और जब इंसान हर तरह की इच्छाओं, परेशानियों, और लालसाओं से मुक्त हो जाता है- अर्थात जब वो मोक्ष प्राप्त लेता है, यानि जन्म-मरण के चक्कर से पूरी तरह आज़ाद हो जाता है, तो यही उनके लिए स्वर्ग है।

"हिन्दू धर्म में कभी ऐसा नहीं कहा गया कि 'ये पूजा कर लो, इतने व्रत कर लो तो स्वर्ग मिलेगा', यहाँ कोई लालच या प्रलोभन देकर स्वर्ग का वादा नहीं किया जाता। हमारे ग्रंथों में स्वर्ग और मोक्ष को लेकर जो बातें लिखी हैं, वो बहुत गहरी बातें हैं। मुझे लगता है अगर तुम सच में समझना चाहती हो कि हिन्दू धर्म में स्वर्ग का असली मतलब क्या है, तो मुझे अपने ग्रंथों से-एक बहुत सुंदर उदाहरण याद है। अगर आप सब कहो तो सुनाऊँ?"

"हाँ जी सर", प्रज्ञा ने छूटते ही कहा।

"यहाँ रन्तिदेव नाम से एक राजा हुए थे। एक बार उनके राज्य में अकाल पड़ गया। उस उदार राजा ने उस कठिन समय में अपना सब कुछ अपने राज्य के गरीबों में वितरित कर दिया और इस दौरान वो स्वयं 49 दिनों तक निर्जल और निराहार रह गए थे। इस अवस्था में उन्हें कहीं से कुछ अन्न और जल प्राप्त हुआ। जब वो खाने बैठे तो तभी सामने से एक दरिद्र आदमी अपने कुत्ते के साथ पहुँच गया और

उसने अपने हाथ फैला दिए। राजा रन्तिदेव ने बिना एक क्षण विलंब किये अपना अन्न और जल उसे दे दिया और ईश्वर से प्रार्थना करते हुए कहा-

'न त्वहं कामये राज्यं न स्वर्गं नापुनर्भवम्। कामये दुःखताप्तानां प्राणिनामार्तिनाशनम्॥' अर्थात् 'मैं अपने लिए राज्य की अथवा स्वर्ग की अथवा मुक्ति की भी इच्छा नहीं करता हूँ। मैं तो केवल यही चाहता हूँ कि दुःख से पीड़ित प्राणियों की पीड़ा का नाश हो।'

"पर अगर मैं कहूँ कि एक मिनट के लिए आप ये मान लीजिये कि स्वर्ग और नर्क की अवधारणा हिन्दू धर्म में है बल्कि इसका सेन्ट्रल पॉइंट है, तो क्या आप ये कहेंगे कि केवल हिन्दू ही स्वर्ग जायेंगे और जो हिन्दू नहीं हैं वो नर्क में जायेंगे?" हरमन ने समीर को बीच में रोककर पूछा।

इस पर समीर ने कहा, "दुनिया में वो भी हिन्दू हैं, उस परिभाषा से जो मैंने पहले समझाई थी, वो सब स्वर्ग जाएँगें। मैं कुछ एक्ज़ाम्पल से आपको समझाता हूँ, तो शायद आप सबके लिए इसे समझना आसान होगा।"

"एंजेलिना जोली... नाम तो सबने सुना ही होगा, है ना?"

"हाँ... बिलकुल",, कई आवाज़ें आई।

"एंजेलिना ऐसे देश से आती हैं, जहाँ पर नस्लभेद यानि काले-गोरे का फर्क काफ़ी गहरा रहा है। लेकिन इसके बावजूद उन्होंने एक अश्वेत बच्ची को गोद लिया, उसे अपनी बेटी की तरह प्यार दिया, अच्छे से उसका पालन-पोषण किया। अब अगर कोई मुझसे ये पूछे कि वो स्वर्ग में जाएंगी या नहीं, तो मैं साफ़ कहूँगा, हाँ , ज़रूर जाएंगी। और सिर्फ़ वही क्यों? कोई भी इंसान जिसके अंदर दूसरों के लिए प्यार, अपनापन, और संवेदनाएँ हैं... जो रंग, जाति, धर्म, देश, भाषा को लेकर छोटा या संकीर्ण नहीं सोचता... जो हर किसी में ईश्वर का अंश देखता है... जो बेटियों को बोझ नहीं, सौभाग्य मानता है... जो इंसानियत के लिए कुछ अच्छा कर रहा है... जो प्रकृति से प्रेम करता है, उसकी चिंता करता है—ऐसे सभी लोग स्वर्ग के हक़दार हैं। फिर चाहे वो किसी भी धर्म या जाति से हों। असली बात है कि उसके अंदर करुणा कितनी है, मानवता कितनी है, दया कितनी है।

"पहली पोलियो वैक्सीन पिट्सबर्ग विश्वविद्यालय में 1952 में जोनास सॉल्क द्वारा विकसित की गई थी, वो आस्था से ईसाई या यहूदी होंगे पर उनकी खोज ने मानव जाति के ऊपर जो उपकार किया, वो उन्हें दैवीय बनाता है, मैं तो उनके लिए ये मानता हूँ कि वो स्वर्ग में होंगे। दुनिया में रंगभेद से लड़ने वाले, पशुओं के अधिकारों के लिए आवाज़ उठाने वाले, नारी की सुरक्षा और सम्मान के लिए कानून

बनाने वाले, अपने आविष्कारों से मानव जाति का भला करने वाले या पर्यावरण की चिंता करने वाले लोग उपासना की किसी भी विधि को अपनाते हों पर मैं उन्हें हिन्दू ही मानता हूँ और आपके कहे के अनुरूप कहूँ तो ये मानता हूँ कि वास्तविक अर्थों में अगर कोई स्वर्ग का अधिकारी है तो ये लोग ही हैं।"

समीर ने आगे कहा कि क्या सबने पोलियो नाम की बीमारी का नाम सुना है? कभी ना कभी स्कूल में, डॉक्टर्स से या टीवी पर जरूर सुना होगा... लेकिन क्या आपको पता है कि पहली पोलियो वैक्सीन कब और किसने बनाई थी?

"शायद उनका नाम जोनास सॉल्क और अल्बर्ट साबिन था," रजत ने उत्तर दिया।

"जी हाँ, ये वैक्सीन 1952 में इन्हीं दोनों ने बनाई थी। अब वो आस्था से शायद ईसाई या यहूदी होंगे... लेकिन सोचिए, उनकी इस खोज ने पूरी इंसानियत पर कितना बड़ा उपकार किया है। मेरे लिए तो ऐसे लोग किसी दैवीय पुरुष से कम नहीं। और अगर कोई मुझसे पूछे कि वो स्वर्ग (हेवेन) के हक़दार हैं या नहीं... तो मेरा जवाब होगा, हाँ, 100%। अब देखो, चाहे वो लोग हों जो रेसिज़्म के खिलाफ लड़ते हैं, या वो जो एनिमल राइट्स के लिए आवाज़ उठाते हैं... या महिला सुरक्षा के लिए आवाज़ उठाने वाले लोग हों, या फिर ऐसे साइंटिस्ट्स हों जिनकी खोजों ने लाखों ज़िंदगियाँ बचाई हैं... या वो लोग जो क्लाइमेट और एनवायरनमेंट की सच में फिक्र करते हैं—इन सबको मैं सही मायनों में 'हिन्दू' मानता हूँ। और अगर स्वर्ग नाम की कोई चीज़ है, तो सबसे पहले वही लोग उसके हक़दार हैं।

ज़रा सोचो, कैसी घटिया और बेवकूफ़ी भरी ये सोच होगी कि हम किसी इंसान के अच्छे कर्मों या उसके व्यवहार को न देखें, और सिर्फ़ इसलिए ये सोच लें कि वो नरक में जाएगा क्योंकि वो किसी अलग पूजा-पद्धति को मानता है, उसका रंग-रूप अलग है, उसकी जाति या नस्ल अलग है, या फिर वो नास्तिक है। इंसान की पहचान उसके कर्मों से होती है, न कि किसी और चीज़ से।"

इस पर आकांक्षा ने प्रश्न किया, "जैसे बाकी धर्मों में माना जाता है कि अगर कोई ज्यादा पूजा-पाठ या उपासना करता है तो उसे स्वर्ग मिलेगा, तो क्या हिन्दू धर्म में भी ऐसा ही माना जाता है?"

"मैंने तो कभी कहीं नहीं पढ़ा कि सिर्फ़ ज़्यादा पूजा-पाठ या उपासना करने से किसी को स्वर्ग की गारंटी मिलती है। हमारे यहाँ अगर स्वर्ग का ज़िक्र आया है, तो वो केवल और केवल इंसान के अच्छे कर्मों पर बेस्ड है। मैंने संस्कृत के एक सूक्ति-कोश में पढ़ा था कि 'जो इंसान काम, क्रोध और घमंड में फंसा है, वो कभी स्वर्ग

नहीं पा सकता।' महाभारत में भी लिखा है कि 'हृदय की शुद्धता ही इंसान को स्वर्ग तक ले जाती है।'

चलो, इस पर एक छोटी कहानी सुनते हैं, जो मेरे बचपन में मुझे मेरे नाना जी ने सुनाई थी।" समीर जानता था कि किसी भी विषय की रोचकता बनाये रखने में कहानियों की अपनी भूमिका है, वो भी तब जब आप बच्चों के साथ हों।

"एक बार विष्णु लोक में बहस चल रही थी कि "स्वर्ग का असली हकदार कौन होता है? इसे तय करने के लिए भगवान विष्णु ने अपने दो द्वारपालों जय और विजय को धरती पर भेजा और कहा:-'जाओ, और ढूंढकर आओ कि कौन सच में स्वर्ग के लायक है।'

तो जय-विजय धरती पर घूमने लगे। उन्होंने देखा कि बहुत लोग पूजा-पाठ में बिज़ी हैं – कोई घंटी बजा रहा है, कोई मंत्र पढ़ रहा है, कोई व्रत रख रहा है। ये सब देखते हुए वो वो एक सुनसान जंगल से गुज़रे जहाँ दूर कहीं एक हल्की सी रोशनी दिखी। जब वहाँ पहुँचे तो देखा—एक छोटी सी झोपड़ी में एक बुज़ुर्ग बैठा है, पानी की मटकी पास में रखी है।

वो बुज़ुर्ग हर आने-जाने वाले को रोकता, कहता, 'थोड़ा बैठो, थक गए होगे। ये लो पानी और थोड़ा गुड़ खा लो, फिर आगे जाना।' बस यही उसका काम था-थके हुए लोगों की मदद करना।

जय और विजय दूर से सब देखते रहे, फिर खुद जाकर उस बुज़ुर्ग से बोले: 'आपने पूरी रात एक बार भी भगवान की पूजा नहीं की। आपको पता नहीं कि पूजा से स्वर्ग मिलता है?'

वो बुज़ुर्ग मुस्कुराये और बोले . . . 'मुझे तो बस इतना पता है जो मेरी माँ ने सिखाया था कि दूसरों की सेवा करना ही सच्ची पूजा है। मैं भगवान की पूजा कैसे करूँ, ये मुझे नहीं पता... लेकिन किसी प्यासे को पानी पिलाना, किसी थके को आराम देना, यही मेरे लिए भक्ति है। और जब मैं ऐसा करता हूँ, तो मुझे वही स्वर्ग वाली फीलिंग मिलती है।'

जय और विजय को लगा, 'ये तो सीधा-सादा बंदा है, कुछ नहीं जानता', और वो वापस विष्णुलोक चले गए। वहाँ पहुँचकर उन्होंने भगवान को सारी रिपोर्ट दी। भगवान ने सब कुछ सुनने के बाद कहा, 'वो जंगल वाले बुज़ुर्ग इंसान ही स्वर्ग के असली हकदार हैं।'

जय और विजय हैरान रह गए, 'प्रभु, लेकिन उसने तो एक बार भी पूजा नहीं की। जबकि बाकी लोग दिन-रात आपकी भक्ति कर रहे थे।' इस पर भगवान

विष्णु मुस्कुराकर बोले . . . 'सही कहा, वो सब लोग पूजा तो जरूर कर रहे थे, लेकिन उसके पीछे उनका कोई न कोई स्वार्थ था, या कोई न कोई इच्छा थी। कोई कुछ मांग रहा था, कोई डर से कर रहा था। लेकिन उस बुज़ुर्ग का हर कर्म बिना किसी लालच के था – प्योर सेवा भावना से।'

फिर भगवान बोले . . . 'मुझे मेरा नाम जपवाने या घंटी बजवाने से ख़ुशी नहीं मिलती, मुझे खुशी मिलती है जब कोई इंसान मेरी बनाई हुई बाकी रचनाओं यानि बाकी लोगों, जानवरों, प्रकृति के लिए करुणा और सेवा का भाव रखता है। जो इंसान ऐसा करता है, वही मेरी सबसे सच्ची पूजा करता है और वही स्वर्ग का असली हकदार है।"

समीर जारी रहा, "हमारे शास्त्रों में एक बहुत इंटरेस्टिंग श्लोक है, जिसे सिर्फ़ धार्मिक लोग ही नहीं, बल्कि लॉजिक को मानने वाले दर्शन यानि पूर्वमीमांसा और न्याय दर्शन के आचार्य भी मानते हैं—'संदिग्धे परलोकेअपि कर्तव्यः पुण्यसंचयः। नास्ति चेन्नास्ति नो हानिरस्ति चेन्नास्तिको हतः॥' अर्थात्—"परलोक में संशय हो तो भी पुण्य का संचय करते चलो। अगर परलोक नहीं है तो आस्तिक को कोई नुकसान नहीं है; कहीं कहीं परलोक सत्य हुआ तो नास्तिक मारा जाएगा।

सोचो, कितनी सिंपल और लॉजिकल बात है, यानि गुड कर्मा इज़ नेवर वेस्टेड, चाहे आगे कुछ हो या ना हो।"

समीर ने अब एक दूसरा उदाहरण दिया।

इंद्रद्युम्न नाम के एक राजा थे जो बहुत धर्मात्मा थे। उन्होंने अपने पूरे जीवन में लोगों के लिए काम किया, जैसे तालाब खुदवाए, धर्मशालाएँ बनवाईं, जानवरों के लिए चारागाह बनवाए। उन्होंने केवल अपनी भलाई या अपना हित नहीं सोची, केवल अपना हित नहीं सोचा बल्कि दूसरों की भलाई को ही अपना धर्म माना। इन सब कामों की वजह से उन्हें स्वर्ग मिला। उनको स्वर्ग किस वजह से मिला? उनके अच्छे कर्मों की वजह से।

अब बुद्ध काल की बात करें वहाँ तो जातक कथाओं में एक बहुत ही गहरी कहानी है। एक बार शक्र (यानि स्वर्ग का राजा) स्वयं बोधिसत्व (बुद्ध के पूर्व जन्म) को लेने आए, और बोले–"चलो, स्वर्ग चलो, तुम्हारे लिए रथ लेकर आया हूँ।"

लेकिन बोधिसत्व ने साफ़ मना कर दिया। उन्होंने कहा, "मैं यहीं पृथ्वी पर रहकर अच्छे कर्म करना चाहता हूँ। मैं यहाँ सबसे समान व्यवहार करूँगा, संयम से जीवन जीऊँगा , और लोगों की मदद करूँगा। मेरे लिए तो यही धरती स्वर्ग के समान है।"

"क्या इस विषय पर ऐसे उदार विचार केवल आपके हैं या हिन्दू धर्म के बाकी दूसरे लोग भी ऐसा ही मानते हैं?" रुपाली ने पूछा।

"जैसे दो और दो चार होते हैं, यह एक अटल सच है, जिसे कोई बदल नहीं सकता, उसी तरह हिन्दू धर्म की कुछ मान्यताएँ भी शाश्वत (इटरनल) हैं – यानि उन पर सभी की एक जैसी राय होती है। अगर मेरे भीतर इन बातों को लेकर एक विशेष सोच है, तो वह यूँ ही नहीं आई, निश्चित रूप से ये सोच मेरे पूर्वजों, मेरे माता-पिता और हमारे धर्म के ज्ञानी लोगों से ही मुझ तक पहुँची है। यानि हिन्दू धर्म में कोई भी सोच केवल एक सोच नहीं, बल्कि एक विरासत है – जो पीढ़ी दर पीढ़ी स्थानांतरित है। फ़िलहाल मैं स्वामी विवेकानंद को कोट कर सकता हूँ जिनसे 15 जनवरी 1894 को एक संवाददाता ने इस बारे में उनसे सवाल किया था कि 'ईसाई धर्मावलंबियों की मृत्यु के बाद की दशा के बारे में आपके धर्मावलंबियों की क्या धारणा है?' तो उनका उत्तर था, 'हमारा विश्वास है कि यदि वह अच्छा आदमी है, तो उसका उद्धार होगा।"

"अमेज़िंग . . . हिन्दू धर्म इस विषय पर इतनी स्पष्ट और उदार सोच रखता है, यह हमने सोचा नहीं था। थैंक यू. . . मुझे अब अपने कुछ दोस्तों को जवाब देने में आसानी होगी," रुपाली ने कहा।

"एक बात . . .लाइफ में सभी एंजोयमेंट खोजते हैं, कम्फर्ट खोजते हैं . . . ओके?" हरमन ने कहा।

"हम्म" समीर ने कहा

"तो अगर किसी को हेवेन मिलता है जहाँ एंजोयमेंट है, कम्फर्ट है तो प्रॉब्लम क्या है?" हरमन ने अपने दोनों हाथ नचाते हुए सहमति के लिए चारों तरफ देखा।

"आप लोग अभी उस उम्र (एज) तक नहीं पहुँचे हो कि आपको यह बात समझ आए कि इंसान लम्बे समय तक एंजॉयमेंट भी अफोर्ड नहीं कर सकता। एक समय आएगा जब आप समझोगे कि जीवन में प्रशांति (सेरेनिटी) कितनी महत्त्वपूर्ण है। हमारे यहाँ भर्तृहरि नाम के एक राजा हुए थे। राजा थे तो जाहिर है जीवन में सारी सुख-सुविधाएँ उन्हें प्राप्त थी, पर एक समय आया जब उन्होंने संन्यास ले लिया, वैरागी हो गए। अगर किसी को लगता है कि स्वर्ग में हर तरह की सुख-सुविधाएँ मिलेंगी तो आनंद आ जाएगा, तो उनको नहीं पता कि एक समय बाद वही सब आनंद उनको काटने दौड़ेगा . . ." समीर की बात खत्म होती तभी क्लास में निवेदिता मैडम आ गईं, तो क्लास के सारे बच्चे अपनी-अपनी जगहों पर खड़े हो गए।

# भारत में धर्म किसके भरोसे जीवित है?

"गुड मॉर्निंग मैम..." एक साथ कई बच्चों की आवाज़ें आईं।

"गुड मॉर्निंग...गुड मॉर्निंग...आज मैं भी आप लोगों के साथ समीर सर की क्लास अटेंड कर लेती हूँ।" निवेदिता मैडम एक सीट पर जगह बनाती हुई, एक लड़की के बगल में बैठ गईं।

"चलो, बच्चों...कंटिन्यू करो...कोई ब्रेक नहीं हुआ है, मैं बस थोड़ी देर के लिए इस क्लास का हिस्सा बनने आई हूँ।"

क्लास-रूम में प्रिंसिपल आ जाएँ तो बच्चे कहाँ सहज रहते हैं...इस बात को भाँपकर माहौल को सहज करने के लिए निवेदिता मैडम ने चुप्पी तोड़ते हुए समीर से कहा—"समीर, कल मैं एक यूट्यूब चैनल देख रही थी, वहाँ इस बात पर बहस चल रही थी कि भारत में हिन्दू धर्म किनके कारण जीवित है?"

"उस चर्चा का सेंट्रल थीम क्या था?"—समीर ने उनकी बात को समझने की कोशिश की।

इस पर निवेदिता मैम ने कहा कि यह अक्सर देखा गया है कि ज़्यादातर धर्मों में माना जाता है कि धर्म की बातें, शास्त्रों या किताबों को सही से समझना और समझाना विद्वानों और ज्ञानी लोगों की ज़िम्मेदारी होती है, और उसी से धर्म जीवित रहता है। तो क्या यही बात हिन्दू धर्म के बारे में भी सही है? क्या हमारा धर्म भी इन्हीं बातों पर टिका है?

अब समीर के सामने सवाल पूरी तरह स्पष्ट था, तो उसने कहना शुरू किया—"मैंने कभी भारत के मुख्य चुनाव आयुक्त रहे टी.एन. शेषण जी की ज़िंदगी की एक कहानी पढ़ी थी। यह सच है या नहीं, यह मैं नहीं कह सकता – लेकिन जो मैसेज इसमें छुपा है, वह हिन्दू धर्म की आत्मा को बहुत अच्छे से दिखाता है।"

समीर ने कहा कि एक बार शेषण साहब उत्तर प्रदेश से होकर गुजर रहे थे। रास्ते में एक बगीचे के पास उनकी गाड़ी रुकी। हम सब जानते हैं कि बगीचों में पेड़ों पर कई बार पक्षियों के घोंसले होते हैं। तो उन्होंने अपनी पत्नी ने साथ चल रहे एक सिक्योरिटी गार्ड से कहा, "किसी से बोलकर हमारे लिए दो घोंसले मंगवा दो, हम घर की सजावट में इसे इस्तेमाल करेंगे।" गार्ड ने वहीं पास में गाय चरा रहे एक छोटे से लड़के से कहा, "अगर तू दो घोंसले पेड़ से उतार लाएगा, तो तुझे दस रुपये दूँगा।"

लेकिन वो बच्चा इस काम को करने के लिए तैयार नहीं हुआ।

ये देखकर स्वयं शेषण उसके पास आए और कहा—"अच्छा, 10 नहीं... तुझे 50 रुपये दूँगा, ला दे घोंसले।"

तब उस बच्चे ने जो जवाब दिया, वह दिल छू लेने वाला था। उसका जवाब हिन्दू धर्म के करुण पक्ष की सम्पूर्ण निष्पत्ति थी—"जब शाम को चिड़िया अपने बच्चों के लिए दाना लेकर लौटेगी और उसे अपना घोंसला खाली मिलेगा तो वह बहुत दुखी होगी। इसलिए मुझे यह पाप नहीं लेना कि मैं किसी माँ को उसके बच्चों से अलग कर दूँ। आप मुझे चाहे जितने भी पैसे दे दो, मैं वे घोंसले नहीं उतारने वाला।"

कहते हैं कि इस घटना के बाद टी. एन. शेषन को सारी ज़िंदगी इस बात की ग्लानि रही कि जो संवेदनशीलता उस नन्हे चरवाहे बालक के अंदर थी, वही संवेदनशीलता उच्च शिक्षित होकर और इतने बड़े पोस्ट पर रहकर भी उनके अंदर क्यों नहीं थी। वो सोचने लगे कि इस छोटे से संवेदनशील बालक के व्यवहार के आगे मेरा आईएएस होना व्यर्थ हो गया, मैं उसके सामने सरसों के बीज-सा हो गया।

धर्म का बोध किसमें कितना है, इसका मानक आपकी उच्च आधुनिक शिक्षा, बड़ा पद या रूतबा नहीं हो सकता। शेषन बहुत विद्वान, कर्मठ और अनुकरणीय अधिकारी थे। हो सकता है उन्होंने हिन्दू शास्त्रों का भी अध्ययन किया हो पर व्यवहार में वह हिन्दू शास्त्र उस छोटे से बच्चे के अंदर था, जिसने शायद कभी किसी शास्त्र को देखा भी नहीं था।

सभी समीर को बड़े ध्यान से सुन रहे थे।

समीर ने आगे कहा, "मुझे एक और घटना याद आ रही है। जब सुनामी आई थी, तब भारत में हजारों लोग मारे गए थे और बहुत सारे लोग लापता भी हो गए थे।

उस समय तमिलनाडु से निकलने वाली एक साप्ताहिक पत्रिका *आनंद विकटन* में एक घटना छपी थी। एक दिन उस अख़बार के ऑफिस में जयकुमार नाम का एक मछुआरा अपनी पत्नी राजवल्ली और दस साल के बेटे उदय के साथ पहुँचा। वहाँ जाकर उसने कहा—'सुनामी में मेरा बेटा लापता हो गया था। उस समय आपके अखबार में इससे जुड़ी खबर छपी थी। इसके बाद सरकार ने उसे मृत मानकर हमें एक लाख रुपये की सहायता राशि दी थी। लेकिन अब हमारा बेटा सही-सलामत घर लौट आया है। इसलिए हम वो पैसा सरकार को लौटाना चाहते हैं।'

फिर उसने बड़े भोलेपन से कहा—'हमने कई बार लोकल प्रशासन से बात की, लेकिन उन्होंने कहा कि बहुत कागज़ी झंझट है, अब ये पैसा वापस नहीं लिया जाएगा। इसलिए हम आपसे मदद मांगने आए हैं ताकि हम ये रकम सरकार को लौटा सकें।'

अखबार वालों ने उससे कहा—'तो क्या हुआ पैसे रख लो'।

उनकी इस बात पर उस गरीब मछुआरे ने कहा—'नहीं, हमारे पुत्र का जीवित लौट आना ही हमारे लिए सबसे बड़ा पारितोषिक है तो और हमें कुछ नहीं चाहिए। यह राशि अब रखना हमारे लिए अनैतिक होगा, अतः आप इसे सरकार को वापस करा दें'।"

इसके बाद समीर ने कहा—"इसका अर्थ ये है कि नैतिक बनना ही मनुष्य बनने की यात्रा है, हिन्दू बनने की यात्रा है जो उस मछुआरे के परिवार में भी थी। भारत का मूल चरित्र यही है; भारत में धर्म इन्हीं बातों के भरोसे जीवित है। हिन्दू होना व्यवहार की बात अधिक है, ज्ञानी होने से कहीं अधिक व्यवहारिक होना है। और जो ज्ञान हमारे शास्त्रों में हैं वो वही ज्ञान है जो मानव मन की सहज चेतना है, जो ईश्वर की हम मनुष्यों से अपेक्षा है। ये वो ज्ञान है जो हमें निरंतर नर से नरोत्तम बनने की ओर प्रवृत करती है और अपने सद्गुणों को विकसित करते हुए हमें हिन्दू मूल्यों को प्रतिपादित करने की प्रेरणा देती है। हिन्दू धर्म अगर जीवित है तो इसी के नाते हैं, इसलिए मैं अक्सर एक बात कहता हूँ कि हिन्दू धर्म वही है जो हमारी दादी-नानी का है, हमारे गाँव के किसानों का है, उनका है जो अपने दैनिक व्यवहार में हिन्दू भाव को जीते हैं, बल्कि यूँ कहूँ तो यह उनके व्यवहार का अभिन्न अंग है। किसी ने दस शास्त्र पढ़ लिए हैं तो उसने हिन्दू धर्म को खरीद नहीं लिया है; क्योंकि शास्त्रों की सुंदर बातें जो संदेश देती है, उसे भारत का वृहत्तर समाज अपने रोज़मर्रा के व्यवहारों में जीता है। दुनिया के बाकी मज़हब जहाँ किताब की बातों को मानव-मन

पर आरोपित करते हैं, वहीं हिन्दू धर्म में मन की बातें ही हमारे शास्त्रों में है। स्वामी विवेकानंद कहते थे—'मस्तिष्कवान पर हृदयशून्य होने की अपेक्षा मैं तो यह सौ बार पसन्द करूँगा कि मेरे कुछ भी मस्तिष्क न हो, पर थोड़ा सा हृदय हो।'"

यह कहते-कहते समीर रुपाली की सीट के पास चला गया और उसकी ओर देखते हुए बोला—"हमारे ग्रंथों में गायों के प्रति श्रद्धा रखने और उनसे प्रेम करने को कहा गया है, उसमें ईश्वर को देखने को कहा गया है, जीव-जंतुओं के प्रति करुण-भाव प्रदर्शित करने की अपेक्षा है और हमारे ग्रंथ ऐसा व्यवहार करने वाले अवतारों और महापुरुषों जैसे प्रभु राम, शिबी, राजा दिलीप, आस्तीक आदि की कथाओं से भरी हैं , है न?"

रुपाली ने 'हाँ' में सर हिलाया।

"अब मेरी दादी या तुम्हारी दादी ने कभी ये सब धार्मिक ग्रंथ नहीं पढ़े होंगे पर उनका व्यवहार और आचरण भी ऐसा ही है जैसा उन महापुरुषों का था। उसके घर की पहली रोटी हमेशा गाय को जाती थी, उसके दरवाज़े पर बैठने वाला कुत्ता कभी भूखा नहीं सोता था, घर में घूमने वाली बिल्ली या कुतिया अगर बच्चे को जन्म देती थी तो वो पूरा ध्यान रखती थी कि उनको कोई परेशान न करे और उसे तथा उसके बच्चे को खाने के लिए कुछ न कुछ मिलता रहे। मैंने कभी नहीं देखा कि घर के किसी कोने में अगर गोरैया ने अपने घोंसले बना लिए हैं तो वो मेरी दादी ने उसे उजाड़ा हो। गोवर्धन पूजा के दिन वो गायों को पूजती थी, खेत जोतने में सहायक बैलों को वो अपने परिवार का एक सदस्य मानकर उनका ध्यान रखती थी। वो अपने दरवाज़े पर आंवला और तुलसी अनिवार्य रूप से लगाती थी। गाँव में कहीं पीपल या वट का वृक्ष हो तो वो उसे ब्रह्म देवता का स्थान मानकर पूजती थी और दूसरे रूप में ऑक्सीजन के बड़े स्त्रोत का संरक्षण करती थी। बिना शास्त्रों को पढ़े भी वो इन मूल्यों को रोज जीती थी, जिसे हमारे अवतारों और महापुरुषों ने जिया था। उसने जैव-विविधता पर कोई कोर्स नहीं किया था लेकिन वो जानती थी कि अनावश्यक जीव हत्या नहीं करनी है, इसीलिए मैंने उसे अपने जीवन में एक चींटी मारते भी नहीं देखा, वो अनावश्यक किसी पेड़ का पत्ता तक नहीं तोड़ती थी। अब बताओ उसे पारिस्थितिकी संतुलन का यह सिद्धांत उसको किसने सिखाया?"

निवेदिता मैडम समेत सारे बच्चे ख़ामोशी से समीर की बातें सुन रहे थे।

"हमारे ग्रंथ 'वसुधैव कुटुंबकम" की बात करते हैं। यह बात मेरी दादी या नानी ने किसी शास्त्र में नहीं पढ़ा था पर उसे पता था कि सारे विश्व को एक मानने का विचार

और इसकी यात्रा हमारे अपने घर से, अपने गाँव से शुरू होती है और इसीलिए परिवार में सबको एक मानते हुए, सबकी आवश्यकता के अनुरूप कुशल प्रबंधन करना उसे आता था, वो इस भाव को अपने गाँव तक लेकर जाती थी इसलिए गाँव का कोई भी ऐसा घर या व्यक्ति नहीं था जिसके प्रति उसका स्नेह नहीं हो या जिसे उसने अपनेपन के धागे में नहीं बांधा हो और इसलिए गाँव में हरेक उसे दादी, चाची, माँ जी कहकर बुलाता था। इस दुनिया में जो भी है वो मेरे ही परिवार का अंग है, ऐसा मानते हुए वो अपने दरवाजे पर आने वाले किसी भी भिक्षुक को कभी भूखा नहीं जाने देती थी, उसने भांटों (इतिहास और वंशावली गाने वाले) को दान-दक्षिणा देकर उन्हें संरक्षित रखा हुआ था, यानि वो ज्ञान और तथ्यों के संरक्षकों का महत्त्व जानती थी। उसे सामाजिक एकता और सामाजिक सहभागिता के सूत्र पता थे, इसीलिए जब वो छठ करती थी तो उसमें उसने गाँव के सब लोगों को एक घाट पर लाने की परंपरा शुरू की थी, ताकि गाँव में बंधुत्व बना रहे, ताकि ऊँच -नीच के भेद का खात्मा हो। मुझे याद है कि सुबह के अर्क के बाद मेरी दादी मुझे हर व्रती (भले वो किसी जाति की हो या उसकी आर्थिक स्थिति कैसी भी हो) का पांव छूकर उससे आशीर्वाद लेने को कहती थी और व्रत खोलने से पहले वो प्रसाद लेकर आसपास के सभी घरों में जाती थी। समता, समरसता और समदर्शिता के जिन भावों की बात हमारे शास्त्र करते है, उन्हें मेरी दादी -नानी जीती थी। 'बेटी बचाओ; का सरकारी अभियान अब शुरू हुआ है लेकिन हमारी नानी-दादी न जाने कब से छठ गीतों में अपनी बहुओं के लिए बेटी होने का आशीर्वाद ईश्वर से मांगती रही हैं। गुलामी और आक्रमणों के कालखंड में जब हमारे देवालय तोड़ दिए जाते जाते थे तब हमारी यही दादी-नानी थीं जिन्होंने घर के एक कोने को ही मंदिर बनाकर हिन्दू धर्म को सुरक्षित रखा था, हमारी पूजा-परंपरा को अनइंटरप्टेड रखा था, हमारे तीज-त्योहारों को जीवित रखा था।"

निवेदिता मैडम की इच्छा हुई कि वो समीर की बातों पर ताली बजाए पर उन्होंने स्वयं को रोक लिया।

समीर कहे जा रहा था—"धर्म को जीवित रखने वाले हमारे पुरोहित भी हैं, जो हर पूजा के बाद हमसे विश्व के कल्याण और प्राणियों में सद्भावना की उद्घोषणा करवाते हैं, तथा विभिन्न कर्मकांडों के माध्यम से समाज में अर्थ तंत्र की गति बनाए रखते हैं। "

"तुमने कुम्भ मेलों के बारे में सुना है?"—समीर अब रजत की सीट के पास था।

"जी, यह हिन्दू परंपरा में धार्मिक रूप से हिन्दुओं का सबसे बड़े आयोजन है; जिसमें केवल भारत ही नहीं, बल्कि दुनिया के अनेक देशों से लोग पवित्र नदी में

स्नान करने के लिए इकट्ठा होते हैं। इसमें साधु, संत, तपस्वी, हिन्दुओं के समस्त संप्रदायों के प्रमुख आचार्यों समेत आम जनमानस भी सम्मिलित होते हैं। विश्व के इस सबसे बड़े धार्मिक सम्मेलन में शामिल होने वालों की संख्या करोड़ तक पहुँच जाती है।

"लेकिन क्या तुम जानते हो कि हिन्दू संस्कृति के इस सबसे बड़े आयोजन की व्यवस्था तो प्रशासन करती है, लेकिन ऐसे विशाल आयोजनों में जो लोग सिर्फ़ सुविधाओं की सोचकर आते हैं—वो अक्सर निराश होकर जाते हैं।" उनकी फिक्र रहती है—'ट्रैफिक कैसा होगा?', 'होटल मिलेगा या नहीं?', 'खाने की क्वालिटी कैसी होगी?', मतलब उन्हें वहाँ के पवित्र संगम में डुबकी लगाने से अधिक चिंता इस बात की होती है कि उन्हें सुविधाएँ मिलेंगी या नहीं।

"सच कहूँ तो कभी मुझे भी उन्हीं लोगों में गिना जा सकता था। मैं भी एक समय सिर्फ़ आराम, सुविधा और कम्फर्ट में जीने वाला इंसान था। लेकिन हर घटना कुछ न कुछ सिखा जाती है। शायद वही मेरी सुविधाभोगी सोच ही एक तरह से मेरे लिए वरदान बन गई, क्योंकि उसके बाद मेरी दृष्टि और दृष्टिकोण सब बदल गया। अगर तब मैं उसी सुविधाभोगी माइंडसेट में ना होता, तो शायद मुझे कभी ये समझ नहीं आता कि भारत का हिन्दू मन क्या है? यहाँ का जो विशाल हिन्दू समाज है, वो किस भावना से अपने धर्म से जुड़ा है और सबसे ज़रूरी बात कि भारत में धर्म आज भी किसके भरोसे जीवित है।"

"मैं समझी नहीं, सर " रुपाली ने कहा। निवेदिता मैडम बड़े ध्यान से सारी बातें सुन रही थीं।

"2019 में संयोग से मैं भारत में था और प्रयागराज, उत्तर प्रदेश में अर्ध कुम्भ का आयोजन था, जो 15 जनवरी, 2019 से 4 मार्च 2019 तक चला। मैंने तय किया था कि अबकी बार चाहे जो हो कुम्भ में संगम स्नान करना ही है तो वहाँ जाने के सप्ताह दिन पहले ही स्टेशन जाकर वहाँ आने-जाने वाली ट्रेनों में ये देख आया कि भीड़ की स्थिति कैसी है। वहाँ भर-भरकर आ रही ट्रेनें उत्साह तोड़ देती थी; क्योंकि कम से कम एसी कोच के 3 टीयर तक तो जनरल कोच जैसा हाल था। माने किसी का आरक्षण हो या न हो कोई फर्क नहीं, जिसे जहाँ जगह मिल रहा था वहीं एडजस्ट हो जा रहा था।

"टिकट बुकिंग के लिए गया तो स्लीपर में तो कन्फर्म टिकट मिलने का सवाल ही नहीं था। एसी 2 में भी कोई सीट खाली नहीं मिली और वेटिंग भी इतनी कि कन्फर्म

होने का कोई चांस नहीं था, तो 3 टीयर में ही बुकिंग करनी पड़ी वो भी वेटिंग में। टिकट बुकिंग तो कर ली पर फिर चिंता थी कि क्या टिकट कन्फर्म होगा? इसी चिंता में कुछ दिन गुजरे तो संयोग से एक दिन अचानक टिकट कन्फर्म हो गया। ईश्वर को धन्यवाद देने के साथ ही एक दूसरी चिंता ने आ घेरा कि क्या ट्रेन के भयंकर भीड़ में मुझे अपनी ही सीट मिल सकेगी या उसे दो-तीन या पांच लोगों के साथ साँझा करना पड़ेगा?

"खैर, जब यात्रा के दिन ट्रेन में बैठा तो पूरी दृष्टि बदल गई, क्योंकि हजारों की संख्या में कुम्भ मेले में जा रहे लोगों के समूह, जिसमें स्त्री और पुरुष दोनों थे, वृद्ध महिलाएँ थीं वे सब के सब आनंद-विभोर थे। किसी के चेहरे पर कोई शिकन तक नहीं थी कि उन्हें लेटना तो दूर, बैठने के लिए भी सीट नहीं मिली है। जिसे जहाँ-बैठने, खड़े होने को मिला वहीं प्रफुल्लित था। इन लोगों को पुलिस और टिकट चेकिंग करने वालों की घुड़की का भी कोई डर नहीं था। ट्रेन में कुछ खड़े, कुछ फर्श पर बैठी टोली अपनी मस्ती में खाती हुई, गाती हुई और भजन करते हुए आनंदित जा रही थी। वहाँ पहुँचा तो वहाँ सुविधाभोगी लोग टेंट और होटल में कमरे की तलाश में थे पर उस समूह को किसी होटल या धर्मशाला या टेंट में कमरा मिलने या लेने की कोई चिंता नहीं थी। नदी तट की रेती को बिछौना और आकाश को छत मानकर वो लोग तीर्थ-यात्रा कर रहे थे।

"भोजन के लिए किसी होटल या रेस्टोरेंट नहीं, बल्कि किसी भंडारे या प्रसाद के आसरे कुम्भ मेले के लिए निकल आने वाले इस जनसमूह को इस बात की कोई चिंता नहीं थी कि यातायात का साधन कैसा है या कैसा नहीं है, मेले में सुरक्षा के इंतजाम सरकार ने किए हैं या नहीं किए हैं, समय से बिजली और पानी की व्यवस्था है या नहीं। अगर व्यवस्था नहीं है तो सरकार या प्रशासन को कोसना चाहिए जैसी क्रांतिकारी बातों से भी उन समूहों का कोई सरोकार नहीं था। उनका ध्येय बस एक ही था कि वो अपने पावन तीर्थ पर जिस उद्देश्य से आए हैं, वह पूरा हो जाए, साधू-संतों की संगति हो जाए और उनके प्रवचनों को सुनने का पुण्य उन्हें मिल जाए, नागा-साधुओं को देखने का सौभाग्य मिल जाए।

"इसलिए ये समझना हमारी नासमझी है कि है कि हमारा हिन्दू धर्म कुछ बौद्धिक लोगों और ज्ञानियों में है, किसी पुस्तक में है, ग्रंथों में है या यह कुछ लोगों ने स्वामित्व में है।"

"फिर हमारा हिन्दू धर्म कहाँ है, समीर?"—गंभीर मुद्रा में सारी बातें सुन रहीं निवेदिता मैडम ने पूछा।

"हमारा महान धर्म किसी किताब में नहीं है, निवेदिता जी। हमारा धर्म हमारे निर्मल मन में है, भाव में है, हमारी सहज चेतना में है; आचार-व्यवहार में है, जनसामान्य में है; इसलिए जब ग्रंथ नहीं रचे गए थे या जहाँ ये ग्रंथ नहीं हैं वहाँ भी हिन्दू धर्म है। ऐसा नहीं है कि किसी को संस्कृत का ज्ञान नहीं है तो वह धर्म के सार-तत्वों को ग्रहण करने से वंचित है। *रामचरितमानस* पर सैकड़ों लोगों ने पीएचडी की होगी, पर उसके चौपाइयों की अद्भुत व्याख्या आपको गाँव के किसी आदमी से मिल जाएगी जाए, जिसके पास कोई डिग्री नहीं है। कबीर की साखी गा-गाकर आदर्श समाज की रचना करने वाले लोग भी हमारे यहाँ हैं; इसलिए आपको कबीरपंथी समाज में सबसे अधिक ऐसे लोग मिलेंगे जो मांसाहारी नहीं हैं। हिन्दू धर्म हमारी दादी-नानी के कारण, हमारे पुरोहितों के कारण और इन लोक-आस्थाओं के कारण जीवित है और यह धर्म इन्हीं समूहों के कारण सदियों से विश्व में अपनी अच्छाइयों का अमृत बाँटता आ रहा है।"

क्लास की घंटी बज गई...लेकिन निवेदिता मैडम के चेहरे पर सुकून था।उन्हें समीर को अपने स्कूल में बुलाना सार्थक लगा। दोनों साथ-साथ ही क्लास रूम से बाहर निकले, और मैडम ने समीर को गेट तक जाने में उसका साथ दिया।

"समीर...समीर!" दरवाजे की ओर बढ़ता, इसके पहले ही निवेदिता मैडम की आवाज़ आई।

"जी..." समीर ने रुकते हुए कहा कहा। इसी बीच उसकी कैब भी आ गई।

"एक प्रॉब्लम आ गई है..."

"क्या?"

"मतलब यहाँ के टीचर्स में तुम्हारे क्लास के औचित्य पर और फिर इस पर कि बच्चों को क्या पढ़ाना चाहिए, चर्चाएँ चल रही हैं। यह ठीक है कि वो मेरे सामने ओपेंली नहीं बोलते, पर मुझे लगता है कि तुम्हारा उनसे संवाद होना चाहिए ...."

"सही बात है...वैसे भी मैं यहाँ कब तक रहूँगा ...यहाँ आपकी एकेडमी में ऐसा कल्चर जरूर डेवलप होना चाहिए और ऐसे लोग जरूर तैयार होने चाहिए जो मेरे काम को, आपकी सोच को आगे बढ़ा सकें। आप कल जरूर उनसे मुझे मिलाइए..."

"श्योर ...?" निवेदिता को लगा था कि उसकी बातें सुनकर समीर शायद असहज होगा तो उन्होंने कन्फर्म करना चाहा।

"हाँ...बिलकुल...कल का दिन उनके नाम।"

"ओके...फिर कल मिलते हैं...टीचर्स रूम में...."

## बच्चों के लिए हिन्दू धर्म की शिक्षा

**(पाँचवाँ दिन/ शुक्रवार)**

अगले दिन पहली बार समीर स्कूल के टीचर रूम में गया। रूम में करीब पंद्रह टीचर्स थे। वहाँ जब सबसे उसकी मुलाकात हुई, तो समीर ने महसूस किया कि ज़्यादातर टीचर्स के मन में उसके लिए जिज्ञासा से ज़्यादा शक और बेरुखी का भाव था। जैसे कि सबके मन में यही सवाल चल रहा हो कि—"यह आदमी कौन है और मैडम ने इसको यहाँ क्यों लाया है, और सबसे बड़ी बात कि यह पढ़ा क्या रहा है, वह सब बातें जो किसी भी सब्जेक्ट के सिलेबस में नहीं हैं , इस आदमी की यहाँ ज़रूरत ही क्या है?"

थोड़ी देर की चुप्पी के बाद निवेदिता मैडम ने बात शुरू की–"जब मैंने यह एकेडमी शुरू की थी, तो मेरा मकसद सिर्फ़ सब्जेक्ट्स की पढ़ाई नहीं था। मैं चाहती थी कि हमारे बच्चों में आत्मगौरव आए, उन्हें अपने देश से प्यार हो, अपने धर्म, अपनी संस्कृति और अपने इतिहास के लिए अपनापन हो, उससे उन्हें जुड़ाव महसूस हो। लेकिन अफ़सोस, मैं इस दिशा में बहुत कुछ कर नहीं पाई...बल्कि कुछ नहीं कर पाई और धीरे-धीरे यह स्कूल भी उसी रूटीन में चला गया जैसे बाकी के सारे स्कूल चलते हैं फिर एक दिन अचानक मुझे एक कैफ़े में समीर मिले और इनसे मिलने के बाद मुझे लगा कि शायद इनकी मदद से मैं वह सब कर पाऊँगी जो कभी इस स्कूल को शुरू करने का असली मकसद था।"

तभी एक वरिष्ठ शिक्षक, जो पहले से समीर के पढ़ाने के विषय में कुछ छात्रों से सुन चुके थे, वह थोड़े संदेह से बोले—"मैडम, एक स्कूल में पढ़ाई के अलावा ऐसी चीज़ें पढ़ाने का क्या मतलब है? मेरा सबसे बड़ा कन्फ्यूजन यही है, इसका औचित्य क्या है? ज़रूरत क्या है इसकी?"

निवेदिता मैडम मुस्कुराईं और बोलीं, "ऐसा मत कहिए। स्कूल और शिक्षक का काम सिर्फ़ सिलेबस पूरा करना नहीं है। हमारा उद्देश्य होना चाहिए—बच्चों में

देश के प्रति प्रेम, कर्तव्य की भावना, धर्म और संस्कृति की समझ और उसके लिए सम्मान पैदा करना। और आज के समय में इसकी ज़रूरत पहले से कहीं ज़्यादा है। क्योंकि अगर इस पीढ़ी में राष्ट्र के लिए भावना ही नहीं रही, सांस्कृतिक बोध नहीं रहा तो फिर आने वाले कल में बहुत बड़ा संकट होगा।"

"कैसी दिक्कत और कैसा संकट? "—वह प्रौढ़ शिक्षक समझने को तैयार नहीं थे।

"हाय... आइ'म समीर राघवन। आइ वर्क ऐज़ ए साइंटिस्ट ऐट ISRO।" मैडम की बातों के बीच में अचानक बोलने के लिए मैं आप सबसे माफ़ी चाहता हूँ, लेकिन मुझे लगता है कि आपके मन में जो सवाल हैं, उनके जवाब शायद मुझे ही देने चाहिए, क्योंकि ईमानदारी से कहूँ तो, फिलहाल इस कमरे में मेरा होना ही आप सबके लिए सबसे बड़ा सवाल है...

राइट ?"

उधर से कोई प्रतिक्रिया न मिलते देख समीर ने कहना शुरू किया, "सर, आपके सवाल से ही शुरू करते हैं। आपने सोवियत रूस के आंदोलन के नतीजे में जन्में 'अन्तरराष्ट्रीयवाद सिद्धांत' के बारे में सुना है?"

"हम्म..." उस प्रौढ़ शिक्षक ने कहा।

"क्या था वह, आप थोड़ा बताएँगे?"

उस प्रौढ़ शिक्षक ने बड़े विश्वास के साथ कहा कि राष्ट्रवाद की सोच केवल अपने फायदे को बढ़ावा देती है, और यही वजह है कि यह विचार दुनिया की भलाई और एकता के रास्ते में सबसे बड़ी रुकावट है। इसलिए उनके अनुसार, अगर दुनिया की सारी समस्याएँ सुलझानी हैं, तो राष्ट्रवाद को खत्म करना और अंतरराष्ट्रीयता को बढ़ावा देना ही इसका समाधान है। वह यह बात ऐसे कह रहे थे, जैसे यह सोच उनके मन में पूरी तरह बस चुकी हो।

"गुड...इसके मतलब यह है कि आप या तो हिस्ट्री के टीचर हैं या फिर आपकी इन विषयों में काफ़ी रुचि है?" समीर की इस बात पर खिसियानी मुस्कान बिखेरने के अलावा वह प्रौढ़ शिक्षक कुछ बोल नहीं पाए।

"हम्म..." प्रौढ़ शिक्षक की सहमति और असहमति दोनों इसी 'हम्म' में निकलती थी।

"सर, क्या आपको पता है, जब सोवियत रूस ने 'अंतरराष्ट्रीयवाद' के सिद्धांत को अपनाया और उसे बढ़ाया दिया, तो शुरुआत में वहाँ बहुत तेजी से भौतिक और

तकनीकी तरक्की हुई। उनकी पंचवर्षीय योजनाएं भी सफल रहीं। लेकिन धीरे-धीरे यह तरक्की रुकने लगी और सब कुछ ठंडा पड़ गया। जानते हैं क्यों? क्योंकि उस तरक्की के पीछे जो असली ताकत होनी चाहिए थी—राष्ट्र-प्रेम, अपनी पहचान और संस्कृति पर गर्व, इतिहास की समझ-वह सब गायब था। स्थिति यह हो गई कि रूस जो सोच रहा था कि उसकी तरक्की को अब कोई नहीं रोक सकता और उसका मॉडल पूरी दुनिया अपनाएगी, उसी रूस में फैक्ट्रियों में काम करने वाले मजदूरों में अब काम करने का जोश ही नहीं रह गया था। जब सरकार उन्हें 'अंतरराष्ट्रीय भाईचारे' के आदर्शों से प्रेरित नहीं कर पाई, तो अब मजदूरों से बंदूकें तान कर काम कराया जाने लगा। इसी दौर में दूसरा विश्व युद्ध शुरू हो गया। हिटलर की सेना रूस पर हमला करने लगी। लेकिन अफ़सोस की बात यह थी कि रूसी जनता में इस आक्रमण का विरोध करने की भावना ही नहीं थी। क्योंकि उन्हें वर्षों से यही सिखाया गया था कि "राष्ट्र" जैसी कोई चीज़ ही नहीं होनी चाहिए—सब एक वैश्विक विचार के हिस्से हैं।

"जब रूसी नेताओं ने देखा कि देश की जनता में देशभक्ति और बलिदान का उत्साह नहीं बचा, तब जाकर उन्हें अपनी गलती का एहसास हुआ। उन्हें समझ में आया कि हमने अपने लोगों के अंदर मातृभूमि के लिए प्यार, अपने इतिहास और पूर्वजों के लिए गर्व जैसी भावनाएँ विकसित ही नहीं कीं और तब उन्होंने अपनी सोच बदली। यहाँ निवेदिता मैम ने इस अकादमी की शुरुआत इसी वजह से की है, ताकि हम वह गलती न दोहराएँ। ताकि हमारे बच्चों के मन में अपने देश, अपनी संस्कृति और अपने इतिहास के लिए प्यार और जिम्मेदारी की भावना बनी रहे।"

अप्रत्याशित रूप से उस हॉल में कुछ तालियाँ बजी...निवेदिता मैडम के लिए ऐसा होना आश्चर्यजनक था।

"और यह केवल एक वजह है, अगर आप मुझे समय देंगे तो आगे मैं और भी वजहें एक्सप्लेन करूँगा जिनसे निवेदिता मैडम को इस अकादमी की शुरुआत करने के लिए प्रेरणा मिली। लेकिन उससे पहले, मैं एक बात आप सभी को जरूर बताना चाहता हूँ कि मैं यहाँ कोई परमानेंट टीचर के रूम में नहीं आया हूँ ...मैं तो बस कुछ दिनों के लिए यहाँ हूँ...निवेदिता मैम को यह आश्वस्त करने के लिए कि यस...वी कैन डू इट...और हमारी कोशिश किसी भी बच्चे को बोर नहीं करेगी,"—समीर को तालियों की उस गड़गड़ाहट से बहुत फर्क नहीं पड़ा था। उसकी चिंता यह थी

कि स्कूल के बाकी टीचर्स में यह समझ विकसित हो कि वह जो कर रहा है, वह कितना आवश्यक है।

"खैर...अगर आप में से कोई भी मुझसे, मेरी बातों से या जो मैं बच्चों को समझाना चाहता हूँ, उससे जुड़ी कोई बात पूछना या कुछ कहना चाहता हो, तो मैं पूरी तरह तैयार हूँ। बेझिझक पूछिए।"

"समीर जी, मेरा नाम श्रुति है और मेरा आपसे सवाल यह है कि आप यहाँ बच्चों को हिन्दू धर्म और राष्ट्रवाद की शिक्षा देने के लिए हैं तो आपसे अगर यह कहा जाए कि आपको बच्चों को हिन्दू धर्म की शिक्षा देनी है, तो आप उन्हें क्या शिक्षा देंगे?"

"निवेदिता मैम, आपको आपत्ति न हो तो क्या मैं यहाँ अपने क्लास के बच्चों को भी बुला लूं? मुझे लगता है, यहाँ उनका होना भी जरूरी है और बाय द बे अभी मेरी ही क्लास है और सारे टीचर भी यहीं हैं, तो उनके बाकी क्लासेस भी डिस्टर्ब नहीं होंगे", समीर ने मैडम की और मुड़कर उनसे अनुमति चाही।

"हाँ...श्योर..." निवेदिता मैम ने बेल बजाई और प्यून को बुलाकर उसे समीर के क्लास के बच्चों को कम्युनिटी हॉल में लाने का इंस्ट्रक्शन दिया। कुछ ही देर में उसके क्लास के सारे बच्चे उस हॉल में था। उनके लिए यह बड़ा सरप्राईसिंग मोमेंट था कि यहाँ यह सब क्या हो रहा है।

"मुझे लग रहा है यहाँ थोड़ी जगह कम है, शायद सबको ठीक से बैठने में भी दिक्कत होगी... तो क्यों न हम सब कॉन्फ्रेंस हॉल में चलें?"

"बिलकुल..." मैडम ने सबको कांफ्रेंस हॉल की ओर चलने का इशारा किया।

थोड़ी देर बाद सब लोग कांफ्रेंस रूम में थे।

सबके सहज हो जाने के बाद निवेदिता मैडम ने समीर को पोडियम की ओर जाने का इशारा किया।

समीर के वहाँ जाने पर मैडम ने कहा—"नाऊ यू कैन कंटिन्यू समीर....

"हाँ, श्रुति मैम। मैं बच्चों के लिए आपका सवाल दोबारा दोहरा देता हूँ।" समीर ने बात आगे बढ़ाई—"देखिए मैम, अगर कोई यह उम्मीद कर रहा है कि मैं बच्चों को ज़बरदस्ती पकड़कर कोई मंत्र रटवाऊँगा, त्रिकाल संध्या करवाऊँगा या बिना मतलब समझाए कुछ याद करने को कहूँगा—तो साफ कह दूँ, मैं ऐसा बिल्कुल नहीं करने वाला। क्योंकि अगर मैं ऐसा करूँ, तो वह बस उन्हें रोबोट बनाने जैसा होगा। और मेरा मकसद बच्चों को सोचने और समझने वाला बनाना है न कि बस रट्टा मारने वाला। हाँ, मैं यह जरूर कोशिश करूँगा कि उसे प्राणायाम सिखा दूँ,

उन्हें स्वास्थ्य रक्षा के कुछ अच्छे रूल्स सिखा दूँ, उन्हें अपने मन को स्थिर करने और मन में अच्छी बातों को धारण करने की कुछ विधि सिखा दूँ, उन्हें कुछ ऐसी प्रार्थनाएं और मन्त्र समझा और सिखा दूँ जो उसके मन, बुद्धि और शरीर को साधने का माध्यम बने। इससे आगे अगर कोई बच्चा मुझसे कुछ सीखना चाहे तो मैं उसे अवतारवाद, मूर्तिपूजा, बहुदेववाद, प्रकृति पूजन इन बातों का अर्थ क्या है, यह समझाऊँगा। मूर्ति में ईश्वर देखने, या सांप को पूजने का लॉजिक समझाऊँगा।

"पतंजलि योग सूत्र कहता है कि मनुष्य में जितनी परिपक्वता आती है, उतना ही उसके भावनाओं का संसार सशक्त होता है, इस बात को सिखाने के लिए मैं उसे पतंजलि योग सूत्र के कुछ हिस्से भी सिखाऊँगा। मैं कोशिश करूँगा कि अगर कोई बालक है तो उसकी शिक्षा ऐसी हो कि वह अपने मन में नारी जाति के प्रति महान आदर का भाव रखे। मैं बच्चों को अपने महान पूर्वजों, तीर्थों, नदियों, पर्वतमालाओं, ग्रंथों, नानाविध मत और पंथों के बारे में बताऊँगा। उसे संकल्प मंत्र का, स्नान मंत्र का, भोजन मंत्र का, वेदों में आएगा समता मंत्र का अर्थ समझाऊँगा और कोशिश करूँगा कि वह इन मन्त्रों में निहित संकल्पों को समझे। मैं उसे प्रातः उठकर भूमि का वंदन करने को कहूँगा। उसे उसकी कुलदेवी या कुल देवता, ग्राम देवता के बारे में बताऊँगा, उसे अपने कैलेंडर और संवत् का ज्ञान दूँगा। उसे पानी बचाने और पेड़ लगाने को कहूँगा। उसे सामूहिकता के साथ हनुमान चालीसा पढ़ने और सामाजिक मिलन के केंद्र जो हमारे मंदिर अथवा मठ हैं, वहाँ जाने को कहूँगा। उससे कहूँगा कि वह पशुओं की सेवा करे और संभव हो तो पास के किसी गोशाला में जाकर गाय और बैलों को चारा-पानी दे। किसी पशु या पक्षी से दोस्ती करे। थोड़ी बहुत खेती करना सीखे।

"उसको बताऊँगा कि मनुष्य की श्रेष्ठता उसके जन्म, जाति, कुल या वंश से नहीं, बल्कि उसके अच्छे व्यवहार और आचरण से तय होती है। उसे पाप और पुण्य की परिभाषा समझाऊँगा, जिसे भगवान वेद व्यास ने 'परोपकार पुण्याय पापाय परपीडनम' कहकर दो वाक्यों में समझा दिया था। मैं उसे समझाऊँगा कि उसका हिन्दू होना सिर्फ़ एक धार्मिक पहचान नहीं है, बल्कि यह प्रकृति, सृष्टि, मानवता, और हर जीव-जंतु के लिए चाहे वह जल में रहने वाले हों, ज़मीन पर चलने वाले हों या फिर आकाश में उड़ने वाले हों, जरूरी है। मैं उसे प्रकृति से प्यार करना सिखाऊँगा, उसके लिए कृतज्ञ रहना सिखाऊँगा। मैं उसकी सोच में करुणा, दया और हर जीव के लिए सम्मान का भाव जगाने की कोशिश करूँगा।

"मैं उसे सिखाऊँगा कि हर किसी के साथ बराबरी और आदर का व्यवहार करना ही असली धर्म है। और मैं उससे यह भी साफ कह दूँगा कि अगर तुमने अपना धर्म छोड़ दिया, तो सिर्फ़ एक नाम नहीं खोओगे, तुम अपनी चेतना खो दोगे, अपनी सोचने की आज़ादी खो दोगे, अपनी पहचान और अपने गौरव का बोध खो दोगे। तुम वह आज़ादी भी खो दोगे जो तुम्हें सवाल पूछने, तर्क करने और सच तक पहुँचने का अधिकार देती है।

"मैं उससे यह भी कहूँगा कि जरूरी नहीं कि धर्म को लेकर मेरा जो नजरिया है, वही तुम्हारा भी हो। लेकिन इसके लिए तुम्हें खुद अपने अंदर की चेतना को जगाना पड़ेगा और धर्म के असली अर्थ को समझने की कोशिश करनी पड़ेगी। मैं उसे यह सलाह भी दूँगा कि वह स्वामी विवेकानंद को रोज़ थोड़ी देर पढ़े; क्योंकि उनके विचारों में सिर्फ़ पॉजिटिविटी है। उनमें कहीं भी नकारात्मकता, कमजोरी, आलस्य या निराशा नहीं मिलती। और मैं यह भी चाहूँगा कि उसके पास गीता जरूर हो; क्योंकि गीता के श्लोक सिर्फ़ धार्मिक बातें नहीं, जीवन के मैनेजमेंट के सूत्र हैं। इसके बाद उसको यह कहूँगा कि हमारे वेद, उपनिषद् आदि ग्रंथों में जो विपुल ज्ञान-राशि छिपी है, उसका वह लाभ उठाए।

"आप सब पक्का मान लो कि अगर इतना हमने कर दिया तो आगे वह हिन्दू दर्शन, हिन्दू परंपरा, इतिहास, इसके विश्वास, इसके होने और न होने का अर्थ सब स्वयं ही सीख जाएगा और अगर हमने बच्चों को यह सब नहीं सिखाया तो फिर दिक्कत है।"

"कैसी दिक्कत?" उस सीनियर टीचर ने पूछा।

"सर, मैं अपने जीवन में ऐसे बच्चों से मिल चुका हूँ जिन्हें सही दिशा में शिक्षा नहीं मिल पाई, और उसी वजह से उनके सोचने का तरीका गलत दिशा में चला गया।"

"कैसे, बच्चों से? हम सब जरूर सुनना चाहेंगे।"—किरण नाम की एक टीचर की आवाज़ आई जो हिंदी पढ़ाती थी।

कुछ दिन पहले सोशल मीडिया पर काफ़ी मशहूर एक व्यक्ति ने भगवान राम और माता सीता को लेकर एक आपत्तिजनक बात कह दी थी। उसी के बाद, एक लड़की, जो उस व्यक्ति से बहुत प्रभावित थी और उन्हें अपना रोल मॉडल मानती थी, मेरे पास आई और मुझसे कहा—"जिस धर्म में भगवान माने जाने वाले राम अपनी पत्नी के लिए ऐसी बात कहते हैं, उस धर्म का हिस्सा बने रहने की मेरे पास क्या वजह होनी चाहिए?"

"तो आपने उसे क्या उत्तर दिया?"—छात्रों के बीच से आकांक्षा की आवाज़ आई।

उस लड़की के सवाल पर मैंने उससे पूछा—"क्या तुमने कभी खुद से यह पूछा है कि तुम हिन्दू क्यों हो, या फिर तुम्हें हिन्दू ही क्यों बने रहना चाहिए?" "क्या तुम्हारा धर्म उन बातों पर टिका है, जिन्हें कोई तार्किक या वैज्ञानिक सोच वाला इंसान अपने तर्कों से आसानी से गलत साबित कर सकता है, या फिर तुम्हारा धर्म मूल्यों पर टिका है जो नैसर्गिक हैं, हमेशा से हैं, और हमेशा रहेंगे?

"उसे मेरा सवाल समझ नहीं आया, तो मैंने उससे कहा—'देखो, कुछ मज़हब या पंथ ऐसे हैं जिनका अस्तित्व अपने पैगंबर या महापुरुषों की हिस्टोरिसिटी पर टिका होता है। अगर उनकी हिस्टोरिसिटी गलत साबित हो जाए, तो वह पूरा मज़हब या पंथ ही गिर सकता है। लेकिन हमारा धर्म ऐसा नहीं है। हमारा धर्म आइडिया-सेंट्रिक है। मतलब, राम, कृष्ण या मनु कब थे या थे भी कि नहीं, यह बातें हमारे धर्म के लिए जरूरी नहीं हैं। हमारा धर्म इस बात पर डिपेंड करता है कि राम का जीवन और उनके कर्म हमारे लिए कितने इम्पॉर्टेंट हैं, और सीता जी का आदर्श हमारे लिए कितनी इंस्पायरिंग है। इसीलिए हम राम या कृष्ण के हिस्टोरिक होने या न होने के झगड़े में कभी नहीं पड़ते। हम तो यह सोचते हैं कि राम और कृष्ण के कैरेक्टर और उनके विचारों को हम अपनी ज़िंदगी में कैसे अपना सकते हैं। और इसी वजह से हमारे ग्रंथों में क्रोनोलॉजी या तिथियां नहीं होती, क्योंकि हमारे पूर्वजों का उद्देश्य कभी यह साबित करना नहीं था कि यह सब सच में हुए थे या नहीं। अगर किसी ने यह साबित भी कर दिया कि राम और सीता असल में हिस्टोरिक नहीं थे, तो मैं उस बात से दुखी नहीं होऊंगा, शर्मिंदा नहीं होऊंगा, या बचाव नहीं करूंगा। बल्कि मैं अपने पूर्वजों पर गर्व करूंगा कि भले यह सब कल्पना हो, लेकिन उन्होंने हमारे लिए ऐसे आदर्श बनाए जिनसे हम नैतिक और सही रास्ते पर चल रहे हैं। इस बात को स्वामी विवेकानंद इस तरह से कहते थे:

> *'रामायण या महाभारत में जिस धर्म की महिमा गई गयी है, वह राम के या कृष्ण के अस्तित्व-नास्तित्व की अपेक्षा नहीं रखती। इसलिए इसके अस्तित्व में विश्वासी न होने पर भी, रामायण और महाभारत ने मानव-जाति को जिन महान तत्वों का उपदेश दिया है, उनके संबंध में इन ग्रंथों का उच्च प्रामाण्य स्वीकृत किया जा सकता है। हमारा दर्शन अपनी सत्यता के लिए किसी व्यक्ति-विशेष पर निर्भर नहीं कर करता। देखिए, कृष्ण ने संसार को कोई नयी या मौलिक शिक्षा नहीं दी। वैसे ही रामायण*

*के रचनाकार ने भी कभी कोई ऐसी बात नहीं कही, जो हमारे वेदादि शास्त्रों में बिलकुल उपदिष्ट न हो। यह एक विशेष ध्यान देने की बात है कि ईसाई धर्म ईसा के बिना, इस्लाम मुहम्मद साहब के बिना और बौद्ध धर्म बुद्ध के बिना नहीं ठहर सकता, परंतु हिन्दू धर्म ही एकमात्र ऐसा है, जो किसी व्यक्ति-विशेष पर बिलकुल निर्भर नहीं करता। और यदि इस बात का विचार करना हो कि पुराण में वर्णित दार्शनिक सत्य कहाँ तक प्रामाण्य हैं, तो इसके लिए यह सब चर्चा करने की कोई आवश्यकता नहीं कि उसमें वर्णित व्यक्ति वास्तव में थे, अथवा वे केवल काल्पनिक चरित्र मात्र हैं। पुराणों का उद्देश्य था मानव जाति को शिक्षा देना, और जिन ऋषियों ने उनकी रचना की, उन्होंने कुछ ऐसे ऐतिहासिक चरित्र ढूंढें, जिन पर वे अपनी इच्छानुसार सारे अच्छे अथवा सारे बुरे गुणों का आरोप कर सकते थे, और इस प्रकार वे मानव जाति के परिचालन के लिए धर्म का विधान कर गए। यह क्या आवश्यक है कि रामायण में वर्णित दस मुँह वाले रावण का अस्तित्व मानना ही पड़ेगा? दस मुँह वाला कोई रहा हो या न रहा हो, हमें तो बस उस सत्य का विशेष रूप से अध्ययन और विचार करना है, जिसकी शिक्षा उस चरित्र के सहारे दी गई है'।*

इसके बाद मैंने उससे कहा—'वाल्मीकि रामायण के उत्तर कांड में सीता माता का परित्याग हुआ है, ऐसा आता है, वहीं शंबूक वध की घटना भी आती है। इसी तरह कहीं भगवान शिव के देवी सती के वियोग में रोने की बात है, तो कहीं वह अपने ही पुत्र गणेश जी को नहीं पहचान पाते, ऐसे भी कई प्रसंग हैं। फिर कृष्ण भगवान की रासलीलाओं की बातें भी हैं, जिन पर अक्सर सवाल उठाए जाते हैं या जिन्हें लेकर हमें शर्मिंदा करने की कोशिश की जाती है। अब इन बातों की धार्मिक व्याख्या किसी श्रद्धालु को तो संतुष्ट कर सकती है, लेकिन अगर तुम्हारा मन तर्क से चलता है, तो हो सकता है कि तुम्हें यह बातें उस तरह समझ में न आएं; क्योंकि तुम इन घटनाओं को उस दौर और उसकी परिस्थिति को समझकर नहीं, बल्कि आज के नजरिए से देखोगी'।

मेरी इस बात पर उस लड़की ने कहा—'बिलकुल ऐसा ही है, मैं इन बातों पर किसी भी ऊलजलूल लॉजिक को एक्सेप्ट नहीं कर सकती'।

'इसी वजह से तुम्हारे जैसी लड़कियों या बच्चों की धार्मिक आस्था को कोई भी थोड़ा-बहुत प्रभावशाली और तार्किक बोलने वाला इंसान कुछ ही मिनटों में हिला

देता है। क्योंकि इन प्रसंगों को मानवीय बराबरी या जेंडर इक्वालिटी के नजरिए से तर्क के साथ समझाना वाकई थोड़ा मुश्किल होता है'।

यह सुनकर वह लड़की थोड़ी उलझन में पड़ गई—उसे लगा कि जब यह खुद ही मान रहे हैं कि इन बातों को आज के सामाजिक और बराबरी के नजरिए से ठीक से समझाना मुश्किल है, तो फिर यह मुझे क्या और कैसे समझाएंगे?

उसे हैरान-परेशान छोड़कर मैंने अपनी बात आगे बढ़ाते हुए कहा—'अब थोड़ा आगे बढ़ो, मान लो कोई फेमिनिस्ट आकर कहे कि चूंकि राम ने अपनी गर्भवती पत्नी को घर से निकाल कर अन्याय किया था तो ऐसे हिन्दू धर्म में मैं नहीं रहूँगी। तो उसके इस स्टैंड पर तुम क्या कहोगी?'

उसने कहा—'ऑफकोर्स, अगर मुझको राम के द्वारा सीता परित्याग का लॉजिकल एंड कनविंसिंग आंसर नहीं मिलता तो मुझे हिन्दू धर्म और इसके मानने वाले विलेन ही लगेंगे, जो राम को ईश्वर मानकर पूजता है।'

मैंने उससे कहा : 'अगर मैं तुम्हारी जगह होता, तो उस फेमिनिस्ट से कहता कि मैं हिन्दू हूँ या ईश्वर ने मुझे हिन्दू बनाया है, यह सब रामायण या महाभारत की किसी घटना को सही ठहराने के लिए नहीं किया गया है और न ही वह मुझे जज बनाकर किसी घटना पर अपनी राय देने को कहेगा। हो सकता है कि हमारे लंबे इतिहास में कोई घटना गलत तरीके से लिखी गई हो, या उसका अनुवाद सही नहीं हुआ हो, या मुझे उस घटना का पूरा मतलब या उस समय की परिस्थिति पता न हो। तो अगर मैं इन बातों को समझने में गलत हूँ, तो मेरा हिन्दू धर्म कैसे गलत हो गया? मैं अपनी हिन्दू पहचान से नफरत क्यों करूँ? क्यों इन बातों को लेकर दुखी रहूँ, अपराध महसूस करूँ या बेकार की सफाई दूँ, जिसका मुझे मेरा कोई फायदा ही नहीं है?

मैं तो बल्कि अपने हिन्दू आइडेंटिटी को सेलिब्रेट करता हूँ कि इस आइडेंटिटी की वजह से मेरे साथ दुनिया में कहीं भी अशोभनीय व्यवहार नहीं होता, मुझे वीजा या नागरिकता देते हुए कोई देश शंकित नहीं होता, दुनिया मेरी ओर देखकर यह कामना करती है कि काश इसके जैसी बौद्धिक चिंतन की स्वतंत्रता मुझे मिलती, इसके तरह की 'फ्रीडम ऑफ वर्शिप' मिलती, इसके तरह की पारिवारिक व्यवस्था मिलती जो पति और पत्नी के संबंधों की पवित्रता को मान देती है, जो संयुक्त परिवार के मूल्यों में बिलीव करती है, जो नेचर में ईश्वर का दर्शन करती है, जिसे कण-कण में ईश्वर देखने की उदार दृष्टि मिली है, जो नास्तिक होना चाहे तो उसे उसकी भी फ्रीडम है और हजारों लाखों देवताओं को पूजना चाहे तो उसकी भी छूट है'।

आखिर में मैंने उस लड़की से कहा था कि मेरा हिन्दू होना ऐसा नहीं है कि किसी एक या कुछ आस्था, अवतार या किताब के सहारे है जो कभी दरक जाए तो मैं 'एक्स हिन्दू' हो जाऊं। मेरा हिन्दू होना मेरी 'आईडेंटिटी कार्ड' है और मैं इसे बड़े गर्व से ओन करता हूँ और तुम्हें भी करना चाहिए'।

इसलिए मैं आप सबसे भी यही कहता हूँ कि हमारे बच्चों की परवरिश हिन्दुत्व के इन 'एसेंस' को समझाकर करिए। यह करेंगे तो कोई भी उसे बहला नहीं सकेगा, उसे किसी भी कु-तर्क से धर्म से दूर नहीं कर सकेगा। इसलिए जरूरी है कि समय रहते उसके मन में यह बीज डाली जाए। और यह बीज डालने का काम यहीं से होना है, इस विवेकानंद अकेडमी से होना है।"

"मेरा एक प्रश्न और है तो क्या आप कहना चाह रहे हैं कि बच्चों को पूजा-पाठ, कर्मकांड आदि की शिक्षा न दी जाए? उसे भजन-कीर्तन आदि न सिखाई जाए?"—यह श्रुति का सवाल था।

"मैंने यह कभी नहीं कहा कि हमें अपने बच्चों को पूजा-पाठ, कर्मकांड आदि न सिखाई जाए या इसके प्रति उसके मन में अरुचि पैदा की जाए। यह चीजें हमारा परंपरा को अबाध रखती है और सामाजिक मिलनसारिता, सामूहिकता सिखाती है, उसके भाषा और उच्चारण के दोष को दूर करती है, संस्कृत का ज्ञान उसकी बुद्धि को प्रखर बनाती है तो इसे तो सिखाया ही जाना चाहिए, लेकिन सिर्फ़ यही सिखाकर छोड़ देने के पक्ष में मैं नहीं हूँ।"

"क्यूँ?"

"अगर कोई बच्चा पूजा-पाठ में रुचि रखता है और उसकी सोच-समझ उसमें बढ़ती है, तो यह अच्छी बात है। लेकिन जरूरी नहीं कि हर बच्चे को पूजा-पाठ में दिलचस्पी हो। यहाँ सवाल यह उठता है कि अगर कोई बच्चा तार्किक या वैज्ञानिक सवालों से घिर जाए, जिनका उसे जवाब न मिले, तो वह अपने हिन्दू होने पर नाराज या परेशान क्यों हो जाए, जैसे उस लड़की को हुआ था। महज पूजा-पाठ उसे इन सवालों से बचा नहीं पाएगा। जो चीज़ उसे इन सवालों से बचाएगी, वह है हिन्दू धर्म की असली समझ, इस धर्म की विशेषताओं और विशिष्टताओं का ज्ञान जो उसे हिन्दू बने रहने का गर्व और आत्मविश्वास दोनों देगी। भजन-कीर्तन या नाम जप तो दूसरे धर्मों में भी होते हैं, इसलिए उसे यह समझाना जरूरी है कि उसका हिन्दू होना क्यों अलग और खास है, क्यों उसको ईश्वर ने हिन्दू बनाया है।"

## मैं हिन्दू भाव छोड़ दूँ तो क्या होगा?

"मैं आपकी बात को ही आगे बढ़ाती हूँ। आपने अभी 'एसेंस ऑफ़ हिन्दुइज्म' की बात की। आप बता पाएँगे कि इस एसेंस में क्या है?"—श्रुति ने पूछा।

समीर ने कहा—"सरप्राइजिंगली , जब मैं यूएस में था तो अपने दोस्तों के साथ मेरी कुछ चर्चाएँ चल रही थीं। वहाँ मेरी एक हिन्दू दोस्त ने मुझसे पूछा, 'आमतौर पर तो कहा जाता है कि दुनिया के सब धर्म एक जैसे हैं। हो सकता है, पूजा करने का तरीका या मान्य किताबें अलग हों, लेकिन क्या इतनी बड़ी कोई बात है कि हिन्दू धर्म को सबसे अलग या ऊपर समझा जाए? तो फिर मैं हिन्दू धर्म छोड़कर कोई और रास्ता क्यों न चुन लूँ? इससे क्या फर्क पड़ जाएगा? सीधे-सीधे कहूँ तो मुझे हिन्दू ही क्यों रहना चाहिए? अगर मैं हिन्दू भाव छोड़ दूँ तो मेरा क्या नुकसान होगा?'"

"उसके सवाल वाकई अच्छे और लॉजिकल थे, शायद उसकी जगह मैं होती तो मेरा सवाल भी यही होता।" रुपाली ने बगल बैठी लड़की से फुसफुसाकर कहा, जिसे निवेदिता मैडम ने सुन लिया।

"हाँ, तभी तो तुम सब यहाँ हो" – निवेदिता मैडम ने उससे कहा।

"हाँ, ऐसे सवाल पूछे जायेंगे तो ही हिन्दू धर्म के एसेंस को समझाने में मज़ा आता है। आप सब जानते हो, मैंने मेरी उस दोस्त से क्या कहा था?"

"जी" – रुपाली काफ़ी उत्साहित थी।

"मैंने अपनी दोस्त से कहा था–इसका उत्तर तुम्हें दूँ, उसके पहले तुमसे मेरा एक प्रश्न है कि तुम इंसान हो या कोई प्रोग्रामिंग बेस्ड एप्लीकेशन हो?"

उस लड़की ने कहा – 'मैं ऐसी बिल्कुल भी नहीं हूँ; क्योंकि मेरे पास सोचने के लिए अपनी स्वतंत्र बुद्धि है, अपने आर्गुमेंट्स हैं, अपने इंडिपेंडेंट थॉट्स और थिंकिंग हैं...'

'और यह इंडिपेंडेंट थिंकिंग की फ्रीडम तुम्हें दी किसने है? कभी यह सोचा है?' – उसकी बात काटते हुए मैंने उससे सवाल किया।

"ऑफकोर्स मेरे पापा और मेरी माँ ने, जिन्होनें कभी भी मुझे किसी भी बात को जबर्दस्ती मानने को मजबूर नहीं किया।"

"तुम्हारे पिता ने तुम्हें इंडिपेंडेंट थिंकिंग और सवाल करने की फ्रीडम इसलिए दी है, क्यूंकि यह फ्रीडम उन्हें उनके पिता से मिली थी, और उन्हें यह फ्रीडम इसलिए मिली थी क्योंकि उनको यह फ्रीडम तुम्हारे दादा जी ने दी हुई थी और यह क्रम ऐसे ही पीछे तक जाता है; क्योंकि यह फ्रीडम हमें हमारे हिन्दू धर्म ने दी हुई है; जो किसी

और मजहब में जन्म लेने पर हमें नहीं मिल सकती। यही हमारा धर्म है जिसने तुम्हें, मुझे, और पूरे समाज को चिंतन की स्वतंत्रता और प्रश्न करने की आज़ादी दी है। यहाँ सीता जी सवाल करती हैं तो राम जी को उत्तर देना पड़ता है, यहाँ अर्जुन सवाल करते हैं तो कृष्ण को युद्ध रोककर उत्तर देना पड़ता है, नचिकेता के सवाल को अनसुना कर बढ़ जाने का साहस यहाँ यमराज को भी नहीं था और यही हमारे महान हिन्दू चिंतन के विशेषता रही हैं क्योंकि वह जानते थे कि 'बौद्धिक स्वतंत्रता' और कुछ पूछने वाले को 'कंविंसिंग आंसर' देना हिन्दू धर्म यूएसपी है, धरोहर है, जिसे हर कीमत हमें कंटिन्यू करना है। प्रसिद्ध पुस्तक 'विषैला वामपंथ' के लेखक राजीव मिश्रा जब यह कहते हैं...—'अगर हिन्दू सभ्यता को नहीं बचाया गया तो मानव सभ्यता से जो सबसे बड़ी चीज़ खो जाएगी, वह होगी 'बौद्धिक स्वतंत्रता' तो ऐसा कहते हुए एक तरह से वह यह कह रहे होते हैं कि हिन्दू सभ्यता विलीन होने के बाद 'बौद्धिक स्वतंत्रता' दीया लेकर खोजने से भी नहीं मिलेगा। और हमें इसे ही बचना है।

"फिर मैंने अपनी दोस्त से कहा – 'मेरा अगला सवाल है, क्या तुम कभी भी चाहोगी कि तुम्हारे थॉट्स किसी धार्मिक संस्थान से कंट्रोल्ड हो? उस पर पहरे हो?'

उसने 'न' में सर हिलाया।

"मैंने अपनी बात आगे बढ़ाते हुए उससे कहा – 'तुमने उपासना पद्धति की बात की। क्या तुमको पता है अन्य मतों और मज़हब में मनुष्य और ईश्वर के बीच संवाद (कम्युनिकेशन) के मार्ग भी तुम्हारे लिए पहले से तय कर दिए जाते हैं। तुम्हें अपने ढंग से ईश्वर से जुड़ने या उसकी उपासना करने की छूट वहाँ नहीं है। ईश्वर और तुम्हारे संबंध कैसे रहेंगे यह भी तुमको वहाँ से इंस्ट्रक्ट किया जाएगा, जबकि हिन्दू धर्म में ईश्वर की उपासना करना तो एक साधारण बात है, अपने ढंग से उनको डिफाइन भी करने जाओगी तो भी कोई तुम्हें कुछ नहीं कहेगा। तुम चाहो तो उन्हें रिजेक्ट कर दो, इसकी छूट भी तुम्हें है। ईश्वर को तुम अपने बंधु, सखा, भाई, पिता, माता, गुरु, आराध्य किसी भी रूप में मानने के लिए स्वतंत्र हो। मीरा ने कृष्ण को प्रेमी माना और हिन्दू धर्म ने उसे भी स्वीकार किया'। कहते हैं कि 'यदि पैरों में जंजीर पड़ने के कारण आपकी स्वाधीनता छीनती हो तो उस पैर को ही काट दो लेकिन पराधीन न रहो,' ऐसे ही जब तुम हिन्दू धर्म को छोड़ती हो तो ऐसी कई वैचारिक और व्यवहारिक जंजीरें तुम्हारे पैरों में बाँध दी जाएँगी। जबकि यहाँ तुम हर तरह से स्वतंत्र हो। यहाँ रहकर तुम अपनी 'स्वतंत्र चेतना' का, अपने स्त्री होने के गौरव का, अपने इंसान होने के अधिकार का रक्षण करोगी, उसे एन्जॉय करोगी जबकि बाकी जगह यह खो दोगी।

'तुमने कहा कि यदि तुम हिन्दू भाव को छोड़ देती हो तो तुम्हारा क्या बिगड़ जाएगा तो यह जान लो कि तुम्हारे हिन्दू भाव छोड़ने की कीमत जितनी तुम्हें चुकानी पड़ेगी, उससे अधिक कीमत प्रकृति को चुकानी पड़ेगी, समस्त मानव-जाति को चुकानी पड़ेगी। क्योंकि हिन्दू धर्म मानव-जाति का धर्म है। इस धर्म का अर्थ है—'व्यक्ति, समाज, प्रकृति और परमात्मा के बीच सामंजस्य बनाए रखने के लिए बनाए गए नियम और व्यवस्थाएँ' और हिन्दू होने का वास्तविक अर्थ है—'आत्मनो मोक्षार्थं जगद्धिताय च' यानि 'स्वयं के मोक्ष के लिए तथा जगत के कल्याण के लिए जीना।'

"एक हिन्दू के लिए आवश्यक है कि वह अपने चेतना से अधिक मानव-जाति की सामूहिकता की चिंता करे, भले ही इसके लिए उसे अपने व्यक्तिगत फायदे छोड़ने पड़े। फिर मैंने अपनी बात समाप्त करते हुए कहा—'अगर इसी तरह सबने अपनी नासमझी में हिन्दू भाव छोड़ने की बात की, तो एक दिन विश्व को एक परिवार मानने वाला और 'सबको जीने का अधिकार' देने वाला दर्शन जीवित नहीं रहेगा, टॉलरेंस नहीं एक्सेप्टेंस का सुंदर चिंतन समाप्त हो जाएगा, उपासना के वैविध्य की मिली स्वीकृति लुप्त हो जाएगी, नास्तिकों के लिए यह दुनिया कत्लगाह बन जाएगी, चिंतन की स्वतंत्रता छीन जाएगी, दुनिया की तमाम आतंकित और पीड़ित जातियाँ अनाथ हो जाएंगी जो हिन्दुत्व के उदार और विशाल हृदय में स्थान पाकर भारत भूमि पर उन्नति करती हैं, जो यहाँ सदियों से शरण लेती आई हैं। हिन्दू भाव लुप्त हुआ तो भविष्य में कोई एक विचार जो संपूर्ण मानव जाति के संघर्षों के मैदान में मैत्री के बीज बोकर उन्हें एक कर सकती है, वह लुप्त हो जाएगा। हिन्दू भाव लुप्त हो गया तो नारी को समानता से कहीं अधिक श्रेष्ठता भाव पर ले जाने का भाव लुप्त हो जाएगा। इसलिए तुम्हारा और मेरा हिन्दू रहना जरूरी है...हिन्दू भाव के साथ हिंदुओं का रहना जरूरी है।

"तो श्रुति मैम 'एसेंस ऑफ़ हिन्दुइज्म' के बारे में जो आप पूछ रही थीं कि यह क्या है तो यह 'चिंतन की स्वतंत्रता' है, 'बौद्धिक स्वतंत्रता' है, जो केवल हमारे पास है।"—समीर ने अपनी बात पूरी की।

"सर, आपने बार-बार हिन्दू भाव की बात की। आपने सभी जीवों के प्रति प्रेम, करुणा, प्रकृति के प्रति सम्मान की बात की। अपने मानवीय भावनाओं की बात की। लेकिन यदि कोई ऐसा व्यक्ति हो, जो भावनाओं से नहीं, बल्कि तर्क से चलता हो। तो उसके लिए हिन्दू धर्म का दर्शन क्या कहता है?"

समीर को स्कूल के बच्चे से इसकी आशा नहीं थी। उसने पूछा, "ऐसा क्यों पूछ रहे हो? हर व्यक्ति में भावना तो होती ही है।"

"मेरा फेवरेट सब्जेक्ट मैथेमेटिक्स है। उसमें कहीं भी भावना की बात नहीं, बल्कि लॉजिक की बात होती है। इसलिए मैं हिन्दू होने का अर्थ लॉजिक के आधार पर समझना चाहता हूँ। और कभी -कभी ऐसा होता है कि लॉजिक से कोई बात सही दिखाई देती है, लेकिन भावना कुछ और कहती है। ऐसे में कुछ लोग भावनाओं के हिसाब से काम करते हैं, लेकिन मैं लॉजिक की बात मानना पसंद करूँगा। फिर मेरे लिए हिन्दू धर्म में क्या स्थान (स्कोप) है?"

"क्या तुम कहना चाहते हो कि तुम नास्तिक हो?"

"मुझे नहीं पता कि मैं नास्तिक हूँ या नहीं हूँ। क्योंकि नास्तिक वह है जो ईश्वर को नहीं मानता, और आस्तिक वह है जो ईश्वर को मानता है। पर दोनों ही मानने या न मानने में उलझे रहते हैं। यह मेरा डिपार्टमेंट नहीं है। न मुझे जानने में इंटरेस्ट है। अगर मैं जान सकता हूँ कि ईश्वर है तो मेरे लिए काम की बात है, नहीं जानता तो कहूँगा कि नहीं जानता।"

"हाँ , उसको एग्नॉस्टिक कहते हैं। तुमने बहुत इंटेलीजेंट प्रश्न पूछा है। जानने वाले लोग ईश्वर को कैसे जानें।"

समीर सोच में पड़ गया कि इतने जटिल प्रश्न का उत्तर स्कूल के बच्चे को कैसे दे। उसने सोचने का समय लेते हुए पूछा—"अच्छा, तुम्हारा नाम तो पूछा ही नहीं।"

"नचिकेता।"

"ओह, नचिकेता। तभी कहूँ , नचिकेता तो नचिकेता है। जानते हो नचिकेता कौन था?"

बच्चे ने सर हिलाया – "ऑफ़ कोर्स सर, मुझे पापा ने बचपन में नचिकेता की कहानी सुनाई थी और कहा था कि देखो नचिकेता को, उसने यमराज से भी प्रश्न किया और जब तक प्रश्न का लॉजिकल आंसर नहीं मिला नहीं माना। तो पापा ने कहा, कभी किसी बात को फेस वैल्यू पर मत एक्सेप्ट करो। वही मानो जिसके लिए लॉजिक हो। इसलिए मम्मी से बहुत बार मार भी पड़ती है।" ये सुनकर सब हँस पड़े।

समीर ने वहाँ सबको संक्षेप में नचिकेता की कहानी सुनाई—नचिकेता एक छोटा बच्चा था। किसी बात पर लगातार प्रश्न पूछने पर उसके पिता ने उसको कहा कि जाओ, तुमको यमराज को देता हूँ। बच्चा उनकी बात पर बिल्कुल नहीं डरा।

उसने अपने पिता की बात मानी और यमराज के पास चला गया, और वहाँ तीन दिन यमराज का इंतजार करता रहा। जब यमराज लौटे तो उन्होंने कहा—तुम तो बच्चे हो, यहाँ क्या कर रहे हो? वापस जाओ। लेकिन नचिकेता ने यमराज को भी नहीं छोड़ा। ढेर सारे प्रश्न पूछ डाले, इसी नचिकेता की तरह, और जबतक संतुष्ट नहीं हुआ, वापस गया नहीं। तो हिन्दू फिलोसॉफी तुमको हमेशा प्रश्न पूछने के लिए इनकरेज करता है।

"अच्छा, चलो, मेरे कुछ प्रश्नों का उत्तर दो। यह बताओ, बारिश क्यों होती है?"

"बादल से।"

"और बादल क्यों बनते हैं?"

"जमीन पर पानी के वेपोराइजेशन से।"

"जब लोगों को नहीं पता था कि बारिश क्यों होती है, तो वे सोचते थे कि बारिश ईश्वर कराते हैं। जब उन्हें समझ में आया कि बारिश बादल से होती है, तो उन्होंने सोचा कि बादल ईश्वर बनाते हैं। अच्छा, फिर पानी का वाष्पीकरण (वेपोराइजेशन) क्यों होता है?"

"सूरज की गर्मी से।" क्लास के बाकी बच्चे भी इसमें इंवॉल्व हो रही थी।

समीर ने कहा—"ग्रेट, अब तुम सूरज की गर्मी, सूरज के न्यूक्लियस में फ़िशन रिएक्शन तक पहुँचोगे। तो फ़िशन रिएक्शन क्यों होता है। जवाब देते देते फिर एक समय आएगा जब न्यूक्लियर साइंटिस्ट भी कहेगा, इसके आगे नहीं पता।

"हाँ, 'अभी' नहीं पता, नचिकेता ने कहा। लेकिन इसका मेरे प्रश्न से क्या रिलेशन है?"

"बिल्कुल। वहीं आ रहा हूँ। हम ईश्वर को जानते नहीं हैं, इसलिए जरूरी नहीं है कि ईश्वर कोई पर्सन हो। आकाश में रहने वाला, सूट कोट पहने हुए। मॉर्गन फ्रीमैन जैसा, जैसा कि हॉलीवुड की फिल्मों में दिखाया हैं। हिन्दू फिलोसॉफी में एक कॉन्सेप्ट है कि ईश्वर सभी कारणों का आदि कारण है यानि रूट कॉज़ ऑफ़ ऑल कॉज़ेस तो जहाँ तक हमको कारण मालूम है हम कहते हैं कि साइंस है। जहाँ से आगे नहीं मालूम तो कहते हैं कि इसका कारण ईश्वर है। यानि हमारे पास जितना अधिक नॉलेज है, हम ईश्वर के उतना नजदीक जाते हैं। इस हिसाब से नॉलेज ही ईश्वर है। ज्ञान की खोज ही ईश्वर की खोज है। जैसे नॉलेज इन्फिनिट है, ईश्वर भी अनंत है। अगर तुम लॉजिक का साथ छोड़ते हो तो तुम ईश्वर का रास्ता छोड़ते हो। इस दृष्टि से देखो तो रेशनैलिटी से चलना ही धर्म पर चलना है और एक ही पाप है, डेरेशनल होना।

"ठीक है नचिकेता?"—समीर ने मुस्कुराते हुए उसकी ओर देखा। लेकिन उसका कोई जवाब आता, इसके पहले ही उसके मोबाइल पर एक कॉल ने उसे परेशान कर दिया—"मैं आप सबसे माफ़ी चाहूँगा पर मुझे अचानक कहीं निकलना है ...निवेदिता मैम, सब ठीक रहा तो कल मिलता हूँ।"

कॉल उसके पिता की बिगड़ती तबियत को लेकर थी...समीर फ़ौरन अस्पताल की ओर निकल गया। बाकी लोग कुछ समझ नहीं पाए, सिवाय निवेदिता मैम के, जिन्हें अंदाज़ा हो गया था कि कहीं न कहीं पिता के हेल्थ को लेकर समीर को कोई एडवर्स रिपोर्ट मिली है।

हॉस्पिटल पहुँचने तक रास्ते भर समीर परेशान रहा। पिता की गंभीर स्थिति ने उसके मन में गहरी चिंता डाल दी थी। वह समझ नहीं पा रहा था कि अब इस स्थिति से उसके पिता उबर भी पायेंगे कि नहीं। वह उन क्षणों को याद कर रहा था, जब उसके पिता स्वस्थ्य थे और उसे एक शिक्षक की तरह समझाते थे, उसी शैली को समीर ने अपने अंदर विकसित कर लिया था। समीर को उसके पिता जब रामायण की कहानी सुनाते थे, तो वह उसको कहते थे कि सिचुएशन चाहे कितनी भी विपरीत हो, इंसान को हौसला नहीं खोना चाहिए, लेकिन उसके लिए अपने पिता की शिक्षाएं आज अप्रभावी थी और वह खुद को बेहद असहाय महसूस कर रहा था। उसकी इच्छा थी कि अपने पापा के स्वास्थ्य के लिए वह कुछ करे, पर क्या करे यह उसकी समझ से परे था। अचानक उसे अपनी पत्नी का ध्यान आया, उसे लगा कि ऐसे समय में एक वही है जो उसे हौसला दे सकती है, सब कुछ ठीक हो जाने का विश्वास दे सकती है। उसने उसे फोन लगाया, अपनी बिटिया का हाल-चाल लेने के बाद पत्नी से कहा, "यार, मुझे समझ नहीं आ रहा कि पापा की तबियत इतनी खराब कैसे हो गई।"

"अभी ही मेरी बात समर से हुई है, उसने कहा कि मैं ज़्यादा परेशान हो गया था, पर डॉक्टर्स ने एग्ज़ामिन करने के बाद कहा है कि जल्दी ही पापा रिकवर कर लेंगे। तुम बस परेशान मत हो। हर मुश्किल वक़्त भी गुजर ही जाता है। और तुम्हें अभी मजबूत बनना पड़ेगा और हम सब तुम्हारे साथ हैं इस घड़ी में।"

समीर को थोड़ी राहत हुई।

उसकी कैब एम्स के कैंपस में दाखिल हो चुकी थी। समीर ने कार से उतरकर सीधे उस वार्ड की तरफ दौड़ लगा दी, जहाँ उसके पापा एडमिट थे। कमरे के बाहर ही उसे उसका भाई समर मिल गया।

"अचानक कैसे इतनी तबियत बिगड़ गई?"—समीर ने सीधे अपने भाई से पूछा।

"भैया, डॉक्टर अभी यहीं हैं, आओ उनसे मिलते हैं,"—समर ने भाई को अपने पीछे आने का इशारा किया।

"डॉक्टर? अचानक क्या हुआ?"

"कुछ नहीं...कुछ नहीं... एज अधिक है तो थोड़ी मुश्किल तो आएगी, उन्होंने स्ट्रोक का सामना किया है, तो उनकी स्थिति पर हमें करीबी नज़र तो रखनी पड़ेगी।"

"हम क्या करें इस समय?"—समीर एकदम निराश था।

"कुछ नहीं, आपको बस धैर्य रखना है और हमारे निर्देशों को सही से फॉलो करना है...बाकी अभी खतरे की बात नहीं है, अब वह ठीक हैं,"—डॉक्टर ने दोनों भाइयों से एक विश्वास भरे मुस्कान से यह बात कही।

"क्या हम मिल सकते हैं पापा से?" – समीर ने वार्ड की तरफ देखते हुए पूछा।

"बिल्कुल...बिल्कुल..." कहते हुए डॉक्टर दूसरे वार्ड में चले गए।

अस्पताल के उस जनरल वार्ड में ठंडक थी पर मशीनों के बीप ने और दवाओं की गंध ने मानो हर चीज़ को घेर रखा था। समीर कातर निगाहों से अपने लाचार पिता को देख रहा था। सीनियर डॉक्टर के आश्वासन के बावजूद उसकी आँखों में भय और चिन्ता का समंदर था, जो हर पल गहराता जा रहा था। एक ठीक-ठाक कद-काठी वाले उसके मजबूत पिता आज कमजोर काया के एक बीमार बुजुर्ग में बदल गए थे। समीर उनके पास गया और उनके हाथों को अपने हाथों में पकड़ने की कोशिश की, तो उसे लगा कि जो हाथ हमेशा उसे ऊर्जा की अनुभूति देने वाले गर्म हाथ थे, आज ठन्डे पड़े हुए हैं और निर्जीव से हैं। समीर ने पिता के हाथों को मजबूती से थामा तो यादों का एक समंदर उसके भीतर उमड़ने लगा—उसे अपने कन्धों पर बिठाकर बागीचे की सैर कराते पिता दिखने लगे। हॉल में बजती बीप की आवाज़ उसे शायद पिता के दूर जाने का सायरन प्रतीत होने लगी। उसकी साँसे धीमी हो गईं और दिल बैठने लगा। उसने महसूस किया कि उसकी धड़कन दोगुनी गति से चल रही है। आँखों के किनारों से लुढ़कते आँसू जब उसके पिता के हाथों पर गिरे, तो उसे लगा जैसे उसके पिता की आँखें अब खुलने लगी है...मानो किसी ने निर्जीव पौधे पर बारिश की अमृत बूंदे गिरा दी हो। उसे लगा कि उसके पिता उसको नज़र भरकर देख रहे हैं और उसके हाथों को हल्के से दबा दिया है। इस स्पर्श ने समीर के शरीर में नई ऊष्मा का संचार कर दिया। अनुभूति होते ही उसने अपनी गर्दन उठाई

तो पिता को अपनी ओर देखकर मुस्कुराते पाया। पिता की आँखों में उसे उनके ठीक होने का आश्वासन दिखा ...पिता ने दो बार अपनी पलकें हलके से झपकाई...और फिर धीरे-धीरे आँखें बंद करने लगे।

समीर ने दोबारा देखा, तो पिता को पहले की तरह शांत लेटा पाया। क्या वाकई पापा ने आँखें खोली थी, उसे टच किया था या यह उसका भ्रम था...समीर इसी उधेड़बुन में था कि नर्स की तेज आवाज़ सुनाई दी-चलिए बाहर चलिए...चलिए... अब समय हो गया...इतना परेशान कीजिएगा पेशेंट को, हो चुका...नर्स की तेज चीखती आवाज़ ने समीर की तन्द्रा भंग कर दी...इस मामले में नर्सें क्रूर न हों तो शायद की कोई परिजन अपने बीमार संबंधी को अकेला छोड़े।

समीर बाहर आया तो सामने निवेदिता मैडम खड़ी थीं।

"समीर, ठीक होगा सब...तुम बहुत बहादुर हो और इस परिस्थिति से भी उबरोगे..." निवेदिता मैडम ने उसके कंधे थपथपाते हुए कहा।

"आप यहाँ कैसे?"—अपना चश्मा उतारकर रुमाल से आंसू पोंछते हुए समीर ने पूछा।

तुम स्कूल से जिस तरह निकले, मुझे लगा कि हो न हो, तुम्हारे फादर के हेल्थ से रिलेटेड कोई बुरी खबर मिली है तुम्हें।

"यह मेरा छोटा भाई है, समर ...समर यह निवेदिता मैडम हैं, यहाँ एक स्कूल चलाती हैं..."

"इनसे मिला था तो पिछली बार," समर ने कहा।

टेंशन में समीर भूल गया था कि कुछ दिन पहले जब मैडम यहाँ आई थी, तो समर से उनकी भेंट हो चुकी थी।

"तो समीर...मैं अनुमति चाहूँगी ...ध्यान रखो अपना...बस इतना सोचना है कि सब ठीक होगा और देखना सच में सब ठीक हो जाएगा।"

"होप सो..." समीर ने आने के लिए मैडम का आभार जताया।

उस दिन समीर अपने भाई के साथ अस्पताल में ही रहा। रात हुई तो समर ने उसे घर जाकर रेस्ट करने को कहा, लेकिन समीर ने मना कर दिया और समर को ही घर भेज दिया और खुद वहीं कुर्सी डालकर बैठा रहा। रात के ग्यारह बजते-बजते उसकी आँखें झपकने लगीं, तो वह उसी कुर्सी पर पैर फैलाकर सो गया।

सुबह सात बजे के आसपास उसकी नींद तब खुली, जब समर ने चाय का कप लेकर उसे जगाया।

समीर ने पास रखी पानी की बोतल उठाई और पूरी बोतल खाली कर दी। फिर हाथ में चाय का कप लेकर पिता की ओर देखा। उनकी स्थिति पहले जैसी ही थी। समर ने उसे फ़्लैट पर जाने को कहा तो एक बार घड़ी की ओर और फिर पिता की ओर देखते हुए समीर लिफ्ट की ओर बढ़ गया। फ़्लैट में जाकर फ्रेश होने के बाद उसने नीचे कॉलोनी कैंपस में ही चार-पाँच राउंड लगाए , पास के एक कैफ़े में जाकर ब्रेड टोस्ट खाई और एक कप कुल्हड़ चाय पीने के बाद निवेदिता मैडम के स्कूल में जाने के लिए तैयार होने लगा। आज शनिवार था, उसने आज की क्लास के लिए कुछ विशेष तो नहीं सोचा था पर वह चाहता था कि आज की क्लास में वह कुछ ऐसी विशेष छाप जरूर छोड़े जो कल रविवार के दिन भी बच्चों के दिलो-दिमाग में चलता रहे।

# बहुदेववादी हिन्दू धर्म

(छठा दिन/ शनिवार)

अगले दिन सुबह जब मैडम ने समीर को बिलकुल सही समय पर स्कूल में पाया तो वह थोड़ा चौंक गईं क्यूंकि उन्हें लगा था कि अस्पताल की परिस्थितियों के कारण शायद आज समीर स्कूल नहीं आएगा, लेकिन समीर ऐसा इंसान नहीं था जो किसी भी काम को अधूरा छोड़े। डिसिप्लिन उसके जीवन का हिस्सा था। वह जानता था कि यह स्कूल उसके भी सपनों को पूरा करने की एक सीढ़ी है। उसे हिन्दू धर्म का ऐसा रूप समाज के सामने लाना था, जो लोगों को इस धर्म से जोड़ सके। ऐसे में इन बच्चों के माध्यम से वह इसे कर के देखना चाहता था।

"समीर, तुम्हारे पापा अब कैसे हैं?" मैडम ने पूछा।

"अब थोड़ा ठीक हैं... तबीयत में थोड़ी सुधार है।"—समीर ने जवाब दिया।

"भगवान उनको जल्दी ठीक करेंगे।"—मैडम ने उसे अपने केबिन में चाय के लिए बुला लिया था।

चाय पीते समय मैडम ने बताया कि कल क्लास में जो बात समीर ने कही थी,उसका कुछ असर हुआ है। माहौल थोड़ा बदल गया है, और कुछ टीचर्स अब उसकी सोच को समझने लगे हैं।

"बस, यही काफ़ी है... कुछ लोग भी समझ गए तो समझिए हम भी अपने उद्देश्य के करीब पहुँच गए।"—समीर ने मुस्कराते हुए कहा।

आज समीर ने पहली बार मैडम के केबिन को ध्यान से देखा। उनकी कुर्सी के पीछे स्वामी विवेकानंद की शांत मुद्रा में बैठी मूर्ति थी, जो गेरुए रंग के फाइन मार्बल से बनी थी। दीवारों पर कुछ तस्वीरें भी थीं – एक देवी अहिल्याबाई होल्कर की और दूसरी भगिनी निवेदिता की।

मैडम ने देखा कि समीर ध्यान से तस्वीरों को देख रहा है।

"क्या देख रहे हो?"—उन्होंने मुस्कराते हुए पूछा।

समीर बोला, "अगर किसी इंसान के बारे में जानना हो कि वह कैसा सोचता है, उसका नज़रिया क्या है, तो उसके कमरे की तस्वीरें और दीवारें बहुत कुछ बता देती हैं। है न?"

" हाँ ... शायद तुम ठीक कह रहे हो।"—मैडम ने सहमति जताई।

"मेरे पापा के रूम में भी ऐसी ही कुछ पिक्चर्स लगी हैं..." एक तस्वीर में युद्ध भूमि में श्रीकृष्ण अर्जुन को गीता का ज्ञान दे रहे हैं। दूसरी में स्वामी विवेकानंद हैं—शिकागो धर्मसभा में स्पीच देने के बाद बाकी इंटरनेशनल गेस्ट्स के साथ बैठे हुए हैं और तीसरी तस्वीर में माँ सीता हैं – जो अपने बेटों, लव और कुश को वाल्मीकि के आश्रम में धनुष-बाण चलाना सिखा रही हैं।

"तुम सही कह रहे थे, इससे वाकई किसी के सोचने के तरीके का अंदाज़ा लगाया जा सकता है।" – मैडम ने कहा।

"जानती हैं मैडम, मेरे डैड ने बहुत सारी ऐसी लड़कियों की पढ़ाई का जिम्मा लिया जो बहुत गरीब थीं।" – समीर थोड़ा भावुक हो गया। वह हमेशा कहते थे कि अगर महिलाओं के लिए कुछ करना है, तो उन्हें एजुकेट करो, उनको आत्मनिर्भर बनाओ और साथ ही, उन्हें इतना स्ट्रॉन्ग और जागरूक बनाओ कि वह खुद को प्रोटेक्ट कर सकें, बिना किसी डर के जी सकें। पर अफसोस मैं अब तक इस दिशा में कुछ भी नहीं कर पाया हूँ।"

थोड़ी देर चुप्पी छाई रही... फिर समीर ने अपनी घड़ी देखी और थोड़ा झेंपते हुए कहा–"खैर, मैडम, अब मैं क्लास में चलूँ? वैसे भी आज मैं पंद्रह मिनट लेट हो गया हूँ..."

"हाँ...हाँ...प्लीज।"

आज की क्लास में कुछ अलग हुआ। हरमनप्रीत अपने सवाल के साथ तैयार थी। जैसे ही समीर क्लास में आए, उसने पूछा : "सर, पॉलीथिज़्म से रिलेटेड मेरा एक क्वेश्चन है, जो यहाँ इस देश में माने आप हिंदुओं में सबसे अधिक दिखती है। क्या इतने सारे देवी-देवताओं का कांसेप्ट हिन्दुओं को कमजोर नहीं करता? क्या यह ऐज़ ए सोसाइटी हिन्दू समाज की यूनिटी को कमजोर नहीं करता?"

"आप हिंदुओं..."—सुनकर समीर हल्का सा मुस्कराया, पर उसने इस पर कुछ कहा नहीं। फिर उसने हरमन से कहा—" वेरी गुड क्वेश्चन, हरमन। मुझे पता था

कि तुम जैसी समझदार लड़की ही ऐसा सवाल कर सकती हो। लेकिन इस सवाल के साथ एक और जरूरी बात भी समझनी है पॉलीथिज़्म और एकोपास्यवाद इन दोनों में से दुनिया में शांति और मानवता के लिए कौन अधिक लाभकारी है?"

हरमन ने थोड़ा कन्फ्यूज होकर कहा—"कैन्ट से, सर..."

"कोई बात नहीं, चलो, मैं बताता हूँ।"—समीर ने कहा।

"अगर तुम अब तक की हिस्ट्री देखोगी तो दुनिया में सबसे अधिक हिंसा और झगड़े उस सोच की वजह से हुए हैं, जो कहती है कि 'केवल मेरा वाला ईश्वर ही सही हैं और बाकी सब गलत हैं'। इसी सोच को "एकोपास्यवादी मानसिकता" कहते हैं, यानि केवल उस ईश्वर को ही मानो, जिसे मैं मानता हूँ और बाकी किसी को मानते हो तो गलत कर रहे हो। आज दुनिया में इंसानों के बीच सारे भेद हैं, उसे इसी विचार ने पैदा किया है। 'एकोपास्यवाद' यह मानता है कि ईश्वर एक है और यह मानसिकता मनुष्यों के बीच डिवीजन पैदा करती है। यह एक जड़वादी मानसिकता है जिसमें तानाशाही झलकती है और जो अपने में भेदभाव, जड़ता, कुढ़न, आत्ममुग्धता, अपने पूर्वज व अतीत को झुठलाना यह सब समेटे रहती है, इस मानसिकता में एकतरफा अंधदृष्टिकोण होता है।

"वहीं, बहुदेववाद में सबको स्वीकार करने, सबको आदर देने और सभी के अस्तित्व की चिंता करने की शिक्षा मिलती है। बहुलवाद, बहुदेववाद, प्रकृति पूजन, मूर्ति-पूजा—ये मानवजाति का मूल स्वभाव हैं, जिन्हें वह सहज रूप से अपनाता है। जबकि एकोपास्यवाद का विचार उस पर जबरन थोपा जाता है या भ्रमित कर समझाया जाता है।"

थोड़ा रूक कर समीर ने सबसे पूछा—"क्या आप सब को नहीं लगता कि इंसानों की नैचुरल सोच पॉलीथेस्टिक होता है?"

"हाँ, हम मानते तो हैं पर ऐसा क्यों है यह नहीं समझ पाते," प्रज्ञा ने कहा। हरमन का चेहरा भावहीन था।

"ऐसा इसलिए है माई डियर; क्योंकि मानव का नेचर है, उसकी आदत है कि वह डायवर्सिटी और सहजता को पसंद करता है, एकरूपता और जड़ता को नहीं। इसलिए मैं पूछता हूँ कि हमें मानव जाति की मूल चेतना को प्रोत्साहन देना चाहिए या उसे जो उससे जबरन मनवाई जाती है? हमें उस चिंतन को प्रश्रय देना चाहिए जो प्रकृति का वंदन कर उसके प्रति कृतज्ञता जताती है या उस चिंतन को प्रश्रय देना चाहिए जो प्रकृति को केवल अपने भोग का जरिया मानती है? वह चिंतन मानव

जाति के लिए श्रेष्ठ है, जो बिना हिंसा, बिना रक्त, बिना संघर्ष के बढ़ती है, या वह चिंतन अच्छा है, जो मानव रक्त से सिचित हुई है?"

क्लास में ख़ामोशी थी। हरमनप्रीत अब कुछ नहीं बोल रही थी, लेकिन उसकी आंखों में कुछ हलचल थी—शायद उसकी सोच का एक नया दरवाज़ा खुल रहा था।

समीर जारी रहा, "यही सवाल किसी ने स्वामी विवेकानंद से भी पूछा था। इसका उत्तर देते हुए उन्होंने इसे और भी आगे जाकर कहा था—'जितने मनुष्य हैं उतने ही देवता होने चाहिए। प्रत्येक व्यक्ति प्रकृति में दूसरे से भिन्न है। जैसी प्रकृति वैसा देवता। जितने मनुष्य उतने ही देवता होने चाहिए। यही युक्तियुक्त है। हरेक मानव अपने-अपने देवता द्वारा आत्मकल्याण को प्राप्त होगा... और यही कारण है कि भारत में इतने आराध्य हैं। भारत सच्चे अर्थों में देवभूमि है। यहाँ मनुष्य के विकास की सर्वोच्च संभावनाओं का वातावरण तैयार किया गया, यह हमारी सबलता है, इसे दुर्बलता न मानिए।'

स्वामी जी जो कह रहे थे, वह कोई नई या चौंकाने वाली बात नहीं थी। असल में, अगर हमारा जुड़ाव अपने गाँव या जड़ों से रहा हो, तो हम इन बातों को जानते हैं और इसे महसूस भी करते हैं। हमारे यहाँ कुल देवता, ग्राम देवता जैसे नाम और परंपराएँ रही हैं। हम राम, कृष्ण, शिव, विष्णु और ब्रह्मा जैसे बड़े और सबको ज्ञात देवताओं की पूजा तो करते ही हैं, लेकिन साथ ही साथ हम अपने घर की कुलदेवी काली परमेश्वरी या गाँव के ब्रह्म बाबा या पीपल के पेड़ के नीचे बैठी लोकदेवी को भी उतनी ही श्रद्धा से पूजते हैं। यानि हमारे लिए भगवान सिर्फ़ मंदिरों या ग्रंथों में नहीं हैं, वह हमारे गाँव, घर और प्रकृति के हर कोने में बसे हैं और यही हमारी खूबसूरती है।"

अब समीर ने अपनी बातों को बेहतर ढंग से समझाने के लिए फिल्म का उदाहरण दिया।

"आप लोग फिल्में बहुत देखते हो इसीलिए आप सबसे मेरा एक सवाल है—*कांतारा* मूवी आपमें से किस-किस ने देखी है?"

अकांक्षा की आवाज़ आई—"काश, नहीं देखी होती।"

उसकी बात पर पूरे क्लास में हँसी छूट गई।

समीर ने थोड़ी गंभीरता से कहा—"अकांक्षा, ऐसा मत कहो। खैर, चलो, मैं तुम लोगों को एक छोटी सी कहानी सुनाता हूँ:

*एक बार एक पिता अपने बेटे को म्यूज़ियम ले गए। वहाँ एक घोड़े पर बैठे हुए किसी शूरवीर राजा या योद्धा की मूर्ति लगी थी, जिनके हाथ में तलवार थी और चेहरे पर प्रबल आत्मविश्वास। पिता ने उस मूर्ति की तरफ इशारा किया और बेटे से बोले— 'देखो बेटा, यह वही वीर थे जिनकी वजह से हमारे राज्य पर कोई हमला नहीं कर सका। इनकी बहादुरी के किस्से आज भी लोग घरों में सुनाते हैं। इनके रहते दुश्मन कभी हमारे राज्य में घुस नहीं पाए।'*

पिता लगातार उस योद्धा की बहादुरी की बातें बता रहे थे और बेटा चुपचाप, बड़े ध्यान से सुन रहा था। जब बात पूरी हुई तो बेटे ने बड़ी मासूमियत से पूछा— 'पापा, आपने कहा यह बहुत वीर थे, बहुत ताकतवर थे... सही है ना?'

पिता ने हाँ में सिर हिलाया।

तो बेटे ने पूछा, 'फिर वह कौन है जो इनकी पीठ पर चढ़कर बैठा है?'"

यानि उसके पिता उस घुड़सवार की बात कर रहे थे, लेकिन बेटे को लगा वह घोड़े की बात कर रहे हैं।

अब पूरी क्लास ज़ोर से हँस पड़ती है।

समीर ने थोड़ी गंभीरता से कहा— "यह हँसने की बात नहीं है। इस कहानी से मैं आपको यह समझाना चाहता हूँ कि असली बात यह नहीं है कि आपने क्या देखा, बल्कि यह है कि आपने कैसे देखा। आपकी दृष्टि कैसी है, वह सबसे ज़्यादा ज़रूरी है और यही बात मैं *कांतारा* फ़िल्म के ज़रिए आपको समझाना चाहता हूँ कि दृष्टि क्या है, चीज़ों को कैसे दिखाया जाता है और हम उन्हें कैसे समझते हैं। बस फर्क वहीं से शुरू होता है।

"*कांतारा* एक साउथ इंडियन फ़िल्म है, जो जंगलों की संस्कृति यानि 'अरण्य संस्कृति' पर बेस्ड है। इस फ़िल्म में दिखाया गया है कि इंसान और जंगल के बीच कितना गहरा रिश्ता है, और कैसे प्रकृति और वनभूमि की रक्षा जरूरी है। इस फ़िल्म की सबसे खास बात यह है कि इसमें कुल देवता, लोक देवता, ग्राम देवता और गाँव के आसपास पूजे जाने वाले देवी-देवताओं को बहुत ही सम्मान के साथ दिखाया गया है। यह देवता आज भी हमारे समाज में गहराई से जुड़े हुए हैं और लोगों की भावनाओं में बसे हुए हैं।

"फ़िल्म का एक गीत 'वराह रूपम दैव वरिष्टम वरस्मिथ वदनम ... वज्र दंतधर रक्षा कवचम्...' को फ़िल्म से इतर जाकर सुनो तो लगता है जैसे भगवान विष्णु

के आदिवराह रूप की स्तुति हो रही है। स्थानीय या जनजातीय लोक देवता की स्तुति श्री हरि के रूप में करना हिन्दू बहुदेववाद का दर्शन है, 'एकोहं बहुस्याम' के उपनिषद दर्शन का जन-जन और मन-मन में साकार होना है और सबमें उसी एक ब्रह्म को देखने का भाव है। स्थानीय या जनजातीय देवताओं की प्रसन्नता के लिए खेले जा रहे कोला या सोखा बाबा या बसाबान भुइयां, ब्रह्म बाबा आदि की पूजा हिन्दू बहुदेववाद को समझने की पाठशालाएँ हैं; जिनमें सामान्य मनुष्य या भगत में अवतरित दैव आपको हैरान, चमत्कृत और रोमांचित कर देते हैं। इन पूजा विधियों में एक आम इंसान या भगत या पुजारी देवी या देवता का रूप धर लेता है और उसका आचरण, उसकी आंखें, उसकी बातें सब बदल जाती हैं, उसके दिए आशीर्वाद फलने लगते हैं। लोग हैरान रह जाते हैं, चकित हो जाते हैं, और श्रद्धा से भर जाते हैं। ऐसे दैवों के आशीर्वाद की चमत्कारी कथाएं आपको हर गाँव में मिल जाएगी। तो जो लोग यह मानते हैं कि पूजा की सिर्फ़ एक ही विधि होनी चाहिए, या जो ईश्वर को लेकर बहुत सख्त और कठोर सोच रखते हैं, उनके लिए यह सारी लोक परंपराएँ एक तरह की "हीलिंग मेडिसिन" की हैं। क्योंकि यह उन्हें बताती हैं कि ईश्वर को समझने और महसूस करने के तरीके एक नहीं, अनेक हो सकते हैं।

"अब सोचो कि हमारा जो वनवासी या घुमंतू समाज है, जहाँ वैदिक या पौराणिक देवी-देवताओं का कॉन्सेप्ट नहीं पहुँचा, उसके भी अपने देव हैं, देवियाँ हैं, जिन्हें उसने अपने साथ एकाकार किया हुआ है। भोग लगाते हुए वह उन्हें जिमाता है जिसे वह स्वयं खाता है। हम तो ईश्वर को लेकर बड़े-बड़े कॉन्सेप्ट लेकर घूमते रहते हैं, लेकिन अधिक प्रशांति आपको हमारे वनवासियों के चेहरों पर दिखेगी जो बहुदेवतावादी होने के सिद्धांत को जीते हैं। *कांतरा* मूवी इसी 'हिन्दू बहुदेववाद' का चित्रण था।

"कोई अगर कहता है मूर्ति में ईश्वर नहीं है, कोई कहता है वन, जल और पहाड़ों में ईश्वर नहीं है, कोई कहता है सूरज और चाँद में ईश्वर नहीं है, कोई कहता है कि निष्पाप बच्चे में ईश्वर नहीं है। तो मैं पूछता हूँ कि मूर्ति में ईश्वर क्यों नहीं है, पहाड़ों में, नदियों में, जीव-जंतुओं में या बच्चों में ईश्वर क्यों नहीं है, सूरज और चाँद में क्यों नहीं है? क्यों नहीं हम यह मानते हैं कि यह सारा संसार उसी ईश्वर का है, इसलिए इस जगत में जो भी है, सबमें ईश्वर है।"

"और कुछ बताइए सर, हमें मजा आ रहा है,"—पार्थ ने कहा।

इस बहुदेववाद की अवधारणा ने पीपल में भगवान बिठा दिए, जिससे पीपल

के वृक्ष काटे जाने से बचे रहे। इस अवधारणा के चलते हमारी नदियाँ देवी का रूप मानी गईं, इसलिए नदियाँ गंदी होने से बची रहीं। इसी चिंतन ने गाय और साँपों में ईश्वर को देखा, जिससे कृषक लोगों के लिए मित्र की भूमिका निभाने वाला सर्प बचा रहा और माँ के समान हमें दूध पिलाने वाली गऊ माता सुरक्षित रहीं। इसी चिंतन ने चींटियों को शनि देव का रूप माना तो चींटी जैसा छोटा सा प्राणी भी संरक्षित रह सका। इसी चिंतन ने दरिद्र में नारायण के दर्शन किए, तो सौ हाथों से कमाकर हज़ार हाथों से दान करने की मर्यादा स्थापित हुई। इस चिंतन ने कौओं के रूप में अपने पूर्वजों को देख लिया तो पितृ-पक्ष में गर्भवती मादा कौआ पौष्टिक आहार पाती रही।

"आकांक्षा, अब बताओ कि बहुदेववाद की, प्रकृति पूजन की हमारी अवधारणा श्रेष्ठ है या नहीं?"

"बिलकुल श्रेष्ठ है, सर"—आकांक्षा ने हामी भरी।

"इसलिए मैं कहता हूँ कि विश्व को हिन्दू चिंतन की सबसे बड़ी देन 'बहुदेववाद' है। हमारे यहाँ जो कथाएँ सुनाई जाती है, उनमें स्वयं ईश्वर कहते हैं कि प्रत्येक के आराध्य को और प्रत्येक की उपासना पद्धति को स्वीकार करो और इन बातों को लेकर कट्टरपंथी मत बनो।"

समीर ने आगे कहा कि एक बार उसने एक इंसान के बारे में पढ़ा था, जो भगवान शिव का बहुत बड़ा भक्त था। वह पूरी श्रद्धा से उनकी पूजा करता था, लेकिन एक बड़ी गलती करता था—वह बाकी देवी-देवताओं की बुराई करता था। उसे लगता था, कि बस शिव ही असली भगवान हैं, बाकी सब गलत हैं।

भगवान शिव को उसकी भक्ति तो पसंद थी, लेकिन उसकी यह सोच बहुत गलत लगी। वह सोचते थे—'यह मेरा भक्त है, लेकिन यह कितनी मूर्खता कर रहा है। क्या करूं इसका?' तो एक दिन भगवान शिव स्वयं उसके सामने प्रकट हुए और बोले—'देखो, मेरी भक्ति करना ठीक है, लेकिन अगर तुम बाकी देवी-देवताओं का अपमान करोगे, तो मैं तुमसे कभी खुश नहीं हो सकता'। लेकिन उस इंसान ने उनकी बात को सीरियसली नहीं लिया। वह पहले जैसा ही करता रहा, अपनी संकीर्ण सोच वह बदल नहीं सका।

भगवान शिव ने उसे कई बार समझाने की कोशिश की, लेकिन वह इंसान मानने को तैयार ही नहीं था कि बाकी देवी-देवताओं की पूजा भी ईश्वर की ही पूजा है। फिर एक दिन शिव जी ने एक और रूप धारण किया—उनका आधा शरीर शिव

का था और आधा विष्णु का। उस रूप में जब वह अपने उस भक्त के पास आए, तो उस इंसान ने केवल शिव वाले हिस्से की पूजा की और विष्णु रूप वाले हिस्से को नजरअंदाज कर दिया।

तब शिव जी नाराज़ हो होकर बोले—'अरे अंधभक्त, तेरी यह जिद और कट्टर सोच अब हद पार कर चुकी है। मैंने तुझे कितनी बार समझाया कि सारे देवी-देवता एक ही परम शक्ति के अलग-अलग रूप हैं लेकिन तू समझने को तैयार ही नहीं है। भक्ति अगर संकीर्ण हो जाए, तो वह विनम्रता नहीं देती, बल्कि अहंकार पैदा कर देती है और यह सही नहीं है। भक्ति कभी भी दूसरों की निंदा करके नहीं होती। हमें ईश्वर को समझने के लिए मन को बड़ा और सोच को उदार बनाना चाहिए, यह स्वीकार करना चाहिए कि हरेक की कोशिश उस ईश्वर को पाने के लिए ही है।

ऐसी कथाओं से स्पष्ट है कि हमारे यहाँ संदेश इसी बात का है कि बहुदेववाद सद्भाव का रास्ता है, एकात्मता का रास्ता है, सर्वस्वीकार्यता का रास्ता है।

समीर ने पास रखे ग्लास को उठाया, एक घूंट पानी पिया और फिर हरमन से कहा—"हरमन, एक बात बताओ, क्या तुमने कभी सोचा है कि लोगों को हमारे बहुदेववाद के कांसेप्ट से ही सबसे ज़्यादा दिक्कत क्यों है? जब हम मूर्ति या पिंडी की पूजा करते हैं, किसी पत्थर को शिवलिंग मानकर उस पर जल चढ़ाते हैं, या गाय और साँप जैसी चीज़ों को पूजते हैं, तो बाकी लोगों को इससे इतनी परेशानी क्यों होती है? हमारे इन सीधे-सादे प्रतीकों से लोगों को डर क्यों लगता है? क्या यह अजीब नहीं है कि हमारी आस्था को वह अंधविश्वास या बैकवर्डनेस समझते हैं?"

हरमन ने 'न' में सर हिलाया।

"मैंने कभी स्वामी सत्यमित्रानंद गिरी जी की एक बात पढ़ी थी, जो मेरे दिल को छू गई। उन्होंने कहा था—'जगत में दो प्रकार की प्रवृति है, एक दैवी प्रवृति और दूसरी आसुरी प्रवृति। दैवी प्रवृति जहाँ यह मानती है कि संपूर्ण विश्व एक ही परब्रह्म, एक ही परमात्मा की अभिव्यक्ति है; इसलिए रेणु-रेणु के अंदर उसका ही अस्तित्व है, वहीं आसुरी प्रवृत्ति यह मानती है कि मैं ही जगत का केंद्र-बिंदु हूँ और इसलिए यह मानसिकता प्रकृति को भोग्या मानकर व्यवहार करती है, वह मानती है कि धरती में आकाश में जो कोई भी है, जो कुछ भी है वह सब इनके भोगोपभोग के लिए है, इनका अधिकतम शोषण, अधिकतम दोहन ही मानव होने की सफलता

है और इसलिए ऐसे लोगों को हर जड़-चेतन में भगवान देखने की मानसिकता डराती है, इन्हें लगता है कि यह विचार अगर स्थापित होने लगा तो असीमित लूट की उनकी भूख का क्या होगा'।

इसलिए मैं कहता हूँ कि एकोपस्यवाद का मतलब साम्राज्यवाद, विस्तारवाद, भोगवाद और बहुदेववाद मतलब लोकतंत्र। एकोपस्यवाद माने एक आध्यात्मिक हिंसा और बहुदेववाद माने सह-अस्तित्व, सह-जीवन और समादर का मार्ग। एक परिवार के दस लोग बहु-आस्थावान हो सकते हैं, हो सकता है कि पूजा के एक ही कमरे में बैठकर एक व्यक्ति विष्णु को पूजा कर रहा हो , दूसरा शिव को पूज रहा है, तीसरा दुर्गा को पूज रहा है, चौथा अपनी कुलदेवी का पूज रहा है और पाँचवाँ अपने गुरु को पूज रहा है और छठा निराकार का स्मरण कर रहा है। ऐसा होना केवल बहुदेववादी व्यवहार में ही संभव है। एकोपस्यावादी व्यवहार एक के सिवा किसी दूसरे को पूजने से रोक देगा। बहुदेववाद के भाव का प्रसार विश्व के अंदर मंगल भावों का जागरण करेगा जबकि एकोपास्यवाद भाव का प्रचार अमंगल का।"

"सही है सर, हमारे परिवार में कुछ लोग सिख हैं, कुछ लोग आर्य समाजी हैं, हम सनातनी हैं,"—आकांक्षा ने उत्साहित होकर बताया।

"तो हरमन, तुम अगर ध्यान दोगी तो हिन्दू धर्म कभी भी आपको किसी एक भाव को लेकर बढ़ता हुआ नहीं मिलेगा, किसी एक अनुभव को आत्मसात कर चलता हुआ नहीं मिलेगा। इसलिए हमारे यहाँ कभी भी एकरूपता नहीं दिखेगी। वेद के किसी भी मंत्र में आपको यह नहीं मिलता कि मुक्ति या मोक्ष केवल उसके द्वार पर ही आकर आपको मिलेगा। हिन्दू धर्ग विशाल हिमालय की तरह है, जिसमें हर तरह के विचारों के फूल हैं, जिससे सारा भारत सुवासित रहा है। बहुदेववाद की अवधारणा के कारण ही हमारा समाज जुड़ा रहा है, क्यूंकि यहाँ कोई किसी की आस्था का मजाक नहीं उड़ाता, कोई किसी के उपासना मार्ग को हेय नहीं मानता, कोई ईश्वर को लेकर किसी के दृष्टिकोण को शत्रुता का कारण नहीं मान लेता। हम अपने से विपरीत मत रखने वाले पर अपना मत थोपने के लिए विवाद नहीं करते, बल्कि यह मानते हुए चलते हैं कि ईश्वर ने विभिन्न लोगों को उसकी प्रवृति के अनुरूप ही मार्ग और देवी-देवता बनाकर दिए हैं तो उसको मानना उसका मौलिक अधिकार है।" – समीर हरमन से ही मुखातिब था।

पूरी क्लास बड़े ध्यान से समीर को सुन रही थी।

"चलो मैं अब सबसे पूछता हूँ कि क्या आज के बाद आपमें से किसी को भी बहुदेववाद को जस्टिफाई करने या ओन करने में कोई समस्या आएगी?" – समीर ने सबकी ओर प्रश्नवाचक दृष्टि डाली।

"नहीं सर..." एक साथ कई आवाजें आईं। लेकिन इसमें हरमन की आवाज़ नहीं थी।

"ओके...तो आज अपनी क्लास मेरे गाँव की एक बात के साथ हम यहीं खत्म करते हैं, जिसमें पर्यावरण के प्रति हिन्दू दृष्टि भी है और बहुदेववाद का हिन्दू दर्शन भी है।

"मैंने बचपन में अपने गाँव में देखा था कि किसी अवांछित जगह पर अगर पीपल का कोई पेड़ उग आता था तो पूरे गाँव में किसी की हिम्मत नहीं होती थी कि पीपल के उस पेड़ को काटा जाए या उसे उखाड़ा जाए। कुछ लोगों के मकानों पर कहीं पीपल पेड़ निकल आते थे तो गाँव का कोई भी 'हिन्दू' मजदूर किसी भी कीमत पर उस पेड़ को काटने को तैयार नहीं होता था। अगर कोई मजदूर अवांछित जगह से पीपल वृक्ष को हटाता था तो भी पेड़ हटवाने वाले के मन में महीनों यह डर समाया रहता था कि कहीं पीपल वाले 'ब्रह्म बाबा' नाराज़ न हो गए हों। अब आप मेरे उन गाँव वालों को अनपढ़, गंवार कह सकते हैं... किसी भी कीमत पर पेड़ न काटने वाले उन मजदूरों को मूर्ख कह सकते हैं, जो पीपल के किसी 'ब्रह्म बाबा' के लिए अपनी दिहाड़ी छोड़ देते थे पर मेरी नज़रों में वह लोग बहुत ऊँचे थे और उनसे भी ऊँचे वह लोग थे जिन्होनें हम हिन्दुओं को 'बहुदेववाद' सिखाया, जिन्होनें हमको प्रकृति में ईश्वर देखना सिखाया... इनके कारण ही पीपल बचे रहे, वट वृक्ष बचा रहा, पर्यावरण सुरक्षित रही।

"ठीक है, हरमन?"—तो अंत में मुझको यही कहना है कि बहुदेववाद हम हिन्दुओं के चिंतन की सबसे बड़ी देन है, इसे ठीक से समझोगे तो ही इसका अर्थ समझ आएगा।" समीर ने डेस्क से अपना चश्मा उठाया।

"कल सन्डे है विशिंग यू ऑल अ हैप्पी संडे :....तो परसों मिलते हैं।"

"ओके....बाय सर। आपको भी हैप्पी सन्डे।" कई बच्चों ने एक साथ कहा।

समीर वहाँ से सीधा हॉस्पिटल पहुँच गया। उसने अपने छोटे भाई से कहा, "तुम आज घर जाकर आराम करो... मैं आज भी पापा के पास ही रुकूंगा। वैसे भी घर जाकर करूंगा ही क्या?"

भाई बोला, "नहीं भैया, आप जाकर आराम करिए। मैं यहाँ ठीक हूँ।"

लेकिन समर को उसकी जिद के आगे झुकना पड़ा। समीर हॉस्पिटल में रुक गया। समर ने वार्ड में जाकर देखा तो उसके पापा सो रहे थे। तभी पास से गुजरती एक उम्रदराज नर्स ने मुस्कराते हुए कहा, "ठीक हैं वह, तुम बहुत चिंता करते हो।" कहते हुए वह आगे बढ़ गई।

समीर को चाय पीने की इच्छा हुई, तो वह नीचे कैंटीन में गया और चाय पीते हुए बीते कुछ दिनों के बारे में सोचने लगा—स्कूल में उसने क्या-क्या पढ़ाया, बच्चों ने कितना समझा, क्या सच में उसका पढ़ाया असर कर रहा है? क्या वह अपने विचार बच्चों तक ठीक से पहुँचा पा रहा है?

उसी समय उसका फोन बजा। फोन वाइब्रेशन पर था। पत्नी का कॉल था। वह नहीं चाहती थी कि समीर ज़्यादा स्ट्रेस ले, इसलिए उसने बात का रुख स्कूल की ओर मोड़ दिया।

"मंडे से लेकर आज सैटरडे तक, स्कूल में आपको 6 दिन हो गए न?" ऋचा ने पूछा।

"हाँ..." समीर ने चाय की चुस्की लेते हुए कहा।

"सब ठीक चल रहा है? सही दिशा में जा रहा है काम?"

"शायद... लेकिन अभी कुछ भी पक्का नहीं कह सकता।"

"क्यों?"

"देखो... जब तक बच्चे अपने टीचर से पूरी तरह संतुष्ट न हो जाएँ, वह उसे पूरी तरह से एक्सेप्ट नहीं करते। अब थोड़ा-बहुत बातचीत शुरू हुई है, तो अब यह मुझ पर है कि उनके सवालों का जवाब कैसे देता हूँ, और उन्हें कितना समझा पाता हूँ।"

"क्लास के बच्चे कैसे हैं?"

"साउथ इंडिया के बच्चे अब तक नहीं मिले, बाकी तो मैडम ने पूरे भारत को एक जगह इकट्ठा कर रखा है स्कूल में।"

"बड़ा इंटरेस्टिंग लग रहा है... अच्छा बताओ, क्या मैं आ जाऊँ वहाँ?"

"नहीं यार, तुम क्यों परेशान होगी... हम दोनों यहीं हैं। तुम वहाँ बेटी का ध्यान रखो। डॉक्टर्स कह रहे हैं पापा ठीक हो रहे हैं।"

"ठीक है... लेकिन आप खाना-वाना ठीक से खाते रहना, और प्लीज़ मुझे अपडेट करते रहना। यहाँ से कम से कम और कुछ नहीं तो मैं पापा के लिए प्रार्थना तो कर ही सकती हूँ।"

पूरा दिन समर हॉस्पिटल में पापा के पास ही बैठा रहा। रात को, समीर के मना करने के बावजूद, उसका भाई फिर हॉस्पिटल आ गया और उसने ज़िद करके आज समीर को जबरदस्ती घर भेज दिया।

रविवार की सुबह समीर की नींद मोबाइल की घंटी से खुली। कॉल निवेदिता मैडम का था।

"हेलो समीर, गुड मॉर्निंग, तुम शायद भूल गए कि आज की संडे कॉफ़ी मेरी तरफ़ से थी।"

समीर ने उठते हुए कहा, "गुड मॉर्निंग मैम, हाँ... शायद मेरे दिमाग से निकल गया था।"

मैडम ने हँसते हुए कहा,—"लगता है अभी सो ही रहे थे?"

"नहीं-नहीं... बस अभी उठ ही रहा हूँ बिस्तर से," समीर ने थोड़ी झेंप के साथ जवाब दिया।

"ओके, तो क्या अभी मिल सकते हैं कॉफ़ी पर?"

"कहाँ?"

"वहीं कैफ़े में, जहाँ तय किया था।"

"ठीक है, थोड़ी देर में आता हूँ," समीर ने मुस्कराते हुए कहा।

थोड़ी ही देर में समीर कैफ़े पहुँच गया। पिछली बार की तरह इस बार भी उसे काउंटर पर वही मुस्कुराती हुई सेल्सगर्ल दिखी। मैडम अपनी पुरानी वाली टेबल पर पहले से बैठी हुई थीं।

जैसे ही समीर ने कुर्सी खींची और बैठा, मैडम ने बिना देर किए वही कॉफ़ी उसे ऑफर की, पिछली बार वाली थी।

"पापा कैसे हैं? कल रात हॉस्पिटल में ही रुके थे क्या?"—मैडम ने पूछा।

"नहीं, समर आ गया था। उसने मुझे ज़बरदस्ती वापस फ़्लैट भेज दिया,"—समीर ने मुस्कराते हुए बताया।

"उसके आने से थोड़ा आराम तो मिला न तुम्हें?"

"हाँ, बिल्कुल, वैसे भी वह मेरे लिए लक्ष्मण जैसा है," समीर ने गर्व से कहा।

मैडम मुस्कराईं और कहा—"यह तो होना ही था... जो स्वयं हिन्दू सभ्यता को समझने और आगे बढ़ाने की कोशिश कर रहा हो, उसके घर में रामायण जैसे संस्कार न हों, ऐसा कैसे हो सकता है।"

"अच्छा, अब अपनी वाइफ के बारे में भी कुछ बताओ?"

"जब ऑरकुट चलता था, मैं वहाँ काफ़ी एक्टिव था। वहीं मेरी फ्रेंड लिस्ट में एक लड़की थी—पंजाब से थी लेकिन डच कल्चर में पली-बढ़ी। हम दोनों कुछ-कुछ कॉमन ग्रुप्स में भी थे, वहीं से चैटिंग शुरू हुई।"

"एक दिन उसने मुझसे पूछा, क्या तुमने सैमुएल हंटिंगटन की बुक *क्लैश ऑफ़ सिविलाइज़ेशन्स* पढ़ी है?"

मैंने कहा—"हाँ, पढ़ी है।"

उसने पूछा—'तो क्या राय है तुम्हारी इस बुक को लेकर?'

"मैं कुछ बोलता इससे पहले ही उसने कहा—'जानते हो, मैंने यह किताब नहीं पढ़ी।'"

मैंने पूछा—'क्यों?'

उसने कहा—'क्योंकि मुझे इसके टाइटल से ही दिक्कत है।'

उसकी बात सुनकर मैं हैरान रह गया। पूछा—'क्यों, टाइटल में क्या गड़बड़ है?'

उसने कहा—'देखो, सभ्यताओं के बीच कभी टकराव नहीं होता। टकराव होता है सभ्यता और असभ्यता के बीच, धर्म और अधर्म के बीच, इंसानियत और हैवानियत के बीच।'

"उसकी बातें सुनकर मैं स्तब्ध रह गया। जिस किताब पर पूरी दुनिया में बहसें हो चुकी हैं, उस किताब को सिर्फ़ उसके टाइटल के आधार पर रिजेक्ट कर देना... और इतना पक्का स्टैंड लेना, मुझे समझ आ गया कि यह लड़की कुछ अलग है। और वहीं से, सच कहूँ तो, मुझे उससे प्यार हो गया।"

मैडम मुस्कुराईं,—"ओह, इंटेलेक्चुअल लव,"

समीर हँसते हुए बोला, "जी हाँ, आपको पता है, पहले जब मैं दूरदर्शन पर रामानंद सागर का 'श्री कृष्णा' देखता था, तो बैकुंठ लोक में लक्ष्मी जी और विष्णु जी की बातचीत थोड़ी अजीब लगती थी—मतलब भगवान और लक्ष्मी जी इतने कैज़ुअली बात कर रहे होते थे। लेकिन ऋचा से शादी के बाद समझ आया कि यह संवाद क्यों दिखाए जाते हैं।"

"हम दोनों की बातचीत सिर्फ़ खाने और घर की बातों तक सीमित नहीं रहती, बल्कि धर्म, इतिहास, संस्कृति-सब पर होती है। हिन्दू धर्म की गहराई, विविधता, सबकुछ उसे भी अच्छे से समझ है। कभी-कभी लगता है जैसे वह मेरी मिरर इमेज है।"

ओह्ह ग्रेट ...

"मुझे हमेशा से इच्छा थी कि मैं अपनी बेटी को रामायण की कहानी सुनाऊँ। जैसे मैंने बचपन में अपने दादा-दादी से सुनी थी, वैसे ही मैं उसे सुनाने लगा। लेकिन उसे उसमें कोई इंटरेस्ट नहीं आया। वह बोर हो जाती थी। मैं थोड़ा निराश हो गया। सोचा, अगर मैं अपनी ही बेटी को रामायण या महाभारत की बातें ठीक से नहीं समझा पा रहा, तो फिर बाकी बच्चों को क्या ही समझा पाऊँगा?"

मैडम ने पूछा—"फिर क्या किया?"

"फिर ऋचा ने मेरी परेशानी देखी और बोली—एक काम करो, तुम मुझे रामायण सुनाओ, और मैं उसे थोड़ा मॉडर्न तरीके से, उसके कॉन्टेक्स्ट में बेटी को समझा दूँगी।"

"तो अब मैं ऋचा को अपनी तरह से रामायण की कहानी सुनाता, और वह अगले दिन उन्हें आसान, मज़ेदार और आज की लाइफ से जोड़कर बेटी को सुनाती थी। उसका तरीका ऐसा था कि बेटी को धीरे-धीरे रामायण में दिलचस्पी आने लगी। अब हालत यह है कि वह खुद रामायण पर घंटों बात कर सकती है,"

"सच कहूँ तो, मैं आज स्कूल में बच्चों को हिन्दुत्व और संस्कृति के बारे में जिस तरीके से समझा रहा हूँ, वह तरीका मुझे ऋचा से ही मिला। उसने मुझे सिखाया कि किसी भी विषय को रोचक और रिलेटेबल कैसे बनाया जाता है।"

"ओह ग्रेट...शी इज एन अमेजिंग लेडी...कभी मिलवाना उससे।"

"जरूर..."

"तो अब चलना चाहिए ...कल स्कूल आओगे?"

"अब तो आदत सी हो गई है...कदम खुद-ब-खुद उसी तरफ उठने लगते हैं।" समीर ने हल्की सी मुस्कान के साथ कहा और कैफ़े के काउंटर पर खड़ी लड़की को सौ रुपये टिप में देकर मैडम के साथ बाहर निकल गया।

"चलो, मैं तुम्हें अपनी गाड़ी से ड्रॉप कर देती हूँ," मैडम ने कहा।

"थैंक यू, पर इसकी ज़रूरत नहीं...मेरा फ़्लैट यहाँ से वॉकिंग डिस्टेंस पर ही है। आप बेवजह परेशान होंगी," समीर ने विनम्रता से मना किया।

"अरे तो क्या हुआ...थोड़ी और बातें कर लेंगे।"

यह सुनकर समीर मुस्कराया और बिना ज़्यादा फॉर्मेलिटी किए गाड़ी की आगे वाली सीट पर बैठ गया। मैडम खुद ड्राइव कर रही थीं। रास्ते में समीर की नज़र उनके चेहरे पर गई—आँखों में आत्मविश्वास, चेहरे पर हल्की सुनहरी चमक, जो

कार के शीशों से आती धूप में और भी निखर रही थी। स्टेयरिंग व्हील को थामे उनके हाथ में एक गोल्डन ब्रेसलेट चमक रहा था…

"कहाँ खो गए? बताओ, कहाँ ड्रॉप करना है?"

मैडम की आवाज़ से समीर की तंद्रा टूटी—कार अब उसकी सोसाइटी के पास पहुँच चुकी थी।

"जी…बस यहीं से दाएँ ले लीजिए," समीर ने हल्का सकपकाते हुए कहा।

मैडम ने उसके चेहरे के एक्सप्रेशन देखकर मुस्कुरा दीं। गार्ड ने सोसाइटी का मेन गेट खोल दिया और गाड़ी अंदर आ गई। मैडम ने चारों ओर नज़र दौड़ाई—साफ-सुथरी और प्रॉपर प्लान्ड बिल्डिंग्स थीं। उन्होंने मन ही मन सोचा—"आईएएस लोग वास्तव में ऐसे ही सोसाइटीज़ में रहते हैं।"

"बस, अब बाएँ मुड़िए, सी-ब्लॉक के पास मेरा फ़्लैट है।"

"ठीक है," – मैडम ने कार उधर मोड़ दी।

"मैं अंदर आने को नहीं कहूँगा, अभी सब कुछ थोड़ा फैला हुआ है…" समीर ने थोड़ा संकोच के साथ कहा।

"नो प्रॉब्लम, समीर, मैं समझती हूँ," मैडम ने मुस्कुराते हुए जवाब दिया और समीर को ड्रॉप करके विदा ली।

समीर फ़्लैट पर आ गया।

# मंदिर तोड़े जाने की व्यथा

**(सातवाँ दिन/ सोमवार)**

"हेलो ऑल, हाउ वॉज़ योर संडे?"

"बढ़िया सर," – बच्चों की तरफ़ से आवाज़ें आईं।

"सर," – आकांक्षा ने हाथ उठाया।

"हाँ आकांक्षा, बोलो..."

"सर, कल मैं अपने फ्रेंड्स के साथ बाहर गई थी। वहाँ मेरी एक दोस्त पारुल भी थी। वह किसी और स्कूल में पढ़ती है, काफ़ी पढ़ी-लिखी है, थोड़ा लिबरल माइंडेड है। ऑनेस्टली मुझसे ज़्यादा नॉलेजएबल लगती है। उसने मुझसे कुछ बातें कहीं, जिनका जवाब मैं नहीं दे पाई। क्या मैं आपसे पूछ सकती हूँ?"

"ऑफ़ कोर्स, दैट्स व्हाय आइ'म हियर। आस्क फ्रीली। " – समीर ने मुस्कुराते हुए कहा।

"तो सर, हम लोग कल एक डॉक्यूमेंट्री देख रहे थे–कश्मीर के मार्तंड सूर्य मंदिर पर। उसमें कई लोग मंदिर टूटने से दुखी नज़र आ रहे थे। यह देखकर मेरी फ्रेंड पारुल ने कहा,'व्हाय आर दीज़ पीपल गेटिंग सो इमोशनल? आइ मीन, इट्स जस्ट अ स्ट्रक्चर, राइट? एक मंदिर टूट गया, तो क्या हुआ? डेवलपमेंट के नाम पर तो हर जगह इमारतें गिराई जाती हैं। और वार टाइम में ये सब बहुत कॉमन होता है, वैसे भी जब एक सिविलाइज़ेशन दूसरी पर जीत पाती है, तो ऐसे रिलिजियस प्लेसेस को तोड़ा ही जाता है। इसमें इतना रोने की क्या बात है? अगर मंदिर टूट गया है, तो दोबारा बना लो ... और न भी बना पाओ, तो क्या ही हो जाएगा।'

"अब सर, उस वक्त मुझे समझ ही नहीं आया कि मैं क्या कहूँ। क्या वह सही कह रही थी? क्या सच में मंदिर टूटने से कोई फ़र्क नहीं पड़ता?"

आकांक्षा कन्फ्यूज़्ड और थोड़ी अपसेट लग रही थी।

"चलो एक काम करते हैं, आकांक्षा..."—समीर ने थोड़ी देर रुककर कहा,

"क्यों न हम आपकी उस दोस्त को आज की क्लास में ही इनवाइट कर लें? यहीं बात कर लेते हैं—पॉजिटिव डिस्कशन हो जाएगा। फेस-टू-फेस बात करने से चीज़ें क्लियर हो जाती हैं, राइट? "

आकांक्षा ने थोड़ी झिझक के बाद सहमति में सिर हिलाया।

"ठीक है, लेकिन एक मिनट... मुझे पहले निवेदिता मैम से परमिशन लेनी पड़ेगी। यू नो द रूल्स—किसी आउटसाइडर को क्लास में जोड़ने से पहले हमें क्लियरेंस लेनी होती है।"

समीर ने निवेदिता मैम को कॉल किया। मैम ने सुनते ही कहा—"अगर तुम्हें लगता है कि उस लड़की को ज़ूम पर जोड़कर बात ज़्यादा क्लियर हो सकती है, तो बिल्कुल करो। आइ ट्रस्ट यू।"

आकांक्षा ने अपनी दोस्त पारुल से फोन पर बात की और थोड़ी ही देर में पारुल भी ज़ूम कॉल पर जुड़ गई। बाकी क्लास पहले से ही वहाँ मौजूद थी।

"हेलो पारुल, कैसी हो?"—समीर ने कहा।

मैं ठीक हूँ, आप कैसे हैं?"

"मैं भी ठीक। आकांक्षा ने तुम्हारे बारे में बताया, और मुझे उम्मीद है, उसने मेरे बारे में भी कुछ बताया होगा।"

"जी हाँ, बताया था।"

"आज की ये छोटी-सी ज़ूम सेशन हम सिर्फ़ उस टॉपिक को थोड़ा और एक्सप्लोर करने के लिए कर रहे हैं जो तुम दोनों के बीच कल मार्तंड सूर्य मंदिर की डॉक्यूमेंट्री देखने के बाद हुआ था।"

"यस, आइ रिमेम्बर।"

"तो एक सीधा सवाल पूछता हूँ, क्या तुम्हारे हिसाब से किसी मंदिर का टूटना सिर्फ़ एक रिलिजियस प्लेस का टूटना होता है?"

"यस... आइ मीन हाँ, आइ स्टिल फील ऐसा कुछ बहुत बड़ा तो नहीं है। मंदिर था, टूट गया, फिर बना लो... क्या फर्क पड़ता है?"

समीर थोड़ा मुस्कुराया, फिर शांत लहजे में बोला—"पारुल, मंदिर का टूटना सिर्फ़ एक रिलिजियस साइट का टूटना नहीं होता, इट्स मच, मच मोर दैन दैट।"
"किसी मंदिर का टूटना केवल पूजा स्थल के टूटने भर की पीड़ा नहीं होती। यह पीड़ा होती है स्थापत्य के बेजोड़ नमूने के तोड़े जाने की, जिसके पीछे उस समय के इंजिनियर्स, साइंटिस्ट्स, खगोलविदों और वास्तुकारों का श्रेष्ठ मस्तिष्क और

कारीगरों की श्रेष्ठ कला सम्मिलित होती है। यह पीड़ा होती है तोड़े गए मन्दिर के प्रांगण में उकेरी गई मूर्ति और चित्रों को रौंदे जाने की, जो किसी मूर्तिकार और चित्रकार के जीवन भर का समर्पण होता है। यह पीड़ा होती है ज्ञान के उस केंद्र के टूटने की, जिसे भारत भर के न जाने कितने ब्राह्मणों ने अपने तप और अनुष्ठान से सींच रखा है। यह पीड़ा होती है उस अर्थतंत्र को तोड़े जाने की, जो उस मंदिर के कारण वहाँ विकसित होता है। यह पीड़ा होती है उस स्थल के तोड़े जाने की, जो भारत की सांस्कृतिक एकबद्धता का प्रमाण और इतिहास के संरक्षण का केंद्र होता है। यह पीड़ा होती है कृतज्ञता ज्ञापन के उस प्रतीक के टूटने की, जिसे हमारे पूर्वजों ने कहीं सृष्टि के संचालक और प्रकृति के रक्षक सूर्य नारायण की आराधना के लिए, तो कहीं ऐसे ही किसी और देवी देवताओं की, तो कहीं मातृ शक्ति की उपासना के लिए निर्मित किया था।"—समीर कहते-कहते भावुक हो गया था।

"मैं समझी नहीं,"—पारुल ने कहा।

"हमारे देश में कई ऐसे मंदिर हैं, जो आज भी मौजूद हैं और जिनकी आर्किटेक्चर इतनी साइंटिफिकली प्रिसाइस है कि वहाँ हर साल एक तय समय पर सूरज की किरणें एकदम खास जगह पर पड़ती हैं। कहीं वो किरणें देवी-देवता की मूर्ति के माथे को तिलक करती हैं, कहीं उनके हृदय को टच करती हैं, तो कहीं पैरों तक पहुँचती हैं।

"अब सोचो, यह सब सेंट्यूरिज़ पहले बिना किसी मशीन के, बिना कोई कंप्यूटर सॉफ़्टवेयर यूज़ किए डिज़ाइन किया गया था। इसमें साइंस था, एस्ट्रोनॉमी था, गणित था। यह दिखाता है कि मंदिर सिर्फ़ पूजा की जगह नहीं थी – वे ज्ञान, कला, विज्ञान और स्पिरिचुअलिटी का सेंटर हुआ करते थे।"

"ओह, कमऑन! आप व्हाट्सऐप पोस्ट वाली बातें कर रहे हो, ये तो मुझे उम्मीद नहीं थी... ऐसा कैसे हो सकता है? मंदिर बनाने वालों ने कब, कौन सी एस्ट्रोनॉमी और फिज़िक्स पढ़ ली कि ऐसे मिरेकल्स थिंग्स होने लगे।"

"चलो, मैं आपको कुछ मंदिरों के बारे में बताता हूँ, आप चाहो तो इसे नोट करती जाओ और कभी जाकर ख़ुद भी देख आना। हाँ, मेरा आपसे रिक्वेस्ट है कि मेरी पूरी बात बड़े ध्यान से सुननी होगी।"

"ओके . . . देखते हैं..." अनमने ढंग से पारुल ने जवाब दिया।

समीर ने बताना शुरू किया कि मध्यप्रदेश के हरदा ज़िले के हरिपुरा गाँव में 'गुप्तेश्वर मंदिर' है, जहाँ साल में दो बार-सूर्य के उत्तरायण और दक्षिणायन होने पर सूर्य की किरणें शिवलिंग पर पड़ती हैं। इसी तरह, गुजरात के मोढेरा सूर्य मंदिर,

ओडिशा का कोणार्क का सूर्य मंदिर, आंध्र प्रदेश का अरसावल्ली मंदिर और महाराष्ट्र का कोल्हापुर सूर्य मंदिर भी इस तरह बनाए गए हैं कि सूर्य की किरणें साल में विशेष दिनों पर सीधे देवता की मूर्ति पर पड़ती हैं। कोणार्क मंदिर के 24 नक्काशीदार पहिये धूपघड़ी की तरह काम करते हैं, और कोल्हापुर में इस दिन को 'किरणोत्सव' के रूप में मनाया जाता है। ये मंदिर प्राचीन भारत की अद्भुत वास्तुकला और खगोल विज्ञान का प्रमाण हैं।

उसने आगे कहा, "एक और ऐसा मंदिर महाराष्ट्र में है, जिसे सातवीं शताब्दी में चालुक्य राजवंश के राजा करमदेव ने वहाँ कोल्हापुर में बनवाया था। यहाँ हर वर्ष 'किरणोत्सव' नाम से एक महोत्सव मनाया जाता है। जानती हो, ये 'किरणोत्सव' कब मनाया जाता है?"

"कब?"—पारुल की थोड़ी दिलचस्पी बढ़ने लगी थी।

"उस विशेष दिन सूर्योदय के समय सूर्य की किरणें सीधे वहाँ स्थापित 'महालक्ष्मी की मूर्ति पर पड़ती है।"

"वाह ये तो अद्भुत हैं।"—पारुल के मुंह से निकल गया।

"इससे भी अद्भुत एक मंदिर कर्नाटक के बेंगलुरु में हैं, गवी गंगाधरेश्वर मंदिर, जो एक गुफा मंदिर है, यहाँ हर साल मकर संक्रांति के दिन सूर्य की किरणें दो खिड़कियों और नंदी के सींगों से होकर सीधे शिवलिंग पर पड़ती हैं। यह अद्भुत दृश्य लगभग 2 मिनट 46 सेकंड तक रहता है। गवी गंगाधरेश्वर मंदिर की अद्भुत वास्तुकला को अब वैज्ञानिक भी मान्यता दे चुके हैं। इसी तरह का एक मंदिर उदयपुर में है, जिसे राजा उदयादित्य ने 10-11वीं शताब्दी में शिव को समर्पित किया था, जहाँ सूर्य की किरणों से पहला अभिषेक होता है। ऐसी ही विशेषता मार्तंड सूर्य मंदिर में भी थी, जिस पर तुम लोग कल डॉक्युमेंट्री देख रहे थे।

"ऐसे मंदिर सिर्फ शहरों में ही नहीं, बल्कि कई ऐसे मंदिर तो गाँवों में भी थे। इसका मतलब है कि उस समय हमारे गाँव भी आर्थिक और बौद्धिक रूप से काफ़ी विकसित थे। इन मंदिरों में से कई को तोड़ दिया गया, जो तकलीफ़ की बात है। सोचो, इतनी शानदार वास्तुकला और खगोलीय ज्ञान से बने ये मंदिर क्या सच में तोड़े जाने चाहिए थे? क्या हमें इनसे कुछ सीखना नहीं चाहिए था? ऐसे मंदिरों का निर्माण वास्तुविदों और खगोलशास्त्रियों की गहरी समझ और मेहनत का परिणाम था। तो क्या इन्हें नष्ट किए जाने से मुझे दुख नहीं होना चाहिए?"

पारुल नि:शब्द सुन रही थी।

"तुमको इन मंदिरों का टूटना सिर्फ किसी इमारत का टूटना भर लगता है, जबकि मुझे लगता है कि इन्हें तोड़ कर हमारी सामाजिक सहभागिता और एकात्मता के केंद्रों को नष्ट किया गया। समाज का एकात्मता भाव कमजोर किया गया।"

"कैसे?"—पारुल ने पूछा।

"हमारे मंदिर सिर्फ पूजा की जगह नहीं थे, बल्कि एकता और सहयोग के केंद्र भी थे। इनके निर्माण में समाज के हर वर्ग का योगदान था। राजाओं ने जमीन और सुरक्षा दी, ब्राह्मणों ने पूजा-पाठ और मंत्रों से इन्हें पवित्र बनाया। वैश्यों ने धन देकर निर्माण कराया और तीर्थयात्रियों के लिए धर्मशालाएँ , प्याऊ बनवाए। जिन्हें शूद्र कहा गया, उन्होंने अपनी कला और मेहनत से इन मंदिरों को ऐसी शानदार वास्तुकला दी कि दुनिया आज भी देखकर हैरान है।

"इसलिए जब ये मंदिर तोड़े गए, तो सिर्फ इमारतें नहीं टूटीं बल्कि हमारी समाज की साझी भावना, सहयोग और एकात्मता और सहभागिता के केंद्र भी टूट गए।

"जानती हो, इन मंदिरों के टूटने से और क्या हुआ? ये मंदिर हमारे ललित कलाओं को संरक्षण देने और उन्हें सहेजने के स्थल थे। जब इन्हें तोड़े गया, तो इन मंदिरों के साथ-साथ मूर्तिकारों, चित्रकारों, कलाकारों का हृदय भी टूट गया, उनका रोजगार छूट गया। ललित कला का विकास रूक गया।"

"मैं समझी नहीं। मन्दिरों का इन बातों से क्या संबंध?"—पारुल के लिए ये समझना कठिन था।

"हमारे मंदिर केवल पूजा-स्थल नहीं, बल्कि कला, नृत्य, संगीत, मूर्तिकला, चित्रकला और धातु विज्ञान के संरक्षण केंद्र भी थे। यहाँ कलाकारों को राज्य या मंदिर प्रशासन से वेतन और आवास मिलता था, ताकि वे निश्चिंत होकर साधना कर सकें। मंदिरों में काव्य-पाठ, नाट्यशालाएँ और नृत्य-मंडप भी होते थे। दक्षिण भारत के मंदिरों में वायलिन वादकों के चित्र, नृत्य करती मूर्तियाँ और जीवंत बैस-रिलीफ़्स (उभार चित्र) आज भी देखे जा सकते हैं। जैसे पालंपेट मंदिर की छतें सहारा देने वाली घोड़ी आकृतियाँ, जिन पर नृत्य मुद्राएँ उकेरी गई हैं। कांस्य मूर्तियाँ, जैसे नागेश्वर मंदिर का नटराज और महरौली का जंगरोधी विष्णु स्तंभ, हमारे धातु विज्ञान का प्रमाण हैं। रामलिंगेश्वर मंदिर में तो आत्मरक्षा सिखाती मूर्तियाँ भी हैं। सोचो, जब ये मंदिर तोड़े गए, तो केवल इमारतें नहीं, इनसे जुड़ी सारी कलाएँ और परंपराएँ भी टूट गईं।"

"हम्म . . ." पारुल ने सहमति में सर हिलाया।

"आज हम सही इतिहास को सही से डॉक्यूमेंटेड करने की चुनौतियों से जूझ रहे हैं; क्योंकि जब हमारे मंदिर तोड़े गए, तो उनके साथ दीवारों पर लिखा और उकेरा गया इतिहास भी मिट गया। मंदिरों की दीवारों पर शिलालेख, चित्र और मूर्तियाँ हमारे समाज, जीवनशैली, खगोल-भौगोलिक ज्ञान और लोककथाओं का दस्तावेज थीं। उदाहरण के लिए, पट्टडकल के लोकेश्वर मंदिर की दीवारों पर आज भी अभिलेख मौजूद हैं। मंदिर की दीवारों पर उकेरे चित्र और मूर्तियाँ, हमारे प्राचीन समाज, उनके जीवन और रहन-सहन की कहानी कहती हैं; क्योंकि उन मूर्तियों में कहीं स्त्री घुड़सवार चित्रित है, तो कहीं बुद्ध की जातक कथाओं का चित्रीय निरूपण है, तो कहीं खगोलीय घटनाओं को दर्शाने वाले चित्र हैं, तो कहीं भौगोलिक जानकारी देने वाली सूचनाएँ हैं। यानि इतिहास के दूसरे स्रोत नष्ट कर दिए जाते तो भी मंदिर हमारे इतिहास बोध का संरक्षण करता। तो जब ये मंदिर टूटे, तो क्या सिर्फ पत्थर टूटे या हमारे इतिहास और पहचान का एक बड़ा हिस्सा भी गया? फिर मुझे दर्द क्यों न हो?"

"तुममें से शायद ही कोई यकीन करे, लेकिन मैं तुम्हें गुजरात के सोमनाथ मंदिर के परिक्रमा मार्ग में एक दिशा सूचक त्रिशूल के बारे में बताने वाला हूँ, उस पर लिखा है—'आसमुन्द्रान्त दक्षिण ध्रुव पयंत अबाधित ज्योतिमार्ग' अंकित है, इसका अर्थ है कि यहाँ से आगे दक्षिण ध्रुव तक कोई भूमि क्षेत्र नहीं है और आश्चर्यजनक रूप से आज ऐसा ही पाया गया है। द्वादश ज्योतिर्लिंगों में 7 ऐसे हैं जो एक ही देशांतर रेखा पर 79 डिग्री पर स्थापित हैं, जबकि ये सब मंदिर अलग-अलग काल में बनाये गए थे। हमारे मंदिर खगोल और भूगोल दोनों ही विषयों के पाठशाला थे।

"मुल्तान, महोबा, कोणार्क, मार्तंड, भुवन पहाड़ी, चार धाम, शक्तिपीठ, और दक्षिण भारत से लेकर जावा, सुमात्रा, अंकोरवाट तक के मंदिर केवल पूजा स्थल नहीं, बल्कि एक महान सभ्यता की पहचान थे। इसलिए इन मंदिरों का ध्वंस हमारी सभ्यता का ध्वंस भी था। रवीन्द्रनाथ टैगोर ने कोणार्क के लिए जो कहा, वो हमारे सभी मंदिरों पर लागू होता है—'यह वह जगह है, जहाँ पत्थर की भाषा, इंसान की भाषा से बड़ी हो जाती है।'

"मैंने तुमको जितनी बातें बताई हैं, कभी सोचना उसपे और बताना कि क्या मंदिरों का तोड़ा जाना व्यथित होने लायक विषय नहीं है?"

"थैंक यू . . . मैंने कभी इस विषय को इस एंगल से नहीं सोचा था। आपका और आकांक्षा दोनों को थैंक यू, जिसने मुझे इस बात को अलग ढ़ंग से समझने की दृष्टि दी।"

"वेलकम पारुल, आगे भी आपके ऐसे कोई प्रश्न हों तो आप बेहिचक पूछ लेना।"—समीर ने मुस्कुराते हुए उससे कहा।

"एक सवाल जो मेरे मन में बहुत दिनों से चल रहा है, आपसे पूछ लूँ?"—पारुल ने पूछा।

"हाँ, बिलकुल। लेकिन अब क्लास ख़त्म होने का समय हो चला है तो हमलोग किसी और दिन आपके सवाल ले सकते हैं?"—समीर ने अपनी घड़ी की ओर देखते हुए कहा।

"जी, लेकिन मैं इंतजार जरूर करूँगी कि मुझे आपसे फिर से बात करने का मौका मिले… मुझे लगता है मेरे सवालों के जवाब मुझे आपसे ही मिलेंगे।"

स्कूल के पियोन से पता चला कि निवेदिता मैडम कहीं मीटिंग के सिलसिले में गई हैं, तो वहाँ से निकलकर समीर सीधा अस्पताल की ओर निकल गया। वहाँ पिता को देखने और डॉक्टर से बात करने के बाद वापस अपने फ़्लैट पर आ गया। हालाँकि उसने अपने ऑफिस से छुट्टी ली हुई थी लेकिन एक बहुत जरूरी काम के लिए उससे अनुरोध किया गया था इसलिए आज ऑफिस के काम के लिए फ़्लैट पर आ गया।

# नीर-क्षीर विवेक

**(आठवाँ दिन/ मंगलवार)**

"सर, ये पारुल है . . . कल की क्लास के बाद आपसे मिलने के लिए काफी एक्साइटेड थी। इसलिए प्रिंसिपल मैम से परमिशन लेकर इसे भी बुला लिया," आकांक्षा ने कहा।

"ओह, वेलकम पारुल, कैसी हो?"

"बिल्कुल बढ़िया, सर।"

"तो मतलब तुम्हें वही सवाल आज ही क्लियर करना है, जो टाइम की कमी की वजह से पिछली क्लास में नहीं हो पाया था, राइट?"

"हाँ, सर," पारुल ने आराम से कहा।

"ठीक है, चलो फिर तुम्हारे सवाल से शुरू करते हैं।"

"मुझे मूर्तिपूजा का लॉजिक समझ नहीं आता। तो मेरा पहला सवाल ये है कि क्या आप मूर्तिपूजा करते हैं? और अगर करते हैं, तो क्यों?"—पारुल ने पूछा।

"हाँ, करता हूँ, लेकिन मैं मूर्तिपूजा इसलिए नहीं करता कि वो मूर्ति है, बल्कि मैं मानता हूँ कि मेरे ईश्वर उस मूर्ति में हैं, इसलिए उसी रूप में उनकी पूजा करता हूँ।"

"बिल्कुल सही। तो फिर महर्षि दयानंद सरस्वती के बारे में आप क्या सोचते हैं?"

"मैं समझा नहीं।"

"मैं यह पूछ रही हूँ कि यदि आप मूर्तिपूजा करते हैं, तो क्या आपको दयानंद सरस्वती को पसंद करना चाहिए? क्योंकि वो मूर्तिपूजा के खिलाफ थे।" —पारुल ने अपना सवाल और स्पष्ट किया।

"जानती हो पारुल,यह सवाल मेरे सामने पहले भी आया था, जब मैं दिल्ली में पढ़ाई करता था। वहाँ मैं हर रविवार आर्य समाज मंदिर जाता था और वहाँ के पुस्तकालय में 'सत्यार्थ प्रकाश' और आर्य समाज के दूसरे ग्रंथ पढ़ता था। वहाँ एक

आर्य समाजी दोस्त भी थे। एक दिन उन्होंने मुझसे कहा, 'भाई, तुम इतने महीनों से मंदिर आ रहे हो, हमारे ग्रंथ और साहित्य पढ़ रहे हो, लेकिन तुम्हारे अंदर कोई बदलाव क्यों नहीं दिखता?'"

"कैसा बदलाव?"—मैंने उनसे पूछा।

"मैं आपको अक्सर मंदिरों से निकलते और वहाँ मूर्तियों की पूजा करते हुए देखता हूँ। आर्य समाज को और महर्षि को ठीक से समझने वाला ऐसा तो नहीं कर सकता।"

"उस दिन जब मैं घर वापस आया, तो मेरे एक और दोस्त कई सवाल लेकर मेरा इंतज़ार कर रहा था। और मज़ेदार बात ये थी कि उसके सवाल भी वही थे, जो तुम्हारे हैं। उन्होंने मुझसे पूछा, 'यार, तुम भी तो मूर्ति पूजा करते हो, पुराण मानते हो, कर्मकांड करते हो, तो फिर तुम्हें दयानंद सरस्वती से इतना लगाव क्यों है? *सत्यार्थ प्रकाश* में हमारे ज्योतिर्लिंगों, शक्तिपीठों और पुराणों के बारे में जो लिखा है, उसे पढ़कर तुम्हें गुस्सा नहीं आता? क्या तुमको उनके वो तर्क खोखले नहीं लगते जो उन्होंने मूर्ति-पूजा के ऊपर दिए थे?'

"मैंने पूछा—कैसे तर्क?"

'वही उनके बचपन में घटित शिवरात्रि वाली घटना पर दिया तर्क जिसका उल्लेख हर आर्यसमाजी मूर्ति-पूजा के खंडन के लिए करता है।'

"मैंने उनसे कहा—हाँ, मैंने महर्षि दयानंद के बचपन की वो घटना पढ़ी है जब महाशिवरात्रि के अवसर पर उनके पिता ने बालक मूलशंकर (महर्षि दयानंद के बचपन का नाम) को उपवास रखते हुए पूरे विधि-विधान के साथ शिवजी की पूजा और रात्रि-जागरण व्रत करने को कहा था। रात्रि-जागरण के दौरान, जब बालक मूलशंकर शिवमंदिर में बैठे हुए थे तब अर्धरात्रि में उन्होंने वहाँ एक दृश्य देखा जिसमें चूहों का झुण्ड भगवान की मूर्ति को घेरे हुए था और वहाँ उन्हें अर्पित प्रसाद खा रहे था। यह देखकर मन में प्रश्न उठा कि ये कैसा भगवान है जिसके प्रसाद को चूहे जैसा जीव खा रहा है और वह कुछ नहीं कर पा रहा है। यानि इस मूर्ति में ईश्वर नहीं है, यह तो केवल एक शिला मात्र है। उस घटना ने मूलशंकर के जीवन में बहुत बड़ा प्रभाव डाला और उन्होंने इस घटना को इस बात का आधार बना लिया कि मूर्तिपूजा व्यर्थ है। जबकि चूहे वाली उनके तर्क का सीधा उत्तर तो ये है कि जैसे हम सब उस ईश्वर की संतान है वैसे ही वो चूहे भी उनकी ही रचना है इसलिए उन चूहों को अपने शिव के लिए अर्पित प्रसाद खाने का पूरा अधिकार है।"

"ये सब जानते हुए भी आपको दयानंद सरस्वती से प्रेम है? अपने भगवानों के बारे में उनका लिखा पढ़कर आपको गुस्सा नहीं आता?"—पारुल हैरानी थी।

"हाँ, मुझे उनसे प्रेम है, उनके लिए मेरे मन में आदर है और मुझे उन पर गुस्सा नहीं आता।"

"क्यूँ?"

"कई वजहें हैं। मैं महर्षि दयानंद के मूर्तिपूजा को खारिज करने या निराकार उपासना के विरोध से प्रभावित नहीं हुआ। मैं उनसे प्रभावित हुआ, उनके विचारों को इतनी स्पष्टता और साहस के साथ रखने के लिए। साथ ही, उनके मन में भारत की आज़ादी के लिए जो जुनून था, वह भी मुझे बेहद प्रभावित करता है। उन्होंने 'स्वराज्य' और 'स्वदेशी' जैसे नारे दिए। जब उन्होंने अपना घर छोड़ा, तो लोगों को स्वतंत्रता आंदोलन से जुड़ने के लिए प्रोत्साहित किया और खुलकर अंग्रेजों के खिलाफ बोलते और लिखते थे। उनके जमाने के कई बड़े स्वतंत्रता सेनानी जैसे तात्या टोपे, नाना साहेब पेशवा उनसे मार्गदर्शन लेते थे। महर्षि दयानंद ने साधुओं को भी स्वतंत्रता आंदोलन से जोड़ा और 'रोटी और कमल' जैसी योजना के ज़रिए आम लोगों में देशभक्ति का जज़्बा जगाया। 1857 की क्रांति के बाद जब लोग हताश थे, तब उन्होंने कहा था कि निराशा हमारे ऋषियों के शब्दकोश में नहीं है। वेदों के मंत्र हमें हमेशा खुश, उत्साहित और उम्मीद से भरा रहने को कहते हैं। इसलिए ये क्रांति जल्द ही सफल होकर आज़ादी देगी।

"दयानंद संस्कृत के ज्ञानी और गुजराती भाषी थे, लेकिन कोलकाता में केशवचंद्र सेन से मिलने के बाद उन्होंने हिंदी को अपनी भाषा बना लिया। 1862 से उन्होंने हिंदी में बोलना शुरू किया और हिंदी को देश की मातृभाषा बनाने का संकल्प लिया। जब लोग अपनी-अपनी क्षेत्रीय भाषाओं पर ज़ोर देते थे, तो महर्षि दयानंद ने अपनी क्षेत्रीय भाषा और सुविधा छोड़कर राष्ट्र के लिए हिंदी को अपनाया। क्षेत्रीयता के झगड़ों के बीच लोग जहाँ अपनी भाषा, अपनी बोली का आग्रह करते हैं, वहीं महर्षि दयानंद गुजराती और संस्कृत के विद्वान होते हुए भी राष्ट्र के एकीकरण के लिए हिंदी के समर्थक बने। सोचो वो कितने महान थे कि अपनी क्षेत्रीय पहचान को, भाषाई कम्फर्ट को उन्होंने राष्ट्र हित में विलीन कर लिया।"

"और उनकी धर्म विषयक मान्यताओं को लेकर क्या सोचते हैं आप?"—पारुल ने पूछा।

"उनकी सामाजिक सोच मेरे दिल-दिमाग को गहराई से छू जाती है, इसलिए उनकी धार्मिक मान्यताओं पर मैं ज्यादा विचार ही नहीं करता। मैं उनके समाज सुधार के कार्यों

और कुरीतियों के खिलाफ लड़ाई को जानकर उनके व्यक्तित्व और विचारों का सम्मान करता हूँ। जानते हो, उस समय हमारे समाज में आक्रांताओं के डर से बाल विवाह जैसी बुरी परंपरा प्रचलित थी। महर्षि दयानंद ने शास्त्रों और तर्कों के आधार पर इसका सख्त विरोध किया और लोगों को समझाया कि बाल विवाह छोड़ो और अपनी बेटियों की पढ़ाई-लिखाई कराओ। उन्होंने विधवा-विवाह पर लगे प्रतिबंध का भी विरोध किया और विधवाओं के सम्मान के साथ पुनर्विवाह का समर्थन किया। समाज के शिक्षित लोगों से भी इसके लिए मंजूरी दिलवाई। आज जिन बातों को नारी सशक्तिकरण कहा जाता है, वे सब बातें महर्षि दयानंद उस जमाने में जोर-शोर से कहते थे।

"फिर मैंने अपने दोस्त से कहा—जानते हो दिक़्क़त क्या है? दिक़्क़त ये है कि जब तुम *सत्यार्थ प्रकाश* खोलते हो, तुमसे वो पन्ना खुलता है जिसमें मूर्तिपूजा की निंदा लिखी है, जबकि मैं जब *सत्यार्थ प्रकाश* खोलता हूँ तो मेरी दृष्टि उन पन्नों पर जाती है जहाँ महर्षि दयानंद नारी को शिक्षा देने की, उनको अधिकार देने की, पर्दा प्रथा हटाने की और उनका सम्मान करने की बात करते हैं। तुम्हें *सत्यार्थ प्रकाश* के वे पृष्ठ दिखाई देते हैं जहाँ पौराणिक कथाओं की निंदा है, जबकि मेरी दृष्टि उन अंशों पर जाती है जिसमें वो घोषणा करते हुए कहते हैं—'मतमतांतरों के आग्रह से रहित, अपने-पराए का पक्षपात शून्य, प्रजा पर माता-पिता के समान कृपा, न्याय और दया के साथ भी विदेशियों का राज पूर्ण सुखदायक नहीं है।' 'हे जगदीश्वर, विदेशी शासक कभी हमारे ऊपर राज्य न करें।'—ये वाक्य ईश्वर से उनकी प्रार्थना में शामिल रहता था। तुम्हें सत्यार्थ प्रकाश का केवल वह हिस्सा दिखता है जिसमें वो अवतारवाद का विरोध करते हैं, जबकि मुझे उस ग्रंथ की वो पंक्तियाँ दिखती है जो कठोरता से छुआछूत और अस्पृश्यता की घटिया कुप्रथा पर प्रहार करती है।"

"लेकिन सत्यार्थ प्रकाश में तो उन्होंने पुराणों की निंदा की है"—पार्थ ने पूछा, जो अब तक बड़े ध्यान से पूरी चर्चा को सुन रहा था।

"सत्यार्थ प्रकाश तुम्हें पौराणिक कथाओं के खिलाफ लिखी किताब लग सकती है, लेकिन पंडित रामप्रसाद बिस्मिल, श्यामजी कृष्णवर्मा, स्वामी श्रद्धानंद, लाला लाजपतराय, भाई परमानंद, भगत सिंह और वीर सावरकर जैसे महान क्रांतिकारियों के लिए यह किताब आज़ादी की लड़ाई में संकल्प जगाने वाली रही। महर्षि दयानंद के आर्य समाज ने जितने देशभक्त तैयार किए, शायद किसी और संस्था ने नहीं किए होंगे। नमक पर कर का पहला विरोध भी महर्षि दयानंद ने किया था, जब गांधी जी का जन्म तक नहीं हुआ था। उनका सपना था कि समाज के हर वर्ग, हर जाति और हर

लिंग के लोग सम्मान और स्वाभिमान के साथ जी सकें। इसके लिए उन्होंने अपना पूरा जीवन लगा दिया। उन्होंने हमें हमारे असली इतिहास और जड़ों से जोड़ा। उनकी वजह से आज हम गर्व के साथ अपनी विरासत को स्वीकारते हैं और मानते हैं कि हम अपने देश में आधुनिकता के साथ-साथ अपनी पुरानी परंपराओं को भी आगे बढ़ा सकते हैं।

"महर्षि दयानंद में वह क्षमता और समझ थी कि वे अपने कार्य को पूरे समाज का कार्य और उनका लक्ष्य बना सकते थे। वे तर्क और वाद-विवाद में हमेशा जीतते थे क्योंकि उन्हें दोनों पक्षों की अच्छी जानकारी थी। वैदिक वाक्य 'मैं आत्मा हूँ और मुझे कोई हरा नहीं सकता' की जीवंत मिसाल थे महर्षि दयानंद। उन्होंने समाज को पढ़ा-लिखा, मजबूत, आत्मसम्मानी और देशभक्त बनाया। उनके काम के लिए किसी ने कहा था, 'जब पूरा भारत सोया था, तब उन्होंने घने अंधकार में उषा के बीज होने के लिए जोर से हुंकार भरी'।

"फिर मैंने अपने दोस्त से कहा कि आज सुबह अपने आर्य समाजी मित्र से भी मैंने यही बात कही थी। *सत्यार्थ प्रकाश* पढ़ने के बाद, महर्षि दयानंद के जीवन, उनके व्यक्तित्व और कार्य को जानने के बाद मेरे अंदर बहुत परिवर्तन आया है। अब मैं धार्मिक बातें सिर्फ आस्था या श्रद्धा से नहीं, बल्कि बुद्धि और समझ से परखकर मानता हूँ। हाँ, मूर्तिपूजा और अवतारवाद को लेकर मेरे अपने विचार हैं, जिन पर मेरा पूरा विश्वास है, इसलिए इस मामले में मेरा कोई बदलाव नहीं हुआ। लेकिन जो बदलाव मेरे अंदर आया है, वह मेरे लिए बहुत कीमती है। "अब मैं महर्षि दयानंद के दिए गए प्रकाश के बीज लेकर अपने समाज में फैली बुरी परंपराओं और गलत सोच से लड़ता हूँ। मैं महिलाओं के प्रति ज्यादा सम्मान और गर्व महसूस करता हूँ, अपनी बुद्धि की आज़ादी का समर्थन करता हूँ, अपनी भाषा और धर्म पर गर्व करता हूँ, और जो लोग धर्म पर बेबुनियाद आरोप लगाते हैं, उनसे तर्क-वितर्क में मुकाबला करने के लिए तैयार हूँ। मेरे धर्म धर्म पर अनर्गल आक्षेप करने वालों से बौद्धिक युद्ध के लिए मेरे पास ठोस तर्क मौजूद हैं।

"जो उत्तर मैंने उस दिन उन्हें दिए थे, वही उत्तर मेरा आज भी है"—समीर ने मुस्कुराते हुए पारुल से कहा।

फिर थोड़ा रुककर उसने कहा, "देखो पारुल, हमें समझदारी और सही नजरिया रखना चाहिए। हिन्दू धर्म में जितने भी मार्ग, दर्शन, पंथ और उपपंथ हैं, उन्हें सबको सम्मान देना आवश्यक है। तभी हम सबको साथ लेकर चल पाएँगे और हमारा आदर भी बढ़ेगा। हमारे यहाँ जो भी महान व्यक्ति हुए हैं, उन्हें हमें उनके समय और हालात

के हिसाब से समझना चाहिए। तभी हम उनके काम की सही कीमत समझ पाएँगे। वरना बस उनकी आलोचना करते-करते हमारा समय ही व्यर्थ चला जाएगा।

"मैं अक्सर इस बात को ऐसे समझाता हूँ कि जब कोई बीमार होता है, तो अलग-अलग डॉक्टर अलग-अलग तरीके से उसका इलाज करते हैं, लेकिन उनका मकसद सिर्फ एक ही होता है—मरीज को ठीक करना। ठीक वैसे ही, चाहे स्वामी विवेकानंद हों या महर्षि दयानंद, इन महापुरुषों का लक्ष्य हमारे बिखरे हुए हिन्दू समाज को एकजुट करना, उनकी चेतना जगाना। इसलिए, मैं भले ही पौराणिक हूँ और मूर्ति पूजा में विश्वास रखता हूँ, फिर भी महर्षि दयानंद की किताब *सत्यार्थ प्रकाश* मेरे लिए जरूरी है, क्योंकि उसमें बौद्धिक तर्क और संवाद के लिए अत्यंत स्पष्ट मार्ग दर्शाए गए हैं।

"मुझे पता है कि मुझे क्या लेना है और क्या नहीं, यानि 'नीर-क्षीर विवेक' का मतलब समझता हूँ। हमें ऐसे लोग चाहिए जो हमारे इतिहास को सही और समयानुसार समझाएँ , और उसे सरल, वैज्ञानिक और बोधगम्य भाषा में प्रस्तुत करें। हम कृष्ण की ममता और वात्सल्य को भी अपनाते हैं, और उनकी शक्ति और चक्रधारी रूप की भी पूजा करते हैं। हम माँ जगदंबा के प्यार के लाडले हैं, और माँ काली के साहस और शक्ति के भी भक्त हैं। हम शिव के जीवनदायक महामृत्युंजय मंत्र के भक्त हैं, और उनके महाकाल रूप के भी सम्मान में हैं।

हम हिन्दू हैं, और हम किसी एक रास्ते तक सीमित नहीं हैं। यही हिन्दुत्व की विशेष बात है—यहाँ सबका स्वागत है, सबकी इज़्ज़त है, और हर विचार को जगह मिलती है। यही हमारी ताकत और पहचान है।"

"थैंक यू . . . आज आपको सुनने के बाद मुझे लगा रहा है कि अब समझ आया कि मेरा धर्म कितना बड़ा और गहरा है, और मैं खुद कितनी सीमित सोच रखती थी। अब मैं पूरी कोशिश करूंगी कि आपने जिस तरह समझाया, उसी नज़रिए से चीज़ों को देखने की," समीर की बातों ने पारुल का मन कुछ बदल दिया था।

क्लास खत्म होने का समय लगभग हो चुका था। समीर बचे हुए पाँच मिनट बच्चों से अपनी पढ़ाई के बारे में फीडबैक लेना चाहता था, लेकिन उसे लगा कि खुद से पूछना ठीक नहीं होगा। इसलिए वह सीधे प्रिंसिपल मैडम के केबिन में चला गया।

"हाय समीर, कैसे हो? फादर कैसे हैं? और क्लास कैसी रही?" निवेदिता मैडम ने एक साथ कई सवाल पूछ लिए।

"मैं ठीक हूँ, मैम। पिताजी की हालत भी स्थिर है," समीर ने जवाब दिया।

"कुछ पूछना चाहते हो?" मैडम ने चश्मे के ऊपर से झाँकते हुए पूछा।

"मैं आपसे पूछना चाहता था कि, चूँकि मैं प्रोफ़ेशनल टीचर नहीं हूँ, क्या मैं अपनी क्लास में बच्चों और सब्जेक्ट के साथ न्याय कर पाया हूँ?"

"बिल्कुल, हाँ," मैडम ने कहा।

"नहीं, मैं आपकी नहीं, बच्चों की फीडबैक जानना चाहता था। अगर आप कभी यह काम कर दें तो अच्छा लगेगा। ताकि पता चले कि क्या मैं उनके साथ ठीक से कम्यूनिकेट कर पा रहा हूँ, और अगर कोई दिक़्क़त हो तो उसे सुधार सकूँ।"

"देखो समीर, मैंने हमारे स्कूल का ऐसा माहौल बनाया है कि बच्चों की फीडबैक अपने आप हमारे पास आ जाती है," निवेदिता मैडम ने समझाया।

"फिर भी..."

"ठीक है, अभी क्लास के कितने दिन हो गए हैं?" मैडम ने पूछा।

"लगभग आठ दिन हो गए हैं," समीर ने सोचकर कहा।

"तो दस दिन पूरे होने पर फीडबैक ले लेते," मैडम ने कहा। वह जानती थीं कि बच्चों से लिए गए फीडबैक से समीर का तरीका सही साबित हो रहा है, लेकिन समीर को विश्वास दिलाने के लिए सहमत हो गईं।

समीर ने मैडम का धन्यवाद दिया और क्लास से बाहर निकल गया। बाहर आकर कुछ देर टहलता रहा, फिर कहीं रुककर हल्का नाश्ता किया और चाय पी। इसके बाद उसने एक टैक्सी हायर की और अस्पताल की ओर चल पड़ा।

लिफ़्ट में संयोग से समीर की मुलाक़ात उसी डॉक्टर से हुई जो उसके पिता का इलाज कर रहे थे। आज पहली बार उनकी बातचीत अनौपचारिक रही। जब वे दोनों लिफ्ट से बाहर निकले, तो उनके बीच इतनी सहजता हो गई थी कि समीर डॉक्टर से खुलकर बात कर सकता था। डॉक्टर ने बताया कि समीर के पिता की हालत में सुधार हो रहा हे और ठीक होने की संभावना बढ़ रही है। डॉक्टर की ये बात सुनकर समीर का दिल थोड़ा हल्का हो गया।

समीर ने ध्यान से डॉक्टर को अपने पिता की जाँच करते देखा। मुस्कुराते हुए उसने अपने भाई के कंधे पर हाथ रखा और कहा, "भैया, डॉक्टर कह रहे हैं, पापा ठीक हो रहे हैं।" भाई ने हाँ में सिर हिलाया।

पिता को देखने के बाद डॉक्टर दोनों के पास आए और बोले, "आज स्थिति काफी बेहतर है। उम्मीद है कुछ दिनों में उनकी चेतना वापस आ जाएगी। लेकिन तब तक आप दोनों घबराएँ नहीं और हिम्मत न हारें।"

चूँकि समीर का ऑफिस का काम अभी बाकी था, वह लंच टाइम तक अस्पताल में रुका और फिर वापस अपने फ्लैट आ गया।

## चार्वाक दर्शन

**(नौवां दिन/ बुधवार)**

अगले दिन क्लास में पारुल फिर से आई, क्योंकि पिछले चर्चा उसे बहुत पसंद आई थी। आकांक्षा ने निवेदिता मैडम को फिर से एक ओपन डिस्कशन के लिए मना लिया था।

"सर, एक सवाल पूछ सकती हूँ?" – ये आवाज़ श्वेता की थी, जो अब तक चर्चाओं में ज़्यादा शामिल नहीं हुई थी।

"हाँ-हाँ, ज़रूर," समीर ने कहा।

श्वेता बोली—"हम दोस्तों में अक्सर एक बात को लेकर बहस होती है कि चार्वाक दर्शन को हिन्दू धर्म का हिस्सा क्यों माना जाता है, जबकि वह तो भगवान, वेद, कर्म, यज्ञ सबका विरोध करता है। कुछ लोग कहते हैं कि यह दर्शन भोगवादी, मतलब सिर्फ मज़े करने वाला और धर्म के खिलाफ है। आपका क्या मानना है?"

समीर थोड़ी देर चुप रहा, फिर कहा—"कॉलेज के दिनों में मुझे हिन्दू दर्शन में बहुत दिलचस्पी थी। मैंने वेदांत, सांख्य, योग जैसे दर्शनों के साथ-साथ चार्वाक दर्शन को भी पढ़ा। और जब मैंने इसे अच्छे से समझा, तो कई गलतफहमियाँ दूर हुईं, जो पहले लोगों ने मेरे दिमाग में भर दी थीं। अगर तुम मुझसे पूछो कि 'हिन्दू' होना क्या होता है, तो मैं कहूँगा कि आपका हिन्दू होना किसी भी और बात से ज़्यादा इस बात पर निर्भर करता है कि आप कितने नैतिक हैं, सबके लिए आपके हृदय में कितनी करुणा है, आपके मन में कितना प्रेम है, आप पाखंड से कितने दूर रहते है; मेरी ऐसी समझ चार्वाक दर्शन को सही तरह से समझने के बाद ही विकसित हुई।"

रजत बीच में बोल पड़ा—"पर सर, चार्वाकों ने तो वेद, भगवान, पुनर्जन्म, यज्ञ सबका मज़ाक उड़ाया है। तो फिर हम उन्हें अच्छा कैसे कह सकते हैं? क्या वो धर्म विरोधी नहीं हुए?"

"चार्वाक दर्शन के आचार्यों ने वेदों, यज्ञों, कर्मकांडों की निंदा क्यों की, इसके पीछे उनके अपने तर्क हो सकते हैं। मैं उनके तर्कों से सहमत हूँ या नहीं यह आवश्यक नहीं है, पर इसके बावजूद मुझे इस दर्शन में हिन्दू धर्म का उज्ज्वल पक्ष अपने उत्कृष्टतम रूप में दिखता है, इसलिए मैं उन्हें अनैतिक दर्शन तो नहीं ही मानता हूँ और न ही ये मानता हूँ कि वो धर्म विरोधी हैं।"

"तो फिर आपकी दृष्टि में धर्म विरोधी होने का क्या अर्थ है?" – रजत ने पूछा।

"मेरी दृष्टि में धर्मविरोधी होने का अर्थ धार्मिक प्रतीकों, पुस्तकों या ईश्वर का विरोध करना नहीं है, बल्कि उच्चतर मानवीय गुणों, संवेदना, करुणा और समदर्शिता भाव का अभाव होना धर्म विरोधी होना है। चार्वाक दर्शन के जो वर्तमान प्रबोधक हैं, उनकी एक पुस्तक में मैंने पढ़ा था:

'क्या एक अच्छे, नैतिक और करुणामय इंसान बनने के लिए आज भी सैकड़ों वर्ष पहले बने धर्म-संहिताओं की आवश्यकताहै? सत्य, निष्ठा, नीति और प्रेम जैसे मानवीय गुणों के लिए उन नियमों पर क्यों निर्भर रहें, जिन्हें सीमित ज्ञान वाले लोगों ने अपने समय की ज़रूरतों के हिसाब से बनाया था? आज के युग में कई धार्मिक आस्थाएँ केवल दिखावे भर रह गई हैं – उपदेश तो दिए जाते हैं, लेकिन आचरण नहीं होता। यही कारण है कि कई बार धर्म में आस्था रखने वाले लोग ही अधिक दंभी, स्वार्थी और निर्दयी दिखाई देते हैं, बजाय उन लोगों के जो इन नियमों के बिना भी मानवीय मूल्यों को अपनाते हैं।'

"अगर हम उनकी बात को ध्यान से समझें, तो स्पष्ट होता है कि इंसान बिना किसी धार्मिक रास्ते को अपनाए भी एक अच्छा, सच्चा और करुणामय व्यक्ति बन सकता है। वे मानते थे कि वेदों से भी ज़्यादा ज़रूरी है—विवेक। इसलिए उनके कथन को इस अर्थ में सही समझा जा सकता है कि वेदों को भी ठीक से समझने के लिए विवेक का होना आवश्यक है। असल दिक्कत ये है कि भारत में चार्वाक दर्शन पर यदि कुछ शोध हुआ भी है, तो उसमें पहले से ही एक नकारात्मक सोच रही है। इसलिए इसे अक्सर एक गलत, अधूरा और कलुषित रूप में प्रस्तुत किया गया। लेकिन जिन लोगों ने इसे निष्पक्ष और खुले मन से समझा, उन्होंने पाया कि इसमें कहीं भी अनैतिकता की बात नहीं है। जैसे एक विद्वान हुए हैं—डेल रीप, जिन्होंने चार्वाक दर्शन पर गहराई से काम किया। उन्होंने भी साफ़ कहा कि चार्वाक दर्शन को जिस रूप में बदनाम किया गया है, असल में वह ऐसा नहीं है। उन्होंने इस दर्शन के बारे में कहा—'इट मे बी सेड फ्रॉम द अवेलेबल मटीरियल दैट चार्वाक होल्ड्स ट्रुथ, इंटेग्रिटी, कंसिस्टेंसी ऐंड फ्रीडम

ऑफ़ थॉट इन द हाईएस्ट एस्टीम। दिस इज़ असाइड फ्रॉम द क्वेश्चन ऑफ़ व्हेदर वी रिगार्ड दीज़ थिंग्स ऐज़ नोबल ऑर इग्नोरेबल'।

"मैंने भी 'चार्वाक दर्शन' का जितना अध्ययन किया है, उससे यही समझा है कि उनका समस्त अभियान जीवन मूल्य, नैतिक मूल्य, नारी स्वतंत्रता, समानता और सम्मान, वैज्ञानिकता, बौद्धिक स्वातंत्र्य के अलावा पशुओं के प्रति अहिंसा के लिए था। वे धार्मिक बातों में नास्तिक थे, लेकिन मानवीय मूल्यों में आस्तिक थे। अब मैं ये बात इसलिए कह रहा हूँ क्योंकि चार्वाक दर्शन वर्ण, लिंग, आर्थिक-स्थिति, जाति वगैरह के आधार पर भेदभाव करने की बात नहीं मानता और स्पष्ट कहता है कि वहाँ धर्म हो ही नहीं सकता जहाँ मानवीय मूल्यों की और मानवों की उपेक्षा हो। इसके आगे जाकर वो कहते हैं—'क्या वहाँ तत्वज्ञान या धर्म हो सकता है, जहाँ स्वतंत्रता और मानव गौरव न दिखता हो?'

"माना गया है कि बृहस्पति नामक एक आचार्य इस दर्शन के प्रवर्तकों में से थे, और उनके जो उपदेश हैं, मुझे नहीं लगता कि वो उन उपदेशों से रत्ती भर भी अलग हैं, जिन्हें वेदों ने प्रतिपादित किया है। जैसे, एक जगह वृहस्पति कहते हैं—'सब मानवों को चाहिए कि वे सबसे मित्रता की भावना रखें। किसी भी मानव के साथ बिना कारण शत्रुता की भावना न रखें। सब एक-दूसरे को मित्र भाव से देखें, सब एक-दूसरे के सुख में वृद्धि करें। इस एकतामूलक परंपरा का जो पालन करेगा उसका कल्याण हो' तो मुझे बताओ कि अगर वो ऐसा कह रहे थे तो क्या वो यजुर्वेद के 'मित्रस्य चक्षुषा समीक्षामहे...' मंत्र से अलग कुछ कह रहे थे?"

"नहीं," श्वेता ने हल्की आवाज़ में जवाब दिया।

"जब चार्वाक आचार्य वृहस्पति ये कहते हैं कि 'ऐसा काम करो जिससे तुम्हारे साथ-साथ दूसरों का भी भला हो, तो क्या यह उपनिषद की उस बात से अलग है, जिसमें कहा गया है—तेन त्यक्तेन भुञ्जीथाः मा गृधः कस्यस्विद् धनम् यानि 'त्यागपूर्वक उपभोग करो, किसी और के धन की लालसा मत रखो'? बिलकुल नहीं। बात तो वही कही गई है, संतुलित जीवन और दूसरों का ध्यान रखना। अगर वे राजा को यह सलाह देते हैं कि 'प्रजा की खुशी देखकर तुम्हें भी खुशी होनी चाहिए, और उनका दुःख देखकर तुम्हें दुःख महसूस होना चाहिए। ऐसी व्यवस्था बनाओ जिससे लोग स्वतंत्र और सुखी रहें।' तो क्या यह श्रीराम द्वारा भरत को दिए गए राजधर्म के उपदेश से अलग है? या क्या यह वेदव्यास की नीति शिक्षा से अलग है? बिल्कुल नहीं। जब वे कहते हैं कि 'हर इंसान को पुरुषार्थ करनी चाहिए, दूसरों

की मदद करनी चाहिए। सत्य बोलो, सेवा करो, परोपकार करो-यही जीवन का असली मकसद है।' तो क्या यह गीता की शिक्षा से टकराता है? नहीं, बल्कि वही बात एक अलग तरीके से कही जा रही हैं।

"अच्छा एक और रोचक बात बताऊँ?"

"जी,"—श्वेता ने कहा।

"चार्वाक मत के लोगों को आप उन बातों के लिए अपने पक्ष में खड़े पाएँगे जिनके लिए आपका आज के नास्तिकों या प्रगतिशील बुद्धिजीवियों से बौद्धिक संघर्ष होता है।"

"मैं समझी नहीं। जैसे?"

"ये बात तो हम सभी जानते हैं कि अपनी भाषा पर अभिमान और उसकी उन्नति के लिए प्रयत्नशील रहने की आवश्यकता भारतेंदु हरिश्चंद्र ने कही थी। पर आपको पता है कि चार्वाक दर्शन के अनुयायी भी यही कहते हैं कि—'जो जाति अपनी मातृभाषा गँवा देती है उसकी स्वतंत्रता खतरे में पड़ जाती है और जो जाति अपने मूल इतिहास को भूल जाती है, उनका भविष्य खतरे में है। आज हम भारतवासी इन दोनों को भूलते जा रहे हैं और यदि अभी जागृति नहीं आई, तो हमारी स्वतंत्रता और भविष्य दोनों के लिए खतरा खड़ा हो जायेगा।

"आजकल भगवान राम द्वारा शंबूक वध का या सीता के परित्याग का विषय श्रीराम की आलोचना के लिए उठाया जाता हैं, पर आपको पता है कि इस बारे में चार्वाक दर्शन के वर्तमान आचार्य क्या कहते हैं? वो कहते हैं—'रामजी ने शंबूक का वध किया,जानकी का परित्याग किया, ये सब बातें बाद में रामायण में घुसाई गई है, ऐसा इसलिए मानना चाहिए क्योंकि चातुर्वर्ण्य के बाहर होकर निषाद से मित्रता करने वाले, शबरी जैसी भील स्त्री के जूठे बेर खाने वाले राम शूद्र शंबूक का वध क्यों करेंगे, इस बात का विचार क्यों नहीं किया गया?' ऐसी पीड़ा भी चार्वाकों में दिखती है। है न रोचक?"—मुस्कुराते हुए समीर ने कहा।

"बिल्कुल...मेरे लिए तो आश्चर्यजनक है।"—श्वेता ने कहा।

समीर ने कहा कि जीवन में चारित्रिक शुचिता का होना आवश्यक है, इसलिए चार्वाक लंपटता और व्यभिचार आदि बातों के आलोचक थे। वे इस बात के समर्थक थे कि नारी का सम्मान होना चाहिए। स्त्रियों को संबोधित करके या स्त्री के जनन अंगों को लेकर घृणास्पद बात करने वालों की घोर निंदा चार्वाकों ने की है। वे स्त्री और पुरुष की समानता के समर्थक थे, जैसा अपना वैदिक समाज था।

“लेकिन मैंने ये भी पढ़ा है कि चार्वाक कहते थे कि यज्ञों में पशु-बलि दी जाती थी।”—हरमन ने पूछा।

“यह बात तो मैं नहीं जानता कि पशु-बलि जैसी कोई मान्यता वहाँ थी अथवा नहीं अथवा उनके द्वारा यज्ञों के विरोध का आधार क्या था पर मैं इस बात के लिए चार्वाकों का बड़ा आदर करता हूँ कि वो जीवों के प्रति हिंसा न हो, इस बात के समर्थक थे। उनके आचार्यों का कथन था कि यज्ञों में निर्दोष पशुओं की हिंसा करने से अगर स्वर्ग-मोक्ष भी प्राप्त हो तो भी मुझे यह यज्ञ स्वीकार नहीं है और इन वेदों का कर्ता ईश्वर हो तो वह ईश्वर भी मुझे स्वीकार नहीं है। उनकी यह भाषा या कठोर शब्द प्रयोग सहमति अथवा असहमति का विषय हो सकती है पर यह बात पक्की है कि उनसे अधिक करुणा का भाव जैन मत के अलावा किसी और दर्शन में दिखाई नहीं देता।”

“मेरे लिए चार्वाक दर्शन के इन पक्षों को जानना बड़ा इंटरेस्टिंग है, अगर आप इसके बारे में और कुछ बताएँ तो मुझे बहुत अच्छा लगेगा।”—पारुल ने पूछा, जिसकी दिलचस्पी भी चार्वाक दर्शन में बढ़ती जा रही थी।

“हाँ, बिलकुल। यदि आधुनिक संदर्भों को अगर ध्यान में रखिये तो आपको पता चलेगा कि चार्वाक दर्शन वैज्ञानिक प्रगतियों के भी समर्थक हैं और इसके संदर्भ में वे कहते हैं—‘अन्न उत्पादन से लेकर वस्त्र, निवास स्थान, प्रवास और संदेश व्यवहार की सहूलियत, वैसी ही चिकित्सा सेवाओं में विज्ञान और टेक्नोलॉजी ताने-बाने की तरह गूंथे हुए हैं। इन सब सहूलियतों का उपभोग जो नित्य जीवन में करता हो उसे विज्ञान और टेक्नोलॉजी की निंदा करने का कोई अधिकार नहीं है’। उनके प्रबोधकों ने कहा है—‘पाँच सौ साल पहले, पश्चिम में धर्म-चर्च और विज्ञान के बीच का संघर्ष शुरू हुआ, जिसमें कालक्रमानुसार, आज विज्ञान विजयी हुआ, जिससे वहाँ के प्रजाजन आज परम सुखी हैं और केवल सुखी-समृद्ध हो नहीं, ज्यादातर सदाचारी भी हैं’।

“चार्वाक दर्शन सत्य और प्रगतिशीलता को सर्वोपरि मानते हुए कहता है—‘जो आदमी सत्य का जिज्ञासु होता है, उसे ही सत्य का ज्ञान होता है’। इनके स्वामी का एक कथन कहीं पढ़ा था जिसमें वो कहते हैं—मेरा बाप अंधा, जड़-बुद्धि का, मूर्ख था, इसलिए मुझे भी उसके जैसा होना चाहिए? जिससे सत्य दिखाई दे, ऐसी दृष्टि नहीं होनी चाहिए?

“इसलिए मैं कहूँगा कि यह ठीक है कि चार्वाकों ने धर्म को अमान्य किया, पर इसका अर्थ यह नहीं था कि उन्होंने मानवीय मूल्यों को भी अमान्य किया, यह ठीक

है कि उन्होंने ऋण लेकर घी पीने को कहा पर उन्होंने ये नहीं कहा कि ऋण लेकर शराब पियो, या जुआ खेलो, या कुछ और अनैतिक काम करो। उन्होंने यह भी नहीं कहा कि चोरी या डाका डाल के घी पियो। यानि उनके दर्शन को भोगवादी मानो तो भी वहाँ नैतिकता दिखती है। उन्होंने कहा—'मनुष्य अपनी बुद्धिमता, शारीरिक, मानसिक, शक्तियों का उपयोग न करे अथवा पुरुषार्थ न करे तो कोई भी "दैवी शक्ति" मनुष्य का उद्धार करने आती नहीं है'।

"आप अगर हिन्दू धर्म को जीवन मूल्यों , नैतिक मूल्यों, वैज्ञानिकता, स्त्री-पुरुष समानता की, पशुओं के प्रति करुणा, वैचारिक स्वातंत्र्य की पाठशाला मानते हैं, तो मेरे हिसाब से चार्वाक दर्शन उस पाठशाला में पढाई जाने वाली सुंदर किताबों में एक है।"

"सर...चार्वाक दर्शन को लेकर क्या पढ़ा था और क्या निकला। सच है कि आप जितना अधिक बताते जाते हो हमारा कन्फ्यूज़न उतना ही दूर होता जाता है,"—पारुल ने कहा।

समीर ने गौर किया कि क्लास में बाकी बच्चों की तुलना में पारुल सबसे अधिक पढ़ने-लिखने वाली है, बस उसमें दृष्टि की स्पष्टता अभी उतनी नहीं है। उसे संतोष था कि हिन्दू धर्म के छह मुख्य दर्शनों में से एक को वह बच्चों को समझाने में सफल हुआ।

## विविधता में एकात्मता

"आप लोग भारत और हिंदुओं के बारे में एक शब्द प्रयोग करते हैं, 'विविधता में एकात्मता' इसका क्या अर्थ है?" – पारुल ने पूछा।

"यानि पॉलिटिकल या जियोग्राफ़िकल लेवल पर हम अलग हो सकते हैं, लेकिन सोशल, कल्चरल और स्पिरिचुअल लेवल पर हम कनेक्टेड हैं—और यही हमारी सबसे बड़ी ताकत है।" समीर ने कहा।

"लेकिन कुछ दिन पहले मैंने 'सर जॉन स्ट्रेची' नाम के एक अंग्रेज जिन्होंने एक लंबा समय भारत में बिताया था उनकी लिखी एक बुक *इंडिया* पढ़ी थी। सर जॉन स्ट्रेची ने अपनी उस पुस्तक में भारत की भौगोलिक, राजनैतिक और सांस्कृतिक विविधताओं के आधार पर यह सिद्ध किया है कि एक राष्ट्र के रूप में भारत कभी एक था ही नहीं। इस पर आप क्या कहेंगे?" पारुल किसी कुशल पत्रकार की तरह सवाल करती जा रही थी।

"देखो, वास्तव में जब आप बंगाल, गुजरात, पंजाब, केरल, कश्मीर या असम को देखोगी तो इनके बीच भाषा-बोली, खान-पान, वस्त्राभूषण, रहन-सहन, परंपरा

और रीति-रिवाजों को लेकर जितनी डाइवर्सिटी है वह किसी भी बाहरी व्यक्ति को यह कहने पर मजबूर कर देगी कि भारत एक राष्ट्र नहीं है, बल्कि दर्जनों छोटे-बड़े राज्यों का समूह है। ऊपर-ऊपर से देखने पर उसे यहाँ विविधता ही विविधता दिखेगी। इसलिए जॉन स्ट्रेची ही क्यों उसके जैसे और भी कई लोग हैं जो भारत के अलग-अलग स्टेटस के बीच के झगड़ों को, हमारे खान-पान के भेद को, जियोग्राफ़िकल डिफ़रेंसेज़ को इस बात का आधार मानते हैं कि भारत में कभी कोई सामूहिक चेतना थी ही नहीं और वो कहते हैं कि अगर कोई सामूहिक चेतना होती तो उनमें इतने सारे अंतर्द्वंद्व और अंतर-संघर्ष नहीं होते।"

"ये बात तो सच है, कि प्राचीन युग से ही यहाँ राज्य और रियासतें आपस में संघर्षरत रही हैं और इसके कई उदाहरण भी मौजूद हैं। तो लोग अगर ऐसा मानते भी हैं, तो क्या गलत मानते हैं? अगर भारत एक राष्ट्र होता था तो इसके अंदर इतने संघर्ष क्यों थे? मुझे तो डाइवर्सिटी ही डाइवर्सिटी दिखती है, यूनिटी तो कहीं है ही नहीं।"—पारुल ने पूछा।

"मैं फिर से कहूँगा कि भारत का समाज कभी भी राजनीति या शासक वर्ग से संचालित नहीं रहा, बल्कि यहाँ अलग-अलग राज्यों का समाज एक सामूहिक चेतना और सर्वमान्य कानून से संचालित होता रहा है, चाहे वहाँ शासन किसी का भी रहा हो। रामजी के द्वारा जब किष्किन्धा राज्य में बाली का वध हुआ और मरणासन्न बाली ने उनसे पूछा कि आपने मुझे किस अपराध में मारा है तो श्रीराम उससे कहते हैं कि तूने अपने छोटे भाई की पत्नी का हरण करने का पाप किया है और इसी अपराध के कारण मैंने तुम्हारा वध किया है।

"अब ज़रा सोचो, श्रीराम कहाँ के थे और बाली कहाँ का था। लेकिन समाज को संचालित करने वाली नैतिक नियमवाली समान रूप से हर जगह स्वीकार्य थी और इसलिए न तो बाली ने और न ही किष्किन्धा में किसी ने श्रीराम की इस बात का प्रतिवाद करते हुए ये कहा कि नैतिक नियमन आपके लिए कुछ और होंगें हमारे लिए कुछ और हैं, इसलिए आपको सजा देने का अधिकार नहीं है।

"आज दुनिया के अलग-अलग राज्यों में से किसी का भी उदाहरण दो कि क्या वहाँ किसी दूसरे देश की नैतिक मान्यताएँ स्वीकार्य है या हो सकता है लेकिन हमारे यहाँ ऐसा नहीं था। वेदों या हमारे स्मृति ग्रंथों ने सामाजिक शुचिता के लिए जो नियम तय किए थे, उसे भारत में सभी मानते थे।"

"सही बात है।"—एक लड़की ने अपनी सहमति दी।

"इसका अर्थ यह है कि कोई न कोई अंतर्धारा अवश्य है, जिसने इस देश को आदि काल से ही जोड़ा हुआ है, तो हमें ये देखना है कि वो अंतर्धारा कौन सी है?"

"नो आईडिया,"—पारुल ने न में सर हिलाया।

"यह अंतर्धारा है धर्म, समान विश्वास, समान परंपरा, समान अनुभूति ,जो भाषा से, शासक से, रियासतों की सीमा से हमेशा अलग रही। इस अंतर्धारा को तीर्थों के माध्यम से जोड़ा गया, नदियों, नगरों, पहाड़ों और मंदिरों के माध्यम से जोड़ा गया, संकल्प मन्त्रों के माध्यम से जोड़ा गया, संस्कृत भाषा से जोड़ा गया। महापुरुष कहीं भी जन्में हों पर वो सबके साझा हैं इस भाव से जोड़ा गया। धार्मिक, सामाजिक, सांस्कृतिक और आस्था से जुड़े क्षेत्रों पर सबका अधिकार था, राज्य को भी उसे रोकने का अधिकार नहीं था। राज्यों में संघर्ष हो रहा है, राजा लड़ रहे हैं, सेनाएँ लड़ रही हैं, लेकिन एक-दूसरे के राज्यों में स्थित तीर्थों में जाने से किसी को भी रोका नहीं जा रहा है, किसी को वीजा लेने के लिए नहीं कहा जा रहा है।

"एक कावेरी नदी क्षेत्र का राजा है, दूसरा गंगा के प्रदेश का है, एक सिंधु देश का राजा है दूसरा यमुना क्षेत्र का राजा है लेकिन दोनों ही युद्ध की सुबह स्नान के समय 'गंगा च यमुने चैव गोदावरी सरस्वती/ नर्मदे सिन्धु कावेरी जलेऽस्मिन् सन्निधिं कुरु' पढ़ रहे हैं। बंग भूमि पर हमला करने आया हुआ चोल नरेश सुबह बिस्तर से उठकर बंग भूमि को नमन कर कहता था—समुद्रवसने देवि पर्वतस्तनमण्डले। विष्णुपत्नि नमस्तुभ्यं पादस्पर्शं क्षमस्वमे ॥ अर्थात उसकी शत्रुता उस राजा से थी, उसके राज्य से नहीं, जिस राजा से वो लड़ने आया है, उसके राज्य की भूमि को वो विष्णुपत्नी कहकर ही वंदन कर रहा है; क्योंकि वो जिस भूमि पर खड़ा है, वो उसके लिए देव-भूमि है, राजनैतिक संघर्ष उसके सांस्कृतिक जुड़ाव को समाप्त नहीं कर रही है।

"अब ये हमारे अविनाश बिहार से है। वहाँ कभी सम्राट अशोक का शासन था। उनके विजय अभियानों के बीच कलिंग माने आज का उड़ीसा स्वाधीन था। यह बात सम्राट अशोक को खटकती थी और इसलिए उसे अपने अधीन करने के लिए उन्होंने उस पर चढ़ाई कर दी। भयानक युद्ध हुआ, लाखों लोग या तो मार दिए गए या दिव्यांग होकर अभिशप्त जीने को विवश हुए। आगे अशोक के वंश में बृहद्रथ नाम के एक राजा हुए। उनके शासन काल में देमित्रिय नाम का एक यवन हमलावर पाटलिपुत्र पर हमला करने आया। पाटलिपुत्र की जनता डरी हुई थी, तभी कलिंग के सम्राट खारवेल अपनी सेना लेकर इधर आ गए और देमित्रिय को दूर पश्चिम

तक खदेड़ दिया। उसके बाद वो पाटलिपुत्र आए और उन्होंने बृहद्रथ पर हमला कर दिया। संक्षिप्त युद्ध में ही बृहद्रथ पराजित हो गए। खारवेल ने उन्हें लताड़ते हुए उनसे जुर्माना वसूल किया और विजय के उपलक्ष्य में प्रतीक रुप में 'जिन मूर्ति' को वापस कलिंग ले गया जिसे मौर्य सम्राट ने कलिंग से लूटा था। इतना कर खारवेल वापस लौट गए। प्रतीक रुप में ये बता दिया कि कलिंग युद्ध का बदला ले लिया गया है। यहाँ महत्त्वपूर्ण बात ये है कि कलिंग और पाटलिपुत्र लड़ रहे थे, लेकिन जनता में एक दूसरे के लिए शत्रु भाव नहीं था, लड़ने वाले सम्राटों में एक-दूसरे की उपासना पद्धति या आराध्य को लेकर घृणा नहीं थी, इसीलिए बिहार में अवतरित भगवान महावीर और बुद्ध का मत उड़ीसा में फैलता रहा, स्वयं खारवेल जैन मत को मानने वाले थे और उधर मगध के लोग भी पवित्र 7 नगरियों में एक जगन्नाथ पुरी की तीर्थ यात्राएं करता रहा और अपने पवित्र नगरों के स्मरण मंत्र में पुरी को याद करता रहा। राजा भले एक दूसरे के प्रति भयंकर वैर पालते रहे पर जनता को 'भारत भाव' जीने से नहीं रोका गया जो गंगा स्नान और तीर्थ दर्शन के कारण जुड़ा था। कलिंग नरेशों ने बिहार में अवतरित भगवान महावीर के शिष्यों के लिए उदयगिरी और खंडगिरी की पहाड़ियाँ समर्पित कर दी थी।

"आप लोगों को ये सब बातें विचित्र नहीं लगतीं ? क्या ये सब आपको विविधता में एकात्मता का दर्शन नहीं कराती? क्या इससे आपको 'भारत भाव' समझ नहीं आता?"—समीर ने क्लास की प्रतिक्रिया जाननी चाही।

"विचित्र तो है पर है इटेरेस्टिंग," – श्वेता ने कहा।

समीर ने आगे कहा, "चोल वंश के प्रसिद्ध शासक राजेंद्र चोल ने उत्तर भारत के अपने सैन्य अभियान में बंगाल और आज के बांग्लादेश तक को जीत लिया। लेकिन विजय के पश्चात् लौटते समय वे अपने साथ बंगभूमि में बहने वाली हुगली (गंगा जी) का पवित्र जल लेकर अपने साम्राज्य की राजधानी तंजावुर जाते हैं, जो वहाँ से दो हजार किलोमीटर दूर थी। गंगाजल ले जाने के बाद राजेंद्र चोल दक्षिण में कृष्णा नदी के किनारे एक नई राजधानी बसाते हैं और उसका नामकरण गंगा के नाम पर करते हैं—'गंगईकोंडाचोलपुरम। उनके द्वारा गंगा जल अपर्ण के लिए एक विशाल झील का निर्माण किया गया था, जिसका नाम चोल गंगम झील था, वही झील आज पुन्नई झील कहलाता है।"

"वाओ . . . सो इंट्रेस्टिंग,"—एक आवाज़ आई।

"अब यह समझो कि हिन्दू चाहे उत्तर का हो या दक्षिण का, पूर्व का हो या पश्चिम का—उसने एक समान संकल्प मंत्र पढ़ा, एक समान मंत्र पढ़े, उसने एक समान यज्ञ किया। हनुमान जी आज के कर्नाटक क्षेत्र के थे पर उत्तर भारत के हर चौराहे और गाँव में उनकी मूर्ति है, मंदिर है। राम अयोध्या में अवतरित हुए, लेकिन बंगाल के कृतिवास, तमिल के कम्ब, असम के माधव कंदली ने या उड़ीसा या केरल के भक्त-कवियों ने अपनी भक्ति दृष्टि से अपने आराध्य रूप में देखा और राम हर जगह पूजे गए। देश का कोई हिस्सा ऐसा नहीं है जो राम और कृष्ण को प्रतिदिन स्मरण न करता हो। आंतरिक राजनैतिक संघर्ष अवश्य हुए, लेकिन परंपरा यह रही और हजारों वर्षों से यह व्यवस्था चली आ रही है कि बद्रीधाम और काठमाण्डू के पशुपतिनाथ मंदिर के मुख्य पुजारी दक्षिण भारत से होंगे और रामेश्वरम् और श्रृंगेरीमठ का प्रधान पुजारी काशी का होगा। उत्तर-दक्षिण के राजनैतिक संघर्षों के बीच क्या आपने कभी सुना कि इस व्यवस्था पर आपत्ति की गई हो?"

कुछ के सिर 'न' में हिले।

"यहाँ छः हज़ार से ज्यादा बोलियाँ बोली जाती हैं, चार कोस पर पानी और वाणी बदल जाती हैं लेकिन गंगा, गीता, गायत्री, गाय और गोविंद और उनकी गीता के प्रति श्रद्धा सबमें समान है। काशी के गंगाजल से रामेश्वरम् महादेव का अभिषेक करने पर ही भगवान शिव प्रसन्न होंगे, ये व्यवस्था क्यों बनी रही कभी सोचा है आपने? भारत के अंतिम छोर कन्याकुमारी अन्तद्वीप में तपस्या कर रही भगवती तृप सुंदरी का लक्ष्य भारत के सबसे उत्तर में कैलाश विराजित शिव को पाना है। उत्तर स्थित कैलाश पर्वत के वासी शिव के पुत्र भगवान कार्तिकेय को तमिल लोग अपने क्षेत्र का रक्षक मानकर मुरुगन नाम से पूजते हैं तो दक्षिण के हनुमान जी का ध्वज उत्तर भारत के हर हिन्दू घर में और उनकी मूर्ति हर नगर-गाँव और बस्ती में पूजी जाती है। बिहार में जन्में याज्ञवल्क्य के बनाये सामाजिक नियम को पूरे भारत ने स्वीकार किया हुआ है। आज के बलूचिस्तान में माता हिंगलाज का शक्तिपीठ है, क्या उनके प्रति सारे भारत में समान रूप से आस्था और आदर नहीं है? क्या विंध्य और महेंद्र या नीलगिरी पर्वत क्षेत्र में रहने वालों के लिए हिमालय देवतात्मा नहीं हैं? क्या सभी संस्कृत को पवित्र और देव भाषा नहीं मानते? इस बात को तो मोनिअर विलियम्स जैसे विद्वान ने भी स्वीकार किया। उन्होंने एक जगह लिखा है—इंडियन थो इट हैज़… 500 डाइलेक्ट्स, हैज़ ओनली वन सेक्रेड लैंग्वेज, ऐंड ओनली वन सेक्रेड लिटरेचर, एक्सेप्टेड ऐंड रिवियर्ड बाय ऑल अड्हीरेंट्स ऑफ़

हिंदुइज़्म अलाइक, हाउएवर डाइवर्स इन रेस, डाइलेक्ट, रैंक ऐंड क्रीड। दैट लैंग्वेज इज़ संस्कृत ऐंड दैट लिटरेचर इज़ संस्कृत लिटरेचर।

"अलग-अलग रहने पर नहीं, बल्कि साथ रहने पर विवाद होते हैं, यह सामान्य मान्यता है। ऐसे में भारत ने दुनिया को यह बताया है कि कैसे अलग-अलग विचारों और अलग-अलग पूजा पद्धतियों को मानने वाले एक रह सकते हैं। भारत ने दुनिया को बताया है कि विविधता में एकात्मता नहीं, बल्कि विविधता ही में एकात्मता है। बंगाल की किसी माँ ने वृंदावन में जन्में कृष्ण के नाम पर अपने बेटे का नाम केशवचंद्र सेन रखा तो किसी माँ ने गुजरात के शक्तिपीठ के नाम पर सोमनाथ। इन्द्रप्रस्थ दिल्ली के अर्जुन और द्रौपदी के नाम आपको सव्यसाची, जिष्णु और द्रौपदी रूप में बहुतायत में बंगाल में मिल जायेंगे। यहाँ कोई कहीं भी जन्मा हो, वह यह मानता है कि इस विशाल राष्ट्र में जो कुछ भी है, वह मेरा है और उसके रक्षा का दायित्व भी मेरा ही है। यजुर्वेदीय रुद्राअष्टाध्यायी में इस भाव को ऐसे कहा गया है—'अश्मा च मे मृत्तिका च मे गिरयश्च मे पर्वताश्च मे सिक्ताश्च मे वनस्पत्यश्च मे हिरण्यं च मे अयश्च मे श्यामं च मे लोहा च मे सीसं च मे' अर्थात्, इस देश का हर पत्थर, इसकी मिट्टी, इसके पर्वत और पहाड़, इसके रेत का कण-कण, चाँदी, वनस्पति और धन, सोना-चाँदी, मणि-माणिक्य, सीसा और लाख, जस्ता और पीतल सभी कुछ मेरा है अर्थात् उसकी रक्षा का दायित्व मेरा है।"

"आपको संस्कृत भी आती है...गजब,"—पारुल ने कहा।

"हाँ, थोड़ी बहुत सीख रखी है। मेरे पिता हमेशा कहते हैं कि हिंदी, अंग्रेजी सीखो न सीखो, संस्कृत और तमिल जरूर सीखना क्योंकि संस्कृत और तमिल भारत की आत्मा है, बिना इन भाषाओँ को सीखे तुम भारत को और हिन्दू धर्म को नहीं समझ सकते और जब संस्कृत सीख लोगे तो फिर भारत की लगभग सभी भाषाएँ सीखनी, समझनी तुम्हें आ जायेगी।"

"तो आपने सीखी कुछ भाषाएं?"—श्वेता ने पूछा।

"हाँ, मुझे बांग्ला आती है, तमिल आती है, पंजाबी जानता हूँ और अब चूँकि बेंगलोर में हूँ तो कन्नड़ भी सीख ली है। तमिल सीख रहा हूँ," समीर ने कहा।

"अगर 'सर जॉन स्ट्रेची' जैसे अंग्रेज को यह समाज खंडित दिखाई दिया तो कई ऐसे भी हैं जिन्हें भारत का यह स्वरूप अपने सुन्दरतम रूप में दिखाई दिया। विन्सेंट स्मिथ जैसे विदेशी विद्वान ने लिखा था: 'निःसंदेह भारत में एक आधारभूत आंतरिक एकता है। यह एकता भौगोलिक पृथकता या राजनीतिक श्रेष्ठता से उत्पन्न होने वाली

एकता से कहीं अधिक गंभीर है। यह एकता असंख्य परस्पर विरोधी रक्त, रंग, भाषा, पोशाक, रीति-रिवाज तथा संप्रदाय के घेरे से ऊपर उठी हुई है'। एक दूसरे स्कॉलर सर हरवर्ट रिजले ने लिखा है—'हिमालय से कुमारी अंतरीप तक रहने वाले हिंदुओं में एक आंतरिक लगाव पाया जाता है'। इस लगाव का आधार है—हिन्दू धर्म जिसने एकसूत्रता के धागे में पिरोया हुआ है। इसलिए हमारे यहाँ कभी वर्ग-संघर्ष जैसा कुछ नहीं हुआ। इस लगाव का मूल कारण है—धर्म के प्रति भारत की आस्था, श्रद्धा और विश्वास। भारत में जो भी आध्यात्मिक परंपराएँ स्वीकार की गई, वे इतनी दृढ़ थी कि युगों का परिवर्तन भी उसे छिन्न-भिन्न नहीं कर पाया।

"मुझे लगता है, इतने सारे एक्साम्प्लेस के बाद आपको विविधता में एकात्मता का अर्थ समझ आ गया होगा?"—समीर ने श्वेता से पूछा।

"बिलकुल सर, आ गई, लेकिन बस एक बात समझ नहीं आया।"

"क्या?"

"एकता और एकात्मता दो अलग-अलग चीजें हैं क्या?"—श्वेता ने पूछा।

"हाँ, दोनों अलग है। एकता होने पर मनुष्य एक साथ आ सकते हैं, मगर इनका एक साथ रहना मुश्किल है जबकि एकात्मता में मनुष्य साथ आते हैं और साथ रहते भी हैं, क्योंकि एकात्मता समान जीवन धारा, समान इतिहास, समान परंपरा से निर्मित होती है जबकि एकता का आधार कृत्रिम होता हैं। इस विशाल भूखंड का अस्तित्व इसी एकात्मता बोध में ही है और इसको अगर भूल गए तो दिक़्क़त आएगी।"

"आज की क्लास थोड़ी कठिन हो गई...है न?"—समीर ने क्लास में फैली ख़ामोशी को देखकर कहा।

"हाँ सर, जैसे हम किसी ऑडियो को समझने के लिए बार-बार सुनते हैं न, वैसा ही आपका आज का लेक्चर था। मैंने आपकी अनुमति लिए बिना पूरे स्पीच को रिकॉर्ड कर लिया है।"—आकांक्षा ने कहा।

"स्कूल में मोबाइल अलाउड किया हुआ है मैडम ने?"—समीर को हैरानी हुई।

"नहीं ...नहीं ...मैडम और मोबाइल अलाउड करेंगी...इम्पॉसिबल... मैंने तो एक रिकॉर्डिंग डिवाइस रखा हुआ है," आकांक्षा ने समीर को एक डिवाइस दिखाते हुए कहा।

"तो अब?"—समीर ने पूछा।

"अब यह है कि हम आपके आज के लेक्चर को बार-बार सुनेंगे और समझेंगे।"

"चलो...इससे मुझे एक बात तो समझ आ गई कि मुझे अब अपनी बातों को और भी अधिक आसान तरीके से बताने की जरूरत है...थैंक यू , ये बात मेरी नोटिस में लाने के लिए, कल से मैं जरूर इस बात का ध्यान रखूँगा।"

समीर के पिता को अस्पताल में एडमिट हुए दस दिन से अधिक हो चुके थे। समीर के हिसाब से यह अवधि उसके लिए बहुत ज्यादा थी। उसे लगता था कि अब तक उसके पिता को ठीक हो जाना चाहिए था। आज की क्लास के बाद वह सीधा अस्पताल आ गया और अपने भाई को उसने आज जबरदस्ती घर भेज दिया।

उसने उस जगह बैठना पसंद किया जहाँ से वह सीधा अपने अपने पिता को देख सकता था। अस्पताल की दीवारें उसकी उदासी को गुंजाती प्रतीत हो रही थी, और पास में टंगी दीवार घड़ी की टिक-टिक उसे अपने पिता की धड़कनों के साथ धड़कती सुनाई दे रही थी। इसी सब में कुर्सी पर टिक करती उसकी आँखें लग गई।

सपने में उसने देखा कि उसके पिता उसका हाथ पकड़कर उसे एक पार्क में टहला रहे हैं और वह बार-बार अपने पिता से सवाल पूछता है और पिता बिना खीझे उसके सवालों का जवाब दे रहे हैं। अचानक वह कहता है कि पापा, मुझे कुछ खाना है और उसके पिता उसे वहीं इंतज़ार करने को कहते हैं और पार्क के गेट की ओर बढ़ जाते हैं। समीर उन्हें जाते हुए देखता है और उसके देखते-देखते उसके पिता उसकी आँखों से ओझल हो जाते हैं। समीर पिता को ओझल होता देख जोर से चिल्लाता है...पापा।

समीर की आँख खुल जाती है...कुछ सेकेंड्स उसे यह समझने में लगे, कि वह जो देख रहा था वो एक सपना था...उसने महसूस किया कि उसका गला सूख रहा है। उसने पास रखी पानी की बोतल से पानी पीने की कोशिश की ...दो घूँट पानी पीने के बाद वो थोड़ा सहज हुआ। उसने अपनी कलाई को घुमाकर देखा तो वहाँ बंधी घड़ी 12 बजने का संकेत कर रही थी। उसने पिता की ओर देखा, फिर उनके सीने और पेट पर ध्यान से देखने लगा कि क्या उनकी धड़कन चल रही है? उनकी साँसे चल रही थी।

क्या दोपहर का सपना भी सच होता है?—समीर सोचकर घबराने लगा।

"क्या मैन....तुम दिन में भी सोता है?"—उसे पास से नर्स की तेज आवाज़ आई।

"नहीं बस आँख लग गई थी,"—समीर ने धीरे से कहा।

"इतना टेंशन मत लो ...तुम्हारे पापा ठीक हो जाएंगे...मैं तो इधर इतने दिन से है ...मुझे पेशेंट को देखकर समझ आ जाता कि किसका हालत कितना क्रिटिकल है," नर्स ने उससे कहा।

"अच्छा, मतलब आप पूरे श्योर हो कि मेरे पापा ठीक होने वाले हैं?"

"हाँ, क्यों नहीं... तुमको अपना मन छोटा नहीं करने का...ओके...इधर हमलोग हैं...तुम भी अपना भाई की तरह घर जाकर रेस्ट करने का...नर्स ने उससे कहा।"

समीर का मन हुआ कि वह नर्स को गले लगाकर धन्यवाद दे, जिसने अभी उसके गम और पीड़ा को कम कर दिया था, पर कहीं उसे असहज न लगे, ये सोचकर वो रुक गया। फिर भी उसने उससे थैंक यू सिस्टर कहकर अपनी भावना व्यक्त कर दी।

समीर अब थोड़ा निश्चिंत था, इसलिए वह नीचे उतरकर कुछ खाने चला गया और भाई के आने के बाद अपने फ़्लैट पर आ गया।

# हिन्दू धर्म : विविधताओं की भागीरथी

**(दसवाँ दिन/ गुरूवार)**

आज स्कूल में समीर का दसवां दिन था। वह थोड़ा एक्साइटेड था क्योंकि आज की क्लास के बाद मैडम बच्चों से उसकी पढ़ाने की स्टाइल और तरीके पर फीडबैक लेने वाली थीं। जैसे ही वह क्लास में पहुँचा, बच्चे हमेशा की तरह उसका इंतज़ार कर रहे थे।

तभी पार्थ ने हाथ उठाकर कहा—"सर, आपने कुछ सुना क्या? कल से सोशल मीडिया पर एक नया विवाद चल रहा है। किसी कथावाचक ने कहा कि गणेश जी के बेटे-बेटियों के नाम ये-ये हैं। फिर क्या था, लोगों ने उन्हें ट्रोल करना शुरू कर दिया। कुछ लोग बोले कि जिन नामों का उन्होंने ज़िक्र किया, वो तो किसी भी पुराण में नहीं मिलते। किसी और ने कहा कि 'तुमने ये कैसे कह दिया कि गणेश जी की कोई बहन भी है? ये तो बस फिल्मों में होता है, शास्त्रों में तो ऐसा कुछ लिखा ही नहीं है।' तो सर, इसका क्या यह मतलब निकाला जाए कि हमारे हिन्दू समाज में धार्मिक बातों को लेकर सोचने-समझने की आज़ादी कम होती जा रही है? क्या ये दिखाता है कि हमारा धर्म असहिष्णु (इंटॉलरेंट) होता जा रहा है, जैसा कि कई लोग कहते भी हैं?"

समीर पार्थ की समझ से हैरान था।

"बिलकुल नहीं..." समीर ने थोड़ा रुककर कहा—"कुछ लोगों की नासमझी को पूरे हिन्दू धर्म की अनुदारता कैसे कहा जा सकता है?" मैं तो मानता हूँ कि जिस धर्म में इतनी सारी किताबें, महाकाव्य, शास्त्र, आस्थाएँ , लोककथाएँ हों, वह धर्म तो अपने आप में एक पूरा महासागर है। अगर कोई किसी एक चीज़ को ही 'सही' मानकर अड़ जाए, तो इसका मतलब सिर्फ ये है कि उसे हिन्दू धर्म की विविधता के बारे में ज़्यादा पता ही नहीं है।"

सुष्मिता, जो कई दिनों से चुप थी, अब बोली, "हम समझे नहीं सर..."

समीर उसे समझाने लगा—"देखो, हमारे यहाँ हर परंपरा, हर पंथ ने अपने इष्ट को ही ब्रह्मांड का रचयिता बताया है। कहीं शिव जी को सृष्टि का निर्माता कहा गया है, कहीं ब्रह्मा जी को, तो कहीं भगवान विष्णु को। कुछ जगहों पर देवी को भी यह स्थान मिला है, और कहीं-कहीं तो त्रिदेवों से अलग किसी और भगवान को सृष्टि का रचयिता बताया गया है। अब सोचो, ऐसे में किसको 'सही' मानोगे? इसी तरह, किसी पुराण में शिव जी के दो बेटे बताए गए हैं, कहीं चार, कहीं पाँच तो कहीं सात। अब कौन सा सही है?"

"वाकई, क्या सच में हिन्दू धर्म में इतनी डाइवर्सिटी हैं?"—श्वेता को कौतूहल था।

"बिलकुल, हिन्दू धर्म में केवल विविधता और विभिन्नताएँ ही नहीं हैं, बल्कि यहाँ एक तो एक-दूसरे से विपरीत बातें भी अस्तित्व में है और सारी बातें ही समान रूप से मान्य है।"

"जैसे?"—रजत ने पूछा।

"जैसे मान लो, कोई आपसे पूछे कि है, भगवान शिव के बड़े बेटे का नाम क्या है तो आप क्या कहोगे?"—समीर ने सबकी ओर देखते हुए ये बात कही।

"कार्तिकेय,"—कुछ आवाज़ें आई।

"सही कहा तुमने, लेकिन तुम्हारा जवाब कई बार इस पर निर्भर करता है कि तुम भारत के किस हिस्से से हो। जैसे, उत्तर भारत में लोग मानते हैं कि गणेश जी बड़े भाई हैं और कार्तिकेय छोटे, जबकि दक्षिण भारत में लोग मानते हैं कि कार्तिकेय बड़े भाई हैं। इसी तरह, अगर कोई पूछे कि शिव जी के दोनों बेटों, गणेश और कार्तिकेय में कौन ब्रह्मचारी हैं, तो उत्तर भारत में लोग कहेंगे कार्तिकेय ब्रह्मचारी हैं और गणेश का विवाह हुआ है। लेकिन दक्षिण भारत में उल्टा माना जाता है—वहाँ गणेश ब्रह्मचारी हैं और कार्तिकेय का विवाह हुआ है। इसी तरह, विष्णु जी के अवतारों की संख्या भी हर जगह एक जैसी नहीं मानी जाती। उनके अवतारों की संख्या कहीं पर 10 कहीं पर 24, तो कहीं और भी ज्यादा मानी जाती है। तो ऐसे में आप क्या मानेंगे? कहीं रामकथा के रूप में में केवल वाल्मिकी रामायण की मान्यता है, कहीं कोई तुलसीदास के रामचरितमानस को संपूर्ण मानता है तो दक्षिण में कम्ब के रामायण की मान्यता है और बंगाल में कृतिवास की रामायण है जिनके कथानक भी एक-दूसरे से भिन्न है। ऐसा भी संभव है कि रामचरितमानस पर अधिकार रखने वाले किसी ने वाल्मीकि रामायण को कभी देखा भी न हो तो ऐसे में आप क्या मानेंगे?

"ऐसा ही एक विवाद मेरे ध्यान में आता है किसी ने कहा कि भगवान कृष्ण की जेल में बदली गई बहन का नाम 'एकानंशा' था तो कुछ लोग उसका विरोध ये कहते हुए करने लगे कि जेल में बदली गई बहन का नाम एकानंशा नहीं बल्कि 'योगमाया' था, तो किसी और ने इस बारे कुछ और कहा। अब इनको कोई कैसे समझाए कि अरे भाई, हमारे यहाँ देवियों और देवताओं के सैकड़ों नाम होने की परंपरा रही है जिसमें से दो तुमको पता होंगा, दो मुझे पता हैं तो ऐसे में सामने वाले को तुम गलत किस तरह कह देते हो? कार्तिकेय को दक्षिण में मुरुगन कहकर पुकारा जाता है, तिरुपति में भगवान बिष्णु को वेंकटेश्वर कहकर पूजा जाता है, अब उत्तर भारत में बहुतों को न तो मुरुगन पता है न ही वेंकटेश्वर पता है। ऐसा ही हनुमान जी को लेकर भी है। हमारे यहाँ हनुमान जी के बारे में माना जाता है कि उनका विवाह नहीं हुआ है वहीं दक्षिण में मान्यता है कि उनका विवाह हुआ था। तेलंगाना के खम्मम जिले के येल्नाडू गांव में हनुमान जी की पूजा उनकी पत्नी सुवर्चला के साथ की जाती है जो सूर्य देव की पुत्री हैं।"

"सही कह रहे हैं आप,"—रुपाली सहमत थी।

"मैं आप सबको एक और रोचक उदाहरण देता हूँ। दक्षिण भारत में सबरीमला नाम से एक अत्यंत प्रसिद्ध मंदिर है जो भगवान अयप्पा को समर्पित है। भगवान अयप्पा पर दक्षिण भारत के करोड़ों हिंदुओं की आस्था है। उनके मंदिर के बगल में देवी मलिकापुरुत्थ्मा का भी मंदिर है। इन मदिरों में प्रतिवर्ष दस लाख से भी अधिक तीर्थयात्री आते हैं यानि यह स्थान विश्व में हिंदुओं के सर्वाधिक गैदरिंग वाली जगहों में एक है। सबरीमाला आने वाले तीर्थयात्री 41 दिन तक कठिन ब्रह्मचर्य का पालन करते हैं, मांस-मदिरा से दूर रहने के कठिन व्रत का पालन करते हैं। वो नंगे पांव ही मंदिर के पहाड़ी की चोटियों पर चढ़ते हैं। अब सोचो करोड़ों हिंदुओं की आस्था के इतने बड़े सेंटर के बारे में उत्तर भारत के हिंदुओं को कुछ पता ही नहीं है।"

"और ऐसा ही उत्तर भारत में भी होगा, राईट?"—श्वेता ने कहा

"बिल्कुल , जैसे पूर्वी उत्तर प्रदेश और बिहार के करोड़ों लोग जिस छठ पर्व को मनाते हैं, उसके बारे में दक्षिण भारत में बहुत कम लोग जानते हैं। सिंधी समाज के आराध्य देवता भगवान झूलेलाल हैं जिनके जन्मोत्सव को वे चेटी-चंड नाम से मनाते हैं। यह उत्सव दुनिया भर के सारे सिंधियों के लिए अत्यंत महत्त्वपूर्ण होता है। इस पर्व से ही सिंधी समाज के नववर्ष की शुरुआत होती है और इस दिन कई धार्मिक और सांस्कृतिक कार्यक्रम आयोजित किए जाते हैं, लेकिन देश के बाकी

हिस्से में लाखों लोग हैं जो भगवान झूलेलाल का नाम तक नहीं जानते। हिमाचल और उत्तराखंड के पहाड़ों में दीपावली के 11वें दिन एकादशी पर लोकपर्व 'इगास बग्वाल' यानि बूढ़ी दीपावली नाम से मनाई जाती है और इस दिन वहाँ सार्वजनिक अवकाश रहता है। आपने इसके बारे में सुना है रुपाली?"

रुपाली ने 'न' में सर हिलाया।

"पौराणिक मान्यताओं के अनुसार श्रीराम के वनवास से अयोध्या लौटने पर लोगों ने कार्तिक कृष्ण अमावस्या को दीप जलाकर उनका स्वागत किया था। लेकिन, गढ़वाल क्षेत्र में रामजी के लौटने की सूचना दीपावली के ग्यारह दिन बाद कार्तिक शुक्ल एकादशी को मिली क्योंकि पहाड़ी क्षेत्र होने से उनके पास इसकी सूचना देर से पहुँची और इस लिए वहाँ इसी दिन दीपावली मनाई जाती है। सिख पंथ में गुरु नानक देव जी पहले गुरु हुए, लेकिन उनके ही पुत्र बाबा श्रीचंद की धारा अलग चली। बंगाल में देवी की पूजा जगधात्री नाम से होता है, लेकिन बंगाल के बाहर कहीं भी कोई देवी दुर्गा को जगधात्री नाम से नहीं जानता।"

"सर, क्या राम कथाओं के बारे में भी कुछ ऐसा ही रोचक है?"—पार्थ का सवाल था।

"देखो पार्थ, जनसामान्य में भगवान राम के जीवन से जुड़ी अनेक घटनाएँ अत्यन्त लोकप्रिय हैं, जिनका उल्लेख किसी भी प्राचीन रामकथा या रामजी के लिखे किसी काव्य में नहीं है, मगर वो कथाएँ इतनी लोकप्रिय है कि रामजी को और रामकथाको जानने वाला हरेक उसे अपने जीवन में आये दिन प्रसंगवश प्रयोग करता है। लक्ष्मण रेखा वाली बात बहुत बाद में रची गई *कृतिवास रामायण* में आई है।"

"लेकिन प्रश्न ये है राम कथाओं में विभिन्नतायें क्यों हैं और इसकी वजह क्या है?"—रजत ने पूछा।

"भगवान श्रीराम की महिमा ही ऐसी है कि हर कोई स्वयं को उनसे जुड़ा हुआ महसूस करना चाहता है। लोग उन्हें अपने जैसे रूप-रंग, संस्कृति, पहनावे और भाषा से जोड़कर गर्व करते हैं। यही कारण है कि जिसने भी रामकथा लिखी या सुनाई, वो साधारण नहीं रहा -वो ऋषि बन गया। हम जैसे सामान्य लोग अगर अपने जीवन की कहानी लिखें तो भी कुछ न कुछ छूट ही जाएगा। तो सोचिए, श्रीराम जैसे अवतारी पुरुष के जीवन को एक ही ग्रंथ में समेट पाना कितना कठिन कार्य है। इसलिए, वाल्मीकि ने राम के जीवन का एक हिस्सा बताया, तुलसीदास ने कुछ और पक्षों को उजागर किया, कंबन, कृतिवास, व्यास, और माधव कंदली

जैसे कई कवियों और भक्तों ने राम के जीवन के विविध आयाम को अपनी-अपनी भाषा, संस्कृति और भावना से बताया। राम एक हैं, पर उनकी कथा अनगिनत रूपों में फैली हुई है और यही उनकी व्यापकता की विशेषता है।

"दुनिया भर में हज़ारों लोगों ने राम की कथा लिखी है और आज भी लिख रहे हैं। केवल उड़िया भाषा में ही दर्जनों रामायण हैं। बिहार में अवधेश्वर अरुण जी ने वहाँ की स्थानीय भाषा बज्जिका में रामायण लिखी। हर कोई यही कहना चाहता है कि 'राम हमारे हैं', और इसलिए उन्हें अपने जैसे रूप में देखता है। कोई उन्हें अपने क्षेत्र, अपने पहनावे, अपने खान-पान और भाषा से जोड़ता है। एक अंग्रेज कलेक्टर को भी भगवान राम और लक्ष्मण ने दक्षिण भारत में 'रामन्न' और 'लक्ष्मणन' के नाम से दर्शन दिए थे। पूर्वी देशों में जाएं तो राम की मूर्तियाँ मंगोलों या थाई लोगों जैसी प्रतीत होती हैं। असमिया रामायण में राम भात खाते हैं और स्थानीय कहावतें बोलते हैं। मलेशिया, बाली, जावा और सुमात्रा में राम वहाँ की संस्कृति में रचे-बसे नजर आते हैं। हमारे अपने गाँवों , बुंदेली लोककथाओं, और दादी-नानी की कहानियों में भी राम अलग रूपों में दिखते हैं—वो सब भी रामकथा ही है, भले ही वे ग्रंथों में न हो। इसलिए हमें इन विविध रूपों को अपनाना चाहिए, न कि भ्रम में पड़कर यह मान लेना चाहिए कि रामकथा काल्पनिक है। राम के हर भक्त और हर लेखक का योगदान सम्मान के योग्य है और समान रूप से हमारे लिए आदरणीय है।"

"क्या महाभारत की कथाओं के साथ भी ऐसा है?"—आकांक्षा का कौतूहल महाभारत को लेकर था।

"बिल्कुल है, महाभारत से जुड़ी ऐसी कई कथाएँ अपने यहाँ प्रचलन में हैं जो मूल महाभारत में नहीं है। महाभारत की कुछ कथाएँ आठवीं सदी के बंगाल के सुप्रसिद्ध नाटककार भट्टनारायण की प्रसिद्ध रचना *वेणीसंहार* से ली गई है। इस नाटक के मुख्य पात्र भीमसेन हैं और प्रतिनायक है दुर्योधन। ये नाटक द्रौपदी के खुले केश और उनकी प्रतिज्ञा पर आधारित है। *वेणीसंहार* के अतिरिक्त महाभारत पर छह और नाटक का उल्लेख आता है। ये हैं—*मध्यम व्यायोग, पंचरात्र, दूतवाक्य, दूतघटोत्कच, कर्मभार* और *उरुभंग*। इसे भास नाम के संस्कृत नाटककार ने लिखा था, जो ईसा से लगभग पांच शताब्दी पहले के थे।

"इसलिए हमें यह समझना होगा कि हिन्दू धर्म के विविधताओं की भागीरथी में जो भी धारा समाहित है, वह सब हमारे लिए गंगा जैसी ही है। हमें अपनी सोच को

विस्तृत करते हुए यह मानना होगा कि हिन्दू धर्म पर जिसने भी जो भी लिखा, इसमें जिसने जो भी गढ़ा वह सब सही हैं, सब सुंदर है। मुझे एक उक्ति याद आ रही है; जिसमें कहा गया था—'जो देखा वह लिखा, जो सुना वह कहा, जो समझा, वह समझाया और जो अनुभूति की, उसे सांझा किया'। इसलिए कम से कम मैं तो ये मानता हूँ कि हिन्दुत्व के विराट स्वरुप का दर्शन जिसने जिस रूप में किया, वह सही है और इसलिए मैं उनमें से नहीं हूँ जो हिन्दू धार्मिक इतिहास के किसी भी तथ्य पर दूसरे से उलझ पड़ें॥ यहाँ परस्पर विरोध में भी सामंजस्य की गुंजाईश है, एक हिन्दू के रूप में मैंने यही सीखा है।

"तो जो लोग परस्पर विरोधाभासी तथ्यों को झगड़ने का आधार बना लेते हैं, उनसे आप क्या कहना चाहेंगे?"—पारुल ने पूछा।

"उनसे मैं यही कहना चाहूँगा कि हमें अपने पूर्वजों के रास्ते पर चलना है। विविधताओं और मतभिन्नताओं के बावजूद सह-अस्तित्व और समादर क्या होता है, ये बात उनसे सीखनी है। जैसे रामकृष्ण परमहंस को शास्त्रों के अध्ययन में रुचि नहीं थी, वहीं उनके शिष्य विवेकानंद हिन्दू शास्त्रों में गहरे डूबे रहते थे। रामकृष्ण परमहंस के प्रबोधन में शास्त्रोक्त बातों की जगह श्रद्धा, निष्ठा और भक्ति की बातें होती थी, वहीं विवेकानंद के प्रबोधन का हर हिस्सा किसी न किसी शास्त्र को उद्धृत कर के ही पूरी होती थीं। रामकृष्ण 'भक्ति मार्ग' के पथिक थे वहीं विवेकानंद ज्ञान मार्ग के यात्री। रामकृष्ण को तर्क की जगह प्रेम और समर्पण में विश्वास था वहीं विवेकानंद को तर्क बुद्धि में महारत थी। रामकृष्ण भक्ति को ही हर समस्या के समाधान की एकमात्र युक्ति मानते थे वहीं विवेकानंद कहते थे कि सामाजिक समस्याओं की निवृति समाज को अपनी युक्ति से युगानुकूल होकर करनी चाहिए। रामकृष्ण ने अपने शिष्य उन्हीं को बनाया जो उनके स्वभाव से एकदम अलग थे, वहीं, विवेकानंद के शिष्य वो हुए जो बिलकुल उनकी वृत्ति के थे। सोच कर देखिये कितना अद्भुत है दोनों का मिलन...जैसे भक्ति का तर्क से मिलन, जैसे श्रद्धा का बुद्धि से मिलन, जैसे आस्था का अनुभूति से मिलन... गुरु का अपने इस शिष्य के लिए अनन्य प्रेम था तो शिष्य के मन में अपने गुरु के लिए असीमित प्रेम और श्रद्धा भाव था।

"हमें यह समझना पड़ेगा कि हिन्दू धर्म विरोधाभासों में संयोजन का नाम है। जैसे भागीरथी गंगा अनेक नदियों का जल समाहित करते हुए सबको एक कर गंगासागर तक पहुँचते-पहुँचते विराट हो जाती है, वैसा ही हिन्दू धर्म भी है। इसे ऐसे

समझेंगे तो आपके अंदर स्वीकार्यता और समादर का गुण विकसित होगा, आप सहिष्णु बनेंगे, कॉन्फ्लिक्ट की जगह कंसिलिएशन के भाव जागेगी वर्ना बाकियों की तरह आपका जीवन चिढ़ने, कुढ़ने और दूसरे की निंदा करने में निकल जायेगा।

"आपने अभी एक बात कही कि हमें अपने पूर्वजों के रास्ते पर चलना है। विविधताओं और मतभेदों के बावजूद सह-अस्तित्व और समादर क्या होता है, ये सीखना चाहिए? इस बात को थोड़ा विस्तार से समझा सकेंगे?"—पारुल ने कहा।

इस पर समीर ने कहा, "भगवान राम की वानर सेना द्वारा रामेश्वर में सेतु का निर्माण हो रहा था तो सेतु निर्माण से पूर्व राम जी ने वहाँ शिवलिंग की स्थापना की थी, ये बात तो आप सबको पता है न?"

सबने 'हाँ' में सर हिलाया।

"जब वहाँ भगवान राम ने शिवलिंग स्थापित किया तो शिव को प्रणाम करते हुए कहा: 'रामस्य ईश्वर: स: रामेश्वर:' अर्थात् 'जो राम के ईश्वर हैं, वही रामेश्वर हैं' तो शिवजी ने उनकी बात सुनकर पूर्ण आदर से कहा: 'राम ईश्वरो यस्य सः रामेश्वरः' अर्थात् 'श्री राम जिसके ईश्वर हैं, वही रामेश्वर हैं' और जब इसमें ब्रह्मा जी की राय पूछी गई तो उन्होनें फैसला देता हुए कहा-'रामश्चासौ ईश्वरश्च, रामेश्वरः' अर्थात् 'जो राम है, वही ईश्वर हैं और जो ईश्वर हैं वही शंकर हैं'।

"एक-दूसरे को सम्मान देने का का यह विचार हमें विरासत में मिला और इस रूप में आगे बढ़ा कि यहाँ हर कोई एक-दूसरे का सम्मान करता था और जो मध्यस्त हो वो भी सारे विचारों को समाहित करते हुए न्याय देता था। यही परंपरा आगे बुद्ध और महावीर के काल में आगे बढ़ी। दोनों समकालीन थे। एक का प्राकट्य जिस स्थान पर हुआ, दूसरे ने उसी स्थान पर अपनी शिक्षाओं का सर्वाधिक प्रचार किया। दार्शनिक स्तर पर मतभिन्नता होते हुए भी दोनों ने एक-दूसरे का कभी विरोध किया हो, ऐसा कोई वर्णन कहीं नहीं मिलता। श्री रामानंदाचार्य प्रभु राम की सगुण भक्ति करते थे और जिस कबीर को उन्होंने अपना शिष्य बनाया वो राम की निर्गुण भक्ति करने वाले थे। है न रोचक ? गुरु सगुण भक्ति करने वाला और शिष्य निर्गुण भक्ति करने वाला?

"असम के संत माधव कंदली ने वाल्मीकि रामायण के आधार पर अपनी रामकथा की रचना की और अपनी रामकथा के पात्रों को मानवीय संवेदनाओं से ओत-प्रोत दिखाया जबकि उन्हीं के शिष्य श्रीमंत शंकरदेव जी कृष्ण के निराकार रूप के प्रचारक निकले। महर्षि दयानंद सरस्वती और रामकृष्ण भी लगभग समकालीन

थे। साकार और निराकार की अवधारणा पर एकदम विपरीत मत रखने वाले होकर भी वो कभी आपस में गुत्थम-गुत्था नहीं हुए। यहाँ एक ही घर में नानक देव जी और बाबा श्रीचंद अवतरित हुए। सावरकर और गांधी समकालीन होकर भी एक-दूसरे से नहीं उलझे। वर्ण और जाति व्यवस्था को हिन्दू समाज के एक एकजुट होने तक यथारूप में रखने के समर्थक गांधी और जाति-व्यवस्था को समूल नष्ट करने की मंशा रखने वाले बाबा साहेब आंबेडकर ने भी कभी एक-दूसरे की निंदा नहीं की।"

"क्या आप स्वयं भी ऐसे हो?" उदिप्ती ने पूछा। वो अपने असम के उल्लेख से आनंदित थी।

"बिल्कुल, मैं स्वयं को भी इस महान परम्परा का निर्वहन करने वाला मानता हूँ; इसलिए जब मैं दयानंद के आर्य समाज मंदिर में हवन करता हूँ तो वहाँ मैं आर्य समाजी रहता हूँ, जब किसी वैष्णव जन की संगति में जाता हूँ तो वहाँ वैष्णव हो जाता हूँ। जब शिव के मंदिर जाता हूँ तो शैव होता हूँ, जब शक्ति की उपासना करता हूँ तो शाक्त हूँ और जब गुफाओं में जाता हूँ तो बौद्ध हो जाता हूँ। मैं जब असम के नामघरों में जाता हूँ तो कृष्ण के निर्गुण निराकार रूप का आराधक बन जाता हूँ, जब कबीर पंथ के मत में जाता हूँ तो कबीर पंथी हो जाता हूँ, रैदास के मंदिर जाकर रैदासी हो जाता हूँ, तो रामकृष्ण के मठ में जाकर वैसा हिन्दू बन जाता हूँ जो सेवक है और शाक्त है। गांधी आश्रम में मैं गांधीवादी हूँ तो पावापुरी में जैन हूँ। बिरसा मुंडा का स्मरण करते हुए मैं वनवासी हूँ और गुरुद्वारे में मत्था टेकते समय गुरुओं का सिख।

"हिन्दू होना वास्तव में यही समादार है, यही समन्वय है, अपनी भुजाएँ फैलाकर सबको इसमें समेट लेना है। जो लोग इस बात को नहीं समझते, वे अज्ञानी हैं और ऐसे ही लोग सतही बातों के आधार पर एक-दूसरे से लड़ते रहते हैं।"

"ठीक है,"—समीर ने अपने दोनों हाथ को टेबल पर टिकाते हुए सारे क्लास से मुखातिब होकर पूछा।

"यस सर...!" एक सम्मिलित आवाज़ आई।

"तो मुझे उम्मीद है कि आज के बाद से हिन्दू धर्म के अंदर की विविधताओं को लेकर कम से कम आप सब आपस में नहीं उलझेंगे, एक दूसरे को मंतव्यों का सम्मान करेंगे, एक दूसरे की आस्थाओं का आदर करेंगे... राइट?"

"हाँ, सैम सर...बिलकुल...हम ऐसा ही करेंगे।"

## बहु-ध्रुवीय हिन्दू धर्म

"आपसे एक सवाल और है",—रजत ने पूछा।

"हाँ जी, पूछिए",—समीर ने उसे उत्साहित किया।

"मैंने जहाँ तक हिन्दू धर्म को पढ़ा है, और जैसा आपने कल कहा था कि हिन्दू धर्म में काफी मतभिन्नताएँ हैं, जहाँ एक-दूसरे से परस्पर विरोधी विचार भी देखने को मिलते हैं। जैसे रामकृष्ण परमहंस और महर्षि दयानंद सरस्वती का ही उदाहरण लीजिये। एक घोर मूर्तिपूजक है तो दूसरा मूर्ति-पूजा का घोर विरोधी और ऐसे ही न जाने कितने सारे विरोधाभास इस धर्म में है तो एक हिन्दू के रूप में आपको इन बातों को दूसरों के सामने डिफेंड करने में कठिनाई नहीं होती? आपको कन्फ्यूज़न नहीं होता कि हिन्दू धर्म में क्या मानना और क्या छोड़ देना चाहिए?"

"डिफेंड तो तब करना होता है रजत, जब हमारा पक्ष कमजोर हो और कन्फ्यूज़न भी तब होता है जब चीजों को समझने में उलझन हो। जिन बातों को आप मत-भिन्नता कहते हो, मेरी दृष्टि में वे हिन्दू धर्म की ऐसी विशेषताएँ हैं, जो किसी और के पास नहीं है। आप सोचो, जो धर्म इतनी विविधताओं को लेकर चलता हो, उसके जोड़ने वाले तत्त्व कितने मजबूत होंगें जो इन सबको एकात्मता के हिन्दू धागे में बाँधकर न जाने कितने सहस्त्राब्दियों से चला रहा है।"

"समझा नहीं?"—रजत ने कहा।

"मैं एक उदाहरण से इस बात को समझाता हूँ। आप सबने हिन्दू धर्म के सोलह संस्कारों के बारे में जरूर सुना होगा जो एक हिन्दू के जन्म से लेकर उसके मृत्यु-पर्यंत तक की व्यवस्था तक आते है। राइट?"

"हाँ..." रजत ने सहजता से उत्तर दिया।

"हम अपने जन्म से मृत्यु पर्यंत इन संस्कारों से बंधे रहते हैं, जिसे हम कभी स्वेच्छा से तो कभी परंपरा के अनुपालन के लिए मानते हैं। ऐसा भी नहीं है कि ये सब अवैज्ञानिक या अतार्किक बातें हैं, शास्त्रीय और वैज्ञानिक, दोनों ही आधार इन संस्कारों की महत्ता प्रमाणित करते हैं। परंतु, इसके संदर्भ में हमारे यहाँ एक रोचक प्रसंग भी है, जो इससे बिल्कुल विपरीत है।

"महर्षि शुकदेव के बारे में कहा जाता है कि वे माता के गर्भ में बारह वर्षों तक रहे। उनके पिता बार-बार उन्हें गर्भ से बाहर आने के लिए समझाते थे, परंतु गर्भ में ही समस्त ज्ञान प्राप्त कर चुके शुक मुनि उन्हें कोई न कोई तर्क देकर मना कर देते थे कि इस कारण से मुझे गर्भ से बाहर नहीं आना। समझाने के क्रम में पिता उनसे

कहते हैं कि तू बाहर आयेगा तो मैं तेरे सारे संस्कार करूंगा। पुत्र पूछता है कौन से संस्कार? पिता एक -एक कर सभी सोलह संस्कारों का नाम लेते हैं और पुत्र एक -एक कर उन संस्कारों की अनिवार्यता को ही अपने अकाट्य तर्क से चुनौती दे देता है। परम ज्ञानी पिता अपने पुत्र को गर्भ से बाहर आने के लिए समझा नहीं पाते, मना नहीं पाते। फिर जब भगवान श्रीकृष्ण स्वयं आकर शुकदेव जी को आश्वासन देते हैं कि तुम गर्भ से बाहर आ जाओगे तो भी तुम्हारे ऊपर माया का प्रभाव नहीं पड़ेगा, तब ये अपनी माता के गर्भ से बाहर निकले पर बिना कोई संस्कार कराए जन्म लेते ही ये बाल्यावस्था में तप हेतु वन की ओर को चले गए।

अब आप सोचिए, जिस धर्म में मानव-जीवन को सोलह मुख्य संस्कारों से आबद्ध किया गया है, उसी धर्म में एक ऋषि संस्कारों की आवश्यकता पर ही प्रश्न चिन्ह खड़े कर देते हैं। और रोचक यह है कि किसी ने भी इसके लिए महर्षि शुकदेव की निंदा नहीं की, बल्कि उनकी बुद्धि चातुर्य, तर्क और दर्शन का सम्मान करते हुए इस घटना को शास्त्रों में स्थान दिया और मुनि को यथोचित मान दिया और दूसरी तरफ वही समाज संस्कारों को लेकर अपना व्यवहार यथावत करता रहा।

"ऐसा संतुलन केवल और केवल हिन्दू धर्म में ही है। अन्यत्र कहीं भी या तो समाज महर्षि से कन्विंस होकर संस्कारों को त्याग देता या फिर मुनि को ही धर्म से बहिष्कृत कर देता, पर यहाँ ऐसा नहीं हुआ।"

"इसका क्या अर्थ हुआ?"—रजत ने पूछा।

"इसका अर्थ यह है कि सिद्धांतों, नियमों और परिभाषाओं के ऐसे ही वैविध्य ने हिन्दू धर्म की रचना की है, विचारों की लचीलता, बहुलवाद और उदारवाद ने इसे गढ़ा है। यहाँ तीर्थों की महत्ता पर भी शास्त्र भरे हुए हैं और कई जगह यह भी आता है कि अगर आपका मन निर्मल नहीं है तो तीर्थ करने का कोई फ़ायदा नहीं। यहाँ चार वेद से लेकर अनंत वेदों तक की बात है, तो अवैदिक दर्शन भी उतना ही मान्य है। यहाँ वेदों में इंद्र की स्तुति में सूक्त पर सूक्त और मंत्र पर मंत्र रचे गए तो एक काल ऐसा भी आया जब इंद्र की पूजा करने की अनिवार्यता खत्म कर दी गई। यहाँ ईश्वर भक्ति को लेकर एक से बढ़कर एक तर्क हैं तो वहीं ईश्वर के अस्तित्व को चुनौती देने वालों को भी आदर प्राप्त है। यहाँ एक ईश्वर की शरण लेने की बात भी है और 'किसी को भी पूजो मुझ तक ही आओगे' का भी आश्वासन है। आप कोई एक मान्यता हिन्दू धर्म पर आरोपित कर ही नहीं पायेंगे। यहाँ एक तरफ मकड़ी का उदाहरण देकर जगत के सर्जना की बात है तो दूसरी तरफ एकोअहमबहुस्यामिति . . . का अलौलिक दर्शन भी है, जिसे विज्ञान बिग बैंग थ्योरी के रूप में देखता है। यहाँ वैरागी भी पूज्य

हुए है और गृहस्थ भी। यहाँ ईश्वर कहीं मूर्ति रूप में पूजित है तो कहीं पुस्तक रूप में, कहीं उसे लोग विशाल कैलाश पर्वत में देखते हैं तो कहीं छोटे से शालिग्राम की शिला में। एक ही शिव कहीं महाकाल रूप में पूजित हैं तो उसी शिव को कहीं औघरदानी आशुतोष मानकर 'कल्याण रूप' माना जाता है। शक्ति की आराधना दस महाविधा के रूप में की जाती है और उन सबके गुण-धर्म एक दूसरे से अलग हैं। कहीं उस सर्वशक्तिमान ईश्वर को संस्कृत में क्लिष्ट स्तुतियाँ रचकर प्रसन्न करने की कोशिश की जाती है तो कहीं बिलकुल देशज भाषा में उसे पुकारा जाता है और कहीं कोई भेद नहीं है। कोई राम को परमब्रह्म परमेश्वर मानता है तो कोई उनको एक अनुकरणीय मर्यादा पुरुषोत्तम मात्र मानता है। यहाँ तक कि भगवान विष्णु के ही अलग-अलग अवतारों का अलग-अलग वैशिष्ट्य है जो एक-दूसरे से सर्वथा भिन्न है। कोई ईश्वर की उपासना के लिए मंदिर में जाता है तो किसी ने अपने घर के कोने में ही मंदिर स्थापित कर रखा है तो किसी को उपासनार्थ किसी मंदिर की आवश्यकता ही महसूस नहीं होती। यहाँ ज्ञान मार्ग भी है और भक्ति मार्ग भी है और एक मार्ग इन दोनों से भिन्न है जिसे 'कर्म योग' कहते है, जिसमें आप अपने कर्मों के आधार पर ही सब कुछ पा सकते हैं। एक मंत्र में आता है –"तदेजति तन्नैजति तद् दूरे तद्वन्तिके / तदन्तरस्य सर्वस्य तदु सर्वस्यास्य बाह्यतः ॥ इस मंत्र में ईश्वर की सत्ता की सर्वव्यापकताको दर्शाते हुए कहा गया है कि वह चलता है और नहीं भी चलता, वह पास भी है और दूर भी है, वह इस समस्त जगत के भीतर भी है और सबके बाहर भी।" हिन्दू धर्म भी ऐसा ही है बहु-ध्रुवीय, बहु-परिभाष्य और बहु-कोणीय, परस्पर विरोधाभास से भरा भी और परस्पर जुड़ा भी।"

समीर की बातें सब बड़े ध्यान से सुन रहे थे।

समीर जारी रहा, "इस आधार पर यदि कोई मुझसे पूछे कि हिन्दू धर्म क्या है तो मैं कहूँगा कि जैसे अलग-अलग प्रकार की सब्जी, नमक, हल्दी, दाल और चावल को मिलाकर जब एक कुकर में रखा जाता है, तो उससे जो सीटी निकलती है, वह एक ही होती है, ऐसा ही प्रेशर कुकर हिन्दू धर्म है जो अलग-अलग मत, पंथ, विचार, दर्शन, संप्रदाय, पुस्तक आदि को लेकर बना है लेकिन उसका सम्मिलित स्वर एक ही है जो संपूर्ण जगत के जलचर, नभचर और थलचर के अस्तित्व के कायम रहने की कामना करता है, यह धर्म समादर और स्वीकार्यता में विश्वास करता है और यदि आप मुझसे पूछें कि मैं कैसा हिन्दू हूँ तो मैं पुनः से कहूँगा कि मैं वो हूँ जो आर्य समाज के मंदिर में जाकर निराकार ब्रह्म का उपासक हो जाता हूँ तो रामकृष्ण मिशन के मठ में जाकर माँ काली की प्रतिमा में ईश्वर को देखने लगता हूँ,

मैं वो हूँ जो गुरूद्वारे में जाकर सिख हो जाता हूँ तो बौद्ध गुम्फाओं में जाकर बौद्ध, जैन मंदिरों में मैं एक जैनी के रूप में प्रस्तुत होता हूँ तो कबीर पंथ के मठों में जाकर कबीरपंथी बन जाता हूँ। मैं वही हूँ कि रामनवमी और जन्माष्टमी पर वैष्णव होता हूँ तो शिवरात्रि को शैव और नवरात्र के दिनों में शाक्त।"

"आपकी बात ठीक है, लेकिन यहाँ एक प्रश्न तो खड़ा होता है न कि आख़िर हिन्दू धर्म ने इतने सारे विरोधाभासों को पनपने की अनुमति क्यों दी?"—पारुल ने पूछा।

"देखो, हिन्दू धर्म बाकी मज़हबों की तरह अचानक से प्रकट नहीं हो गया। एक धर्म के रूप में यह क्रमिक रूप से विकसित हुआ है; इसलिए विकास की प्रक्रिया के जिस भी कालखंड में जिसे जो समयानुकूल लगा, उसे उसने स्वीकार कर लिया गया। दूसरी बात यह है कि हमारे यहाँ कोई एक धर्मादेश देने वाली संस्था नहीं रही, इसलिए हिन्दू धर्म का स्वरुप किसी विशिष्ट शेप में हो, ऐसी कोई कोशिश भी नहीं हुई। हमारे यहाँ सब ये मानते रहे हैं कि हमें कभी भी किसी की साधना पद्धति या ईश्वर को लेकर उसकी चिंतन पद्धति में कोई छेड़छाड़ नहीं करनी है न ही उस पर अपना मत थोपना है; क्योंकि यह उसकी निजी मान्यता और व्यक्तिगत विश्वास का प्रश्न है। आपको हिंदुओं में ऐसे कई परिवार मिल जाएंगे, जहाँ पिता कट्टर आर्य समाजी है, माँ मूर्ति-पूजक है और बेटा किसी और ही विश्वास को मानने वाला है। अभी भी ऐसे परिवार हैं, जहाँ पहले बेटे को सिख बनाने की परंपरा है। यहाँ ईश्वर साकार है ये भी मान्यता है और ईश्वर निराकार है ये भी।

"इस विषय को लेकर रामकृष्ण परमहंस का एक विद्वान के साथ निरंतर तर्क-वितर्क चलता था। एक दिन रामकृष्ण उन्हें मंदिर ले गए। सामने कृष्ण जी की सुंदर मूर्ति थी। रामकृष्ण ने उन्हें कहा कि ईश्वर साकार है, ऐसी भावना करके आंखें बंद करो और प्रभु की मूर्ति को स्पर्श करो। उन्होंने ऐसा ही किया तो उनके हाथों ने प्रभु की प्रतिमा का स्पर्श कर लिया। फिर रामकृष्ण ने उनसे कहा कि अब आँखें बंद कर ऐसी भावना करो कि ईश्वर निराकार है और पुनः प्रभु की प्रतिमा को स्पर्श करो। इस बार जब आँखें बंद कर निराकार भाव लेकर उनके विद्वान मित्र ने जब प्रभु के विग्रह का स्पर्श किया तो उनका हाथ मूर्ति के आर -पार निकल गया। रामकृष्ण परमहंस के उन मित्र को ईश्वर का साकार और निराकार होना एक ही क्षण में समझ में आ गया।"

"हमारा 'अनेकान्तवाद' का सिद्धांत भी कुछ-कुछ ऐसा ही है न सर?"—रुपाली ने पूछा।

"सही याद दिलाया तुमने रुपाली। हमारे यहाँ जैन मत में 'अनेकान्तवाद' का सिद्धांत है, जो कहता है कि भिन्न-भिन्न कोणों से देखने पर सत्य और वास्तविकता

अलग-अलग में समझ आती है अतः केवल एक ही दृष्टिकोण से देखने पर पूर्ण सत्य को नहीं जाना जा सकता। एक तरह से देखा जाए तो हिन्दू धर्म भी इसी सिद्धांत पर आधारित है जिसमें सभी दर्शनों को, मान्यताओं को न्यायपूर्ण और सम्मानपूर्ण स्थान दिया गया है। इसलिए हिन्दू धर्म क्लिष्ट है तो अत्यंत सहज भी है, मूल बात है कि इस चेतना की अनुभूति करना, इसे जिसने अनुभूति कर लिया उसे असीम प्रशांति प्राप्त होती है और वो तुच्छ बातों से, अनर्गल तर्कों से और अनावश्यक प्रलापों से दूर होकर सहज भाव से इसका प्रचार करता है। इसलिए अगर आपने हिन्दू धर्म की इन विशिष्टताओं को समझ लिया तो इसे लेकर आपको कोई भ्रम नहीं रहेगा। इन्हीं विशेषताओं ने हिन्दू धर्म को इस योग्य बनाया है कि वो दुनिया को सबसे बड़ा गिफ्ट दे सके, जो है उपासना स्वातंत्र्य की छूट, अपने मन के अनुरूप ईश्वर की संकल्पना और अपनी रीति से उसकी आराधना के तरीके।"

तभी घंटी बज गई...समीर को लगा कि इस विषय पर और भी कुछ कहना बाकी था पर कोई नहीं, कल देखते हैं, ये सोचते हुए वो वहाँ से निकलकर प्रिंसिपल केबिन में आ गया। स्कूल के बाकी टीचर्स से इंटेरेकशन के बावजूद वहाँ के टीचर अभी तक समीर के साथ फ़ॉर्मल नहीं हो सके थे, इसलिए गैलरी में आते-जाते हुए बाकी सब बस फॉर्मेलिटी के लिए हाय-हेलो कर लेते थे, लेकिन किसी ने समीर से कोई निकटता बनाने की कोशिश की हो, ऐसा देखने में नहीं आया। यह बात निवेदिता मैडम ने भी नोटिस किया था।

"हेलो समीर, कैसे हो?"

"बढ़िया, आप?"

"मैं भी ठीक...चाय लोगे?"

"हम्म..."

"ओके...और कैसी रही आज की क्लास... मेरा तो बहुत मन करता है कि मैं भी तुम्हारे क्लासेस अटेंड करूँ, पर ये वर्क लोड न...खत्म ही नहीं होता।"

"जी...उनकी बात पर समीर बस इतना ही कहा सका।"

"मैडम...आज मेरे दस दिन पूरे हो गए हैं, तो प्लीज आपसे रिक्वेस्ट है कि आप बच्चों से मेरी पढाई पर फीडबैक जरूर लीजिए।"

"हाँ...बिलकुल...बल्कि मैं गाहे-बगाहे फीडबैक लेती भी रहती हूँ। कल मैं तुम्हें बताऊँगी कि तुम्हारे पढ़ाने को लेकर उनके क्या ओपिनियन हैं।"

समीर ने 'थैंक्स' कहा और वहाँ से निकलकर अस्पताल चला गया।

बीच में एक पीरियड खाली था, तो मैडम 10वीं के बच्चों के क्लास-रूम में चली

गईं और वहाँ जाकर उन्होंने कहा—"देखो, इस स्कूल को शुरू करने के पीछे मेरा एक उद्देश्य था। मैं जिस स्कूल में पढ़ीं हूँ, नो डाउट, वहाँ की पढ़ाई तो बहुत अच्छी थी, पर वहाँ की शिक्षा में ऐसा कुछ भी नहीं था, जो मुझे मेरे रूट्स, मेरे कल्चर, मेरे पूर्वज, मेरे इतिहास, मेरे कंट्री के बारे में कुछ भी ऐसा बताये जो मुझे इन बातों पर प्राउड फील होने का मौका दे। मैंने अपनी ट्रेडिशनल शिक्षाओं के बीच क्या खोया है, इसका एहसास मुझे तब हुआ जब मैं हायर स्टडीज के लिए विदेश गई। मैं जब वहाँ गई तो मेरे वहाँ के दोस्त मुझसे गीता के बारे में, हमारे कल्चर के बारे में, योग के बारे में, आयुर्वेद के बारे में, अध्यात्म के बारे में पूछते थे और मेरे पास कोई जवाब नहीं था। वहाँ मुझे ये एहसास हुआ कि मैंने क्या खो दिया है। वहाँ के अनुभव ने मुझे प्रेरित किया कि मैं कोई ऐसा स्कूल खोलूँ जहाँ हमारे बच्चे पढ़ाई के साथ-साथ उन बातों को भी जानें जो मुझे मेरे स्कूल में नहीं पढ़ाया गया था। मैंने इस स्कूल में आप सबको अपने ट्रेडिशन, कल्चर आदि से जोड़ने के कई प्रयास किये पर मेरे प्रयास मेरे उद्देश्य की दिशा में काफी हैं, ऐसा मुझे कभी नहीं लगा। तो लगभग दो सप्ताह पहले मुझे एक कैफे में समीर मिले, जो आजकल आपके सोशल स्टडीज के क्लास में आते हैं। मैंने उनसे बात की तो उन्होंने कहा कि वो कुछ ट्राय कर सकते हैं तो इस तरह समीर का यहाँ आना शुरू हुआ और मैंने उनको अपने स्कूल के सबसे बेस्ट स्टूडेंट्स के समूह से इंटरैक्ट करने को कहा... ये समूह आप लोग हो।"

निवेदिता मैडम की इस बात पर क्लास में तालियाँ बजने लगी। मैडम ने शांति से तालियों के बंद होने का इंतजार किया और फिर कहा—"तो, चूँकि आज आपके साथ समीर सर के दस दिन पूरे हो रहे हैं, मैं जानना चाहती हूँ कि समीर सर ने जिस कॉन्फिडेंस से यह कहा था कि वे अपने तरीके से हमारे बच्चों को हमारे कल्चर और रूट्स से जोड़ सकते हैं, उसमें वे कितने सफल हुए हैं। अगर आपको लगता है कि समीर सर आपके भीतर कुछ सकारात्मक बदलाव कर सकने में सक्षम हुए हैं तो मैं कुछ और दिन कंटिन्यू करा सकती हूँ और लेकिन अगर लगा कि नहीं वो आपके भीतर कुछ भी परिवर्तन नहीं ला सके हैं तो फिर उनको यहाँ भेजकर मैं आप सबका कीमती वक़्त बर्बाद नहीं कर सकती, आफ्टर ऑल आपके समय की कीमत से अधिक इम्पोर्टेंट कुछ भी नहीं है। तो आपमें से कोई भी रेंडमली बता सकता है कि समीर सर आपको कैसे लगे? उनके पढ़ाने का तरीका, समझाने का तरीका, आपसे कनेक्ट करने का तरीका कैसा है? या इसके अलावा भी कुछ...जो आपको महसूस हुआ हो।"

सबसे पहले पार्थ का हाथ उठा, "मैडम, मुझे लगता है कि हिन्दू धर्म बहुत व्यापक है और इतने कम समय में जितना कुछ समीर सर ने समेटा है, वह बेहतरीन हैं...

"मैम, मेरी दोस्त पारुल यहाँ की रेगुलर स्टूडेंट तो नहीं है, लेकिन उसे एक ज़ूम मीटिंग में सर से इंटरेक्ट करने का मौका मिला था और उसको सैम सर के समझाने का तरीका इतना इम्प्रेसिव लगा है कि वो अपने काम छोड़कर हमारे स्कूल सिर्फ सर का क्लास अटेंड करने आती है। तो सोचिए कि उनके पढ़ाने और समझाने का तरीका कितना यूनिक है।"

"मैम... सर को पूरे भारत के बारे में पता है। आप उनसे किसी भी स्टेट का पूछो वो आपको बता देंगे और मुझे उनकी सबसे अच्छी बात ये लगती है कि वो बिलकुल भी ऑर्थोडॉक्स नहीं हैं, बल्कि आप उनसे फ़िल्मों पर भी बात सकते हो।"—उदिप्ती ने कहा।

"ओह्ह नाइस," निवेदिता मैडम के मुंह से अनायास ही निकल गया।

आकांक्षा अरोड़ा ने कहा—"मैम, मैंने उनसे एक बार पूछा था कि अगर आपसे बिलकुल शॉर्ट में जवाब देने को कहा जाए कि एक हिन्दू कैसा होना चाहिए, तो आप क्या कहेंगे? तो सर ने कहा था, 'हिन्दू ऐसा हो जो संस्कृत भी जाने और कंप्यूटर प्रोग्रामिंग भी कर सके, हिन्दू ऐसा हो जो मेनार्ड कीन्स को भी पढ़े और चाणक्य को भी, रोबर्ट माल्थस को भी पढ़े और हिन्दू तत्वचिंतन का भी विद्वान हो, वो वराहमिहिर और आर्यभट्ट को भी पढ़े और नासा के रिसर्च पेपर भी पढ़ सके। मुझे उनकी ये लाइन्स याद हो गई है और मैं कोशिश करती हूँ कि मैं वैसी हिन्दू बन सकूँ, जैसा सैम सर कह रहे थे।'"

बच्चों की बातें सुनकर निवेदिता मैडम के चेहरे पर संतुष्टि के भाव बढ़ते जा रहे थे।

"और कोई? हाँ, हरमन तुम कुछ नहीं कहोगी?"

"मैडम, मुझे लगता है कि वो थोड़े अधिक ऑर्थोडॉक्स हैं और उन्हें थोड़े मॉडरेट भाषा में बात करनी चाहिए, कई बार उनके शब्द सर से ऊपर निकल जाते हैं। बाकी आगे देखते हैं . . ."

"मुझे तो मन करता है कि सारे के सारे क्लास समीर सर के ही हवाले कर दीजिए",—एक आवाज़ आई, इस पर क्लास के सारे बच्चे हँस पड़े।

"ओके...ओके... चलो, मुझे संतुष्टि है कि क्लास में कोई भी नहीं है, जिसे समीर की क्लास में बोरियत हुई हो। बाकी मैं हरमन का कंसर्न समीर को बता दूंगी..." निवेदिता मैडम ने कहा।

"नो मैम प्लीज... मेरा नाम नहीं..." हरमन थोड़ी घबरा गई।

"अरे नहीं... मैं किसी का नाम थोड़े लेने जा रही हूँ। मैं तो बस आपके ऑनेस्ट फीडबैक की समरी उन्हें बताऊँगी... बाकी लेट हिम डिसाईड कि वो क्या करते हैं। ओके...थैंक यू ऑल, आप सबके फीडबैक के लिए... टेक केयर प्लीज।"

## उपासना स्वातंत्र्य

(ग्यारहवां दिन/ शुक्रवार)

"हेलो समीर", सब बेहतर है न?" – मैडम समीर से उसके पिता के तबीयत के बारे में जरूर पूछतीं थीं।

"जी, पापा की हालत थोड़ी बेहतर हुई है।"

"गुड...आगे और बेहतर होती जाएगी...मुझे पता नहीं क्यों लगता है कि तुम्हारी क्लासेस ख़त्म होते-होते तुम्हारे फादर बिल्कुल ठीक हो जाएंगे," निवेदिता मैडम कुछ लिख रहीं थीं, तो लिखना छोड़कर उनके मुंह से अनायास ही यह निकल गया।

"ईश्वर करे..." समीर ने एक ठंढी सांस ली।

"चलो, एक न्यूज़ है। कल मैंने तुम्हारे क्लास के बच्चों से तुम्हारे बारे में फीडबैक ली थी . . . कान्ट से कि ये एक मिक्स्ड ओपिनियन था, आई थिंक ऑलमोस्ट सबको तुम्हारा पढ़ाना और समझाना पसंद आया। बस एक हरमन कह रही थी कि तुम्हें थोड़ा आसान शब्दों का प्रयोग करना होगा, क्योंकि उसे शायद समझने में कठिनाई हो रही है . . . बाकी सारे अच्छे ही ओपिनियंस थे। मुझे लगता है कि सारे बच्चे तुम्हारे क्लास को एन्जॉय कर रहे हैं।

"मैं आगे से पूरी कोशिश करूँगा कि शब्दों के चयन में थोड़े आसान शब्दों का प्रयोग करूँ... बाय द वे, अगेन थैंक्स फ़ॉर दिस ...चलता हूँ, मेरे क्लास का समय हो रहा है," मैडम से मिले फीडबैक के बाद समीर खुश था।

"सर, कल की चर्चा में आपने उपासना स्वातंत्र्य की बात की थी, जिसे आप हिन्दू धर्म का सबसे बड़ा गिफ्ट कहते हैं। उपासना स्वातंत्र्य से आपका क्या मतलब है, हमें विस्तार से समझना है।"—पारुल ने पूछा

"चलो, पहले मैं एक सवाल पूछता हूँ। आपमें से कोई भी इसका उत्तर दे सकता है। क्या ईश्वर तक पहुँचने का मार्ग इतना संकीर्ण है कि किसी एक ही मार्ग से होकर

उस तक पहुँचा जा सकता है या फिर ईश्वर हर उस मार्ग को स्वीकार करता है जिसे कोई उस तक पहुँचने के लिए अपनाता है?"

"मुझे लगता है, ईश्वर इतना उदार तो होगा ही कि वह हर उस मार्ग को स्वीकार करे, जिसे कोई व्यक्ति उस तक पहुँचने के लिए चुनता है," प्रज्ञा ने उत्तर दिया।

"चलिए, कम से कम आपने तो यह स्वीकार किया कि ईश्वर बेहद उदार है। लेकिन आश्चर्य है कि इतनी सहज बात भी बहुत से लोगों को समझ नहीं आती और दुनिया के अधिकांश लोग बाकी सबको अपने मत या मज़हब में बताए गए तरीके के ही अनुरूप ईश्वर की आराधना करने को कहते हैं। इसी कारण सारा विश्व लंबे समय से रक्तपात और हिंसा से पीड़ित रहा है।

"अब 'उपासना स्वातंत्र्य' पर आते हैं। 'उपासना स्वातंत्र्य' एक ऐसी संकल्पना है, जिसको लेकर हमारे विचार प्रारंभ से अब तक एक समान रहे हैं। हिन्दू दर्शन इस मामले में बड़ा स्पष्ट है' क्योंकि हमारी मान्यता के अनुसार सत्य अथवा ईश्वर तक पहुँचने के मार्गों की खोज आज भी पूर्ण नहीं हुई है और यह खोज शुरू से लेकर आज तक निरंतर जारी है। हिन्दू धर्म में हमारे ऋषियों ने अलग-अलग मार्गों से इस सत्य का साक्षात्कार किया और निष्कर्ष यही निकाला कि हर पथ अंततः एक ही स्थान पर आकर मिल जातें है। ऋग्वेद ने कहा है—"एकम सदविप्राः बहुधा वदन्ति" यानि 'सत्य एक है, ईश्वर एक है, विद्वान लोग उसका बखान अलग-अलग रूपों में करते हैं।' अथर्ववेद ने इसी सत्य को इस प्रकार कहा है—"एकम नियानम, बहव: रथान्सः" यानि 'रथ अनेक हैं पर गंतव्य एक ही है।' इसी बात को विस्तार देते हुए गीता में कृष्ण ने इस तरह कहा-मम वर्त्मानुवर्तन्ते मनुष्याः पार्थ सर्वशः॥ (४/११) अर्थात, 'लोग भिन्न-भिन्न मार्ग द्वारा प्रयत्न करते हुए अन्त में मेरी ही ओर आते हैं।' इसका अर्थ यह है कि हमारे मनीषियों ने कभी भी यह नहीं माना कि ज्ञान का एकाधिकार केवल उनके पास है और वो जो भी कहेंगे सबको आवश्यक रूप से वही मानना पड़ेगा।"

"यानि हम सबसे अलग हैं...विशिष्ट हैं ..नहीं?"—सुष्मिता ने चारों ओर देखते हुए बाकियों से इस बात पर सहमति लेनी चाही।

"यस, हम इस मामले में विशिष्ट हैं कि हमारे अंदर यह बोध है कि मनुष्य को सत्य तक पहुँचने के लिए उसकी अपनी समझ से उसे जो भी मार्ग मिलता है, वह विशिष्ट हैं; क्योंकि वह पथ उसने परमात्मा को प्राप्त करने के लिए चुना है। हम यह भी मानते हैं कि अगर कोई यह समझ रहा है कि केवल उसका पथ या

उसकी मान्यता ही श्रेष्ठ है तो वह अज्ञानी है। लेकिन जैसे-जैसे उसके अंदर दिव्यता आएगी, ज्ञान का प्रकाश आएगा, उसे सत्य का बोध होगा तो वह भी यही मानेगा कि बहुदेववाद ही सत्य है। प्राचीन काल से लेकर आज तक हमने अपने पूर्वजों की दी हुई इस शिक्षा को सहेजा हुआ है। रामकृष्ण परमहंस कहते थे—'जितने दृष्टिकोण, उतने मार्ग' और यही बात शिकागो धर्म सभा में स्वामी विवेकानंद ने भी इस तरह कही थी कि 'मैं एक ऐसे धर्म का अनुयायी होने में गर्व का अनुभव करता हूँ, जिसने संसार को सहिष्णुता तथा सार्वभौम स्वीकृति, दोनों की ही शिक्षा दी हैं।'"

"यानि हम लोग सभी धर्मों के प्रति सहिष्णुता में विश्वास रखते हैं? है न सर?"—पारुल ने पूछा।

"हाँ पारुल, पर हम लोग सब धर्मों के प्रति केवल सहिष्णुता में ही विश्वास नहीं करते, वरन् समस्त धर्मों को सच्चा मानकर स्वीकार करते हैं। हम यह मानते हैं कि हमसे अलग तरीके या किसी अलग पद्धति से पूजा करने मात्र से आपके और हमारे बीच किसी भी प्रकार का भेद निर्मित नहीं होता। ईश्वर की उपासना अनगिनत मार्गों से की जा सकती है। ईश्वर को अनगिनत नामों से पुकारा जा सकता है। हम सभी पंथों को स्वीकार करते हुए स्पष्ट कहते हैं कि चाहे जिस किसी भी पद्धति से सत्यनिष्ठा और सच्चरित्रता के साथ ईश्वर की उपासना की जाए, ईश्वर उससे मिल जाएगा।

"यही बातें 'हिन्दू तत्वज्ञान' की नींव हैं और इस तत्वज्ञान के अनुसार केवल हिन्दू ही ईश्वर को प्राप्त कर सकता है या सत्य का बोध कर सकता है, ऐसा हम नहीं मानते।

"कोई प्रक्टिकल उदाहरण भी दे ही दीजिये,"—हरमन ने उबासी लेते हुए कहा।

"बिल्कुल हरमन, श्रृंगेरी मठ के पूज्य शंकराचार्य के पास एक अमेरिकी व्यक्ति आया जो ईसाई था। उसने आकर पूज्य शंकराचार्य से प्रार्थना की कि उसे हिन्दू बना लिया जाए। शंकराचार्य जी ने उनसे पूछा—'तुम हिन्दू क्यों बनना चाहते हो? क्या तुम्हें अपने मत में शांति नहीं प्राप्त हुई है?' उसने उत्तर दिया, 'ईसाई मत में उसे शांति नहीं प्राप्त हुई और उसकी आध्यात्मिक तृष्णा अभी तक अतृप्त ही है'। उसका उत्तर सुनकर शंकराचार्य ने उससे कहा—'क्या सचमुच तुमने ईसाई धर्म का प्रमाणिकता पूर्वक पालन किया है? यदि तुम इस निष्कर्ष पर पहुँच चुके हो कि ईसाई धर्म का पालन करने के बाद भी तुम्हें शांति नहीं मिली, तो मेरे पास अवश्य आना।'"

"हिन्दू धर्म के इस उदार चिंतन का आधार क्या है? अवश्य ही इसका कोई मजबूत आधार होगा?"—पारुल ने पूछा।

"हमारे ऋषि मानव मन को सबसे अच्छे से समझने वाले "मनोवैज्ञानिक" भी थे। इस नाते वे जानते थे कि मनुष्य की प्रज्ञा किसी विशिष्ट या कुछ विशिष्ट व्यक्तियों की ही धरोहर नहीं होती और न ही विचारों का नाविन्य और नवीन चिंतन की धारा कभी सूखती है। इसलिए उन्होंने स्वयं को ही ज्ञान-विज्ञान का एकमात्र और अंतिम अधिकारी न मानते हुए कहा कि हर मस्तिष्क को ईश्वर को लेकर अपने विश्वास और दृष्टिकोण में स्वतंत्र होना चाहिए। हमारे ऋषियों ने मानवों को स्वभाग्य-निर्णय का अधिकार देते हुए कहा था—'शुद्ध बुद्धि से जैसा उचित समझो, अपने लिए रास्ता चुनो। यहाँ शताधिक मार्ग हैं, सब पर श्रेष्ठ पुरुषों के चरण-चिन्ह उभरे हुए हैं, इसलिए किस मार्ग को अच्छा या बुरा कहा जाए, ये तुम्हें ही तय करना है; इसलिए तुम स्वयं अपनी शांत और सात्विक बुद्धि का उपयोग करो और श्रेय, सिद्धि तथा अभ्युदय को प्राप्त करो।'"

"क्या वो ऐसा कहने का अधिकार रहते थे?"—हरमन ने पूछा।

"वे ऐसा इसलिए कह सकते थे; क्योंकि उन्होंने स्वयं भी इसका पालन किया था। हमारे वेद किसी एक ऋषि का ज्ञान संकलन नहीं है, बल्कि सैकड़ों ऋषियों ने मिलकर वेदों की ऋचाएँ रची और हिन्दू समाज ने सबको समान मान और आदर देते हुए स्वीकार किया। वे कहते थे कि ईश्वर को लेकर अगर आपको कोई दिव्य अनुभूति हुई है तो वो रास्ता हमारे लिए भी सम्माननीय है और अगर आपको अपनी अनुभूति में यह बोध हुआ है कि ईश्वर जैसी कोई चीज़ नहीं है तो भी मैं आपका सम्मान करता रहूँगा; क्योंकि आपकी कोशिश भी ईश्वर को जानने की दिशा में थी। हमने ईश्वर की सत्ता में विश्वास न रखने वाले का असम्मान किया हो, ऐसा कोई उदाहरण हमारे लंबे इतिहास में कहीं भी नहीं है। बल्कि कुछ घटनाएँ तो ऐसी हैं जो हमारे मन को प्रफुल्लित कर देती है।"

"कोई घटना सुना सकेंगे,"—प्रज्ञा ने कहा।

"हाँ, क्यों नहीं। बंगाल उस समय बौद्धिक पुनर्जागरण का केंद्र था और वहाँ एक से बढ़कर एक विद्वान, बौद्धिक रूप से प्रखर और तार्किक लोग थे। उन्हीं में एक नाम केशवचंद्र सेन का था, जो ब्रह्म-समाज के सह-संस्थापक थे। उनकी बौद्धिक प्रखरता, ज्ञान और तर्क-शक्ति के कारण पूरे भारत में उनकी प्रसिद्धि थी। लोग मानते थे कि भारत वर्ष के मूर्धन्य विद्वानों की सूची बनाई जाए तो उसमें केशवचंद्र

सेन पहले नंबर पर होंगे। उसी समय बंगाल में माँ काली के एक उपासक रामकृष्ण परमहंस भी थे। रामकृष्ण परमहंस को अक्षर ज्ञान नहीं था, बल्कि उन्हें अक्षर ज्ञान तो दूर, बांग्ला भाषा भी लिखनी नहीं आती थी। यानि वो शास्त्र-पुराण पढ़ें हों, इसकी संभावना नहीं थी। लेकिन रामकृष्ण की प्रसिद्धि दिन-रात बढ़ती जा रही थी और बंगाल के लोग उनके प्रभाव में आते जा रहे थे। इस बात से केशवचंद्र सेन बड़े परेशान हुए कि एक अनपढ़ आदमी के पीछे जाकर जब जनता मूर्ति पूजने लगेगी तो उनके प्रगतिशील विचारों का क्या महत्त्व रहेगा। उन्होंने सोचा कि मेरे तर्क और ज्ञान के सामने जब रामकृष्ण की बोलती बंद होगी तो बंगाल की जनता के मन से इनका प्रभाव उतर जाएगा और लोग मूर्ति पूजा करना बंद कर देंगे। उन्होंने निश्चय किया कि जाकर इस भक्त पुजारी के साथ शास्त्रार्थ किया जाए। उन्होंने सूचना फैला दी कि अमुक तारीख को मैं रामकृष्ण के साथ शास्त्रार्थ करने जाऊँगा। शास्त्रार्थ के दिन वहाँ भारी वहाँ भीड़ जुट गई। जब केशवचन्द्र पहुँचे तो उन्हें देखते ही रामकृष्ण ने उन्हें गले लगा लिया। केशवचन्द्र को लगा कि पराजय के भय से रामकृष्ण अपनत्व दिखा रहे हैं जबकि वो तो उनसे बौद्धिक युद्ध लड़ने आये थे तो उसने रामकृष्ण को स्पष्ट कह दिया—'ये चीजें आपकी मदद नहीं करेंगी। मैं तो आपके विचारों की धज्जियाँ उड़ाने आया हूँ। मुझसे मित्रता की कोशिश ठीक है पर ये मेरे तर्क बाणों की तीक्ष्णता को कम न करेगी। इसलिए बेहतर है कि आपका और मेरा संबंध फ़िलहाल के लिए प्रतिद्वंदी का ही रहे। आप मुझे अपना बौद्धिक शत्रु मानकर व्यवहार कीजिये और मुझे हरा कर आप मुझे अपना अनुयायी बना लीजिये, अन्यथा आपको मेरा अनुयायी बनना पड़ेगा।'"

"शास्त्रार्थ शुरू हुआ। उधर केशव तर्क पर तर्क देते और इधर रामकृष्ण बार-बार अपनी जगह से उठकर उन्हें गले लगा लेते और कहते—'क्या अद्भुत तर्क दिए हो, वाह-वाह...आनंद आ गया'। जो लोग उस शास्त्रार्थ को देख रहे थे, वे यह सब देखकर हतप्रभ थे और स्वयं केशवचंद्र सेन भी थोड़ी देर में सोचने लग गए कि भाई ये क्या मामला है। मै भी किस पागल के चक्कर में पड़ गया। मैं इसके खिलाफ बोल रहा हूँ, एक से बढ़कर एक तर्क देकर ईश्वर के अस्तित्व को, शास्त्रों की प्रमाणिकता और उसकी आवश्यकता को ललकार रहा हूँ और ये पागल मुझे उठ-उठकर गले लगा रहा है'।

"कुछ देर ऐसा चलता रहा और केशवचंद्र सेन बुरी तरह परेशान हो गए। उन्होंने हार मानते हुए रामकृष्ण परमहंस से पूछा—'ईश्वर के, शास्त्रों के और यहाँ

तक कि आपके खिलाफ मैं लगातार बोल रहा हूँ, फिर भी आपको गुस्सा नहीं आ रहा है? मुझे तो लग रहा है कि यह सब सुनकर आपको आनंद मिल रहा है'।

"ओशो रजनीश इस प्रसंग को सुनाते हुए कहा करते थे—'रामकृष्ण जैसे व्यक्ति को तर्क से नहीं हराया जा सकता, क्योंकि रामकृष्ण जैसे व्यक्ति का आधार ही तर्क पर नहीं होता। जिसका आधार तर्क पर हो, तो तर्क को खींच लो, तो गिर पड़े। तर्क पर जिसका आधार ही नहीं है, उसे तुम क्या खींचोगे?'

"रामकृष्ण ने कहा—'हाँ, मुझे सच में "आनंद" आ रहा है। बड़ा आनंद आ रहा है। ईश्वर के होने को लेकर थोड़ा-बहुत अगर संदेह था भी, वह भी तुमने मिटा दिया'।

"हैरान-परेशान केशवचंद्र सेन ने कहा—'वह कैसे?'

'परमात्मा को लेकर मेरे सारे संदेह तुम्हें देखकर ही मिट गया। जैसी प्रतिभा, वाक्-चातुर्य, बौद्धिकता और तार्किकता तुममें है, उसे देखते हुए संभव ही नहीं लगता कि ईश्वर नहीं है। ऐसी प्रतिभा मनुष्य में अवश्य ही किसी महास्रोत से आती होगी। इस जगत के स्रोत में महाप्रतिभा होनी ही चाहिए, नहीं तो तुममें ऐसी प्रतिभा कहाँ से आती? जब फूल खिलते हैं, तो उसका अर्थ है कि जमीन गंध से भरी होगी। वही छिपी हुई गंध फूलों में प्रकट होती है। तुम्हारी गंध को देखकर.. उस स्त्रोत का स्पष्ट आभास होता है जहाँ से ये सुगंध आ रही है और इसी से तो ईश्वर प्रमाणित होता है'।

"केशवचंद्र का सिर झुक गया। वे सीधे उनके चरणों पर गिर पड़े और कहा—'मुझे क्षमा कर दीजिए। आज तक मैं सोचता था कि तर्क ही सब कुछ है, ज्ञान ही सर्वोपरि है। लेकिन आज मैंने प्रेम और अनुभव को देखा। आपने मुझे हराया भी नहीं, और हरा भी दिया। आदमी तर्क से जीत सकता है, अतर्क्य बात से मैं कैसे जीतूँ? मेरी जबान बंद हो गई'।

"हमारे यहाँ नास्तिकों, तार्किकों, भौतिकवादियों और अज्ञेयवादियों से संवाद का यही तरीका रहा है और इसी कारण मैं कहता हूँ कि नास्तिकवाद, तर्कवाद, विभिन्न उपासना पद्धतियाँ, अज्ञेयवाद ये सब हिन्दुत्व के अंदर ही सुरक्षित है।"

"लेकिन क्या इससे हिन्दू धर्म लचीला प्रतीत नहीं होता? क्या इससे समाज विभाजित नहीं होता?"—पार्थ के सवालों में चिंता झलक रही थी।

"जिसे आप लचीलापन मान रहे हो, पार्थ, दरअसल वही हमारे धर्म की सबसे बड़ी विशेषता है; जिसकी आज संघर्षरत संसार को सबसे अधिक आवश्यकता है।

हम पंथों, उपपंथों और नास्तिकवाद की आश्चर्यजनक विविधता के साथ बड़े हुए हैं। 'पिंडे-पिंडे मतिभिन्ना' के आधार पर हमारे यहाँ शैव, वैष्णव, शाक्त, बौद्ध, सिख, जैन, लिंगायत, आर्य-समाज, प्रार्थना समाज, ब्रह्म-समाज आदि पंथ, उपपंथ, विचारधाराएँ बनीं। ये अलगाव के लिए नहीं थी, बल्कि व्यक्तियों के स्वभाव, परिस्थिति और उनकी योग्यताओं को ध्यान में रखकर बनी थी। लेकिन सबका अंतिम निष्कर्ष एक ही था। कोई उसे हरि, कोई अकाल, कोई विष्णु, कोई दुर्गा, कोई शून्य या महाशून्य मानता है, और कोई परम सत्ता को नहीं भी माने तो भी वो ये कहता है कि अच्छा इंसान बनना, सबके दुःख में काम आना, सबके मंगल की कामना करना और परमार्थ के कामों में ज़िंदगी बिताना ही अंतिम उद्देश्य होना चाहिए।"

"क्या 'उपासना स्वातंत्र्य' का अर्थ समाज का विभाजन नहीं है?"—रजत ने पूछा।

"नहीं, बिल्कुल नहीं है। 'उपासना स्वातंत्र्य' का अर्थ समाज का विभाजन बिल्कुल भी नहीं है। अगर होता, तो यहाँ भी पूजा-पद्धति और मतवाद के नाम पर हिंसा और रक्तपात होता, दार्शनिक चर्चाओं की जगह सिर-फुटौवल होती। कभी इक्का-दुक्का ऐसा कोई प्रयास किसी के द्वारा हुआ भी तो समाज के प्रबुद्ध लोगों ने तुरंत आगे आकर उन्हें इससे रोका। आर्य समाज के संस्थापक 'महर्षि दयानंद सरस्वती' ने अपनी पुस्तक *सत्यार्थ प्रकाश* में सिख पंथ की भी समीक्षा की थी। इससे सिख पंथ के कई लोग नाराज़ होकर 'नाभा नरेश' के पास पहुँचे और *सत्यार्थ प्रकाश* की शिकायत की कि इस किताब में 'नानक देव जी' के लिए कठोर शब्दों का प्रयोग किया गया है और इंतजार करने के लगे कि नाभा नरेश कोई कड़ी प्रतिक्रिया व्यक्त करें पर नाभा नरेश ने मुस्कुराते हुए कहा—'नानक बाबा थे, दयानंद भी बाबा हैं, एक बाबा ने दूसरे बाबा के बारे में यदि सत्य के नाम पर कुछ लिख ही दिया तो उससे हम या तुम क्यों नाराज़ हों?'

"हमारे यहाँ मत का भेद कभी मन के भेद में नहीं बदला। अब मैं आपसे एक प्रश्न पूछता हूँ, मुझे बताओ 'हिन्दू' शब्द के अन्तर्गत जितने वर्ग और सम्प्रदाय है, क्या उनकी कोई एक कॉमन पांथिक संहिता, आचार संहिता और नीति संहिता है?"

पारुल ने 'न' में सर हिलाया।

"धार्मिक स्तर पर हिन्दू धर्म के अंतर्गत आने वाले सभी मत और पंथ एक नहीं, बल्कि अनेक स्तरों पर परस्पर विरोधी ही अधिक हैं और यह कोई आज की

स्थिति नहीं है; बल्कि भारत के आक्रांताओं से अभिशप्त होने से काफी पूर्व से है। इनमें कॉमन पांथिक संहिता, आचार संहिता आदि न होने के कारण परस्पर बौद्धिक और दार्शनिक गुत्थम-गुत्था होती रही हैं, लेकिन इनमें कभी रक्तपात नहीं हुआ। पाणिनि की अष्टाध्यायी में *येषां च विरोधः शाश्वतिकः* से एक सूत्र है जिसे उन्होंने उन उदाहरणों से पुष्ट किया है जिनका आपस में सदा विरोध रहता है। उदाहरणस्वरूप -'काकोलूकयोः' और 'ब्राह्मण श्रमणयोः' अर्थात् कौओं और उल्लुओं की आपस में कभी नहीं बनती, वैसे ही ब्राह्मण और श्रमण की आपस में कभी नहीं बनती उनका शाश्वत विरोध है। (श्रमण बौद्ध भिक्षु में भी मतभेद रहा है) कभी हमें कहा गया था कि 'हस्तिना ताड्यमानोऽपि न गच्छेज्जैन मंदिरम्' यानि हाथी पीछा कर रहा हो तो भी प्राण रक्षा के लिए जैन मंदिरों में मत जाओ। अशोक अपने नाम के साथ 'देवानां प्रिय' यानि देवों का प्रिय लगाते थे तो जैन विद्वान अमर सिंह ने अपने साहित्य में 'देवानां प्रिय' का अर्थ बदलकर 'मूर्ख' कर दिया। पहले ये सब चलता रहता था।"

"आर्य समाज और पौराणिक लोगों के बीच भी झगड़े होते थे न सर?" – आकांक्षा ने पूछा।

"आर्य समाज और पौराणिकों ने आपसी शास्त्र चर्चा में बौद्धिक रीति से संघर्ष किया, पर इसके बावजूद आज क्या स्थिति है? इन तमाम गुत्थम-गुत्थाओं और इतने अन्तर्विरोधों के बावजूद 'विभिन्नता में एकात्मता' हमारे चिंतन की विशेषता के चलते आज हम एक हैं। हम एक-दूसरे के आचार्यों का आदर करते हैं और एक दूसरे के मंदिरों और मठों में जाते हैं। आर्य समाज के लोग, सनातनी, श्रमण तथा आजीवक प्रेमपूर्वक साथ-साथ रहे और आज भी रह रहे हैं। हमारी उदारता, सहिष्णुता, सर्वधर्म समभाव की प्रवृत्ति और विचार स्वातंत्र्य की छूट हमें संगठनात्मक रूप से भले ही कभी दृढ़ और एक नहीं होने दे, चाहे तो इसे हमारी दुर्बलता या लचीलापन भी कह लीजिए, पर यही हमारी सबसे बड़ी शक्ति है। यही हमारे चिर जीवन का रहस्य है। ऐसा इसलिए भी है क्योंकि हमारी और हमारे हिन्दू धर्म की जीवनी-शक्ति अदम्य है, अविनाशी है, अद्भुत है। हिन्दू धर्म का यह विशाल वट वृक्ष अपनी छाया में तमाम अन्य पौधों को बढ़ने और विकसित होने देता है पर जब कोई आगे निकलकर इस वृक्ष पर ही विष-बेल बनने लगता है, तब यह अपने बौद्धिक पराक्रम से उसे अपने में समाहित करते हुए उसका विष हरण करते हुए उसकी राजनैतिक महत्त्वाकांक्षाओं को नष्ट कर उसे उसके आध्यात्मिक मूल्यों के साथ उसे छोड़ देता है।"

"आपको यह इच्छा नहीं होती कि आप दुनिया के बाकी लोगों को वेद में बताए ईश्वर की उपासना के लिए प्रेरित करें, जैसे बाकी मज़हबों के लोगों की मान्यता रहती है?"—हरमन ने पूछा।—वो हमेशा ऐसे सवाल करती थी जिनसे वह समीर को उलझा सके।

"मैंने प्राचीन काल से आज तक दुनिया के अनेक भूभागों में रहने वाले ऐसे समाजों को समझने की कोशिश की है, जो वनवासी हैं, किसी टापू पर रहते हैं, नगरीय सभ्यता से कटे हुए हैं। उनको देखकर मुझे यही समझ आया है कि जंगलों में, बीहड़ों और सुदूर इलाकों में रहने वाले लाखों-करोड़ों लोग ऐसे हैं, जिनके पास आज तक कोई हिन्दू संन्यासी नहीं पहुँचा, कोई कथावाचक नहीं पहुँचा। उनके कानों ने आज तक वेद या अन्य शास्त्र तो दूर जनभाषा में रची प्रार्थनाएँ भी नहीं सुनी। उनके पास किसी दूसरे मज़हब का कोई प्रचारक नहीं पहुँचा फिर भी उनके अंदर परम-शक्ति को पाने की इच्छा रहती है। वे अक्षर ज्ञान से अनभिज्ञ होते हुए भी जानते है कि कोई न कोई दिव्य और परम शक्ति अवश्य है, जो इस ब्रह्माण्ड को नियंत्रित कर रही है। इसलिए उस परम-शक्ति के प्रति कृतज्ञता जताने और उस तक पहुँचने की कोशिश करते हुए उन्होंने अपनी भाषा में कुछ मन्त्र/ बोल ढूंढ लिए हैं, कुछ उपासना विधियाँ तय कर ली हैं, कुछ प्रतिमाएँ गढ़ ली है, तो क्या ईश्वर उनके इस लगन को स्वीकार नहीं करेगा? क्या ईश्वर उससे यह कह देगा कि चूँकि तुम वेद, कुरआन या बाईबिल या तालमूद में बताए तरीके, मन्त्रों, आयतों से मेरी उपासना नहीं कर रहे हो, इसलिए तुम गलत कर रहे हो? या उससे ये कहते हुए ईश्वर अपनी नाराजगी दिखा देगा कि तुम जिस तरीके से मेरी उपासना कर रहे हो वो शास्त्र अनुशासन से भिन्न है? ये कुछ ऐसे प्रश्न हैं जिसका उत्तर खुले दिगाग से साफ़ मन से मिल सकता है।"—समीर ने काफ़ी गंभीरता से जवाब दिया।

"सही कह रहे हैं सर,"—आकांक्षा ने कहा।

समीर ने कहना जारी रखा, "हिन्दू धर्म अगर वायु, अग्नि, इंद्र आदि प्राकृतिक शक्तियों की उपासना को मान्यता देता है, अगर यह धर्म वृक्षों से, जंगलों से, जलाशयों से प्रेम करने और धरती को माँ मानने की शिक्षा देता है तो फिर ये वनवासी हमसे बेहतर और कहीं हिन्दू हैं क्योंकि उनसे बड़ा प्रकृति पूजक और प्रकृति प्रेमी और कौन होगा? कई वनवासी समाज ऐसे हैं जो कुछ विशेष दिवसों को धरती माँ के रज:श्राव का दिन मानते हुए उस अवधि में अपने खेतों में हल नहीं चलाते। ऐसा करने वालों ने ' समुद्र वसने देवि पर्वत स्तन मंडिते... या फिर अथर्ववेद का भूमि

सूक्त नहीं पढ़ा होगा पर धरती माँ के प्रति वो हमसे अधिक श्रद्धा और उनमें मातृ भाव रखते हैं। इन वनवासियों ने कभी विष्णु पुराण में 'उत्तरम यत समुदस्य वाला श्लोक नहीं पढ़ा होगा, उन्होंने ऋग्वेद के हिरण्यगर्भ सूक्त को नहीं सुना होगा, उनके कानों में मर्यादा पुरुषोत्तम श्रीराम का उद्घोष जननी जन्मभूमिश्च... शायद कभी नहीं पड़ी होगी तो फिर किस प्रेरणा से बिरसा मुंडा, रानी माँ गाइदिन्लियू भारत के स्वाधीनता संग्राम में कूद पड़े थे? क्या ये केवल उनका हिन्दू मन नहीं था जिसने उनको भारत माता की उपासना करने को प्रेरित कर दिया था, बलिदान देने के लिए आगे कर दिया था। हिन्दू धर्म की विराटता ईश्वर के विराट स्वरूप के समान है। हिन्दू धर्म *एको अहं बहुस्याम:* ... का दर्शन है, इसे कोई भी अपनी सीमित बुद्धि से नहीं समझ सकता क्योंकि सीमित बुद्धि के साथ असीमित को नहीं समझा जा सकता और हिन्दुत्व के विराट स्वरूप को, ईश उपासना के इसके सिद्धांत को सामान्य नेत्रों से देखा भी नहीं जा सकता, उसके लिए दिव्य दृष्टि चाहिए।

"मेरी दादी या नानी ने, या मेरे गाँव के किसी किसान ने, कभी वेद नहीं पढ़े। पढ़ना तो दूर उन्होंने वेदों को कभी देखा भी नहीं है। लेकिन यदि उनसे उससे गलती से एक चींटी मर जाए या गौ भूखी रह जाए, तो उन्हें पीड़ा होती है। हर प्राणी में एक ही आत्मा है, यह हिन्दू चिंतन बिना शास्त्रों पढ़े भी उसके अंदर इनबिल्ट है।

"इसलिए मुझे कभी भी यह इच्छा नहीं होती कि मैं दुनिया के लोगों को वेद में बताए गए ईश्वर की उपासना के लिए प्रेरित करूँ, जैसे बाकी मज़हब के लोगों की इच्छा रहती है। और यह सोच मुझे मेरे हिन्दू धर्म से मिली है जो कहता है—'आकाशात पतित तोयं, यथा गच्छति सागरम/ सर्व देव नमस्कारं केशवं प्रति गच्छति' यानि 'जैसे आकाश से पृथ्वी पर गिरा जल समुद्र में जा मिलता है, वैसे ही सब देवों को किया गया प्रणाम ईश्वर को ही प्राप्त होता है'।

"इसलिए इस आधार पर मैं अंतिम बात कहूँगा कि सत्य प्राप्त करने का मार्ग सभी के लिए खुला है और किसी एक मार्ग का अनुसरण करने की कोई बाध्यता नहीं है। यही 'उपासना स्वातंत्र्य' हिंदुओं की सबसे बड़ी धरोहर है।"

"ठीक है, पारुल?"—समीर ने पारुल की ओर देखा।

"हाँ जी, बिल्कुल...थैंक्स सर", पारुल को ज़रा भी अंदाजा नहीं था कि उसके सवाल का उत्तर इतना विस्तृत हो सकता है।

## हिन्दू धर्म का सबसे बड़ी यूएसपी क्या है?

"सर ...सर...सर...अभी क्लास खत्म होने में दस मिनट है, मेरा बस एक सवाल है, जो शायद पिछले सवाल से रिलेटेड भी हो एकता है।"

समीर ने घड़ी की इर देखते हुए हामी भर दी।

"सर, मेरा सवाल बस एक लाइन का है कि हिन्दू धर्म की सबसे बड़ी यूएसपी क्या है?"—आकांक्षा ने पूछा।

"लास्ट इयर मैं दिल्ली से खजुराहो जा रहा था, तब मुझे मेरी उस यात्रा में कुछ विदेशी मित्र मिले थे। उन्होंने भी मुझसे वही सवाल पूछा था, जो आपने पूछा है। उनकी अपेक्षा थी कि मैं उनसे कहूँगा कि हमारी सबसे बड़ी 'यूनिक सेलिंग पॉइन्ट' हमारे शास्त्र हैं, ईश्वर की अवधारणा है वगैरह-वगैरह पर मैंने उनसे कहा था कि हिन्दू धर्म की सबसे बड़ी यूएसपी है—'बौद्धिक' स्वतंत्र चिंतन का अधिकार और प्रश्न पूछने का अधिकार' जो हिन्दुत्व की वैचारिक उदारता और सत्य की निरंतर खोज की उसकी इच्छा से उत्पन्न हुए है।

"मेरा उत्तर सुनकर वे हैरान रह गए थे। उन्होंने मुझसे कहा—यह 'बौद्धिक' स्वतंत्र चिंतन का अधिकार और प्रश्न पूछने का अधिकार', ये सारे विषय तो हम पश्चिम वालों की देन है। हिन्दू जैसे प्राचीन धर्म में आपको ये कहाँ से दिखाई पड़ गया और वो भी इतना कि आप इसे ही अपने धर्म की यूएसपी बता रहे हैं?

"मैंने उनसे कहा, 'आपके यहाँ तो ये सारे विचार आज आएं हैं, जबकि हमारे यहाँ वेद काल से ही यह स्वतंत्रता हमें प्राप्त रही हैं। दर्शन, विचार, आस्था और मान्यता के जो भी पक्ष थे, वे अपने-अपने दर्शन, विचार, आस्था और मान्यता के आग्रही थे। परंतु परम सत्य की या अंतिम सत्य की खोज के लिए परस्पर संवाद चलता रहता था। यदि इन संवादों में कोई जीत गया तो उसने कहा कि जीत मेरी नहीं हुई है, जीत सत्य की हुई है और अगर कोई हार गया तो वो कहता था कि हारा मैं नहीं हूँ, जीता सत्य है। इसलिए किसी के विचारों पर अपने विचार को थोपने या किसी के गत पर अपने मत को थोपने का कोई प्रयास हुआ हो, ऐसी कोई घटना हमारे यहाँ नहीं हुई। अर्थात् वैचारिक स्वतंत्रता, बौद्धिक स्वतंत्रता और चिंतन की स्वतंत्रता हमारे लिए हमेशा उपलब्ध रही है। ईश्वर सत्य या जीवन जीने के आदर्श मार्ग को जानने-खोजने की स्वतंत्रता केवल भाषणों में नहीं कहा बल्कि यह हमारे जीवन में भी उतरी और उसका पूरा पूरा वृत्त हमारे शास्त्रों में मिलता है। अर्जुन के सवालों का उत्तर देने के लिए कृष्ण ने धर्म-भूमि कुरुक्षेत्र को पाठशाला में बदल

कर गीता ज्ञान दिया था। नचिकेता और यमराज के बीच हुए संवाद का उल्लेख हमें *कठोपनिषद* में मिलता है, जहाँ यमराज जैसे विराट देव भी नचिकेता के सवालों का उत्तर देने को संकल्पित दिखते हैं। हमारे यहाँ चाहे कोई भी रहा हो, उसे सामने वाले के बौद्धिक प्रश्नों का सामना करना पड़ा और उसे संतुष्ट भी करना पड़ा। वशिष्ठ-सुदास संवाद, अगस्त्य-लोपामुद्रा संवाद, इन्द्र-इन्द्राणी-वृषाकपि संवाद, पुरूरवा-उर्वशी-संवाद, सरमा-पणि-संवाद, यम-यमी-संवाद, काकभुशुण्डि-गरुड़ संवाद, बुद्ध-आनंद संवाद, शंकराचार्य-मंडन मिश्र संवाद, याज्ञवल्क्य-मैत्रेयी संवाद और बंदी तथा अष्टावक्र संवाद जैसे अनगिनत श्रृंखला हमारे यहाँ रही है, कहीं शिष्य गुरु से प्रश्न करता है, कहीं पत्नी पति से प्रश्न करती है, कहीं दो आचार्य संवाद कर रहे हैं, तो कहीं तो विपरीत मत वाले आपस में संवादरत हैं। हमारे यहाँ आपको एक भी प्रसंग ऐसा नहीं मिलेगा जहाँ किसी से वह बात मनवाने की चेष्टा की गई हो जिसे ज्ञान-विज्ञान और तर्क बुद्धि स्वीकार न करें। यदि तुम हिन्दू हो तो तुम्हें हर प्रश्न पूछने की स्वतंत्रता है, खुद से सोचने की स्वतंत्रता है, दूसरों से अलग एक मौलिक निष्कर्ष पर पहुँचने की स्वतंत्रता है और हमारी सारी आध्यात्मिक समृद्धि इस एक यूएसपी की देन है।''

"लेकिन आपने हिन्दू धर्म की सबसे बड़ी यूएसपी के रूप में बौद्धिक स्वतंत्रता को ही क्यों चुना? इसकी कोई विशेष वजह?"—आकांक्षा ने पूछा।

इस पर समीर ने जवाब दिया, "आप मुझसे अगर पूछो कि एक मनुष्य के रूप में उसकी सबसे बड़ी संपदा क्या है, तो मैं कहूँगा—'बौद्धिक स्वतंत्रता', चिंतन की स्वतंत्रता। यह स्वतंत्रता उसे अपनी बुद्धि, अपने तर्क, अपनी मान्यता, अपना विवेक और अपने विचार को इम्प्लीमेंट करने की अनुमति देता है। मुझे इस बात को कहते हुए गर्व है कि केवल हिन्दू धर्म ही है जो हमें यह फ्रीडम देता है। इसलिए मैंने इसे हिन्दू धर्म की सबसे बड़ी यूएसपी के रूप में चुना। मानव जाति को हिन्दू धर्म की सबसे बड़ी देन यही 'बौद्धिक और चिंतन की स्वतंत्रता' है, जो और किसी के पास नहीं है। मुझे हिन्दू होने पर गर्व इसलिए है क्योंकि हिन्दू धर्म चिंतन की चैतन्यता को जीवित रखता है, नवीन और वैज्ञानिक मान्यताओं को स्वीकार करता है, तर्क और न्याय दर्शन को महत्त्व देता है, विज्ञान का सम्मान करता है, और वाद-विवाद की परंपरा का पोषण करता है। यही कारण है कि हमारे यहाँ ब्रूनो, गैलीलियो और जॉन ऑफ आर्क जैसे कई हुए, उन्हें न तो जिंदा जलाया गया, न सूली पर चढ़ाया गया और न ही यातनाएँ देकर प्रताड़ित किया गया।"

"लेकिन आज कल कुछ जगह हम देखते हैं कि हिंदुओं में भी कुछ लोग हैं जो हिन्दू धर्म को एक कल्ट में बदलना चाहते हैं, ऐसे लोगों को आप क्या कहना चाहेंगे?"—रजत ने पूछा।

"देखो रजत, हिन्दू धर्म अपनी मूल प्रकृति में एक परिवर्तनीय धर्म है। इसलिए यहाँ ऐसी कोई कोशिश कभी परवान नहीं चढ़ती, जिसमें कोई इस धर्म को किसी पर्टिकुलर सोच, किताब या मान्यता में जकड़ना चाहे। बाकियों की तरह हिन्दू धर्म किसी एक सत्ता से संचालित नहीं होता, न ही हमने आज तक किसी को यह अधिकार दिया है कि वह किसी को धर्म से बहिष्कृत कर सके। न ही किसी के अंदर यह हिम्मत है कि वह हमें किसी ग्रंथ की व्याख्या करने से रोक दे। हम किसी को भी हिन्दू धर्म को बौद्धिक आतंक का अड्डा बनाने नहीं देते, जहाँ सिर्फ उसकी चले। यदि ऐसा कोई है भी तो वह एक्सिडेंटली ही हिन्दू है, क्योंकि हिन्दू स्वयं भी वैचारिक रूप से स्वतंत्र होता है और दूसरों की भी वैचारिक स्वतंत्रता का रक्षण करता है। यदि ऐसा कोई है भी तो मैं उससे कहूँगा कि यह बौद्धिक और चिंतन की स्वतंत्रता हमें एक विरासत रूप में हमें मिला है। इसलिए इसे आगे बढ़ाओ न बढ़ाओ, पर इसे बचाकर तो अवश्य रखो।"

"लेकिन आज दुनिया में यही सोच बहुतायत में है, जहाँ स्वतंत्र चिंतन पर पहरा है, और जानने नहीं बल्कि मानने की धमकी है, तो ऐसे में हिन्दू समाज की क्या भूमिका होनी चाहिए?"—पारुल ने अगला सवाल पूछा।

"हिन्दू धर्म स्वतंत्र मनुष्यों का धर्म है, इसलिए हमें अपनी इस अमूल्य संपदा को संजो कर आगे बढ़ाते रहना होगा। हमें यह समझना होगा कि चूँकि हमारा धर्म मानव की सबसे बड़ी सम्पदा यानि बौद्धिक और चिंतन की स्वतंत्रता का एकमात्र उद्गम स्थल हैं, इसलिए सभ्यता की आख़िरी उम्मीद भी यही है। हमें विश्व के उन सब मानवों के लिए अभय दायक छत्र बनना होगा जो स्वतंत्र सोचते है, जो स्वतंत्र चिंतन करते हैं; क्योंकि हमारी परिभाषा में वे भी हिन्दू ही है। हमें उन्हें समझाना होगा कि तुम्हारे चिंतन-मनन, अध्ययन का जो भी निष्कर्ष या निष्पत्ति होगी, वह केवल और केवल हिन्दू विचार में ही पोषित होगी; क्योंकि हिन्दू होना तुम्हारे निष्कर्ष या निष्पत्ति से कहीं अधिक, उस निष्कर्ष या निष्पत्ति पर पहुँचने की प्रक्रिया का नाम है। गैलीलियो, ब्रूनो, कोपर्निकस और उनके जैसे कितने ही लोग इस आधार पर हिन्दू न होते हुए भी हिन्दू ही थे, क्योंकि मानव मन की निरंतर खोज की प्रक्रिया को उन्होंने जीवित रखा। यदि ऐसे लोग हमारे देश में जन्मे होते तो उनके चिंतन की

नवीनता उन्हें अलग-अलग दर्शनों के ऋषियों की तरह मान दिलाती। उनके शोध, और उनकी थीसिस को गौरव से हिन्दू दर्शन का अंग घोषित कर पुस्तकालयों में सजाया जाता। लेकिन अफ़सोस, वे हमारे यहाँ नहीं जन्में, वे ऐसी जगह जन्में जहाँ वैचारिक स्वतंत्रता और स्वतंत्र चिंतन पर पहरे थे।

"मैं जब किसी को हिन्दू धर्म समझाता हूँ तो उससे कहता हूँ कि हिन्दू धर्म के जन्म लेने के कारण जो चीज़ तुम्हें सबसे सुलभता से मिली है, उसका वास्तविक मोल समझना हो तो किसी ऐसे व्यक्ति से मिलना जिसे स्वतंत्र चिंतन की छूट नहीं मिली है। उससे पूछो कि वहाँ स्वतंत्र चिंतन करने के कारण, सवाल पूछने के कारण, अपनी तर्क-बुद्धि और विवेक का प्रयोग करने के कारण उनके यहाँ कितनों को जिन्दा जलाया गया, कितनों को देश निकाला दिया गया, कितनों को कारावास में डाला गया है? वो अपना उत्तर चाहे कितना भी संतुलित या मर्यादित होकर दे पर तब भी मुझे पक्का विश्वास है कि उसका उत्तर तुम्हें समझा देगा कि एक हिन्दू होने के नाते तुम कितने बड़े अधिकार को एन्जॉय कर रहे हो और इसलिए तुम्हारी ये जिम्मेदारी है कि जिस अधिकार को तुम एन्जॉय कर रहे हो, उसे अपने की पीढ़ियों के लिए भी सुरक्षित रखो।"

क्लास खत्म होने की घंटी बज गई थी।

## प्रियः पशूनां भूयासम्

**(बारहवां दिन/ शनिवार)**

"यार, सैम सर जितनी ट्रेडिशनल बातें करते हैं, उनका ड्रेस वैसा नहीं है।"

"क्या मतलब?"

"मतलब ये कि जो बातें वो करते हैं, वैसी बातें सोचकर तो नहीं लगता कि ये बातें करने वाला धोती-कुर्ता में होगा? नहीं?"

समीर अक्सर फॉर्मल शर्ट-पैंट और ब्लेज़र में होता था, और उसके इस लुक पर आज क्लास में लड़कियों के बीच बातें चल रही थी।

"अबे, तू यहाँ समीर सर का लेक्चर अटेंड करने आई है या उन्हें ताड़ने आई है। बकवास बंद करके चुपचाप से बैठ," आकांक्षा ने पारुल को डांटा।

"समीर सर, आज आप अपने बारे में कुछ बताओ न।"

समीर ने घड़ी की ओर देखा और कहा—"बताऊंगा पर यहाँ नहीं...किसी दिन आप लोगों को बर्गर पार्टी पर इनवाइट करता हूँ, वहाँ ये पर्सनल बातें..." समीर ने एक बार में ही इस चर्चा को विराम दे दिया।

"तो आज किसी के पास कुछ पूछने को नहीं है?"—समीर ने सबकी ओर देखते हुए कहा।

"है सर . . ." रजत ने हड़बड़ाते हुए कहा।

आज उसके दिमाग में कुछ विशेष नहीं था तो उसने अनायास ही पूछा—"हिन्दू शास्त्रों की या हिन्दू इतिहास की बल्कि हिन्दू धर्म कौन सी बात आपको सबसे अधिक प्रेरक लगती है?"

"शायद आप में से कई लोगों के लिए मेरा उत्तर हैरान करने वाला हो सकता है, पर मेरे अनुसार हिन्दू धर्म की सबसे प्रेरक बात यह है कि यह मनुष्य को बताता है कि उसका परिवार परिवार बहुत बड़ा है, जो केवल उसके अपने परिवार, गाँव, शहर, राज्य या देश तक ही सीमित नहीं है, बल्कि इसका विस्तार तमाम जीव-

जंतु, जलचर, नभचर, थलचर, गंधर्व से लेकर पहाड़-पत्थर, नदियों और वृक्षों तक है। हिन्दू धर्म की जो बात मेरे मन को सर्वाधिक छूती है, वह है पर्यावरण, जैव-विविधता, जल या वन संरक्षण को लेकर हिन्दू शास्त्रों का दृष्टिकोण। हमारे पूर्वजों ने जिस कुटुंब, समाज, ग्राम या राष्ट्र की कल्पना की थी, वह केवल मानवों तक सीमित नहीं थी। उनकी कल्पना में एक छोटे से कीट -पतंगे से लेकर सृष्टि के रचनाकार देवता तक सम्मिलित थे। सांप, भूतों, यक्षों और गन्धर्वों को भी उन्होंने अपने परिवार में स्थान दिया था। उन्हें ऐसी शिक्षा दी गई थी कि मानव अपने साथ-साथ सबके हित की सोचे। उनसे कहा गया कि जिस ईश्वर ने तुम्हें रचा है, उसी ने कीट-पतंगों, पक्षियों, पशुओं और सबको रचा है, इसलिए तुम्हें अधिकार नहीं है कि तुम किसी की जान लो या किसी को परेशान करो।

"दुनिया में आज पशुओं के अधिकारों की रक्षा के लिए बहुत बातें होती हैं, और कई कानून भी बने हैं लेकिन मैं एक बहुत रोचक बात बताने वाला हूँ। वह यह है कि हिन्दू ग्रंथ पशुओं के हितार्थ बनाई गई आधुनिक संस्थाओं से अलग संदेश देते हैं। जहाँ बाकी सब यह कहते हैं कि मनुष्यों को पशुओं से प्यार करना चाहिए वहीं हमारे *अथर्ववेद संहिता* के सत्रहवें कांड के प्रथम सूक्त के चौथे मंत्र में ऋषि कहते हैं—'प्रियः पशूनां भूयासम्॥ अर्थात् 'मैं पशुओं का प्यारा बनूँ या मैं पशुओं का प्रिय हो जाऊँ'। सोचो, यह कितना बड़ा चिंतन है, वेद हमसे कह रहा है कि हमें ऐसा बनना है कि पशु हमसे प्रेम करने लगे।"

"सर, यह तो बड़ी रोचक बात है, इस बात को आप थोड़ा विस्तार से समझा सकेंगे?"—पारुल ने कहा।

"हाँ...बिलकुल।"

"हमें हिन्दू धर्म कहता है कि तुम्हारे मैत्री भाव के दायरे में सब आयेंगे, और चूँकि इन सबमें तुम सबसे अधिक प्रज्ञावान हो, इसलिए यह तुम्हारी जिम्मेदारी है कि तुम सबके प्रति मैत्री भाव को बनाए रखो, सबके अस्तित्व को स्वीकारो और उनकी रक्षा करो। हमारे इतिहास का एक भी उदाहरण ऐसा नहीं है जो मानव और इन सबके सह-अस्तित्व का बोध न कराए। हर घटना में, ईश्वर की हर संकल्पना में, हर अवतार में सभी जगह ईश्वर की बनाई मनुष्येत्तर कृतियाँ हमारे साथ खड़ी हैं। यदि आप समुद्र मंथन की कथा पढ़ोगे, तो वहाँ समुद्र से निकलने वाले रत्नों में कल्पवृक्ष और पारिजात वृक्ष हैं, ऐरावत हाथी है, उच्चैश्रवा घोड़ा है, कामधेनु गऊ है अर्थात् वृक्षों और पशुओं को समुद्र मंथन में देवी लक्ष्मी के साथ निकलता दिखाया

गया है और उन्हें रत्न यानि विशिष्ट की संज्ञा दी गई है। विष्णु के दस अवतारों में आरंभिक तीन अवतार यानि मत्स्य, कूर्म और वराह हैं। ये अवतार पशु रूप में हैं। विष्णु का नृसिंह और हयग्रीव अवतार अर्ध-पशु और अर्ध-मानव रूप में था। गरुड़ को बिष्णु का वाहन बताया गया है, काकभुशुण्डि जी को श्रीराम की महिमा गाते हुए दिखाया गया है।"

"सर, हमारे यहाँ अवतार भी ऐसे ही रहे हैं न?" – आकांक्षा ने पूछा।

"नृसिंह अवतार का कोप शांत करने के लिए शिव जी ने शरभावतार लिया था, जो पशु रूप में था। भगवान शिव के वाहन का नाम नंदी है, उनकी पत्नी पार्वती बाघ की सवारी करती हैं, एक पुत्र गणेश चूहा की सवारी करते हैं और दूसरे पुत्र कार्तिकेय का वाहन मोर है। स्वयं शिवजी के गले में सर्प और बिच्छु आभूषण रूप में स्थान पाते हैं। शेषनाग को भगवान विष्णु का आसन माना जाता है और यह भी मान्यता है कि यही लक्ष्मण और बलराम रूप में धरती पर अवतरित हुए थे। देवी दुर्गा को बाघ की, माता घूमावती को कौए की, सरस्वती जी को हंस की और लक्ष्मी जी को कौए की सवारी करते हुए दिखाया गया है।

"भगवान राम का अवतार मनुष्य और पशु-पक्षियों के साहचर्य की कथा है, जहाँ जटायु और सम्पाती दो भाई सीता माता की खोज अभियान में सबसे अधिक सहायक सिद्ध हुए। सीता जी की खोज से लेकर राम जी सेना के कुशल संचालन और सेतु बंधन तक के कार्य वानरों के द्वारा किए गए। सेतु बंधन में गिलहरी की भूमिका का भी उल्लेख है। रीछ और वानरों को राजनैतिक सलाह देता हुआ दिखाया गया है। राम जटायु का अंतिम संस्कार अपने पिता तुल्य मानते हुए करते हैं। कृष्ण ने स्वयं को गीता जी में मकर कहा। हमारे यहाँ पंचतंत्र जैसी कथा रची गई जिसके केंद्र में जीव-जंतु ही थे। दत्तात्रेय जी के चौबीस गुरुओं में अजगर, कपोत, पतंगा, मछली, हिरण, हाथी, मधुमक्खी, कुरर पक्षी, सर्प, मकड़ी, और भृंगी कीट थे।

"महाभारत की कुछ कथाएँ मेरे लिए बेहद प्रेरक हैं और मुझे लगता है कि अगर हम इस कथाओं के उद्देश्य को समझ ले तो बहुत कुछ बेहतर हो जाएगा।"

"कुछ स्टोरीज सुनाओ सर,"—हरमन ने व्यंग्य में कहा।

समीर उसके कटाक्ष को समझ गया, पर उसने इस बात को इग्नोर करते हुए कहा—"क्यों नहीं? कहानियों के माध्यम से चीज़े समझना बहुत सहज हो जाता है। महाभारत युद्ध में महाधनुर्धर अर्जुन के पुत्र अभिमन्यु की हत्या कर दी गई थी

और अर्जुन इससे बहुत व्यथित थे। एक बार उन्होंने श्रीकृष्ण से पूछा—'हे प्रभु, कृपया मुझे बताइए कि महाभारत के युद्ध में मेरे पुत्र अभिमन्यु की निर्मम हत्या का कारण क्या है? इस पर श्रीभगवान ने उत्तर दिया, 'हे अर्जुन, तुम्हें स्मरण है कि तुमने एक बार अपने दिव्यास्त्रों की सहायता से विशाल खाण्डव वन को जला दिया था?' अर्जुन ने 'हाँ' में उत्तर दिया। भगवान ने कहा – 'तो अर्जुन, उस भीषण दाह में उस वन के लाखों वृक्ष तो जले ही, उसमें निवास करने वाले असंख्य पशु-पक्षी और जीव-जंतु भी आग में जलकर खाक हो गए। वे तमाम जीव-जंतु भी भस्म हो गए। क्योंकि वे भी किसी के संतान थे और उनके माता-पिता का यह श्राप था कि जिस निर्मम तरीके से हमारे बच्चों की हत्या हुई है, हे प्रभु, हम चाहते हैं कि वह दर्द अर्जुन को भी महसूस हो और इसलिए अभिमन्यु की निर्मम मृत्यु उन्हीं मूक प्राणियों के शाप का कारण है। इसके बाद उन्होंने अपने सखा अर्जुन को समझाते हुए कहा—"हे अर्जुन, यह पृथ्वी असल में मृत्युलोक है। यहाँ माता-पिता के सत्कर्म अथवा दुष्कर्म का परिणाम उनकी संतान को भुगतना पड़ता है, यही विधि का विधान है।"

"तो इस कथा का लर्निंग लेशन क्या है?"—हरमन ने पूछा।

"इस कथा से हमारे लिए लर्निंग लेशन यह है कि जब हम आवेश में आकर या किसी लाभ के लिए कुछ ऐसा कर गुजरते हैं, जिसमें ईश्वर के बनाये बनाई अबोध जीव-जंतुओं के जीवन की उपेक्षा होती है, तो ईश्वर हमें इसका दंड देता है।खांडव वन के भीषण दाह में केवल तक्षक पुत्र नाग अश्वसेन, मयासुर और चार शारङ्ग पक्षियों को छोड़कर कोई भी जीव और वनस्पति नहीं बचे थे। कहा जाता है कि खाण्डव वन को जलाने के प्रतिशोध में तक्षक नाग ने अर्जुन के पोते परीक्षित को डस लिया था। फिर परीक्षित की इस हत्या का बदला लेने के लिए जनमेजय ने नागयज्ञ किया। उस यज्ञ में अनेक सर्प जलकर भस्म हो गए, लेकिन तक्षक सर्प आस्तीक मुनि के द्वारा बचा लिया इससे सीख यह मिलती है कि जब हम किसी निर्दोष प्राणी पर अत्याचार करते हैं, तो यह पीढ़ियों तक नुकसान का कारण बनता है। पहले खांडव वन में अबोध जीव-जंतु और वनस्पति नष्ट किए गए, तो उसका परिणाम अभिमन्यु की निर्मम मृत्यु के रूप में सामने आया।, फिर इसका प्रतिशोध तक्षक नाग ने लिया, और तक्षक के प्रतिशोध का उत्तर जनमेजय ने नागयज्ञ करके दिया। तब आस्तीक मुनि आगे आए और उन्होंने आकर उसे रुकवा दिया। उन्होंने जन्मेजय को समझाया कि यदि प्रतिशोध की प्रतिक्रिया प्रतिशोध ही होगी, और यह सिलसिला कभी खत्म नहीं होगा। वन को अकारण जलाने पर तक्षक ने परीक्षित

के प्राण लिए, अब तक्षक के मारे जाने पर उसकी संताने आगे भी प्रतिशोध लेती रहेगी। इसे दूसरे रूप में समझें तो आस्तीक मुनि ये समझाना चाहते थे कि प्रकृति और पेड़ों को नष्ट करने से न केवल दुर्भिक्ष आता है बल्कि प्रदूषण का संकट भी सामने आता है और हमारी भावी संततियों भी उसकी कीमत चुकाना पड़ती है। यह कथा बताती है कि यदि आप किसी भी प्रकार का अत्याचार करेंगे तो ईश्वर आपको उसका दंड अवश्य देगा। इसलिए, इस धरती के वासी होने के नाते हमें इस धरती पर साथ रहने का संस्कार विकसित करना ही होगा। मनुष्य को यह अधिकार नहीं है कि वह वनों का अपने लिए अनुचित उपयोग कर वहाँ के प्राणियों का आश्रय छिन्न-भिन्न कर दे, नदियों को प्रदूषित कर उसमें रहने वाले जीवों को सताए या वृक्षों को काटकर पक्षियों का आश्रय छीन ले। प्राणीमात्र हमारे पर्यावरण का महत्त्वपूर्ण अंग है। इसी बात को समझाते हुए यजुर्वेद 36/18 में ऋषियों ने कहा था—'मित्रस्याहं चक्षुषा सर्वाणि भूतानि समीक्षे। मित्रस्य चक्षुषा समीक्षामहे।' अर्थात् 'हमें विश्व के सारे प्राणी मित्र दृष्टि से नित देखें, और सभी जीवों को हम भी मित्र -दृष्टि से नित देखें।'

"महाभारत में भी पर्यावरण संरक्षण का विशद वर्णन मिलता है। महाभारत के वनपर्व में विदुरनीति के अन्तर्गत वृक्ष और वनस्पति के संवर्द्धन के प्रयासों के अनेक उदाहरण दिए हुए हैं। महाभारत के अनुशासन पर्व में जल संरक्षण को महान धार्मिक कार्य घोषित किया गया है – तस्य पुत्राः भवन्त्येते पादपा नात्र संशयः। परलोकगतः स्वर्गं लोकाश्चाप्नोति सोऽव्ययान्॥ यहाँ बाघों के संरक्षण की बात कहते हुए कहा गया है – 'निर्वनो वध्यते व्याघ्रो निर्व्याघं छिद्यते वनम्। तस्माद्व्याघ्रो वनं रक्षेद्वयं व्याघ्रं च पालयेत्'। अर्थात् 'वन न हो, तो बाघ मारा जाता है। यादि बाघ नहीं हो तो वन नष्ट हो जाता है। अत: बाघ वन की रक्षा करता है एवं वन बाघ की रक्षा करते हैं।'

"तो आप हमें और क्या संदेश देना चाहेंगे?"—रजत ने पूछा।

"बस यही कि हमें और आपको यह समझना होगा कि प्रत्येक जीव किसी न किसी आहार श्रृंखला का एक घटक है। इनमें से किसी भी एक घटक की अनुपस्थिति पूरी आहार श्रृंखला को तहस-नहस कर देगी, जिसका प्रभाव पारिस्थितिक असंतुलन के रूप में सामने आएगा और जिसके परिणामस्वरुप प्राकृतिक आपदाएँ जन्म लेंगी। यह संदेश मेरा नहीं है, बल्कि हिन्दू धर्म का है, जिसकी सबसे बड़ी विशेषता है कि इसमें प्रत्येक जीव की प्रकृति में उपस्थिति और उसके महत्त्व को स्वीकारा गया है।

संपूर्ण जैव विविधता की सुरक्षा और संरक्षा सुनिश्चित करने हेतु जीव जंतुओं और वनस्पतियों को धर्म से जोड़ा गया है। यहाँ गरुड़ भी पूजनीय है तो गाय भी पूजनीय है, यहाँ चूहा भी पूजनीय है तो सर्प भी पूजनीय है। हमारे यहाँ तो ऐसी-ऐसी घटनाएँ हुई हैं, जो स्पष्ट करती है कि अन्य जीवों के जीवन की कीमत मनुष्य के जीवन से अधिक है। राजा दिलीप गौ की रक्षा के लिए अपने प्राणों की आहुति देने को तैयार थे। राजा शिबि ने एक कबूतर का जीवन बचाने के अपने शरीर का मांस दे दिया था।"

"ऐसा ही वृक्षों के साथ भी है न सर?"—पार्थ ने पूछा।

"बिल्कुल पार्थ, वनस्पतियों में पीपल पूजनीय है तो तुलसी और बरगद का भी उतना ही धार्मिक महत्त्व है। यहाँ जड़ी-बूटी वाले पौधे भी वंदनीय माने गए हैं। हमारे धर्म की सबसे बड़ी विशेषता यह है कि यह न केवल जीव-मात्र के कल्याण की कामना करता है, बल्कि उसे अपने आराध्य के साथ देखता है। जानवरों को देवताओं के वाहन रूप में रखा गया है। युधिष्ठिर के साथ एक कुत्ते को स्वर्ग जाता हुआ दिखाया गया है। वृक्ष और पेड़-पौधे सृष्टि के अस्तित्व का और हमारी प्राणवायु का आधार हैं।

"इस बात को ध्यान में रखते हुए सभी जीवनदायनी वनस्पतियों जैसे तुलसी, पीपल, बड़, नीम, आंवला, बेल, कमल, चमेली आदि को धार्मिक रीति रिवाजों और ज्योतिष उपायों से जोड़कर पूजनीय बना दिया गया ताकि इंसान इन्हें नुकसान पहुँचाने का प्रयत्न तो दूर, ऐसा करने की सोच भी न सके। कहते हैं कि विष्णु जी ने जब सृष्टि की रचना के लिए ब्रह्मा जी को जन्म दिया, उसी समय उन्होंने आंवले के वृक्ष को भी जन्म दिया। तुलसी को विष्णु की पत्नी माना जाता है और बिल्वपत्र से शिवजी की पूजा की जाती है। इसको लेकर हिन्दू समाज में ये भाव इतना गहरा है कि कोई तुलसी या बिल्व पत्र को अपने पाँव के नीचे रखने की कल्पना भी नहीं कर सकता। ऐसा ही भाव नदियों और पहाड़ों के लिए भी है। गंगा को ब्रह्मा, बिष्णु और महेश तीनों से जोड़ा गया है, नदियों को हिमालय की बेटी बताया गया है और ऐसा करने के पीछे का ध्येय मानव कल्याण और प्रकृति का रक्षण ही रहा है।

"हम जितना इन बातों से कटते हैं, धार्मिक किन्तु वैज्ञानिक मान्यताओं से दूर होते हैं, उतना ही प्रकृति से भी कट जाते हैं। जहाँ अधिक शहरीकरण हुआ, वहाँ 'जड़-चेतन जग जीव जत सकल राममय जानि...का भाव लुप्त हुआ और वहाँ अधिक प्राकृतिक आपदाएँ आईं।"

"वैसे तो इस प्रश्न का बहुत अधिक संबंध इससे नहीं है, फिर भी गाय को लेकर मेरा एक प्रश्न है। जबकि अब कई विद्वानों ने सप्रमाण यह सिद्ध किया है कि वैदिक

काल में हिन्दू भी गोमांस खाते थे और हमारे वेद आदि ग्रंथों में गोहत्या की अनुमति है, तो फिर गौ-रक्षा का आंदोलन कर हिन्दू अपने शास्त्रीय आदेशों अथवा पूर्वजों की परम्पराओं की अवहेलना' नहीं कर रहा?—हरमन ने पूछा।

"देखो हरमन, मैं आपके प्रश्न से सहमत नहीं हूँ; क्योंकि जिन भी कथित विद्वानों ने हिन्दू शास्त्रों में गोवध की अनुमति होने या प्राचीन काल में हिंदुओं के द्वारा गोमांस खाने की बात लिखी है, उन्होंने अपनी दुष्टता या अज्ञानता में शास्त्रों के मन्त्रों और श्लोकों की गलत व्याख्या की है। मेरी समझ में किसी भी हिन्दू शास्त्र में गोवध अथवा गोमांस भक्षण की अनुमति नहीं है; बल्कि हमारे शास्त्र तो गायों की स्तुतियों से भरे हुए हैं। उसमें उन्हें *अवध्य* बताया गया है और यह कहा गया है कि गाय का वध करने वाले की मुक्ति का कोई विधान नहीं है। ऐसा उन शास्त्रों में है लेकिन बहस के तौर पर यह मान भी लें कि पहले के काल में हिन्दू गौमांस खाते थे या शास्त्रों में इसकी अनुमति है तो भी मैं इस बात को उचित मानता हूँ कि गोवध निषेध सख्ती से लागू की जाए और ऐसा मैं इसलिए कहता हूँ क्यूंकि मानव-जाति हर क्षेत्र में सदैव क्रमोन्नति के मार्ग पर चलती है। कभी मानव निर्वस्त्र घूमते थे, आज हमने टेक्सटाइल इंडस्ट्री में ऊँचा मक़ाम हासिल किया है, कभी हम विंडोज का 0.1 वर्जन प्रयोग करते थे आज हम विंडोज 11 प्रयोग कर रहे हैं तो मान लीजिये कि हमारे इतिहास जीवन के किसी कालखंड में गौमांस भक्षण या गौवध अलाउड रहा भी होगा तो क्या आज उसे छोड़ना हमारे बौद्धिक विकास का सूचक नहीं है? क्या ये हमारी प्रगतिशीलता का सूचक नहीं है? जीवन भर दूध, गोमूत्र और गोधन देकर मानव-जाति पर अनगिनत उपहार करने वाली गौ के प्रति करुणा का प्रदर्शन क्या यह हमारी पशुता से मनुष्यता की ओर यात्रा नहीं है?

"राजा दिलीप श्रीराम के पूर्वज थे। उन्होंने पुत्र की कामना में गाय की सेवा की। आगे उनके वंश में श्रीराम हुए जिन्होनें अपने हर प्रबोधन में गाय की रक्षा का आदेश दिया। कृष्ण जी का काल आते-आते ये हुआ कि कृष्ण जी का नाम ही गाय पालने के कारण गोपाल हो गया। कृष्ण जी की हर मूर्ति के साथ गाय और बछिया उत्कीर्ण की जाती है इसलिए गाय को लेकर हमारी श्रद्धा आज अगर उतरोत्तर बढ़ते हुए श्रेष्ठतम रूप में है तो इसके लिए तो हिन्दू समाज को पुरस्कृत किया जाना चाहिए कि उसने उपभोगतावाद और भोगवाद की आंधी में भी अपने उन्नत संस्कारों को बचा कर रखा हुआ है, गोहत्या या गोमांस भक्षण आज किसी हिन्दू के लिए असंभव-सा कार्य है।

"सर, मैंने तो बस यूँ ही एक प्रश्न पूछ दिया था। कि मेरे उस प्रश्न का इतना विस्तृत उत्तर हो सकता है, ये मुझे नहीं पता था। मुझे आज कई बातें समझ आई, कई सारे मिसकन्सेप्शन दूर हुए...थैंक यू सर।"

"ठीक है, फिर...कल मिलते हैं,"—समीर ने कहा तो पारुल अपने जगह से उठ खड़ी हुई।

"सर, लेकिन आप जो बर्गर पार्टी देने वाले हैं, वो कब मिलेगा?"

"इस सन्डे यानि कल, बाकी किस रेस्त्रां में पार्टी लेनी है, यह आप लोग डिसाइड कर लो", समीर ने मुस्कुराते हुए कहा और क्लास से बाहर निकल गया।

समीर के जाने के बाद क्लास में पार्टी को लेकर चर्चा शुरू हो गई कि कब, कहाँ और कैसे पार्टी लेनी है।

समीर अस्पताल आ गया। वहाँ पहुँचा तो उसका भाई वहाँ उसके इंतजार में था।

"भैया, आ गए तुम, डॉक्टर ने बुलाया है, शायद पापा की हेल्थ को लेकर कुछ अपडेट देना चाह रहे हैं।"

"कहाँ हैं वो ... चलो ... जल्दी...समीर तेजी से अपने भाई के साथ लिफ्ट की ओर बढ़ा। कुछ देर बाद वो उसके पिता को एग्ज़ामिन कर रहे डॉक्टर के चैम्बर में थे।

"हलो सर।"

"हाय मिस्टर समीर, आपके लिए एक गुड न्यूज़ है..."

"गुड न्यूज़..." समीर इतना ही कह सका।

"हाँ, फ़िलहाल इसे गुड न्यूज़ कह सकते हैं क्योंकि आज सुबह आपके पिता के हेल्थ में थोड़ा-सा सुधार हुआ है, आज थोड़ी सी मूवमेंट देखने को मिली है और वो कुछ बोलने की कोशिश कर रहे थे... अब इसे बहुत अधिक सुधार तो नहीं कह सकते बट फिर भी इट्स अ गुड मूव..."

"तो कब तक पूरी तरह ठीक हो जायेंगे पापा?"—समीर अधीर था।

"अभी तो हम यह नहीं कह सकते क्योंकि ऐसे केसेज़ में सुधार की प्रक्रिया धीमी होती है और ठीक होने में पेशेंट को कुछ महीने यहाँ तक कि एक साल तक भी लग सकते हैं... बाकी आज की मूवमेंट अगर कल, परसों, तरसों कंटिन्यू रहती है तो हम ये मान सकते हैं कि जल्दी ही आपके फ़ादर रिकवर कर लेंगे। होप फॉर द बेस्ट... ओके मुझे अब कहीं निकलना है, बाकी आप टेक केयर ..."

"थैंक्स डॉक्टर... थैंक यू वेरी मच..."

आज बहुत दिनों बाद समीर थोड़े सुकून में था। वह अभी जाकर अपने पिता से मिलना चाहता था। लिफ्ट में उसने अपनी पत्नी को फोन लगाया और उसे वो सारी

बातें बताई तो अभी डॉक्टर ने उससे कहा था। ऋचा ने उससे कहा – "मैंने कहा था न कि सब बेहतर होगा लेकिन तुम समझने को तैयार नहीं थे। देखना, अब तुम पापा को लेकर ही घर लौटोगे।"

"होप सो यार..."

लिफ्ट उस फ्लोर पर रुकी जहाँ उसके पापा एडमिट थे। समीर अपने पिता को देख रहा था कि तभी उनकी देखभाल में लगी नर्स ने आकर कहा, "तुम बिना मतलब इतना परेशान, आज सुबह मैंने अपनी आँखों से तुम्हारे फादर को मूवमेंट करते हुए...अभी ये जल्दी रिकवर हो जायेंगे। डोंट वरी..."

"थैंक्स सिस्टर..." कहते हुए समीर के आँखों के कोर से आंसू टपक पड़े।

समीर अपने पिता के हाथों को थामे उनके बेड के पास ही बैठ रहा और तब तक वहीं बैठा रहा जब तक उसके भाई ने आकर उससे लंच करने चलने को नहीं कहा।

"सुन समर आज कहीं अच्छे जगह चल के खाते हैं।"

समर ने आज इतने दिनों में पहली बार गौर किया कि उसके भाई ने शौक से कुछ खाने की बात की है।

जबसे डॉक्टर ने उसे पिता की सुधरती स्थिति के बारे में बताया था तब से ही समीर का दिल उम्मीदों से भर गया था। आज वो काफी हल्का महसूस कर रहा था, लेकिन फिर भी जानता था कि अभी भी उसके पिता के पूर्ण से स्वस्थ्य होने में एक लम्बा वक़्त लगेगा लेकिन ये वक़्त उनके तबियत सुधरने की ओर होगा, यह एहसास उसे कमजोर पड़ने नहीं दे रहा था।

आज बहुत अरसे बाद उसने रेस्त्रां में अपने भाई के साथ पेट भर के खाना खाया और फिर खाने के बाद समर के लाख मना करने के बावजूद अस्पताल आ गया। उसे लगता था कि शायद उसके वहाँ होने से वह अपने पिता को आँखें खोलते देख सके।

उसकी रात उस दिन अस्पताल में ही गुजरी। सुबह जब डॉक्टरों के राउंड शुरू हुए तो वो बड़ी उम्मीदों से वहाँ पिता के एग्ज़ामिन किए जाने की प्रतीक्षा करता रहा। डॉक्टर ने एग्ज़ामिन करने के बाद कहा, "कल के बाद से कोई विशेष इम्प्रूवमेंट तो नहीं है पर तबियत बिगड़ी नहीं है ये पक्का है, तो डोंट वरी...हम उम्मीद कर सकते हैं कि आज से उनकी तबियत में सुधार देखने को मिलेगा।"

एक बेहतर कल की आशा लिए समीर अस्पताल से घर आ गया। बाकी दिनों की तुलना में आज वह फिर भी खुश था, क्योंकि डॉक्टर की बात ने उसे हौसला दिया था कि जल्दी ही वह अपने पापा के साथ घर में होगा। फ्रेश होने के बाद उसने

पास के छोटे से रेस्त्रां में ब्रेकफास्ट लेने के बाद स्कूल की ओर बढ़ गया, जो वहाँ से वाकिंग डिस्टेंस पर तो नहीं थी, पर आधे घंटे में उस दूरी को मापा जा सकता था। तभी उसे ध्यान आया कि आज तो सन्डे है उसने स्कूल के बच्चों से वादा किया था कि वह उन्हें पार्टी देगा। पर किसे कांटेक्ट करूँ?

तभी उसे निवेदिता मैडम का ध्यान आया। उसने उन्हें फोन लगा दिया।

"क्लास के कुछ बच्चों की ज़िद थी कि आज उन्हें मैं बर्गर पार्टी दूँ, तो सोचा, आपसे पूछ लूँ कि यहाँ किस जगह की बर्गर अच्छी होती है और किस जगह बच्चे आसानी से आ सकते हैं।"

"वाह... यह अच्छा है। एक तो तुम मुझसे पढ़ाने के बदले कुछ ले नहीं रहे हो ऊपर से हमारे बच्चों पर खर्च भी कर रहे हो, यह बढ़िया है," निवेदिता मैडम ने हँसते हुए कहा।

"लेकिन इसमें आपकी भी भागीदारी है और पार्टी कहाँ करना है यह आपको ही तय करना होगा, एंड प्लीज बच्चे आ जायें, ये भी आप देख लेतीं तो मुझे सहूलियत होती, क्योंकि मेरे पास किसी भी बच्चे का नंबर नहीं है।"

निवेदिता मैडम ने कहा, "ऑफ़कोर्स मैं आऊँगी एंड आई एम शेयरिंग द लोकेशन...अच्छा टाइमिंग क्या रहेगी?"

"शाम 4 बजे की रखते हैं।"

"ओके...ओके तो हमलोग वही मिलते हैं।"

चार बज रहे थे, धुंध के कारण रौशनी मद्धिम थी। मेट्रो स्टेशन के पास वाले एक फास्ट फ़ूड रेस्त्रां में 10 के करीब बच्चे और निवेदिता मैडम पहुँची हुई थी। समीर थोड़ा लेट हो गया था। सबने अपनी-अपनी पसंद का बर्गर और फ्राइज ऑर्डर किया। दो-ढाई घंटे की मस्ती के बाद निवेदिता मैडम ने एंशोर किया कि सारे बच्चे अपने-अपने घर आराम से पहुँच जाएँ। समीर के साथ बिताई गई वह शाम उन बच्चों के लिए यादगार बन गई। आज वहाँ बस हल्की-फुल्की चर्चाएँ ही हुई थी।

# इतने सारे पंथ?

**(तेरहवां दिन/ सोमवार)**

"हाय समीर", आज थोड़े फ्रेश लग रहे हो।

"हाँ...शायद...शायद इस वजह से कि फादर के हेल्थ में थोड़ी इम्प्रूवमेंट है।"

"ओह! इट्स अ गुड न्यूज़...मैंने कहा था कि यहाँ बच्चों को पढ़ाते-पढ़ाते कब तुम्हारे पिता ठीक होकर घर आ जाएँगे। तुम्हें पता भी नहीं चलेगा", निवेदिता मैडम ने मुस्कुराते हुए कहा।

"चलो, बच्चे तुम्हारा वेट कर रहे होंगे ...क्लास के बाद मेरे साथ चाय जरूर पीना। हाँ, एक बात और ...तुम्हारे बाद वाली क्लास आज फ्री है तो चाहो तो उसे यूटिलाइज़ कर सकते हो।"

"जी..." कहते हुए समीर क्लास रूम की ओर बढ़ गया।

समीर की क्लास अब ऐसी हो गई थी कि उसके आते ही प्रश्नों की बौछार शुरू हो जाती थी। आज बारी हरमन की थी। उसने समीर के क्लास में आते ही उससे पूछा—"बौद्ध, जैन, सिख, आर्य समाज, निरंकारी, दादूपंथी, रैदासी, कबीरपंथी वगैरह इस देश के अलग-अलग मत-पंथ हैं और जाहिर है इनमें से कोई भी बाहरी नहीं है। यानि सब के सब हिन्दू धर्म से ही निकले हैं तो आपको क्या लगता है, हिन्दू धर्म अनेकानेक मत-मतान्तरों में क्यों बंट गया?"

"आपके इस प्रश्न के कई उत्तर दिए जा सकता हूँ; लेकिन उससे पहले मैं एक बात आपसे कहना चाहूँगा। आपने कहा कि हिन्दू धर्म अनेकानेक मत-मतान्तरों में बंट गया। ऐसा नहीं है, हिन्दू धर्म अलग-अलग मत-मतान्तरों में नहीं बंटा बल्कि उसने अपने रूप को विराट कर लिया और उसके रूप का विराट हो जाना ही आपको उसका बंट जाना लगता है।"

"मैं आपकी इस बात से सहमत हूँ," श्वेता ने उसकी बात से सहमति दिखाई तो समीर ने आगे कहना शुरू किया।

"आप जब वेदों और उपनिषदों को पढ़ेंगे तो वहाँ सृष्टि की रचना के संदर्भ में कहा गया है—'एकोहंबहुस्याम:' यानि एक ईश्वर अनेक रूपों में प्रकट हुआ। यानि ब्रह्म एक थे, उनमें इच्छा हुई कि वे एक से अनेक होने की, और इस प्रक्रिया में सृष्टि का निर्माण हुआ। किंतु अनेक होने के बाद भी उनके एकत्व में कोई अंतर नहीं पड़ा। इसी प्रकार आप इसे हिन्दू धर्म के संदर्भ में भी समझ सकते हैं। हिन्दू धर्म के अंदर विभिन्न मत-मतान्तरों का बनना ऐसा ही है जैसे एक वैचारिक अधिष्ठान पर उसके अलग-अलग व्याख्याओं की पौध लगते जाना। इसे इस तरह भी समझिए जैसे हम एक बहुत छोटा -सा बीज जमीन में बोते हैं, किन्तु समय के साथ उस बीज में पहले अंकुर फूटता है, फिर तना बनता है, फिर उसमें शाखाएँ , पत्ते, फूल और फल लगते हैं। यानि उस वृक्ष का विस्तार चाहे जितना हो जाए उसमें अंश उस बीज का ही होता है। बीज जितना शक्तिशाली होगा, उस वृक्ष का तना, उसकी शाख, उसके फूल-पत्ते उतने ही विस्तारित होंगें, इसलिए हिन्दू धर्म के अंदर अगर अधिक मत, पंथ और संप्रदाय बने हैं तो इसका अर्थ ये है कि इस धर्म का बीज बहुत शक्तिशाली है, जो इतने सारे मत-मतांतरों के सृजन का आधार है।"

"सर, धर्म की परिभाषा क्या है फिर?"—पार्थ ने समीर की बातों के बीच कहा।

"मैं उसी पर आ रहा था पार्थ। मनुस्मृति में धर्म की परिभाषा देते हुए कहा गया है—'धृति: क्षमा दमोअस्तेयं शौचं इन्द्रिय निग्रह:/ धीर्विद्या सत्यमक्रोधो दशकं धर्म लक्षणं' अर्थात् 'धैर्य,क्षमा, मन को प्राकृतिक प्रलोभनों में फँसने से रोकना, चोरी त्याग, शौच, इन्द्रिय निग्रह, बुद्धि अथवा ज्ञान, विद्या, सत्य और अक्रोध धर्म के दस लक्षण हैं।' 'आचार:परमो धर्म' अर्थात् 'सदाचार परम धर्म है', ये भी हमारे यहाँ कहा गया है। वैशेषिक दर्शन के कर्ता कणाद ने धर्म को परिभषित करते हुए कहा—यतोअभयुद्य निश्रेयस सिद्धि: स धर्म: अर्थात् जिससे अभ्युदय (लोकोन्नति) और निःश्रेयस (मोक्ष) की सिद्धि होती हैं, वही धर्म है। अब इन सबको जब आप साथ रखते हैं तो यह स्पष्ट होता है कि हमारे यहाँ धर्म से तात्पर्य उन श्रेष्ठतम नियमों के अनुपालन के लिए था जो मनुष्य, जीव-जगत, वनस्पति-जगत तथा ईश्वर के मध्य एक सामंजस्यपूर्ण संबंधों की स्थापना के लिए बनाये गए थे, जो मनुष्यों के आचार-विचार और व्यवहार को दुरुस्त करने के लिए बनाये गए थे, जो हमारे अंदर श्रेष्ठ गुणों की अभिवृद्धि और विकारों को दूर करने के लिए बनाये गए थे और

इसलिए इस आधारभूमि पर, इस बीज के तेज को लेकर हमारे यहाँ नानाविध मत-पंथ-उपपंथ और संप्रदाय अस्तित्व में आए। दार्शनिक स्तर पर, ईश्वर की संकल्पना के स्तर पर या अन्यान्य विषयों पर उनके बीच मतभेद अवश्य थे पर इनमें से सब धर्म के उन लक्षणों को धारण करते थे, जिसका मैंने अभी उल्लेख किया है। हिन्दू धर्म की शाख पर कोई संप्रदाय फूल के रूप में खिला, कोई तना बनकर बढ़ा, किसी ने शाखों का रूप लिया, कोई पत्ते के रूप में शोभित हुआ, पर यह सबके सब मूल धर्म की आधार-भूमि से रत्ती भर भी विचलित नहीं हुए। इसलिए कहीं न कहीं नैतिक अधिष्ठान के स्तर पर ये सब एक ही जगह खड़े मिलते हैं।"

"थोड़ा टफ हो गया, आप अगर इसे आसान भाषा में समझाएँ तो मुझे शायद समझ आएगा,"—हरमन ने समीर को टोकते हुए कहा।

"ठीक है...मान लीजिए आपसे कोई पूछे कि ग्वालियर जाने के लिए मैं किस दिशा में बढ़ूँ? तो आप उसे इस प्रश्न का सीधा उत्तर दे देंगी या फिर ये पूछेंगी कि पहले तुम ये बताओ कि तुम अभी हो कहाँ? अगर वो कहता है कि मैं अभी दिल्ली में हूँ तो आप उससे कहेंगी कि तुम दक्षिण दिशा में बढ़ो। अगर वो कहता है कि मैं अभी चेन्नई मैं हूँ तो आप उससे कहेंगी कि तुम उत्तर दिशा की ओर बढ़ो। अगर वो किसी ऐसे स्थान पर खड़ा है, जो ग्वालियर से पश्चिम में है तो आप उसे पूर्व की ओर बढ़ने को कहेंगे और अगर वो ग्वालियर से पूर्व की ओर है, तो उसे आप पश्चिम दिशा में चलने को कहेंगे। यानि ग्वालियर जाने के लिए मैं किस दिशा में बढ़ूँ, इसके अनेक उत्तर हो सकते है; क्योंकि इसका उत्तर प्रश्न पूछने वाले व्यक्ति की वर्तमान स्थिति के सापेक्ष होगा। ऐसा ही उपासना पद्धति के चयन में भी होता है। हर व्यक्ति अपनी समझ, काल व परिस्थिति के अनुरूप मार्ग का चयन करता है, इसलिए उसमें एकरूपता संभव ही नहीं है।

"इस बात को दुनिया में हमारे पूर्वजों के सिवा किसी दूसरे ने भी नहीं समझा। इसलिए हमारे यहाँ अपनी मान्यताओं को थोपने के लिए कहीं जोर-ज़बरदस्ती हुई हो, संघर्ष हुआ है, इसका कोई प्रमाण नहीं मिलता। हमारे ऋषियों ने कहा कि तुम धर्म की आधारभूमि पर अपने विचारों के महल खड़े करो और एक-दूसरे के विचारों का आदर करते हुए ईश्वर, जीव, जगत, प्रकृति, उपासना पद्धति, आत्मा आदि पर अपनी खोज जारी रखो। स्पष्ट है कि हमारे ऋषियों ने यह समझ लिया था कि उत्तर हमेशा ही सापेक्ष होता है। इसीलिए वे किसी एक धारणा, एक पुस्तक, एक उपासना पद्धति, एक चिंतन, एक दर्शन अथवा एक सी रीति-नीति को लेकर वो जड़वादी नहीं हुए।

"हमारे ऋषियों ने कहा-मूल सत्य एक ही है, ज्ञानी लोग उसका वर्णन अपनी-अपनी तरह से करते हैं। उन्होंने कहा—जितने मस्तिष्क हैं, उतने ही मत हो सकते हैं। इसी उन्नत सोच के परिणामस्वरूप भारत विविध दर्शनों और मत-पंथों के लिए उर्वर भूमि बन गया और इसलिए जिस समय बुद्ध हुए, उस समय भारत में आजीवक, निग्गंठ (जैन), जटिकल, परिव्राजक, अविरुद्धक, गौतमक, देवधिम्म्क, मुंडसावक आदि कई मत और संप्रदायों का अस्तित्व था। कुछ स्थानों पर ऐसे संप्रदायों की संख्या 72 तक बताई जाती है। इन सारे मतों के आचार्यों ने जीव, जगत, ब्रह्म, आत्मा-परमात्मा आदि को अपने तरीके से समझा और समझाया।"

"आपके प्रश्न का एक और उत्तर भी है? दूँ?"—समीर ने गंभीरता से पूछा।

"जी बिल्कुल", हरमन पहली बार थोड़ी सहमत लग रही थी।

"महाभारत के शांतिपर्व में आया है—'युगमान के अनुसार कृत, त्रेता, द्वापर और कलि के धर्म भी भिन्न-भिन्न होते हैं'। अर्थात् यानि ऐसा कोई आचार नही है, जो सर्वदा सब लोगों के लिए एक समान हितकर हो। इसलिए युगों के परिवर्तन के कारण भी हमारे यहाँ हिन्दू धर्म के अंदर कई सारे मत-पंथ और संप्रदाय बने। धर्म तो शाश्वत ही होता है पर उसकी व्याख्याएँ युगानुकूल होती है और कई बार ऐसा भी होता है कि काल अथवा परिस्थिति विशेष भी अलग-अलग दर्शनों के उद्भव के लिए खाद-पानी बन जाता है, तो ऐसा ही यहाँ भी हुआ। इस बात की व्याख्या महाभारत में ठीक तरह से हुई है। वहाँ आता है कि जब महाराज युधिष्ठिर से पूछा गया—'कः पन्थाः?' (कौन सा मार्ग यथेष्ट है?) तो इस पर धर्मराज युधिष्ठिर का उत्तर था:

**तर्कोऽप्रतिष्ठः श्रुतयो विभिन्ना नैको ऋषिर्यस्य मतं प्रमाणम्।**
**धर्मस्य तत्त्वं निहितं गुहायाम् महाजनो येन गतः सः पन्थाः॥**

(तर्कः अप्रतिष्ठः, श्रुतयोः विभिन्नाः, एकः ऋषिः न यस्य मतं प्रमाणम्, धर्मस्य तत्त्वं गुहायाम् निहितं, महाजनः येन गतः सः पन्थाः।) अर्थात्, "जीवन जीने के असली मार्ग के निर्धारण के लिए कोई सुस्थिर तर्क नहीं है, श्रुतियाँ (शास्त्रों तथा अन्य स्रोत) भी भांति-भांति की बातें करती हैं, ऐसा कोई ऋषि/चिंतक/विचारक नहीं है जिसके वचन प्रमाण कहे जा सकें। वास्तव में धर्म का मर्म तो गुहा (गुफा) में छिपा है, यानि बहुत गूढ़ है। ऐसे में समाज में प्रतिष्ठित व्यक्ति जिस मार्ग को अपनाता है वही अनुकरणीय है।"

"यहाँ प्रतिष्ठित या बड़े व्यक्ति से मतलब उससे नहीं है जिसने धन-संपदा अर्जित की हो, या जो शक्ति संचयन में रूप से काफी आगे बढ़ चुका हो, या जो प्रशासनिक अथवा अन्य अधिकारों से संपन्न हो। प्रतिष्ठित वह है जो चरित्रवान् हो, कर्तव्यों की अवहेलना न करता हो, दूसरों के प्रति संवेदनशील हो, त्यागी और तपस्वी हो, अपने हितों को समाज के हितों के पीछे गौण समझता हो और राष्ट्रीय हित को अपने हित से ऊपर समझता हो।"

"ऐसे लोगों में आप किनको रखते हैं?"—रजत ने पूछा।

"ऐसे लोगों में कभी बुद्ध, मक्खली घोसाल और महावीर थे, कभी योगी मत्स्येन्द्रनाथ और गोरखनाथ थे, कभी तुलसीदास और सूरदास थे, तो कभी रामानंद, शंकरदेव, चैतन्य, विट्ठल, कबीर, दादू, कपिल, पतंजलि, गौतम, कणाद, जैमिनि, बादरायण, और नानक थे। आधुनिक युग में ऐसे लोगों में रामकृष्ण परमहंस और महर्षि दयानंद सरस्वती थे। इन लोगों ने अपने अनुभव, चिंतन और समझ से धर्म का जो मर्म समझा, उसे जनसमुदाय को भी समझाने का प्रयास किया। उनकी इन कोशिशों में अध्यात्मिकता थी, लोगों को शीलवान, आचारवान, गुणवान, चरित्रवान और प्रज्ञावान बनाने की कोशिश थी और इसलिए उनके चिंतन से जो मोती निकले उससे सारा समाज लाभन्वित हुआ।

"अगर वेदों ने हमें 'एकं सद् विप्रा बहुधा वदन्ति' का चिंतन दिया है, तो उसका सुफल हमें इस रूप में मिला कि अलग-अलग प्रज्ञावान ऋषियों, तीर्थंकरों, गुरुओं और भक्त-कवियों की चिंतन धारा हर तरफ से फूट पड़ी और हमें कम से कम चार वेद, एक सौ आठ उपनिषद, अठारह पुराण और इतने ही उपपुराण, सोलह दर्शन, त्रिपिटक, सैकड़ों स्मृति ग्रंथ, विपुल जैन साहित्य, सत्यार्थ प्रकाश, गुरुबाणी, रामचरितमानस और कबीर की साखियाँ प्राप्त हुई, तिरुवल्ल्वर का थिरूकुरल ज्ञान प्राप्त हुआ, श्रीमंत शंकर देव की भजनमाला मिली। सोचो अगर हिन्दू धर्म अपने यहाँ अलग-अलग मत-पंथ, संप्रदायों और उप-संप्रदायों को पनपने नहीं देता तो हमें ज्ञान के ऐसे अमृत घट मिल पाते? आज एक हिन्दू ज्ञान के इन अलग-अलग सरोवरों का अमृत पान कर तृप्त हो सकता है, ऐसा सौभाग्य उनको नहीं मिल सकता जहाँ चिंतन पर पाबंदी है, जहाँ नए विचारों और व्याख्याओं पर रोक है।

"इसीलिए मैंने शुरू में ही कहा था कि इतने सारे मत-पंथों के सृजन के कारण हम यह नहीं कह सकते कि हिन्दू धर्म अलग-अलग मत-मतान्तरों में बँट गया: बल्कि हमें यह कहना चाहिए कि हिन्दू धर्म ने अपने रूप को विराट कर लिया।

हम जड़ रहते तो शायद हमें एक या दो पुस्तक मिलते और हम ऐसे नहीं रहे तो हमारे पास सुंदर शास्त्रों, दर्शनों, किताबों, भजनों और भक्ति-गीतों की पूरी पुस्तकालय है।

"'मनुष्य दुःखों से दूर हो' यह वेदों का संदेश है। जब भगवान बुद्ध आये तो उन्होंने मानव के दुःखों को दूर करने के विषय को उठा लिया और चार आर्यसत्य कि संसार में दुःख है, दुःख के कारण हैं, दुःख के निवारण हैं और निवारण के लिये अष्टांगिक मार्ग हैं, ऐसा कहा। वेदों में पशुओं के प्रति करुणा ही बात आई है, भगवान महावीर ने अहिंसा और करुणा का विषय ले लिया और इस विषय को जन-सामान्य में इतना स्थापित कर दिया कि पशु-हत्या एक तरह से निंदित कर्म बन गया। दान-धर्म और ईश्वर की उपासना वेदों में प्रमुखता से आया है, कालांतर में जब यह भाव समाज में कम होने लगा तो नानक देव का प्रादुर्भाव हुआ, और उन्होंने लंगर और ईश्वर की भक्ति को पुनः प्रखरता से समाज में स्थापित किया। एक तरह से समझें, तो यह धर्म के वृक्ष का और भी अधिक पुष्पित और पल्लवित होना था।"

## पांथिक नहीं धार्मिक बनिये

"आपने अभी एक बात कही है कि सभी मत पंथ एक ही धर्म के अधिष्ठान पर खड़े हैं। तो क्या अलग-अलग मत और पंथों की शिक्षाओं में कोई समानता है? मुझे तो लगता है कि जितने भी पंथ हैं, उनकी शिक्षाओं में कहीं कोई साम्यता नहीं है",— हरमन अभी भी पूरी तरह सहमत नहीं थी।

"कर्मकांड आदि बाहरी रूपों को देखने पर जरूर ऐसा लगता है कि सारे पंथ या मत अपनी डफली अपना राग अलाप रहे हैं। पर जैसा मैंने कहा था, ऐसा केवल उसके बाह्य रूप में है, आंतरिक रूप से सबके सब एक ही धर्म के अधिष्ठान पर खड़े हैं, यहाँ तक कि चार्वाक जैसे नास्तिक दर्शन वाले भी।"

"हम समझे नहीं...इस बात को थोड़ा विस्तार से समझाइए", हरमन ने कहा।

"हमारे प्रज्ञावान पूर्वज समाज संरचना में सिद्धहस्त थे और इसलिए वे जानते थे कि एक स्वस्थ समाज के लिए आवश्यक है कि उस समाज के लोग आपस की आवश्यकताओं को समझते हुए एक-दूसरे का सहयोग करें; क्योंकि जिस समाज में व्यक्ति केवल अपनी जरूरतों की सोचता है, वो समाज स्वार्थी हो जाता है और फिर उस समाज को नष्ट होने में अधिक समय नहीं लगता। इसलिए जब आप हिन्दू ग्रंथों को देखेंगे तो वहाँ बार-बार हमें स्वार्थ से परे परमार्थ की ओर ले जाने वाली बातें मिलेंगी। अतिथि सत्कार, दान, आचार शुद्धता, जगत के कल्याण और जीवों

के प्रति करूणा की बातें अलग-अलग तरह से दुहराई गई है ताकि व्यक्ति केवल स्व-केंद्रित न रहे। समाज में दान का भाव, अतिथि सत्कार का भाव रहेगा, तो लोगों में अपनी वस्तुएँ बांटने का भाव रहेगा और इससे समाज में एक स्वस्थ्य वातावरण का निर्माण होगा। यदि जीवों के प्रति करूणा रहेगी, तो इको-सिस्टम दुरुस्त रहेगा; और यदि व्यक्ति अपने आचार-व्यवहार में शुद्धता रखेगा और जगत के कल्याण की सोचेगा, तो फिर समाज में लोभ, लूट, हड़प आदि बुराइयां नहीं पनपेगी।

"दान को लेकर वेदों में कहा गया—'शतहस्त समाहार सहस्रहस्त संकिर' , अर्थात 'सौ हाथों से धनोपार्जन करो और हजारों हाथों से दान करो। यजुर्वेद के बृहदारण्यक उपनिषद् के अनुसार ब्रह्मा जी ने मनुष्यों के लिए उपदेश में 'द' अक्षर कहा। यहाँ 'द' से तात्पर्य दान था। 'नादत्तं कस्योपतिष्ठते', अर्थात् 'बिना दिए किसी को भला क्या मिलेगा', कहते हुए दान की भावना को प्रोत्साहित किया गया। यक्ष-युधिष्ठिर संवाद में जब युधिष्ठिर से पूछा गया था कि मृत्यु पश्चात मनुष्य के साथ क्या जाता है, तो युधिष्ठिर उत्तर दिया—मृत्यु के बाद व्यक्ति द्वारा किया गया दान ही उसके साथ जाता है।

"महाभारत आश्वमेधिक पर्व के वैष्णव धर्म पर्व के अंतर्गत, अध्याय 92 में अतिथि सत्कार के महत्त्व का वर्णन भी किया गया है। ऋग्वेद में कुछ राजाओं को 'अतिथिग्व' अर्थात् यानि अतिथियों का सत्कार करने वाला, संज्ञा दी गई है। 'मैत्रायणी संहिता' जैसे ब्राह्मण ग्रन्थ में आतिथ्य कर्म को यज्ञ का शीर्ष माना गया है। इसी तरह, वेदों में मांस भक्षण का स्पष्ट निषेध है और मनुष्यों को सभी जीवों के प्रति करुणा और मित्र दृष्टि रखने का आदेश दिया गया है। वेदों के मन्त्रों में बार-बार मनुष्यों को सदाचारी, आचारवान और शीलवान बनने का आदेश है। इसलिए सतयुग के बाद त्रेता, त्रेता के बाद द्वापर और द्वापर के बाद कलियुग आया पर हर युग में इन आदर्शों की प्रतिष्ठा बनी रही।

"कोई सनातन-श्रमण या जैन परंपरा के आचार्यों में भले ही विरोध दिखाए लेकिन इन गुणों की प्रतिष्ठा हर समय, हर उपदेश में विद्यमान थी। हिन्दू इतिहास दान की गाथाओं से भरा पड़ा है। राजा हरिश्चंद्र, कर्ण, शिवि, दधीचि आदि समेत ऐसी हजारों-लाखों गाथाएँ हिन्दू इतिहास के पन्ने पर उल्लेखित हैं। हिन्दू ग्रंथों में सबसे पतित की संज्ञा उसे दी गई जो बाँट कर नहीं खाता, जिसमें दूसरों को लूटने की प्रवृति होती है, और जो आचारवान और शीलवान नहीं होता। यह परंपरा राजा हरिश्चंद्र, कर्ण, शिवि, दधीचि में रही और बुद्ध के काल में भी जारी रही। बौद्ध ग्रन्थों

में एक शब्द प्रयुक्त हुआ है—'विचेय्यदान' जिसका अर्थ है-जो कुछ मांगे, उसे दे देना। बौद्ध काल में 'अनाथपिण्डक' नामक एक दानी हुए, जिन्होनें दान में बुद्ध को जेतवन दिया था और वो प्रतिदिन 500 भिक्षुओं के लिए अन्न की व्यवस्था करते थे। बुद्ध की एक महिला शिष्या, विशाखा, के द्वारा भी अतुलनीय दान का वर्णन मिलता है। नानक देव जी के समय आकर दान का भाव और भी बड़े रूप में परिणत हो गया। नानक देव जी ने 'वंड छको' का आदेश दिया, जिसमें उनका तात्पर्य था कि अर्जित की गई वस्तुओं को दूसरों से साझा करो और साथ मिलकर उनका उपभोग करो। आज हम देखते हैं कि गुरुद्वारों में कितने बड़े-बड़े लंगर चलते हैं और उनके माध्यम से कितने ही सेवा कार्य संपन्न होते हैं। बुद्ध की शिक्षाओं का सार था-शील, समाधि और प्रज्ञा।

"भगवान महावीर की शिक्षा में सत्य, अहिंसा, ब्रह्मचर्य, त्याग, संयम, प्रेम, करुणा, क्षमा, अपरिग्रह और भेदभाव मुक्त समाज पर सबसे अधिक जोर दिया गया। नानक देव ने वंड छको, किरत करो और नाम जपो का उपदेश दिया। इन तीनों की शिक्षाओं में कुछ भी पूर्ण नवीनता नहीं था, बल्कि जो धर्म और आचार-व्यवहार पहले से प्रतिष्ठित था, इन्होंनें इसे नवीन व्याख्या तथा नवीन सिद्धांत के साथ पुनः प्रकाशित कर दिया। मैं जब आदि शंकराचार्य को पढ़ता हूँ, तो उन्हें कहते हुए पाता हूँ—'पुनरपि जननं पुनरपि मरणं, पुनरपि जननी-जठरे शयनम्। इह संसारे बहुदुस्तारे कृपयापारे पाहि मुरारे,' अर्थात् 'बार-बार जन्म, बार-बार मृत्यु, बार-बार गर्भ में शयन, इस संसार से पार जा पाना बहुत कठिन है, हे मुरारी, कृपा करके इससे मेरी रक्षा करें' और जब मैं बुद्ध को पढ़ता हूँ तो यही बात बुद्ध कहते हैं—'अपने असंख्य जन्मों में किसी जंतु का जो अश्रुपात होता है, वह इकट्ठा होने पर किसी महासागर से भी बड़ा जलाशय होगा'। अंतर इतना ही है कि आदि शंकराचार्य ने जहाँ इससे बचने के लिए हरि के स्मरण की बात कही तो बुद्ध ने अपने कर्मों को सुधारने और दुःख से निस्तारण की राह चुनने का उपदेश दिया।

"एक-दूसरे के साथ वैचारिक मतभेद होते हुए भी आर्ष सत्यों के प्रति ऐसी समानता ही हिन्दू विशेषता है। पुनर्जन्म में यही दृढ़ता वैदिक और श्रवण मतों को जोड़ती है। बौद्ध और जैन दोनों ही पंथ संन्यास लेकर जन्म-मरण के दुखों से छुटकारा पाने की बात करते हैं। उपनिषदों में भी संन्यास धर्म का उल्लेख मिलता है, जैसा कि उपनिषद कहता है—परविधा, वेदांत तथा ब्रहम-ज्ञान के चाहने वालों के लिए एकांत-वास आवश्यक है।

"सम्राट अशोक बौद्ध मत के महान प्रचारक थे। उनके धर्मलेख ब्राह्मी और खरोष्ठी लिपियों में अंकित हैं। उनके एक शिला-लेख में आता है-माता-पिता की सेवा करनी चाहिए, (प्राणियों के) प्राणों का आदर दृढ़ता से करना चाहिए और सत्य बोलना चाहिए। यही धर्म के गुण हैं, इनका प्रचार करना चाहिए। मुझे बताओ अशोक अपनी धर्माज्ञा में जिन बातों का प्रचार कर रहे थे, क्या वो बातें हिन्दू ग्रंथों में भी नहीं आये हैं?"

"आये हैं, सर", आकांक्षा ने धीरे से कहा।

"हिन्दू धर्म में पशु, पक्षी समेत सभी प्राणी कुटुंब के अंग माने गए हैं, हमारे यहाँ सैकड़ों ऐसे आख्यान मिलते है जब पूर्वजों ने किसी गाय या किसी पक्षी के प्राण बचाने के लिए अपने प्राणों का उत्सर्ग करना ज्यादा श्रेयस्कर समझा। जब भगवान महावीर का प्राकट्य हुआ तो उन्होंने प्राणियों के प्रति करुणा और अहिंसा को इतना महत्त्वपूर्ण बना दिया कि भारत से यज्ञों में पशु-बलि, मांसाहार आदि विचार का लगभग लोप हो गया था।

"दशम ग्रंथ के 'उक्ति बिलास' नामक विभाग में दशमेश गुरु गोविंद सिंह जी ने लिखा है—देह *शिवा बर मोहे इहै , शुभ कर्मन ते कभुं न टरौं / न डरौं अरि सौं जब जाय लड़ौं, निश्चय कर अपनी जीत करौं*। पिता दशमेश हिन्दू शास्त्रों के भी महान ज्ञाता थें। मैं एक बार *तैत्तिरीयोपनिषद* पढ़ते हुए एक जगह जाकर रुक गया। लगा, इसी को तो गुरु महाराज ने अपने काव्य अमृत में ढाला है। *तैत्तिरीयोपनिषद* में ऋषि कहते हैं, 'कुशलान्न प्रमदिवयम', यानि शुभ कर्मों से कभी नहीं टरना चाहिए और गुरु जी कहते हैं: *शुभ कर्मन ते कभुं न टरूं* . . . तो फिर हममें अंतर कहाँ है?

"अगर हम गुरु नानक देव जी की बात करें तो यहाँ एक प्रश्न उठता है कि क्या वाकई नानक जी कुछ ऐसा लेकर आए थे जो हिन्दू धर्म में नहीं था? क्या वाकई उनकी शिक्षा ऐसी थी जिसका हिन्दू धर्म की किसी शिक्षा के साथ टकराव था? क्या वास्तव में नानक देव जी ने कोई नया धर्म लाया था या पूर्ण हिन्दू धर्म के अंदर के वो एक महान मार्गदर्शक, सुधारक और पुनरुत्थानवादी थे? इसका लिटमस टेस्ट बस एक ही है, कि श्री गुरु नानक देव जी की शिक्षाओं का ठीक से अध्ययन किया जाए, देखा जाए कि उनकी कौन-सी ऐसी शिक्षा है, जिसका मूल हिन्दू शिक्षा के साथ टकराव है।"

"तो क्या सच नहीं है कि नानक देव जी 'एकेश्वरवाद' के प्रचारक थे?"—हरमन ने पूछा।

"यह सच है कि नानक देव जी 'एकेश्वरवाद' यानि 'मोनोथीइज़्म' की बात करते हैं, पर यहाँ एक महत्त्वपूर्ण बात यह भी है कि नानक देव ने 'एकेश्वरवाद' की चर्चा की, 'एकोपास्वाद' की बात नहीं की। नानक जी का 'एकेश्वरवाद' ईश्वर को तो एक मानता ही था, समाज को भी एक ही मानना था। जबकि एकोपास्यवाद में ईश्वर तो एक होते हैं पर समाज वहाँ एक नहीं माना जाता, समाज का अलग-अलग स्तर पर वो विभाजन कर देते हैं। नानक देव ने जिस 'एकेश्वरवाद' की बात की वो मानव-मात्र की भलाई के समता और ममता तथा संगत और पंगत तक जाकर विस्तृत हो जाता है।

"नानक देव जी का 'एकेश्वरवाद' के लिए कहना वही है जिसे वेदों ने 'एकं सद्विप्रा बहुधा वदन्ति' कहा। नानक जी की शिक्षाओं के अंदर जो विस्तार और पूर्णता है; वह उसी बीज का प्रस्फुटन है जिसे उपनिषदों ने 'ॐ पूर्णमदः पूर्णमिदं पूर्णात्पुर्णमुदच्यते...' कहा। क्या नानक ने 'एकेश्वरवाद' की बात कर पंजाब पर किसी आँधी तूफ़ान की तरह काबिज़ होने की कोशिश में लगे दूसरे मजहबों को ये नसीहत नहीं दे डाली थी कि तुम ये कौन सी नई बात हमको बता रहे हो; क्योंकि ईश्वर को एक मानने का विचार तो हमारी थाती है, जो भारत-भूमि से उठा था और विकृत होकर दूसरी जगहों पर इस रूप में पहुँचा कि सब ईश्वर एक ही नहीं है, बल्कि ईश्वर एक ही है। नानक देव जी एकेश्वरवाद पर बाकियों के एकाधिकार के दावे की धज्जी उड़ा रहे थे या उसे पुष्ट कर रहे थे?

"और जानती हो, मैं यह क्यों कहता हूँ कि नानक देव जी की शिक्षा हिन्दुत्व की पूर्णता का ही विस्तार है", समीर हरमन के सीट के पास आ गया था।

"क्यूँ?" हरमन ने पूछा।

"हमारे वेदों में दान को सर्वोपरि धर्म और सर्वोत्कृष्ट कर्तव्य के रूप में निरूपित किया गया है। वेद ने कहा—'शतहस्त समाहर सहस्त्र हस्त संकिर' अर्थात् सैकड़ों हाथों से धन अर्जित करो और हजारों हाथों से दान करो। इसके बाद फिर कहा, 'दक्षिणावन्तो अमृतं भजन्ते'...और इस वैदिक आदर्श के पालन की सैकड़ों मिसालें हमारे यहाँ मौजूद हैं; जिसमें महादानी कर्ण से लेकर महादानी राजा शिबि तक के आख्यान हैं। ऐसी अनगिनत कथाएँ हैं जिसमें राजा हर चौथे-पाँचवें वर्ष या किसी ख़ास यज्ञादि अवसरों पर अपनी समस्त संपत्ति अपनी प्रज्ञा को दान कर देते थे। इस वैदिक आदेश का जब समाज में लोप होने लगा, तो इसी को गुरु नानक देव ने पुनः आरम्भ किया। नानक देव जी ने संगत और पंगत का उपदेश हुए इसी वैदिक

आदर्श को मूर्त रूप में जीवित कर दिया कि उनके शिष्यों (सिखों) के जीवन में और कुछ हो न हो दान एक आदर्श चरित्र के रूप में स्थापित और गुथ हुआ है। नानक देव जी जब सिखाते थे कि "वंड छको" (मिल बांट कर खाओ) तो क्या वो 'शतहस्त समाहर सहस्त्र हस्त संकिर' का साकार प्रस्फुटन नहीं था?"

"नानक जी ने तो अवतारवाद का भी विरोध किया था। तो आप क्या अब इसे भी झुठलाओगे?"—हरमन ने कहा।

"नानक जी के बारे में कुछ लोग कहते हैं कि उन्होंने अवतारवाद का विरोध किया, इसलिए हिन्दुओं के साथ उनका साम्य नहीं है। तो मेरा प्रश्न है कि अगर उन्होंने अवतारवाद और मूर्ति-पूजा का विरोध किया, तो क्या ऐसा करने वाले वो अकेले थे? मध्यकाल तो भक्ति-युग था, जहाँ भारत का हरेक क्षेत्र अपने यहाँ महान भक्ति-धारा का गवाह बना हुआ था तो क्या नानक जी के अलावा कबीर जैसे और संत नहीं हुए जिन्होंने अवतारवाद और मूर्ति-पूजा का खंडन किया था? अगर महर्षि दयानंद ने अवतारवाद का विरोध किया तो वो हिन्दू विरोधी थे? क्या ये सच नहीं है कि अवतारवाद का विरोध करने वाले दयानंद को 'महर्षि दयानंद' कहकर हम हिन्दुओं ने ही प्रतिष्ठित किया?

"बुद्ध, महावीर, शंकराचार्य, नानक, कबीर, रामानंद, दयानंद, विवेकानंद ये सब वही वैध थे, जो रुग्ण हिन्दू समाज की शल्य-चिकित्सा करने आए थे और इसके लिए उन्होंने कुछ कड़ी विधियाँ अपनाईं। तो क्या इतने मात्र से हम उन्हें स्वयं से अलग घोषित कर दें? किसी ने अगर हमें निराकार की उपासना सिखाई, तो क्या उन्होंने स्वयं को हिन्दुत्व से अलग कर दिया? अगर ऐसा है फिर तो ईश्वर के निराकार रूप को भजने वाले रामानंद, शंकर देव भी हिन्दुत्व की परिधि से अलग हो जाएँगे। नानक ने जिस शिक्षा का प्रबोधन किया था उसका दायरा पूरी मानव जाति को बिना भेद किये हुए स्वयं में समेटती है। अगर नानक ऐसा कह रहे थे तो क्या वो उसी वेद-मूलक समाज की ओर हमको नहीं खींच रहे थे जिसके बारे में ऋग्वेद कहता है: 'अज्येष्ठासो अकनिष्ठास एते संभ्रातरो वावृधुः सौभगाय' अर्थात् ऐसे तुम, जिनमें न कोई बड़ा है और न कोई छोटा है, ऐश्वर्य की प्राप्ति के लिए मिलकर बढ़ो?

"नानक देव जी ने के अपने शिष्य हर जाति से लिए, यानि वे यानि समतामूलक समाज के प्रणेता बने। तो क्या वे किसी नए विधान को जन्म दे रहे थे या हिन्दुओं को उस वेदकालीन व्यवस्था का ही पुनः स्मरण करा रहे थे; जिसमें बढई रैक्य, दासी/ गणिका पुत्र सत्यकाम और वाल्मीकि को समाज के प्रबोधन का अधिकार

था? नानक जब 'सरबत का भला' कहते थे, तो क्या वे उसी हिन्दू आदर्श की बात नहीं कर रहे थे जो मानव-मात्र के कल्याण को अभिप्रेरित करता था? नानक जब 'ईश्वर सबके लिए' का आदर्श स्थापित कर रहे थे तो क्या वो उसी वैदिक आदेश को आगे नहीं बढ़ा रहे थे जो कहती है कि ईश्वर की वाणी वेद श्रवण और पठन का अधिकार सबका है? नानक देव जी की ऐसी कौन सी शिक्षा थी जो हम हिन्दुओं को स्वीकार्य नहीं है और नानक देव जी की ऐसी कौन सी शिक्षा है जिसे मानने में हमें हिचक हो सकती है?

"दरअसल दिक्कत यह है कि हम सब ही अलगाववादी डफली के नारे पर इतने उन्मुक्त हो जाते हैं कि हमें बुद्ध, महावीर, नानक आदि की बुनियादी शिक्षाओं पर चिंतन का समय ही नहीं मिल पाता। यदि हम निष्पक्ष होकर चीज़ों पर नीर-क्षीर विवेक से काम ले सकें। श्री संपूर्णानंद जी ने कहा था, 'ब्रह्म, ईश्वर, जीव और परलोक आदि के संबध में सिद्धांतों में भले मतभेद हो, पर उन सब भेदों के भीतर भारत की अमर आत्मा प्रतिध्वनित होती है। नानात्व है, वैषम्य है पर उन नानात्व और वैषम्य के भीतर एकता और समता, वैराग्य और परोपकार का संदेश है। यह संदेश किसी के मुख से आया हो, हमें उसका स्वागत करना ही है।"

"इसका अर्थ तो ये हुआ कि धर्म और पंथ में कोई अंतर नहीं है?"—आकांक्षा ने कहा।

"अंतर है, अगर न होता तो अलग-अलग शब्द प्रयुक्त न होते। हमारे यहाँ शब्दों को ब्रहम माना गया है। यहाँ शब्दों का बड़ा महत्त्व है, इसलिए धर्म और पंथ में अंतर तो अवश्य ही है।"

"तो वो अंतर क्या हैं?"—आकांक्षा ने पूछा।

"धर्म लचीला स्वरूप धारण करता है, जबकि पंथ में कठोर पंथानुशासन होते हैं। धर्म में किसी भी एक विचार का अतिरेक नहीं होता, क्योंकि क्योंकि धर्म किसी एक विचार को लेकर नहीं बनते, जबकि पंथ किसी एक या कुछ निश्चित विचारों को लेकर बनता है। धर्म व्यक्तिवादी नहीं होता, वह किसी एक या कुछ समूहों को लेकर नहीं चलता जबकि पंथ व्यक्ति-उन्मुख होता है और उसकी परिधि में सब नहीं आ सकते। धर्म सबको समेटते और समाहित करते हुआ चलता है, जबकि पंथ कुछ को लेकर ही चलता है। इन सब कारणों से पंथ दीर्घ-आयुष्य नहीं होते जबकि धर्म अविनाशी होता है। धर्म त्योहारों और उत्सवों के जरिये आनंद के अवसर देता है, अर्थ और काम को मान देता है, जबकि बाकी जगह इसे दबाने का, इसके प्रति

हतोत्साहित करने का प्रयास होता है, जो पांथिकों के जीवन को नीरसता में बदल देता है।”

“कैसे?” एक सवाल आया।

“मैं आप सबसे पूछता हूँ कि क्या लाखों लोग संन्यासी बन सकते हैं? क्या लाखों लोग त्यागी बन सकते है? क्या लाखों लोग मध्यम मार्ग जैसी दुरूह राह पर बढ़ सकते हैं? नहीं न?”—समीर ने सहमति के लिए सबकी ओर देखा और उनकी सकारात्मक प्रतिक्रिया देखकर कहना शुरू किया।

“ऐसा इसलिए है, क्योंकि बहुत से गुण ऐसे हैं जो नितांत व्यक्तिगत होते हैं। बुद्ध की शिक्षा इन्हीं गुणों के विकास पर केंद्रित थी, जिसे उनके शिष्यों ने समूहगत बनाने की चेष्टा की और परिणाम ये हुआ कि कई भिक्षु ऐसे हुए जो अपने भिक्षु जीवन की नीरवता से ऊब गए और इतना ऊबे कि मरने को इस जीवन से अधिक श्रेष्ठ मानने लगे। उन्हें अपने शरीर से घृणा उत्पन्न हो गई। बौद्ध धर्म की शिक्षाओं ने मानव-जीवन के प्रति ऐसी वितृष्णा फैलाई कि भिक्षुओं को अपने जीवन से अपनी मृत्यु ज्यादा प्रिय लगने लगी और वे यह मानने लगे कि इस काया का त्याग ही धर्म है। कहते हैं कि एक बार भगवान बुद्ध पंद्रह दिनों के लिए वैशाली में एकांत ध्यान कर रहे थे। इधर जीवन की नीरवता से ऊबे भिक्षुओं ने एक कसाई को पकड़ा जिसका नाम ‘मृगलिंडक समन-कुत्त्क’ था। इन भिक्षुओं ने उससे कहा कि अगर तुम हमें मारकर हमको इस शरीर से मुक्ति दिला दोगे तो हम अपने भिक्षा पात्र और चीवर उसे दे देंगे। लालच में पड़कर मृगलिंडक ने कई भिक्षुओं की हत्या कर दी। इसके बाद वह एक के बाद एक कई विहारों में पहुँचा और जगह उसने अपनी इच्छा से मृत्यु चुनने वाले भिक्षुओं की हत्या की। कुछ भिक्षु ऐसे भी थे और अपने शरीर को त्याज्य मानकार स्वयं की पिटाई करते थे और फिर आत्महत्या कर लेते थे।”

“क्या ऐसा इसलिए हुआ कि वहाँ विचारों का अतिरेक था?”—पारुल ने पूछा।

“बिल्कुल, किसी भी विचार का अतिरेक ऐसा नहीं होना चाहिए कि उस विचार को धारण करने वाला अपने ही विचारों के तंतु में बंध जाए। किसी भी विचार के प्रति अतिशय आग्रह या किसी भी मतवाद का अतिरेक भी एक प्रकार का ‘एकोपस्य्वाद’ ही है। भारत के अनेक पंथों के साथ यही हुआ कि दूसरों को मुक्ति देने का दावा करने वाले स्वयं ही अपने विचारों के बंदी बन गए। बौद्ध मत में शिक्षा के अतिरेक में यह तक कह दिया कि स्त्री, पुत्र, माता-पिता, धन, धान्य और बांधव इन सबका पूर्णतः त्याग कर देना चाहिए और गैंडे की तरह अकेला विचरण करना

चाहिए। भिक्षुओं ने ऐसा किया जरूर, अपने रक्त और वंश संबंध को छोड़ दिया पर इसके बाद वो अपने मठ और अन्य कामनाओं के मोह में पड़ गए।

"मनुष्य संसार में स्वयं के ऊपर कुछ मौलिक दायित्य लेकर आता है, किसी न किसी के लिए कुछ कर्तव्य लेकर आता है। लेकिन जब ऐसी शिक्षाओं का प्रसार हुआ तो भारत में पारिवारिक व्यवस्था बिगड़ गई, सामाजिक रीतियाँ खंडित हो गई, अनावश्यक वाद-विवाद होने लगे और इसकी परिणिति अच्छी नहीं रही। स्वयं बौद्धों के भीतर भी इसके अच्छे परिणाम देखने को नहीं मिले।

हिन्दू धर्म में कभी भी किसी व्यक्ति या संस्था विशेष की परंपरा कभी भी नहीं रही, इसलिए यहाँ धर्म शुद्ध विचारों के रूप में विद्यमान रहा, जो आज तक है। लेकिन मत और पंथ में व्यक्ति विशेष की प्रधानता बढ़ते-बढ़ते मत की प्रधानता से ऊपर उठ जाती है। उस मत या संप्रदाय या संस्था का अंत उस व्यक्ति के साथ ही हो जाता है। देवदत्त बुद्ध के समय में ही 500 भिक्षुओं को लेकर बुद्ध से दूर चले गए थे। बुद्ध के महापरिनिर्वाण के केवल 220 वर्ष के भीतर ही बुद्ध मत 18 टुकड़ों में बँट गया। जैनों में भी इसी प्रकार कई उपपंथ बने।

"बुद्ध के महापरिनिर्वाण के लगभग सौ वर्ष के बाद वैशाली में द्वितीय बौद्ध-संगीति हुई। इसमें कुछ विषयों पर बौद्ध भिक्षुओं के बीच भयंकर विवाद छिड़ गया। विवाद के कुछ विषय थे: जानवरों के सींग की खोल में, आवश्यकता पड़ने पर उपयोग के लिए नमक का संचय किया जाये अथवा नहीं? दिन के दो पहर के बाद, दो अंगुली तक छाया आ जाने के बाद भोजन करना चाहिए या नहीं? भोजन कर लेने पर फिर दूसरे गाँव में जाकर भोजनार्थ भिक्षा मांगी जाए अथवा नहीं? दूध न तो जमकर दही बना है और दूध की अवस्था में ही है, ऐसे अवस्था में उसे ग्रहण किया जाए अथवा नहीं? जो सुरा अभी ठीक से सुरा नहीं बनी है, उसका पान किया जाए अथवा नहीं? सोने-चांदी का दान ग्रहण किया जाए अथवा नहीं? इन निरर्थक और अनुपयोगी प्रश्नों पर हुए विवाद ने संघर्ष का रूप ले लिया और जाहिर है संघर्षों में सृजन नहीं हो सकता। इसलिए जब बौद्ध मत ऐसे चक्रों में फँसा तो फिर वह समाज को कुछ भी अच्छा नहीं दे सका। वहाँ इन प्रश्नों को विवाद का बिंदु इसलिए बनाया गया क्योंकि जब कोई पंथ पनपता है तो उसकी मजबूरी होती है कि वो अपने पन्थानुशासन को और भी अधिक कठोर बनाये, उन्हें भय होता है कि इसमें लचीलता उनके पंथ की वृद्धि को रोक देगी।"

"मतलब आप बुद्ध और उनके मत के निंदक हैं?"—हरमन ने सीधा कह दिया।

"निंदक? अरे! बुद्ध को तो हमने इतना आत्मसात किया हुआ है कि हम उन्हें भगवान विष्णु का अवतार मानकर पूजते हैं। इसका एक प्रमाण यह है कि हम किसी भी पूजा से पहले जब हम संकल्प मंत्र पढ़ते हैं, उसमें हम कहते हैं—ॐ विष्णुर्विष्णुर्विष्णु:, ॐ अद्य ब्रह्मणोऽह्नि द्वितीय परार्धे श्री श्वेतवाराहकल्पे वैवस्वतमन्वन्तरे, अष्टाविंशतितमे कलियुगे, कलिप्रथम चरणे जम्बूद्वीपे भरतखण्डे भारतवर्षे पुण्य क्षेत्रे बौद्धावतारे वीर विक्रमादित्यनृपते...यानि हिन्दू मान्यता के अनुसार अभी कल्कि अवतार से पूर्व हम लोग विष्णु के बुद्ध अवतार के काल में हैं तो उनकी निंदा का तो प्रश्न ही नहीं उठता। बुद्ध की स्वीकार्यता, उनका सम्मान हिन्दू सामान्य जन के अंदर भी उतना ही गहरा है।

"मैं बुद्ध के संदर्भ में यह मानता हूँ कि उनके शिष्यों ने उनकी शिक्षाओं को नहीं समझा। बुद्ध के आष्टांगिक मार्ग और सप्त अपरिहार्य धर्मों को भारतीय उपनिषदों से ही निःसृत माने जाते है। बुद्ध का 'पंचशील सिद्धांत' छान्दोग्योपनिषद् में मिलता है, बुद्ध ने संसार में रहने के तीन उद्देश्य बताए—पुण्य यानि लोकोपकार और जन सेवा, समानता का व्यवहार और संयम का जीवन, यही शिक्षा हिन्दू धर्म में भी है। बुद्ध ने जब संन्यास ग्रहण किया, तब उन्होंने सर्वप्रथम आराद-कालाम, भरंडू कालाम और उद्दक रामपुत्त से सांख्य दर्शन सिद्धांत और समाधि की शिक्षा ली थी। तो फिर ऐसा कोई कारण ही नहीं है कि मैं उनका विरोध करूँ। बुद्ध के संदर्भ में जब भी बात करता हूँ तो कहता हूँ कि इसकी सबसे सुंदर व्याख्या स्वामी विवेकानंद ने शिकागो धर्म सभा में की थी, जहाँ उन्होंने कहा था:

'हिन्दू धर्म (हिन्दू धर्म से मेरा तात्पर्य वैदिक धर्म है) और जो आजकल बौद्ध धर्म कहलाता है, उनमें आपस में वही सम्बन्ध है, जैसा यहूदी तथा ईसाई धर्मों के बीच है। ईसा मसीह यहूदी थे और शाक्य मुनि हिन्दू। यहूदियों ने ईसा को केवल अस्वीकार ही नहीं किया, उन्हें सूली पर भी चढ़ा दिया। हिंदुओं ने शाक्य मुनि को ईश्वर के रूप में स्वीकार किया है और उनकी पूजा करते हैं। किन्तु प्रचलित बौद्ध धर्म तथा बुद्धदेव की शिक्षाओं में वास्तविक भेद है, उसे हम हिन्दू लोग दिखलाना चाहते हैं, वह विशेषतः यह है कि शाक्य मुनि कोई नयी शिक्षा देने के लिए अवतीर्ण नहीं हुए थे। वे भी ईसा के समान धर्म की सम्पूर्ति के लिए आए थे, उसका विनाश करने नहीं।

अन्तर इतना है कि ईसा को प्राचीन यहूदी समझ नहीं पाए। जिस प्रकार यहूदी प्राचीन व्यवस्थाओं की निष्पत्ति नहीं समझ सके, उसी प्रकार बौद्ध भी हिन्दू के सत्यों

की निष्पत्ति को नहीं समझ पाए। मैं यह बात पुनः दुहराना चाहता हूँ कि शाक्य मुनि ध्वंस करने नहीं आए थे, बल्कि वे हिन्दू धर्म की निष्पत्ति थे। उसकी तार्किक परिणति और उसके सुक्तिसंगत विकास थे'।

"इसके आगे उन्होंने बुद्ध के विषय में कहा—'उनका हृदय इतना विशाल था कि उन्होंने अप्राप्य वेदों से सत्यों को ग्रहण कर उन्हें समस्त संसार में विकीर्ण कर दिया। सर्वभूतों के प्रति, और विशेषकर अज्ञानी तथा दीन जनों के प्रति उनकी अद्भुत सहानुभूति ही तथागत का महान गौरव सन्निहित है'।

"और स्वयं बुद्ध ने भी कभी पक्षपात नहीं किया, वे समादर की प्रतिमूर्ति थे। सोणदंड नामक एक ब्राह्मण बुद्ध का उपासक था, लेकिन ऐसा करते हुए भी वे हिन्दू धर्म का पालन करते रहे और बुद्ध ने उसे कभी भी नहीं टोका कि तुम हिन्दू धर्म को त्याग क्यों नहीं रहा है, वह परिषद् में बैठने पर भी कभी भी बुद्ध को उठकर प्रणाम नहीं करता था, बस सम्मान में उनके लिए अपनी पगड़ी उतार लेता था। बुद्ध के निजी सहायकों में एक सुनक्षत्र थे, जो लिच्छवि कुल के थे। उनकी बुद्ध के प्रति बड़ी श्रद्धा थी पर कुछ बौद्ध भिक्षुओं के ढोंग से उनको चिढ़ थी और वो तर्कवादी और यथार्थवादी इंसान थे। बाद में इन्होंनें बौद्ध मत का त्याग कर दिया, लेकिन किसी ने भी उनसे बुद्ध मत त्यागने के लिए वैर नहीं पाला।

"ये सब यही सिद्ध करता है कि बुद्ध से हिन्दू धर्म से इतर जाने की कभी बात ही नहीं की। हाँ, वो कुरीतियों, छुआछूत और जन्म के आधार पर ऊँच-नीच की अवधारणा का विरोध अवश्य करते थे।"

"मत और पंथों के बीच के कुछ और अंतर भी बताइये", रजत ने पूछा।

"पंथों के अंदर यह देखने में मिलता है कि उनके पंथानुशासन इतने अधिक जटिल बना दिए जाते हैं कि ऐसा लगता है मानो सांस लेने की जगह भी बाकी नहीं रही। जब बुध का महापरिनिर्वाण हुआ और ये ख़बर उनके प्रधान शिष्य 'महाकश्यप' के पास पहुँची तो वो उस समय 500 बौद्ध भिक्षुओं के साथ पावा और कुसीनारा के मध्य कहीं विहार कर रहे थे। शास्ता के जाने की बात भिक्षुओं तक पहुँची तो वे विलाप करने लगे। तभी उनमें से एक भिक्षु जिसका नाम सुभद्र था, उसने कहा, 'म़त रोओ आबुसो, मत सोचो। अब हम हम मुक्त हो गए। उस महाश्रमण से हम पीड़ित रहा करते थे, यह करना चाहिए, यह नहीं करना चाहिए। अब हम जो चाहेंगे, करेंगे और जो नहीं चाहेंगे वह नहीं करेंगे। कहते हैं कि उस भिक्षु के इन कठोर वचनों पर दंड देना तो दूर किसी भी अन्य भिक्षु ने प्रतिवाद

तक नहीं किया। 'पंथ मर्यादा' के कारण उन्होंने 'सुभद्र' जैसा जश्न तो नहीं मनाया पर ये सच था कि वो मन के जबरन दमन, कई तरह के प्रतिबन्ध, विषय-वासना पर नियंत्रण और बंधे जीवन और आनंद-उल्लास के किसी त्योहार के न होने से अनमयस्क हो गए थे। उन्होंने बुद्ध की शिक्षाओं को ठीक से नहीं समझा, वो नहीं समझे कि शास्ता जो मार्ग बता रहे हैं, वो सबके लिए नहीं है ; इसलिए बुद्ध का धराधाम छोड़ना उनके लिए आनंदित होने का विषय था। उनके लिए नीरस जीवन से मुक्ति का अवसर था।"

"लेकिन ऐसा क्यों हुआ?"—रजत ने पूछा।

"ऐसा इसलिए हुआ क्योंकि मानव मन का यह सहज स्वभाव है कि यदि वह प्रज्ञावान है तो कभी भी किसी बंधन, नियंत्रण, या निषेध को स्वीकार नहीं कर पाता। हास्य, आनंद, ललित कला, उत्सव, रास-रंग, सौन्दर्य रस का पान करना ये सब पुरुष जाति की मूल प्रकृति हैं, ऐसे ही सजना-संवरना, सुंदर दिखने का जतन करना स्त्री जाति का स्वभाव है, जबकि पंथों की वृद्धि के लिए आवश्यक है कि कई तरह के निषेध किये जाए, कई मर्यादों का पालन किया जाए, कठोर पांथिक अनुशासन थोपा जाए। ऐसा हर पंथ में है, जहाँ पंथानुशान उनके अनुयायियों का दम घोंटने लगता है। पंथों में उत्सव आनंद के लिए कम और शोक मनाने के लिए अधिक होते हैं और इसलिए कोई भी पंथ दीर्घजीवी नहीं होता। मानव मन की सहज चेतना आस्ते-आस्ते विरोध करने लगती है क्योंकि शोक कैसा भी हो वो लंबे समय तक नहीं ढोना चाहता और इसलिए पंथ दीर्घ जीवी नहीं होते।"

"तो भारतीय पंथावलम्बियों को आप कोई संदेश देना चाहते हैं?"—अचानक से क्लास में निवेदिता मैडम आ गईं, जो कुछ देर पहले रो क्लारारूग बाहर ही खड़ी थीं।

"आपको क्यों लगता है कि मैं इसके लिए कोई उपयुक्त व्यक्ति हूँ?"

"मुझे ऐसा इसलिए लगता है क्योंकि आपका जन्म-स्थान वहाँ हैं, जिसके आसपास हिन्दू धर्म के अनेकानेक मत-पंथ और संप्रदाय विकसित हुए थे।—है न?"

"चलिए, फिर ठीक है। पर अपनी बात शुरू करने से पहले मैं यह कहना चाहूँगा कि जिसे स्वामी विवेकानंद ने शिकागो की धर्म सभा में उन्होंने कहा था—'मैं बौद्ध धर्मावलम्बी नहीं हूँ, जैसा कि आप लोगों ने सुना है, पर फिर भी मै बौद्ध हूँ'। यही बात मैं स्वयं के बारे में भी कहता हूँ। यानि सभी पंथों के लिए कुछ कहते हुए मैं किसी भी पंथ या संप्रदाय के प्रति राग या द्वेष नहीं रहता, बल्कि स्वयं को उन सब परिवारों का अंग मानते हुए कुछ कहता हूँ।

"हमें लगता है कि यदि हम सभी एक साथ रहें, तो एक साथ नष्ट हो जाएँगे, इसलिये हम अलग-अलग होकर अपने अस्तित्व को बचाने में जुटे हैं। हालांकि यहाँ अस्तित्व बचाने से अधिक चिंता अपने स्वार्थ सिद्ध करने की है। इसलिए हमको यह बात समझनी होगी कि सेमेटिक मजहब में जहाँ आपस में ईश्वर की कल्पना के आधार पर समानताएँ हैं वहीं हिन्दू धर्म के अंदर के पंथ जीवन और जीवनेत्तर के शाश्वत मूल्यों के आधार पर समान हैं। इसी कारण सेमेटिक मज़हबों में एकता नहीं हों सकती लेकिन हम आपस में एकात्म रहे हैं। स्वयं बुद्ध और महावीर जैसे मनीषी इसकी प्रतिमूर्ति रहे हैं।

"महावीर बुद्ध के समकालीन थे। बौद्ध ग्रंथों में उन्हें 'निगंठनाथपुत्त' कहा गया है। जब सिद्धार्थ ने महाभिनिष्क्रमण का विचार किया, उस समय महावीर मगध के आस-पास ही थे। दार्शनिक स्तर से वे एक-दूसरे से मतैक्य होते हुए भी दोनों का आपस में विरोध नहीं था। भगवान बुद्ध एक समय चारिका करते हुए वैशाली में थे। वहाँ का एक बड़ा प्रभावशाली व्यक्ति जैन था। जब वह बुद्ध से मिला, तो उनके ज्ञान से अत्यंत प्रभावित हुआ और अपनी मंडली के साथ बुद्ध का धम्म ग्रहण कर लिया। चूँकि उसने बौद्ध मत ग्रहण कर लिय था, उसने जैन मत के लिए दान-दक्षिणा देना करना बंद कर दिया। यह बात जब भगवान बुद्ध को पता चली, तो उन्होंने उसे बुलाकर कहा—'देखो, तुम्हारा परिवार और तुम दीर्घकाल से जैनों के लिए प्याऊ की तरह रहे हो, इसलिए अब भी उन्हें दान करते रहो। बुद्ध के इन वचनों को सुनकर उसके मन में उनके लिए सम्मान और भी बढ़ गया। साथ ही, महावीर और आजीवक संप्रदाय के मक्खलि गोसाल ने छः वर्षों तक तप किया था। कहा जाता है कि महावीर स्वामी ने 'मक्खलि गोसाल' से ही दिगंबर व्रत लिया था।

"सम्राट अशोक को बौद्ध धर्म का प्रचारक माना जाता है, यह बात ठीक है। लेकिन बौद्ध धर्म का प्रचार करते हुए भी वह अन्य मतों और पंथों के प्रति उदार रहे। उनके कई शिलालेखों में ब्राह्मणों और श्रमणों दोनों को आदर देने की बात कही गई है।

"हमारे यहाँ ऐसे केवल एक नहीं बल्कि कई प्रसंग है, जहाँ मत-भिन्नता होते हुए भी एक-दूसरे को मान देने और स्वीकार करने की परंपरा रही है। राजगृह में धानंजानि नाम के ब्राह्मण रहते थे। जब उनका अंत समय आया, तो उन्होंने बुद्ध के शिष्य सारिपुत्त को मिलने आने का आदेश दिया। सारिपुत्त न केवल उनसे मिलने आए, बल्कि आकर उनसे पूछा, 'ब्राह्मण, आप किस लोक या योनि को पसंद करते हैं? इस पर धानंजनि ने उत्तर दिया, 'ब्रह्मलोक'। बह्मलोक के प्रति

उसकी श्रद्धा देखकर बौद्ध आचार्य सारिपुत्त ने उसे 'ब्रहम-सारुप्य' का उपदेश दिया और कहा जाता है कि इस उपदेश का श्रवण कर धानंजानि ब्रह्मलोक को प्राप्त हुए। भगवानबुद्ध के दो प्रिय शिष्य, सारिपुत्त और महामौदगल्यायन ब्राहमण थे। सारिपुत्त ने बुद्ध के पुत्र राहुल को प्रवज्या दी थी और महामौदगल्यायन ने उसके केश काटकर उसे अपने काषाय वस्त्र दिए थे। बुद्ध के तीसरे प्रमुख शिष्य थे— 'महाकश्यप, ये भी ब्राह्मण थे और राजगृह में संपन्न प्रथम बौद्ध-महासंगीति इन्हीं के मार्गदर्शन में हुई थी'।

"एक घटना और बताता हूँ—'राजगृह के एक बड़े सेठ की बेटी 'भद्रा कुंडलकेशा' अपने वैवाहिक जीवन के नष्ट होने के बाद संसार से विरक्त हो गई थी। इस विरक्ति और अवसाद की दशा में उसने जैन मत में दीक्षा ली। जैन परंपरा के अनुरूप उसने सुंदर बालों का लुंचन कराया और जैन मत के विभिन्न शास्त्रों का अध्ययन किया। कुछ ही वर्षों में उसकी गिनती जैन दर्शन के निष्णात साध्वियों में होने लगी। तर्कशास्त्र में उसकी तूती बोलती थी। वो जहाँ भी जाती, उसकी वाणी पूरे क्षेत्र को भगवान महावीर की अमृत शिक्षाओं से पावन कर देती। धीरे-धीरे उसकी ख्याति चारों ओर फैल गई। फिर एक दिन उसका बौद्ध आचार्य सारिपुत्र से मिलना हुआ। शास्त्रार्थ छिड़ गया और लंबी चर्चाओं के बाद वो भद्रा बुद्ध शिष्य सारिपुत्र के ज्ञान के आगे नत हो गई। वो उनके पैरों पर गिर पड़ी और कहा कि हमें अपनी शरण में ले लो। सारिपुत्र ने कहा जब शास्ता जीवित हैं तो मेरी शरण क्यों ? तुम साक्षात शास्ता के पास जाओ। भगवान उस समय ग्रधकूट पर्वत वास कर रहे थे। भद्रा वहाँ गई और उनके चरणों में सर नवाकर बौद्ध मत में प्रविष्टि हुई और पच्चीस वर्षों तक मगध, वज्जि, काशी और कोसल क्षेत्रों में बुद्ध के मत का प्रचार किया। राजगृह की इस 'सनातनी' कोषाध्यक्ष की पुत्री पहले 'जैन मत' में प्रविष्ट हुई, फिर वहाँ से 'बौद्ध धम्म' में गई लेकिन क्या ऐसा कहा जा सकता है कि उसने धर्मांतरण किया? नहीं कहा जा सकता; क्योंकि भारतीय परंपरा के सारे मत, पंथ, उपपंथ आपस में ऐसे ही आबद्ध हैं कि उसमें कहीं कोई अलगाव ढूँढ़ ही नहीं सकता।

"एक हिन्दू का अपने धर्म के भीतर विभिन्न मतों और पंथों की यात्रा वैसी ही है, जैसे कोई बालक कभी दादी, नानी, मामी, मौसी या बुआ की गोद में बदल-बदलकर जाता है। हर गोद उसे ममतामयी लगती है, अपनी लगती है और गोद बदलने के बाद उसे नए गोद में जाकर पिछली गोद से घृणा नहीं होती।"

समीर ने आगे कहा, "हिन्दू धर्म के भीतर का आवागमन वैसा ही है जैसे कोई व्यक्ति अपने ही विशाल मकान के अंदर का कमरा बदल ले। लेकिन कमरा बदलने के बाद वह अपने पिछले कमरे को तोड़ नहीं देता, न ही उसमें कचरा फेंकने लगता है। किसी बौद्ध, सिख या जैन लड़की का किसी सनातनी परिवार में विवाह अथवा किसी सनातनी लड़की का किसी बौद्ध, जैन या सिख परिवार में विवाह मतांतरण नहीं होता, वह एक का दूसरे के द्वारा 'आत्मसातीकरण' होता है। एक दूसरे से सीखना-सिखाना, एक-दूसरे के गुरुओं के चरणों में बैठ ज्ञान प्राप्त करना, एक दूसरे के तीर्थों की यात्रा करना, एक-दूसरे की पुस्तकों का सार अपने यहाँ की पुस्तकों में खोज लेना ही 'हिन्दू' होने की पूर्णता है। मगध सम्राट अजातशत्रु बौद्ध मत के अनुयायी थे जबकि उनके वंश में हुए नन्दिवर्धन जैन मत को मानने वाले थे। और ऐसे ही कई उदाहरण हमारे इतिहास में हैं।"

"तो हमको क्या करना चाहिए",—निवेदिता मैडम ने पूछा।

"हमें भी एकात्मता की इन्हीं बातों को लेकर आगे बढ़ना होगा और साथ ही उन भ्रम और दुष्प्रचारों से भी स्वयं को बचाना होगा, जो यह कहते हैं कि भारत में इतने सारे मत या पंथ हिन्दू धर्म की प्रतिक्रिया में उत्पन्न हुए। इसके विपरीत, हमें कहना होगा कि ये सब हिन्दू धर्म की शाखाओं को विस्तार देने के लिए आए। इन सबकी शिक्षाओं में पूर्ववर्ती बातें ही किसी न किसी रूप में हैं। भारत में इतनी विविधता है कि यहाँ कभी कोई मोक्ष मार्गी होता है तो कभी कोई भूत-पिशाच आदि देवताओं का उपासक। यहाँ सर्वोच्च तप का पालन करने वाले लोग भी हैं और अज्ञान के सबसे निचले स्तर पर गिरकर प्रेत और पिशाच आदि की पूजा करने वाले लोग भी हैं।

"हम जिनके पास प्रबोधनार्थ जाते हैं, हमें उनकी शिक्षाओं को भी आत्मसात करना चाहिए। तिब्बत की निर्वासित सरकार की मंत्रिपरिषद के प्रधान श्री सामदोंग रिम्पोछे ने सनातनी और श्रमण परंपराओं के बारे में एक गहरी बात कही थी। उन्होंने कहा था, 'ये दो मुख्य धाराएँ गंगा-यमुना की तरह कभी समानांतर तो कभी संगम के रूप में प्रवाहित होती रही हैं और उन्होंने भारतीय अस्मिता को कभी विलुप्त नहीं होने दिया। उन्होंने यह भी बताया कि अंतिम सत्य अकाल्पनिक, निर्विकल्प और अनिवर्चनीय है; किंतु इस सत्य को अभिव्यक्ति करने के लिए जब हम शब्दों का सहारा लेते हैं तो अंतर आना स्वाभाविक है। हमारे मनीषियों ने भी कहा है कि उस सत्य तक पहुँचने के अनेक मार्ग हैं और सभी मार्ग सच्चे हैं।

"स्वामी विवेकानंद ने 1893 में शिकागो में आयोजित धर्म संसद में भाषण देते हुए सर्व-समन्वय के इस भाव को इस श्लोक से उधृत किया था, 'रुचीनां वैचित्र्याद्दजुकुटिल नानापथजुषां। नृणामेको गम्यस्त्वमसि पयसामर्णव इव'॥ अर्थात्, जैसे विभिन्न नदियाँ, कभी सीधे तो कभी टेढ़े-मेढ़े मार्गों से होकर अंततः एक ही समुद्र में जाकर मिलती है; वैसे ही रुचियों की विविधता के कारण उत्पन्न होने वाले विभिन्न पंथों का अंतिम गंतव्य स्थान एकमात्र तुम ही हो।

"इस सुंदर चिंतन के कारण हमारे यहाँ कभी पंथों के बीच झगड़े नहीं हुए। वाद-विवाद अवश्य होते थे, पर वे कभी भी हिंसक नहीं बने। बल्कि उनके विमर्श हमेशा दार्शनिक और वैचारिक धरातल पर होते थे। आज भी इन बातों को ध्यान में रखकर भारतीय उपमहाद्वीप के पंथों के मध्य एकात्मता बनाए रखना अनिवार्य आवश्कता है।

"इस विषय पर कोई अंतिम बात जो आप कहना चाहें?"—ये सवाल भी निवेदिता मैडम का था।

"यही कि 'पांथिक' की जगह 'धार्मिक' बनिए। सभी आस्थाओं, मान्यताओं, परंपराओं, उत्सवों, हर्ष व्यक्त करने के अवसरों, गीत-संगीत और नाच-गानों, प्रेम और सौंदर्य को जीवन में जगह दीजिए। एक ही रास्ते पर चलने की उबाऊ यात्रा छोड़कर सभी रास्तों पर चलने का आनंद उठाइए। कभी मूर्तियों में देवी-देवताओं के पावन रूप का आनंद लीजिए, तो कभी कबीर मठ में जाकर उनकी साखियाँ सुनिए। कभी शंकर देव के नामघरों में जाकर निराकार कृष्ण को तलाशिए, कभी मन आए तो बुद्ध के गुम्फों में ध्यान लगाइए। कभी पावापुरी जाकर भगवान महावीर को नमन करिए, और कभी इच्छा हो तो गुरुद्वारे में जाकर 'एक ओंकार सत नाम'...का मधुर शब्द श्रवण कीजिए। जीवन जीने का आनंद मिलेगा, वरना सारा जीवन खीज, ऊब, निंदा और दूसरे पंथों के दोष दर्शन में निकल जाएगा। बिना दूसरों को नीचा दिखाए, उनकी कमी बताए कोई भी पंथ पनप ही नहीं सकता। दूसरे की निंदा, आलोचना, असम्मान ही पंथक वृति को खाद-पानी देती है। इसीलिए मैं कहता हूँ कि धार्मिक बनिए तो बड़े बनेंगे, उदार बनेंगे और पंथक बने तो अनुदार और निंदक।

"ऐसे ही अनुदार और निंदक कुछ लोगों को हिन्दू धर्म की परिधि में सिख स्वीकार नहीं है। कुछ को जैन स्वीकार नहीं, कुछ को बौद्ध से एलर्जी है, और कुछ को स्वयं को हिन्दू धर्म का अनुयायी कहने में लज्जा आती है। जब हमारी सोच बिगड़ती है तो हमें 'बहिष्कृतिकरण' का रोग लग जाता है। फिर इस संकीर्णता में

किसी को इस्कॉन वाले हिन्दू नहीं लगते, किसी को आर्य समाज हिन्दू नहीं दिखता, तो कोई राधास्वामी वालों को अहिन्दू घोषित कर देता है, कभी कोई वंचित या अनुसूचित समाज को अथवा वनवासी समाज को अहिन्दू कहने लगता है। इसीलिए मैं अक्सर कहता हूँ कि संकीर्णता की भेद-दृष्टि सबको हिन्दू धर्म से खदेड़कर खुद खटिया पर अकेले बैठ हुक्का गुड़गुड़ाने जैसी है, इसलिए सबको यह संकल्प लेना होगा कि हम इस भेद-दर्शना अभियान का हिस्सा नहीं हैं और न कभी बनेंगे। यह प्रयास हम सबकी ओर से होनी चाहिए। हमें अपने अनुकरणीय ग्रंथों में बौद्ध, सिख और जैन ग्रंथों को भी स्थान देना चाहिए, अपने तीर्थों में पावापुरी, लुम्बिनी इत्यादि को भी शामिल करना चाहिए। यह एकीकरण की दिशा में एक बड़ा प्रयास होगा", यह कहते हुए समीर ने टेबल पर पड़े अपने चश्मे को उठाते हुए कहा—

"चलो, आज नॉन-स्टॉप दो क्लास मेरे हिस्से आ गई। मुझे संतुष्टि है कि अब इस विषय पर अब शायद आगे आप लोगों के पास कोई सवाल नहीं होगा, है न?"

"हाँ सर… आज हमें हिन्दू धर्म के अन्दर के मत-पंथों के बारे में काफी कुछ जानने को मिला।"

"और तुम्हें हरमन?"—निवेदिता ने हरमन से पूछा।

जवाब में उसने कुछ नहीं कहा।

समीर क्लास के बाद वहाँ से अस्पताल गया। पिता की हालत आज भी स्थिर ही थी।

# कृण्वन्तो विश्वार्यम अपघ्नन्तो अराव्णः

(चौदहवां दिन/ मंगलवार)

आज स्कूल में समीर का चौदहवाँ दिन था। मैडम आज भी कहीं गई हुई थीं, तो समीर सीधे क्लास रूम में आ गया। क्लास में पहुँचने के बाद उसने कहा, "चलो अब शुरू हो जाओ सवाल जवाब के साथ...मैं हाज़िर हूँ।"

"सर! इस दुनिया में कई ऐसे लोग भी ये मानते हैं कि उनका रिलीजन, पंथ, विचार और रास्ता ही सच्चा है, इसलिए दुनिया में केवल उनको ही रहना चाहिए, बाकी सब को नष्ट हो जाना चाहिए या उन्हें नष्ट कर दिया जाना चाहिए। हिन्दू धर्म इस बारे में क्या सोचता है?"—यह आकांक्षा का सवाल था।

"आप लोग क्या तैयारी-वैयारी करके आते हो क्या? यहाँ आते ही इतने डिफिकल्ट क्वेश्चन्स ले आते हो!"—समीर ने हँसते हुए कहा।

"नो सर...अब तो आपके पढ़ाते-पढ़ाते हमारे मन में सवाल जन्मने लगते हैं",—आकांक्षा ने कहा।

"चलो, अब आपके सवाल पर आते हैं। आप सबको मालूम होगा कि 11 सितंबर से 27 सितंबर 1893 तक अमेरिका के शिकागो में 'विश्व धर्म संसद' आयोजित हुई थी। इसमें स्वामी विवेकानंद के छह लेक्चर हुए थे। अंतिम दिन के अंतिम सत्र के दौरान उन्होंने विश्व शांति और मानव एकता का चार्टर प्रस्तुत करते हुए कहा था—

'ईसाई को हिन्दू या बौद्ध नहीं बनना है, और न ही हिन्दू या बौद्ध को ईसाई नहीं बनना है। प्रत्येक व्यक्ति को अपने व्यक्तित्व बनाए रखते हुए, दूसरों की भावना को आत्मसात करना चाहिए और विकास के अपने नियमों के अनुसार आगे होना चाहिए'। बाकी मज़हबों को लेकर हिन्दू धर्म की सोच यही है।"

"लेकिन आपको नहीं लगता कि अगर कोई कट्टरपंथी है, बाकियों के अस्तित्व से परेशानी है, तो उसे संपूर्ण रूप से नष्ट कर देना चाहिए?"—प्रज्ञा ने पूछा।

"वेद में हमारे लिए जो कर्तव्य बताए गए हैं, उनमें से जो मुझे सबसे प्रिय है, वह यह मंत्र जिसमें ऋषि हमें कहते हैं-'इन्द्रं वर्धन्तो अप्तुरः कृण्वन्तो विश्वार्यम अपघ्नन्तो अराव्णः॥' (ऋग्वेद ९/६३/५)

"इस मंत्र में हमसे कहा गया है कि ईश्वर से यह प्रार्थना करो कि तुम अपनी आत्मशक्ति का विकास करते हुए कृपणता, अदानशीलता, अनुदारता, ईर्ष्या, आदि का विनाश करो और आर्य अर्थात् श्रेष्ठ बनो, एवं सारे संसार को भी श्रेष्ठ बनाओ। यहाँ श्रेष्ठ बनाने का अर्थ किसी को अपने धर्म में दीक्षित करना नहीं है, बल्कि प्रत्येक मनुष्य को आर्य अर्थात् श्रेष्ठ गुण, कर्म व स्वभाव वाला बनाना है। उसको अधर्म से धर्म की ओर ले जाना है।"

"धर्म की ओर ले जाना है, माने उनको हिन्दू बनाना है?"—आकांक्षा ने पूछा।

"नहीं...यहाँ धर्म से उनका तात्पर्य किसी विशिष्ट उपासना पद्धति या किसी ईश्वर विशेष की आराधना से नहीं है बल्कि उच्चतर मानवीय गुणों से है। श्रेष्ठ बनाने का अर्थ अविज्ञान से विज्ञान की ओर ले जाना भी है। दूसरों को तार्किक, वैज्ञानिक एवं कर्तव्य चेतना से पूर्ण करना है और जो इसके बावजूद नहीं मानते, ऐसे राक्षसों को नष्ट करना आवश्यक है।

"अब इस मंत्र में जो बातें हैं, उसी में आपके प्रश्न का उत्तर है। यहाँ हमें उन लोगों के पास जाने का निर्देश हैं जो भद्र नहीं है, जो श्रेष्ठ नहीं हैं, जो ज्ञानी और आचरणशील नहीं है और हमसे क्या कहा गया कि तुम्हें उनको समझाना है, उनका प्रबोधन करना है, तुम्हें तलाश करना है कि उनमें से कौन है जो दैवीय गुणों वाले हैं और उनमें से कौन हैं जो राक्षसी गुणों वाले हैं। क्योंकि हम ये मानते हैं कि मनुष्यों के अंदर अथवा मनुष्यों के समूह के अंदर नरोत्तम, नर, नराधम, नर पशु से लेकर नर राक्षस तक के गुण होते हैं तो हमारा कर्तव्य है कि हम उनके अंदर के दैवीय भावों को जाग्रत करें और उसके राक्षसी भावों का शमन करें, इसके साथ हम ये भी मानते हैं कि कोई भी समूह पूर्ण रूप से एक समान अच्छा या बुरा नहीं हो सकता। एक ही परिवार में कौरव और पांडव दोनों थे लेकिन एक ओर वे पाँच भाई थे जो दैवीय गुणों से संपन्न थे और दूसरी तरह दुर्योधन और दुःशासन जैसे लोग थे जो आसुरी प्रवृत्ति के थे।

"आप जब प्राचीन युग में जायेंगी तो वहाँ ये सिद्धांत, व्यवहार और कार्यरूप में बड़ा स्पष्ट दिखता है।

"मैं जब छोटा था, तब मैंने एक बार किसी से पूछा था कि माँ काली जब आसुरी शक्तियों का संपूर्ण विनाश करने के लिए प्रकट हुई थीं, तो शिव जी उनके रास्ते में

आकर क्यों लेट गए थे? क्यों नहीं उन्होंने माँ के द्वारा संपूर्ण आसुरी शक्तियों का नाश हो जाने दिया?

"तो मुझे समझाते हुए उन्होंने एक बहुत सुंदर बात कही थी। उन्होंने कहा था कि ईश्वर की व्यवस्था ऐसी है कि जगत के संचालन और संतुलन के लिए पाप और पुण्य, धर्मात्मा और पुण्यात्मा, नरोत्तम और नर-राक्षस सबकी आवश्यकता है। इसलिए जब माँ काली ने निश्चय कर लिया कि जगत से सारी आसुरी शक्तियों का नाश कर देंगीं, तो शिव जी ने उन्हें रोका।

"शायद शिवजी ने माता काली से जो बात कही होगी, उस भाव को मैंने डॉक्टर जनार्दन मिश्र की लिखी पुस्तक *भारतीय प्रतीकविधा* में एक स्थान पर महसूस किया, जहाँ उन्होंने लिखा है—

'धर्म और अधर्म दोनों ही से सृष्टि चलती है। यदि अधर्म न रहे तो प्रपंच लुप्तप्राय हो जाएगा। जैसे चोर अज्ञान से अधर्म, अर्थात् चोरी करता है। उसे पकड़ने के लिए रक्षी चाहिए, उसके अपराध की जाँच और दंड के लिए साक्षी, वकील, जज, कचहरी, लोअर कोर्ट, हाईकोर्ट इत्यादि चाहिए। इन्हें शिक्षा देने के लिए स्कूल, कॉलेज, विश्वविद्यालय , शिक्षक, प्रोफ़ेसर आदि चाहिए। यदि चोर चोरी करना छोड़ दे तो यह सब बंद हो जाएगी। इसलिए धर्म और अधर्म दोनों ही इसके अवतंस हैं। अधर्म जब अधिक उपद्रवी हो जाता है, तब उसे शांत करना पड़ता है, जिसके लिए अवतार, रूपग्राहणादि क्रियाएँ होती हैं'।

"इसी बात को ओशो रजनीश ने भी इस तरह से कहा था—'पृथ्वी पर मानव जीवन स्वभावतः द्वि-ध्रुवीय है। जीवन के साथ, मृत्यु हमेशा मौजूद रहेगी। समृद्धि के साथ, गरीबी हमेशा मौजूद रहेगी। शांति के साथ, हिंसा हमेशा मौजूद रहेगी। यदि आप चाहते हैं कि एक ध्रुव अस्तित्व में रहे तो यह बिल्कुल विपरीत ध्रुव है हमेशा और स्वचालित रूप से अस्तित्व में रहेगा। यह उम्मीद नहीं कर सकते कि केवल खुशी मौजूद होगी और दुःख मौजूद नहीं होगा। जो लोग विश्व शांति, यूटोपियन विश्व और सभी के लिए समृद्धि के बारे में बात करते हैं, उन्हें जीवन की ध्रुवताओं के बारे में कोई जानकारी नहीं है।

"फिर इस बात को समझाने के लिए उन्होंने मुझको एक कहानी सुनाई।"

"हमें भी सुनाइए सर", आकांक्षा ने कहा।

"नारद मुनि को दक्ष प्रजापति का शाप था कि वे निरंतर भ्रमण करते ही रहेंगे। तो नारद घूमते हुए पृथ्वी पर आये तो देखा कि हिरण्यकशिपु नाम के एक असुर के

अत्याचार से पृथ्वी त्राहिमाम कर रही है और देवता भी देव लोक छोड़ने पर मजबूर हो गए हैं तो उनके दिमाग में एक विचार आया कि क्यों न इस दुष्ट की गर्भवती पत्नी कयाधू को अपने आश्रम में लाकर रखा जाए और उसे धार्मिक व उत्तम शिक्षाएँ दी जाएँ, ताकि इसके गर्भ में पल रहा बच्चा संस्कारित हो। नारद जी कयाधू को अपने आश्रम लेकर आये उसके गर्भस्थ शिशु को संस्कारित किया और परिणामस्वरूप प्रहलाद जैसे महा वैष्णव का जन्म हुआ। सोचो कि हिरण्यकशिपु और हिरण्याक्ष नाम के असुर जिनकी राक्षसी प्रवृति ऐसी थी कि इनके संहार के लिए स्वयं भगवान विष्णु को दो बार अवतार लेना पड़ा। छोटे भाई हिरण्याक्ष का वध विष्णु जी ने वराह रूप लेकर किया और फिर नृसिंह रूप लेकर हिरण्यकशिपु का वध किया। ऐसे अधम परिवार में जिसने श्रीहरि विष्णु को अवतार लेने पर बाध्य कर दिया उसके यहाँ प्रह्लाद जैसे महात्मा जन्में।

"रामायण काल में बाली के घर में अंगद जैसा रामभक्त पुत्र और तारा जैसी देवी सदृशा स्त्री थीं। रावण के घर में कुबेर, मंदोदरी, सुलोचना और विभीषण जैसे धर्मात्मा लोग थे। इसका अर्थ यह है कि असुर कुल में भी दैवीय प्रवृत्ति के लोग जन्म ले सकते हैं।

"हिन्दू धर्म इसी सिद्धांत पर चलता है, और इसलिए किसी को समूल नष्ट कर देना, उजाड़ देना, उनका संहार कर देना हिन्दू चिंतन में नहीं है। इसके बजाय हम यह प्रयास करते हैं कि हम उनके अंदर उत्तर मानवीय गुणों का संचार करें, उन्हें भद्र बनायें और आप इतिहास में देखेंगे तो पता चलेगा कि शक, हूण, यवन आदि कई जन-समुदाय यहाँ आये और हमारे व्यवहार से, हमारे संस्कार से यहीं के होकर रह गए।

"हमारे संस्कार और हमारे चिंतन की ऊँचाई यही है कि जिस अजन्मे शिशु प्रह्लाद को कभी इंद्र यह सोचकर मार डालना चाहते थे, कि कयाधू के गर्भ में पल रहा, यह बालक हिरण्यकशिपु की ही संतान है तो यह भी हिरण्यकशिपु जैसा ही बनेगा, और चूँकि इसके बाप ने तीनों लोगों में त्राहिमाम मचा रखा है तो यह बच्चा भी यही करेगा। लेकिन नारद जब उनसे कहते हैं कि नहीं बल्कि यह गर्भस्थ शिशु बड़ा होकर बहुत बड़ा वैष्णव बनेगा तो ये सुनकर इंद्र उस गर्भस्थ शिशु की माता कयाधू की प्रदक्षिणा करते हैं। हिन्दू दृष्टि आज भी यही है।

## हिन्दू धर्म में कट्टरता क्यों नहीं है?

"आपने कई बार कहा है कि हिन्दू धर्म में कट्टरता नहीं है। मेरा प्रश्न इसी पर केंद्रित है कि अगर हिन्दू धर्म में कट्टरता नहीं है, तो इसका कारण क्या है?"—हरमन ने पूछा। आज हरमन पहली बार थोड़े सकारात्मक प्रश्न के साथ थी।

"हरमन! किसी के अन्दर कट्टर मानसिकता तब जन्म लेती है जब स्वयं को, अपने विचार को, अपनी संकल्पना को और अपनी मान्यताओं को ही श्रेष्ठ और सबके लिए स्वीकार्य मान लेने की सनक पैदा कर लेता है और कट्टरपंथ की सबसे बड़ी सनक ईश्वर की संकल्पना को लेकर है। मैं जैसा ईश्वर को मानता हूँ, सबको वैसे ईश्वर को मानना होगा, यह पंथीय कट्टरपंथ का सबसे आम रूप है।

"हिन्दू धर्म में इस आधार पर कट्टरपंथ पनपने की गुंजाइश ही नहीं है; क्योंकि इस धर्म में सबसे रोचक बात यह है कि यहाँ 'कण-कण में शंकर हैं' और 'हर प्राणी मात्र में ईश्वर है' जैसी अवधारणाएँ मौजूद हैं, फिर भी यह धर्म ईश्वर केंद्रित नहीं है। ऋग्वेद, यजुर्वेद, अथर्ववेद और सामवेद के हजारों सूक्तों में ईश्वर के अलग-अलग रूपों की स्तुतियाँ हैं, पुराणों में ईश्वर के रूप, गुण, स्वभाव का वर्णन है पर यह सब होते हुए भी यह धर्म ईश्वर केंद्रित नहीं है। इस धर्म में ईश्वर तो हैं पर इसके केंद्र में ईश्वर नहीं है।"

"यह तो बड़ी रोचक बात बता रहे हैं आप। लेकिन ऐसा आप किस आधार पर कहते हैं?"—हरमन ने पूछा।

"इसका एक कारण तो ये है कि यहाँ उत्तम व्यवहार, सही आचरण, स्वयं को ठीक रखते हुए दूसरों को भी अच्छा बनने की ओर प्रेरित करना, प्रकृति के प्रति मातृभाव और सबके प्रति करुणा का भाव, नारी का सम्मान और जगत का कल्याण जैसे उद्दात भाव इस धर्म का हृदय है; इसका हेतु है। इसलिए जब हम ईश्वर की संकल्पना को लेकर जड़वादी नहीं होते तो हमारे कट्टरपंथी होने की एक बड़ी गुंजाइश समाप्त हो जाती है।

"मैं ऐसा इसलिए भी कहता हूँ क्योंकि ऐसा है और ऐसा इसलिए है क्योंकि यह हमारे शास्त्रों, स्मृति-ग्रंथों और हिन्दू धर्म के व्याख्याकारों की वाणी में आया है। स्मृतिकारों में हमारे यहाँ मनु का नाम सबसे आदर भाव से प्रतिष्ठित हैं, वो धर्म के दस लक्षण बताते हुए कहते हैं—

**धृतिः क्षमा दमोऽस्तेयं शौचमिन्द्रियनिग्रहः।**
**धीर्विद्या सत्यमक्रोधो दशकं धर्मलक्षणम्॥ (मनुस्मृति ६.९१)**

अर्थ – धृति (धैर्य), क्षमा (अपना अपकार करने वाले का भी उपकार करना), दम (हमेशा संयम से धर्म में लगे रहना), अस्तेय (चोरी न करना), शौच (भीतर और

बाहर की पवित्रता), इन्द्रिय निग्रह (इन्द्रियों को हमेशा धर्माचरण में लगाना), धी ( सत्कर्मों से बुद्धि को बढ़ाना), विद्या (यथार्थ ज्ञान लेना). सत्यम ( हमेशा सत्य का आचरण करना) और अक्रोध ( क्रोध को छोड़कर हमेशा शांत रहना) यह धर्म के दस लक्षण हैं।

"इसे कई बार ध्यान से सुनो और सोचो क्या इसमें ईश्वर कहीं हैं? उपासना पद्धति कहीं हैं? किसी देवी या देवता के प्रति श्रद्धा या विश्वास रखना है? तीर्थ-यात्रा करना है? यज्ञ या कर्मकांड करना है?"

"नहीं",—हरमन ने जवाब दिया।

"अब आगे बढ़ते हैं। मनु के बाद स्मृतिकारों में दूसरा बड़ा नाम याज्ञवल्क्य का है। याज्ञवल्क्य ने याज्ञवल्क्य स्मृति (१.१२२) में धर्म के नौ (9) लक्षण गिनाए हैं:

**अहिंसा सत्यमस्तेयं शौचमिन्द्रियनिग्रहः।**
**दानं दमो दया शान्तिः सर्वेषां धर्मसाधनम्॥**

अर्थ-(अहिंसा, सत्य, चोरी न करना (अस्तेय), शौच (स्वच्छता), इन्द्रिय-निग्रह (इन्द्रियों को वश में रखना), दान, संयम (दम), दया एवं शान्ति)

"इसे कई बार ध्यान से सुनो और सोचो क्या इसमें ईश्वर कहीं हैं? उपासना पद्धति कहीं हैं? किसी देवी या देवता के प्रति श्रद्धा या विश्वास रखना है? तीर्थ-यात्रा करना है? यज्ञ या कर्मकांड करना है?"

"नहीं।"

"पद्मपुराण में कहा गया है—

ब्रह्मचर्येण सत्येन तपसा च प्रवर्तते। दानेन नियमेनापि क्षमा शौचेन वल्लभ॥
अहिंसया सुशांत्या च अस्तेयेनापि वर्तते। एतैर्दशभिरगैस्तु धर्ममेव सुसूचयेत॥

अर्थात्, ब्रह्मचर्य, सत्य, तप, दान, संयम, क्षमा, शौच, अहिंसा, शांति और अस्तेय इन दस अंगों से युक्त होने पर ही धर्म की वृद्धि होती है।

"श्रीमद्भागवत महापुराण में धर्म का वर्णन बहुत विस्तृत रूप से हुआ है। श्रीमद्भागवत के सप्तम स्कन्ध (७-११-८ से १२)में सनातन धर्म के तीस लक्षण बताए गए हैं। जो हैं-सत्य, दया, तपस्या, शौच, तितिक्षा (शीत-उष्णादि का सहन करना), ईक्षा (उचित-अनुचित का, विचार), शम (मन का संयम), दम (इन्द्रियों का संयम), अहिंसा, ब्रह्मचर्य, त्याग, स्वाध्याय, सरलता, सन्तोष, समदर्शी महात्माओं

की सेवा, धीरे-धीरे प्रवृत्ति कर्मों से निवृत्त होना अथवा भोगेच्छा से निवृत्त होना, मनुष्यों के निषिद्ध-निष्फल क्रियाओं के विपरीत होने का विचार करना, मौन (वृथा-वार्तालाप से निवृत्त होना), आत्मविमर्शन (देह, इन्द्रिय, मन, बुद्धि आदि से पृथक् शुद्ध चेतन आत्मा का विचार करना), अन्न आदि यथायोग्य प्राणियों को प्रदान करना, पशु आदि समस्त जीवों के लिए करुणा।

"हरमन! यहाँ अगर आप गौर से देखोगी तो पता चलेगा कि धर्म के 30 लक्षणों में से पहले 21 लक्षण ऐसे हैं, जिनमें ईश्वर, पूजा-उपासना, आराधना आदि नहीं है। बाद के 9 लक्षणों में भगवद स्मरण, कीर्तन, पूजा अर्घ्य, भगवान् में विश्वास और भगवान् को आत्म समर्पण करना आदि बातें हैं लेकिन ये कहते हुए यहाँ कहा गया है ये ये तीस प्रकार के धर्म सभी मनुष्यों के लिए विहित है। इनसे सर्वान्तरात्मा भगवान् सन्तुष्ट होते है। इनमें सदाचार, पवित्रता, सेवा, पूजा, भक्ति एवं तत्त्वज्ञान सभी उत्तमोत्तम धर्म आ जाते हैं। इनका पालन करने से परम कल्याण होता है। और इसके पालन से सर्वात्म भगवान् प्रसन्न होते हैं।

"महाभारत में आये विदुर का नाम आपने सुना है?"

"हाँ..." एक साथ कई आवाजें आई।

"उन्होंने धर्म के आठ अंग बताए हैं: इज्या (यज्ञ-याग, पूजा आदि), अध्ययन, दान, तप, सत्य, दया, क्षमा और अलोभ। यानि विदुर का कहना है कि इनमें से प्रथम चार इज्या आदि अंगों का आचरण मात्र दिखावे के लिए भी हो सकता है, किन्तु अन्तिम चार सत्य आदि अंगों का आचरण करने वाला महान बन जाता है।

"मुझसे आज सुबह ही किसी ने प्रश्न किया था कि धर्म की वृद्धि कैसे होती है। ग्रंथों के पन्ने पलटते हुए मुझे एक जगह इस प्रश्न का उत्तर मिला। वहाँ लिखा था—अहिंसया सुशांत्या च अस्तेयेनापि वर्तते। एतैर्दशभिरगैस्तु धर्ममेव सुसूचयेत॥ अर्थात्, ब्रह्मचर्य, सत्य, तप, दान, संयम, क्षमा, शौच, अहिंसा, शांति और अस्तेय इन दस अंगों से युक्त होने पर ही धर्म की वृद्धि होती है।

"जिस नैतिक नियम को आजकल 'गोल्डेन रूल' या 'एथिक ऑफ रेसिप्रोसिटी' कहा जाता हैं, उसकी प्राचीन काल से ही भारत में मान्यता रही है। सनातन धर्म में इसे 'धर्मसर्वस्वम्" (धर्म का सब कुछ) कहा गया है। पद्मपुराण के सृष्टि खंड ( 19/357-358) में कहा गया है-श्रूयतां धर्मसर्वस्वं श्रुत्वा चाप्यवधार्यताम्। आत्मनः प्रतिकूलानि परेषां न समाचरेत्॥ अर्थात्, धर्म का सर्वस्व क्या है, सुनो और सुनकर इसका अनुगमन करो। जो आचरण स्वयं के लिए प्रतिकूल हो, वैसा आचरण दूसरों

के साथ नहीं करना चाहिए। और यह केवल यहीं तक नहीं है, व्यास ने अठारहों पुराण लिखने के बाद एक बात कही। उन्होंने कहा-

*अष्टादशपुराणानां सारं व्यासेन कीर्तितम् |*
*परोपकारः पुण्याय पापाय परपीडनम् ||*

अर्थात्, कीर्तिस्वरूप अठारह पुराणों के सार के रूप में महर्षि व्यास ने सिर्फ दो बातें कहीं !! दूसरों का उपकार करने से पुण्य होता है और दुःख देने से पाप। 'परहित सरिस धरम नहि भाई, परपीड़ा सम नहि अधमाई' कहकर तुलसीदास ने भी यही बात कही है।

"पूरा हिन्दू धर्म इन्हीं सदाचरणों की पाठशाला है, अब सोचिए, जब हमारा आग्रह, हमारा प्रचार किसी एक ईश्वर या किसी ईश्वर को मानने, किसी एक व्यक्ति के कथनों पर चलने, किसी एक पुस्तक का पालन करने की जगह केवल नैतिक बनना, उत्तम आचरण करना, परोपकार करना और किसी को दुःख न देने जैसे उच्चतर मानवीय गुणों पर चलने का है तो फिर हममें कट्टरता कैसे आ सकती है? ईश्वर को लेकर अगर हम कुछ मानते हैं तो यह मानते हैं कि कोई भी जो किसी प्रेरणा के अधीन स्वयं को किसी परम शक्ति से जोड़ता है, भले वो उसको किसी नाम से पुकारे, किसी रूप में उसे देखे, किसी भाषा में उसकी स्तुति करे, वह सन्मार्ग पर है। इस मान्यता के साथ हमारा कट्टरपंथी होना संभव ही नहीं है।

"हम कट्टर नहीं हैं, इसका एक कारण यह भी है कि हमें यह बोध है कि हम में से सबका ज्ञान सीमित और सापेक्ष है। इसलिए हमें प्रत्येक व्यक्ति की दृष्टि का, उसकी अनुभूति का, उसके अनुभव का सम्मान करना चाहिए। यह शिक्षा अपने जैन मत में भी बहुत महत्त्व की मानी गई है, जहाँ कहा गया है कि भिन्न-भिन्न दृष्टिकोणों से देखे जाने के कारण प्रत्येक ज्ञान भी भिन्न-भिन्न हो सकता है और ज्ञान की यह विभिन्नता सात प्रकार की हो सकती है—है, नहीं है, है और नहीं है, कहा नहीं जा सकता, है किन्तु कहा नहीं जा सकता, नहीं है और कहा नहीं जा सकता, है, नहीं है और कहा नहीं जा सकता। इसे ही जैन धर्म में 'स्यादवाद' या 'अनेकांतवाद' कहा जाता है। ठीक कहा न रुपाली?"

"'स्यादवाद' या 'अनेकांतवाद' को थोड़ा और विस्तार से समझायेंगे।- एक्चुअली मुझे अपने यहाँ के मुनियों ने यह बात सुनने को मिली है पर मैं इसको आपके तरीके से समझना चाहती हूँ",—रुपाली ने पूछा।

"'स्यादवाद' का सिद्धांत तो काफी गूढ़ है,इसलिए इसे ऐसे तरीके से समझाया गया है कि सब इसे आत्मसात कर सकें। हमारे यहाँ एक बड़ी सुंदर कहानी रची गई

है। कहते हैं कि एक बार छः नेत्रहीन लोगों को एक हाथी के सामने लाया गया और कहा गया कि इसे छूकर बताओ कि हाथी कैसा दिखता है? एक नेत्रहीन व्यक्ति के हाथ में हाथी का टांग आया, उसने कहा-हाथी तो खंभे जैसा है, दूसरे के हाथ में हाथी की सूंड आई तो उसने कहा-हाथी तो अजगर जैसा है, तीसरे को उसके पूँछ का स्पर्श हुआ तो उसने कहा कि हाथी एक मोटी रस्सी की तरह है, चौथे के हाथ हाथी के पेट पर गए तो उसने कहा कि हाथी किसी बड़े दीवार की तरह है, पाँचवें के हाथों में हाथी के कान आये तो उसने कहा कि हाथी तो बहुत बड़े पंखे की तरह है ऐसे ही छठे को हाथी कुछ और ही रूप में महसूस हुआ।

"इस कहानी को कहते हुए हमसे कहा जाता था कि हाथी की व्याख्या करने वाले उनमें से कोई भी गलत नहीं था क्योंकि उन्होंने अपने सीमित ज्ञान से हाथी का अवलोकन कर अपना निष्कर्ष निकाला था, ऐसे ही हम सबके साथ है, हममें से किसी को भी सत्य का पूर्ण बोध नहीं है और इसलिए जो हम मानते हैं, वह सापेक्ष रूप से ही सही है। इस बात को हमें एक और तरीके से समझाया जाता था। जैसे मान लो मैं तुमसे पूछूँ कि अभी तुम क्या कर रही हो तो तुम क्या कहोगी?"

"मैं अभी कुर्सी पर बैठी हुई हूँ", रुपाली का जवाब था।

"लेकिन क्या यह पूर्ण या अंतिम सत्य है? नहीं है...नहीं इसलिए है क्योंकि तुम अपनी जगह पर बैठी होने के साथ-साथ धरती के साथ उसके अक्ष पर भी घूम रही हो। लेकिन क्या यह भी पूर्ण या अंतिम सत्य है? नहीं ! क्योंकि तुम अपनी जगह पर बैठी हो, धरती के साथ उसके अक्ष पर घूम रही और चूँकि यह धरती सूर्य के चारों ओर घूम रही है, तो तुम भी इसके साथ उसके अक्ष पर घूम रही हो। पर क्या अब भी तुम यह कह सकती हो कि यह पूर्ण सत्य है? उत्तर है—नहीं... क्योंकि यह सूर्य भी अपने सौर-मंडल के साथ किसी आकाशगंगा का चक्कर लगा रही है तो क्या अब यह पूर्ण या अंतिम सत्य हुआ? उत्तर है—नहीं...अब भी नहीं क्योंकि खगोल विज्ञान यह कहता है कि सूर्य जिस आकाशगंगा का चक्कर लगा रहा है, वो आकाशगंगा किसी और बड़े आकाशगंगा का चक्कर लगा रही है, और वो बड़ी आकाशगंगा और भी किसी बड़े आकाशगंगा का चक्कर लगा रही है और यह क्रम चलता ही जा रहा है।

"इसलिए 'स्यादवाद' के सिद्धांत को समझने के बाद कोई कट्टर हो ही नहीं सकता, क्योंकि 'स्यादवाद' हमें यह सिखलाता है कि न तो हम पूरी तरह सही हैं और न ही दूसरे पूरी तरह गलत। इस विचार को आत्मसात करने के बाद हम दूसरे के विचारों के सत्य को भी स्वीकार करने लगते हैं, जबकि कट्टरपंथ तो तब आता है,

जब कोई अपने दृष्टिकोण से टस से मस होने को तैयार नहीं होता, दूसरे के निष्कर्षों, शोधों और अनुभूतियों को मानने को तैयार नहीं होता, इस जिद को पाले रहता है कि अंतिम और पूर्ण सत्य केवल उसी के पास है।

"हम कट्टर नहीं है, इसका एक कारण यह भी है कि हमारा धर्म, हमारी मान्यता किसी एक व्यक्ति विशेष या किसी धर्म-संस्थापक के जीवन या एक या कुछ पुस्तकों पर केंद्रित नहीं है, कि हम केवल उसी से अपने निर्देश, दिनचर्या और प्रमाण ग्रहण करें बल्कि हमारे यहाँ तो ऐसा है कि हम हर ओर से आने वाली निर्मल विचारों को ग्रहण करने की इच्छा रखते हैं। सर्वग्राही विचार जहाँ होंगें वहाँ कट्टरपंथ नहीं आ सकता।"

"यानि किसी एक मान्यता को लेकर कट्टर हो जाना, जड़ हो जाना भी कट्टरपंथ है। है न सर?"—पार्थ ने सहमति चाही।

"यस पार्थ! इसलिए हिन्दू धर्म में अलग-अलग योगों और अनुभूतियों को आत्मसात करने का प्रशिक्षण है। मुझे स्वामी विवेकानंद का एक संस्मरण याद आ रहा है। जब विवेकानंद अंतिम बार बीमार पड़े और उनकी माँ तक ये ख़बर पहुँची तो उनकी मां के मन में आया कि मेरा बेटा इसलिए बीमार हुआ है, क्योंकि बचपन में मैंने काली जी से नरेन के लिए एक मनौती मांगी थी, जिसे मैं पूरा करना भूल गई। ये विचार आते ही वो दौड़ी और बेटे के पास गई और कहा—'नरेन ! तू जब छोटा था तब एक बार तेरे बहुत बीमार पड़ने पर मैंने काली माँ से एक मनौती मांगते हुए कहा था कि माँ अगर मेरा बच्चा अच्छा हो गया तो कालीघाट के तुम्हारे मंदिर में इसके लिए विशेष पूजा करवाऊंगी और उस मंदिर के धूल में अपने बच्चे को लोटपोट कराऊँगी। इसके बाद उन्होंने कहा कि ये बात मैं भूल गई थी इसलिए तू अभी चलके माँ की मन्नत उतार। नरेन मन ही मन में हँस पड़े और बिना प्रतिवाद किये माँ के साथ काली के मंदिर चले गए, वहाँ स्नान के बाद पूजा और होम किया और माँ के आदेश का पालन करते हुए गीले वस्त्रों में ही काली-मंदिर की धूलि पर तीन बार लोट-पोट किया। सारी उम्र चमत्कार, टोना-टोटका और अंधविश्वास का विरोध करनेवाले स्वामी विवेकानंद माँ की श्रद्धा के आगे नत थे और अपनी तमाम अनुभूतियों, तर्कों और विवेक को अपनी माँ की आस्था के आगे समर्पित कर चुके थे।

"यहाँ हिन्दू होने की जगह स्वामी विवेकानंद किसी और मत-पंथ के मानने वाले होते तो शायद अपनी माँ की मान्यताओं की अवज्ञा कर देते पर अपने आचरण में सुंदर संतुलन, किसी के विश्वास को न ठुकराने का बोध, किसी की आस्था को लांछित न करने की उत्कृष्ट सोच ने विवेकानंद को ऐसा नहीं करने दिया। हिन्दू धर्म इसी विराटता का धर्म है, भक्ति और ज्ञानयोग का संगम है, अपने ज्ञान, तर्क,

विवेक और वैज्ञानिकता को अपनी माँ और दादी की श्रद्धा के आगे झुका देने का धर्म है। विवेकानंद को हालांकि इस बात का बोध हो चुका था कि उनकी आयु अब शेष नहीं है और उनके अवतरण का उद्देश्य पूर्ण हो चुका है, लेकिन उन्होंने माँ की आस्था का प्रतिवाद नहीं किया, इस घटना के कुछ ही दिन बाद वो शरीर छोड़कर चले गए, लेकिन उन्होंने हमें एक सीख दे दी—कट्टरपंथ को त्यागने का, जड़वाद को छोड़ने का। इन्हीं स्वामी विवेकानंद ने कहा था-

'संप्रदायवाद, धर्मांधता और कट्टरता ने लंबे समय से इस धरती पर कब्जा जमा रखा है। इनकी वजह से धरती हिंसा से भर गई है। इनके कारण इंसानों का खून बहता रहा है। इनकी वजह से सभ्यताएँ नष्ट हुई हैं। इन्होंने समूचे राष्ट्रों को निराशा में धकेल दिया। अगर ये भयानक चीजें नहीं होतीं तो मानव समाज आज के मुकाबले कहीं ज्यादा प्रगति कर चुका होता। लेकिन मुझे उम्मीद है कि हर तरह की कट्टरता, हर तरह के अत्याचार, चाहे वह कलम से हो या तलवार से, इन सबके अंत का समय निकट है'।

"स्वामी विवेकानंद ही यही दृष्टि, यही विचार, यही बोध हमारे लिए प्रेरक है।"

क्लास खत्म होने के बाद समीर अस्पताल गया। संयोगवश उस समय डॉक्टर उसके पिता का निरीक्षण कर रहे थे। समीर ने डॉक्टर को निरीक्षण करने का पूरा समय दिया। डॉक्टर उसकी मनोदशा समझ रहे थे तो उन्होंने कहा—"देखिये ! मैं समझता हूँ कि आप काफी चिंतित हैं और आपके पिता जब यहाँ एडमिट हुए थे तो उनकी हालत काफी स्थिति गंभीर थी, लेकिन अब उनमें बहुत सुधार है, हम लोग पूरी कोशिश कर रहे हैं कि उनकी स्थिति और भी अधिक बेहतर हो। आपको थोड़ा हौसला और थोड़ा सा पेशंस और रखना होगा। कोई बीमारी है तो अपने समय से ही ठीक होगी, आपको सब्र तो रखना होगा।—डॉक्टर ने समीर के कंधे को हल्के से थपथपाया और आगे बढ़ गए।"

"भैया! आप फ्लैट पर जाओ, मैं हूँ यहाँ पर...डॉक्टर सही कह रहे थे, पापा को ठीक होने में वक़्त तो थोड़ा लगेगा, पॉजिटिव ये है कि उनकी हेल्थ में लगातार सुधार है, ये बात सब यहाँ कह रहे हैं।"

'होप सो," कहते हुए समीर ने पिता के हाथों को अपने हाथों में लेकर सहलाना शुरू किया और करीब आधे घंटे तक उनके करीब बैठा रहा। फिर भाई, के जिद के कारण, वह वहाँ से निकलकर फ़्लैट पर आ गया। उस सारे दिन उसने अपने ऑफिस से रिलेटेड कुछ जरूरी काम निपटाए।

## कर्मफल और पुनर्जन्म

**(पंद्रहवां दिन/ बुधवार)**

अगले दिन समीर क्लास में था। यह उसका पंद्रहवाँ क्लास था। क्लास में जाते ही पारुल अपने सवालों के साथ रेडी थी।

"सर! हिन्दू धर्म विश्वास या कल्पना आश्रित धर्म नहीं है, फिर भी आपकी दृष्टि में हिन्दू धर्म की आधारभूत बातों में ऐसी कौन सी बात है जिसकी सत्यता विज्ञान प्रमाणित नहीं है, पर उसकी अनुभूति आपको सबसे अधिक होती है, बल्कि जिसमें आप सबसे अधिक विश्वास करते हैं?"—पारुल का सवाल था।

"यह बात सच है कि हिन्दू धर्म बाकी मजहबों की तरह विश्वास और कुछ कल्पनाओं पर आश्रित नहीं है, पर मुझे लगता है कर्मफल और पुनर्जन्म पर मेरा विश्वास हिन्दू धर्म की तमाम आधारभूत बातों में वह बात है जिस पर मैं अपने जीवन में सर्वाधिक ध्यान रखता हूँ और कोशिश करता हूँ कि इस मान्यता और विश्वास के साथ मेरा तारतम्य हमेशा बना रहे। लेकिन आपका ऐसा कहना गलत है कि कर्मफल और पुनर्जन्म को विज्ञान की सहमति नहीं है, बल्कि कर्म सिद्धांत को लेकर विज्ञान और धर्म दोनों एकमत हैं। धर्म इसे कार्य और कारण कहता है, और विज्ञान इसे न्यूटन के गति के तीसरे नियम की तरह क्रिया एवं उसके विपरीत होने वाली प्रतिक्रिया कहता है।"

"तो आपका इस पर विश्वास इसलिए है कि यह विज्ञान सम्मत है?"—पारुल ने पूछा।

"नहीं! मेरा इन पर विश्वास विज्ञान की मान्यताओं के कारण ही है, ऐसा नहीं है, बल्कि ऐसा मेरी चेतना और मेरे स्वाभाविक बोध के कारण है।"

"कौन-सी चेतना और कैसा स्वाभाविक बोध?"

"यही कि हमें द्वारा किए गए शुभ और अशुभ कर्मों का भुगतान करना ही पड़ेगा। भले ही किसी हिन्दू ने कोई भी शास्त्र न पढ़ा हो पर वह अपने घर-परिवार

और समाज में जिस बात को अपने बचपन में सबसे अधिक सीखता है वह ये है कि कर्म सिद्धांत के अनुसार जो कुछ भी हमारे जीवन में आज घटित हो रहा है उसका कारण हमारे द्वारा ही किए गए कर्म हैं और जरूरी नहीं कि वे सारे कर्म इस जन्म में ही हमारे द्वारा किए गए हों, बल्कि कई बार यह पीछे के जन्मों में भी जाकर मिलते हैं। इस आधार पर हम ये मानते हैं कि एक बार जो कर्म हम कर लेते हैं, उस कर्म बंधन से मुक्त होने के लिए कई बार एक जीवन ही पर्याप्त नहीं होता। पूर्व जन्म में किए गए कर्मों का भुगतान जब आपको वर्तमान में करना पड़ता है, इसे ही प्रारब्ध कहा गया है।"

"लेकिन बचपन में तो हमें और भी कई बातें सिखाई जाती हैं, तो केवल कर्म और पुनर्जन्म का विषय ही आपको क्यों स्मरण रह गया?"—सुष्मिता, जो बड़े ध्यान से उसकी बातें सुन रही थी, उसने पूछा।

"भारतीय संस्कृति में कर्मफल और पुनर्जन्म का सिद्धांत ऐसे समाहित है जैसे शरीर में प्राण। घर-परिवार में हमें जो कथाएँ बताई गईं, जो पौराणिक आख्यान सुनाए गए वे इसी प्रकार के थे। चोरी नहीं करना चाहिए, यह सिखाने के लिए मेरी नानी मुझे कृष्ण और सुदामा की कथा सुनाती थी। सुदामा श्रीकृष्ण के प्रिय सखा थे। बचपन में गुरुकुल में पढ़ने के दौरान उन्होंने गुरु माँ द्वारा दिए गए चने को अकेले खाने का पाप किया था। सुदामा ने कृष्ण से छिपा कर चने खाए तो कहते हैं कि इस कर्म का फल उन्हें अत्यंत निर्धनता के रूप में भोगना पड़ा। उनके परम मित्र होने के बावजूद कृष्ण समय से पहले सुदामा की दयनीय दशा को दूर नहीं कर पाए। जब सुदामा के पाप कर्म समाप्त हुए और उनके शुभ कर्मों का उदय हुआ, तो वह द्वारिका पहुँच गए और श्रीभगवान् ने उनके सारे दुःख दूर दिए।

"हमें तो अवतारों के जीवन के उदाहरण देकर यह समझाया जाता था कि किए हुए कर्मों का फल भुगतना ही पड़ता है। एक कहानी हमें अक्सर सुनाई जाती थी कि द्वापर युग में भगवान जब कृष्ण रूप में धरती पर थे और प्रभास क्षेत्र में ध्यानस्थ थे तब एक बहेलिये ने उन्हें दूर से हिरण समझकर उन पर विष बुझा तीर चला दिया और उसके कारण भगवान को मानव शरीर छोड़ने का अवसर मिला। उन पर तीर चलाने वाले बहेलिये ने जब सच्चाई जानी तो वह उनके चरणों में गिर गया। तब भगवान ने उसे समझाते हुए कहा कि मेरे राम जन्म में तुम बालि के रूप में थे और तब मेरे तीर से तुम्हारा वध हुआ था, इस जन्म में यह होना उसी कर्म की परिणति है। ऐसी ही एक कहानी सुनाई जाती है कि माता केकैयी ने त्रेता में राम जी को वनवास

भेजा था और माता कौशल्या को पुत्र विछोह झेलना पड़ा था तो द्वापर में इस कर्म की परिणति में वह देवकी रूप में जन्मीं और वहाँ उन्हें अपने पुत्रों का विछोह सहना पड़ा। कुबेर के दोनों पुत्र नलकुबेर और मणिग्रीव को वृक्ष के रूप में जन्म मिला था, मीरा के बारे में कहा जाता है कि वह अपने पूर्व जन्म में ब्रज की गोपी थी, मुनियों के द्वारा शाप पाकर राजा भानुप्रताप को तीन जन्मों तक राक्षस योनि में रहना पड़ा, राजा नृग को दूसरे जन्म में गिरगिट की योनि मिली और कश्पय और अदिति अपने अगले जन्मों में दशरथ और कौशल्या हुए। स्कन्दपुराण के रेवाखंड में पुनर्जन्म की कई कथाएं आती हैं। अपने बचपन में जब मैं कोई गलती करता था, किसी पक्षी या जीव को तंग करता था, भिखारियों को चिढ़ाता था तो मेरी दादी एक ही बात मुझसे कहती थे—यह करोगे तो नरक में जाओगे।

"मेरी दादी ने मुझे मेरे द्वारा किए अच्छे कर्मों के लिए प्रेरित करते हुए कभी भी स्वर्ग का आश्वासन नहीं दिया, पर बुरे कर्मों के लिए मुझे नर्क का डर वो हमेशा दिखाती थी।

"अब आप लोग बताइए कि जब बचपन में कर्मों के फल की ऐसी सुसंगत व्याख्या समझाई गई हो तो बाल-मन पर अंकित हुआ यह विषय क्या स्थायी नहीं रहेगा?"

"लेकिन बाद में जब आपने हिन्दू शास्त्रों को पढ़ना शुरू किया, महाकाव्यों का अध्ययन करना शुरू किया तो क्या आपने इन कथाओं को उन शास्त्रों में पाया?"—आकांक्षा ने पूछा

"मैं फिर से वही बात दोहराऊँगा। अगर हममें नैतिकता लाने के लिए कोई बात या कुछ बातें बताई गई है तो इस बात का बिल्कुल भी महत्त्व नहीं है, कि वह वास्तव में घटित हुई है या उसका कुछ ऐतिहासिक या शास्त्रीय आधार है। हो सकता है कि कृष्ण-सुदामा या कृष्ण-व्याध की उन कथाओं का संदर्भ मुझे ग्रंथों में मिले या न मिले पर उसकी अनुभूति मुझमें कितनी गहरी हुई है, इसे मैं एक एक्ज़ाम्पल से समझा सकता हूँ।

"एक बार मैं अपने दो मित्रों के साथ केदारनाथ गया था। समयाभाव था, इसलिए हमने हेलिकॉप्टर बुक करने की कोशिश की, पर वह संभव नहीं हो सका। वहाँ पहुँचे तो उन्नीस किलोमीटर की सीढ़ी चढ़ाई पर शीघ्र चढ़कर शीघ्र ही लौटने का विकल्प सिवाय घोड़े और खच्चर पर चढ़कर जाने के कुछ और नहीं सूझ रहा था। पैदल चढ़ता तो कम से कम दस घंटे चढ़ने और इतना ही समय उतरने में

लगता और दिल्ली से वापसी की ट्रेन छूट जाती। इसलिए मन मसोसकर ऊपर पहुँचने के लिए घोड़ा करना पड़ा। घोड़े की पीठ पर बैठते ही चढ़ाई शुरू हुई। हर सौ कदम पर दीवार पर लिखे उद्धरण नज़र आ जाते, जिसमें लिखा होता था—मासूम पशुओं पर अत्यचार न करें, तीर्थयात्रा का पुण्य पैदल ही फलित होता है वगैरह-वगैरह...इन उद्धरणों के बीच ऊँचाई पर चढ़ता घोड़ा कभी फिसल जाता तो कभी लड़खड़ाने लगता। आसपास के कई घोड़े ऐसे ही फिसलते-लड़खड़ाने जा रहे थे, कई वजनी लोग उनकी पीठ पर सवार थे और वह निरीह पशु उन्हें अपनी पीठ पर ढोने को अभिशप्त था। इन सब दृश्यों ने तीर्थ-यात्रा का उत्साह मंद कर दिया, हर चढ़ते कदम के साथ अपराधबोध और भी गहरा होता जा रहा था। खैर, लगभग चार घंटों की चढ़ाई के बाद यात्रा पूरी हुई और भगवान का दर्शन हुआ। लौटने के समय रात्रि हो गई थी और शायद दिन में दो राउंड तीर्थ यात्रियों को ढो चुके घोड़े थकान से निढ़ाल थे। लेकिन और कोई चारा भी नहीं था तो हम लौटने के लिए उन्हीं घोड़ों का आसरा लेने के लिए बाध्य थे। वापसी और भी वेदनाजन्य थी। कई जगह फिसलन भरे सपाट रास्तों पर घोड़े बार-बार फिसल कर ज़ख़्मी हो रहे थे। वहाँ से वापस तो आ गया पर अवचेतन में एक अपराधबोध था जो घर आने के बाद धीरे-धीरे कम होता गया। वहाँ से आने के लगभग एक सप्ताह के बाद अचानक से मेरे पैर में भयंकर दर्द शुरू हो गया और दर्द बढ़ते-बढ़ते मेरी ये हालत हो गई कि मैं बिस्तर से उतरकर बाथरूम तक जाने में घिसटने लगा था। मुझमें जैसे चलने का सामर्थ्य ही शेष नहीं था। रात में सोने जाता तो आँखों के सामने केदारनाथ की चढ़ाइयों पर मुझे लेकर घिसटता घोड़ा सामने दिखाई देता। यकीन मानो मैं दर्द की अधिकता से उसी तरह घिसटकर चलने लगा था जैसा वहाँ दर्द से निढ़ाल घोड़े चलते थे। अपनी वेदना का कारण मुझे मेरा वह अपराध लगा जो जाने-अनजाने उस यात्रा में मुझसे हो गया था। मैंने रात में मन ही मन महादेव के पशुपतिनाथ रूप का स्मरण किया और उनसे क्षमायाचना की, उनसे कहा कि उस अपराध के प्रायश्चित स्वरुप मैं उस तीर्थ-यात्रा से अर्जित समस्त पुण्य उस घोड़े को समर्पित करता हूँ, जिस पर सवार होकर मैंने तीर्थ यात्रा की थी।

"अगले दिन एक मित्र से बात की जो एक कुशल आयुर्वेदाचार्य है, उसने मेरी समस्या सुनते ही मुझे विटामिन डी और विटामिन बी-12 का टेस्ट कराने की सलाह दी। टेस्ट से पता चला, कि दोनों की कमी से ही मुझे पैरों की यह पीड़ा शुरू हुई थी। ठीक है मेडिकल साइंस की भाषा में मेरे पैरों का यह दर्द कुछ विटामिनों की कमी

के कारण था, पर मेरी दृष्टि में ये मेरे उन कर्मों की सजा थी, जो उन निरीह प्राणियों को पीड़ा देने के एवज मुझे भुगतनी पड़ी। जब मैंने साथ केदारनाथ गए मित्रों से यह बात साझा की तो उनकी अनुभूति भी मेरी तरह की ही थी, उन्हें भी निरीह पशुओं को पीड़ा पहुँचाने का अपराध बोध था।"

"आपके अनुसार हिन्दू धर्म में कर्म-फल और पुनर्जन्म पर इतना जोर क्यों है?"—रजत ने पूछा

"हर बौद्धिक और प्रज्ञावान सभ्यता में जीवन के कुछ स्वाभाविक प्रश्नों पर मंथन हुआ है। जीवन के इन स्वाभाविक प्रश्नों से तात्पर्य उन बातों से है, जिसके लॉजिकल और कंविंसिंग आंसर हम खोज नहीं पाते।

**"जीवन के ये स्वाभाविक प्रश्न हैं क्या?**

"ये प्रश्न थे कि धरा पर कोई बहुत सुखी-संपन्न है तो कोई बेहद विपन्न, कोई तमाम भौतिक सुखों को प्राप्त कर रहा है तो कोई दो जून की रोटी के लिए मुहताज है। कोई परम विद्वान और बुद्धिमान है तो कोई महामूर्ख और अनपढ़, एक ही क्लास में पढ़ रहे बच्चों में एक बहुत आसानी से सब कुछ सीख ले रहा है तो दूसरा ट्यूशन लेकर भी कुछ नहीं सीख पाता, कुछ लोग बिना विशेष प्रयत्नों के ही सब कुछ पा लेते हैं तो कुछ लाख प्रयत्न करने भी असफल रह जाते हैं. कई बार हम ऐसा होता भी देखते हैं कि किसी बालक का जन्म हुआ और जन्म से ही वह अपने साथ शारीरिक अपंगता लेकर आया है तो वहीं उसी अस्पताल में कोई बच्चा तंदरुस्त पैदा हुआ है, कोई बालक बहुत छोटी आयु में ही नृत्य, संगीत, चित्रकला आदि का सुंदर अभ्यासक बन जाता है तो कोई सारी उम्र इन्हें सीख पाता, कोई अल्पायु में ही उच्च कक्षाओं की परीक्षा पास कर ले रहा है तो दूसरा अपने क्लास में भी ठीक से पास पास नहीं हो पाता।

"बाकी सभ्यताओं के लोग जब इस प्रश्न पर मंथन करने गए तो चूँकि उनके यहाँ कर्मफल के आधार पर पुनर्जन्म की अवधारणा थी नहीं तो उन्होंने कहा कि ये मानव-जीवन एक एग्ज़ाम की तरह है, जहाँ आपको कैसे प्रश्न मिले, आपका एग्ज़ाम सेंटर कहाँ पड़ा इस बातों को तय करने का अधिकार विधाता को है और आपका रोल केवल एग्ज़ाम को पास करना भर है, उसके रिजल्ट आपको 'जजमेंट डे' के दिन दिखेंगे। लेकिन उनकी इस अवधारणा के रखते ही एक प्रश्न खड़ा हो गया कि कोई बालक जो अभी ही जन्मा है, वह अपंग है और उसके साथ ही जन्म दूसरा पूर्ण स्वस्थ्य है तो फिर प्रश्नों और परिस्थितियों में एकरूपता कहाँ रही? बिना किसी

न्याय के ईश्वर ने क्यों एक को सारी उम्र दिव्यांग रहने को छोड़ दिया और दूसरे को सपूर्ण अंग दिए? हमारे मनीषी इस प्रश्न पर मंथन करते हुए, इस निष्कर्ष पर पहुँचे कि कर्मफल और पुनर्जन्म की अवधारणा को मानना ही इस प्रश्न का सबसे यथेष्ट उत्तर है और इस उत्तर से ही उनको मानव जाति को नैतिक और सच्चरित्र बनाने का मार्ग भी मिल गया।"

"इस बात को थोड़ा और विस्तार से समझाइये", रजत समझना चाह रहा था।

"देखो, कर्म -सिद्धांत से अभिप्राय उन समस्त आचरणों या कार्यों से है जिन्हें हम लोग जानबूझकर या अनजाने में करते हैं। गीता में कहा गया है कि मन, वाणी तथा शरीर से की गई सभी क्रियाएँ कर्म हैं। यानि अगर हम मुख से कुछ बुरा बोलते भी है तो यह भी एक कर्म के रूप में गिना जाएगा, हम अपने मन में किसी के प्रति दुराचार का भाव पालते हैं, तो इसे भी एक कर्म ही माना जायेगा। इसलिए इस अवधारणा के कारण हम अपने कर्मों के प्रति बेहद सचेत रहते हैं कि हमारे द्वारा किये प्रत्येक कर्म हमको अवश्य मिलना है और यह फल इस आधार पर होगा कि हमारे द्वारा किये अच्छे कर्मों का फल अच्छा और बुरे कर्मों का फल बुरे रूप में प्राप्त होगा।"

"लेकिन ये पुनर्जन्म से कैसे लिंक है?"

"कुछ कर्म तत्काल फलित होते हैं, कुछ कई वर्ष लगा जाते हैं और कुछ का फल इस जन्म में मिलता भी नहीं है, परंतु फलित सभी कर्म होते हैं। इसलिए देखा जाता है कि अच्छे कर्म नहीं करने वाले को भी कोई दुख अथवा पीड़ा नहीं होती और कई लोग नैतिक और अच्छाई के पथ पर चलते हुए भी कष्ट और निर्धनता का जीवन जीते हैं। ऐसा विचित्र इसलिए होता है क्योंकि आज इस जन्म में या वर्तमान में वह अवश्य अच्छे रास्ते पर है, सत्कर्म कर रहा है पर अपने पिछले जन्मों में जब वह समर्थ था तब उसने कई पाप कर्म किये होंगे और वह पाप कर्म इतने अधिक होंगे कि इस जन्म में लगातार अच्छे कर्म करते चले जाने के बावजूद ख़त्म नहीं हो रहे। ऐसा ही पहले वाले के साथ है, जिसके पूर्व जन्मों के संचित अच्छे कर्मों के कारण लगातार अनाचार और अधर्म में प्रवृत्त होकर भी वह सुखोपभोग कर रहा है। यानि आपके द्वारा किये गए अच्छे या बुरे कर्म जब तक ख़त्म नहीं होंगे, आपको बार-बार जन्म लेना होगा और आपका यह जन्म जरूरी नहीं कि मनुष्य योनि में ही हो, आप पशु-पक्षी वृक्ष आदि किसी भी योनि में जा सकते हैं। हमारे कर्म जन्म-जन्मांतर तक हमारा पीछा करते रहती हैं। चर्पटपंजरिका में आदि शंकराचार्य ने इस को लेकर एक बड़ी सुंदर बात कही थी। ईश्वर से प्रार्थना करते हुए वह कहते हैं: *पुनरपि जननं पुनरपि मरणं पुनरपि*

*जननी जठरे शयनम्। इह संसारे बहुदुस्तारे, कृपयाऽपारे पाहि मुरारे॥* अर्थात्, बार-बार जन्म, बार-बार मृत्यु, बार-बार माँ के गर्भ में शयन, इस संसार से पार जा पाना बहुत कठिन है, हे कृष्ण कृपा करके रक्षा करो।"

"आपका पुनर्जन्म सिद्धांत पर इतना दृढ़ विश्वास है, मान लीजिए, कल को विज्ञान की प्रगति के साथ इसकी असत्यता प्रमाणित हो गई तो?"—पारुल ने पूछा

"तब भी मैं इस बात के लिए अपने पूर्वजों पर गर्व करूँगा कि उन्होंने मानव जाति में नैतिकता के संचार के लिए एक ऐसे सिद्धांत को रचा, जो एक को चींटी मारने या किसी वृक्ष के पत्ते तोड़ने तक के कर्म की परिणति भुगतने की बात कहती है। *कठोपनिषद्* में यम और नचिकेता का संवाद आया है और वहाँ यम नचिकेता के एक प्रश्न का उत्तर देते हुए कहते हैं—'जो मूर्ख धन के मोह से अंधे होकर प्रमाद में लगे रहते हैं, उन्हें परलोक का साधन नहीं सूझता। यह लोक ही सत्य है, परलोक और पुनर्जन्म जैसी कोई वस्तु नहीं है-ऐसा मानकर नैतिक-अनैतिक मार्ग से भोग का साधन एकत्र करने वाला तथा भोग को सब कुछ माननेवाला व्यक्ति बार-बार जन्म और मृत्यु के चक्कर में पड़ता है एवं नाना प्रकार के कष्ट भोगता है।' इसी उपनिषद् में एक जगह कहा गया है: जो सदा विवेकहीन बुद्धिवाला, असंयचित्त और अपवित्र जीवन रहता है, वह उस परमपद को नहीं पा सकता और वह बार-बार मृत्यु रूप संसार चक्र में ही भटकता रहता है। *मनुस्मृति* में मनु कहते हैं, कि अगर तुम सत्व-गुणों को धारण करोगे, तो अगले जन्मों में देव योनि पाओगे, रजगुण को धारण करोगे, तो मनुष्य योनि मिलेगी और तमोगुण को धारण करोगे तो जीव-जंतु, वृक्ष, कीट-पतंग आदि का शरीर मिलेगा। मनु आगे कहते हैं कि सुरापान, गुरु की पत्नी का असम्मान आदि कई महापाप हैं, जो तुमने किए तो तुम्हें कृमि आदि निकृष्ट श्रेणियाँ मिलेगी।

"यह सिद्धांत असत्य हो जाए तो भी कम -से -कम इसका प्रचार करता रहूँगा, क्योंकि क्योंकि मेरी दृष्टि में पुनर्जन्म का सिद्धांत मानव के भीतर अच्छाई का संचार करने, श्रेष्ठ और निकृष्ट होने का भाव त्यागने और स्त्री-पुरुष की समानता सिखाने में भी आवश्यक सिद्ध हुआ है।

"मैं एक उदाहरण और देता हूँ। *अथर्ववेद* के एक मंत्र (अथर्व-का. सू. ८ मं. २७) में ऋषि कहते हैं: *त्वं स्त्री त्वं पुमा नसि त्वं कुमार उत वा कुमारी। त्वं जीर्णो दण्डेन वन्चसि, त्वं जातो भवसि विश्वतो मुखः॥* अर्थात्, 'यह आत्मा ही अपने कर्मानुसार कन्या या कुमार का रूप लेता है। कभी स्त्री या कभी पुरूष बनकर जन्म लेता है। जब शरीर जीर्ण हो जाता है—तब वह अपने कर्मानुसार नया जन्म पाता है। अर्थात्

कर्मानुसार ही नई योनि पाता है। आत्मा सदैव से अनादि है। आत्मा अलिंगी होता है'। इसका अर्थ ये है कि जिस आत्मा का कोई लिंग नहीं होता उस आत्मा की कोई जाति भी नहीं होती। हो सकता है किसी और जन्म में हम किसी और जाति में जन्में रहें हों इसलिए किसी भी जाति को हीन, तुच्छ या श्रेष्ठ समझना हिन्दू धर्म के मूलचिंतन के विरुद्ध है। ऐसा इंसान किसी जाति विशेष को कमतर या तुच्छ या त्याज्य समझकर अपने पूर्व के जन्मों के माता-पिता का अनादर करता है। नाड़ी ज्योतिष में जिनकी पत्री मिल जाती है उन्हें उनके पूर्व जन्म का पता हो जाता है। ऐसे दर्जनों लोगों को (जिनकी पत्री मिली) मैं जानता हूँ जो पिछली जन्म में किसी और जाति में जन्में थे या किसी और क्षेत्र में जन्में थे। कई मित्र ऐसे मिले तो इस जन्म में किसी जाति विशेष से घृणा करते थे और अपने पिछले जन्म में वह उसी जाति के निकल गए या वो जिस किसी प्रांत या क्षेत्र से घृणा करते थे और पूर्व के जन्मों में वह उसी क्षेत्र में जन्में थे। कुछ पुरुष अपने पिछले जन्मों में स्त्री थे तो कुछ स्त्रियाँ अपने पिछले जन्मों में पुरुष। ये सिद्धांत यह भी कहता है कि आज तुम निरीह पशुओं पर अत्याचार कर रहे हो तो पक्का जानो कि अपने अगले जन्मों में तुम भी उसी श्रेणी में जा सकते हो जिसके साथ आज तुम अन्याय कर रहे हो।

"और सबसे बड़ी बात जानती हो क्या है? वह ये है कि कर्मफल और पुनर्जन्म के सिद्धांत ने ईश्वर का मान सबसे अधिक बढ़ाया है, उनकी प्रतिष्ठा स्थापित की है। इस सिद्धांत ने मानव के साथ होने वाले अच्छे और बुरे कर्मों के लिए ईश्वर के उत्तरदायी होने से स्पष्ट इंकार कर दिया बल्कि भगवान गीता के नौवें अध्याय के २९ वें श्लोक में कहते हैं—*न मे द्वेष्योऽस्ति न प्रियः।* अर्थात्,प्राणियों में न तो कोई मेरा द्वेषी है और न कोई प्रिय है। यानि वह बस मनुष्यों को उसके कर्मों के अनुरूप फल देते हैं। अवतारवाद की अवधारणा भी इसी को पुष्ट करने के लिए, दैव (भाग्य) का आश्रय छोड़ सतत कर्म करने को प्रेरित करने के लिए है। राम रूप में भगवान जब जानकी की खोज के लिए और रावण के वध के लिए सुग्रीव से मैत्री करते हुए सेतु बंध समेत तमाम पुरुषार्थ करते हैं तो उनके वह सारे कर्म इसी के लिए थे।"

"मैंने सुना है कि मनुष्य योनि दुर्लभ है और आप इस बात को भी मानेंगे कि दुनिया में आज अपराध, अनाचार, भोगवाद, व्यभिचार सब बढ़ रहे है, तो फिर मनुष्यों की आबादी तो घटनी चाहिए फिर ये बढ़ कैसे रही है?"

"जब बिना चिंतन किए बोला जाता है, तो ऐसे प्रश्न जन्म लेते हैं। आपको पता है न कि पारिस्थितिकी में परिवर्तन के कारण हर वर्ष जीवों, कीटों, वृक्षों और पौधों

की कितनी प्रजातियाँ नष्ट होती जा रही हैं तो उन नष्ट होने वाले जीव और वृक्षों की आत्माएँ भी तो कहीं-न-कहीं किसी रूप में पुनर्जन्म लेती होंगी और ऐसी भी संभावना है कि उनका जन्म मानव- रूप में हो रहा हो।"

"इस विषय पर आपसे बस एक आख़िरी प्रश्न है। मान लीजिए, यदि संपूर्ण विश्व अगर पुनर्जन्म और कर्म फल की अवधारणा को स्वीकार कर ले तो क्या परिवर्तन आएगा?"

"देखो, जब हम पुनर्जन्म में विश्वास रखते हैं तो हम यह मानने लगते हैं कि मेरी जैसी आत्मा ही सबकी है और सबकी जैसा ही मेरा आत्मा है। मेरे आत्मा की अवस्था भूतकाल में दूसरे अन्य जीवों जैसी हुई है और भविष्य में भी हो सकती है। *यजुर्वेद* (40/ 6-) में ये बात इस तरीके से कही गई है—जो मनुष्य सब प्राणियों में आत्मा को और आत्मा को सब प्राणियों में देखता है, वह कभी भी किसी से घृणा नहीं करता, द्वेष या बुरा व्यवहार नहीं करता। यानि पुनर्जन्म और कर्मफल की मान्यता हमारे अंदर सभी जीवों के प्रति प्रेम और आत्मीय भाव को बढ़ाता है। ऊँच-नीच, अमीर-गरीब, पापी-पुण्यात्मा, निम्न जीव-उच्च जीव, पशु, कीट, पतंग आदि सब समीप आ जाते हैं और सबके प्रति सहज आत्मभाव और सौहार्द बढ़ जाता है। हम अपने भविष्य के स्वयं निर्माता हैं, यह प्रेरक बोध भी इसी अवधारणा को मानने से आती है। यानि अगर संपूर्ण विश्व पुनर्जन्म के भाव को आत्मसात कर ले तो विश्व में श्रेष्ठता बोध की मानसिकता समाप्त हो जायेगी।

"दूसरा परिवर्तन यह आएगा कि विश्व में तमाम सद्गुणों का संचार होना शुरू हो जायेगा, क्योंकि क्योंकि पुनर्जन्म और कर्मफल का सिद्धांत निरंतर अच्छे कर्म के लिए प्रेरित करती है। *गरुड़ पुराण* में एक जगह आया है—दान करने वाला प्राणी परलोक एवं पुनर्जन्म में अनेक भोगों को प्राप्त करता है, तीर्थ सेवन करने वाला प्राणी सुख पाता है और मीठा तथा विचार कर सुखदायक वाणी बोलने वाला मनुष्य अगले जन्मों में बड़ा विद्वान व धर्म के रहस्यों को जानने वाला बनता है। अब *गरुड़ पुराण* की इस बात को ध्यान से समझिये तो इसमें तीन बातें हैं। पहली ये कि आपको दान करना है, यानि आपकी संपत्ति में, आपके धन में दुःखी, निर्धन और विपन्न सभी का अधिकार है। दूसरा आपको तीर्थ यात्राएँ करनी है क्योंकि क्योंकि तीर्थ यात्राएँ अर्थव्यवस्था को तो मजबूती देती ही है, साथ ही यह मनुष्य के अंदर अनेक तरह के गुणों का विकास करते हुए उसके आत्मबल को भी मजबूत करती है।

"महर्षि व्यास कहते हैं कि तप, ज्ञान और दान और प्रभाव से मनुष्य इंद्र बन सकता है, और पुण्य समाप्त हो जाने पर इंद्र भी धरातल पर आ जाते हैं। एक जैन आचार्य समंतभद्रस्वामी ने कहा था: 'धर्म के प्रताप से कुत्ता भी देव हो जाता है। देवयोनि में जन्म लेता है और पाप के फल से देव भी मरकर कुत्ते की योनि में जाता है। इसलिए प्राणियों के लिए धर्म से अतिरिक्त अन्य कोई संपदा हो सकती है?' यानि अगर पुनर्जन्म न माना जाए तो व्यक्ति को न अच्छे कर्म की लालसा रहेगी और न ही उसे बुरे कर्म करने में भय होगा। इसे समझाने के लिए हमारे ग्रंथों में अलग अलग पाप कर्मों के लिए अलग-अलग योनियाँ बताई गई है।

"इन बातों के आधार पर आप लोग स्वयं सोचकर देखिए कि अगर संपूर्ण जगत इस सिद्धांत को स्वीकार कर ले, तो क्या परिवर्तन आएगा।

"मैंने गीताप्रेस से प्रकाशित कल्याण के एक वार्षिक अंक में एक लेख पढ़ा था जिसने लिखे शब्दों के उल्लेख के बिना ये विषय पूर्ण नहीं होगा, क्योंकि लेखन के कथन में आपके तमाम प्रश्नों और मेरे उत्तरों का सार-संक्षेपण है। अपने लेख में लेखक श्रीरामनाथ जी सुमन ने लिखा था—

'पुनर्जन्म हिन्दू मस्तिष्क का आश्चर्यजनक आविष्कार है। बिना इसके संसार की अनेक विषमताओं का कहीं कोई समाधान संभव नहीं है। हम देखते हैं कि एक मनुष्य सत्कर्म करते हुए भी कष्ट पा रहा है , दूसरा नीच कर्म करके भी सुखोपभोग कर रहा है, एक ही घर में एक ही माता-पिता की समान स्थिति में उत्पन्न होने वाली संतानें एक-दूसरे से बहुत भिन्न होती है। कोई धनवान है, कोई गरीब है, कोई बिना श्रम किए एक धनवान के घर पैदा होने के कारण सब ऐहिक सुख पा रहा है। यह सब क्यों है? क्या कोई ईश्वर नहीं है? सृष्टि किसी नियम से शासित नहीं है? या ईश्वर है भी तो वह बिलकुल स्वेच्छाचारी है? या सब कुछ एक अंध-नियति का खेल है? तब क्या मनुष्य बिलकुल कठपुतली है और वह अपने को उच्च स्तर पर नहीं ले जा सकता?'

"इसके बाद वह वह लेखक कहते हैं कि इस प्रश्न का उत्तर अनात्मवादियों, प्रकृतिवादियों या विकासवादियों के पास नहीं है। केवल हिन्दू ऋषियों और दार्शनिकों ने कर्म-सिद्धांत की खोज करके मानव जीवन में असीम संभावनाओं का उद्घाटन किया है। इसलिए पुनर्जन्म सिद्धांत को माने बिना ईश्वर के विधान को न्यायोचित मानना संभव नहीं है।"

क्लास खत्म होने की बेल बज गई थी। समीर निवेदिता मैडम के केबिन की ओर बढ़ गया। मैडम आज काफ़ी उत्साहित लग रहीं थी और केबिन में उनके अलावा कुछ और टीचर्स भी थे।

"आओ ...आओ समीर बैठो...बैठो...मैं तुम्हारा ही इंतज़ार कर रही थी।"

"जी...समीर ने एक कुर्सी सरकाई और वहाँ बैठ गया।"

"जानते हो, परसों हमारी अकादमी के लिए बहुत बड़ा दिन है!"

"परसों...ओह!" समीर को ध्यान आया कि परसों 12 जनवरी है, यानि स्वामी विवेकानंद का जन्मदिन।

"देखो समीर! इस डे को हम लोग अपने स्कूल में अलग-अलग गतिविधियाँ रखते हैं। तुम कुछ सजेस्ट करोगे और उस दिन तुम स्वामी जी पर कुछ बोलो ये मैं चाहती हूँ।"

"फंक्शन किस तरह का है?"—समीर ने जानना चाहा।

"फंक्शन में यही है कि स्वामी जी के जीवन पर एक नाट्य प्रस्तुति होगी, जो दसवीं यानि तुम्हारे क्लास के बच्चों के द्वारा होगी, फिर डिबेट कॉम्पिटिशन है और हर साल हमलोग किसी गेस्ट को स्वामी जी पर लेक्चर देने बुलाते हैं, लेकिन इस बार मैं ये चांस तुम्हें देना चाहती हूँ।"

"मुझे...पर..." समीर थोड़ा हिचकने लगा।

"हाँ...तुम्हें ही करना है और मैं चाहती हूँ कि इसका प्रारूप भी तुम ही डिजाइन करो, क्योंकि इस फंक्शन में हमारे कुछ विशिष्ट गेस्ट्स और मीडिया पर्सन भी आते हैं, तो एकदम शानदार स्पीच होनी चाहिए।"

कुछ क्षण सोचने के बाद समीर ने हामी भर दी और कहा कि वो प्रोग्राम का स्वरूप सोचकर उन्हें कल बताएगा।

"ओके... थैंक्स ..." अब क्या हॉस्पिटल जाओगे?

"हाँ शायद..." समीर ने कहा।

"ठीक हैं, फादर?"

"सब वैसा ही है—डॉक्टर तो कह रहे हैं कि सुधार है तो देखते हैं..."

"चलो ठीक होगा सब...टेक केयर।"

जाना तो अस्पताल ही था, पर समीर को थोड़ी थकान सी लग रही थी तो उसने भाई को फोन कर कहा कि वह वह दोपहर बाद अस्पताल आएगा और उसने अपनी कार फ्लैट की ओर मोड़ दी। रास्ते भर उसके जेहन में मैडम की कही हुई

बातें चल रही थी कि आखिर वह वह इस फंक्शन में क्या बोलेगा। उसे लगा कि इस समय इस मैटर पर ऋचा से बेहतर उसे कोई भी गाइड नहीं कर सकेगा। फ्लैट पहुँचकर गाड़ी पार्क करने के बाद वह कमरे में पहुँचा और फ्रेश होने के बाद उसने अपनी पत्नी ऋचा को फोन लगाया।

"इतनी बड़ी यूनिवर्सिटी का प्रोडक्ट और साइंटिस्ट एक लेक्चर देने में घबरा रहा है, कमाल है",—समीर की बात सुनते ही ऋचा ठहाके लगाकर हँस पड़ी।

"नहीं यार! बात घबराने की नहीं है, मतलब इस तरह के मौके पर मैंने कभी स्पीच नहीं दी न..." समीर ने अपनी बेबसी जताई।

"चढ़ जाओ मंच पर ...तुम्हारे फ्रेंड-फिलॉसफ़र स्वामी विवेकानंद शिकागो की मंच पर कौन-सी तैयारी करके गए थे...और मुझे नहीं लगता है कि हिन्दू धर्म पर बोलने के लिए मिस्टर समीर राघवन को किसी तैयारी की जरूरत है...और अगर वाक़ई तुम्हें किसी तैयारी की जरूरत है, तो तुमसे शादी करने का मेरा डिसीजन रॉंग था",—ऋचा की इस बात ने समीर को उत्साहित कर दिया।

"इसी के लिए सबको छोड़कर तुमको चुना था ...नहीं तो तुम्हें तो पता ही है मेरी पर्सनालिटी और इन्टेलेक्ट पर फ़िदा होने वाली कितनी थी..."

"चुप करो...बड़े आये...मैं न होती तो कुंवारे ही रहते अब तक..."

ऋचा से बात करने के बाद समीर अब खुद को काफ़ी हल्का और तरोताज़ा महसूस कर रहा था। चार बजने को आया तो समीर ने हॉस्पिटल जाने के लिए गाड़ी निकाल ली।

# विवाह सूक्त

**(सोलहवां दिन/ गुरुवार)**

"आज तुम लोगों में बहुत लोग साड़ी में हो... क्यों ?"—अगले दिन के क्लास में समीर को हरमन और पारुल को छोड़कर बाकी लड़कियाँ वहाँ साड़ी में नज़र आई।

"हाँ सर! आज बस हम आपका क्लास अटेंड करने वाले हैं...बाकी क्लासों से हमें छुट्टी मिल गई है।"

"लेकिन क्यों?"—समीर को कुछ समझ नहीं आ रहा था।

"एक्चुअली कल मैडम ने हमें स्वामी विवेकानंद से संबंधित एक प्ले करने को कहा है, तो उसके रिहर्सल के लिए हम साड़ी में हैं। आज सारा दिन हमें वही करना है।"

"वाह...और स्वामी जी कौन बनने वाले हैं उसमें?"—समीर ने मुस्कुराते हुए पूछा।

"नहीं, मतलब लास्ट इयर तो हम लोग स्वामी जी की थीम पर ही कुछ करते थे, पर इस बार मैडम ने हमें कुछ अलग करने कहा है, जो हिन्दू धर्म और नारी से रिलेट करता हो",—श्वेता ने कहा।

"ग्रेट...तो नाटक का थीम कुछ सोचा है तुम सबने?"

"नहीं...यही तो प्रॉब्लम है कि इस पर हम कुछ सोच नहीं पा रहे", कपास से बुना सफ़ेद और हल्का पीले रंग की पारंपरिक तांती साड़ी पहनी सुष्मिता ने कहा।

"मैं कुछ सजेस्ट करूँ?"

"अरे वाह सर...आप अगर कुछ सजेस्ट कर दो तो इससे बेहतर तो कुछ भी नहीं होगा।"

"ओके...मेरे हिसाब से तुमको एक ऐसा टॉपिक सलेक्ट करना है, जो अभी तक अनटचड है। मतलब यह कि तुम हिन्दू धर्म और नारी पर एक थीम सोचो।"

"टॉपिक तो अच्छी है, पर इस पर कुछ सोच नहीं पा रहे", श्रुति ने कहा।

"चलो, तुम सब मतलब तुममें से ज्यादातर हिन्दू हो, तो एक हिन्दू लड़की के रूप में तुम मुझसे क्या-क्या प्रश्न कर सकती हो? एक हिन्दू लड़की होने के नाते तुम्हारे मन में कौन से प्रश्न आते हैं? इसी पर आज डिस्कस करते हैं, उम्मीद है कि क्लास खत्म होते-होते आप सबको नाटक के लिए कोई न कोई थीम जरूर मिल जाएगी।"

"ये सही है, सर ...आप चीजों को कितना आसान कर देते हो", पारुल ने मुस्कुराते हुए समीर के प्रति अपना आभार जताया।

"तो शुरू करो... क्योंकि आज का वक़्त आप सबके लिए बहुत कीमती है। है न?" समीर ने कहा

"एक सवाल जो बहुत लोग पूछते हैं और शायद हम सबके मन में भी कहीं-न-कहीं ये प्रश्न है कि हिन्दू समाज ने स्त्रियों को क्या दिया है?" पारुल ने पूछा

"मैं आपके सवाल को उलटकर यह कहना चाहूँगा कि आप ऐसा पूछिए कि स्त्रियों ने हिन्दू समाज को क्या दिया है? अगर आप मुझसे ये प्रश्न करेंगीं, तो मैं इसका एक ऐसा उत्तर दूँगा, जो स्त्रियों के प्रति मेरी ओर से या यूँ कहिए कि संपूर्ण हिन्दू समाज की ओर से कृतज्ञता ज्ञापन जैसा होगा।"

"ऐसा क्या बताने वाले हैं आप?" कौतूहल से उनमें से किसी ने पूछा।

"स्त्रियों ने हिन्दू समाज को 'विवाह सूक्त' दिया है। विवाह की उत्कृष्ट नियमावली दी है।"

"हम समझे नहीं",—सब ने एक साथ कहा

"दुनिया में विवाह एक ऐसा विषय है जिसकी उपयोगिता को हर सभ्यता, हर मत-पंथ और मज़हब ने स्वीकार किया है। यह अलग बात है, कि कहीं किसी जगह इसे एक अग्रीमेंट माना गया है, तो कहीं विषय-वासना की पूर्ति का साधन लेकिन हमारे यहाँ इसे एक संस्कार माना गया है।"

"संस्कार माने?"

"संस्कार से तात्पर्य उन धार्मिक कृत्यों से है जो हमारे शरीर, मन और मस्तिष्क को पवित्र करने के लिए किए जाते हैं, किन्तु हिन्दू संस्कारों का उद्देश्य व्यक्ति में कुछ विशिष्ट गुणों का विकास करना है। स्थिर और सुखमय दांपत्य जीवन के लिए और विलासिता और व्यभिचार जैसे दुर्गुण से दूर रहने के लिए 'विवाह-संस्कार' को

आवश्यक माना गया है। यही कारण है कि इसे सोलह संस्कारों में एक माना गया है कि इसे करने के बाद मनुष्य के अंदर गुणों का विकास और दुर्गुणों का उच्छेद होता है। अब सोचो एक लड़की विवाह के द्वारा स्वयं को संपूर्ण रूप से किसी पुरुष और उसके परिवार को समर्पित कर देती है। अपने माँ और पिता को छोड़कर वह एक बिलकुल नए घर में जाती है जहाँ उसे एक अलग माहौल मिलता है, जहाँ उसे पहले से जानने वाला कोई भी नहीं होता, जहाँ उसे यह आश्वस्ति नहीं होती कि उसके साथ कैसा व्यवहार होगा, उसके अधिकारों का रक्षण भी हो सकेगा या नहीं? तो ऐसे में उनके पास क्या विकल्प है? क्या करें वह?"—समीर ने पूछा।

"जाहिर है, अपने अधिकारों के रक्षण की मांग करनी चाहिए। उसे यह सुनिश्चित करे कि उसके साथ कोई अन्याय नहीं होगा, और कोई ज्यादती नहीं की जाएगी",—श्वेता ने उत्तर दिया।

"बिल्कुल, लेकिन यह मांग वह जिससे करेगी, क्या इस बारे में वह निश्चिन्त हो सकती है कि उसके अधिकारों का संरक्षण कोई पुरुष कर सकेगा?"

"शायद नहीं..." श्वेता ने झट से कहा।

"इसीलिए हमारे नारियों ने हमें सबसे बड़ा उपहार दिया है कि उन्होंने न केवल अपने अधिकारों का ध्यान रखा बल्कि अपने अधिकारों के संरक्षण का ध्यान रखते हुए समाज में व्याप्त कुरीतियों और स्त्री-पुरुष संबंधों को नई परिभाषा दी। उन्होंने समाज को विवाह संबंधित सारी नियमावली दी और इसे पवित्र वेदों में 'विवाह-सूक्त' के रूप में स्थान दिलवाया।"

"एक मिनट...एक मिनट...क्या आप ये कहना चाहते हैं कि हिन्दू धर्म में विवाह के सारे रूल्स स्त्रियों ने बनाये हैं?"—आश्चर्य से हरमन का मुँह खुला का खुला रह गया, जो अब तक बड़ी शांति से सब कुछ सुन रही थी।

"जी हाँ! ऐसा ही है और हम गर्व से कहते हैं कि हिन्दू सभ्यता अकेली ऐसी है जिसके पास यह कहने का गौरव है कि हमारे यहाँ विवाह की नियमावलियाँ स्त्रियों द्वारा बनाई गई है और रोचक यह कि हमारे महान पूर्वजों ने इसके लिए उन्हें आगे करते हुए उनकी नियमावली पर अपनी सम्मति दी।"

"यह तो बड़ी रोचक बात है", हरमन की हैरानी ख़त्म नहीं हो रही थी।

"है न रोचक कि मानव जीवन के सबसे बड़े स्तंभों में एक 'विवाह' संस्था की नियमावलियाँ किसी पुरुष ने नहीं, बल्कि स्त्री ने बनाई है और उसमें उसने पुरुषों को अधिकारपूर्वक नैतिक होने की शपथ दिलाई है ताकि समाज मर्यादित रहे। साथ ही,

उसने अपने 'सूक्त' में 'नारी' को हर तरह से सुरक्षित और सम्मानित करने की भी व्यवस्था दी है, उसमें स्वाभिमान जगाया और साथ ही पुरुषों को और ससुराल पक्ष को भी यह आश्वस्ति दी है कि मेरे कारण आपका भी मंगल ही होगा।"

"विवाह संहिता रचने वाली उस नारी का क्या नाम था?"—हरमन ने पूछा।

"उस महान नारी का नाम था—सावित्री सूर्या। हिन्दू समाज और हमारे पूर्वजों का गौरव इस बात में भी है कि जब इस देवी ने विवाह संबंधी नियमावली बनाई तो समाज ने उसके नियमावली को वेदों में स्थान दिया और उनके द्वारा रचित 47 नियमावलियों को मंत्र की संज्ञा देते हुए उसे 'विवाह सूक्त' के रूप में वेदों में स्थान दिया जो ऋग्वेद के 10 वें मंडल के 85वें सूक्त में और अथर्ववेद के चौदहवें काण्ड का पहला सूक्त है। इस सूक्त को 'सोमसूर्यासूक्त' भी कहा जाता है। विवाहादि संस्कारों में इस सूक्त के कई मन्त्रों का पाठ किया जाता है।"

"क्या कहा गया है, इस सूक्त में?"—हरमन ने पूछा।

"इस सूक्त में नारी का गौरव, उसकी प्रतिष्ठा, उसकी महानता और उसके अधिकार और कर्तव्य सबकी चर्चा की गई है। विवाह संबंध को केवल सामाजिक दायित्वों और वंश वृद्धि का साधन न बनाकर स्त्री और पुरुषों के बीच हृदय का बंधन बने, इसकी बात है। इसमें सिंदूरदान के अवसर का एक मंत्र है, जिसमें वधू को आशीर्वाद देते हुए कहा गया है कि यह सौभाग्यशालिनी वधु अत्यंत कल्याणकारिणी और मंगल प्रदान करने वाली है, सभी इसे अखंड सौभाग्यवती होने का आशीर्वाद प्रदान करें और इसका दर्शन करें। सूर्या सावित्री ने जो वैवाहिक नियमावलियां बनाई थी, उसे सुवर्चला नाम की एक और विदुषी ने परिपुष्ट कर दिया। क्या हिन्दू समाज को इस बात के लिए नारियों का कृतज्ञ नहीं होना चाहिए कि विवाह संस्कार को विधिवत स्वरूप देने वाली दोनों महिलाएँ ही थीं ?"—हरमन की ओर देखते हुए समीर ने पूछा।

"बिलकुल होना चाहिए", हरमन के मुंह से निकल गया।

"कृतज्ञ हिन्दू समाज ने इन नारियों द्वारा बनाई गई व्यवस्था को उसी रूप में स्वीकार कर लिया और आज वही सारे मंत्र हिन्दू विवाह पद्धति के अभिन्न अंग हैं। आज इतने समय बीत जाने के बाद भी विवाह के समय वे मंत्र ही पढ़े जाते हैं जो इस देवी ने रचे थे, और उन्हीं सारे मंत्रों से विवाह का कार्य पूर्ण होता है।

"पाणिग्रहण के समय एक अवसर आता है जब पिता अपनी पुत्री का हाथ वर के हाथ में देता है। उस समय पति कन्या का वरण करते हुए एक वचन देता है,

जिसमें वह जो कहता है उसका भाव ये है कि तुझे मुझको यूँ ही नहीं सौंपा गया है बल्कि भाग्यपति अर्यमा, सविता, पुरंधि आदि समस्त दिव्य विभूतियों ने तुझे मेरे हाथों में सौंपा है कि मैं गृहस्थ धर्म का पालन कर सकूँ।

"सूर्या सावित्री और भी तेजोमयी तब हो जाती है जब वे वह इन मन्त्रों को रचते हुए स्वयं को कर्तव्य पालन से मुक्त नहीं करती, बल्कि पति के साथ-साथ अपनी जिम्मेदारी भी वह तय करती है। जब पाणिग्रहण और विवाह विधि संपन्न हो जाता है तो सूर्या सावित्री पिता से अपनी कन्या को कहलवाती है—पिता के घर से मैं तुझे मुक्त करता हूँ, किन्तु उस दूसरे स्थान से तुझे कोई छुट्टी नहीं हैं। मैं तुझे पतिगृह से अच्छी तरह से आबद्ध करता हूँ। हे इन्द्र, हे परमेश्वर, हे मनोरथवर्षक, इस वधु को सुपुत्रवती एवं सौभाग्यवती बनाना। वह स्त्री को ससुराल में उसे एक सम्राज्ञी के रूप में प्रतिष्ठित करती है।

"जानती हो हरमन, देवी सूर्या सावित्री के क्रांतिकारी कदमों की ही परिणति थी कि हिन्दू समाज की दृष्टि स्त्रियों के प्रति पूर्ण रूप से परिवर्तित हो गई और समाज में तथा परिवार में नारियों के स्थान ऐसे स्थापित हुए कि सीता की अनुपस्थिति में जब राम जी से कहा गया कि यज्ञ बिना पत्नी के पूर्ण नहीं होता, आप दूसरा विवाह करें तो उन्होंने दूसरा विवाह करने के स्थान पर जानकी की स्वर्ण प्रतिमा निर्मित करवाकर उनके साथ यज्ञ-कर्म संपादित किया। ऐसा इसलिए हुआ क्योंकि विवाह की वेदी पर उन्होंने जानकी के साथ अग्नि के समक्ष प्रतिज्ञा ली थी कि हम कभी पृथक नहीं होंगें।

"देवी सूर्या सावित्री के सूक्तों ने हिन्दू धर्म में एक नई चिंतन-धारा को प्रस्थापित कर दिया। स्त्री समाज में बेहद प्रतिष्ठित हो गई और इसके कई प्रमाण हैं। यजुर्वेद के शतपथ-ब्राह्मण में याज्ञवल्क्य ने ये घोषणा कर दी कि बिना विवाह संस्कार के मानव अपूर्ण है। दुर्गा सप्तशती में पुरुष देवी दुर्गा से अपनी प्रार्थना में कहने लगे—*तारिणींदुर्गसं सारसागरस्य कुलोद्भवाम्॥* अर्थात्, 'हे देवी, मुझे ऐसी पत्नी प्रदान करो जो दुर्गम संसार सागर से तारने वाली हो'। वाल्मीकि रामायण में आता है कि जब प्रभु राम का विवाह हुआ और उसके पश्चात् राजा जनक जब अपनी पुत्री सीता उन्हें सौंप रहे थे तो वे वह उनसे कहते हैं—*इयं सीता मम सुता सहधर्मचरी तव।* अर्थात्—यह मेरी बेटी सीता तुम्हारी सहधर्मचरी है। यानि, आज तक तुम अकेले धर्म कर रहे थे अब से तुम्हारे धर्मकार्य में मेरी यह पुत्री सीता सहकार देने वाली हो गयी है, इससे तुम्हारे सारे धर्म कार्य सुचारू रूप से संपन्न होंगे।

"यह सूर्या सावित्री का ही प्रयास था कि उनके द्वारा दी गई व्यवस्था के कारण हिन्दू समाज में बाल-विवाह, तलाक आदि कुरीतियाँ लंबे समय तक नहीं आई और

समाज में स्त्री को इतने अधिकार मिले कि वह वह अपनी शर्तों पर विवाह करने लगी, अपने मनोनुकूल वर का चयन करने लगी। सूर्या सावित्री द्वारा दिए अधिकार और कर्तव्यों का अद्भुत समायोजन वाली ऐसी नारियों समाज में हुई, जिनके बारे में सुनकर विश्वास नहीं होगा कि नारी को इतने अधिकार यहाँ प्राप्त थे। दुनिया आज प्रगतिशील और आधुनिक होने के बावजूद नारी को अपने हेतु वर चुनने में राइट टू एक्सेप्ट का अधिकार तो दे रही है, परंतु आज भी नारियों को राइट टू रिजेक्ट का अधिकार नहीं है। जबकि हमारे यहाँ ऐसे अनेकों प्रसंग हैं, जब नारियों ने राइट टू रिजेक्ट के अपने अधिकार का पालन किया। इसमें एक नाम तो देवी द्रौपदी का है, जिन्होंने कर्ण के द्वारा स्वयंवर की शर्त जीत लेने के बावजूद उससे विवाह करने से मना कर दिया था," यह सब बताते हुए समीर की आँखें गर्व से चमक रही थीं।

"वाओ ...कितना अमेजिंग है ये सब... हमें मिल गया, हमारे नाटक का थीम,"—सुष्मिता उत्साह में लगभग चीख पड़ी।

"अभी और है, आगे तो सुनो—सूर्या सावित्री की व्यवस्था के अधीन ही सुवर्चला नाम की एक अन्य महिला हुईं। महाभारत के शांति पर्व में उनकी कथा मिलती है, सुवर्चला सूर्या सावित्री प्रदत्त अधिकारों की मूर्ति थीं। अगर थोड़ा और सुन सको तो..."

"बिल्कुल सर, इन बातों को जानने के लिए तो आप पूरे क्लास के फेवरेट हैं",—पारुल ने नटखट अंदाज़ में कहा।

"सुवर्चला सुंदर होने के साथ-साथ बहुत पढ़ी-लिखी भी थीं। उनके पिता का नाम महर्षि देवक था। जब उनके विवाह की आयु हुई तो उन्होंने अपने पिता के समक्ष उन्होंने एक शर्त रख दिया और उनसे कहा कि आप ऐसा करें कि मेरी इच्छानुसार मेरे योग्य लड़कों को आमंत्रित कीजिए। मैं उनमें से अपने योग्य वर का चुनाव स्वयं कर लूंगी।"

"सुवर्चला से विवाह के लिए कई लोग लालायित थे और उन्हें पता था कि सुवर्चला सुंदर और विद्वान दोनों है इसलिए यह निश्चित था कि विवाह की उनकी शर्त के अनुरूप किसी विद्वान का चयन ही होगा। कई लोग स्वयंवर सभा में पहुँचे। सुवर्चला ने सबको नमन कर कहा कि इस स्वयंवर सभा में मेरा पति वही हो सकता है, जो अंधा हो और अंधा न भी हो। बाकी सब तो इस अनूठे प्रश्न को सुनकर आगे आने का साहस न कर सके, पर उसी सभा में श्वेतकेतु नाम के एक युवक भी थे, जो महर्षि उद्दालक के पुत्र थे, उन्होंने आगे बढ़कर सुवर्चला के शर्त को स्वीकार कर लिया, जिसके बाद दोनों का आपस में वार्तालाप हुआ। सुवर्चला युवक से पूछती

है—'बताओ ऋषि कुमार! तुम अंधे कैसे हो और अंधे होकर भी आंख वाले कैसे हो?' श्वेतकेतु उसे उत्तर देते हुए कहते हैं—'जिस परमात्मा की शक्ति से जीवात्मा सदा सब कुछ देखता है, ग्रहण करता है, स्पर्श करता है, सूँघता है, बोलता है, विभिन्न वस्तुओं के स्वाद का रस लेता है, तत्त्व का मनन करता है और बुद्धि द्वारा निश्चय करता है वह परमात्मा ही चक्षु कहलाता है और जो इस चक्षु से रहित है, वह अन्धा है परंतु मुझमें परमात्मा रूपी चक्षु है और इस कारण से मैं नेत्र वाला हूँ।'

'वाह अद्भुत...अब ये कहें कि आप नेत्रहीन कैसे हैं?'

'मैं नेत्रहीन इस प्रकार हूँ कि जिस परमात्मा के भीतर ही यह संपूर्ण जगत व्यवहार में प्रवृत्त होता है, यह जगत जिस आँखों से देखता, कान से सुनता, त्वचा से स्पर्श करता, नासिका से सूँघता , रसना से रस लेता है एवं जिस लौकिक या भौतिक चक्षु से सारा बर्ताव करता है, उससे मेरा कोई सम्बंध नहीं है, इसलिए मैं नेत्रहीन हूँ।'

"सुवर्चला उनके उत्तर से आह्लादित होकर उन्हें पति रूप में चुन लेती हैं। किंतु चुनने से पूर्व, अपने पिता के अधिकारों का सम्मान रखते हुए, वह श्वेतकेतु से कहती है कि यद्यपि मैंने आपका वरण कर लिया है पर आप मेरे विधिपूर्वक मेरे पिता से मेरा हाथ मांग लीजिए।"

"कल्पना करो, एक स्त्री अपनी शर्तों पर अपने पति का चयन कर रही है और चयन करते हुए यह भी ध्यान रख रही है कि अपने पिता का सम्मान कम न हो, उनके अधिकारों की अनदेखी न हो...अधिकारों और कर्तव्यों का ऐसा सुंदर संयोजन क्या दुनिया की किसी सभ्यता में है?"

"सुवर्चला में ये साहस सूर्या सावित्री की क्रन्तिकारी कदमों से आया था। आज भी हिन्दू समाज में नारी के प्रति जो संवेदनशीलता है, आधुनिकता के बावजूद सात जन्मों के संबंधों पर पति और पत्नी की दृढ़ता है, ग्लोबलाइज़ेशन के बावजूद एक स्त्री का अपने संयुक्त परिवार को सहेजकर रखने और संयुक्त परिवार में चल सकने की वृत्ति और संस्कार है, आज नारीवाद और फेमिनिज्म के तमाम नारों और आंदोलनों के बावजूद हिन्दू समाज में तलाक की दर न्यूनतम है, तो इसके मूल में कहीं न कहीं सबके मूल में सूर्या सावित्री का 'विवाह-सूक्त' ही है।

"कैसा रहेगा अगर इस थीम को आप लोग अपने कल के प्ले में शामिल करें?"—समीर ने पूछा।

"बिल्कुल, सर...डन...मैंने आज का पूरा कंवेर्सेशन रिकॉर्ड कर लिया है, कल आपको हम लोग सरप्राइज देंगे", सुष्मिता बेहद उत्साहित थी।

समीर सबको कन्विंस कर सका, इस बात को लेकर उसे संतुष्टि थी। क्लास खत्म होने की घंटी बज गई थी, उत्साहित समीर वहाँ से निकलकर मैडम के केबिन में पहुँचा। जैसा तय हुआ था, उसके अनुसार, आज उसे कल के प्रोग्राम के बारे में निवेदिता मैडम से डिस्कशन करना था।

"हेलो समीर, कैसे हो और फादर कैसे हैं?"

"अब थोड़े बेहतर हैं।"

"गुड...बैठो ...बैठो...चाय लोगे?"—निवेदिता मैडम ने पूछा।

"जी..."

चाय आ गई, समीर ने चाय पीना शुरू किया ही था, कि मैडम पूछ बैठीं—"तो क्या सोचे हो?"

"हम लोग ऐसा करते हैं कि मेरे लेक्चर की जगह एक टॉपिक चुनकर एक इंटरेक्टिव सेशन रखते हैं...माने आपके जो ऑडियंस आएँगे , उनमें जरूर सबकी कुछ न कुछ जिज्ञासा होगी, कोई न कोई सवाल होगा।"

"हम्म...निवेदिता मैडम ने अपनी पीठ को कुर्सी के साथ टिका कर समीर की बातों पर विचार करने लगी।"

"ओके...फिर हम एक थीम रखते है—'अमृत कुम्भ' नाम से और उसी के ऊपर ये पूरी परिचर्चा रहेगी।"

"ओके...लेकिन 'अमृत कुम्भ' क्यूँ?"

"ये शब्द स्वामी विवेकानंद की एक पंक्ति से मैंने लिए है। एक बार उन्होंने कहा था—'पराधीनता की हजार साल लंबी कालावधि से जूझकर भी हिन्दू जीवित रहा है, तो इसलिए कि उसके पास विश्व को देने के लिए एक अमृत कुम्भ है और उसे दिए बिना वह नहीं मरेगा'। इसी को आधार बनाकर हम लोग बात करेंगे।"

"ग्रेट आइडिया..." निवेदिता मैडम उत्साहित हो गईं।

"लेकिन पहले मुझे तो बताइए कि यह *अमृत कुम्भ* क्या है, जिसे हम दुनिया को दे सकते हैं?"—निवेदिता मैडम समझना चाह रही थीं।

"यह बात स्वामी विवेकानंद ने अपने अंतिम दिनों कही थी और इसका अर्थ यह था कि हजारों वर्षों की लंबी इतिहास-यात्रा के अलग-अलग पड़ावों से गुजरते हुए हिन्दू समाज ने ज्ञान-विज्ञान, संस्कृति, सभ्यता, जीवन-मूल्य, चिकित्सा शास्त्र, प्रशांति का मार्ग, योग, अध्यात्म, वसुधैव कुटुम्बकम् , आनंदोत्सव, गीत-संगीत-नृत्य और ललित कला, अर्थ चिंतन, दर्शन, तर्क, समानता, उपासना स्वातंत्र्य,

समदर्शिता और समादर का जो अमृत कुम्भ प्राप्त किया है, उसकी आवश्यकता आज सारे विश्व को है जो संघर्षों में, अपसंस्कृतियों में, भोगवाद में, साम्राज्यवाद में, बाजारवाद में और गलाकाट प्रतिस्पर्धा में लगा हुआ है।"

"पर समीर! क्या आपको नहीं लगता है कि जिस 'अमृत कुम्भ' की आप बात कर रहे हैं, उसे अब हिन्दू समाज स्वयं ही धारण नहीं कर रहा है? क्या आपको नहीं लगता है कि कहीं न कहीं हिन्दू समाज भी उन्हीं दोषों से ग्रस्त है, जिन्हें आप विश्व के बाकी देशों पर आरोपित कर रहे हैं? इस समाज का बड़ा अंग स्वयं को हिन्दू कहने में शर्माता है, हिन्दू समाज अपने भीतर ही जातिवाद, क्षेत्रवाद और न जाने कितने वादों के आधार पर विभाजित है, और बनिस्पत स्वयं को हिन्दू कहने के वह स्वयं को सेकुलर-लिबरल और प्रगतिशील आदि नामों से बुलाया जाना अधिक पसंद करता है।

"उसमें अपने गौरवशाली इतिहास बोध के स्थान पर हीनताबोध कहीं ज्यादा गहरा है। वह यह मानता ही नहीं कि विश्व सभ्यता में उसका कोई धन गौरव भी है।'हम हिन्दू नहीं' कहना एक फैशन ट्रेंड बन चुका है, और स्पष्ट शब्दों में कहूँ तो 'हिन्दू' शब्द से जुड़ा रहना अपने देश में ही अवांछित, अनावश्यक एवं अपमानजनक बन चुका है", इस सवाल को पूछते हुए निवेदिता मैडम काफ़ी गंभीर हो गईं थी और इसी गंभीरता में उन्होंने समीर को तुम की जगह आप कहकर संबोधित किया।

"आपकी बातों से एक रूप में मेरी सहमति हूँ, क्योंकि टी.जे.एस. जार्ज जैसे स्कॉलर ने भी लगभग यही बात कही थी कि 'हिंदुओं को सबसे बड़ा खतरा अहिन्दू हिंदुओं से है।' पर अब चलो एक क्षण के लिए मैंने मान लिया कि हिन्दू समाज इतने सारे दोषों से परिपूर्ण है तो फिर मैं एक प्रश्न आपसे करता हूँ कि इस सबके बावजूद थाईलैंड की प्रधानमंत्री 'श्रेथा थाविसिनी' यह क्यों कहती है कि अशांति से जूझ रही दुनिया को अहिंसा, सत्य, सहिष्णुता और सद्भाव के हिन्दू मूल्यों से प्रेरणा लेनी चाहिए तभी विश्व में शांति की स्थापना होगी। दुनिया को क्यों लगता है कि हिन्दू अर्थ चिंतन, कौटुम्बिक चिंतन, विश्व बंधुत्व का हिन्दू विचार ही दुनिया के समस्याओं का समाधान दे सकती है और इन विचारों का वाहक भारत विश्व को दिशा दिखा सकता है?"

"आप बताओ, इसका क्या कारण है?"—निवेदिता मैडम ने पूछा।

"इसका कारण समझने के लिए आपको ये समझना होगा कि भारत देश अभी तक हिन्दू भाव के साथ क्यों यात्रा करता रहा। यह अभी तक हिन्दू क्यों बना रहा? कुछ और क्यों नहीं बन गया?"

"मतलब?"—निवेदिता मैडम ने समझना चाहा।

"मतलब यह कि हजारों साल के सैनिक, बौद्धिक एवं मज़हबी आक्रमणों के बीच भी भारत के अधिकांश लोग हिन्दू के रूप में जीवन जीते रहे। यह देश अपने अधिकांश में निरंतर हिन्दू बना रहा—यह हम हिन्दुओं की और हमारे लाखों-करोड़ों पूर्वजों की आन्तरिक स्वयंस्फूर्त अनुभूति और स्वतंत्र आस्था के कारण संभव हुआ। इसलिए जाति-भाषा-क्षेत्र आदि की राजनैतिक और मीडिया के द्वारा फैलाए दुर्भावनाओं से इतर जाकर जब तक हम हिन्दू समाज के मानस का अध्ययन नहीं करेंगे, हमारी उलझन बनी रहेगी। इन सब भेद दृष्टियों से परे अगर हम देखते हैं, तो हमें दिखता है कि वह वर्ग जिसकी आप बात कर रहें हैं वह आज भी अल्पसंख्या में है। आज भी बहुसंख्यक हिन्दू समाज किसी न किसी रूप में अपने कुल धर्म, जाति धर्म का पालन कर रहा है, अपनी कुलदेवी या कुल-देवता से जुड़ा है, उसे अपने गोत्र का स्मरण है, आधुनिकता और प्रगतिशीलता के बीच भी वह अपने पूजा घर के एक कोने में गंगाजल रखता है। वह या तो सपरिवार या फिर अपने परिवार के प्रतिनिधि के रूप में किसी न किसी आश्रम, तीर्थ, पूजास्थल या किसी मठ या परंपरा से जुड़ा हुआ है। उसकी इच्छा होती है कि वह सरस्वती पूजा, दुर्गा पूजा, गंगा स्नान या माघ मेले आदि सार्वजनिक हिन्दू जुटान के अवसरों में अपनी स्वयं स्फूर्त प्रेरणा से सम्मिलित हो। इसी प्रेरणा से वह काशी, केदारनाथ, बद्रीनाथ, द्वारिका, अयोध्या या रामेश्वरम जाता है। उसे अपने पूर्वजों का भी स्मरण है इसलिए वह गया जी जाकर पूर्वजों के लिए पिंड दान करता है। कभी आपने सोचा है कि वह कौन सी प्रेरणा है जो उनको लाखों-करोड़ों की भीड़ का अंग बनाकर कुम्भ मेलों में खींच ले जाती है, जहाँ आने के लिए उसे कोई आमंत्रित भी नहीं करता और जहाँ प्रायः सुविधाओं की अच्छी व्यवस्था भी नहीं होती? कौन-सी प्रेरणा है जो छुट्टी नहीं मिलने पर नौकरी को ठोकर मारकर उसे छठ में अपने गाँव की ओर ले जाती है? क्या कारण है कि विदेश में अच्छा खा और कमा रहा वर्ग भी अपने भांजे- भतीजे के विवाह में या अपने परिवार में किसी की मांगलिक उत्सव में सम्मिलित होने का लोभ संवरण नहीं कर पाता? क्यों वह अपनी व्यस्त दिनचर्या से समय निकालकर कभी बाबा रामदेव के योग शिविर में तो कभी धीरेंद्र शास्त्री के प्रवचनों में, तो कभी गायत्री परिवार के अनुष्ठानों में तो कभी स्वामीनारायण, जग्गी वासुदेव या श्री श्री रविशंकर के आयोजनों में अपना धन लगाकर और समय निकाल कर सम्मिलित होता है? वह पढ़े न पढ़े पर गीता प्रेस की दुकान पर जाकर कुछ पुस्तकें खरीदने से स्वयं को रोक नहीं पाता? क्यों आज भी हमारे यहाँ तलाक की दर कम है?"

"नो आईडिया",—मैडम ने न में सर हिलाया।

"इसका कारण यह है कि आज भी कोई न कोई 'जीवनधारा' तो है, जो संकटों के इस रेगिस्तान में भी हिन्दू धर्म को जीवित रखे हुए है और यह जीवनधारा इसी 'अमृत कुम्भ' से पोषित है, जिसकी चर्चा हमने अभी की है। जिस अमृत ने हिन्दू धर्म को जीवित रखा हुआ है, वही अमृत सारी मानवता को भी जीवित रखने में सक्षम है, ऐसा हमारा विश्वास है।"

"चलो, मेरा यह प्रश्न तो हल हुआ हो गया और मेरी समझ दुरुस्त हुई ...तो जहाँ तक मैं समझ पाई हूँ, कि इस वक़्त हिन्दू धर्म या भारत दुनिया का मार्गदर्शन कैसे करेगा, इसके ऊपर हमारा कल का सत्र रहेगा। राईट?" निवेदिता मैडम ने सहमति देनी चाही।

"जी हाँ! और मेरे ख्याल से अगर आप भूमिका बता दें, तो ऑडियंस को सब्जेक्ट का रफ आईडिया हो जाएगा और वे वह भी खुलकर कम्युनिकेट कर पाएंगे", समीर ने विषय को पूरा स्पष्ट कर दिया।

"ओके...गुड...मुझे कहते हुए अच्छा नहीं लग रहा है पर एक रिक्वेस्ट है, अगर आपके फादर के हेल्थ में जरा कुछ भी इम्प्रूवमेंट है तो आप आज स्कूल में थोड़ा और टाइम दे सकेंगे?"

"हाँ, लेकिन क्यों?"—समीर के मुंह से अनायास ही 'हाँ' निकल गया।

"चूँकि थीम आपकी है, मैं चाहती हूँ कि इन सबको आप ही फाइनलाइज़ करें और बाय द बे मुझे यह भी पता लगा है कि बच्चे को प्ले करने वाले हैं, उसका आईडिया भी आपने ही उनको दिया है ...तो जिसका आईडिया हो, वह वह अगर चीजों को लेकर चलता है तो सक्सेस रेट बढ़ जाती है...है न?"—निवेदिता मैम ने मुस्कुराते हुए कहा।

"जी ठीक है..." समीर ने फिर एक बार अपनी सहमति दी।

मैडम ने बेल बजाया और किसी को बुलाकर कहा कि समीर सर को टीचर्स रूम में ले जाओ और ओर्गेनाईजिंग कमिटी के हेड पाल बाबू को भेज दो।

आइए सर, कहते हुए उस आदमी ने समीर को टीचर्स रूम की ओर चलने का इशारा किया।

"आपने मुझको बुलाया मैडम?"—थोड़ी देर में पाल बाबू कमरे में थे।

"जी पाल बाबू! मैं चाहती हूँ, कि कल को प्रोग्राम को ऑरगेनाइज करने में आप समीर सर की हेल्प लो...आई थिंक ही इज हविंग वंडरफुल आईडियास..."

जी अच्छा कहते हुए बिना प्रतिवाद किये पाल बाबू भी टीचर्स रूम की ओर बढ़ गए।

समीर को उस दिन नाटक का थीम तैयार कराते और अगले दिन के प्रोग्राम की रूपरेखा सजेस्ट करते शाम के चार बज चुके थे। समीर ने इस मौके का अच्छा फायदा उठाया और कुछ टीचर्स के साथ उसकी ठीक-ठाक जान पहचान हो गई। किरण और श्रुति ने उसके पढ़ाने को लेकर अच्छी फीडबैक दी।

"हो गया फाइनल?"—निवेदिता मैडम टीचर्स रूम में आ गईं थीं।

"हाँ जी... श्रुति ने कागज़ का शीट मैडम की ओर बढ़ा दिया, जिसमें कार्यक्रम का पूरा शेड्यूल था।

संध्या 4 बजे : स्वामी विवेकानंद के जीवन और कार्यों का संक्षिप्त परिचय : सुष्मिता हालदार के द्वारा

संध्या 4: 15 बजे : स्वामी विवेकानंद के विचारों पर केंद्रित एक नारी—दसवीं के बच्चों के द्वारा एक लघु नाटक

संध्या 5 बजे : शिकागो धर्मसभा में स्वामी जी द्वारा दिए पहले भाषण की प्रस्तुति स्वामी जी के गेटअप में सातवें क्लास के एक बच्चे द्वारा

संध्या 5: 30 बजे से : "अमृत कुम्भ" थीम पर गेस्ट टीचर समीर राघवन द्वारा एक इंटरेक्टिव सेशन

संध्या 8 बजे : विशिष्ट अतिथि का भाषण

इसे फाइनलाइज़ करवाने के बाद समीर वहाँ से निकला और सीधा अस्पताल की ओर बढ़ गया। उस दिन उसने रात में वहीं रुकने का फैसला कर लिया। काफी देर तक वह एक कुर्सी पर पिता को निहारते हुए बैठा रहा, और फिर वहीं उसकी आँख लग गई।

स्टेज लाइट के चकाचौंध में एक एंकर उसका नाम पुकारते हुए उसे मंच पर बुलाती है, वह स्टेज की चार-पांच सीढ़ियाँ चढ़ते हुए अपने बाएं ओर देखता है तो उसे हजारों की तादाद में लोग दिखते हैं जो उसे सुनने के लिए बैठे हैं, उसे जो टॉपिक दिया है, वह उसका फेवरेट टॉपिक रहा है लेकिन अभी उसकी साँसे ऊपर नीचे हो रही है। ऊपर जाकर उसने माईक थामा, पर लगा कि वह कुछ बोल नहीं पायेगा। दर्शक दीर्घा में एकदम शांति थी, शायद इतनी अनुशासित भीड़ होती नहीं अमूनन। वह और घबरा जाता है कि दर्शक उसे सुनने को उत्सुक है और वह है कि उसके पास बोलने के लिए शब्द ही नहीं है। इस स्थिति में वह आँखें बंद कर अपने

पिता का स्मरण करता है और जैसे ही वह अपने पिता के हाथों को अपने सर पर महसूस करता है...उठिए भैया...उठिए...अचानक भाई की आवाज़ से समीर की आँख खुल गई।

समीर ने आँखें खोली तो चंद सेकेण्ड उसे ये समझने में लग गए कि वह किसी मंच पर नहीं है बल्कि वह एक सपना है...तो फिर पापा का स्पर्श ?... समीर के मुंह से निकल गया। अभी भी वह सपने से पूरी तरह बाहर नहीं आया था।

पापा के बारे में ही बताना है, सिस्टर कह रही हैं कि अभी थोड़ी देर पहले उन्होंने कुछ सेकेंड्स के आँख खोला था और कुछ कहना चाह रहे थे... बस कुछ सेकेंड्स के लिए भैया...

समीर एकदम से उठकर खड़ा हो गया। दरअसल वह एक बार फिर कंफर्म करना चाहता था कि उसके भाई ने उसे जो बताया वह सपना नहीं है...

"क्या, सच में पापा ने आँखें खोली?"—समीर ने उत्साहित होकर अपने भाई से पूछा।

"जी..."

"इसका मतलब यह कि पापा अब ठीक हो रहे हैं।"

"ऐसा ही है, भैया... बाकी तो डॉक्टर बतायेंगे..."

"तो चलो मिलने, यहाँ क्या कर रहें हमलोग..."

"डॉक्टर तो अब सुबह ही मिलेंगा..." पास से गुजर रही नर्स ने कहा।

"कोई नहीं... सुबह तक वेट कर लेंगे हमलोग..." समीर के ख़ुशी की सीमा न थी।

"भैया... आज आपके साथ मैं भी यहीं रहूँगा ..." मुझसे घर जाकर फिर आने तक का पेशेंस नहीं है अब... समर भी फादर में हुए इस इम्प्रूवमेंट को देखकर अति उत्साहित था।

"ठीक है.. ठीक है..." कहते हुए समीर ने ख़ुशी साँझा करने के लिए अपनी पत्नी को फोन लगा दिया।

वह रात समीर दोनों भाइयों को काफी लंबी गुजरती महसूस हुई... वह इंतज़ार कर रहे थे कि कब सुबह हो और कब डॉक्टर्स की विजिट शुरू हो।

आठ बजे के बीच डॉक्टर्स की राउंड शुरू हुई। समीर ने डॉक्टर को उसके फादर को एग्ज़ामिन करने का वक़्त दिया, जैसे ही डॉक्टर वहाँ से मुड़े, समीर और समर दोनों भाई लपकते हुए उनके पास चले गए।

"यस मिस्टर समर! मुझे पता लगा कि आपके फादर के शरीर में कुछ इम्प्रूवमेंट्स नोटिस हुए हैं। इट्स ए गुड साइन..वी होप फ़ास्ट रिकवरी नाउ ओनवार्ड्स..."

"थैंक्स डॉक्टर... लेकिन और कितना टाइम लगेगा?"

"इतनी जल्दी, ऐसे रिस्पॉन्ड करना बहुत कम ही होता है, उम्मीद रखिये कि जल्दी ही और बेहतर होगा सब..." ये कहते हुए एक लंबी सी मुस्कान के साथ डॉक्टर अगले पेशेंट को देखने बढ़ गए।

इस समय उसे बस एक बात याद आ रही थी, निवेदिता मैडम की वह बात जिसमें उन्होंने कहा था कि देखना मेरे स्कूल में तुम्हारे पढ़ाते-पढ़ाते तुम्हारे फादर ठीक हो जायेंगे। देखो ईश्वर की क्या कृपा है कि आज मेरे लिए बहुत टफ दिन था और आज ही ईश्वर ने मुझे काफी हद तक रिलैक्स कर दिया।

दोनों भाइयों ने नीचे उतरकर ब्रेकफ़ास्ट किया और चाय पी। समर ने समीर को फ्लैट पर जाकर फ्रेश होने और फिर स्कूल निकलने को कहा। अस्पताल से फ़्लैट की ओर जाते हुए समीर निश्चिंत था कि आज का दिन उसके लिए अब तक बढ़िया रहा है और आगे भी बढ़िया रहने वाला है।

घर जाकर फ्रेश होने के बाद उसने थोड़ा रेस्ट किया और लगभग 2 बजे स्कूल के लिए निकला और सीधा स्कूल पहुँच गया।

## अमृत कुम्भ की बूँदें

**(सत्रहवां दिन/ शुक्रवार)**

आज स्कूल में काफ़ी गहमागहमी थी और सब लोग इधर-उधर दौड़-भाग रहे थे।

"आ गए तुम समीर? चलो अब लग जाओ, क्योंकि आज का सब कुछ तुम्हारे ही जिम्मे है..." स्कूल पहुँचते ही निवेदिता मैम ने समीर का स्वागत करते हुए यह बात कही।

"जी..." जवाब में समीर इतना ही कह सका।

"एक कहावत है कि जो बुद्धि दे, वही आगे चले... तो आज सब कुछ समीर जी ही देखेंगे..." एक टीचर ने कटाक्ष करते हुए कहा। उन्हें समीर को कार्यक्रम की रूपरेखा का जिम्मा दिए जाने से चिढ़ थी।

समीर उनके कटाक्ष को समझ नहीं पाया पर निवेदिता मैडम समझ गईं।

"कम विथ मी समीर..." निवेदिता मैडम ने समीर को अपने केबिन में चलने का इशारा किया।

"एक बार फिर हम शेड्यूल डिस्कस कर लें?"

"जी..." समीर अपनी सहमति इसी छोटे से शब्द से देता था।

"अरे, तुम्हें इनसे मिलाना भूल गई, ये हैं प्रियंका जी, तुम्हारी क्लास की क्लास टीचर ...आज ही लीव से लौटी है..."

"ओह ... थैंक्स मैडम ! आपके कारण मुझे यहाँ, आप सबके बीच होने का मौका मिला। खैर, आपने बिलकुल सही समय पर ज्वाइन किया मेरा काम भी यहाँ लगभग खत्म है।"

निवेदिता मैडम उसकी बात सुनकर ठहर गईं, "आर यू श्योर?"

"हाँ जी... अब तक की क्लास में मैं लगभग सारी बातें कवर कर चुका हूँ और मुझे लगता है कि उनके समझने की दिशा को मैंने उस ओर मोड़ने में सफलता पाई

है, जो आपका मोटिव था... आज के प्ले में या उस बच्चे के स्पीच में आपको वही दिखेगा जो मैं करने की कोशिश में लगा था। बाकी थोड़ा बहुत बचा है उसे मैं आज पूरा कर दूँगा",—आत्मविश्वास से भरे समीर ने उत्तर दिया।

"आज तुम्हारा यहाँ सत्रहवां दिन है न?"—निवेदिता मैडम ने पूछा।

"जी..."

"तो फिर कल एक क्लास और ले लो न... भगवान कृष्ण ने अठारह अध्यायों में गीता को समेटा था, तुम अठारह दिनों में हिन्दू धर्म, इसके बिलीफ्स, ट्रेडिशंस, परंपराओं को समेट रहे हो... है न कॉइन्सिडेन्स?"—निवेदिता मैडम के स्वर में एक और दिन क्लास लेने का आग्रह था।

"जी..." समीर जवाब में इतना ही कह सका।

'गीता' शब्द सुनते ही समीर हिन्दू धर्म की दार्शनिक और बौद्धिक परंपरा की विरासत में खो जाता था।

"क्या हुआ, कहाँ खो गए?"—निवेदिता मैडम की आवाज़ आई।

"कहीं नहीं... आप शायद कार्यक्रम के शेड्यूल को लेकर कुछ कह रही थीं?"—समीर ने कहा।

"ओके... कार्यक्रम शुरू होने में अभी लगभग डेढ़ घंटे हैं। आप बच्चों से मिल लो, फाइनल रिहर्सल देख लो, मैं बाकी गेस्ट्स को देखती हूँ", यह कहते हुए निवेदिता मैडम वहाँ से चली गईं।

"थैंक्स! आपने मेरी क्लास के बच्चों को संभाल लिया",—मैडम के जाने के बाद प्रियंका टीचर ने आभार जताते हुए समीर से कहा।

"आप लकी हैं कि आपको अपनी क्लास में ऐसे बच्चे मिले हैं, काफ़ी काफ़ी इंटरेस्टिंग और इंटरेक्टिव रहा ये दिन। मेरे लिए यह एक लाइफ टाइम मेमोरी रहने वाली है।"

"वैसे आपके पढ़ाने की शैली से बच्चे काफ़ी खुश है और प्रिंसिपल मैम भी बहुत खुश हैं, उनकी बातों से लगा कि वो शायद धीरे-धीरे आपकी शैली को यहाँ हम टीचर्स में डेवलप कराना चाहेंगी।"

"अच्छा है, मेरा यहाँ दिया समय व्यर्थ नहीं गया।"

"मेरा मानना है कि प्रयत्न का परिणाम अवश्य निकलता है। आप जो करने के लिए वहाँ थे, वह यकीनन एक दिन रिजल्ट देगा।"

"चलें देखते हैं, बच्चे क्या कर रहे हैं",—समीर अपनी प्रशंसा से असहज हो जाता था।

उधर हॉल में बच्चे अपने-अपने परफोर्मेंस की तैयारी में लगे थे। सुष्मिता और एक दूसरा बच्चा, जो स्वामी जी के गेटअप में थे, अपना रिहर्सल कर रहे थे।

समीर ने उनकी सारी तैयारियों को देखा, उन्हें कुछ महत्त्वपूर्ण सुझाव दिए और फिर वहाँ से निकलकर प्रिंसिपल मैडम के केबिन में आ गया। कार्यक्रम बस पन्द्रह मिनट में शुरू होने वाला था और लगभग सभी गेस्ट्स आ चुके थे।

कार्यक्रम स्थल के गेट फूलों की माला से सजे थे और मंच की पृष्ठभूमि में स्वामी विवेकानंद का एक बड़ा चित्र लगा था; जिसमें वे पारंपरिक गेरुआ वस्त्र में थे। गेरुआ वस्त्र को हिन्दू धर्म में सन्यासियों द्वारा त्याग और सांसारिक वस्तुओं से वैराग्य के प्रतीक रूप में देखा जाता है। स्वामी जी का सम्पूर्ण चित्र ताजे फूलों से सज्जित था और ऐसे ही अलग-अलग फूलों के गुलदस्तों से सारा स्थल आच्छादित था। फूलों की खुशबू से सारा वातावरण सुवासित हो रहा था। कार्यक्रम भवन में लगे भगवा रंग के परदे माहौल को दिव्यता प्रदान कर रहे थे। हॉल के दीवारों पर जगह-जगह स्वामी जी के प्रेरक उद्धरणों वाले पोस्टर लगे हुए थे और बैकग्राउंड में धीमी आवाज़ में शास्त्रीय संगीत की धुन बज रहा थी। कार्यक्रम स्थल के एग्जिट गेट के पास लोगों के लिए स्वामी विवेकानंद की आध्यात्मिक पुस्तकें और उनके चित्र बिक्री के लिए लगे थे।

समीर ने सारे दृश्यों का अवलोकन किया और आगे जाकर एक कुर्सी पर बैठ गया। वह कुछ देर अपने को शांत रखना चाह रहा था, ताकि आज वो जो भी बोले, वो प्रभावी हो।

आज के कार्यक्रम में मुख्य अतिथि के रूप में एक आध्यात्मिक संत थे, जो स्वामी विवेकानंद के विचारों पर लंबे समय से काम कर रहे थे, इसके अलावा गेस्ट्स में स्कूल में पढ़ने वाले बच्चों के पैरेंट्स और शहर के कुछ गणमान्य लोग थे। स्कूल के बच्चे उपस्थित थे ही।

कार्यक्रम ठीक समय पर दीप प्रज्वलन से शुरू हुआ। सुष्मिता हालदार ने स्वामी विवेकानंद के जीवन से कुछ प्रेरक प्रसंग सुनाकर कार्यक्रम की सुंदर शुरुआत की। इसके बाद दसवीं की छात्राओं ने हिन्दू धर्म में नारी विषय पर एक सुंदर नाट्य प्रस्तुति दी, जिसे तैयार करने में समीर ने बहुत महत्त्वपूर्ण सुझाव दिए थे।

इस नाटक में आकांक्षा अपनी परंपराओं को हेय मानने वाली एक अतिवादी फेमिनिस्ट लड़की के किरदार में थी। उसका लड़कियों के एक अन्य समूह से संवाद होता है (जो विवेकानंद अकादमी से पास आउट हैं) और यह दृश्य एक कैफे में दिखाया गया है। नाटक में फेमिनिस्ट का रोल आकांक्षा ने प्ले किया था, जबकि

दूसरे पक्ष की लड़कियों की भूमिकाएँ उदिप्ती, श्वेता, रुपाली, हरमन आदि ने प्ले किया। हरमन को इस पक्ष में देखना समीर के लिए सबसे सुखद था।

फेमिनिस्ट बनी आकांक्षा कहती है—"देखो! हमारा हिन्दू धर्म से विरोध इसलिए है; क्योंकि इस धर्म में स्त्रियों को हमेशा 'सेकेंड ग्रेड सिटीजन' के रूप में रखा गया है।"

"अच्छा, हमें तो ऐसा नहीं लगता",—एक दूसरी लड़की कहती है, जिसका रोल उदिप्ती ने प्ले किया है।

"समझोगी तो ही लगेगा न! पुरुष यहाँ चाहें जो करें, उन्हें तो कोई कुछ नहीं कहता पर स्त्रियों के लिए ऐसा नहीं है। तुम्हारे धर्म ने हमको जकड़ कर रखा हुआ है और हमें वे राइट्स या सम्मान नहीं देता जिनकी हम हक़दार हैं।"

"ओए होए! कैसा गौरव और किस तरह के अधिकार चाहिए तुम्हें ?"—हरमन ने कहा।

"मुझे बताओ, हिन्दू धर्म ने कब स्त्रियों को आदर के योग्य समझा? कब उन्हें सम्मान और बराबरी का हक़ दिया? हमें तो इन लोगों ने सेकेण्ड ग्रेड सिटीजन बनाकर रखा है। इस धर्म में हमें परंपराओं की चक्की में पिसने के सिवा मिला ही क्या हैं?"

"तुम्हें जब कुछ पता ही नहीं तो आरोप भी मत लगाओ ...स्त्रियों को तुम हिन्दू धर्म की सेकंड ग्रेड सिटीजन कह रही हो, तुम्हें हमारी हिस्ट्री का कुछ पता भी है?"—हरमन बोली।

"क्या पता नहीं है?"

"तुमने विदुषी भारती का नाम सुना है?"

"नहीं",—फेमिनिस्ट का रोल प्ले कर रही आकांक्षा ने कहा।

"'भारती' मंडन मिश्र की पत्नी थीं। उनकी बौद्धिकता और योग्यता के कारण उन्हें इतनी स्वीकार्यता थी कि अपने पति और शंकराचार्य के बीच हुए एक शास्त्रार्थ में मध्यस्थ की भूमिका निभाने का कार्य उन्हें सौंपा गया। हिन्दू धर्म में स्त्रियों को इतनी स्वाधीनता और अधिकार प्राप्त थे कि वे स्वयं अपनी इच्छा से वर का चयन कर सकती थी, और जो विवाह न करना चाहे, उन्हें भी समाज स्वीकार करता था। अर्थववेद में ऐसी कन्याओं का उल्लेख मिलता है जो आजीवन अविवाहित रहीं थीं। वेद की कई ऋचायें स्त्रियों द्वारा रची गईं, और उन्हें भी ऋषि माना गया। वेदों और वैदिक ग्रंथों की रचना में कम से कम पच्चीस प्रतिशत योगदान स्त्रियों का था, जो

भागीदारी आज भी इस इक्कीसवीं सदी में पश्चिमी जगत महिलाओं को नहीं दे पाया है। और आधुनिक इतिहासकार भी मानते हैं कि वेद कम से कम 3-4 हजार साल पहले लिखे गए। सोचों भारत ने उस कालखंड में कैसा स्तर प्राप्त कर लिया था।

"हिन्दू धर्म में स्त्री का स्थान इतना महत्त्वपूर्ण था कि तैत्तिरीय ब्राह्मण में कहा गया है—'पत्नीहीन पुरुष को यज्ञ करने का अधिकार ही नहीं है।' दुनिया की अन्य मान्यताओं में जहाँ स्त्री को पुरुष की पसली से जन्मा बताया गया है, वहीं हमारे बृहदारण्यक उपनिषद में कहा गया है—'भगवान ने स्वयं को पति और पत्नी, दो रूपों में विभक्त कर दिया'।

"वेद मन्त्रों में कहा गया है कि वधु को सास, ससुर, देवर और ननद की 'साम्राज्ञी बनना चाहिए। यहाँ एक रोचक तथ्य यह है कि उस समय दहेज वर-पक्ष को देना पड़ता था। मनु समेत अनेक ऋषियों ने समान अपराध होते हुए भी पुरुषों की तुलना में स्त्रियों के लिए कम सजा का प्रावधान रखा था। और तो और हिन्दुओं में जो विवाह की सम्पूर्ण नियमावली है, वह भी हम स्त्रियों ने ही रचा है और दुनिया में कहीं भी ऐसा नहीं है।"

"कुछ भी..."

"पूरा सुनो, अभी मैंने खत्म नहीं किया है। हिन्दू धर्म में स्त्री के प्रत्येक रूप को आदरणीय माना गया है। स्त्री यदि पुत्री रूप में है तो *वामन पुराण* में कहा गया है कि कन्या का दर्शन सदैव मंगलकारी होता है। वही स्त्री यदि पत्नी रूप में है तो कहा गया है कि विश्वसनीय उसे ही मानो जो सपत्नीक है, और पति के लिए उसकी पत्नी से बड़ा कोई मित्र नहीं है। स्त्री यदि माँ रूप में है तो परमेश्वर और देवताओं की स्तुतियों से भरे ऋग्वेद को देखना चाहिए, जहाँ ऋषि वह सब कुछ माँ से मांगता है जिसे प्रदत्त करने के अधिकारी परमपिता परमेश्वर माने जाते है। ऋषि माँ से कहता है—'हे उषा के समान प्राणदायिनी माँ, हमें महान सन्मार्ग पर चलने के लिये प्रेरित करो। हमें नियम-परायण बनाओं और हमें यश तथा अद्भुत ऐश्वर्य प्रदान करो'। माँ से ऊँचा स्थान तुम्हें और कहीं भी नहीं मिलेगा। संन्यासियों के समाने सभी को दंडवत करने का निर्देश है, पर संन्यासी किसी के आगे दंडवत नहीं कर सकता सिवाय अपनी माता के।"

"तो?"—उस कथित फेमिनिस्ट ने मुंह बनाकर कहा।

"तो देखो, हमारे धर्म में स्त्री को 'जगजननी' यानि समस्त संसार की माता कहा गया है। जिन मनु से तुम सबसे अधिक चिढ़ती हो न, उन्होंने ही बार-बार

कहा है कि 'स्त्रियों के प्रति कभी अन्याय न हो। वे शोक न करें और न ही उदास हों, क्योंकि जिस परिवार में नारी की पूजा होती है, वहाँ देवताओं का निवास होता है। रामायण और महाभारत के युद्ध हमारे इतिहास के दो महान युद्ध हैं, जो नारी जाति की सम्मान के रक्षा के लिए हुए थे। अगर तुम हिन्दू धर्म के अंतर्गत जन्में मत-पंथों के प्रवर्तकों की बात करोगी, तो पहले बुद्ध काल की ओर देखो। वहाँ यशोधरा, मल्लिका, विशाखा और आम्रपाली जैसी अधिकार-संपन्न महिलाएँ थीं। ये वही महिलाएँ थीं, जिन्होंने आज से ढाई हज़ार साल पहले बेबाकी से स्त्री अधिकारों और स्त्री समानता की बात उठाई। बुद्ध ने न केवल उनकी बातों को मानकर नियमावलियों में परिवर्तन किया, बल्कि उनके संघर्ष को भी मान दिया। अपूर्व सुंदरी आम्रपाली शांति की तलाश में बुद्ध की शरण में आईं और मठ में प्रवेश चाहती हैं। बुद्ध कहते हैं कि मठ में स्त्रियों का प्रवेश तो वर्जित है। तो वो फिर इसी पर तर्क करती हैं कि जब आप स्त्री-पुरुष समानता का सिद्धांत देते हैं तो फिर स्त्री को मठ में प्रवेश क्यों नहीं मिल सकता? बुद्ध उसकी इस दलील के बाद पुनर्विचार करते हैं और मठ को स्त्रियों के लिए खोल देते हैं। क्या ये सब स्त्रियों को मिले अधिकारों और उनके साथ हुए समानता के व्यवहार के सूचक नहीं हैं?"—हरमन ने पूरे आत्मविश्वास से ये बातें कही।

"अच्छा",—आकांक्षा प्रतिवाद में इतना ही कह सकी।

"और सुनो, सिख पंथ के प्रवर्तक नानक देव जी कहते थे जिस स्त्री ने राजा और सामान्य मनुष्य, दोनों को ही जन्म दिया है, वह साधारण कैसे हो सकती है? इसी कारण उन्होंने अत्यंत महत्त्वपूर्ण लंगर संस्था का संचालन एक स्त्री को सौंपा था। हमारे गुरुजन स्त्रियों की पर्दा -प्रथा के विरोधी थे। बाद में तो अनेक सिख स्त्रियों का उल्लेख मिलता है जिन्होंने अवसर आने पर युद्ध में अपने शौर्य का भी प्रदर्शन किया। यह तो हमारा इतिहास है, और तुम कहती हो कि यहाँ स्त्रियों को सदैव 'सेकंड ग्रेड सिटीजन' के रूप में रखा गया है?"

"तो तुम्हारा मानना है कि हिन्दू धर्म में कभी कोई कुरीति रही ही नहीं, राईट?"—उस सो-कॉल्ड फेमिनिस्ट का रोल प्ले कर रही आकांक्षा ने कहा।

"नहीं ! हमने यह कभी नहीं कहा कि हमारे समाज में कभी कोई कुरीति नहीं रही। जरूर रही है, पर हमारे धर्म की सबसे बड़ी विशेषता यही है कि कभी हमारे अंदर कोई कुरीति शामिल भी हो गई तो उसे आंतरिक सुधार करके हमने स्वयं ही ठीक कर लिया",—एक दूसरी लड़की ने इसका उत्तर दिया।

"फिर उसने कहा-फेमिनिज्म के नाम पर जिन अधिकारों की तुम बात कर रही

हो, उनमें कुछ भी नवीनता नहीं है, न ही तुम कोई नई थ्योरी और यूनिक मांग लेकर आ गई हो। बल्कि वे सब बातें हिन्दू धर्म में हजारों साल पहले करके देख लिया गया है और उसके परिणामों और दुष्परिणामों पर मंथन भी कर लिया गया है। परिवार और समाज को जोड़ने की जगह तोड़ना, संस्कारों के पालन की जगह उनसे वितृष्णा और सृजन की जगह विध्वंस यदि यही तुम्हारे नारीवादी आंदोलन का लक्ष्य है, तो फिर जरूर तुमको ये लगेगा कि हिन्दू धर्म में स्त्रियों को सदैव सेकेंड ग्रेड सिटीजन के रूप में रखा गया हैं पर अगर तुम्हारा उद्देश्य वास्तव में स्त्रियों के कल्याण के लिए है, उनके भले के लिए है, उनके हित में है तो फिर अच्छे से ये बात समझ लो कि हिन्दू धर्म से अधिक न तो कोई भी स्त्रियों को अधिकार दे सकता है और न ही कहने और बोलने का अवसर प्रदान कर सकता है। दुनिया का हरेक मत, पंथ, संस्था अथवा विधायिका अगर स्त्रियों के लिए कोई कानून अथवा नियमावली बनाती है तो उसे बनाने वाले वहाँ पुरुष ही हुआ करते हैं, जो ये तय करते हैं कि स्त्री को क्या करना चाहिये और क्या नहीं करना चाहिए, वो ही निर्देशित करते हैं; जबकि हिन्दू धर्म में हुए स्वामी विवेकानंद ये कहा करते थे कि 'स्त्री अपनी समस्याओं का समाधान स्वयं कर लेंगी, किसी पुरुष को कोई अधिकार नहीं है, उनके लिए कुछ तय करने का।'"—रुपाली ने एक साँस में ये बातें कहीं।

"जी हाँ! इन बातों को अगर तुम समझोगी तो हिन्दू धर्म में स्त्रियाँ तुम्हें सेकंड ग्रेड सिटीजन नहीं बल्कि सबसे ऊँचाइयों पर खड़ी और सबसे अधिक अधिकार संपन्न दिखाई देंगी, जिसके पास विश्व में कोई और खड़ा नहीं हो सकता। तुम्हारी डिमांड है 'वी एम फ़ॉर इक्वेलिटी' जबकि हमारे यहाँ का फ़ेमिनिज़्म का अर्थ है—'वी एम फ़ॉर एक्सीलेंस'", हरमन ने कहा।

इसके हाथ ही पर्दा गिर गया और तालियों की गडगडाहट से पूरा हॉल गूँज उठा। दर्शक दीर्घा में बैठे लोगों के लिए यह पहला अवसर था, जब ऐसे विषय पर मंचन हो रहा था। नाट्य प्रस्तुति समाप्त होने के बाद कुछ मिनटों तक पूरे हॉल में नाटक पर चर्चा होती रही। आज कई लोगों को एक नवीन दृष्टि मिली थी। आकांक्षा, उदिप्ती और पारुल के माता-पिता अपनी बेटियों की प्रस्तुति से अभिभूत थे और लोगों से अपनी बेटियों की प्रस्तुति पर प्रशंसा बटोर कर अभुभूत हो रहे थे। निवेदिता मैडम और समीर दोनों ही इस नाटक में हरमन की सक्रियता से हैरान भी थे और प्रसन्न भी।

पर्दा उठते ही मंच संचालिका की उद्घोषणा गूँजी और दर्शन दीर्घा का शोर धीरे-धीरे थमने लगा। मंच पर स्वामी विवेकानंद के गेटअप में एक बच्चा अपने स्पीच के साथ तैयार था।

स्वामी विवेकानंद के गेटअप में सजे उस बच्चे ने, शिकागो धर्मसभा में स्वामी विवेकानंद की कालजयी स्पीच *सिस्टर्स एंड ब्रदर्स ऑफ अमेरिका* वाला भाषण देकर, ऑडियंस को स्तंभित कर दिया। इस बच्चे के स्पीच के लिए उतनी ही तालियाँ बजी, जितनी इस स्पीच के बाद शायद स्वामी विवेकानंद के लिए बजी होगी।

इसके बाद एक छोटा सा ट्री ब्रेक था और उसके बाद निवेदिता मैडम पोडियम पर थीं।

“स्वामी विवेकानंद के जीवन और दर्शन को मूर्त रूप देने, बच्चों को अच्छी शिक्षा के साथ संस्कार, विनय और नैतिकता की सीख देने के साथ-साथ उन्हें अपने धर्म और अपनी महान संस्कृति के बारे में बताने और उसके प्रति गौरव बोध जगाने की अपनी संकल्पना को साकार करने के लिए लगभग एक दशक पहले मैंने इस स्कूल—विवेकानंद एकेडमी—की नींव डाली थी। मुझे यह कहने में कोई हिचक नहीं है कि बच्चों को अच्छी शिक्षा देने के उद्देश्य में हम सफल रहे ही हैं, पर इस विद्यालय की स्थापना के बाकी उद्देश्यों में हम उतने सफल नहीं हो पाए और यही बात मुझे लगातार कचोटती रहती थी।

“मैंने इसके लिए कुछ प्रयत्न नहीं किए ऐसा भी नहीं है। हमने प्रयत्न किए, जैसे कि अपने स्कूल में रामनवमी, जन्माष्टमी, रक्षाबंधन के साथ-साथ स्वामी विवेकानंद के जन्मदिवस के अवसर पर कार्यक्रमों की श्रृंखला रखी पर मुझे लगता है कि इसका कोई विशेष फायदा हमें नहीं मिला। हम बच्चों में अपने धर्म का जो एसेंस डालना चाहते थे, वो हम नहीं कर पाए। फिर लकली एक कैफे में मुझे समीर मिले (मैडम ने समीर की इशारा करते हुए कहा) और जब इनको मैंने अपनी संकल्पना समझाई तो इन्होनें कहा कि आप मुझे मौक़ा दीजिये, मैं कुछ कोशिश करता हूँ।

“मैंने अपने स्कूल के दसवीं कक्षा के बच्चों को इनके हवाले कर दिया। बॉलीवुड की एक फिल्म से शुरू हुई चर्चा पर समीर ने मेरे बच्चों के साथ *हिन्दू बोध* की जो विशाल इमारत खड़ी कर दी है, वह अवर्णनीय है। मेरे स्कूल के दसवीं क्लास के बच्चे आज अपने धर्म, सभ्यता, संस्कृति पर गौरव करते हैं, *मॉरल वैल्यूज* को और बेहतर समझते हैं, उनके पास अपनी बातों को समझाने के लिए मज़बूत तर्क (स्ट्रॉन्ग आर्ग्यूमेंट्स) हैं और इस सबका क्रेडिट जाता है समीर को। आज के नाटक

की थीम समीर की प्रेरणा से ही तैयार हुई हैं। समीर की पृष्ठभूमि अंग्रेजी की रही है और प्रोफेशनल रूप से वे कोई शिक्षक भी नहीं हैं, लेकिन पढ़ाने के दौरान समीर हिंदी के क्लिष्ट शब्दों का प्रयोग करते हैं और उनका शब्द सलेक्शन इतना परफेक्ट होता है कि अनायास ही समझ आ जाता है। पहले दिन से लेकर कल तक समीर ने जिन विषयों को समेटा है, मुझे नहीं लगता कि शायद ही कोई विषय होगा जो उनसे अछूता रह गया है और अगर कुछ अछूता रह भी गया है तो समीर उसे आज पूरा कर देंगे, क्योंकि आज हमने समीर को यहाँ जिस विषय पर आपसे संवाद करने बुलाया है, वह विषय है—'अमृत कुम्भ'।

"इस विषय को हमने स्वामी विवेकानंद की एक उक्ति से लिया है, जिसमें वे कहते हैं –'पराधीनता की हजार साल लंबी कालावधि से जूझकर भी हिन्दू जीवित रहा है, तो इसलिए कि उसके पास विश्व को देने के लिए एक "अमृत कुम्भ" है और उसे दिए बिना वह नहीं मरेगा'।

"मेरा विशेष अनुरोध है और विशेषकर बच्चों के अभिभावकों से, कि आप समीर जी से अवश्य संवाद कीजिये, ताकि आपको लगे कि आपके बच्चे को हमने जिनके हवाले किया है, उनकी बौद्धिक योग्यता कैसी है और उनको यहाँ लाने का मेरा डिसीजन कैसा है। मेरे कहने का अर्थ है कि हमारा यह सेशन इंटरेक्टिव सेशन रहने वाला है। आप सब जितना अधिक सवाल करेंगे, यह सेशन उतना ही रोचक और ज्ञानवर्धक रहेगा। थैंक यू...

"अब मैं समीर जी से कहूँगी कि वो मंच पर आएँ और ...बस अब मंच और माइक दोनों इनके हवाले।"

समीर सधे क़दमों के साथ मंच पर चढ़ा। ईश्वर को और अपने पिता को स्मरण कर उसने बोलना शुरू किया—

"आज से लगभग सवा सौ वर्ष पहले अमेरिका के शिकागो में *विश्व धर्म सम्मेलन* आयोजित हुआ था। आयोजकों का उद्देश्य था, उनके अपने मत की श्रेष्ठता सिद्ध करना था। इसलिए वहाँ जो भी वक्ता गए, वे यही सिद्ध करने में लगे थे कि उनका मत, उनका मज़हब और उनका रास्ता ही श्रेष्ठ और अंतिम है इसलिए सबको उसे स्वीकार कर लेना चाहिए। लेकिन वहाँ उनसे एक चूक हो गई और उन्होने भारत से गए एक संन्यासी, स्वामी विवेकानंद को भी बोलने के लिए आमंत्रित कर लिया। समादार, सहिष्णुता, स्वीकार्यता और विश्व बंधुत्व पर केंद्रित स्वामी विवेकानंद के व्याख्यानों ने आयोजकों की योजना बिगाड़ दिया। उन्हें समझ ही नहीं आया

कि भारत के अक्षर ज्ञान से शून्य एक पुजारी के शिष्य ने कैसे पलक झपकते ही उनकी श्रेष्ठता को धूमिल कर दिया और पांथिक जगत के आकाश पर हिन्दू धर्म को ध्रुवतारे की तरह से स्थापित कर दिया।

"विश्व में पंथों के इतिहास में यह पहली घटना थी, जब पूरी दुनिया हिन्दू चिंतन की दिशा में सोचने पर मजबूर हुई। अमेरिका और यूरोप के हजारों बुद्धिजीवी हिन्दू धर्म के उदार चिंतन पर मुग्ध हो गए। विवेकांनद के प्रबोधनों के बाद अमेरिका और यूरोप में एक नई चिंतन धारा का उद्गम हो गया। विवेकांनद के उस उद्बोधन से पहले कोई भी *पंथ* एकता के आधार बिंदुओं पर बात भी नहीं करता था, जो उसके बाद शुरु हुआ। स्वामी जी के वैचारिक चिंगारी का विस्फोट और इसकी सुखद परिणति जानते हैं कब हुई?"

समीर ने अपने सामने खड़े ऑडियंस की ओर देखते हुए कहा, "आज से लगभग दो दशक पूर्व न्यूयॉर्क में दुनिया भर के विभिन्न पंथों के एक हजार से अधिक प्रतिनिधि एकत्र हुए थे। इस सम्मेलन में निर्विवाद रूप से यह तय हुआ कि विश्व शांति के लिए आवश्यक है कि हम यह माने कि मजहब के नाम पर किसी भी तरह की हिंसा नहीं होनी चाहिए। क्योंकि हर उपासना पथ समान है और वो ईश्वर या अंतिम सत्य तक लेकर जाने वाला है, इसलिए उसे लेकर आपस में झगड़ा नहीं होना चाहिए।

"बताइए क्या इस सम्मेलन के प्रस्ताव वेदों के अभिनव मंत्र 'एकं सद विप्रा: बहुधा वदंते... और 'एकं नियानम बहब: रथाः' को ही स्वीकार किया जाना नहीं था? क्या ये सारे प्रस्ताव स्वामी विवेकानंद के व्याख्यानों का ही प्रस्ताव रुप में रूपांतरण नहीं थे ? क्या वहाँ पारित प्रस्ताव इस बात की स्वीकारोक्ति नहीं थे कि वेदों में और हिन्दू व्यवहार में प्रतिपादित 'हिन्दू चिंतन' ही विश्व के सभी मत पंथों के एकता का चार्टर है? क्या वहाँ  पारित प्रस्ताव स्वामी विवेकानंद के द्वारा शिकागो धर्म संसद में किए गए शाब्दिक विस्फोट की वही गूंज नहीं थे, जिसकी प्रतिध्वनि दुनिया ने सवा सौ साल फिर से सुनी?

"तमाम झंझावातों के बावजूद हमें यह स्पष्ट दिखाई देता है कि दुनिया में हिन्दू जीवन मूल्य और हिन्दू चिंतन स्वीकार्य किए जा रहे है। आपमें से कई लोगों ने स्वामी विवेकानंद को पढ़ा होगा, महर्षि अरविन्द को पढ़ा होगा। उनके सारे चिंतन की निष्पत्ति यही थी कि हिन्दू जीवित है, तो इसलिए कि उसके पास विश्व को देने के लिए एक 'अमृत कुम्भ' है और उसे दिए बिना वह नहीं मरेगा। भारत को ही आगे चलकर संपूर्ण दुनिया का प्रबोधन करना है, मार्गदर्शन करना है।

## हिन्दू जीवन मूल्य और हिन्दू अर्थ चिंतन

हिन्दू विश्व को अपने 'अमृत कुम्भ' से बहुत कुछ दे सकता है जो दुनिया के लिए आवश्यक है। इसमें सबसे प्रमुख मैं मानता हूँ हिन्दू जीवन मूल्य। इसी से दूसरी और बातें भी जुड़ी हैं, जिसमें है—'हिन्दू अर्थ चिंतन' और हिन्दू कुटुंब व्यवस्था।

"'हिन्दू जीवन मूल्य' मतलब?"—ऑडियंस में से एक सवाल आया

समीर ने सवाल पूछने वाले की ओर देखते हुए उससे कहा—"मनुष्य की एक स्वाभाविक प्रकृति है, जो दुनिया में हर जगह समान हैं। आप जानते हैं वह प्रवृत्ति क्या है?"

'न' में कुछ सर हिले।

"वो प्रवृत्ति है शक्ति, धन, प्रभाव, महत्त्व और प्रसिद्धि पाने की उसकी लालसा। अब ऐसा भी नहीं है कि यह लालसा गलत ही हो। बात बस इतनी-सी है कि अगर यह आकांक्षा मर्यादा में रहे तो उसमें ईश्वरीय भाव आता है, और यदि यह प्रवृत्ति अमर्यादित या अनियंत्रित हो जाए तो उसमें आसुरी भाव प्रकट हो जाता है। जब आसुरी भाव आता है तो यह प्रवृत्ति मानव सभ्यता और शेष जगत की विनाशक बन जाती है। इसीलिए हमारे पूर्वजों ने कहा है कि सारी व्यवस्थाओं को नियंत्रण में रखने के संस्कारों का पालन ही *हिन्दू 'जीवन मूल्य'* है, यह ईश्वर की बनाई सृष्टि का नियमन ठीक तरीके से करने का सामर्थ्य रखती है। हिन्दू धर्म के अंदर वो सामाजिक, धार्मिक और पारमार्थिक विशिष्टता है, जो विश्व में और किसी के पास नहीं है। हिन्दू अर्थ चिंतन और हिन्दू कुटुंब व्यवस्था भी इन्हीं मूल्यों से निकला है।

"इस बात को थोड़ा और समझाइये",—उसी व्यक्ति ने कहा।

"देखिये, हमारे यहाँ एक बात कही गई है—'यौवनं धन संपत्तिः प्रभुत्वमविवेकिता। एकैकमाप्यनार्थाय किमु यत्र चतुष्टयम्।' अर्थात्, यानि यौवन, धन, शक्ति (अधिकार) और अविवेक, इनमें से कोई भी एक अकेला ही विपत्ति उत्पन्न करने में सक्षम है। और यदि ये चारों ही किसी व्यक्ति में मौजूद हों, तो उसकी स्थिति क्या होगी। एक अन्य सूक्ति में कहा गया है—एक तो बंदर हो और ऊपर से शराब भी पिया हुआ हो, तो उसकी क्या स्थिति होगी।

"अब यह तो हम सब जानते है कि विज्ञान की प्रगति और औधोगिक क्रांतियों ने पश्चिमी जगत को आर्थिक रूप से अत्यंत सशक्त कर दिया। यह सशक्तिकरण आगे चलकर साम्राज्यवाद में परिवर्तित हुआ और इसने उन्हें दुनिया के अन्य देशों पर प्रभुत्व दे दिया। लेकिन जब उचित जीवन दृष्टि और आध्यात्मिक चिंतन का

अभाव रहा, तो उनमें अविवेक आना ही था और आया भी। वेदों का संकलन करने वाले भगवान कृष्ण द्वैपायन वेदव्यास ने कहा है—'जब-जब आध्यात्मिक चिंतन का अभाव होगा, तब-तब व्यक्ति विषय-वासना की ओर तीव्रता से आसक्त होकर भोग को ही सर्वोपरि मानने लगेगा और जब वो भोगवाद में डूबेगा तो यह उसके पतन की शुरुआत होगी; क्योंकि भोगवादी चिंतन, व्यक्ति को मानसिक और शारीरिक रूप से क्षीण कर देता है, उसके अंदर से सात्विक भाव खत्म हो जाते हैं और उसके मन में, भावों में और विचारों में रज और तम गुण भरने लगते हैं'।

"पश्चिम के देशों में जब प्रभुत्व के साथ अविवेक आया, तो यह अविवेक अपने साथ भोगवाद भी लेकर आया, जो धीरे-धीरे उनकी जीवनशैली का हिस्सा बनता चला गया। जहाँ की संस्कृति भोग-प्रधान होगी, वहाँ धन की प्रधानता आएगी और अपने हित को ही सर्वोपरि मानने का भाव उत्पन्न होगा। इस भोगवाद का परिणाम यह हुआ है कि वहाँ मर्यादाएँ टूट गईं, परिवार टूटने लगे, संयुक्त परिवार की अवधारणा लगभग पूरी तरह समाप्त हो गई है और अब तो एकल परिवार भी नहीं चल पा रहे हैं। रिश्ते-नाते, संवेदना, प्रकृति के प्रति चिंतन तथा मानव मूल्यों का अर्थ वहाँ लगभग समाप्त हो चुका है। ऐसा केवल व्यक्तिगत जीवन तक सीमित नहीं है, बल्कि आर्थिक और सामाजिक क्षेत्र में भी उसकी संवेदनहीनता के परिणाम दिखाने लगे हैं। अर्थ के क्षेत्र में तो लगभग अराजकता की स्थिति उत्पन्न हो गई है; क्योंकि गलाकाट प्रतिस्पर्धा ने उनकी मानसिकता को विश्व को बाजार और हरेक व्यक्ति को खरीदार के रूप में देखने की बनाकर रख दी है। उपभोक्तावाद ने असीमित क्रय और संग्रहण की मनोवृति उनमें विकसित कर दी है। ऐसी सोच उधर आम है कि नारी केवल भोग और प्रदर्शन की वस्तु है। स्वयं नारी भी अपने आप को इन्हीं रूपों में दिखाने और स्वयं को अनावृत करने को बाजार में प्रस्तुत है। भोगवाद ने पश्चिमी जगत में एक और प्रकिया शुरू की है जो पलायनवाद की है। पलायनवाद अपनी जिम्मेदारियों से भागने की। व्यक्ति अब माँ-बाप तक के प्रति कर्तव्य का निर्वहन नहीं करना चाह रहा है, इसलिए वहाँ वृद्धाश्रमों का चलन बढ़ता जा रहा है, तलाक की दर बेतहाशा बढ़ती जा रही है और पति-पत्नी का रिश्ता कितने दिन चल सकेगा, ये कोई भी बताने की स्थिति में नहीं है। वहाँ कोई बहुत लकी बच्चा ही होगा, जिसे अपने उम्र के 18 वर्ष तक माँ और बाप दोनों का प्यार मिलता है। बिना वैवाहिक संबंधों से जन्में बच्चे या टूट चुके रिश्तों वाले परिवारों के बच्चे अवसाद और मनोरोग से ग्रस्त हो रहे हैं या फिर नशे या अपराध की दुनिया में

पैर पसार रहे हैं। भौतिकवाद की परिणति यह हुई कि प्रकृति और अन्य जीवों के प्रति ममत्व और करुणा उनके भीतर से एकदम समाप्त हो गई है। फैशन उत्पाद बनाने के कारण कई प्राणियों की प्रजातियाँ अब विलुप्त होने के कगार पर है। चीन की एक खबर मैंने पढ़ी थी, जहाँ तितलियों के समाप्त होने के कारण कृत्रिम रूप से परागण कराना पड़ रहा है।"

"माने आप कहना चाहते हैं कि जीवन मूल्य और अर्थव्यवस्था आपस में संलग्न हैं और जीवन मूल्यों की गलत दिशा अर्थव्यवस्था को भी कमजोर करती है?"

"बिलकुल ऐसा ही है। आप सबने सुना होगा कि 2007-08 में पूरी दुनिया में आर्थिक मंदी आई थी, जिसके कारण कई बड़े देशों की अर्थव्यवस्था लड़खड़ा गई थी और वहाँ बैंक और बीमा कंपनियाँ तबाह हो गई थीं। अर्थशास्त्रियों ने जब इस मंदी के कारणों की पड़ताल की तो उन्हें इसके दो कारण समझ में आईं – एक तो ये कि पश्चिम के देशों के लोगों की जीवनशैली ऋण केंद्रित हो गई थी, जिस कारण लोग मकान, कार आदि बड़ी जरूरतों के अलावे टीवी, फ्रीज, वाशिंग मशीन आदि छोटी-छोटी जरूरतें भी सस्ती ब्याज दर पर उपलब्ध ऋण लेकर पूरा करने लगे थे। वहाँ खर्च करना फैशन माना जाता है, आगे के दो वर्ष की आमदनी को लोग क्रेडिट कार्ड के माध्यम से आज ही खर्च कर डालते हैं बिना ये सोचे समझे कि अपने हित के अलावा अपने कुटुंब का हित सोचना और भविष्य का सोचना भी उनकी ही जिम्मेदारी है। दूसरी वजह थी वहाँ के लोगों में बचत की प्रवृत्ति का खत्म हो जाना। फिजूलखर्ची नहीं करनी चाहिए, भविष्य के लिए धन का संचयन करना चाहिए ऐसी सारी बातें वहाँ के लोग भूल गए थे। ऐसी विकृत चिंतन धाराएं वहाँ चल रही है कि जीवन का एक ही उद्देश्य है-मौज-मस्ती करो, प्रकृति प्रदत्त संसाधनों का अधिकतम दोहन करो, मानवीय मूल्यों और संवेदनाओं से कोई सरोकार नहीं रखो और प्रकृति की जैव-विविधता को अपने स्वार्थ में इस्तेमाल करो। जब व्यक्ति में बचत की प्रवृत्ति नहीं होती तो वो केवल अपने लिए जीना शुरू कर देता है इसलिए फिर दायित्व बोध से भागना ही एक रास्ता बचता है। इसलिए पश्चिम के देशों में एक संकट 'सामाजिक सुरक्षा' का भी है। वहाँ सामाजिक सुरक्षा सरकार की जिम्मेदारी हो गई है। उन्हें समझ नहीं आ रहा है कि सरकार की सामाजिक सुरक्षा स्कीमें परिवार नहीं चलाती बल्कि एक सामान्य प्राकृतिक बोध, आपसी लगाव, कर्तव्य पालन का एहसास और अपनेपन की भावना से परिवार चलता है।

"वहाँ अब क्या संकट है, इसका एक उदाहरण देता हूँ। *आउटलुक* मैग्जीन के 30 दिसंबर 2019 के संस्करण में एक लेख छपा था, जिसका शीर्षक था—यूरोप

का कलियुग, इसके कुछ अंश आपसे सांझा कर रहा हूँ। इसमें लेखक पारसनाथ चौधरी ने लिखा था:

*'कुछ ही महीने पहले, जर्मनी की राजधानी में बर्लिन यूनिवर्सिटी के अध्यापकों की सभा में यूरोप के एक मशहूर अर्थशास्त्री ने कहा कि मंदी के बावजूद यूरोप की अर्थव्यवस्था को स्वस्थ होने का प्रमाण-पत्र दिया जा सकता है। उन्होंने कहा कि यूरोप में अभी भी अमन और समृद्धि बरकरार है। हालाँकि आम लोगों से बातचीत में ऐसा नहीं लगता है। लोग बेचैन और चिंतित दिखते हैं। इसे अस्तित्वपरक चिंता भी कहा जा सकता है। लगता है, अमीरी से विरक्ति, शराब और नशे के अत्यधिक सेवन, जीवन में निरर्थकता-बोध और डिजिटलीकरण जैसी वजहों से यूरोप का समाज न्यूरोटिक हो गया है। मोबाइल और कंप्यूटर पर हमेशा व्यस्त रहने से लोग सामान्य जीवन नहीं जी पा रहे हैं। बच्चे स्कूलों में पढ़ते नहीं, लोग ठीक से काम नहीं कर पाते। अगर बाहर से आए लोग काम न सँभालें तो यूरोप खत्म हो जा सकता है'।*

"इस विषय पर आगे बढ़ने से पहले मैं आप सबको एक राजा की कहानी सुनाता हूँ। हमारे पूर्वज भली-भाँति जानते थे कि मनुष्य अपनी इच्छाओं का दास है। इसलिए यदि उसकी जीवन-शैली और उसकी चिंतन-धारा को विषय-वासना की ओर से नहीं हटाया गया, तो यह व्यक्तिगत और सामाजिक मूल्यों के ह्रास का कारण बनेगी। इसलिए हमारे चिंतन में हमें बार-बार ययाति की कथा स्मरण कराई जाती है।"

कहानी की बात ने सबका कौतूहल बढ़ा दिया था।

"राजा ययाति का विवाह दैत्यगुरु शुक्राचार्य की पुत्री देवयानी से हुआ था। लेकिन ययाति ने दैत्यराज वृषपर्वा की पुत्री शर्मिष्ठा के साथ संबंध स्थापित कर लिया। इस बात से क्रोधित होकर शुक्राचार्य ने ययाति को वृद्ध हो जाने का शाप दे दिया। ययाति ने जब शुक्राचार्य से क्षमा याचना की, तो उन्होंने शाप को हल्का करते हुए कहा, 'मेरा शाप बदला तो नहीं जा सकता, परंतु हाँ, मैं तुम्हें इतनी छूट देता हूँ कि तुम अपना यह बुढ़ापा किसी दूसरे को दे सकते हो।' ययाति ने अपने पुत्रों से यौवन माँगा, किंतु उनके पुत्रों में एक को छोड़कर सभी ने ऐसा करने से इनकार कर दिया। सिर्फ उनके छोटे पुत्र पुरु ने उन्हें अपना यौवन देना स्वीकार किया।

"पर सबसे छोटे पुत्र पुरू से बुढ़ापा ययाति पुन: भोगों में लिप्त हो गए। कहते हैं कि ययाति एक हज़ार सालों तक भोग करते रहे तो उनकी प्रज्ञा जागृत हुई। प्रज्ञा

जाग्रत होते ही उन्होंने अपने छोटे पुत्र को बुलाकर कहा-'बेटा, मैंने तुम्हारी जवानी लेकर भोगों में लिप्त हुआ, पर हज़ार वर्षों तक भोग करने के बावजूद मुझे इससे तृप्ति नहीं मिली। मैंने यही समझा है कि विषयों के भोग की कामना उनके भोग से शांत नहीं होती। आग में जितनी घी डालते जाओ, वह और बढ़ती ही जाती है। उसके बाद ययाति ने अपने पुत्र पुरु को काम का लक्षण बताते हुए कहा कि इस धरती पर ज़ितना भी अन्न, सोना, पशु और स्त्रियाँ हैं, वे सब मिलकर भी एक कामुक की कामना पूर्ण करने में भी असमर्थ हैं। इसलिए सुख उनकी प्राप्ति में नहीं, बल्कि उनके त्याग में है। तृष्णा का त्याग करना ही मुक्ति का मार्ग है, क्योंकि मैंने देख लिया है कि विषयों का सेवन करते हुए मुझे एक हजार वर्ष पूरा हो गया फिर भी मेरी भोग के प्रति आसक्ति बढ़ती ही जा रही है।'

"ये कहने के बाद ययाति ने अपने पुत्र पुरु को उसका यौवन लौटा दिया। कहते हैं कि जब समुद्र मंथन होता है, तो उस मंथन से विष के साथ अमृत भी निकलता है। भोगवाद में डूबा पश्चिमी जगत जब एक क्षण के लिए चिंतन में रूका, तो उसे यह समझ आया कि असीमित भोग से केवल भोग बढ़ता है और इस भोग ने हमको पलायनवादी बना दिया है। किंतु हमारी समझ में यह नहीं आता कि हम अपनों से, अपने परिवार से, अपने समाज से, इन सबसे तो भाग सकते हैं किंतु स्वयं से कहाँ भाग सकते हैं।

"इसलिए अब पश्चिम को समझ आ रहा है कि वे भोग को नहीं बल्कि भोग उन्हें अपना रहा है। उन्हें अब ऐसे विकास पथ की तलाश है, जिसमें एक वर्ग दूसरे वर्ग का शोषण न करे , जहाँ प्रकृति का विकृतीकरण नहीं वरन उसके साथ साहचर्य बनाकर चलना हो, जहाँ उन्हें प्रशांति प्राप्त हो। उन्हें यह समझ आ रहा है कि उपभोक्तावाद , स्पर्धावाद और वर्ग संघर्ष, इन सबका आधार अनियंत्रित उपभोग है। अनियंत्रित उपभोग का सिद्धांत ही मनुष्यों के दु:खों का कारण है, क्योंकि उपभोग की लालसा जितनी पूरी हो उतनी बढ़ती है। वर्ग-संघर्ष भी ऐसे ही उपभोग के कारण जन्मता है। उन्हें अब परिवार और कुटुंब के महत्त्व का भी बोध हो रहा है। वे प्रकृति के साथ सुसंगत विकास पथ की तलाश में हैं, जो उन्हें प्रदूषण और ग्लोबल वार्मिंग जनित समस्याओं से मुक्ति दिलाये। आज पश्चिमी सभ्यता एक चौराहे पर खड़ी है और समझ नहीं पा रही है कि उसे किस दिशा में जाना है। जब हम समस्त मूल्य आधारित समाज-व्यवस्था को नकारते हैं और भौतिकवादी चिंतन को स्वीकारते हैं, तो नैतिक मूल्यों के ह्रास की परिणति में पहले परिवार, समाज

और फिर समग्र राष्ट्र के टूटने की प्रक्रिया तीव्र हो जाती है। यही वहाँ हो रहा है और उन्होंने हिन्दू मूल्यों को नहीं स्वीकारा तो आगे ये और भी तेज गति से होगा।"

"तो ऐसे में हिन्दू चिंतन कैसे सहायक हो सकता है? कैसे उनका मार्गदर्शन कर सकता है? यानि हिन्दू अमृत कुम्भ इसमें उनकी मदद कैसे कर सकता है?"— ऑडियंश में से एक चिंतित स्वर सुनाई दिया

"विश्व के उत्थान के लिए जिस प्रकार के मनुष्यों और जीवन मूल्यों की आवश्यकता है, वह सब हिन्दू जीवन मूल्यों में निहित है; क्योंकि मनुष्य के विकास की अनुभुतिपूर्ण सुनिश्चित दिशा है-हिन्दू होना। सत्ता और संपत्ति दोनों को ही धर्म के नियंत्रण में रहकर कल्याणकारी राज्य की अवधारणा का नाम है -हिन्दू अर्थ चिंतन। विश्व के सभी अच्छे विचारों बिन्दुओं को और भी परिष्कृत कर सम्मान पूर्वक स्वीकार करने वाला महासागर है—हिन्दू धर्म।

"एक हिन्दू का जीवन लक्ष्य यह है कि वह व्यक्ति, समाज, प्रकृति और परमात्मा (अथवा उनकी बनाई हर कृति)-इन सबमें संतुलन और सामंजस्य बनाए रखने के लिए योग्य कर्म करता हुआ अपने शरीर, अपना मन, अपनी बुद्धि और अपनी आत्मा का सही दिशा में उपयोग करे। हिन्दू यह समझता है कि केवल अर्थ और काम पर केंद्रित जीवन आसुरी जीवन है, नर पशु और नर राक्षस की अवस्था है, जबकि अर्थ और काम के साथ-साथ धर्म और मोक्ष को साधना, उसे प्राप्त करना ही अपने जीवन का लक्ष्य है।

"हमारे पास दैवी वृति वाली संस्कृति है, जिसे ईश्वर ने हमें धरोहर के रूप में सौंपा है और हमसे कहा है कि आज, जबकि विश्व में हर ओर संघर्ष और विनाश के बादल दिख रहे हैं, पाशविक प्रवृत्तियाँ दिख रही है, ऐसे में तुम आगे आओ और आकर विश्व मंगल का अपना संदेश दुनिया को दो। उनको बताओ कि प्रकृति का भंडार असीमित नहीं है। प्रकृति माँ हमारी आवश्यकताओं को पूरा कर सकती है, हमारे लालच को नहीं। पश्चिम को समझाओ कि उनका विकास पथ केंद्रीभूत है, यह प्रकृति के संसाधनों का दोहन करने वाला है, यह बेरोजगारी बढ़ाने वाला है, यह वर्ग संघर्ष को बढ़ाने वाला है, यह प्रकृति का विनाश करने वाला है, और यह विश्व की शांति के लिए भी खतरा है। उन्हें परिवार का महत्त्व समझाओ, उन्हें सामाजिकता की जरूरत है, इस बात का बोध कराओ। उनको समझाओ कि कर्ज संस्कृति अच्छी नहीं है और बाजारवाद साम्राज्यवाद का ही जुड़वां भाई है।

"आपने कहा 2007-08 की आर्थिक मंदी का कारण था-ऋण केंद्रित जीवन और बचत की प्रवृत्ति का अभाव। राईट?"—दर्शक दीर्घा से एक आवाज़ आई।

"हाँ जी,"—समीर ने उत्तर दिया।

"कैसे?"—एक शिक्षक ने पूछा

"आप सबने अपने यहाँ कभी किसी दुकान पर या घरों की दीवारों पर लगे एक स्टीकर देखा है, जिसपे लिखा होता था कि रोग, कर्ज और शत्रु को कभी छोटा मत समझो?"

"हाँ...हाँ... ऐसे स्टीकर हमने देखे हैं", जिस जगह टीचर्स बैठे थे, उस तरफ से एक आवाज़ आई।

"ऐसे उपदेशों का आम समाज में प्रचलित होना यह दर्शाता है कि आज भी हमारा समाज कर्ज लेने को उचित नहीं मानता। चार्वाक दर्शन में कहा गया है—'यावज्जीवेत सुखं जीवेत, ऋणं कृत्वा घृतं पिबेत'। अर्थात, जब तक जीवन है सुखों का उपभोग कर लेना चाहिए। भौतिक सुख को त्याज्य समझने की परंपरा को चार्वाक ने चुनौती दी और कहा कि ऋण लेकर भी सुखोपभोग करो। लेकिन हमने चार्वाक के भौतिकवादी दर्शन को कभी अपनाया नहीं। कर्ज को हमारे यहाँ कभी प्रशंसित नहीं किया गया है। एक सामान्य से सामान्य हिन्दू भी कर्ज लेने को उचित नहीं मानता। इस कारण हमारे यहाँ कर्ज आधारित व्यवस्था कभी भी अच्छी नहीं मानी गई। हमारी मान्यता है कि कर्ज लेने से धन प्रदान करने वाली देवी लक्ष्मी रुष्ट हो जाती हैं। वेदों में ऐसे सूक्त भी हैं, जिनमें कहा गया है कि व्यक्ति कर्ज मुक्त हो। ज्योतिष शास्त्र में छठे भाव को ऋण का भाव होने का कारण अच्छा नहीं माना गया है। यह कहा गया है कि यदि कोई व्यक्ति ऋणग्रस्त होकर मृत्यु को प्राप्त होता है, तो उसकी आत्मा को शांति नहीं मिलती। कर्मफल सिद्धांत के अनुसार, उसे अपने अगले जन्म में उस व्यक्ति के ऋण से उऋण होने के लिए पुनः जन्म लेना पड़ता है।

"अब आते हैं बचत पर, हमारे यहाँ बचत की प्रवृत्ति है। हम मानते हैं कि पहले अपने परिवार, फिर नाते-रिश्तेदार, फिर आस-पड़ोस, फिर ग्रामवासियों अथवा अपने व्यावसायिक गुट या सहकर्मी के साथ हमारा एकात्म भाव है और अगर हममें बचत की प्रवृत्ति है, तो कहीं न कहीं हम उनके आर्थिक संकट के निस्तारण में भी सहायक बन सकते हैं। यह भाव हमारे समाज में इतना गहरा है कि बॉलीवुड में बनी एक मूवी *वास्तव* में भी फिल्म में गुंडे की भूमिका निभाने वाले किरदार को अपने पड़ोसी की बीमार बच्ची के पिता की आर्थिक सहायता करते दिखाया गया है। बचत की प्रवृत्ति के कारण ही यहाँ का समाज में प्रांत और राष्ट्र के प्रति कर्तव्य का

बोध भी होता है कि कहीं बाढ़ आई, कहीं सुनामी आया तो वहाँ कुछ देना भी हमारे कर्तव्यों में से है। यह सब बातें दायित्व बोध लाती है जो बचत की प्रेरणा देते हैं। हम अगर यह भाव विकसित करते हैं तो बदले में हमें उनसे रिटर्न भी ऐसा ही मिलता है। इसलिए विश्व में आर्थिक मंदी आई तो भी हमारा देश इससे अप्रभावित रहा।"

"पश्चिम के आर्थिक मॉडल की सबसे बड़ी खामी क्या है? और हिन्दू अर्थ चिंतन उसका विकल्प कैसे बन सकता है?"—उसी शिक्षक ने यह सवाल पूछा

"उनके आर्थिक मॉडल की सबसे बड़ी खामी यह है कि उनका विकास मॉडल पूर्णत: शोषण और बाजार पर आधारित है, व्यक्तियों का शोषण और अन्य जीव-जंतुओं का शोषण। उनका विकास मॉडल पाँच मुख्य सिद्धांतों पर केंद्रित है: वर्चस्व के लिए संघर्ष, मत्स्य न्याय का सिद्धांत, प्रकृति का दोहन, केवल स्वयं के अधिकारों की चिंता और हर चीज़ में लाभ देखने की मानसिकता। अब यदि हम देखें कि इन पाँचों सिद्धांतों को मानने की क्या परिणति हुई और इन चिंतनों से इतर हिन्दू चिंतन क्या है, इसका विचार अगर हम करेंगे तो हमें हिन्दू अर्थ चिंतन और हिन्दू जीवन मूल्य और स्पष्टता से समझ आयेगा कि हमारे चिंतन और उनके चिंतन में क्या अंतर है। हमारा चिंतन शोषण का नहीं अपितु पोषण का है, हमारा चिंतन ..."

"पहले आप पश्चिम के विकास मॉडल को थोड़ा विस्तार से समझाइये",—उस शिक्षक ने समीर की बात काटते हुए कहा।

## वर्चस्व के लिए संघर्ष

"पश्चिम का आर्थिक चिंतन जिन सिद्धांतों पर आधारित है, उसमें एक 'वर्चस्व के लिए संघर्ष' का सिद्धांत है और ये सिद्धांत कहता है कि हमको अगर यहाँ रहना है, तो वर्चस्व के साथ रहना है और फिर इसके लिए हमें किसी और बात की चिंता नहीं करनी है बस केवल स्वयं के हित का चिंतन करना है और यही न्यायोचित भी है, ये उनका सिद्धांत है। इसे अगर सरल शब्दों में परिभाषित किया जाए तो इसका अर्थ है—इट रिफ़र्स टू द कॉम्पिटिशन बिटवीन लिविंग थिंग्स टू सर्वाइव।

"इस चिंतन ने गलाकाट प्रतिस्पर्धा को जन्म दिया और इसलिए दुनिया ने कई युद्ध देखे। केवल कुछ वर्षों के अंतराल में दो-दो विश्व युद्ध हुए। शीत युद्ध तो लगातार ही चलते रहे। केवल हमारा अस्तित्व रहे, इस विकृत चिंतन के कारण मानव जीवन का कुछ मूल्य है, यह भाव भी लुप्त हो गया। गीता के सोलहवें अध्याय में इस प्रवृत्ति का वर्णन दो श्लोकों में किया गया है। जहाँ कहा गया है—

इदमद्य मया लब्धमिमं प्राप्स्ये मनोरथम्।
इदमस्तीदमपि मे भविष्यति पुनर्धनम् ॥16.13॥

अर्थात्, आज मैंने इसे प्राप्त कर लिया, और कल उसे प्राप्त करने की इच्छा रखता हूँ। यह धन तो मेरा हो ही गया, कल वह भी मेरा हो जाएगा।

असौ मया हतः शत्रुर्हनिष्ये चापरानपि।
ईश्वरोऽहमहं भोगी सिद्धोऽहं बलवान्सुखी ॥16.14॥

अर्थात्, इस शत्रु को मैंने मार दिया है, कल अन्य को मारूंगा. मैं ईश्वर हूँ, मैं भोगी हूँ, सिद्ध हूँ, बलवान हूँ, सुखी हूँ।

"इस चिंतन के कारण आज दुनिया के देशों में संघर्ष व्याप्त है, साम्राज्यवाद अलग-अलग रूपों में दुनिया में मौजूद है, और विश्व की शांति को समाप्त कर रहा है। इसके नतीजे में गर्भनिरोधक सामग्री , हथियार उद्योग, नशा उद्योग और दवा उद्योग फल-फूल रहे हैं। इसलिए अगर हमें मानवता की रक्षा करनी है, तो हमें यह ध्यान रखना होगा कि दुनिया कभी भी बाजार पर नहीं टिके क्योंकि बाजार की प्रवृत्ति केवल स्वलाभ पर होती है। आज दवा से लेकर सब्जी, फल या दूध तक, ऐसा कोई क्षेत्र नहीं है, जहाँ मिलावट नहीं है दूध की मिलावट तो अक्षम्य है; क्योंकि बच्चों का और मरीजों के जीवन का अवलंबन दूध ही है। अब तो दबे स्वरों में यह बात होती है कि जब देश में दूध का उत्पादन ही इतना नहीं है तो इससे कई गुणा अधिक दूध की बिक्री कैसे हो रही है, साफ़ बात है कि दूध उद्योग भी आज सिंथेटिक उद्योग बन गया है। स्वामी विवेकानंद कहते थे: 'मस्तिष्कवान पर हृदयशून्य होने की अपेक्षा मैं तो यह सौ बार पसंद करूँगा कि मेरे कुछ भी मस्तिष्क न हो, पर थोड़ा सा हृदय हो'। दुर्भाग्य से, बाजार के पास केवल मस्तिष्क है, थोड़ा भी हृदय नहीं है। मुझे एक बड़ी चर्चित घटना याद आती है, जब किसी भूखे नवजात की माँ ने एक ठेले पर चाय बेचने वाले आदमी से बच्चे को पिलाने के लिए थोड़ा सा दूध माँगा और दूध मिलने के बाद जब उसने पैसे देने चाहिए तो उस गरीब आदमी ने हाथ जोड़कर कहा—'बहन! बच्चे के दूध के पैसे लेकर नरक में नहीं जाना'। सोचिये, अगर वही महिला किसी बड़े रेस्त्रां में इतना सा दूध मांगने जाती तो क्या उसे मुफ्त में देते? क्या वो भी ऐसी ही सदाशयता दिखाते? बाज़ारवाद में सिर्फ

मुनाफ़ा देखा जाता है, मानवीयता वहाँ दम तोड़ देती है। अब देखिए इधर हमारा हिन्दू चिंतन कहता है—'सर्वं खल्विदं ब्रहम' यानि 'एक ही ब्रह्म हर जगह व्याप्त है' और जो संघर्ष दिख रहा है, यह हमारी नासमझी के कारण है। हमने जहाँ अपनी नासमझी दूर की तो यह संघर्ष भी समाप्त हो जाएगा।

"ऋग्वेद के एक मंत्र में ऋषि कहते हैं—'आत्मनो मोक्षार्थं जगद्धिताय च', अर्थात् स्वयं के मोक्ष के लिए तथा जगत के कल्याण के लिए जीना ही हमारे जीवन का उद्देश्य होना चाहिए। यह चिंतन कहता है—'वसुधैव कुटुम्बकं' यानि यह सारी वसुधा आपस में कुटुंब है। इसलिए हिन्दू अमृत कुम्भ का एक बूंद 'वसुधैव कुटुम्बकं' का भाव भी है, जिसे विस्तार से आगे समझाऊँगा। हिन्दू संस्कृति धर्म, अर्थ, काम और मोक्ष के चार पहियों वाला रथ है, जिसके अश्व हैं—'सत्य, अहिंसा, शील, करुणा, दया, दान, अस्तेय जो मानव जाति के कल्याण के लिए विश्व परिक्रमा करने को तैयार है। ये ऐसा रथ है जो कभी साम्राज्यवादी नहीं रहा है, इसलिए इस अश्वमेध रथ से किसी को भी कोई खतरा नहीं होगा।"

**मत्स्य न्याय का सिद्धांत**

समीर ने आगे कहा, " 'बड़ी मछली छोटी मछली को खा जाती है' इस सिद्धांत को मानने वाला पश्चिमी जगत कहता है कि जो सक्षम, बलशाली और समर्थ है केवल उसे ही जीने का अधिकार है। जबकि हिन्दू अर्थ चिंतन की बात करें तो हम ये मानते हैं कि समाज को अपनी ही गति से चलने वाले अर्थशास्त्र के हवाले नहीं किया जा सकता है। अर्थचक्र को समाजशास्त्र के अनुरूप नियोजित करना आवश्यक है। दीनदयाल उपाध्याय कहते थे:

'अपनी ही गति के बराबर गतिमान अर्थव्यवस्था असंभव है। उसे गति देने और बाद में कम से कम रुकावट के साथ सुचारू रूप से चलने के लिए व्यक्ति और समाज के जीवन में प्रेरणा का स्रोत', अर्थ के अतिरिक्त कहीं अन्यत्र खोजना होगा। राष्ट्र की राजनैतिक महत्त्वाकांक्षायें, व्यक्ति को सामाजिक प्रतिष्ठा की अभिलाषा, कुटुंब का प्रेम आदि अनेक प्रेरणाएं वांछित अर्थ रचना को बनाने व टिकाने में सहायक होती है। हिन्दू अर्थ चिंतन में न्यूनतम उपभोग को आदर्श बनाया गया है। अधिकाधिक उत्पादन, समान वितरण और संयमित उपभोग की प्रवृत्ति पैदा करना ही आर्थिक क्षेत्र में सांस्कृतिक कार्य है। इसलिए हमारे यहाँ 'बड़ी मछली छोटी मछली को खा जाती है' की अवधारणा नहीं है। यहाँ समाज के अंतिम व्यक्ति तक के हित की चिंता की बात है। हमारा अर्थ चिंतन ऐसे सुदृढ़ अर्थ-तंत्र पर खड़ा है जहाँ सबकी भलाई का ध्यान रखा जाता है।"

"कैसे?"—उसी शिक्षक ने जिज्ञासा व्यक्त की।

"एक घटना बता रहा हूँ। मैं महाशिवरात्रि के दिन सुबह मंदिर गया तो वहाँ देखा कि एक छोटे से पार्क के पास चारों ओर से लगभग तीस के करीब दुकानदार जमीन पर बैठे हुए थे और आपको सुनकर हैरानी होगी कि उनके पास बेचने के लिए क्या था। वो लोग बेल के पत्ते, धतूरा, आम के पत्ते, केले के डंठल, कमल और दूसरे सामान्य फूल, दूब आदि बेच रहे थे, जिसकी उत्पादन या खरीद लागत शून्य रही होगी लेकिन वे उन्हें उस दिन अपनी इच्छित कीमत पर बेच रहे थे। सोचिए, हिन्दू धर्म में सबका आर्थिक उन्नयन हो, इसकी पूरी व्यवस्था रचना की गई है, हमारे पूर्वजों ने व्रतों, मेलों, त्योहारों और परंपराओं के माध्यम से समाज के उस वर्ग के उन्नयन का भी सोचा जिसके पास बहुत छोटा व्यापार शुरू करने लायक पूँजी भी नहीं होती।

"अब आपको एक रोचक उदाहरण और देता हूँ। ईस्वी सन 2020 में पूरी दुनिया कोरोना नामक महामारी से ग्रस्त हो गई, जिसमें आवागमन के सभी साधन रूक गए और मालों की आवाजाही पूरी तरह से रूक गई। ग्लोबलाइजेशन की बात करके स्वयं को विश्व मानव समझ लेने वाले अर्थशास्त्रियों को समझ ही नहीं आया कि अब इस संकट का निस्तारण वे कैसे करें। जहाँ जो माल उत्पादित हो रहा था, उसकी वहाँ खपत नहीं था और जहाँ जिस चीज़ की खपत हो रही थी, वहाँ उत्पादित माल को लाया जाना संभव नहीं था। यह चिंतन भी शुरू हो गया है कि क्या हम ग्लोबलाइजेशन की जगह अपनी अर्थव्यवस्था को संकुचित करने की दिशा में सोचना शुरू करें, ताकि कोविड जैसे किसी वैश्विक संकट के समय आयात-निर्यात आधारित हमारी अर्थव्यवस्था अप्रभावित रहे।"

"तो क्या हिन्दू अर्थ चिंतन में ग्लोबलाइजेशन की व्यवस्था के फेल होने की स्थिति में कोई वैकल्पिक चिंतन है?"

"बिलकुल है और काफ़ी सफल रही है। अगर आप लोग भारत के गाँव और पंचायतों की संरचना को देखेंगे, तो आपको समझ आएगा कि हमारा अर्थ तंत्र और नियोजन कितना प्रभावी था। किसी बड़े गाँव या पंचायत में कर्म आधारित वर्ण व्यवस्था के आधार पर समाज की रचना थी। गाँव में लोहार, दर्जी, सोनार, बुनकर, मोची, कुम्हार, बढ़ई, नाई, माली, पान की खेती करने वाले, वैध, मूर्तिकार, राजमिस्त्री, खिलौना बनाने वाले, मछुआरे बांस से बने सामान बनाने वाले, रक्षा कार्य करने वाले, पूजा-पाठ और अध्ययन-अध्यापन कराने वाले सभी लोग गाँव

में बसाए जाते थे। यानि गाँव में या पंचायत में जिस भी चीज का उत्पादन होता था, उसका खपत वहीं हो जाता था और इसी तरह वहाँ जिस चीज की आवश्यकता होती थी, वो वहीं उत्पादित भी होता था। यह रचना इतनी सुसंगत थी, कि किसी भी वैश्विक महामारी या आपदा के समय भी ये अप्रभावित रहती थी यानि शेष दुनिया से लंबे समय कटे रहने के बावजूद भी ये प्रभावित हो, ऐसी कोई संभावना नहीं थी।

"पर इसके साथ एक सच यह भी है कि अब इसे बिलकुल यथारूप में अपनाना संभव नहीं है। इसलिए अर्थशास्त्रियों को इस व्यवस्था के युगानुकूल साम्य व्यवस्था की रचना करनी पड़ेगी कि अगर कभी ग्लोबलाइजेशन के इतर ग्लोबल संकुचन की नौबत आई तो क्या होगा? हिन्दू चिंतन समग्रता का चिंतन है, शाश्वत चिंतन है, इस बात को दुनिया को स्वीकार करते हुए इस ओर सोचते हुए युगानुकूल व्यवस्था अपनाने की दिशा में बढ़नी चाहिए।

"'विकेंद्रित अर्थव्यवस्था' को जब हम स्वीकारते हैं, तो यह मत्स्य न्याय सिद्धांत' की अवधारणा को समाप्त करते हुए ऐसे तंत्र की बात करती है, बाजार-केन्द्रित नहीं बल्कि व्यक्ति-केन्द्रित और समाज केंद्रित है; जहाँ उत्पादन के साधनों और तंत्रों पर सरकार का न्यूनतम नियंत्रण है, जहाँ सब बढ़े, कोई भूखा न रहे, हर हाथ को काम मिले, हर खेत को पानी पहुँचे इसकी चिंता है।

"समाज में अर्थ का प्रवाह बना हुआ रहे, इसके लिए समाज की अपनी व्यवस्थाएँ हैं, जो मेला के माध्यम से, गाँव और पंचायत स्तर पर लगने वाले हाट-बाज़ारों के माध्यम से, पौराहित्य कर्म के माध्यम से, मंदिरों और तीर्थों के माध्यम से तथा छोटे-बड़े त्योहारों के माध्यम से चलती है और ये व्यवस्थाएँ सरकार के सहयोग के बिना ही संचालित होती है। हमारे यहाँ कभी भी ऐसे कानून नहीं बनाए गए, जो किसी व्यक्ति की स्वतंत्रता को छीन ले, उसके मूलभूत अधिकारों का दमन करे, उसके अपने अर्थ तंत्र को नियंत्रित करे।"

"क्या हमारे यहाँ कभी ऐसा रहा है?"—दर्शक वर्ग से एक सवाल आया।

"बिल्कुल रहा है। अपने अतीत को देखें तो शासन केंद्रीकृत भी रहा, लेकिन अर्थनीति हमेशा विकेन्द्रित रही। इसी को सहज भाषा में 'हर हाथ को काम' कहते थे। जो भी पहले गाँव में रहता था उसे गाँव कम से कम रोटी, रोजगार और चैन की नींद दे देती थी। पशुपालक के लिये, किसान के लिए, चर्मकार के लिए, कुम्भकार के लिए, बढ़ई के लिए, माली के लिए उसका गाँव और पंचायत ही उसका विश्व था और उसमें वह अपने पशुधन और कृषि-धन के साथ बड़े प्रेम से रह लेता था, न पलायन थी, न बेरोजगारी और न शहरों में बेतहाशा भीड़।

"इसलिए अब हमें यह सोचना ही होगा कि हमें धीमी किंतु निरंतर विकासोन्मुख अर्थव्यवस्था हमको चाहिए अथवा वह अर्थव्यवस्था जो बुलेट की रफ़्तार से तो चल सकती है, परंतु एक छोटा-सा कोरोना जैसा वायरस भी उसे पटरी से उखाड़ सकता है? हमें यह भी सोचना होगा कि विकास के मॉडल में क्या पशुधन की भी कोई भूमिका हो सकती है? 'वोकल फॉर लोकल' संभवतः इसी चिंतन के नतीजे में आया था। हमको सोचना होगा कि विकास का वो पथ सुसंगत है, जहाँ सबके उन्नति की गुँजाइश है, अथवा विकास का वो पथ सही है, जहाँ अर्थ का वितरण बेहद असमान है? हम कहते हैं—सर्वे भवन्तु सुखिन: ... यानि व्यवस्था ऐसी होनी चाहिए जहाँ सब सुखी हों, सब निरोग हों। 'त्यागपूर्वक उपभोग' और 'जियो और जीने दो' का सिद्धांत हमारा मूल अर्थ चिंतन है।"

"'प्रकृति के दोहन' से क्या तात्पर्य है आपका?"—ये सवाल निवेदिता मैडम का था।

"पश्चिम की दृष्टि है—'प्रकृति का दोहन' यानि अपने हित और लाभ में प्रकृति का जितना भी अधिक दोहन किया जा सकता है करो। पशुओं को ईश्वर ने हमारे उपभोग के लिए बनाया है; इसलिए उनका जितना भी शोषण करो, उनसे जितना भी काम लो सब उचित है। इसका एक उदाहरण देता हूँ। जब मैं छोटा था, तब *विज्ञान प्रगति* नाम की पत्रिका में एक खबर आई थी। पश्चिम के देशों में लोग गोमांस खाते हैं और इस कारण वहाँ कई देशों में गाय का मांस उनकी आमदनी का आधार है। अब अधिक लाभ कमाने की इच्छा में उनसे किसी ने कहा कि गायों को अगर क़त्ल की गई गायों की हड्डियों का चूरा और छोटे-छोटे मांस का मिश्रण मिलाकर खिलाया जाए तो उनका मांस बढ़ेगा और गाय को काटना ज्यादा फायदेमंद सिद्ध होगा। इस विकृत विचार को लागू किया गया और गायों के आहार में हड्डियों का चूरा तथा मांस मिलाया जाने लगा। इससे गायों से मांस तो अधिक मिला लगा, परंतु शाकाहारी पशुओं को माँसाहारी भोजन कराने के कारण गायों में एक बीमारी लग गई, जिसे 'मैड-काऊ डिजीज' कहा गया। ऐसी बीमार गायों का मांस खाने वाले मनुष्यों में पागलपन के रोग भर गए। इंग्लैण्ड गोमांस निर्यात में सबसे आगे था, तो उसके यहाँ यह प्रयोग सबसे अधिक हुए थे। जब यह बीमारी फैली तो उनके यहाँ से गोमांस का निर्यात प्रभावित हुआ। विभिन्न देशों ने कहा कि हम आपके यहाँ से गोमांस आयात नहीं करेंगे, तो इंग्लैण्ड ने उन देशों को यह आश्वासन दिया कि हम हर संक्रमित गायों को मार डालेंगे और इसके बाद लगभग बारह लाख गायों को निर्दयता पूर्वक क़त्ल कर दिया गया।

“असीमित लाभ कमाने की प्रवृत्ति ने अवध्य गायों का कत्लेआम करवा दिया। सौंदर्य प्रसाधन जंतुओं के शरीर के अंगों से बनाए जाते हैं। केवल सौंदर्य प्रसाधनों के साधनों के निर्माण की सनक के कारण दुनिया से 200 से अधिक प्रजातियाँ विलुप्त हो चुकी हैं और लगभग इतनी ही प्रजातियाँ विलुप्त होने की कगार पर हैं। प्रकृति में मनुष्य को छोड़कर सबकुछ जड़ है, इस विकृत चिंतन ने जैव विविधता को ख़त्म कर दिया है। कुछ दिन पहले मैंने एक ख़बर पढ़ी थी जिसने मुझे झकझोर कर रख दिया था। चीन में मधुमक्खियों की संख्या में भारी गिरावट आ गई है, जिसके चलते वहाँ परागण का काम कृत्रिम तरीके से कराना पड़ रहा है, जबकि यह काम मधुमक्खियाँ हज़ारों-लाखों साल से करती आ रही थीं।

“एक और घटना बताता हूँ। महाराष्ट्र के वाइल्डलाइफ़ सेंचुरी से भाग कर जॉनी नाम का एक बाघ वहाँ से 300 किलोमीटर दूर कर्नाटक पहुँच गया। वन विभाग के अधिकारियों के अनुसार वो अपनी पार्टनर की तलाश में निकला था। लोगों ने इस 'मीम मेटेरियल' समझा, जबकि मेरे अनुसार यह बड़ी हृदय-विदारक ख़बर थी, क्योंकि हम मनुष्यों ने उनके घरों का अतिक्रमण किया, फिर उनकी नस्ल को लगभग खत्म कर दिया जिसके चलते कभी जंगलों पर राज करने वाली यह प्रजाति आज संरक्षित प्राणियों की श्रेणी में है। नर और मादा का साहचर्य नैसर्गिक जरूरत है और अपनी इसी जरूरत के तहत वो मासूम अपने लिए साथी की तलाश में इतनी दूर निकल गया।

“पिछले दो-तीन सौ वर्षों में जो विश्व में आर्थिक चिंतन धाराएँ चली हैं, विकास के मॉडल इम्प्लीमेंट किया गया हैं, उसके दुष्परिणाम जब सामने आने लगे तो अब इसको लेकर पढ़े-लिखे और खुद को विकसित कहने वाले देशों में बहसें शुरू हो गई है और इस आर्थिक चिंतन धारा को अपनाने वाले देशों के अर्थशास्त्री ही कह रहे हैं कि ये आर्थिक चिंतन और विकास का हमारा मॉडल सही नहीं है, सर्वहितकारी नहीं है; क्योंकि इसमें केवल मनुष्यों का और उसमें से भी केवल कुछ मनुष्यों का ही हित सन्निहित है बाकी किसी का नहीं और इस कारण इको-सिस्टम पर संकट है। इसलिए वो अब इसके विकल्प बल्कि इसका समाधान क्या हो, इसकी चिंता कर रहे हैं।”

“तो इसका विकल्प बल्कि समाधान क्या है आपकी दृष्टि में?”

“विकल्प है—प्रकृति और पर्यावरण को लेकर हिन्दू जीवन दृष्टि, जो 'प्रकृति के दोहन' में नहीं बल्कि 'मिल्किंग ऑफ़ नेचर' में विश्वास करती है। हमें अपनी

जीवनशैली प्रकृति के साथ सुसंगत व्यवहार के आधार पर रखनी चाहिए ये हिन्दू चिंतन है।

"पश्चिम को हिन्दू चिंतन को आत्मसात करना होगा, जो कहता है कि प्रकृति में प्रत्येक का प्रयोजन है। हमें यह समझना होगा कि यदि ईश्वर ने किसी को रचा है, तो अवश्य ही विश्व के कुशल संचालन में उसकी भूमिका है। यहाँ तक कि मक्खियों की भी अपनी उपयोगिता है, क्योंकि वे हमारे द्वारा फैलाई गई गंदगी को खाकर पर्यावरण को शुद्ध रखती हैं। जब मनुष्य अधिक गंदगी फैलाना शुरू करता है और मक्खियाँ उसे साफ नहीं कर पाती, तो हैजा फैलता है और अपनी अनभिज्ञता में हम कहते हैं कि मक्खियों के कारण हैजा फ़ैल गया है। हमें घुट्टी में ये बात सिखाई गई है कि हमें अनावश्यक किसी भी जीव की हत्या नहीं करनी है।

"सांप किसानों के मित्र हैं, यह बात लोग समझें इसलिए कहा गया कि सर्प शिवजी के आभूषण हैं, तुलसी, वट और पीपल वायु को शुद्ध करते हैं तो कहा गया कि यह पूजनीय वृक्ष हैं और भगवान विष्णु का इनसे संबंध है। आंवला के औषधीय गुण अनगिनत है, इसलिए आंवलों से संबंधित व्रतों की संकल्पना की गई। हमारे ग्रंथों में पर्यावरण का विषय भी प्रमुखता से आया है। अथर्ववेद के भूमि सूक्त में पर्यावरण चिंतन का विषय आया है। पृथ्वी सूक्त के सभी बिन्दुओं को मैं यहाँ विस्तार से नहीं बता सकता पर उसका जो सार है, वो मैं आप सबको जरूर बताना चाहूँगा। इस सूक्त की सबसे बड़ी बात है कि यहाँ भूमि की वंदना माँ कहकर की गई है और कहा गया है कि दुनिया में हमारा सह अस्तित्व केवल मनुष्यों के साथ ही नहीं बल्कि प्रत्येक प्राणी, वनस्पति सभी के साथ हो और आज केवल सह अस्तित्व की भावना का विकास हमारी कई समस्याओं का समाधान कर सकती है।"

"आप में से कोई मुझे बता सकती है कि वर्तमान में ऐसा कौन सा कॉमन संकट है, जिसके ऊपर दुनिया के सभी देश एकमत है कि इस संकट का निस्तारण होना चाहिए?"—समीर ने ऑडियंश से पूछा

"मेरे हिसाब से नष्ट होता पर्यावरण, वैश्विक स्तर पर जैव विविधता का संरक्षण, भूमि, जल, वायु और ध्वनि प्रदूषण और प्राकृतिक संसाधनों का संरक्षण एक चुनौती के रूप में दुनिया के सामने है, जिसे लेकर सभी देश सहमत है कि इसका निस्तारण होना चाहिए,"—श्रुति नाम की टीचर ने कहा।

"तो आपको क्या लगता है, दुनिया इसका कोई समाधान खोज पाई है या खोज सकती है?"

"समीर ने खुद ही अपने सवाल का उत्तर देते हुए कहा—'शायद नहीं?' आप पूछोगी, 'क्यूँ नहीं?' इसका उत्तर है कि उनकी 'खंडित यांत्रिक विश्वदृष्टि' प्रकृति के प्रति संवेदनहीन है। उनके एक विद्वान थे—फ्रांसिस बेकन, जो मानते थे कि प्रकृति जड़ है और इसलिए इसका अधिकतम उपयोग मनुष्यों के सुख के लिए किया जा सकता है। इस दृष्टि के आधार पर पश्चिम ने विकास का जो पथ चुना, वह अधिकाधिक उत्पादन और उपभोग पर केंद्रित था, जिसने मनुष्य में कई तरह की लालसाओं को जन्म दिया और इसका परिणाम साम्राज्यवाद, गलत उत्पादन तकनीक और गलत उत्पादन तंत्र के रूप में हुई.रासायनिक खादों के प्रयोग से मृदा प्रदूषित हुई, वन संसाधनों का ह्रास हुआ, भू-जल का दोहन हुआ, भूक्षरण की समस्या पैदा हुई। दोषपूर्ण जीवन शैली भी इसी की परिणति थी।

"हिन्दू पर्यावरण चिंतन मे यह माना जाता है कि संपूर्ण ब्रहमांड एक जीवंत चेतन इकाई है और इसका विचार इसे टुकड़ों में बांटकर नहीं किया जा सकता है। इसलिए यदि हिन्दू दर्शन संपूर्ण सृष्टि में एक ही परमसत्ता का दर्शन करता है, तो वह कभी भी प्रकृति के किसी भी घटक को नष्ट करने का समर्थन नहीं कर सकती, उसे नष्ट करने का विचार नहीं कर सकती. हमने प्रकृति को माँ या देव रूप में देखा है, प्रकृति के प्रति दृष्टि सह अस्तित्व की है, सामंजस्य की है, सौहार्द की है, हम प्रकृति को जीतना नहीं चाहते। हमारे यहाँ चिंतन है माता से कैसी होड़? हमारे वेदों में सूर्य की, वरुण की, अग्नि की, इंद्र की इनकी ही स्तुतियाँ हैं। अर्थर्ववेद के पृथ्वी सूक्त के 63 मन्त्रों में धरती की वंदना की गई है। हमारे ग्रंथों में नदियों को पवित्र रखने का आदेश है। वहाँ वृक्षारोपण का आदेश है, वनस्पतियों को न तोड़ने का आदेश है। विकास होना चाहिए लेकिन प्रकृति को, जैव विविधता को नष्ट करने की कीमत पर नहीं, यह हमारी जीवन दृष्टि है। हमारे यहाँ जैन मत में 'संयमो खलु जीवनं कहकर ये कहा गया है कि हमारी जीवनशैली संयम युक्त हो। प्रकृति का संरक्षण हिन्दू मूल्यों के आधार पर हो, ऐसा कहने का साहस हमें दिखाना पड़ेगा। हमें ऐसी व्यवस्था के बारे में दुनिया का मार्गदर्शन करना पड़ेगा, जो 'मिल्किंग ऑफ़ नेचर' पर आधृत हो।"

## वैयक्तिक अधिकार

समीर ने आगे कहा, " हम यह मानते हैं कि हम कोई व्यक्ति (इंडिविजुअल) नहीं हैं कि हम बस अपने लिए जीते रहें और बात ख़त्म हो गई। हमारा हित-अहित, भला-बुरा यह सब हमारे परिवार, हमारे समाज, हमारे राष्ट्र और फिर समूचे विश्व

के हित से जुड़ा है, प्रकृति के हित से जुड़ा है। इसलिए हमें बार-बार कहा गया है कि हमें अपने अधिकारों की कम और कर्तव्यों की बात अधिक करनी है। गीता में कहा गया है—'स्वे स्वे कर्मण्यभिरतः संसिद्धिं लभते नर:' जिसका अर्थ है—'अपना-अपना कर्तव्य करो, और इसमें आपके अधिकारों की रक्षा स्वयं ही हो जाएगी'। हमारे इतिहास में अनेक ऐसे प्रसंग हैं जहाँ हमारे पूर्वज ने अपने व्यक्तिगत हित को तिलांजलि देकर समाज और विश्व के हित को वरीयता दी। जब हम व्यक्तिगत अधिकारों की बात करते हैं, तो कहीं न कहीं हम सबका मंगल होना चाहिए, इस भाव की तिलांजलि दे देते हैं और जब हम व्यक्तिगत कर्तव्यों की बात करते हैं तो फिर हमारी दृष्टि सबके मंगल की ओर हो जाती है। इस बारे में हमारे यहाँ महर्षि दधीचि की कथा है, जो हम सबने सुनी है, पर मैं फिर से संक्षेप में इसे सुना देता हूँ।

"देवराज इंद्र और अन्य देवताओं की प्रार्थना स्वीकार करके महर्षि दधीचि ने अपना देहत्याग किया था, जिसके बाद उनकी अस्थियाँ लेकर विश्वकर्मा जी ने वज्र का निर्माण किया। उसी वज्र से इंद्र भगवान ने अत्याचारी वृतासुर का वध किया। जब ये बातें जब दधीचि के पुत्र को जब पता चली, तो उन्हें क्रोध आया कि 'ये देवता कैसे हैं जिन्हें मेरे तपस्वी पिता से भी अस्थि मांगने में लज्जा नहीं आई'। पिप्लाद ने सभी देवताओं को नष्ट करने का संकल्प लिया और तप करना शुरू कर दिया। गौतमी नदी के किनारे तप करते हुए उन्हें कई वर्ष बीत गए, तब भगवान शिव प्रसन्न होकर उन्हें दर्शन देने आए और वर मांगने को कहा। पिप्पलाद ने कहा—'भगवान! आप अपने तीसरे नेत्र को खोलें और उन स्वार्थी देवताओं को जलाकर भस्म कर दें, जिनके कारण मेरे पूज्य पिता को देहत्याग करना पड़ा।भगवान शिव ने उनसे कहा: 'देखो पुत्र! मैं तुम्हारे सामने अपने कल्याणकारी रूप में प्रकट हुआ हूँ। इसलिए मुझसे तीसरे नेत्र को खोलने को न कहो, अन्यथा संपूर्ण जगत भस्म हो जाएगा'। पिप्पलाद ने कहा—'मुझे न तो इस जगत और न ही इन देवताओं पर कोई मोह है। आप देवताओं को भस्म करिए, भले उसके साथ पूरा विश्व ही क्यों न भस्म हो जाए। शिव हँसे और बोले, 'पहले तुम ठीक से मेरे मंगलमय रूप का दर्शन करो'।

"जैसे ही पिप्पलाद का चित्त शिव के आशुतोष रूप में खोया, उनके प्रतिशोध की ज्वाला शांत हो गई। इसके बाद भगवान आशुतोष ने उपदेश देते हुए उनसे कहा, 'विनाश किसी एक स्थल से ही आरंभ होकर व्यापक बनता है और सदा ही वहीं से आरंभ होता है, जहाँ उसका आह्वान किया जाता है। सारे देवता तो तुम्हारे हाथ में हैं, तुम्हारे अंदर हैं। यदि तुम उन्हें नष्ट करने का संकल्प करोगे, तो तुम भी

नष्ट हो जाओगे, दूसरे का अमंगल चाहने पर पहले अपना ही अमंगल होता है'। पिप्पलाद को समझ में आ गया कि उनके पिता ने अपने कर्तव्यों का निर्वहन कर कैसा ऊँचा आदर्श सामने रखा है। हमारे यहाँ दधीचि कर्तव्य-पालन के लिये प्रेरित करने के सर्वोत्तम उदाहरण रहे हैं। पूरा रामायण आदर्शों और व्यक्तिगत कर्तव्यों के निर्वहन की ही गाथा है, जिसने हिन्दू जीवन मूल्यों को गढ़ा है। रामायण के जो पात्र हैं वो अपने नहीं जीते, बल्कि उनको परिवार, समाज और राष्ट्र के लिए जीता दिखाया गया है।

"इसके विपरीत पश्चिमी जगत इंडिविजुअलिज्म यानि घनघोर व्यक्तिवाद के सिद्धांत पर चलता है, मेरा हितवर्धन हो बाकी दुनिया कहीं जाए मुझे क्या करना यह वहाँ की सोच है और इसलिए परिवार को बचाए रखना और सामाजिक सुरक्षा वहाँ आज एक बड़ा विषय हो गया है। हमारे यहाँ हिन्दू चिंतन में ऐसा नहीं है।

"इस मानसिकता को कॉर्पोरेट वर्ल्ड में देखा जा सकता है, जहाँ हर चीज़ का आकलन केवल प्रॉफिटिबिलिटी है। मानव संसाधन का विकास जैसे विषय हैं, लेकिन केवल कंपनी के हितवर्धन के लिए। कार्यों के बढ़ते घंटे, छुट्टी न मिलने के तनाव आदि के बीच मनुष्य यंत्रवत होकर रह गया है। संयुक्त परिवार को तो छोड़ ही दीजिये, वे अपने एकल परिवार के साथ भी न्याय नहीं कर पा रहे। बड़े कॉरपोरेट्स में बच्चे सप्ताह-दर-सप्ताह अपने वर्किंग पैरेंट्स का मुंह तक नहीं देख पाते। क्योंकि सुबह जब बच्चे नींद में होते हैं, तभी उनके वर्किंग पैरेंट्स घर छोड़ देते हैं, और जब लेट नाईट आते हैं, तो बच्चे तब तक सो चुके होते हैं। आया या केयर टेकर के हवाले, या सीसी टीवी के भरोसे पल रहे बच्चे क्या एक स्वस्थ्य समाज के निर्माण में सहायक होंगे? क्या हमारा चिंतन इस बात पर नहीं होना चाहिए कि बच्चे की स्वस्थ्य परवरिश के लिए उसे अपने माता और पिता दोनों का समय चाहिए? उसके प्रतिभा का विकास, उसके अन्दर सामाजिकता के संचार इन बातों के लिए माता और पिता की कम्पनी आवश्यक है। वर्किंग आवर, वर्क प्रेशर और उपरोक्त बातों की परिणति तलाक आदि के रूप में होती है, बच्चों में ऑटिज्म की समस्या आजकल आम हो गई है।"

"आपने कुटुंब व्यवस्था और सामाजिक सुरक्षा की बात भी की है... इसे थोड़ा समझायेंगे?"

"जी हाँ! भोगवाद स्वार्थ लाता है और यह व्यक्ति को आत्म-केंद्रित बना देता है। जब पश्चिमी जगत भोगवाद की ओर दौड़ा, तो उसने हर स्तर पर स्वार्थ को ओढ़ लिया

और इससे सबसे पहले उनकी परिवार व्यवस्था टूट गई। वहाँ बच्चे और बुजुर्ग की देखभाल, उनकी देखभाल करना सरकार की जिम्मेदारी मानी जाती है, ऐसा चिंतन वहाँ का है और इसके नतीजे में अनाथालय, ओल्ड एज होम जैसे केन्द्रों को चलाने में सोशल सिक्यूरिटी स्कीम के अंदर सरकार को काफ़ी खर्च करना पड़ता है और साल दर साल यह खर्च बढ़ता ही चला जा रहा है। इन सब को देखते हुए पश्चिम के देशों में अब 'वैश्विक परिवार कांग्रेस' जैसे सम्मेलन आयोजित किये जा रहे हैं। वर्ल्ड कांग्रेस ऑफ़ फैमिलीज़ नाम से आयोजित किये जाने वाले ये सम्मेलन वर्ष 1997 में पहली बार पराग्वे में आयोजित हुआ था। सन् 2022 तक इसके पंद्रह कांफ्रेंस हो चुके हैं। 2004 में आयोजित उनका कांफ्रेस मैक्सिको सिटी में आयोजित हुआ था, जिसमें जो बातें वक्ताओं के द्वारा कही गई और जो चिंता उनके द्वारा जाहिर किया गया, उसका स्वर वही था जो कुटुंब व्यवस्था का हिन्दू चिंतन है।

"इस कांफ्रेंस में 3300 से अधिक प्रतिनिधि सम्मिलित हुए थे। उस सम्मेलन में ये बातें मानी गई कि स्त्री और पुरुष दोनों परमात्मा की श्रेष्ठ रचनाएँ हैं, और दोनों के परस्पर सामंजस्य, सहयोग और आदर के साथ ही पारिवारिक व्यवस्था को बढ़ाना चाहिए। पति और पत्नी के संबंधों का मधुर रहना ही आगे की पीढ़ी के संस्कारों के बीजारोपण के लिए आवश्यक है। अल्लान कार्लसन नाम के एक वक्ता ने वहाँ जो भाषण दिया था, उसमें से वक्ता का नाम अगर छिपा दिया जाए तो लगेगा कि कोई हिन्दू ही भाषण दे रहा है और हिन्दू कुटुंब प्रबोधन के विषय ही वहाँ पढ़े जा रहे हैं।"

समीर ने पार्थ को इशारा किया और पार्थ ने सबमें अल्लान कार्लसन के उस भाषण की प्रिंट कॉपी बाँट दी।

फिर समीर ने कहा—"मैं अल्लान कार्लसन के भाषण की प्रिंट कॉपी आप सभी के लिए लाया हूँ। मेरी आप सबसे रिक्वेस्ट है कि आप अल्लान कार्लसन के इस पूरे भाषण को पढ़ना, जो उन्होंने उस परिवार सम्मलेन में दे रहे थे और इसे पढ़कर बताना कि क्या उनके चिंतन के बिंदु वही नहीं थे जो हमारे घर-परिवार में, आचार-विचार और संस्कार में नित्य दृष्टिगोचर होते हैं?

सब पेपर देखने लगे, तब समीर ने आगे कहना शुरू किया—"यह हिन्दू चिंतन है कि स्त्री पुरुषों से कमतर नहीं है और उसे पुरुषों के मनोरंजन के लिए नहीं बनाया गया है। हमारे उपनिषद में स्पष्ट कहा गया है कि आत्मा के आधार पर स्त्री और पुरुष में कोई भेद नहीं है। धर्माचरण का कार्य पुरुषों के द्वारा अकेले हो ही नहीं सकता, जब तक कि स्त्री उसकी सहगामी न बने। नारी हर रूप में नारायणी है।

इसलिए देवी के अलग-अलग रूपों की आराधना में हमें उसका यह स्वरुप दिखता है जहाँ कभी शक्ति, कभी विद्या, कभी धनदात्री के रूप में सम्मानित है। इन बातों का जैसे-जैसे दुनिया में प्रसार हो रहा है और अलग-अलग माध्यमों से हिन्दू कुटुंब चिंतन वहाँ पहुँच रहा है, उन्हें भी यह समझ आने लगी है कि स्त्री और पुरुष दोनों का विवाह कोई सोशल कॉन्ट्रैक्ट नहीं है। विवाह का रिश्ता पवित्र है, और इस रिश्ते की जीवंतता तथा स्थायित्व ही समाज और राष्ट्र के निर्माण का आधार है।

"भारत में संयुक्त परिवार की अवधारणा रही है। यहाँ यह भाव रहा है कि मुझे अपने भोग-विलास और सुख-सुविधाओं में खोकर केवल अपने हितों की ही चिंता नहीं करनी है, बल्कि अपनी आने वाली संततियों, अपने माता-पिता और अन्य कुटुंब जनों का भी ध्यान रखना है। इसीलिए यहाँ बच्चे के जन्म के साथ ही उसके पिता या दादा उसके भविष्य के लिए संचयन आरंभ कर देते हैं। हमारे द्वारा कमाया गया धन मैं केवल अपने ऊपर ही खर्च करूँ, ऐसा विकृत चिंतन यहाँ नहीं आया है। ऐसा इसलिए है क्योंकि हमारे यहाँ आज भी संतोष परम सुखं की अवधारणा में लोगों का विश्वास है। तुलसीदास जी ने कहा था—'गोधन, गजधन, बाजिधन और रतन धन खान। जब आवत संतोष धन, सब धन धूरि समान'। अर्थात्, जब संतोष धन आता है, तो बाकी सब धन धूल समान हो जाता है। पातंजल दर्शन में तो 'संतोष' को योग का ही एक अंग और इसके नियम के अंतर्गत रहा गया है। कहा गया है कि इसकी उत्पत्ति सात्विक वृत्ति से होती है, जिसके पैदा होने से मनुष्य को अनंत और अखंड सुख मिलता है। 'तेते पांव पसारिए, जेती लांबी सौर' हमारे यहाँ की दैनिक कहावत है। इसी वृति के कारण हमारे देश में सामाजिक सुरक्षा सरकार की जिम्मेदारी उतनी नहीं है जितनी आज पश्चिमी जगत में है। हमारे यहाँ पारिवारिक संरचना इतनी मजबूत है कि यदि कोई महिला गर्भवती होती है, तो गर्भ धारण के कुछ दिनों के बाद ही उसके देखभाल के लिए उसकी माँ, बहन, ननद का और परिवार से कोई आ जाता है, जो उसके कुशल प्रसव के बाद तक उसकी देखभाल करता है। जबकि पश्चिमी जगत में जब कोई महिला गर्भवती होती है तो उसके देखभाल के लिए नर्स रखने होते हैं। ओल्ड एज होम और अनाथालय को हमारे यहाँ कभी भी अच्छा नहीं माना जाता। अपने घर के बुजुर्गों को अनाथालय में रहने को मजबूर करने वालों को समाज घृणा की दृष्टि से देखता है।

"कोरोना जब आया था तो एक रोचक अध्ययन सामने आया था कि संक्रमित लोगों में प्रति हज़ार पुरुष पर महिलाओं की संख्या भारत में दुनिया की तुलना में

लगभग एक तिहाई है। स्वयं को, अपने रसोई घर को, बाथरूम और अपने परिवेश की स्वच्छता और संस्कार बनाये रखने की उनकी प्रवृत्ति इसकी सबसे बड़ी वजह है। जिस भी घर में मातृसत्तात्मक हिन्दू व्यवस्था वहाँ के रहन-सहन पर हावी थी वो घर कोरोना के संक्रमण से बचा हुआ रहा।

“हिन्दू परिवारों में त्याग की भावना ऐसी हैं कि किसी की किडनी ख़राब होने पर परिवार से ही कोई अपनी किडनी दे देता है। कुटुंब में किसी का विवाह होने पर सब अपनी-अपनी ओर से आर्थिक सहयोग करते हैं और सामाजिक जीवन में भी ऐसा ही है यानि सामाजिक सुरक्षा जिस पर बाकी देशों में सरकार को खर्च करना पड़ता है, वह हमारे यहाँ अनायास ही हो जाता है।

“ऐसा ही सामाजिक जीवन में भी है। आज से कम से कम आज से 25 वर्ष पहले तक जब गांवों में बेटियों का विवाह होता था तो वहाँ कोई कुक या कैटरर नहीं होता था; क्योंकि विवाह में गांव के ही लोग रसोईया और परोसने वाले बन जाते थे और लाखों रुपए की बचत होती थी। उन विवाहों में बाहर से पत्तल नहीं मंगाने पड़ते थे क्योंकि केले के पत्ते पर खाना शुभ माना जाता था और उसकी सुलभता इतनी कि कोई भी उसे काटने देने से रोकता नहीं था। नतीजा पत्तल का पैसा बचता था। दूध -दही -चूड़ा -आटा ये सब वो रिश्तेदार ‘न्योता’ में लेकर आते थे जिन्हें आमंत्रण मिलता था। नतीजा विवाह करने वाले परिवार के ऊपर बोझ कम पड़ता था। विवाह पूर्व अपने सम गोत्र में उस परिवार के सबको आमंत्रित कर भोजन कराने की परंपरा थी जिनके यहाँ विवाह होता था, यानि तुम्हारी बेटी पूरे गांव और पूरे समाज की बेटी है इस भाव का बोध इसके द्वारा जीवित रखा जाता था। बारात के ठहरने के लिए स्कूल या गांव में बने मंदिर, पंचायत भवन या सार्वजनिक स्थल का प्रयोग होता था यानि मैरिज हॉल बुक करने के लाखों रुपए बचते थे।

“विवाह जिस मड़वा में होता था, उसे घर और परिवार के युवा ही रंग बिरंगे कागज़ों को काटकर सजा लेते थे और सजावट पर किए खर्च का एक बड़ा हिस्सा बच जाता था। भोज में प्रयुक्त होने वाले बर्तन में से लगभग सब गांव वालों के पास ही होता था और इसलिए भोज के लिए बनने वाले बर्तन भी गांव से ही इकट्ठा कर लिए जाते थे। नतीजा इसके पैसे भी बचते थे। बारात आने पर लड़के के लिए बैठने वाला सोफा भी गांव में ही उस घर मांग कर लाया जाता था जो थोड़ा संपन्न होता था। पूरी बारात एक बड़ी बस में जाती थी यानि अर्थ का संचयन वहाँ भी था। नाई के रोजगार सुनिश्चित रहे इसलिए विवाह का कार्ड देने उसे ही भेजा जाता था और

उसको दोनों तरफ से पैसे मिलते थे। जिस घर में विवाह होता था उस घर में विवाह पूर्व तीन चार दिन पहले से ही नाई, कुम्हार, माली, बड़ई, पुरोहित, ढोल बजाने वाले जाति वालों का आना जाना शुरू रहता था और उनके भोजन-पानी की व्यवस्था भी उस घर में बनी रहती थी। यानि सबकी सहभागिता ओर रोजगार की चिंता। विवाह और विवाह पूर्व के संस्कार विधियों में लड़की में गांव के हर देवालय पर और कुआं के पास ले जाकर पूजा कराई जाती थी जिसमें गांव की अन्य स्त्रियां भी सहभागी रहती थीं। सोचकर देखिए सामाजिकता, साहचर्य, सामूहिकता और अर्थ-संचयन की कितनी सुंदर व्यवस्था हिन्दू समाज में थी जिसे शनैः-शनैः उपभोक्तावाद ने खत्म कर दिया और जिसके नुकसान आज हर तरह से दिख रहे हैं। समाज पर आक्रमण से लेकर लोगों के एकाकीपन तक।

"यह ठीक है कि इसकी एक वजह समाज में अर्थ का अभाव या असमान वितरण भी हो सकता है, और इसलिए आज जबकि आर्थिक रूप से लोग सशक्त हैं या तेजी से शहरीकरण हुआ है तो शायद इस दौर में लौटना संभव नहीं। फिर भी हमें साथ बैठकर इन्हीं चिंतनों को आधार बनाकर कुछ ऐसे युगानुकूल तंत्र डेवलप करने होंगे ताकि लोगों में सामाजिकता, साहचर्य और सामूहिकता जैसे गुणों की वृद्धि हो। ये नहीं होगा तो फिर समाज में नशा, अपराध, यौन-विकृति ये सब बढ़ेंगे।

"आपने एक मीम देखा होगा, जिसमें गली के चौराहे पर कुछ बुजुर्ग लोग बैठे होते हैं और लिखा होता है-पुराने ज़माने के सीसीटीवी कैमरे... लेकिन इस मीम के इतर देखें तो पहले परिवार और समाज में ऐसे लोग थे जो अभिभावक भाव से भरे रहते थे। बच्चे और बच्चियाँ किसी की भी हों, उनकी चिन्ता करना उनके स्वभाव का हिस्सा था। आज यह समाप्त हुआ तो समाज में बच्चे चोरी होने लगे हैं, बच्चे नशे के शिकार होने लगे हैं।

"हिन्दू विश्व को अपनी कौटुम्बिक और सामाजिक व्यवस्था दे सकता है, अपने आसपास के समाज के साथ निरंतर संपर्क और आत्मीयता का भाव दे सकता है। यह समझ दे सकता है कि समाज ही हममें जीवन-मूल्यों का विकास करता है, और यदि उसके साथ साहचर्य न रहा, संबंध न रहा तो कभी भी समाज में मिलकर साथ चलने की प्रवृत्ति विकसित हो ही नहीं पाएगी। हिन्दू कुटुंब चिंतन पश्चिम को यह सिखा सकता है कि समाज और परिवार को किसी कानून के द्वारा नहीं बनाया जा सकता और न ही सामाजिक सुरक्षा सरकार का काम है।"

"समीर सर! पहले तो थैंक यू, आज बिलकुल हमारी आँखें खोलने वाली आपकी स्पीच के लिए। 'वसुधैव कुटुम्बकम' की काफ़ी बात होती है, अभी 2023 में अपने

देश में जी-20 सम्मलेन हुआ, वहाँ भी हमारी थीम यही थी। हमलोग आज आपसे इसे समझना चाहेंगे, क्योंकि आपने भी अमृत कुम्भ की बूंदों में इसका नाम लिया है?" अभिभावकों में से एक ने पूछा

"वसुधैव कुटुम्बकम् की धारणा का अर्थ है अपनत्व और कुटुंब का अपना दायरा बढ़ाना। अपनत्व के दायरे में अपने समाज, फिर समाज से प्रांत, प्रांत से राष्ट्र और फिर राष्ट्र से पूरी दुनिया को लाना। पर हर कोई इस आदर्श स्थिति तक नहीं पहुँच पाता, कोई अपने घर-परिवार के दायरे से ही बाहर नहीं सोच पाता, किसी की संवेदना उसके अपने समाज तक रहती है, कोई-कोई इसे प्रांत तक ले जाता है और कुछ लोग ही होतें हैं, जो अपने इस दायरे को विस्तार देते हुए उसे राष्ट्र तक ले जातें हैं पर हिन्दू धर्म के अनुसार आदर्श स्थिति यहीं तक नहीं है। अगर मैं हिन्दू हूँ और मैंने अपनी एकात्मता के दायरे को राष्ट्र तक विस्तृत कर लिया है तो भी ये मेरे लिये आदर्श और अंतिम स्थिति नहीं है क्योंकि हमारे यहाँ कहा गया है 'स्वदेशो भुवनत्रय' यानि सारे त्रिभुवन को अपना मान लो और विश्व नागरिक बन जाओ, इसी आदर्श स्थिति को सूक्ति में पिरोते हुए कहा गया था 'वसुधैव कुटुम्बकम्'।

"विश्व को एक परिवार मानने और जगत के साथ एकाकार होने के विचार हम हिन्दू अपने जीवन में जीते हैं। सत्यनारायण भगवान की पूजा समेत प्रत्येक धार्मिक कार्य पूर्ण होने के बाद, जयकारे के रूप में हमारा पुरोहित 'विश्व का कल्याण हो', 'प्राणियों में सद्भावना हो' जैसे सदवाक्य ही हमसे दुहरवाता है। हमारा शांतिपाठ का मन्त्र भी ऐसा ही है, जो कहता है—'सर्वे भवन्तु सुखिनः, सर्वे सन्तु निरामया/ सर्वे भद्राणि पश्यन्तु, मा कश्चिद् दुख भागभवेत ! / ॐ शांतिः शांतिः शांतिः !! अर्थात्, 'सभी सुखी हों, सभी रोगमुक्त रहें, सभी मङ्गलमय घटनाओं के साक्षी बनें और किसी को भी दुःख का भागी न बनना पड़े'। यहाँ 'सभी' में सम्पूर्ण सृष्टि समाहित हैं, यहाँ कोई बहिष्कार-बोधक कल्पना नहीं है। हमारे यहाँ ग्रंथों में एक भी पंक्ति ऐसी नहीं है, जहाँ केवल हिंदुओं का ही भला हो बाकियों का नहीं, ऐसी कोई कामना है।"

"यह विचार निस्संदेह बहुत लगता है, पर यहाँ एक प्रश्न खड़ा होता है कि आज जब विश्व में संघर्ष चरम पर है और कई उन्मादी और विस्तारवादी शक्तियाँ मानवतावाद को निगलने पर आमादा है तो ऐसे में क्या 'वसुधैव कुटुम्बकम्' का आदर्श भाव और सबके कल्याण और मंगल की कामना का दर्शन आत्मघातक और मूर्खतापूर्ण नहीं होगा?"—एक टीचर ने शंका जताया।

"नहीं, ऐसा नहीं होगा। ऐसा इसलिए नहीं होगा क्योंकि हम हिन्दू एक साथ अलग-अलग स्तरों को जीते हैं। हमारा संस्कार हमसे कहता है कि जागृति के

विकास क्रम में पहले तुम अपने परिवार के साथ एकाकार हो, फिर समाज, उसके बाद प्रांत, और फिर राष्ट्र के साथ एकाकार हो जाओ। उन्हें अपना कुटुंब मानो, और जब यह स्थिति को प्राप्त कर लो तो सारे जगत को इस दायरे में ले आओ पर यह स्थिति क्रमबद्ध होनी चाहिए। हिन्दू जीवन-दर्शन इसी सिद्धांत और इसी विकास-क्रम पर आगे बढ़ा है। क्रमबद्ध विकास के इस चरण में हमने पहले अपना घर ठीक किया, फिर समाज और फिर राष्ट्र। अपने राष्ट्र और देशवासियों के उत्थान तथा उनके साथ एकात्म होने के पश्चात भी हम रुके नहीं अपितु 'कृण्वन्तो विश्वार्यम' और 'सारा विश्व मेरा परिवार है' की भावना के साथ समस्त विश्व और मानव जाति को शिक्षित और संस्कारित करने निकल पड़े। मगर 'कृण्वन्तो विश्वार्यम' और सारा विश्व एक परिवार के आदेश के साथ ऋषियों का एक आदेश और भी था। ऋग्वेद में हमारे ऋषियों ने हमसे कहा था: इंद्रम् वर्धन्तो अप्तुर: कृण्वन्तो विश्वमार्यम्। अपघ्नन्तो अराव्ण: ॥ यानि, 'क्रियाशील बनो, प्रभु-महिमा का प्रचार करो, ऐश्वर्य को बढ़ाओ, विश्व को आर्य बनाओ, राक्षसों का संहार करो।'

"हम अपने समाज या राष्ट्र के साथ एकात्म हैं, पर इस एकात्मता का अर्थ कहीं से भी नहीं है कि हम समाज के अराजक, हिंसक और दुष्ट तत्वों को भी अपने कुटुंब का अंग मानकर उनकी शठता की ओर से आँखें मूँद लें। 'अपघ्नन्तो अराव्ण:' का आदेश इसी कारण इसी कारण था कि यदि सबको अपना कुटुंब मान रहे हो तो आसुरी और पाशविक शक्तियों से सभी सुरक्षा भी सुनिश्चित करो क्योंकि आसुरी शक्तियों से अपने 'विश्व परिवार' की रक्षा करना कुटम्ब भाव में ही आता है। इसलिये इस विचार में कहीं कोई शंका नहीं है कि 'सारा विश्व एक परिवार है, जहाँ सबको जीने का अधिकार है' और सबके मंगल की कामना का विचार हमें हमारे पूर्वजों द्वारा दिया गया सबसे सुंदर विरासत है क्योंकि इसी सुंदर विचार में 'अपघ्नन्तो अराव्ण' का आदेश भी अन्तर्निहित है।"

## मानव जाति का कॉमन फेस्टिवल

"इस अमृत कुम्भ में और क्या है सर?"—छात्रों में से रजत ने पूछा।

"मैंने ऊपर 'अमृत कुम्भ' की एक बूँद 'वसुधैव कुटुम्बकम' की बात थी। जब इस भाव विश्व में जागृत करना है, तो हमें इसके जागृत के कुछ साधन भी खोजने होंगे, जिसमें एक तो है: 'कॉमन फेस्टिवल', यानि एक ऐसे त्योहार को आम करना जिसे सारी मानवजाति स्वीकार करे और साथ मिलकर मनाए और ऐसा कॉमन फेस्टिवल केवल हिन्दू धर्म ही दे सकता है।"

"तो आपकी दृष्टि में वो कॉमन फेस्टिवल कौन सा होगा?"—रजत ने पूछा

"देखो! दुनिया में अलग-अलग मज़हब, मत और पंथों के जो त्योहार हैं, उन सबमें एक बात तो पक्की है कि वो या तो उस मज़हब या पंथ के प्रवर्तकों के जीवन के किसी विशेष अवसर से या उस मज़हब या पंथ के इतिहास की किसी घटना से संबद्ध हैं और इसलिए जब ऐसे किसी त्योहार को सारी मानवजाति का त्योहार बनाने की बात आएगी तो निश्चित रूप से उन सब लोगों को इससे आपत्ति होगी जो उस मज़हब या पंथ विशेष के नहीं हैं; क्योंकि वो उस मज़हब या पंथ विशेष के त्योहार से स्वयं को किसी भी रूप में जोड़ नहीं पायेंगे इसलिए अगर किसी त्योहार को वैश्विक त्योहार के रूप में मान्यता देने की बात आएगी तो इसकी पहली शर्त ये रहेगी कि वो त्योहार किसी भी मज़हब या मत विशेष को प्रमोट करने वाला नहीं हो। उस त्योहार से ये संदेश जाये कि सारी मानवजाति एक है, सबका आपस में एक रिश्ता है और इस आधार पर किसी भी रूप में उनमें आपस में नफरत और घृणा न हो। उस त्योहार से यह संदेश न जाए कि वो केवल एक मज़हब अथवा क्षेत्र-विशेष की झाँकी ही प्रस्तुत करता हैं। वो त्योहार संपूर्ण जगत के कल्याण का प्रतीक हो।"

"तो हमें नहीं लगता है कि फिर कोई ऐसा भी त्योहार किसी धर्म या मज़हब में है जो इन कसौटियों पर खड़ा उतरता हो?"—रजत ने कहा।

"क्यों नहीं है? बल्कि हमारे पास ऐसे दर्जनों त्योहार हैं जिसमें कम से कम दो से तो दुनिया अवगत भी है।"

"ऐसे कौन से दो त्योहार हैं जिन्हें आप समस्त मानव जाति का 'कॉमन त्योहार' मानते हैं?"

"एक तो है होली और दूसरी रक्षाबंधन", समीर ने उसके कौतूहल का समाधान कर दिया।

"लेकिन मैं होली को दो मिनट के लिए छोड़ देता हूँ क्योंकि इसे लोग केवल 'आनंदोत्सव' के रूप में देखते हैं।"

"लेकिन रक्षाबंधन क्यूँ?"—समीर की बातों को काटते हुए किसी ने पूछा।

"क्योंकि इससे अद्भुत त्योहार मानवजाति के पास कोई हो ही नहीं सकती। 11 सितंबर 1893 में अमेरिका में एक धर्म संसद का आयोजन हुआ था। भारत की ओर से स्वामी विवेकानंद उस धर्म सम्मेलन में सहभागी हुए थे। वहाँ जब स्वामी जी के बोलने की बारी आई और वो बोलने को खड़े हुए तो संभवतः उस पूरे आयोजन के वो अकेले वक्ता थे जिनके बोले गए दो शब्द के बदले श्रोताओं के द्वारा उनको

'स्टैंडिंग ओवेशन' मिला था और पूरे 2 मिनट तक तालियाँ बजती रही थी। स्वामी विवेकानंद के जीवन का ये प्रसंग आप सबको यकीनन ज्ञात होगा?"

लगभग सबने हाँ में सर हिलाया तो समीर ने आगे पूछा—"आपमें से किसी को पता है, वो छोटा सा वाक्यांश क्या था?"

कुछ सही जवाब मिले तो भी उसे इग्नोर करते हुए कुछ सेकेंड्स के विराम के बाद समीर ने कहा—"उनके संबोधन के शब्द थे: 'सिस्टर्स एंड ब्रदर्र ऑफ अमेरिका' और आप सब जानते हैं, स्वामी विवेकानंद के इन शब्दों ने वहाँ बैठी भीड़ को चमत्कृत कर दिया। उनके इन दो शब्दों में जो अपनत्व और जो आत्मीयतत्व भरा थी, उसे स्वामी विवेकानंद से पूर्व किसी और वक्ता के शब्दों में श्रोताओं ने महसूस नहीं किया था। उनके संबोधन के पूर्व वहाँ किसी को इस बात की कल्पना ही नहीं थी कि एक व्यक्ति जो मेरे देश का नहीं है, मेरे समाज का नहीं है, मेरे नस्ल का नहीं है, मेरे परिवार या गली-मोहल्ले का नहीं है वो हममें अपने भाई और बहन का रिश्ता देख सकता है। उनके लिए यह संकल्पना हैरान करने वाली थी कि भौगोलिक सीमाओं से परे या रक्त और वंश संबंधों से परे हम आपस में भाई-बहन हो सकते हैं। तो स्वामी विवेकानंद ने दुनिया को पहली बार जिस सत्य का बोध कराया था, मानव-मानव के बीच के जिस स्वाभाविक रिश्ते की पहचान कराई थी, उस रिश्ते की जिसमें कामना, लालच या वासना नहीं थी बस परस्पर प्यार और आदर था, उस रिश्ते को मनाने का त्योहार है—'रक्षाबंधन'। इसलिए मेरे विचार से समस्त मानव जाति का कॉमन त्योहार इसे ही होना चाहिए।"

"वाह ... आप थोड़ा और बताइए कि अगर रक्षाबंधन का त्योहार विश्व के सभी लोगों का त्योहार बने ये तो ये विश्व-बंधुत्व के भाव को कैसे और भी अधिक बढ़ा सकता है?"—निवेदिता मैडम ने पूछा

"हमारे यहाँ मान्यता है कि 'एकोऽहं बहुस्याम्' की ब्रह्म आकांक्षा जिस दिन पूरी हुई थी, उस दिन श्रावणी तिथि थी और इसी तिथि को रक्षाबंधन मनाया जाता है। 'एक से बहुत होना' विश्व में आपसी सहयोग, सम्पर्क और एक-दूसरे की सहायता के भाव का जागरण भी होगा। आज बाजारवाद के कारण नारी की गरिमा घटी है और इसलिए रक्षाबंधन का त्योहार नारी के प्रति एक सम्मानजनक दृष्टि विकसित करने का त्योहार भी है। नारी को बहन, पुत्री और माता के रूप में देखने का भी है इसलिए रक्षाबंधन को अगर सारी मानवजाति अपनी कॉमन फेस्टिवल मान ले तो विश्व में न केवल बंधुत्व भाव बढ़ेगा बल्कि नारी के प्रति सम्मानजनक दृष्टिकोण भी आयेगा।"

## सर्वश्रेष्ठ होने का दंभ नहीं

"इस हिन्दू अमृत कुम्भ में और क्या सब है?"—किरण नाम की एक शिक्षिका ने पूछा

"हममें ऐसे लोग भी हैं जो स्वयं को सर्वश्रेष्ठ मानकर दूसरों को नियंत्रित करना चाहते हैं। उदाहरण के लिए कई बार हम वनवासियों को विकास पथ सिखाने-समझाने निकल जाते हैं। कि आप या हम किसी वनवासी को विकास पथ सिखाने वाले कौन हैं? उसे पेड़ों में ही रहना है, उसकी पौधों से दोस्ती है ,वह वहाँ रोजी रोजगार तलाश रहा है, उसको आपका विकास पथ नहीं चाहिए, वो अपनी मस्ती, अपने आनंद में जी रहा है, उसका सुख किसमें है ये तय करने वाले आप कौन हैं? सभ्यता की परिभाषा पैंट और कोट और टाई पहन लेना या कार में चलना है, ये सिखाने वाले आप कौन हैं? आपमें क्यों सर्वोपारिता का ये दंभ है? ये नहीं होना चाहिए और इसलिए **सर्वश्रेष्ठ होने का दंभ नहीं** होना हिन्दू अमृत कुम्भ की एक बूंद है; क्योंकि हिन्दू धर्म ऐसा धर्म है जिसमें यह मान्यता नहीं है कि केवल उसके रास्ते पर चलने वाले लोग ही श्रेष्ठ या सही हैं या केवल उनका ही कल्याण होना चाहिए, जो हिन्दू हैं। हमारे चिंतन में ईश्वर अनेक है पर मानव एक ही हैं; क्योंकि हम सबके अंदर उस एक परमात्मा के अंश को आत्मा के रूप में देखते है और इसलिए हममें भेद-मूलक दृष्टि नहीं आती और न हममें सर्वोपरिता का दंभ आता है। हिन्दू चिंतको ने भौतिकवादी सीमाओं को लांघकर आगे का विचार किया और सबके अंदर एक ही सत्य है इसकी अनुभूति की। सबसे अंदर एक ही आत्मतत्व है इस विश्वास और अनुभूति के आधार ने ही हमें विश्वैक्य और विश्व बंधुत्व की ओर प्रेरित किया। भगवान वेदव्यास ने कहा था-'गुह्यं ब्रहम तदिदं ब्रवीमि/ न हि मानुषात्छ्रेष्ठतरं हि किंचित' अर्थात्, मैं तुम्हें यह गोपनीय सत्य बता रहा हूँ कि मनुष्य से श्रेष्ठ अन्य कोई कुछ भी नहीं है। भगवान व्यास कह रहे थे कि कोई इस पंथ का है, कोई उस मत का है, कोई इस विचार को मानता है, कोई उस विचार को मानता है इस आधार पर किसी के प्रति किसी मनुष्य में कोई घृणा नहीं होनी चाहिए, बल्कि मुख्य बात है स्वयं को मनुष्य बनाना। आज जबकि सारी दुनिया में कोई भाषा के आधार पर, कोई भूषा के आधार पर, कोई रंग या नस्ल के आधार पर, कोई क्षेत्र के आधार पर, कोई अर्थ के आधार पर स्वयं को ही सबसे श्रेष्ठ मान रहा है, ऐसे में 'सर्वश्रेष्ठ का दंभ नहीं' का हिन्दू विचार सबसे उपयोगी साबित होगा।

## प्रशांति (serenity)

"हिन्दू दुनिया को अपने अमृत कुम्भ से जो दे सकता है, उसमें एक और है 'प्रशांति'। जिसे देने का सामर्थ्य हमारे सिवा किसी के पास नहीं है।

"इसे मैं ऐसे समझाता हूँ: 2023 में दक्षिण भारत से एक कन्नड़ फिल्म आई थी—*कांतारा*। ऋषभ शेट्टी द्वारा निर्देशित यह फिल्म कई भाषाओं में रूपांतरित हुई और तकरीबन हर भाषा में ये फिल्म उतनी ही बड़ी हिट साबित हुई। फिल्म को लेकर लोगों की अलग-अलग राय थी, पर मेरे हिसाब से इस फिल्म का सबसे बड़ा मैसेज था—*प्रशांति*, जो आज आपाधापी और भागदौड़ भरी ज़िंदगी में हर मनुष्य को चाहिए।

"दुनिया ने दो हजार वर्षों से खुशी, आनंद और शांति लाने के लिए कई सारे प्रयोग किए हैं। इतना ही नहीं, उसने एक-एक कर भौतिकवाद, साम्यवाद और पूंजीवाद के जरिये भी इसे पाने की कोशिश की है। सब भौतिक सुख प्राप्त कर लिया है, लेकिन फिर भी संतुष्टि नहीं है। पश्चिमी जगत ने भोग देख दिया, प्रभुत्व देख लिया, धन देख लिया, सत्ता देख ली, लेकिन उनके अंदर अभी भी कुछ अधूरा है, और इस अधूरेपन के कारण उनके अंदर अशांति, बेचैनी और व्याकुलता है। लेकिन उनको अपनी अशांति, बेचैनी, व्याकुलता का कारण ही समझ नहीं आता उनके सामने अब ये बड़ा प्रश्न है कि वो अपने इन दु:खों से छुटकारा कैसे पाये? वास्तविक अर्थों में प्रशांति उन्हें कैसे मिले? अमेरिका दुनिया के सबसे बड़े विकसित देशों में एक है, लेकिन दुनिया में कुल उत्पादित डिप्रेशन की दवाओं की 44 प्रतिशत खपत अकेले वहाँ होती है। तो वहाँ यह चिंतन चल रहा है कि अगर शारीरिक और मानसिक स्वास्थ्य ही खोना है तो फिर इस विकास का फिर क्या अर्थ है? जब हमारा मानसिक स्वास्थ्य ही बिगड़ गया तो क्या करेंगे हम इस विकास का?

"अब उनमें से जिन लोगों ने इस पर चिंतन किया, उन्होंने पाया कि हमने आज तक केवल मज़हबी व्यवस्थाओं और रूढ़ियों का ही अनुपालन किया है। कभी यह समझा ही नहीं कि रूढ़ियों और मज़हबी व्यवस्थाओं का अनुपालन उन्हें प्रशांति नहीं दे सकता, बल्कि यह तो उन्हें और भी अधिक संकीर्ण, कुंठित करता है। अब उन्हें यह भी समझ आया कि साम्राज्यवाद की प्रवृत्ति और आर्थिक प्रगति भी उन्हें सब कुछ तो दे सकती है, पर प्रशांति नहीं दे सकती।

"ये समझ आने के बाद उनके सामने ये प्रश्न खड़ा हुआ कि अब करना क्या चाहिए? तो इसकी खोज करते हुए उन्होंने अपना रुख भारत और भारत की योग,

अध्यात्म, ध्यान आदि परंपराओं का प्रचार करने वाले आध्यात्मिक गुरुओं जैसे स्वामी रामदेव, श्री श्री रविशंकर, परमहंस योगानंद, जग्गी वासुदेव, ओशो रजनीश आदि की ओर किया। इन सबकी संगति से उसे समझ आया कि विकार रहित, वासना रहित, साम्प्रदायिकता रहित, संकीर्णता रहित, विस्तारवाद रहित मन में ही उसकी सारी समस्याओं का निवारण है। इसलिए लोग हर वर्ष हजारों की संख्या में ऋषिकेश, हरिद्वार, काशी, शांति निलयम आदि में दिखाई देते हैं। उन्हें यहाँ के योग, विपश्यना, ध्यान विधि, आर्ट ऑफ़ लिविंग में जीवन जीने की राह मिलती है। उन्हें ये समझ में आ गया है कि आदमी केवल रोटी से जीवित नहीं रहता बल्कि उसके लिए नैतिक और आध्यात्मिक खुराक भी उतनी ही आवश्यक है। जहाँ हमारे योग साधकों ने उन्हें समझाया कि अपने अंतर्मन से अशांति के बीजों को निर्मूल करना होगा, मन को निर्मल करना होगा, राग-द्वेष, उद्वेग को नष्ट करना होगा, तभी उनकी समस्याओं का हल होगा, वहीं इस्कॉन जैसे संगठन उनके अंदर भक्ति धारा का संचार कर उनको प्रशांति प्रदान कर रहा है। ऑस्ट्रेलिया के महानतम क्रिकेट कप्तान रहे स्टीव वॉ कुछ साल पहले अपने एक मित्र स्टीफन की अंतिम इच्छा पूरी करने भारत की सांस्कृतिक राजधानी काशी आये थे। उनके मित्र की इच्छा थी कि पंच तत्वों से रचित उनका अधम शरीर दफनाया न जाए बल्कि उसका अग्नि संस्कार किया जाए और फिर अस्थि भस्म को गंगा जी की अमृत धाराओं में प्रवाहित कर दी जाए। अभी 2025 के प्रयाग महाकुम्भ में एप्पल के फाउंडर स्टीव जॉब्स की पत्नी लॉरेंस साध्वी बनकर रहने आईं और उन्होंने वहाँ कल्पवास भी किया। उन्होंने स्वामी कैलाशानंद से अनुरोध कर गोत्र लिया और अपना नाम रखा—कमला।

"लॉरेंस या स्टीफ़न जैसे ही न जाने कितने ही लोग हैं, जो हिन्दू धर्म, गीता, भारत भूमि को प्रशांति पाने की अंतिम और एकमात्र स्थली मानते हैं। यानि 'प्रशांति' हिन्दू अमृत कुम्भ की वह बूंद है, जो इस दुनिया को हिंदुओं के द्वारा दिया गया सबसे बड़ा उपहार है। जिसे उसने योग, अध्यात्म, ध्यान, आनादोत्सव, गीता आदि के जरिये दुनिया को सिखाया है।

## ललित कला, उत्सवधर्मिता, गीत-संगीत और नृत्य

समीर ने आगे कहा, "हिन्दू धर्म की अमृत कुम्भ के बिन्दुओं में ललित कला, मूर्तिकला, चित्रकला, उत्सवधर्मिता, गीत-संगीत और नृत्य भी है। इसे जरा ध्यान से समझियेगा।"

"जी ..." सब लोग बड़ी तन्मयता से समीर की बातें सुनने लगे।

"मैं आप सबसे एक सामान्य सवाल पूछता हूँ कि मनुष्य काव्यों का सृजन कब करता है? कब वह मूर्ति या चित्र बनाने बैठ जाता है? कब वो कुछ गाना-गुनगुनाना चाहता है? कब उसे उत्सव मनाने का मन करता है? कब वह कुछ खेल-कूद में सहभागी होना चाहता है? कब उसकी इच्छा होती है कि वह दैनंदिन गतिविधियों से हटकर कुछ ऐसा करे जो उसकी मन को प्रसन्नता दे? कब ध्यान और मनन कर सकता है? कब उसे लगता है कि वह अपने रोजी-रोजगार से अलग कुछ और तरीके उसे खोजने चाहिए, जो उसको प्रसन्न रखे।"

"जाहिर है तब जब वो आर्थिक रूप से संपन्न हो, सामाजिक रूप से सुव्यवस्थित हो और अपने शरीर, मन और बुद्धि तीनों से स्वस्थ्य हो", निवेदिता मैडम ने उत्तर दिया।

"एक्ज़ैक्टली ,इसलिए अब आप जब हमारे प्राचीन समाज को देखोगी तो पाएँगी कि वह हर तरह से पुरुषार्थी वो समाज आर्थिक रूप से संपन्न, सामाजिक रूप से सुव्यवस्थित और अपनी उत्कृष्ट जीवन शैली के चलते शरीर, मन और बुद्धि तीनों से स्वस्थ्य था। यही बातें काफ़ी थी कि उसकी प्रवृत्ति सृजनात्मक हो जाए। इसलिए ललित कला, उत्सवधर्मिता, खेल-कूद, गीत-संगीत और नृत्य को हिंदुओं ने बहुत वरीयता दी। हमारी सभ्यता चरमोत्कर्ष पर थी इसलिए हमारे यहाँ तमाम ललित कलाओं को प्रोत्साहन मिला। बसंत, वैशाखी और होली जैसे आनंदोत्सव अस्तित्व में आये। शिल्पियों ने मूर्तियों में जीवन डाल दी। संगीत के विशारदों ने संगीत के सात स्वरों की रचना की। खेल-कूद की अलग-अलग विधाओं का अविष्कार हुआ। कहा जाता है कि ब्रह्मा जी ने जब धरती पर इंसानों को तरह-तरह के दुःखों से परेशान देखा तो वेद और उसके चार उपवेदों-ऋग्वेद से पाठ्य, यजुर्वेद से अभिनय, सामवेद से गीत और अथर्ववेद से रस का संचयन कर पंचम वेद के रूप में नाट्य वेद की रचना की। लोग अपने कष्टों को भूल सके व उससे मुक्ति पा सके, इसके लिए ब्रह्मा ने इस अनुपम कला की रचना की। यानि लोगों के मन को शांति और ख़ुशी देने वाली नाट्य-विधा अस्तित्व में आई।

"दुनिया की बाकी सभ्यताओं ने नृत्य, गाने, आनंदोत्सव को अक्सर अच्छा नहीं माना है। उन्हें विषय-वासना में धकेलने का कारक माना गया है, जबकि हमारे यहाँ इन सबको पवित्र और सात्विक भावों का संचार करने वाले माध्यमों में रखा गया है। इसे इस रूप में दिव्यता प्रदान की गई है कि ईश्वर और गीत-संगीत को अभिन्न

और अविच्छिन दिखाया गया है। आप देखेंगे कि देवर्षि नारद के हाथों में हमेशा एकतारा रहता है। विष्णु के हाथ में शंख है, शिव के हाथ में डमरू, कृष्ण के हाथ में बंसी और सरस्वती के हाथ में वीणा।

"पौराणिक मान्यताओं के अनुसार, त्रिदेव भगवान -ब्रह्मा, विष्णु और महेश ने ढोल का निर्माण किया था। *प्रदोषस्त्रोत्रम* में आता है कि एक बार भगवान शिव को नृत्य करने की इच्छा होती है। गौरी को वो रत्नजरित सिंहासन पर बिठाकर जब नृत्य करना आरंभ करते हैं तो कहा जाता है कि तब वाग्देवी अपने हाथ में वीणा और इंद्र देव वेणु ले लेते हैं, ब्रह्मा जी हाथों से तालों को जगाते हैं, भगवती रमा गीत गाती हैं और भगवान विष्णु मृदंग वादन करने लगते हैं। चार वेदों में से सामदेव को संगीत का सबसे पहला ग्रंथ माना जाता है। इसी पवित्र वेद को आधार मान भरत मुनि ने *नाट्य शास्त्र* की रचना की थी, बाद में *संगीत रत्नाकर, अभिनव राग मंजरी* नामकी पुस्तकें लिखी गईं। ये सभी ग्रंथ सामदेव से ही प्रेरित हैं। उत्सव और त्योहारों की बात करें तो हम दुनिया में अकेले हैं, जिनके यहाँ कोई भी मातमी उत्सव या त्योहार नहीं है। बल्कि यहाँ तो मानव मन को खुशी देने वाले होली जैसे त्योहार हैं, जो सामाजिक जुटान और सहभागिता को बढ़ाते है, लोगों को आनंदित रखते है। यहाँ लगभग हर महीने कोई न कोई बड़ा त्यौहार आता है, जो यह बताता है कि हमारे यहाँ शरीर, मन और बुद्धि को ठीक रखने को कितना महत्त्व दिया गया था। एक दिन मैं भारत के अलग-अलग राज्यों के लोक-नृत्यों की सूची बना रहा था। इस विषय पर शोध से ध्यान आया कि कुचिपुड़ी के अलावा आन्ध्र प्रदेश में नृत्य की आठ और विधाएँ हैं, पंजाब में भांगड़ा के अलावे नृत्य की चार और विधाएँ हैं, यहाँ तक कि पूर्वोत्तर के राज्य नृत्य विधाओं के मामले में सबसे अधिक समृद्ध हैं और जब मैंने भारत के सभी मुख्य लोक-नृत्यों की सूची बनाई तो यह संख्या सौ को पार कर गई। ऐसे ही भारत के हर राज्य के पास मूर्तिकला की, चित्रकला की, गायन विधा की भी इतनी ही शैलियाँ हैं। यानि सारा का सारा भारत आनंद और उत्सव को जीता था इसलिए यहाँ हर तरह से स्वस्थ्य और प्रसन्न समाज की संकल्पना थी, जो सृजन की पहली शर्त है, इसलिए हम कह सकते हैं कि हिन्दू अपने अमृत घट से दुनिया को ये बोध दे सकता है कि ललित कला, उत्सवधर्मिता, गीत-संगीत और नृत्य स्वस्थ्य और सुंदर मन और मस्तिष्क की आवश्यकता है।

"कहते हैं कि कला सीमाओं को नहीं मानता तो दुनिया में आपसी तनाव शैथिल्य कम करने के लिए इसकी आवश्यकता है। दु:खों के स्मरण की जगह सुखों

के अवसरों को मनाना अगर मानव जाति को सीखना है, तो यह उसे *हिन्दू धर्म* से लेना चाहिए। इसलिए *हिन्दू अमृत कुम्भ* के एक महत्त्वपूर्ण बूंद के रूप में मैंने ललित कला, उत्सवधर्मिता, गीत-संगीत और नृत्य को रखा है।"

## मनुर्भव

"मेरा एक सवाल है", दर्शक के खेमे में बैठी पारुल ने अचानक पूछा।

"जी हाँ! पूछें",—समीर ने सहजता से कहा।

"मैंने पढ़ा है कि ऋग्वेद के 10वें मंडल में कहा गया: 'मनुर्भव' अर्थात् मनुष्य बन, अब यह मनुष्य को मनुष्य बनने के लिए कहना क्या अजीब बात नहीं है?"—पारुल ने कहा।

"इस विषय पर मैं आने ही वाला था, अच्छा हुआ कि आप इस विषय को लेकर आ गईं। वेद के 'मनुर्भव' के आदेश को भी मैं *हिन्दू अमृत कुम्भ* की एक बिंदु के रूप में रखता हूँ। आप लोगों को कुछ साल पहले की एक घटना याद है, जब इंदौर में नगर निगम के कुछ लोगों ने ने अंडा बेचने वाले चौदह साल के अनाथ बच्चे के ठेले को उलटकर उसके सारे अंडे तोड़ दिया था। उस चौदह साल के बालक का नाम पारस था, और इसी रोजगार से वह स्वयं का और अपने छोटे भाई को पालता था मगर नगर निगम के कर्मचारियों ने उसके लिए जरा भी करुणा नहीं दिखाई।

"अब बताओ नगर निगम के उन अधिकारियों को क्या मनुष्य कहा जा सकता है? क्या मनुष्य का शरीर धारण कर लेने मात्र से उसके अंदर मनुष्यता आ सकती है? जिस व्यक्ति के हृदय में दया और करुणा नहीं है, जिसका जीवन संयमपूर्ण नहीं है, जो धर्म अर्थात कर्तव्यों का पालन नहीं करता, क्या उसे मनुष्य कहा जा सकता है?"—समीर ने पूछा तो सबने 'न' में सिर हिलाया।

"ऐसा नहीं है कि यह अपने तरह की कोई दुर्लभ घटना थी। अक्सर ऐसे मामले सुनने में आते रहते हैं, जब इंसान पद-पैसे और शक्ति के घमंड में मानवीय संवेदना और सामान्य व्यवहार तक भूल जाता है।आपने ऊपर 'मनुर्भव' की बात की। यह शब्द पवित्र वेद के उस मंत्र का है, उस मंत्र में कई ऐसे साधन बताए गए हैं, जिसके द्वारा मनुष्य बनाया जा सकता है। इसमें कहा गया कि प्रकाश का अनुसरण करो। यानि काम, क्रोध, लोभ, ईर्ष्या, मोह, मत्सर ये सब अंधकार की ओर ले जाने वाले हैं। इनसे जितना दूर रहोगे, जीवन में उतना प्रकाश आएगा।अब सोचो, अगर दुनिया केवल 'मनुर्भव' के संदेश को ग्रहण कर ले, तो कितनी शांति आ जाएगी! क्या दुनिया इस मंत्र को लेकर पांथिक और मज़हबी संकीर्णता को छोड़कर

उदारवाद को नहीं अपनाएगी ? मैंने अपने जीवन में इसे उतारने की यथा-संभव कोशिश की और इसलिए मैं अपनी समझ से तीन बातें हमेशा ध्यान में रखता हूँ, जिसमें पहला है—बड़ा इंसान वो होता है जिससे मिलने के बाद कोई खुद को छोटा न महसूस करे। दूसरा है-हम पद, प्रतिष्ठा और रुतबे में तो बड़े बन जाते हैं पर किरदार में छोटे हो जाते हैं, तो ऐसा नहीं करना है और तीसरा है-श्रम का सम्मान करो और अपने अंदर संस्कारों को बनाये रखो। यही कारण है कि अपनी जिंदगी में कभी किसी रिक्शे-ठेले और सब्जी वाले के साथ भी तुम-ताम करके बात नहीं की। घर में काम करने वाले को कभी अपशब्द नहीं कहा। कभी किसी मजबूरीवश काम पर न आने पर उनकी पगार से कभी कुछ नहीं काटा। कहीं किसी दफ्तर के चपरासी, स्वीपर, गार्ड और टेम्परारी कार्य करने वाले किसी के साथ कभी बदतमीजी से बात की हो, मुझे याद नहीं आता। मेरी ज़िंदगी में कोई ऐसा इंसान नहीं मिल सकता, जो मुझसे उम्र में बड़ा और पद में छोटा हो, और जिसके साथ मैंने अभद्रता की हो। मैं हमेशा यह मानता हूँ कि चाहे वह रिक्शा वाला हो, चपरासी हो, नौकर हो या जो भी हो, वह अपना काम करता है और उसके एवज में मेहनताना लेता है। उन्हें पैसे देकर हम उनपर कोई एहसान नहीं करते। कोई गरीब है तो उसके साथ अन्याय करने या रौब झाड़ने का हक़ किसी को इसलिए नहीं मिल जाता है कि वो उसके यहाँ यहाँ काम करता है।

"वेदों ने 'मनुर्भवः' यानि मनुष्य बनो का जो उपदेश दिया था, वह यही है और बस इतना ही है कि इंसान सभ्य और संस्कारित रहे, मनुष्यता दिखाए पशुता नहीं। हिन्दू होना पशुता से मनुष्यता की ओर यात्रा है, हिन्दू होना नर से नरोत्तम और फिर नारायण होने की यात्रा है।

"हिन्दू चिंतन दुनिया को 'मनुर्भवः' का अमृत संदेश दे सकती है, जो इसके *अमृत कुम्भ* में है।

"इस अमृत कुम्भ में हिन्दू चिकित्सा शास्त्र भी है।

## हिन्दू चिकित्सा शास्त्र

"कोविड काल में समाचारों में कुछ हृदय विदारक ख़बरें आती थीं। आपमें से किसी को वह घटना याद है, जब एक निजी अस्पताल में किसी के परिजन की लाश पड़ी रही, और उन्होंने अंतिम संस्कार के लिए लाश को तब तक नहीं ले जाने दिया, जब तक उस मृतक के परिजनों ने पैसे नहीं भरे?"

“जी...बिलकुल! हम सबको वह घटना अच्छे से याद है।”

“हो सकता है कि आपके साथ या आपके परिजनों के साथ ऐसे घटनाएँ हुई होंगीं जब सामान्य-सी बीमारी पर भी अस्पतालों ने लाखों का बिल बना दिया?”

“जी... हुई है,”—कई आवाजें आई।

“तो अगर मैं यह कहूँ कि पूँजीवाद पर केंद्रित मेडिकल इंडस्ट्री एक माफिया का रूप धारण कर चुकी है, जिसको केवल मरीज एक धन की उगाही वाली सोने की चिड़िया की तरह दिखाई देती है तो क्या मैं गलत कहूँगा?”—समीर ने सबकी ओर सहमति के लिए देखा।

“खैर, बिषय ये नहीं है और हम निजी अस्पतालों और वहाँ की सुविधाओं को सकारात्मक मानते हुए उन्हें ब्लेम न करते हुए मुद्दे पर आते हैं। इस प्रसंग को छेड़ने के पीछे मेरा उद्देश्य हिन्दू अमृत कुम्भ की एक बूँद ‘हिन्दू चिकित्सा शास्त्र’ की चर्चा करना था। हिन्दू चिकित्सा शास्त्र की सबसे बड़ी विशेषता है कि यहाँ बीमारी का इलाज करने से अधिक महत्त्व इस बात पर है कि हम बीमार हो ही नहीं और इसलिए हमारे यहाँ स्वस्थ्य जीवन की जो नियमावलियां हैं, उसमें पंचकर्म, क्षार-सूत्र, योग, प्राकृतिक चिकित्सा, ध्यान, आहार-विहार, व्ययाम आदि पर अधिक जोर दिया गया है और ये सब विधाएँ ऐसी हैं, जहाँ खर्च लगभग शून्य है। दवाओं की जगह जो जड़ी -बूटियाँ सुझाई जाती हैं, उसमें अधिकाँश ऐसी है जो सर्व-सुलभ है। ज्ञात आंकड़ों के आधार पर भारत में 5000 से अधिक जड़ी बूटियाँ हैं और आयुर्वेदिक जड़ी-बूटियों के जितने प्रकार और उसे पहचानने वाले हमारे देश में हैं, दुनिया में कहीं भी नहीं हैं। आज जबकि सारा विश्व बीमारियों से और स्वास्थ्य संबंधी समस्याओं से जूझ रहा है, ऐसे में ‘हिन्दू चिकित्सा शास्त्र’ को अपना विश्व न केवल अर्थ की बचत कर सकता है बल्कि निरोगी जीवन भी जी सकता है।”

“लेकिन क्या ‘हिन्दू चिकित्सा शास्त्र’ कारगर है? क्या ये बाकी चिकित्सा पद्धतियों का सार्थक विकल्प है?”—पारुल ने आशंका जताई।

“विकल्प जैसी बात होती जब मैं चिकित्सा की अन्य विधियों को अस्वीकार कर देता। हम यह मानते हैं कि दुनिया में चिकित्सा की जो भी पद्धतियाँ हैं जैसे एलोपैथी, होमियोपैथी, यूनानी आदि सबके सब ईश्वर की कृपा से मानवों को मिले हैं, इसलिए हमारा किसी से भी विरोध नहीं है। हमारा कहना बस इतना ही है कि हिन्दू चिकित्सा पद्धति की सबसे बड़ी खासियत ये है कि यहाँ ऐसी व्यवस्था है कि हमारा शरीर रोगों तक पहुँचे ही न और अगर कहीं हम रोगी हो गए तो उसकी चिकित्सा सर्व-सुलभ और कम खर्च में हो।

"जहाँ तक 'हिन्दू चिकित्सा विधियों' की बात है, तो कई उदाहरण हैं, जब असाध्य रोगों पर इसके जरिये सफलता पाई गई। श्रीलंका के प्रख्यात खिलाड़ी सनत जयसूर्या के पैरों में तकलीफ थी। उन्होंने ऑस्ट्रेलिया जाकर अपना इलाज कराया, पर उनकी बीमारी ठीक नहीं हुई। फिर किसी मित्र की सलाह पर उन्होंने भारत के एक आयुर्वेदाचार्य से अपना इलाज कराया, और उनकी बीमारी पूरी तरह ठीक हो गई। एक घटना और बताता हूँ। आज के समय की सबसे प्रख्यात लेखिकाओं में से एक जे. के. रोलिंग हैं। वे कोरोना संक्रमित हो गईं और बाद में ईश्वर कृपा से ठीक भी हो गईं। पर क्या आपको पता है स्वस्थ होने के बाद उन्होंने क्या बयान दिया? उन्होंने कहा कि मैं आज ठीक हूँ, इसकी वजह 'प्राणायाम' है। कोविड के समय ही जब दुनिया में आपाधापी मची थी कि इम्युनिटी कैसे बढ़ाई जाए तब भारत में पारंपरिक पद्धति से बना काढ़ा सबसे बड़ा 'इम्युनिटी बूस्टर' बनकर सामने आया था और ये माना गया कि योग, ध्यान और प्राणायाम के जरिये हम सब अपनी रोग प्रतिरोधक क्षमता को बढ़ा सकते हैं।"

"योग, ध्यान आदि के बारे में तो हम सब जानते हैं, पर *हिन्दू चिकित्सा पद्धति* के बारे में हमने कभी इस नजरिये से नहीं सोचा था। आपकी बातें सुनने के बाद मैं आपसे सहमत हूँ कि *हिन्दू अमृत कुम्भ* की बूंदों में एक 'हिन्दू चिकित्सा शास्त्र' भी है,"—निवेदिता मैडम अब पूरी तरह संतुष्ट थी।

"हिन्दू अमृत कुम्भ के और भी कुछ बिंदु हैं?"—एक सवाल आया।

"इसके बिंदु तो इतने हैं कि मेरे लिए आपका दिया गया कुछ घंटे का स्लॉट कम पड़ जाएगा, केवल इस विषय पर बोलते हुए, पर चूँकि कुछ समय अभी मेरे पास है तो मैं हिन्दू अमृत कुम्भ के कुछ और महत्त्वपूर्ण बिन्दुओं की बहुत संक्षेप में चर्चा करते हुए इस विषय को समाप्त करूँगा।"

### विश्व में तनाव शैथिल्य की दिशा में हिन्दू की भूमिका

"अच्छा! आपमें से किसी ने "तनाव शैथिल्य" शब्द सुना है?"—समीर ने पूछा।

वहाँ उपस्थित लोगों में से किसी ने भी ये शब्द पहले नहीं सुना था, इसलिए सभी चुप ही रहे। तो समीर ने कहा, "ब्रेज़नेव के शब्दों में कहें तो तनाव शैथिल्य का अर्थ है—'थोड़ा-बहुत विश्वास तथा एक-दूसरे के उचित हितों पर विचार करने की क्षमता'। यानि विश्व में युद्ध आदि उन्माद से अलग शांति-स्थापन की दिशा में की गई कोशिश ही तनाव शैथिल्य है और मुझे लगता है कि हिन्दू अमृत कुम्भ की

बूंदों में ये है कि हिन्दू चिंतन विश्व में इस दिशा में तब अपनी भूमिका का निर्वहन कर सकता है; जबकि सारा विश्व एक-दूसरे से आर्थिक, व्यापारिक और सामरिक होड़ में है।

"कैसे सर?"—आकांक्षा ने पूछा।

"एक तो यह कि हमारा चिंतन पूरे विश्व को परिवार मानकर व्यवहार करने का है। हमें कहा गया है कि सबको मित्र दृष्टि से देखो और ऐसा प्रयास करो कि तुम्हें भी सब मित्र दृष्टि से देखें। साम्राज्यवाद और दूसरों को लूटकर खाने की मानसिकता हममें न पनपे, इसलिए *अथर्ववेद* में हमें संकल्प कराया गया कि तुम अपने पाप की कमाई को नष्ट करोगे और पुण्य की कमाई से अपने घर की शोभा बढाओगे। ऐसे सभी सद्विचारों और सुंदर चिंतन का नतीजा यह है कि भारत की बुद्धि ऐसी निर्मल है कि हम विश्व में संभवतः अकेले बड़े राष्ट्र हैं, जो किसी को भी अपना शत्रु राष्ट्र नहीं मानते। और जो हमसे शत्रुता करता भी है, उससे भी हम शांति, सद्भाव और प्रेम के आधार पर रखने को प्रयासरत रखते हैं। हाल-फिलहाल में आप सबने देखा होगा कि विश्व के देशों के बीच के जो भी विवादित मसलें हैं, उन मसलों पर वो लोग भारत की मध्यस्थता चाहते हैं क्योंकि उनको विश्वास है कि शांति, सह-अस्तित्व और सद्भाव के साथ जीने का जो चिंतन हमारे पास है, वो दुनिया में किसी और के पास नहीं है।"

"इसे कुछ उदाहरण से समझा सकेंगे?" आकांक्षा ने पूछा।

"हाँ, क्यों नहीं... भगवान बुद्ध कहते थे कि यथासंभव सभी आपस में शांति के साथ निपट जाएँ। उनके जीवन की एक घटना है। उनके समय में शाक्य और कोलियों के बीच बहुत भारी तनाव हो गया था, और दोनों ही पक्ष एक-दूसरे को सबक सिखाने के लिए युद्धोन्माद से भरे बैठे थे। ऐसे में भगवान बुद्ध वहाँ पहुँच गए तो उनको देखकर दोनों ही पक्षों के लोग उनके पास आ गए। बुद्ध को घटना का पता तो था ही, फिर भी उन्होंने अनजान बनकर उनसे पूछा कि तुम्हारे बीच किस बात का कलह है?

"उनमें से किसी एक ने उत्तर दिया—जल के विषय में।

"बुद्ध ने कहा—जल का मूल्य क्या है?

"भगवान बहुत अल्प है।"

"और यहाँ जो दोनों पक्षों के सेनापति खड़े हैं, उनका क्या मूल्य है?"—भगवान ने पूछा।

"भगवान्! यह सब तो अमूल्य हैं।"

बुद्ध ने हँसते हुए कहा—"सभी प्रश्नों के उत्तर तो तुम सबने स्वयं ही दे दिए हैं।

तो हे मूर्खों ! क्यों बेकार पानी के लिए इन महारथी सेनापतियों और सेनाओं के नाश पर तुले हुए हो? बुद्ध के समझाने पर दोनों पक्ष के लोग मान गए और आपकी कलह छोड़कर शांति का मार्ग चुन लिया।

"विश्व को यह भी पता है कि भारत और हिंदुओं का चिंतन ऐसा है कि अगर इसके स्वयं का हित-लाभ भी हो रहा हो, तो भी ये लोग कभी भी अनाचार या अन्याय के पक्ष में खड़े नहीं होंगे।"

"कैसे?"—दर्शकों में से किसी ने पूछा।

"आप सबने रामायण की कथा तो सुनी होगी?"

"जी..." सबने हामी भरी।

"वहाँ आता है कि जब भगवान राम ने बाली का वध किया, तो उनसे पूछता है कि हे राम! आपको सीता जी की खोज में अगर मदद लेनी ही थी तो आप मुझसे मिलता करते; क्योंकि इस काम में तो मैं आपके लिए सुग्रीव से अधिक उपयोगी सिद्ध होगा। आपने सुना होगा कि मैंने एक बार रावण को छः महीने तक अपने बगल में दबाया हुआ था। राम जी ने शांति से उसकी बात सुनी और फिर कहा—'हे वानरराज ! तुम अवश्य जानकी को खोजने में मेरे लिए सुग्रीव से अधिक सहायक सिद्ध होते पर मैं अपने काम के लिए भी कभी भी तुम जैसे अन्यायी और अनाचारी का साथ नहीं ले सकता; क्योंकि मेरा ऐसा करना अनाचारियों और अन्यायियों की मदद लेना होता तो मैं रघुवंशी होकर जब ऐसा करता हूँ तो शेष समाज भी आगे इसी भी इसी का अनुसरण करेगा'।

"इसलिए विश्व को लगता है कि *हिन्दू चिंतन* की बुनियादों पर खड़ा भारत दुनिया के समस्त विवादित मसलों पर निष्पक्ष होकर समाधान प्रस्तुत कर सकता है। अच्छा, एक रोचक बात और बताता हूँ, 1954 में बांडुंग में हुए सम्मेलन में एशिया और अफ्रीका के प्रमुख देशों द्वारा शांति बनाए रखने के उद्देश्य से कुछ नैतिक सिद्धांत निर्धारित किए गए थे। इनमें मुख्य रूप से कहा गया कि समझौते की टेबल पर बैठे सभी देश एक-दूसरे के राज्य की अखंडता और प्रभुता के प्रति परस्पर सम्मान रखेंगे, एक-दूसरे की आंतरिक मामलों में अहस्तक्षेप की नीति बनायेंगे, परस्पर समानता का भाव रखते हुए शांतिमय सहअस्तित्व सुनिश्चित करने का प्रयास करेंगे। अब आप जब रामायण काल में जाते हैं, तो वहाँ हू-ब-हू ऐसा ही घटित होता दिखाई देता है। राम जी ने बाली का वध किया तो किष्किन्धा की सत्ता पर स्वयं अधिकार नहीं कर लिया, बल्कि उसे सुग्रीव को सौंप दिया और अंगद को उसका युवराज घोषित कर दिया। जब उन्होंने लंका पर विजय प्राप्त कर ली, तब भी उन्होंने लंका पर अधिकार न कर,

उसे विभीषण को सौंप दिया, कृष्ण जी ने जरासंघ का वध कर उसका राज्य उनके पुत्र सहदेव को दे दिया यानि हमारे यहाँ एक दूसरे के राज्य की अखंडता और प्रभुता के प्रति परस्पर सम्मान रखने और एक-दूसरे की आंतरिक मामलों में अहस्तक्षेप की नीति रामायण काल में थी, जिसे दुनिया 1954 में आकर समझ पाई कि शांतिपूर्ण सह-अस्तित्व के लिए ऐसी बातें कितनी आवश्यक हैं।

"बाँदुंग में हुए उस सम्मेलन में या उसके बाद शांति-स्थापन के अन्य सम्मेलनों में जो एक बात नहीं थी, वो थी एक-दूसरे के नागरिकों के प्रति भी समानता और आदर भाव का प्रदर्शन, जो श्रीराम के राजनैतिक चिंतन में थी। अपने वनवासी जीवन में राम ने दो बड़े राज्य-किष्किन्धा और लंका को पराजित किया, पर एक भी ऐसी घटना नहीं हुई जब विजेताओं ने विजित राज्यों की स्त्रियों का मान-भंग किया हो, वहाँ के नागरिकों को कष्ट दिया हो या वहाँ कॉलैटरल डैमेज की कोशिश की हो। किष्किन्धा और लंका दोनों ही जगहों पर बाली और रावण के वध के बाद उनकी पत्नियों को और राज्य की दूसरी महिलाओं को युद्ध-भूमि में आकर विलाप करता हुआ दिखाया गया है; और शत्रु पक्ष की ओर से दुर्व्यवहार की एक भी घटना नहीं वहाँ होती। आज आप देखिये, क्या दृश्य है? जबकि मध्यकाल में भारत पर हुए हमलों के दरम्यान आप देखिए क्या हुआ? युद्ध के पश्चात् विजेताओं के द्वारा सबसे पहले नारियों को ही शिकार बनाया जाता था और अभी भी वह बंद नहीं हुआ।

"इन सब बातों के आधार पर हम यह कह सकते हैं कि विश्व में तनाव शैथिल्य की दिशा में हिन्दू चिंतन की यह अमृत बूँदे सबसे अधिक सहायक होंगी।

"इस विषय पर एक आख़िरी बात करते हुए मैं अपनी बात समाप्त करूँगा,"—घड़ी की ओर देखते हुए समीर ने कहा।

## समादर

"*हिन्दू अमृत कुम्भ* का एक और महत्त्वपूर्ण बिंदु है—'समादर भाव'। यानि किसी भी उपासना पद्धति को हेय न समझना और उसे अपनी ही आस्था के अनुरूप आदर देने का बोध। हम यह मानते हैं कि जिस प्रकार एक माँ बीमार बच्चों को उनके अनुसार भिन्न-भिन्न प्रकार के भोजन देती है, उसी प्रकार ईश्वर ने भी अलग-अलग क्षेत्र और समझ के लोगों के लिए उनकी प्रवृत्ति के अनुरूप उपासना मार्ग दिए हैं और इसलिए ईश्वर तक पहुँचने के लिए अपनाया गया हर मार्ग आदरणीय है। हम इस मामले में चिंतन की ऊँचाइयों पर हैं कि हमने कभी भी किसी की उपासना

पद्धति को अस्वीकार नहीं किया और न ही उससे ये कहा कि तुम इस रीति से उपासना करोगे तो ईश्वर को प्राप्त नहीं कर सकोगे।

"शिकागो धर्म सभा में स्वामी विवेकानंद ने कहा था-'सत्य ही मेरा ईश्वर है। सारे धर्म एक ही सच कहते हैं। मुझे गर्व है कि मैं ऐसे धर्म से हूँ, जिसने दुनिया को सहिष्णुता का पाठ पढ़ाया है। हम केवल सहिष्णुता में विश्वास नहीं करते, हम सभी धर्मों को सच्चा भी मानते हैं।' यही बात उन्होंने 28 जनवरी 1900 को यूनिवर्सलिस्ट चर्च, पसाडेना में दिए अपने भाषण में भी कहा कि सभी धर्मों के प्रति सहिष्णुता ही नहीं, स्वीकार्यता की भावना होनी चाहिए।

"यह हमारा दृढ़ विश्वास रहा है कि यदि किसी का अंत:करण शुद्ध है और उसकी कोशिश परम सत्ता से जुड़ने की है, तो उसकी धार्मिक मान्यता कोई भी हो हमें स्वीकार है। हिन्दू अमृत कुम्भ की ये बूँदें मज़हब, पूजा-पद्धति और उपासना की विधियों को लेकर आपस में गुत्थम-गुत्था और रक्त-रंजित संसार में शांति, सद्भाव, समादर और स्वीकार्यता का बोध करा सकती है।

"मुझे लगता है कि पिछले कुछ घंटों की अपनी लंबी चर्चाओं में हमने हिन्दू अमृत कुम्भ की बूंदों को सविस्तार समझा है। कल संभवतः इस स्कूल में मेरा अंतिम दिन है तो मैं चाहूँगा कि कल मेरे क्लास के बच्चे अंतिम दिन के क्लास में उन सवालों के साथ आएँ, जो अब तक की हमारी लंबी चर्चाओं का सार-संक्षेपण रही है।

"आप सबको शांति से मुझे सुनने के लिए बहुत-बहुत धन्यवाद।"

कार्यक्रम में अंत में मुख्य अतिथि का भाषण था। गेरुआ वस्त्र धारण किये तेजोमयी आभा वाले संन्यासी मंच पर बोलने के लिए आये। उन्होंने बोलना शुरू किया :

> *"मैं भी समीर जी की तरह ही एक इंजीनियर था। एक बार कोलकाता के बेलूर मठ जाने का अवसर मिला तो वहाँ स्वामी जी की पुस्तक के पन्नों को पलटते हुए एक उनकी कही एक पंक्ति दिखी, जिसमें उन्होंने कहा था—'अभय हो! अपने अस्तित्व के कारक तत्त्व को समझो, उस पर विश्वास करो। भारत की चेतना उसकी संस्कृति है। अभय होकर इस संस्कृति का प्रचार करो'। इस पंक्ति ने मेरे जीवन की दिशा बदल दी। नौकरी-वौकरी क्या करता फिर, संन्यास लेकर आज गेरुआ वस्त्र में आपके बीच हूँ और यथासंभव यह प्रयास करता हूँ कि स्वामी जी के विचारों को जन-जन तक लेकर जा सकूँ। मुझे बेहद ख़ुशी है कि यह विवेकानंद एकेडमी भी वही कर रही है, जिस काम में मैं लगा हूँ।*

"आज मैं समीर जी की बातें बड़े ध्यान से सुन रहा था और मुझे लगता है कि स्वामी जी के सम्पूर्ण विचारों की निष्पत्ति उनके आज के विचारों में है। स्वामी जी कहते थे कि 'अगर मुझे सौ ऊर्जावान युवा मिल जाएँ तो मैं भारत को बदल दूँगा'। समीर मुझे उन युवाओं में स्पष्ट दिखाई दे रहे हैं। मुझे यह कहने में कोई शंका, कोई संकोच नहीं है कि बाकी के बचे 99 युवा भी निवेदिता जी के इसी स्कूल से निकलेंगे, जहाँ वो ऐसा अभिनव प्रयोग कर रही हैं। मेरा निवेदिता जी से आग्रह है कि समीर जी आपके बच्चों को जिस तरह से अपने धर्म, अपनी संस्कृति और अपने राष्ट्र से जोड़ रहे हैं, यह सिलसिला इनके यहाँ से जाने के बाद भी टूटना नहीं चाहिए।

"यहाँ दर्शक दीर्घा में स्कूल में पढ़ रहे बच्चों के अभिभावक भी हैं, जिनमें कई लोगों को लग रहा होगा कि हमने अपने बच्चों को स्कूल में पढ़ने भेजा है, फिर वहाँ ये सब क्यों पढ़ाया जा रहा है, तो उनकी चिंताओं को दूर करने के लिए मैं उनसे वही बात कहना चाहता हूँ जो मेरे संन्यासी बनने की बात सुनकर व्यथित मेरे माता-पिता को समझाते हुए मेरे गुरु ने कही थी। उन्होनें मेरे माता-पिता से कहा था—'देखो शिक्षा व्यक्ति का मूलभूत अधिकार है, जो आपका पुत्र प्राप्त कर चुका है पर शिक्षा के साथ-साथ इसका एक कर्तव्य और भी है; क्योंकि शिक्षा प्राप्ति का स्वाभाविक परिणाम होना चाहिए-अपने धर्म, अपनी महान संस्कृति और महान विरासत के प्रति श्रद्धा की जागृति और उसके प्रति अपने अपने कर्त्तव्य का बोध'। इसलिए केवल शिक्षा से आपके बच्चे का जीवन सफल तो हो जायेगा पर सार्थक होने के लिए उसे जो खुराक चाहिए वो आपके बच्चे को यहाँ मिल रहा है, जिस बोध को जाग्रत करने का प्रयास यहाँ निवेदिता जी कर रही हैं।

"आज हमारे देश के सामने जो सबसे बड़ी चुनौती है, वह है अपने बच्चों को अपनी संस्कृति और अपनी जड़ों से जोड़ना, उन्हें सही दिशा प्रदान करना और उद्देश्यपूर्ण जीवन की ओर ले जाना। वैसा उद्देश्यपूर्ण जीवन, जहाँ अपने माता-पिता के लिए वही श्रद्धा की भावना हो जो इस महान राष्ट्र में श्रवण कुमार की रही है और जिसका आज लोप होता जा रहा है। आप सब पारिवारिक मूल्यों और जीवन मूल्यों के क्षीण होने की परिणति आए दिन अखबारों में पढ़ते रहते हैं। कई बार हमें हृदय को विदीर्ण करने वाली ख़बरें मिलती हैं, जिसमें बंद फ्लैट में माँ-बाप की लाश रखे-रखे सड़ जाती है, और सूचना होते हुए भी बच्चे अपने माँ-बाप के मर जाने की खबर सुनकर भी उनके अंतिम संस्कार को नहीं आते। तो आपके बच्चे सभ्य और सुसंस्कृत बने ये भी आवश्यक है।

"मैं आप बच्चों से भी कहना चाहूँगा कि आज और आज के पहले पिछले कुछ दिनों में समीर जी ने आपको जो कुछ भी बताया है, उसे अपने जीवन में अंगीकार करने की कोशिश करें तो आपके शरीर में शक्ति होगी, मन में उत्साह होगा, मातृभूमि के लिए उत्कट प्रेम होगा, आत्मविश्वास से पूर्ण व्यक्तित्व होगा, आपकी इच्छाशक्ति प्रबल होगी और आप अपने जीवन में नैतिक मूल्यों से संचालित होंगे।

"पुन: एक बार मैं समीर जी का और निवेदिता जी का आभार प्रकट करता हूँ, जिन्होनें इतने सुंदर कार्यक्रम में मुझे सहभागी होने का मौका दिया।"

कार्यक्रम उम्मीदों से अधिक सफल रहा। अभिभावकों की चिंताएँ चिंताएँ मिट गईं, उन्हें अपने वर्तमान (संतान) में सुंदर भविष्य दिखने लगा। स्कूल के टीचर भी सोच रहे थे कि इस दृष्टि से तो हमने समीर को समझा ही नहीं कि उसकी और निवेदिता मैडम की चिंताएँ क्या हैं और इन सबसे भी अधिक खुश थे समीर के क्लास के बच्चे जिनको आज अपनी पढ़ाई के साथ-साथ कुछ और भी करने का मकसद मिल गया था, जो न केवल उसकी बौद्धिक चेतना को प्रखर करने वाली थी बल्कि उसे राष्ट्र और धर्म से जोड़ने वाली थी।

कार्यक्रम खत्म होते-होते रात के दस बज गए थे। डिनर के दौरान बच्चों के माता-पिता में समीर से मिलने की होड़ लगी थी। आज के कार्यक्रम में सहभागियों में कोई भी ऐसा नहीं था जिसे बोरियत हुई थी। निवेदिता मैडम की ख़ुशी का ठिकाना नहीं था, क्योंकि जो बात वो अपने स्कूल के बच्चों के पैरेंट्स को वर्षों से समझाने की कोशिश कर रहीं थीं, वो आज उन सबकी समझ में आ गया था। यह आगे इस दिशा में कुछ और बेहतर करने का आश्वासन था।

डिनर ख़त्म होते-होते साढ़े दस बज गए थे। मैडम ने अनाउंस करते हुए कहा कि कल की क्लास सस्पेंडेड रहेगी। हम बस समीर को फेयरवेल देने के लिए इकट्ठे होंगें।

समीर वहाँ से सीधा अस्पताल निकल गया।

"भैया... बधाई हो, आज पापा को होश आ गया था पर डॉक्टर ने उन्हें चौबीस घंटे के लिए अपने ओब्सेर्वेशन में रखा है।"

"क्या..., सच में ..." समीर को अपने कानों पर यकीन नहीं आ रहा था।

"हाँ भैया, बिलकुल... मिलें चलके पापा से?"

"नहीं... नहीं! अभी तो डॉक्टर्स से सख्ती से उनसे मिलने से मना किया हुआ है कि कहीं फिर से तबियत न बिगड़ जाए।"

समीर की आँखों में आनंद के आँसू थे।

# भविष्य में हिन्दू धर्म

**अठारहवां दिन/ शनिवार)**

अगले दिन समीर आया तो स्कूल में बहुत चहल-पहल नहीं थी, क्योंकि दसवीं क्लास के बच्चों और टीचिंग स्टाफ के अलावा बाकी कोई आया नहीं था। वह सीधे निवेदिता मैडम के केबिन में चला गया। मैडम ने मुस्कुराते हुए उसका स्वागत किया।

"कैसे हो समीर?"

"बढ़िया! और आप?"

"मैं भी अच्छी हूँ... और पापा कैसे हैं तुम्हारे?"

"उन्हें कल होश आ गया",—यह बताते हुए समीर के शब्दों में संतोष था।

"अरे वाह... यह तो बड़ी अच्छी ख़बर सुनाई तुमने। डिस्चार्ज करने की कोई बात?"

"शायद एकाध दिन में... अगर ईश्वर ने चाहा तो,"—समीर ने मुस्कुराते हुए उत्तर दिया।

"ओह्ह्ह... ग्रेट! फिर तो आज हम आपको बड़े अच्छे मूड में फेयरवेल देंगें। वैसे, आपके बच्चे आपकी प्रतीक्षा कर रहेहैं। क्लास चलें?" मैडम ने समीर को क्लास की ओर चलने का इशारा किया।

"हेलो बच्चों! कैसे हो तुम सब?"

"गुड मॉर्निंग मैडम... गुड मॉर्निंग समीर सर!"—बच्चों ने खड़े होकर दोनों का अभिवादन किया।आज समीर सर एक टीचर के रूप में हमारे बीच आखिरी बार हैं। इतने दिनों में हम लोगों ने लगभग उन सभी विषयों पर चर्चा कर ली है, जो हमारे मन और मस्तिष्क को मथ रहे थे। हिन्दू धर्म से जुड़े कई उन महत्त्वपूर्ण प्रश्नों पर हमें समीर सर का मार्गदर्शन मिला, ये प्रश्न सामान्य तो प्रतीत होते हैं, पर

यदि उन्हें ठीक से समझ लिया जाए, तो हिन्दू होने में गौरव की अनुभूति तो होगी ही होगी साथ ही हिन्दू धर्म के एसेंस को, इसके दर्शन, परंपराओं और विश्वास को एक अन्य दृष्टिकोण से समझने का बोध भी जाग्रत होगा। चूँकि आज समीर सर की लास्ट क्लास है तो आज मैं भी इनकी स्टूडेंट होने का सौभाग्य हासिल करूँगी।— यह कहते हुए मैडम बच्चों के बीच जाकर बैठ गईं और कहा—"समीर सर! हम आपसे जानना चाहते हैं कि भविष्य में हिन्दू धर्म की भूमिका इस विश्व में किसी रहेगी? दुनिया इसके सिद्धांतों की ओर ओर आकर्षित तो है ही पर क्या यह आगे और बढ़ेगा? और एक सवाल और है कि अगर नास्तिकता का, वैज्ञानिकता का या बौद्धिकता का प्रचार हुआ तो क्या ऐसे में एक धर्म के रूप में हिन्दू धर्म सरवाईव कर पायेगा?"

"सबसे पहले, आप सभी को थैंक यू कि मुझे आप सबके बीच होने का मौका मिला। अब जहाँ तक आपके प्रश्न का उत्तर है तो देखिये मेरा ये मानना यह है कि तमाम झंझावातों के बीच भी भविष्य में हिन्दू धर्म इसलिए सर्वाइव कर जायेगा क्योंकि हममें 'चीजों की युगानुकूल और काल सापेक्ष समीक्षा' करने का बोध है। जैसा जमाना आता है, उसके हिसाब से हम अपने आप को ढाल लेते हैं, अपनी चीजों को युगानुकूल परिवर्तित कर लेते हैं।"

"इस बात को थोड़ा विस्तार से समझाइये,"—निवेदिता मैडम ने कहा।

"मान लीजिए कि एक ज्योतिषी के रूप में मेरे पास कोई जन्म कुंडली आती है, जिसमें चौथे भाव में बन रहा सुंदर मालव्य योग दिखता है और चतुर्थेश भी शुभ स्थान में नज़र आता है। इसे देखने के बाद मैं ज्योतिष की किताबों से ग्रह-योग वाले अध्याय खोलता हूँ और मालव्य योग के बारे में पढ़ता हूँ तो वहाँ लिखा दिखता है : 'ऐसा जातक घोड़े-हाथियों से परिपूर्ण होगा और उसके घर में बहुत सारे घोड़े, रथ और हाथी बंधे होंगे और वो विलासी जीवन जियेगा'। अब ये पढ़कर अगर मैं सामने आये उस जातक से ये कह दूँ कि देखो! तुम्हारी कुंडली में मालव्य योग बना हुआ है तो ये संकेत करता है कि तुम्हारे घर में बहुत सारे हाथी और घोड़े बंधे होंगे तो वो मेरे ऊपर हंसेगा और कहेगा—'तू कैसा मूर्ख आदमी है भाई! आज के जमाने में किसके घर हाथी, रथ और घोड़े बंधे होते हैं?'

"मुझसे ऐसा कहने वाला वह आदमी इसलिए सही है; क्योंकि मैंने ज्योतिष के सूत्रोंकी 'काल सापेक्ष' व्याख्या नहीं की। ऋषि-मुनियों ने ज्योतिष के सूत्रों को जिस समय रचा था उस समय वाहन के रूप में लोग रथ, घोड़े और हाथियों का प्रयोग

किया करते थे और उसे ही वैभव और समृद्धि का प्रतीक माना जाता था, पर आज चूँकि सूत्र तो वही हैं, तो हम उसका उपयोग करते हैं तो हमें उसकी काल सापेक्ष व्याख्या करनी होगी और कहना पड़ेगा कि चूँकि तुम्हारी कुंडली में 'मालव्य योग' है इसलिए तुम्हें जिंदगी में दो पहिया और चार पहिया वाहनों की कभी कोई कमी नहीं होगी और तुम समृद्ध जीवन जिओगे।

"यदि मैं ऐसा कहता हूँ, तो मैंने अपने ऋषियों के सूत्र का भी सम्मान किया और मेरे पास आने वाले जातक को भी संतुष्ट किया। जिस तरह ज्योतिष के सूत्रों की 'काल सापेक्ष' व्याख्या उसकी प्रासंगिकता बनाए रखती है, ऐसा ही धर्म ग्रंथों के साथ भी है और अपनी आस्था, परंपरा और मान्यताओं के साथ भी है।

"इस बात को भी इस तरह से भी समझिए कि जिस समय 'स्मृति ग्रंथ' रचे गए थे या कोई परम्पराएँ बनाई गईं थी, वो युगानुकूल आवश्यकता के अनुरूप थे, अगर आज के दौड़ में हमें उन ग्रंथों की प्रमाणिकता बनाए रखनी है, तो हमें उन ग्रंथों की 'काल सापेक्ष' व्याख्या करनी होगी। उदहारण के लिए कई सारे ऐसे स्मृति ग्रंथों में लड़कियों के लिए विवाह की आयु बारह या तेरह साल लिखी गई है इसलिए अगर हम इसी अवधारणा पर जड़ हो जाएँ कि बच्चों का विवाह इसी उम्र पर करेंगे तो क्या ये सही होगा? नहीं न ! इसलिए हमने विवाह की आयु निर्धारण को युगानुकूल रखा। अगर हम ऐसा नहीं करते तो हम मजाक के पात्र बन जाते। अगर हम जड़वादी हो जाते कि हमारे यहाँ तो लड़कियों को अल्पायु में ही विवाह करना होगा तो आज के परिवेश में ढली लड़कियों की दृष्टि में क्या हमारे ऋषियों का सम्मान रहेगा, जिनको उन विधानों के आधार पर अल्पायु में ही विवाह के बंधन में बांध दिया जाएगा?"

"बिलकुल नहीं,"—सुष्मिता ने कहा।

"इसीलिए हमारे यहाँ बड़ी सुंदर व्यवस्था देते हुए सूक्ति ग्रंथों में कहा गया है कि वह व्यक्ति मूर्ख है जो अपने पूर्वजों के खोदे हुए कुएँ का खारा पानी केवल इसलिए पीता है क्योंकि उसे उसके पूर्वजों ने खोदा है। मेरा मानना ये है कि अगर कोई कुआँ (जिसका पानी खारा हो गया है) मेरे पूर्वज का खोदा हुआ है तो मेरे लिए वो एक धरोहर है, पूर्वजों की स्मृति है, जिसे मैं सहेज के सम्मान के साथ तो रखूंगा पर उसका पानी नहीं पिऊँगा।

"हमारे ऋषि मुनि महान प्रज्ञा के धनी थे, जिन्होंने विज्ञान, तकनीक और भूगोल के क्षेत्र में सीमित संसाधन होते भी अद्भुत ज्ञान दिया था। दुनिया केवल एक हंबूराबी

की आचार संहिता के बारे में जानती है; जबकि हमारे पूर्वजों ने सैंकड़ों स्मृति ग्रंथ रच दिए थे, जिसमें मनु, याज्ञवल्क्य, पराशर, विष्णु स्मृति जैसे ग्रंथ हैं जो अद्भुत हैं। हम अपने उस सब ऋषियों के प्रति, उन ग्रंथों के प्रति आदर भाव रखेंगे पर व्याख्या उसकी युगानुकूल करेंगे।

"हिन्दू धर्म एक प्रवाहमान सरिता है, जो निरंतर गतिमान है और जो आधुनिकता और प्राचीनता को जोड़कर चलने का सेतु है, जो शास्त्रों की 'काल निरपेक्ष' बातों को पूरे भाव से मानता है और 'काल सापेक्ष' बातों की युगानुकूल व्याख्या करता है। ये बात अगर हम समझ गए, तो हमारे युवा , युवतियाँ को कोई भी गुमराह नहीं कर सकेगा, हिन्दू धर्म के विरुद्ध भड़का नहीं सकेगा और हम हर जमाने में सर्वाइव कर जायेंगे।

"यह क्यों सरवाईव रहेगा, इसकी एक वजह मुझे ये भी लगती है कि हिन्दू समाज ने सदैव स्वतंत्र और स्वस्थ विचार की अनुमति सबको दी और इस कारण यहाँ हमेशा अच्छी परंपराएँ निर्मित होती रही हैं और निरंतर समाज का रचनात्मक पुनर्जागरण होता रहा है, यही कारण है कि हिन्दू समाज अपने मौलिक सिद्धांतों को लेकर पुनः नवीन रूप में उठ खड़ा हो जाता है। यह सत्य की खोज में निरंतर लगा रहता है, इसलिए इसकी यह निरंतरता ही भविष्य में इसके जीवित होने का आधार है।

"फिर जहाँ तक नास्तिकता का प्रश्न है तो हाँ अगर कोई नास्तिकता के नाम पर हमारी परंपरा, आस्था, इतिहास और मान-बिन्दुओं का अपमान करने की सोचता है, तो यह ठीक नहीं है। लेकिन कोई व्यक्तिगत रूप से ईश्वर ने प्रति अनास्थावान है तो है, हमें उससे कोई दिक्कत नहीं है। लेकिन हमको हमें दुनिया को बताना पड़ेगा, कि एकमात्र हिन्दू धर्म ही ऐसा है, जहाँ नास्तिकों की भी स्वीकार्यता है, उनका भी सम्मान है। हम ऐसा नहीं बता पाते इसलिए हमें नास्तिकता से भय लगता है...मैं तो इससे भी आगे जाकर ये कहता हूँ कि नास्तिक भी अगर अपना कोई धर्म बताना चाहें, तो वो स्वयं को 'हिन्दू' कह सकते हैं, और कोई भी हिन्दू इस पर आक्षेप नहीं करेगा। फिर अगर ऐसा है तो नास्तिकता से हिन्दू धर्म को कोई खतरा क्यों होगा।

"आप सब सहमत हो मेरी बात से?"

"जी..." लगभग सबने हामी बढ़ी।

"अब आते हैं वैज्ञानिकता, बौद्धिकता और तार्किकता पर। आज अलग-अलग शोधों से जो बातें निकलकर सामने आ रही हैं वो यही सिद्ध कर रही हैं कि बौद्धिकता और वैज्ञानिकता जितनी प्रगति करेगी, उतनी ही वो हिन्दू धर्म के निकट आती

जाएँगी,क्योंकि हमारे यहाँ ज्ञान की साधना है, इसका महत्त्व है, इसका सम्मान है। हमने कभी भी ज्ञान-विज्ञान और वैज्ञानिक खोजों का विरोध नहीं किया, बल्कि हम तो अपने शोधार्थियों को, वैज्ञानिकों को ऋषि मानकर सम्मान देते हैं। हमारे यहाँ धनी व्यक्तियों से अधिक सम्मान उनका है जो सरस्वती पुत्र हैं, यानि ज्ञान के साधक हैं। तर्कशास्त्र को सम्मान केवल हमारे यहाँ हैं, इसलिए हमारे धर्म में कहा गया है—'वादे वादे जायते तत्त्वबोधः' यानि 'संवाद से सत्य का बोध होता है। अब जबकि वैज्ञानिकता, तार्किकता और बौद्धिकता तीनों ही हिन्दू धर्म में स्वीकार्य हैं, तो इनसे हिन्दू धर्म को क्यों खतरा होगा?

"सर! क्या आज विश्व को हिन्दू चिंतन की आवश्यकता है या आगे होगी?"—रजत ने पूछा

"आज के संघर्ष भरे विश्व को शांति का मार्ग बताने वाला, विश्व की सारी विविधता की रक्षा करनेवाला, एकात्मता का ज्ञान और भान देने वाला हिन्दू चिंतन परम आवश्यक है और ऐसा नहीं है कि ये बात केवल मैं कह रहा हूँ। मैक्समूलर ने कहा था—"विश्व को शांति, एकता, समता और शुचिता का संदेश देने में यदि कोई देश समर्थ हो सकता है तो वह भारत ही होगा। भारत का तत्वज्ञान मनुष्य के व्यावहारिक जीवन में समाविष्ट हो सके तो इस भूमंडल पर स्वर्णिम परिस्थितियों का दिग्दर्शन कर सकना संभव है। मेरा विश्वास है कि जब कभी संसार को एकता के सूत्र में आबद्ध किये जाने के प्रयत्न होंगे तो इनके लिए भारतीय तत्वज्ञान से ही दिशा और प्रेरणा लेनी होगी।"

मैक्समूलर जिस तत्वज्ञान की बात कर रहे वो हिन्दू तत्वज्ञान ही तो है।

"इंडिया विल टीच अस द टॉलरेंस ऐंड जेंटलनेस ऑफ़ अ मैच्योर माइंड,अंडरस्टैंडिंग स्पिरिट ऐंड अ यूनिफ़ाइंग, पैसिफ़ाइंग लव फ़ॉर ऑल ह्यूमन बीइंग्स। यह कथन विल ड्यूरंट हैं, जो उन्होंने भारत यानि हिंदुओं के लिए कहा था।

"और केवल विल ड्यूरंट ही क्यों भारत के बाहर के जिस किसी ने भी हिन्दू धर्म को समझा है; उसने इसके सार रूप में उन गुणों को उद्धृत किया जो दुनिया के किसी और मज़हब, पंथ, वाद, संप्रदाय या विचारधारा के पास नहीं है। इसी बात को स्वामी विवेकानंद ने इस तरह से कही थी: 'हमारी संस्कृति मानव की एकता और स्वतंत्रता को अपने चरम पर पहुँचाने में सर्वथा सक्षम है'।

"विश्व को हिन्दू चिंतन की आवश्यकता इसलिए भी है, क्योंकि आज दुनिया में जितने मतभेद और झगड़े हैं या अस्वीकार्यता की भावना है, ऐसे में वो चिंतन

चाहिए, जो विश्वव्यापी हो और मैं सगर्व कह सकता हूँ कि केवल हमारी हिन्दू संस्कृति ही विश्वव्यापी है। यजुर्वेद में इस बात को ऐसे कहा गया है: 'सा प्रथमा संस्कृतिः विश्ववारा:'। आस्तिकवाद, नास्तिकवाद, आत्मवाद, अनात्मवाद, साकार, निराकार, द्वैत, अद्वैत, विशिष्टाद्वैत, अज्ञेयवाद, ईश्वर, जीव, प्रकृति आदि सभी संकल्पनाओं को, प्रथाओं को, रूढ़ियों को, उपासना पद्धतियों को, व्रत और त्योहारों को सबको इसमें आश्रय प्राप्त है। इसलिए हमें अपने धर्म के माध्यम से उस व्यवस्था का प्रचार करना चाहिए जो व्यक्ति, समाज, प्रकृति और परमेश्वर के मध्य सामंजस्य स्थापित करने की है, जो मनुष्य के सभी प्रश्नों के उत्तर देती है। एक नई दृष्टि जो विज्ञान में प्रकट हो रही है, वो हिन्दू चिंतन के निकट है, इस बात का प्रचार करना चाहिए, होना चाहिए। श्रीराम शर्मा आचार्य जी कहते थे कि विवेक का तकाजा है कि धर्म की एकरूपता हो। समस्त विश्व का एक ही धर्म हो, मानवीय आस्थाओं और प्रक्रियाओं को जो पशुता के स्तर से ऊँचा उठाकर देवत्व की दिशा में विकसित कर सके, वही विश्व धर्म हो सकता है। अगले दिनों ऐसे ही विश्वधर्म का विकास होना है।"

"तो आप ये कहना चाह रहे हैं कि भविष्य का धर्म हिन्दू धर्म है?-रुपाली ने काफी समय बाद एक प्रश्न पूछा

"हिन्दू धर्म क्या है, इसे पहले समझो। हमारा धर्म न जाने कितने सदियों से चली आ रही साधना की अनुभूति का उद्घाटन है। इसका अर्थ कोई मत, पंथ या साम्प्रदायिक विचार नहीं है, क्योंकि जहाँ समग्रता की बात होती है, वहाँ ये सब विचार नहीं आ सकते। हिन्दू होना एक ऐसी संज्ञा है जिसमें मानव परिष्कार के लिए विश्व के सभी चिंतन और सभी पद्धतियाँ एक्य भाव से समाहित होती है, यानि इसमें विश्व के किसी भी मज़हब, मत या संप्रदाय को मानने वाले के लिए अपनत्व भाव है। इसलिए सब इसको अपना मान सकते हैं। जब हम हिन्दू भाव के प्रतिस्थापन की बात करते हैं तो इसका अर्थ होता है-सर्वे भवन्तु सुखिन: का स्थापन, एकं सद का स्थापन, आत्मवत सर्व भूतेषु का स्थापन, वसुधैव कुटुम्बकम के भाव का स्थापन। जैसे-जैसे दुनिया को यह बात समझ आएगी कि हिन्दू धर्म केवल निवृत्ति , मोक्ष, उपासना या अध्यात्म मात्र नहीं है यह तो समग्र एवम् सर्वांगपूर्ण श्रेय-प्रेय, प्रवृत्ति -निवृत्ति युक्त जीवन-दर्शन है, तो वो इसकी ओर आकृष्ट होंगे।

"मैं एक बार गीता मनीषी पूज्य स्वामी ज्ञानानंद जी महाराज को सुन रहा था, जिसमें वो हिन्दुत्व के विषय में बोल रहे थे। उन्होंने कहा था—

'हिन्दुत्व एक ऐसी उदार, उद्दात्त और व्यापक अनूठी सोच है, जिसमें निहित है जन-जन का हित, कण-कण का मंगल। प्राणी मात्र में सद्भावना और विश्व भर के कल्याण का परम मांगलिक उद्घोष हिन्दुत्व की इसी वैश्विक सोच की देन है। भय, आतंक, कट्टरता एवं तत्जनित विद्वेष-हिंसा की संकीर्णताओं से ऊपर उठकर विश्व को यदि प्रेम, सद्भाव, शांति, बंधुत्व का एक साझा मंच अपेक्षित है तो उसका एक ही साधन है: हिन्दुत्व की इस दिव्य सोच को स्वीकारना। इसका कोई दूसरा विकल्प नहीं है।" इसके आगे उन्होंने कहा-'भौतिक सुख सुविधाओं के बावजूद लोग खुश नहीं हैं। दुनिया ने कोविड काल के बाद पुनर्विचार शुरू कर दिया है। ऐसे में लगता है कि वे इस सोच में एकमत हैं कि भारत रास्ता दिखाएगा क्योंकि भारत पहले भी ऐसा कर चुका है। उन्हें भारत से उम्मीद है और वहीं हमारे समाज और राष्ट्र का भी यही उद्देश्य है।'"

"ऐसे में एक हिन्दू के रूप में हमें करना चाहिए?"—आकांक्षा ने आख़िरी प्रश्न पूछा।

"एक हिन्दू को अपने मान बिंदु व मूल्यों को पहले स्वयं समझना है और फिर उसका संरक्षण कर उन्हें पुनः प्रतिष्ठित करने का कार्य करना है। हमारी संस्कृति में कहा गया है :शिवो भूत्वा शिवं यजेत' अर्थात, शिव बनकर शिव की पूजा करनी चाहिए। शिव बनने का अर्थ है, उनकी तरह बनना। विश्व को अमृत का घट देकर स्वयं हलाहल पान करने वाले, प्रकृति अर्थात हिमालय में रहने वाले और उससे प्रेम करने वाले, जीव-जगत को अपने परिवार का अभिन्न अंग समझने वाले, सबकी सोच और उपासना को पहले स्वीकार कर फिर उसमें निर्मल भाव का प्रचार करने वाले, पत्नी के प्रति कर्तव्यों के वैदिक आदेशों के अनुपालन के मूर्त रूप देवाधिदेव शंकर जी जैसा प्रत्येक हिन्दू को बनना पड़ेगा। भोलेनाथ की तरह किसी को भी दुःख देने की सोच नहीं, हरेक के लिए करुणा , सभी के प्रति कल्याण का भाव, प्रकृति और अरण्य के साथ जीने वाला, रिश्तों की मर्यादा का अनुपालक, सबके उपासना पद्धतियाँ को सम्मान देने वाला होना चाहिए हिन्दू।

"स्वामी विवेकानंद के कुछ कथनों के साथ मैं आज के क्लास को समाप्त करता चाहता हूँ, क्योंकि ज्यादा लम्बा खींचना आप सबके साथ ज्यादती होगी; क्योंकि आप सब कल रात देर से अपने घर गए होंगे। स्वामी विवेकानंद ने दो बातें कही थी, जिसे हम लोगों को अपनाना है। उन्होंने कहा था—'आप लोगों में से प्रत्येक व्यक्ति महान उत्तराधिकार लेकर जन्मा है, जो आपके महिमामय राष्ट्र के अनंत,

अतीत जीवन का सर्वस्व है। सावधान, आपके लाखों पुरखे आपके प्रत्येक कार्य को बड़े ध्यान से देख रहे हैं'। हमारे लिए उनका दूसरा संदेश था—'अभय हो ! अपने अस्तित्व के कारक तत्त्व को समझो, उस पर विश्वास करो। भारत की चेतना उसकी संस्कृति है। अभय होकर इस संस्कृति का प्रचार करो'।

"मुझे उम्मीद है कि मैंने हिन्दू धर्म के विषयों पर न्याय किया है इसलिए इस पर इतने दिनों की हमारी इतनी विस्तृत चर्चा के बाद आप सब इस दिशा में प्रवृत्त होंगे और अगर कभी हमारी भेंट होगी तो हमारी परिचर्चा के इन विषयों को आपने किस-किस रूप में और कितना आगे बढ़ाया, इस बारे में आपसे जरूर पूछूँगा।"

"थैंक यू! आपने हम सबको इतना समय दिया और हम सब आपको भरोसा दिलाते हैं कि स्वामी विवेकानंद के जिस अमर संदेश और पाथेय के साथ आपने समापन किया है, उसे आत्मसात करते हुए हम उन सब विषयों को अलग-अलग रूपों में दुनिया के सामने प्रस्तुत करेंगे, जो हमें आपसे सीखने, सुनने और समझने को मिला। एक बार फिर से हम सबकी ओर से आपको बहुत-बहुत धन्यवाद,"—निवेदिता मैडम ये कहती हुए अपनी जगह पर खड़ी हो गईं और ने सबकी ओर से समीर के प्रति आभार जताया।

कुछ बच्चों की आँखों में आँसू थे, कुछ समीर के पैर छूने लग पड़े, कुछ बच्चे बस उदास नज़रों से समीर को देखते रहे। आश्चर्यजनक रूप से हरमन आगे आई और उसने आकर कहा, "सॉरी सर ! मैंने अपनी बेबकूफी में आपसे उल्टे-सीधे सवाल पूछे... आई एम सॉरी फॉर डैट। समीर ने उसे समझाते हुए कहा कि उसे उसके सवालों से बिलकुल भी असहजता नहीं हुई, "बल्कि मुझे अपने बच्चों को समझने के और भी विषय मिल गए... इसलिए आपको ऐसा कुछ भी मत नहीं सोचना है आपको।"

इस भावुक घड़ी में कई बच्चों ने समीर को अपने-अपने हिसाब से पेन, रुमाल जैसे कुछ गिफ्ट्स दिए, समीर चाह कर मना नहीं कर सका। शायद यही सब उसको इस स्कूल और यहाँ के बच्चों की याद दिलाएँगे, ये सोचकर उसने बड़े प्रेम से सारे गिफ्ट को संभाल कर रख लिए।

निवेदिता मैडम कुछ कहना चाह रही थीं पर बच्चों के बीच कह नहीं सकीं। मैडम ने अपने ड्राइव से समीर को अस्पताल छोड़ आने को कहा। गाड़ी के आँखों से ओझल होने तक बच्चे उसे जाता हुआ देखते रहे। समीर वहाँ से निकल अस्पताल चला गया।

डॉक्टर से उसकी भेंट हुई, जिसने उसे बताया कि उसके पिता की स्थिति में आश्चर्यजनक सुधार है और संभव है कि हम उन्हें दो-तीन दिन में डिस्चार्ज कर देंगे। पिछले कई सप्ताह के बाद यह पहला अवसर था, जब अस्पताल में समीर को इतनी सुकून देने वाली खबर मिली थी। उसने तय कर लिया था कि डिस्चार्ज कराकर अपने पिता को वो अपने साथ बेंगलुरु ले जाएगा, जहाँ वो और उसकी पत्नी अच्छे से उनका देखभाल कर सकेंगे। डॉक्टर ने उसे बताया कि उसके पिता को होश आ गया है और चाहे तो थोड़ी देर के लिए उनसे मिल सकता है।

समीर और उसका भाई, दोनों उस जगह पहुँचे, जहाँ उसके पिता लेटे हुए थे। समीर अपने पिता के करीब गया और उनकी हाथों में अपने हाथों में थामते हुए कहा—"देखिए पापा! अब आप बिल्कुल ठीक हैं और दो -तीन दिन में हम लोग आपको लेकर अपने घर चलेंगे।"

"हाँ, पापा ... भैया आपको फिर अपने हाथों से बनाकर दाल और चावल भी खिलाने वाले हैं,"—यह कहते हुए समीर का भाई भावुक हो गया।

उनके पिता ने मुस्कुराते हुए, अपने दोनों बच्चों को देखा और काँपते स्वर में कहा—"तुम दोनों हो तो मुझे कोई तकलीफ़ नहीं है।"

नर्स ने कहा—"अब इनको आराम करने दीजिये।"

दोनों भाई वार्ड से बाहर आ गए। आज का दिन पिछले बीस दिनों में सबसे सुकूनदायक दिन था। दोनों भाई पिता को डिस्चार्ज कराने के बाद क्या करना है, इसकी चर्चा में लग गए। यह तो लगभग तय था ही कि उनके पापा डिस्चार्ज होकर समीर के साथ बेंगलुरु जाएँगे, जहाँ उनकी अच्छे से देखभाल हो सकेगी।

उस रात समीर बड़े इत्मिनान से सोया और सुबह तब तक सोता रहा, जब उसकी नींद एक बार फिर से निवेदिता मैडम की कॉल से न खुली। आज रविवार था।

# अंतिम रविवार

"कैसे हो समीर?"—हैप्पी सन्डे।

"गुड मॉर्निंग मैडम, आज तो आपका डिजिटल उपवास था न?" आँखें मलते हुए समीर ने कहा।

"हाँ! पर आज ये उपवास थोड़े टाइम बाद से शुरू करूँगी"—मैडम ने हँसते हुए कहा।

"खैर! तुम्हारे पापा के हेल्थ की कोई अपडेट?"

"अच्छे हैं, कल डॉक्टर्स ने कहा है कि दो-तीन दिनों में उनको डिस्चार्ज कर देंगे"—समीर ने कहा।

"अरे वाह... यह तो बड़ी अच्छी ख़बर सुनाई तुमने। फिर डिस्चार्ज के बाद कहाँ रहेंगे वो?"

"अपने साथ ले जाऊँगा... क्योंकि अब उनकी स्थिति अकेले रहने वाली रही नहीं... हमारे साथ होंगें तो देखभाल सही से हो सकेगी।"

"हाँ, यह सही है—परिवार में लोग ऐसे भी ठीक हो जाते हैं,"—मैडम ने कहा।

"और आज मॉर्निंग वाक पर नहीं निकले?"

"बस, अब निकलूँगा ...."

"समय हो, तो मुलाक़ात हो सकेगी?"

"अभी...कहाँ?" समीर ने कहते हुए घड़ी की ओर देखा। आठ बजने वाले थे।

"वहीं, कॉफ़ी हाउस...आ सको तो मुझे ख़ुशी होगी। मैं भी आधे घंटे में वहाँ पहुँचने वाली हूँ।"

"हाँ जी! आता हूँ ..."

"समीर थोड़ी देर में कॉफ़ी हाउस में था। मैडम वहाँ उसके इंतजार में थीं।"

"हाय समीर, कैसे हो?"—मैडम ने मुस्कुराते हुए पूछा।

"बढ़िया... कल से तो और भी बढ़िया हूँ,"—समीर ने मुस्कुराते हुए उत्तर दिया।

“मुझे लगा, फिर शायद तुमसे भेंट हो नहीं हो, इसलिए आज अवेलेबल हो तो मिल लेते हैं।”

“आप दोनों के लिए मीडियम कैपुचिनो विद सॉय मिल्क,”—उसी सेल्सगर्ल ने आकर मुस्कुराते हुए कहा।

“हेलो, कैसी हो तुम? छुट्टियाँ ख़त्म नहीं हुई अब तक?”—समीर ने पूछा।

“बस सर यहाँ पाँच दिन और हूँ,” उसने जवाब दिया।

“तुम जानते हो इसे?”—उसके जाने के बाद मैडम ने समीर से पूछा।

“हाँ! पहले दिन की मुलाक़ात में आपके बारे में बेसिक डिटेल्स इसी से निकाली थी”—समीर ने हँसते हुए कहा।

“ओह्ह! आज पता लगा मुझे…वैसे यह बच्ची मेरी स्टूडेंट रही हुई है, और फ़िलहाल MBA करने के साथ यहाँ पार्ट टाइम काम भी करती है,”—निवेदिता मैडम ने कहा।

“हाँ ! इसने बताया था कि यह आपके स्कूल से पढ़ी है। वैसे, लड़कियों के लिए आर्थिक रूप से सशक्त होना बहुत जरूरी है। हर लड़की को कम से कम इतना जरूर पढ़ना चाहिए कि कभी किसी बुरे समय में उसे किसी का मोहताज़ न होना पड़े—समीर ने सहमति दी। और बताओ समीर…बच्चे तुम्हारे जाने के बाद बहुत भावुक थे। सब यही पूछ रहे थे कि समीर सर क्या कभी दुबारा पढ़ाने आएँगे। क्या जवाब दूँ उनको? तुमसे कहते हुए मुझे अच्छा तो नहीं लग रहा है, पर भविष्य में कभी तुम्हें अगर लगे कि तुम मेरे विवेकानंद एकेडमी से जुड़ सकते हो, तो मैं तुम्हारे स्वागत के लिए हमेशा तैयार खड़ी मिलूँगी। हाँ, तुम अभी जिस पैकेज पर हो, उस पैकेज पर तो क्या उसके चौथाई पर भी एडजस्ट करना हमारे एकेडमी के लिए मुश्किल होगी, पर मुझे लगता है कि एक अच्छे काम को करते हुए तुम्हें संतुष्टि होगी। सोचो, समीर, तुम्हारे ग्रूम किए हुए बच्चे देश और धर्म के लिए कितने बड़े एसेट साबित होंगे। मेरी रिक्वेस्ट बस इतनी है कि तुम कभी तसल्ली से मेरे इस प्रस्ताव पर विचार अवश्य करना,” निवेदिता मैडम ने अपनी बात ख़त्म करते हुए कॉफ़ी भी खत्म की।

“सच पूछिए तो यहाँ इन अठारह दिन तक आप लोगों के बीच गुजारने के बाद …” समीर की बात बीच में ही काटकर मैडम ने कहा—“एक कॉफ़ी और चलेगी?”

“जी हाँ…” समीर ने धीरे से जवाब दिया।

"ओके..." मैडम ने सेल्सगर्ल को आवाज़ लगाई और एक-एक कॉफ़ी और लाने को कहा।

"हाँ तो तुम कुछ कह रहे थे,"—मैडम ने समीर की ओर देखते हुए कहा।

"जी हाँ....मैं यह कह रहा था कि यहाँ इन अठारह दिनों तक आप लोगों के बीच गुजारने के बाद मेरी भी इच्छा है कि मैं आगे इस तरह के काम से जुड़ूँ। ये अठारह दिन मेरे लिए काफी संतोषजनक रहे ...लेकिन इतनी जल्दी मैं कोई निर्णय कर पाने की स्थिति में नहीं हूँ, फिर भी मैं आपकी बातों पर गंभीरता से जरूर विचार करूँगा, यह मैं आपसे कह सकता हूँ। हाँ, पर एक वादा मैं आज जरूर कर सकता हूँ।"

"क्या?"—मैडम ने पूछा।

तब तक कॉफ़ी आ गई थी।

"अगर आप चाहें तो मैं आपके स्कूल के बच्चों को रामायण की कथा आधुनिक संदर्भों में रोचक ढ़ंग से सुना सकता हूँ..." समीर ने कहा।

"कब से?"—ये सुनकर मैडम का चेहरा खिल उठा।

"अभी तो नहीं, पर हाँ ! शायद गर्मी की छुट्टियों में ...मुझे पक्का पता है कि पापा ठीक होते ही दिल्ली आने के लिए आपाधापी मचा देंगे, क्योंकि दिल्ली उनके दिल में है, तो हमें यहाँ आना ही पड़ेगा। मैं कोशिश करूँगा कि उस अवधि का उपयोग मैं आपके बच्चों के बीच गुजारूँ, उनको रामकथा सुनाने में करूँ।"

"ठीक हैं, मुझे इंतज़ार रहेगा,"—मैडम ने खुश होकर कहा।

"तो अब चलूँ? अच्छा लगा मेरे रिक्वेस्ट पर तुम आए और तुम्हारे आने का मुझे यह फायदा हुआ कि मुझे समर वेकेशन के सही उपयोग के लिए एक सटीक और सुंदर आइडिया मिल गया। थैंक्स फॉर कमिंग समीर। अस्पताल के लिए तुमको लेट हो रहा होगा शायद।"

"मुझे भी आपसे मिलकर बड़ा अच्छा लगा कि हममें से ही कोई तो है जो अपने स्वार्थों से ऊपर उठकर देश के लिए, धर्म के लिए और अपनी पीढ़ियों के भविष्य के लिए सोच रहा है। आपने मुझे अपने स्कूल में पढ़ाने का मौका दिया, इसके लिए मैं आपका आभारी हूँ।"

"बाकी, ऋचा को और अपनी बिटिया को मेरी ओर से बाय बोल देना, मेरी कोशिश रहेगी कि गर्मियों की छुट्टियों में उनसे भी भेंट हो। बाकी, हम लोग फोन पर जुड़े रहेंगे।"

"जी श्योर..." समीर बिल पे करने काउन्टर की ओर बढ़ा।

"बिल मैं पे कर दूंगी, समीर। कम से कम इतना तो करने दो...सारे क्लास तो तुमने फ्री में ही लिए," मैडम अपनी जगह से उठकर समीर के करीब आ गईं। समीर ने मुस्कुराकर और पहले मैडम को, फिर सेल्सगर्ल को बाय किया।

"समीर . . . समीर," दरवाज़े के पास पहुँचता तभी पीछे से मैडम की आवाज़ आई।

समीर पीछे की ओर मुड़ा तो मैडम उसके पास आ चुकी थी।

"जी!"

"समीर! स्वामी विवेकानंद ने कहा था कि भारत को सौ विवेकानंद चाहिए। ये सौ विवेकानंद हमारी विवेकानंद एकेडमी से निकलेंगें, ये विश्वास मैं तुम्हें दिला सकती हूँ,"—कहते हुए मैडम की आवाज़ में प्रबल आत्मविश्वास था।

"बिल्कुल निकलेंगे मैडम..." समीर के शब्दों में गहरा आश्वासन था।

# अपनी बात

उपन्यास शैली में रची गई यह पुस्तक मेरी पिछली पुस्तक *इनसाइड द हिन्दू मॉल* की ही व्याख्या और विस्तार है। कथा का केन्द्र एक युवक है, जो इसरो में वैज्ञानिक के रूप में कार्यरत है। एक अनपेक्षित मुलाकात उसे एक ऐसे विद्यालय में दसवीं कक्षा के विद्यार्थियों से संवाद का अवसर देती है, जिस स्कूल की संस्थापिका का उद्देश्य बच्चों को धर्म, संस्कृति और राष्ट्र से जोड़ना था, पर वो इसमें विफल रही थीं। अत: उस युवक के सामने चुनौती थी, बच्चों को उस उद्देश्य के लिए तैयार करना और इस चुनौती को वो स्वीकार करता है। बच्चों के सहज, निश्छल और जिज्ञासापूर्ण प्रश्न और उन प्रश्नों के उत्तर देने के युवक के प्रयास, यही इस उपन्यास की पृष्ठभूमि में है।

यह पुस्तक स्वामी विवेकानंद के विचारों पर आधृत नहीं है, पर इतना अवश्य है कि जैसे एकलव्य ने गुरु द्रोण की प्रतिमा सामने रखकर 'धनुर्विद्या' का अभ्यास किया था, इसकी साधना की थी, उसी तरह यह पुस्तक स्वामी जी के 'विचार प्रतिमा' को ध्यान में रखकर की गई मेरी साधना का प्रतिफल है। आश्चर्यजनक रूप से पुस्तक का लेखन 2025 में जिस दिन पूरा हुआ, वो दिन स्वामी जी के अवतरण का दिन था। इसे मैं अपने लिए स्वामी जी का 'आशीर्वाद पुष्प' समझता हूँ।

इसकी रचना में कई लोगों के शब्द, अनुभव और प्रेरणाएँ गुंथी हुई हैं। डॉ. राजीव मिश्रा जी के साथ हुई आरंभिक वार्ताएँ पुस्तक की रचना और इसकी रूपरेखा तैयार करने का आधार बनीं। अजीत प्रताप सिंह जी ने प्रकाशन संबंधी कई महत्त्वपूर्ण सुझाव दिए। देवेंद्र सिकरवार जी, अमिय जी, वेद प्रकाश जी, सुधीर जी, पाणिनि तिवारी जी और उनकी धर्मपत्नी स्वाति तिवारी जी ने हमेशा उत्साहवर्धन किया। मंजुल प्रकाशन के श्री सुशांत झा ने निरंतर प्रोत्साहित किया और इस पुस्तक के प्रकाशन को संभव बनाया। प्रकाशन संबंधी बहुमूल्य सुझाव देने के लिए मैं प्रख्यात लेखक डॉ. पवन विजय जी का भी आभारी हूँ।

यदि आपने मेरी पूर्ववर्ती रचना *इनसाइड द हिन्दू मॉल* पढ़ी है, तो *अमृत कुम्भ* आपको उसी विचार-यात्रा की अगली कड़ी लगेगी और यदि आपने वह पुस्तक नहीं भी पढ़ी है, तो भी *अमृत कुम्भ* आपके लिए एक नई और स्वतंत्र अनुभूति होगी। इसके विचार, प्रसंग और संवाद आपको बिलकुल आरंभ से हिन्दू धर्म समझाते लगेंगे।

मेरी इच्छा है कि यह पुस्तक बच्चों और युवाओं में हिन्दू धर्म के प्रति जिज्ञासा, समझ और इसे लेकर आत्मगौरव को गहराए। यदि इसके विचार किसी के मन में एक छोटा-सा विचार बीज बो सकें, जो आगे चलकर एक विशाल वटवृक्ष में परिणत हो जाए तो यही इस पुस्तक की सबसे बड़ी उपलब्धि होगी।

सादर समर्पण,

अभिजीत सिंह
मुज़फ्फ़रपुर, बिहार
Email- hinduamritkumbh@zohomail.in